HEYNE

STEFANIE GERCKE

ORT DER ZUFLUCHT

ROMAN

WILHELM HEYNE VERLAG
MÜNCHEN

Sollte diese Publikation Links auf Webseiten Dritter enthalten,
so übernehmen wir für deren Inhalte keine Haftung,
da wir uns diese nicht zu eigen machen, sondern lediglich
auf deren Stand zum Zeitpunkt der Erstveröffentlichung verweisen.

Penguin Random House Verlagsgruppe FSC® N001967

Deutsche Taschenbucherstausgabe 02/2021
Copyright © 2019 by Stefanie Gercke
Copyright © 2019 der Originalausgabe by
Wilhelm Heyne Verlag, München
Copyright © 2021 dieser Ausgabe by Wilhelm Heyne Verlag, München,
in der Penguin Random House Verlagsgruppe GmbH,
Neumarkter Str. 28, 81673 München
Printed in Germany
Umschlaggestaltung: Eisele Grafik-Design, München,
unter Verwendung der Fotos von sichkarenko.com/Shutterstock,
Galyna Andrushko/Shutterstock und FORGEM/Bigstock
Satz: Leingärtner, Nabburg
Druck und Bindung: GGP Media GmbH, Pößneck
ISBN: 978-3-453-42283-4

www.heyne.de

Prolog

Mit einem arbeitslosen Ingenieur namens Viktor, einer sehr hungrigen Krähe, einem Chefredakteur mit teurem Geschmack und einer gefrorenen Banane begann die Geschichte an einem bitterkalten Tag in Hamburg im November 2015.

Es hätte eine lustige Geschichte werden können, eine, mit der Viktor der funkelnde Mittelpunkt jeder Party gewesen wäre, und es wäre nichts passiert, hätte es nicht geschneit.

Und wäre die Krähe nicht so hungrig gewesen.

Aber es hatte geschneit, und die Krähe war hungrig gewesen.

Viktor verließ seine Wohnung morgens in freudiger, wenn auch gespannter Stimmung. In den letzten Monaten war sein finanzielles Polster in einem Tempo dahingeschwunden, dass ihm regelmäßig schlecht wurde, wenn er seinen Kontostand sah. Aber in wenigen Stunden hatte er mit dem Chefredakteur eines Hochglanzmagazins für Luxusreisen jenen Termin, der über seine finanzielle Zukunft entscheiden würde. Der Redakteur brauchte schöne Fotos aus Südafrika, und die Gage dafür würde sein Konto unvermittelt in die Komfortzone befördern. Außerdem war die Reise dorthin Teil des Angebots.

Seit mehr als zwei Jahren hatten sich die Anzeichen gehäuft, dass die Firma, in der er seit vielen Jahren als Ingenieur arbeitete, in wirtschaftlichen Schwierigkeiten steckte. Stellen wurden rigoros gestrichen, Mitarbeiter entlassen und Investitionen auf Eis gelegt, was er anfänglich geflissentlich ignoriert hatte. Aber als er die hübsche Angela, die ihm gelegentlich die Einsamkeit versüßt hatte, im strömenden Regen auf der Treppe zur U-Bahn entdeckte und sie ihm unter hemmungslosem Schluchzen erklärte, dass man sie gerade entlassen habe, konnte er sich die Situation nicht mehr schönreden.

Viktor war Ende fünfzig. Seine Tochter Nina war Anfang dreißig und stand als Leiterin eines Forschungslabors längst auf eigenen Beinen. Dass er bei der nächsten Entlassungswelle mit Sicherheit als einer der Ersten dem freien Arbeitsmarkt zur Verfügung gestellt werden würde, wie es so schön hieß, war er zuvorgekommen, indem er sich vor einem halben Jahr selbstständig gemacht hatte. Nicht als Ingenieur, sondern als Fotograf. Schon davor war aus seinem Hobby eine große Leidenschaft geworden, und er hatte sich einen guten Namen für dramatische Tierfotografien in freier Wildbahn erworben. Angreifende Elefanten zum Beispiel, ein blutiger Kampf zwischen Löwen und Hyänen um Beute und einmal die sensationelle Aufnahme eines Leoparden, der sich mit einer wütenden Kobra angelegt hatte. Die Fotos aus dem Urlaub hatten ihm zu einem netten Nebenverdienst verholfen, den er auf die hohe Kante gelegt hatte. Das hielt ihn momentan noch über Wasser. Aber bestimmt nicht mehr lange. Eigentlich stand ihm das Wasser schon Unterkante Oberkiefer.

Es war ein Schritt über das Kliff ins Leere gewesen, aber er hatte keine Alternative gesehen. Kein Headhunter war aufgetaucht, der ihn mit einer lukrativen Position als Ingenieur gelockt hätte. Er sei einfach zu alt, wie man ihm auf eine seiner Bewerbungen lapidar geantwortet hatte. Zwei große Whisky on the rocks hatte er benötigt, um diese unverblümte Aussage einigermaßen zu verdauen, und die Whiskyflasche leerte sich in gleichem Maß, wie der Stapel an Absagen wuchs. Nina gegenüber tat er immer so, als könnte er sich die Stellenangebote aussuchen.

Der Oktober war golden gewesen, hatte den Norden mit blutroten Sonnenuntergängen und zweistelligen Temperaturen verwöhnt,

Rosen trieben späte Blüten, die jungen Mädchen trugen kniekurz, und sogar die Kraniche drehten noch ein paar Runden, ehe sie in Richtung Süden verschwanden.

In den letzten Wochen hatte Viktor nur am Rande mitbekommen, dass die Medien jeden Tag aufgeregt über ein Wetterphänomen berichteten, das auf der anderen Seite des Globus sein Unwesen trieb und weltweit das Wetter durcheinanderbrachte. Seit Menschengedenken trat es zur Weihnachtszeit vor der Küste Perus auf, und die peruanischen Seeleute hatten es einst auf den Namen El Niño getauft.

El Niño, das Christkind.

Schon im Frühjahr hatten nervöse Meteorologen verkündet, dass El Niño bereits da sei und sich als einer der stärksten zu entwickeln drohe, die je beobachtet worden seien. Sie nannten ihn den Hooligan und schwelgten in düsteren Prophezeiungen. Extreme Hitze- und Kälterekorde, Hurrikans, Dürre, sintflutartige Regenfälle, Überschwemmungen und Erdrutsche ungeahnten Ausmaßes würden das Weltwetter bestimmen. Buschfeuer, Missernten, Hungerepidemien und Ausbrüche von Seuchen seien vorprogrammiert.

Die Öffentlichkeit war alarmiert, und die Medien überschlugen sich mit Sonderberichten. Ein Spaßvogel von der NASA verpasste darauf El Niño 2015 den Spitznamen Godzilla.

El Niño war ein launenhaftes Kind, das wussten und fürchteten alle. Jahrelang konnte er sich ruhig verhalten, aber manchmal begann er sich zu langweilen, und wie ein gelangweiltes Kind fing er an Unfug zu machen und löste in seinem zerstörerischen Übermut Naturkatastrophen auf allen Kontinenten aus. War El Niño seiner Spielchen überdrüssig, gab er für ein paar Jahre Ruhe. Aber niemand, der je seinen Übermut zu spüren bekommen hatte, vergaß, wie es gewesen war und wie es wieder sein könnte.

In diesem Jahr aber narrte das Christkind alle. Es hielt sich nicht an die Regeln. In den ersten Monaten des Jahres rekelte es sich nur kurz und legte sich dann in den schattigen Tiefen des Ostpazifiks vor Peru auf die Lauer.

Die Meteorologen blamierten sich gründlich und ruderten zurück. Die Medien stürzten sich auf andere Themen. El Niño wartete ab. Viktor kümmerte sich um seine Präsentationsmappe.

Und dann schlug der Hooligan zu. Mit unglaublicher Wucht.

Weltweit spielte das Wetter verrückt. Aus allen Regionen der Erde kamen Meldungen von nie vorher da gewesenen Katastrophen. Durch die Karibik tobten noch im Dezember Hurrikans von verstörender Stärke, und in der Südsee wurden vom unaufhaltsam steigenden Meer ganze Inseln verschlungen. In einigen Teilen Afrikas gab es Überschwemmungen von biblischen Ausmaßen, Seuchen brachen aus, in anderen fiel die Regenzeit aus, und tödliche Dürren waren die Folge.

Ausgerechnet das blühende Südafrika wurde von der schwersten Trockenperiode seit Beginn der Wetteraufzeichnungen heimgesucht, und neben Kapstadt traf es am schlimmsten das Land der Zulus. Seit mehr als sieben Monaten hatte es praktisch nicht geregnet. Die Stauseen trockneten zu fauligen Schlammpfuhlen ein, an ihren Ufern häuften sich die Kadaver, und der süßliche Gestank nach Verwesung und Tod verpestete die Luft.

Nur die Geier wurden fett und legten mehr Eier als üblich. Auf den vertrockneten Weiden bleichten die Knochen Tausender verhungerter Rinder, und die Zulus besannen sich auf ihre kriegerische Tradition und gingen auf nächtliche Raubzüge durch die Viehgatter ihrer Nachbarn. Wie Eiterbeulen brachen die ersten Stammesfehden wieder auf.

El Niño hatte ganze Arbeit geleistet.

Jill Rogge, die Eigentümerin des berühmten Wildreservats Inqaba, brauchte auf ihren Morgenrunden nur der Nase nach zu gehen, um verdurstete Wildtiere aufzuspüren. Manchmal stieß sie auf eines, das gerade noch lebte, aber keine Kraft mehr hatte, sich zu rühren. Heute war es eine junge Giraffe, die vor Schwäche auf einem Seitenpfad zusammengebrochen war. Als Jill sich näherte, versuchte das Tier panisch, auf die Beine zu kommen, schaffte es aber nicht und sank wieder zurück. Ihr kamen die Tränen. Leise redete sie auf die junge Giraffe ein, bis sie spürte, dass sich das Tier entspannte. Sanft bedeckte sie darauf die vertrauensvoll auf sie gerichteten dunklen Augen mit einem Tuch und lud ihr Gewehr durch.

Als sie später ein wenige Tage altes Elefantenjunges fand, das schon zu schwach war, das Gesäuge seiner toten Mutter zu erreichen, sank sie in die Knie und weinte bitterlich.

Nachdem El Niño zum Entzücken der Touristen die Atacama-Wüste in Chile mit ergiebigen Regenfällen in einen Blumenteppich verwandelt hatte, amüsierte er sich damit, auf drei Kontinenten seinen Schabernack zu treiben.

Als Erstes kühlte er den Golfstrom ab, der Luftdruck über dem Atlantik sank, die Westwinde fielen in sich zusammen und boten der sibirischen Kältewelle, die aus Russland heranrollte, keinen Widerstand. Die Temperaturen in Norddeutschland stürzten in frostige Tiefen. Es hatte vorher tagelang geregnet, die hohe Luftfeuchtigkeit ballte sich in den tief hängenden Wolken zu Kristallen, und innerhalb von Minuten fegte ein für die Jahreszeit völlig untypischer Schneesturm durch Hamburgs Häuserschluchten.

Auf der anderen Seite der Welt, an der Ostküste Indiens, brach über Bombay ein Gewitter herein, wie es die Millionenstadt selten erlebt hatte. Der Boden war ausgedörrt, die Wassermassen konnten nicht ablaufen, und innerhalb kürzester Zeit verwandelten sich Straßen in reißende Flüsse. Auch Pune, etwas über hundert Kilometer Luftlinie entfernt, versank in den Regenfluten.

Fast gleichzeitig schob sich ein schwarzes Ungetüm, ein Gewittersturm, über den Horizont von KwaZulu-Natal in Südafrika, das in jedem die Urangst vor dem Zorn der Götter erweckte. Der Sturm brach los und verwüstete Zululand.

I

Der Himmel über Hamburg an diesem Novembertag war winterlich schwarz, ein eisiger Wind fegte durch die kahlen Bäume und trieb den Schnee in dichten Schwaden über die Straßen. Kein Räumdienst kam durch, auf dem Gehweg blockierten Schneewehen den Weg, und die Straßen waren eisverkrustet. Nur zwei Lebewesen waren an diesem unwirtlichen Abend unterwegs. Ein Mann namens Viktor Rodenbeck – und eine Krähe.

Viktor war glücklich, die Krähe hungrig.

Trotz der arktischen Kälte war Viktor in Hochstimmung. Mit hochgeschlagenem Mantelkragen pflügte er wie ein kleiner Junge mit den Füßen durch die aufgetürmten Schneewehen und summte dabei vor sich hin. Es war kein Traum, er hatte den Auftrag bekommen. Noch konnte er es kaum glauben, aber der unterschriebene Vertrag für die Fotostrecke knisterte verheißungsvoll in seiner Brusttasche. Tief in angenehme Gedanken versunken, trottete er weiter.

Die Krähe, die lautlos an ihm vorbeistrich, nahm er nicht wahr.

Seit Wochen hatte er sich bei dem Chefredakteur den Mund fusselig geredet, ein umfangreiches Exposé geschrieben, ihm Musterfotografien und Dokumentationen seiner veröffentlichten Arbeiten vorgelegt, die dem Redakteur veranschaulichen sollten, dass er, Viktor, der Richtige für den Auftrag sei.

Letztlich war wohl die Tatsache ausschlaggebend, dass er nicht nur KwaZulu-Natal, die saftig grüne Provinz Südafrikas am Indischen Ozean, wie seine Westentasche kannte, sondern auch alle anderen Provinzen des berückend schönen Landes. Schließlich hatte er dort Jahrzehnte mit seiner Familie gelebt, und in der norddeutschen Kälte lechzte sein Körper nach dem weichen, warmen Atem des Indischen Ozeans.

Es war 1980 auf dem Frankfurter Flughafen gewesen. Sein Flug, mit dem er zu seiner ersten Geschäftsreise in die Vereinigten Staaten starten wollte, hatte sich verzögert, und er schlenderte ziellos durch die Menge der Reisenden, die sich durch die Gänge drängten.

Manchmal waren es die unvorhersehbaren Kleinigkeiten, die die größten Auswirkungen hatten. In Viktors Fall war es eine zusammengerollte Bild-Zeitung. Sie fiel ihm vor die Füße, er strauchelte, stieß gegen eine junge Frau, die einen Kaffee in der einen und ihre offene Handtasche in der anderen Hand hielt – weswegen sie die Zeitung hatte fallen lassen –, der Kaffee ergoss sich über seine neue Hose, und er raunzte die Frau wütend an – wie solle er jetzt, so kurz vor Abflug, noch an eine neue Hose kommen?

Alles hatte er erwartet – dass sie sich entschuldigen würde oder in Tränen ausbrechen, ihn ebenfalls anraunzen –, nur dass sie sich in einem Lachanfall förmlich krümmen würde, damit hatte er nicht gerechnet. Wie vom Blitz getroffen, hatte er sie angestarrt. Blond war sie, strahlend, sprühend vor Lebenslust.

»Sie sehen wahnsinnig komisch aus«, hatte sie zwischen Lachsalven gejapst. »Wie ein kleiner Junge, der sich in die Hosen gepinkelt hat und von der Mama erwischt worden ist ...«

Sie hatte englisch gesprochen, mit einem ausgeprägten Akzent. Er öffnete den Mund, um ihr eine passende Antwort vor die Füße zu schleudern, bekam aber keinen zusammenhängenden Satz heraus. Sie schien ihn trotzdem zu verstehen.

»Ja, gerne«, sagte sie. »Mein Abflug ist erst in drei Stunden, da wäre ein Glas Wein sehr willkommen.« Sie warf den leeren Kaffeebecher in einen Papierkorb, schulterte ihre schwere Umhängetasche und lächelte ihn erwartungsvoll an.

Minuten später saßen sie sich in einem Restaurant gegenüber, und innerhalb einer halben Stunde wurde sein Leben völlig umgekrempelt.

Krista war Afrikanerin, und ihrer Familie gehörte, wie sie erzählte, eine idyllische Farm in Zululand.

»Das liegt in Südafrika«, erklärte sie ihm.

Südafrika! Damals hatte er nur vage Vorstellungen von dem Land am anderen Ende der Welt gehabt. Johannesburg, die Stadt des Goldes, Kapstadt am Kap der Stürme und der Krügerpark waren ihm ein Begriff, aber nur von Bildern. Afrika stand nicht auf seiner Sehnsuchtsliste. Er träumte von Amerika und dem Fernen Osten und vielleicht irgendwann von einem Aufenthalt in Australien.

Ihre Erzählungen von der Familienfarm in Afrika weckten jedoch zu seiner Überraschung ein ungeahntes Verlangen in ihm, eines, das er noch nie gespürt hatte. Es riss ihn mit, wirbelte ihn aus dem Alltagstrott, dem Einerlei von Arbeit, Einsamkeit und unerfüllten Träumen, hinaus über die Weiten der Savanne in den brennend blauen Himmel über Afrika.

Er hatte Krista in die Augen gesehen, diese strahlenden, blauen Augen.

»Komm heute mit nach Amerika«, sagte er mit einer Stimme, die er kaum als die eigene erkannte. »Ich habe da noch einiges zu erledigen. Danach heiraten wir und fliegen zusammen nach Afrika.«

»Ja«, hatte Krista zu seiner unendlichen Überraschung gerufen und gelacht und ihn geküsst.

Und so geschah es. Sie flogen zusammen nach Amerika, und kaum dass sie wieder in Hamburg gelandet waren, bot er seine Kündigung an. Sein Chef reagierte allerdings keineswegs ärgerlich, sondern eröffnete ihm, dass die Firma ein Grundstück bei Durban für ein geplantes Zweigunternehmen gekauft habe und dort einen Verkaufsleiter für den gesamten Süden Afrikas brauche.

Mit einem Fünfjahresvertrag in der Tasche reisten Krista und er nach Durban und feierten dort ihre Hochzeit mit Kristas Familie. 1982 wurde Nina geboren, und ihr Glück war perfekt. Als Verkaufsleiter für deutsche Textilmaschinen hatte er klotzig Geld verdient, was ihm und seiner Familie ein äußerst angenehmes Leben erlaubte. Jede Provinz des riesigen Landes und auch die anschließenden Länder hatten sie erkundet, aber das Gebiet nördlich des Tugelaflusses hatte es ihnen besonders angetan. Mindestens ein Mal im Monat fuhren sie mit Freunden ins Hluhluwe-Umfolozi Game Reserve, mieteten eine Lodge im Busch mit einem Koch, der nur für sie da war. Oder sie fingen in den Felsenteichen an der Küste Langusten, die sie am Strand grillten und anschließend mit Zitronenbutter und Baguette verzehrten.

Hluhluwe, Sodwana Bay, Kosi Bay, Lake Sibaya.

Die Namen breiteten sich mitten in der beißenden Kälte als warme Welle in Viktor aus, und er verlor sich in Erinnerungen. Er hatte geglaubt, sie längst besiegt zu haben, diese unvernünftige Sehnsucht. Er blieb stehen und starrte hinauf in die Schwärze des Winterabends. Die Flocken fielen dichter und glitzerten im Licht der Straßenlaterne wie Millionen Sterne.

Sein Blick verschwamm. Er sah blendende Helligkeit, wogende Wellen von endlosen, grünen Zuckerrohrfeldern und meinte, die Sonne Afrikas auf der Haut zu spüren. Er musste sich beherrschen, nicht laut zu juchzen. In etwas mehr als achtundvierzig Stunden würde er auf dem King-Shaka-Flughafen landen. Mit einem gemieteten Landrover plante er, am folgenden Morgen die Küste am Indischen Ozean entlang nach Norden ins Herz von Zululand zu fahren. Eine Rückkehr in sein Paradies. Nach über vierzehn Jahren. Manchmal fragte er sich, warum er immer noch freiwillig die Kälte und Dunkelheit des europäischen Winters ertrug. Er atmete tief durch.

Einmal Afrika, immer Afrika.

Ein schneidender Windstoß fegte die Straße herunter und zerstörte die angenehme Vision. Schneeflocken trafen seine Brille, rannen die Gläser hinunter und machten ihn praktisch blind. Er nahm sie ab, putzte sie und steckte sie in die Brusttasche. Dabei berührte er sein Mobiltelefon, und einem plötzlichen Impuls folgend, zog er es heraus und tippte Ninas Kurzwahl ein. Vielleicht konnte er sie überreden, ihn zu begleiten.

Vielleicht war sie endlich so weit.

»Hallo, Prinzessin«, rief er betont fröhlich. »Wie geht's?«

»O Dad, hör auf, mich Prinzessin zu nennen. Ich bin erwachsen, falls du das noch nicht gemerkt hast.«

»Und? Du wirst immer meine Prinzessin bleiben ...«

Er hörte sie theatralisch seufzen. »Willst du nur klönen, oder ist es unaufschiebbar wichtig? Ich habe ziemlich viel um die Ohren.«

Wichtiger als alles andere, hätte er am liebsten geantwortet.

»Also, es ist so ...«, begann er nervös und hetzte dann durch die Sätze, um ihr keine Gelegenheit zu geben, ihn zu unterbrechen. »Ich muss für einen Auftrag nach Südafrika fliegen. Hast du vielleicht Zeit und Lust, mich zu begleiten? Du könntest Heilpflanzen recherchieren und Fotos machen.« Gespannt wartete er auf ihre Antwort.

Die aber kam nicht. Nina schwieg. In der Leitung knackte es, im Hintergrund hörte er Stimmen und das stetige Verkehrsrauschen. Ihr Labor lag mitten in Hamburg.

»Nina?«, sagte er leise. »Es ist über vierzehn Jahre her ...«

Vierzehn Jahre, seit das Licht in ihren Augen starb.

Nina war immer sportlich schlank gewesen, aber in letzter Zeit war ihm aufgefallen, dass sie leicht zugenommen hatte. Ihre Haut erschien ihm rosiger und praller, die schönen Linien ihres Gesichts, die hohen Wangenknochen weicher, ihre türkisfarbenen Katzenaugen leuchtender.

Vielleicht steckte ja ein Mann dahinter? Wäre das so, war sie auf dem Weg, endlich ihr Trauma zu überwinden. Ein Freudenflämmchen tanzte in seiner Brust.

»Noch nicht lange genug!« Ihre Stimme war kühl und emotionslos. »Eine Ewigkeit würde nicht reichen.«

Das Flämmchen erlosch.

»Tu dir das nicht an«, sagte er leise. »Sonst hat der Kerl endgültig gewonnen.«

Wer ihr das angetan hatte und was genau vorgefallen war, konnten die ermittelnden Beamten ihr damals nicht entlocken. Auch Viktors und Kristas vorsichtige Fragen hatten keinen Erfolg. Doch gelegentlich trat unvermittelt ein Ausdruck von solch blankem Entsetzen in ihre Augen, dass ihn der Gedanke beschlich, dass sie doch nicht alles vergessen hatte. Aber er hatte nie gewagt, sie danach zu fragen.

»Daran kann ich mich nicht erinnern«, war ihre stereotype Antwort auf die Fragen gewesen. Der Polizei gelang es weder, den Tathergang genau zu rekonstruieren, noch, den Täter zu identifizieren, da Nina sich nicht einmal bei der Hautfarbe des Angreifers sicher war.

»Schwarz, braun, weiß – ich hab das verdammt noch mal nicht mitbekommen«, schrie sie die befragende Polizistin an.

Die hatte unbeeindruckt weitergefragt. Mit freundlicher Miene und ruhiger Stimme.

Konnte sie seine Kleidung beschreiben? Trug er Schmuck? Eine Uhr vielleicht? Lange Hosen, kurze Hosen? Ein Hemd oder vielleicht keines?

Nina, die Augen mit steinerner Miene starr auf ein unsichtbares Bild gerichtet, quittierte jede Frage mit verbissenem Kopfschütteln.

Unvermittelt änderte die Beamtin ihre Taktik. »Wie hatte sich sein Haar angefühlt?«

Nina zuckte zusammen und starrte die Frau überrumpelt an.

»Wie hat er gerochen?«, bohrte die Beamtin weiter.

Nina war schlagartig blass geworden, daran erinnerte sich Viktor genau. Bestimmt verschwieg sie etwas. Aber warum sie das tat, war ihm schleierhaft.

Die Ärzte diagnostizierten retrograde Amnesie, was hieß, dass das eigentliche Ereignis aus ihrem Gedächtnis gelöscht war. Oder

Nina wollte sich nicht erinnern, was aufs Gleiche hinauslief. Kurz darauf wurde ihr Fall ad acta gelegt.

Nina war vor jenem Tag damals ein lebenslustiges, kontaktfreudiges Mädchen gewesen, das furchtlos in der Brandung nach Langusten tauchte und allein durch den Busch streifte. Körperlich erholte sie sich relativ schnell, aber ihre Bewegungen waren nicht mehr so lebhaft und energiegeladen, und ihre Schultern krümmten sich nach vorn, als wollte sie sich schützen. Es war, als trocknete ihre Seele ein.

Im Laufe der letzten Jahre hatte sich der Eindruck allerdings etwas verwischt. Das Entsetzen trat nur noch selten an die Oberfläche. Nur ihm fiel wohl noch auf, dass sie, wie er es nannte, in ihrem Schneckenhaus verschwand.

Aber das Funkeln in ihren wunderschönen Augen war erloschen, und ihr mitreißendes Lachen hatte sie verloren. Eine klingende Kadenz von glockenklaren Tönen, die jeden, der sie vernahm, mit seiner Fröhlichkeit ansteckte.

Er packte sein Handy fester. »Nina? Liebes?«

»Nein. Und bitte frag mich nie wieder!«

Er wusste nichts zu antworten.

»Übrigens fliege ich morgen nach Indien, also hätte ich sowieso keine Zeit.« Jetzt war ihr Ton weicher.

Er blieb stehen und kickte mit einem Fuß in eine flache Schneewehe. Eine pudrig weiße Wolke stob hoch, überzuckerte seine Schuhe und durchnässte seine Strümpfe. »Geschäftlich? Hast du wieder einen Forschungsauftrag?«

»Ja«, bestätigte sie. »Wir suchen nach neuen medizinischen Nutzpflanzen. Die Inder haben auf dem Gebiet eine Tradition, die Jahrhunderte zurückreicht. Ihr Wissen ist ein wahrhaftiger Schatz, den ich zu heben vorhabe.«

Er zögerte, konnte aber dann doch nicht an sich halten. »Wir?«

Nina lachte leise. »Konrad begleitet mich.«

Ein Echo ihres früheren Lachens! Mit abwesender Geste wischte er sich die Schneeflocken vom Kragenrand. Sie schmolzen schnell und rannen als eisige Wassertropfen seinen Hals hinunter.

»Konrad-nenn-mich-ja-nicht-Konni-sonst-kriegste-eins-aufa-Glocke? Der Konrad?«

Wieder lachte sie. »Genau der. Du hast seinen Tonfall präzise imitiert. Er tut manchmal gern etwas prollig ...«

»Bist du ...?«, begann er leise und wunderte sich, dass seine Stimme so brüchig klang. »Ich meine ... seid ihr ...?«

Für einen Augenblick waren nur die atmosphärischen Geräusche in der Leitung zu hören und Ninas Atmen, und er befürchtete, ihr zu nahe getreten zu sein, sodass sie wieder in ihr Schneckenhaus verschwinden würde.

»Ja«, antwortete sie.

Nichts weiter.

»Aber jetzt muss ich Schluss machen«, rief sie, bevor er etwas sagen konnte. »Ich habe weder meine Sachen gepackt noch die letzten E-Mails beantwortet. In zwei Wochen bin ich wieder zurück. Pass auf dich auf! Tata, Dad!«

»Nina?«, sagte er, aber sie hatte aufgelegt.

Er starrte auf das Telefon in seiner Hand. *Tata.* Auf Wiedersehen. Ein Wort aus ihrer Kindheit. Ihr kurzes, aber inhaltsschweres Ja. Ein Anlass zur Hoffnung? Sollte er sie nach Nico fragen? Er hatte das schon einmal getan, kurz nachdem sie Südafrika verlassen hatten.

»Wer ist das?«, hatte sie mit abwesender Miene gefragt. »Sollte ich ihn kennen? Daran kann ich mich nicht erinnern.«

Was hätte er ihr darauf antworten sollen? Dass Nicolo dal Bianco der Mann war, in den sie verliebt war? Und der in sie verliebt war? Der sie heiraten wollte? Er schauderte bei der Vorstellung, was ihre Erinnerung an Nico so komplett ausgelöscht hatte.

»Ich bin tot, von hier bis da unten«, hatte sie gewispert und eine Handbewegung vom Nabel über ihren Unterleib gemacht. »Tot. Alle meine Gefühle. An dem Tag habe ich begonnen zu sterben.«

Ihr hilfloser Blick hatte ihn bis ins Herz getroffen, aber er hatte nicht gewusst, wie er ihr helfen sollte. Krista hatte ihn zu der Zeit schon verlassen. Er hatte niemanden, den er hätte fragen können, weil Nina sich nach wenigen Sitzungen bei ihrer Psychotherapeutin weigerte, weiter zu ihr zu gehen.

Danach hatte sie sich wieder in ihrem Schneckenhaus verschanzt. Gerade hatte sie gegen heftige Konkurrenz die Anstellung als Leiterin des Forschungslabors für Heilpflanzen bekommen. Aber der Neid der übergangenen Mitarbeiter war fühlbar, und so saß sie Abend für Abend bis spät in die Nacht vor ihrem Bildschirm, um ihre Forschungsergebnisse vom Tag durchzuarbeiten. Zwischendurch aß sie irgendetwas aus der Tiefkühltruhe oder bestellte eine Pizza beim Pizzaservice, die groß genug war, dass sie am nächsten Abend noch genug davon übrig hatte, wie sie ihm erzählte. Für Freundschaften habe sie vorläufig weder die Zeit noch die Kraft.

Einen Mann, der ihr besonderes Interesse erweckt hätte, hatte er weit und breit nicht ausmachen können.

Er steckte das Telefon ein. Der Umschlag mit dem Vertrag raschelte leise. Es schneite nun heftiger, und der Wind schnitt ihm in die Haut. Rasch ging er weiter. Bald würde er in Südafrika landen und ins unvergleichliche Licht des dortigen Frühlings treten, das immer wie eine schimmernde Schale aus blauem Kristall über Meer und Land lag. KwaZulu-Natal litt unter einer Hitzewelle, wie er im Internet gelesen hatte. Seit Wochen war das Thermometer nicht unter dreißig Grad gefallen. Seine Betriebstemperatur! Ein plötzlicher Windstoß ließ ihn frösteln. Für ihn war Südafrika das schönste Land der Welt gewesen, und es hatte nichts gegeben, was ihn zur Rückkehr nach Deutschland hätte bewegen können.

Bis zu jenem Freitag.

Der Gedanke sprang ihn aus dem Hinterhalt an. Abrupt blieb er stehen, verlor kurz die Balance und wäre um ein Haar ausgerutscht, konnte sich aber im letzten Moment an einem Baumstamm abstützen. Eine Schneekaskade löste sich und fiel auf ihn herab. Er schüttelte sich, spürte jedoch nicht die nasse Kälte der schmelzenden Flocken, sondern war zurück in Natal in der Waschküchenhitze des Hochsommers im Jahr 2002.

Er war dabei gewesen, als Ninas Auto entdeckt wurde. Verschwunden war sie auf der Fahrt die Nordküste hoch, irgendwo zwischen Umhlanga Rocks und Mtunzini, wo sie eine Freundin hatte besuchen wollen. Gefunden wurde sie durch puren Zufall. Ein Kuhhirte, der seine Herde auf einem von Regenfurchen durchzogenen Weg trieb, der durch die Zuckerrohrfelder entlang eines ausgetrockneten Wasserlaufs verlief, verspürte einen plötzlichen Druck auf der Blase und trat ein paar Schritte in die Büsche, um sich zu erleichtern. Sein kräftiger Strahl traf auf Metall, und es gab ein hohl trommelndes Geräusch. Er beendete sein Geschäft, zog die Hose hoch und bahnte sich neugierig den Weg in den Busch.

Das Auto, ein kompakter, weißer Golf mit einer langen Beule über die gesamte linke Seite, wurde von herunterhängendem Buschwerk so verdeckt, dass der Wagen schon aus knapp zwei Metern Entfernung so gut wie unsichtbar war. Der junge Hirte rüttelte vergeblich an der Fahrertür. Sie war abgeschlossen. Auch die anderen Türen sowie die Heckklappe ließen sich nicht öffnen. Mit einem Stein versuchte er, eines der Seitenfenster einzuschlagen, aber auch das gelang ihm nicht. Das dumpfe Stöhnen schrieb er seinen Kühen zu, die ständig irgendwelche Geräusche von sich gaben. Schließlich gab er auf und trieb seine Herde auf die Weide.

Als er mit den Tieren abends in der sinkenden Sonne heimwärts wanderte, stand das Auto immer noch da. Begehrlich starrte er das herrenlose Gefährt an, rüttelte an einem der Außenspiegel und brach schließlich die beiden Scheibenwischer ab und steckte sie in seine rückwärtige Hosentasche. Die konnte man immer zu Geld machen. Dann trottete er zur Hofstätte seiner Familie, trieb seine Rindviecher in ihren Kraal und berichtete anschließend seinem Vater von dem verlassenen Wagen.

Sein Vater war ein Mann fester Prinzipien und genauer Vorstellung von richtig und falsch und anderer Leute Eigentum. Ohne zu zögern, marschierte er eine Stunde durch den Busch zur lokalen Polizeistation und berichtete dem diensttuenden Beamten, der sein Neffe war, von dem Auto. Da es in Kürze stockdunkel sein würde, beschloss der Polizist, sich erst tags darauf darum zu kümmern.

Nachdem der Beamte am nächsten Morgen den demolierten Wagen inspiziert hatte, rief er seine Durbaner Kollegen an mit der Bitte, das Kennzeichen zu prüfen. Schnell wurde festgestellt, dass seit Tagen nach diesem Fahrzeug im Zusammenhang mit einem Schwerverbrechen gefahndet wurde.

Als Viktor eintraf, hatte die Spurensicherung bereits den Kofferraum durchsucht. Die Frage, ob das Auto das seiner Tochter sei, bestätigte Viktor mit einem knappen Nicken. Er beobachtete die Polizisten, die den Bereich der Vordersitze Zentimeter für Zentimeter absuchten. Eine junge, dunkelhäutige Beamtin war dabei besonders gründlich. Sie legte sich auf den Bauch und leuchtete unter die Sitze, löste die Fußmatten und untersuchte den Boden. Anschließend klopfte sie die Rückwand vom Handschuhfach ab.

Verblüfft sah Viktor zu. »Dahinter kann sich doch sicherlich kein Mensch verstecken.«

»Manchmal erlebt man da eine Überraschung. Illegale Grenzgänger verstecken sich gern dahinter.« Sie richtete sich auf. »Wie groß ist Ihre Tochter? Ist sie schlank?«

»Sie ist sehr schlank und rund eins fünfundsiebzig groß.«

»Würde etwas eng für sie werden«, sagte die Polizistin, beugte sich vor und klopfte noch einmal das Handschuhfach ab. »Aber hier ist nichts. Tut mir leid.« Sie wischte sich mit einem Papiertaschentuch über das schweißglänzende, schokoladenbraune Gesicht. »Wir finden Ihre Tochter«, murmelte sie dann und senkte den Blick zu Boden. »Versprochen.«

In diesem Augenblick wurde ihm klar, dass die Aussicht, Nina lebend wiederzusehen, mit jeder Minute unwahrscheinlicher wurde. »Ich will mir den Innenraum ansehen. Ist das möglich?«

Die Beamtin nickte wortlos und zeigte auf den rückwärtigen Bereich. Viktor öffnete die Tür und sah sich um.

Auf dem Boden lagen zwei Kippen, dabei rauchte Nina gar nicht. Die Kippen und der süßliche Geruch nach verbranntem Gras, ganz unzweifelhaft Cannabis, und als Kopfnote das abstoßend aufdringliche Männerparfüm jagten ihm die Angst durch die Adern.

Die Beamtin schlug das Handschuhfach zu und drehte sich mit einem Kopfschütteln zu ihren Kollegen um.

Viktor blieb mit gesenktem Kopf stocksteif stehen. In das trockene, harte Geräusch, mit dem die Klappe zufiel, mischte sich ein anderer Laut. Einer, den er nicht einordnen konnte. Hohl, dumpf, und es schien ihm, dass er aus dem Kofferraum kam. Er drängte die Uniformierten beiseite und drückte mit zitternden Händen die Entriegelung des Kofferraums.

»Das können Sie sich sparen«, sagte einer der Männer von der Spurensicherung, ein vierschrötiger Schwarzer mit freundlichem Gesicht und Schultern wie ein Preisboxer. »Der ist leer.« Aber er trat zurück und ließ Viktor gewähren.

Angespannt beugte er sich vor, während die Heckklappe langsam nach oben schwang. Ein Gestank nach Fäkalien stieg ihm in die Nase. Die Hand über den Mund gepresst, wandte er sich kurz ab und schnappte dann nach Luft, um sich für das zu stählen, was im Heck auf ihn wartete. Mit angehaltenem Atem inspizierte er den Kofferraum.

Aber er sah nur den Ersatzreifen, Einkaufstaschen, Ninas Laufschuhe und ein angebrochenes Paket Papiertaschentücher. Darüber hinaus war der Kofferraum leer. Er musste sich geirrt haben. Enttäuscht stemmte er sich hoch.

»Hab ich doch gesagt, das Auto ist leer«, sagte der Vierschrötige und packte die Klappe, um sie zuzuwerfen. In diesem Moment ertönte der dumpfe Laut wieder, und jetzt war klar, dass auch er ihn gehört hatte.

Danach ging alles sehr schnell.

»Da ist doch was!«, brüllte der Schwarze. »Wir brauchen eine Säge oder so was! Schnell!«

Niemand hatte eine Säge. Kurz entschlossen packte der Mann einen oberarmdicken Ast, der im Busch lag, und rammte ihn mit aller Kraft gegen die Rückwand des Kofferraums.

Der Ast brach, aber die Wand gab krachend nach. Viktor stieß den Polizisten beiseite, kroch ins Heck, packte die Rückwand mit den Händen und zerrte sie weg.

Nina lag zusammengekrümmt in diesem Loch, das kaum mehr Platz bot als für einen Handgepäckkoffer – Knie bis unters Kinn gedrückt, Mund und Augen mit braunem Packband verklebt und Hände und Füße mit Kabelbindern fixiert.

Als Viktor sie berührte, um die Kabelbinder zu lösen, geriet sie in Panik und schrie. Schreckliche Laute, vom Packband über ihrem Mund abgewürgt. Ihr Gesicht lief krebsrot an, die Adern an ihrem Hals standen wie Stränge hervor.

Hände und Füße waren stark angeschwollen und blauviolett verfärbt. Viktor redete behutsam auf sie ein, während er sich daranmachte, die Fesseln an ihren Handgelenken mit seinem Taschenmesser zu durchtrennen. Nina wich vor ihm zurück und schrie vor Angst. Ihm wurde ganz anders dabei, aber er fuhr fort.

»Der Hubschrauber mit dem Notarzt wird in etwa einer halben Stunde eintreffen«, informierte ihn die Polizistin. »Er wird ihr ein Schmerzmittel spritzen können. Sie sollten lieber warten.«

Viktor schüttelte den Kopf. »Das hält sie nicht aus«, knurrte er.

Er biss die Zähne zusammen, schob die Messerklinge unter den Kabelbinder und ertrug Ninas dumpfes Schreien, bis die Plastikstreifen herunterfielen und ihre Hände frei waren. Die Fesselung hinterließ tiefe, blutende Furchen. Nina riss die Arme hoch, stieß dabei gegen die Kofferraumwand und stöhnte auf. Viktor fing ihre Hände ein und hielt sie fest.

»Hat jemand Verbandsmaterial dabei?«, rief er.

Die Polizistin lief zu ihrem Dienstwagen und kam kurz darauf mit einem Erste-Hilfe-Kasten zurück. Geschickt umwickelte sie Ninas Handgelenke mit Mullbinden, während Viktor weiter beruhigend auf seine Tochter einredete.

»Sei ganz ruhig, Prinzessin«, murmelte er und hielt ihre Hand. »Du bist in Sicherheit ...«

»Fertig«, verkündete die Beamtin und trat zurück.

Viktor beugte sich vor. »Ich werde jetzt erst das Klebeband von deinen Augen lösen«, sagte er. »Und danach das von deinem Mund ... Es wird nicht wehtun.«

Mit einer Hand hielt er ihren Kopf still, mit der anderen zog er millimeterweise das Klebeband von ihren Augen. Nina reagierte nicht. Ihr Blick war starr, und sie bebte am ganzen Leib.

»Und nun ziehe ich das Packband von deinem Mund. Halt ganz still, Prinzessin, gleich ist es vorbei ...«

Kaum war ihr Mund frei, schrie sie los.

»Nicht schreien, Prinzessin«, murmelte Viktor. »Ganz ruhig, ich bin bei dir ... Niemand kann dir etwas tun ...« Er hielt kurz inne, weil er merkte, wie läppisch das klang. Er räusperte sich. »Ich schneide jetzt die Fesseln von deinen Beinen los, das wird vielleicht wehtun, aber dann bist du frei, und ich kann dich herausheben.«

Ihr Schreien ging in leises Gewimmer über und verstummte schließlich. Krampfhaft schnappte sie ein paarmal nach Luft, dann nickte sie kurz. Als Viktor das Messer unter die Fesseln schob und dabei die tiefe Wunde berührte, verzog sie vor Schmerzen das Gesicht, gab aber keinen Laut von sich.

Viktor durchschnitt die Kabelbinder. »Es ist vorbei, Prinzessin, ich hol dich jetzt da raus.« Er beugte sich über sie, um sie hochzuheben.

In diesem Augenblick entdeckte er die Schlange. Es war ein

schönes Tier, von reinem Grasgrün, nicht ganz einen Meter lang. Sie hatte es sich in Ninas Kniekehlen bequem gemacht. Jetzt drehte das Tier seinen Kopf minimal und fixierte ihn mit unergründlich schwarzen Augen. Ihm stockte der Atem.

»Eine Schlange«, flüsterte er und wagte es nicht, sich zu bewegen, weil er das Reptil nicht aufscheuchen wollte. »Da, in ihren Kniekehlen. Ist das eine Grüne Mamba?« Nina zuckte zusammen, und Viktor spürte, dass sie wieder zu zittern anfing. »Ruhig, Prinzessin ...«

Der vierschrötige Schwarze sah genauer hin. »Es ist eine Grüne Baumschlange«, murmelte er. »Sehr giftig. Tödlich, wenn sie die richtige Stelle trifft.« Er wandte sich Nina zu. »Rühren Sie sich nicht. Verstehen Sie mich? Keine Bewegung.«

»Okay«, wisperte sie.

»Tretet alle zurück«, befahl er seinen Kollegen. »Keiner darf den Wagen berühren. Und ruft die Rettung an, sagt Bescheid, dass wir mit einem Biss einer Baumschlange rechnen müssen.« Er wandte sich wieder an Viktor. »Ich werde sie am Kopf packen, und wenn ich sie habe, heben Sie Ihre Tochter heraus. Aber nicht einen Augenblick vorher, verstanden? Brauchen Sie Hilfe?«

»Nein«, krächzte Viktor.

»Okay«, murmelte der Zulu.

Mit einer langsamen, gleichmäßigen Bewegung hob er die rechte Hand und näherte sich millimeterweise dem Schlangenkopf.

Die junge Polizistin zog ihre Pistole, ging in zwei Metern Entfernung in Schussposition und ließ das Reptil nicht aus den Augen. Niemand rührte sich, niemand gab einen Laut von sich.

Später konnte Viktor sich nicht daran erinnern, dass der Polizist sich überhaupt bewegt hatte.

»Hab sie!«, brüllte der Zulu und sprang ein paar Schritte zurück.

Triumphierend hielt er die sich heftig windende Baumschlange hoch, die er mit sicherem Griff hinter dem Kopf gepackt hatte. Er lief ein Stück ins Gebüsch und entließ das Reptil in die Freiheit.

Nach kurzem Zögern glitt die Schlange senkrecht an einem Baumstamm hoch, und ohne auch nur ein Blatt zum Zittern zu bringen, verschwand sie im grünen Blätterdach.

Viktor befreite Nina mit unendlicher Vorsicht aus ihrem Gefängnis, und als sie ihm die Arme um den Hals schlang, strömten ihm die Tränen übers Gesicht. Die Polizistin half ihm, Nina hochzuheben, und führte ihn zum Streifenwagen.

»Der Hubschrauber landet gleich«, sagte sie. »Setzen Sie sich so lange in den Wagen.« Sie nahm eine Flasche Wasser aus der Seitentasche und öffnete sie. »Hier, sie wird sehr durstig sein.« Sie winkte einem Kollegen, und gemeinsam markierten sie auf dem abgeernteten Zuckerrohrfeld nahebei einen geeigneten Landeplatz.

Viktor setzte die Flasche an Ninas Lippen und spürte, wie sie sich entspannte. Er murmelte Koseworte aus ihrer Kindheit und wiegte sie auf dem Schoß, wie er das früher mit der kleinen Nina getan hatte. So saß er da, mit seiner Tochter im Arm, und vergaß die Welt um sich herum.

Bald kündigte das unterschwellige Wummern von Rotoren den Rettungshubschrauber an, und innerhalb von Minuten setzte er auf dem markierten Platz auf. Zwei Sanitäter und ein Notarzt kletterten heraus und bahnten sich den Weg durch das Stoppelfeld.

»Haben wir es mit einem Schlangenbiss zu tun?«, rief der Arzt der Polizistin zu.

»Glücklicherweise nicht«, antwortete sie. »Aber mit einem schweren Schock und vermutlich inneren Verletzungen.«

Der Arzt begrüßte Viktor mit einem kurzen Nicken und stellte seine Tasche ab. »Können Sie mir schildern, was genau ihr zugestoßen ist? Ich weiß nur, dass sie Opfer einer Entführung geworden sei.«

Viktor beschrieb ihm, wie er Nina vorgefunden hatte. »Der Kerl hat sie wie ein Paket verschnürt und ihr als Gesellschaft eine Grüne Baumschlange zwischen die Beine gesetzt. Ob sie innere Verletzungen hat, weiß ich nicht.«

»Übel«, murmelte der Arzt. Er ergriff eines ihrer Handgelenke und löste die Mullbinde, um sich die Wunde näher anzusehen, aber Nina riss ihre Hand weg. Der Arzt ließ sie sofort los.

»Wir bringen sie in die Klinik«, sagte er zu Viktor. »Bitte halten Sie ihren Arm fest. Ich möchte ihr etwas gegen die Schmerzen und den Schock geben und einen Tropf anlegen.« Er nahm eine Spritze aus seiner Tasche.

»Wir bringen dich jetzt ins Krankenhaus«, flüsterte Viktor ihr zu. »Keine Angst, ich bleibe bei dir. Keiner wird dir etwas antun. Alles wird gut, Prinzessin.«

Wie angewiesen, hielt er ihren Arm ruhig, während der Arzt ihr das Medikament in die Vene spritzte. Mit einem leisen Seufzer schloss Nina die Augen.

»Okay, jetzt spürt sie erst mal nichts mehr«, sagte der Arzt und richtete sich auf. »Ab mit ihr in den Helikopter.«

Die Sanitäter betteten Nina auf die Trage und hoben sie in den Hubschrauber. Viktor setzte sich neben sie und hielt ihre Hand, bis sie im Krankenhaus in den Operationssaal geschoben wurde.

Krista, die Freunde in den Midlands besucht hatte, erreichte die Klinik erst, als Nina schon auf ihrem Zimmer lag.

Viktor und sie wechselten sich am Bett ihrer Tochter ab. Nach nur drei Tagen bestand Nina darauf, nach Hause entlassen zu werden. Sie fühle sich in der Klinik nicht sicher. Auf der Heimfahrt starrte sie schweigend aus dem Fenster. Ihr Gesicht war ausdruckslos, ihre Augen leer, und Viktor, der sie im Rückspiegel beobachtete, schien es, dass sie sich in eine Welt zurückgezogen hatte, in die ihr keiner folgen konnte. Es machte ihm Angst.

Als Nina aus dem Auto stieg, verkündete sie ihren Eltern mit steifen Lippen, dass sie Südafrika verlassen werde. Auf der Stelle. Und für immer.

Und das tat sie, und seitdem hatte sie nie wieder südafrikanischen Boden betreten.

Krista und er bemühten sich nicht, sie umzustimmen. Es war

klar, dass es zwecklos sein würde. In jener Nacht redeten sie bis in die frühen Morgenstunden miteinander. Schließlich stand ihr Entschluss fest. Nina war ihr einziges Kind. Ihre Tochter brauchte ihre Eltern zum Überleben.

Innerhalb von Wochen verkauften sie praktisch ihren ganzen Besitz, packten das, was von ihrem südafrikanischen Leben übrig war, in vier Koffer, und dann verließen auch sie für immer das Land, in dem sie so glücklich gewesen waren.

Eine eisige Bö trieb ihm Schneeschwaden ins Gesicht und erinnerte ihn an die jetzige Wirklichkeit. Er zog den Mantelkragen unterm Kinn fest und machte sich – immer noch gedanklich bei jenem Freitag vor vierzehn Jahren – auf den Heimweg.

Die Krähe hockte zehn Meter vor ihm auf dem Ast eines kahlen Baumes. Es war bitterkalt, und ihr Körper verlangte nach Nahrung. Mit ihren schwarzen Knopfaugen hatte sie eine halb gegessene Banane erspäht, die auf dem Bürgersteig im trüben Lichtkreis einer Straßenlaterne lag. Nach wenigen Flügelschlägen landete sie auf der verschneiten Laternenkuppel, streckte den Kopf vor und äugte gierig auf die gelbe Frucht hinunter, ehe sie die Fittiche anlegte und sich in die Tiefe fallen ließ. Elegant fing sie den Fall mit ausgebreiteten Schwingen ab und hüpfte hinüber zu der Banane. Sie packte die Frucht mit dem Schnabel und wollte mit ihrer Beute davonfliegen, aber die Schale war am Boden festgefroren. Mit aller Kraft zerrte und zog sie, und weil sie damit nicht zum Ziel kam, hackte sie mit ihrem scharfen Schnabel in das frostverkrustete Fleisch, bis sie den weichen Kern erreichte.

Hätte Viktor beim nächsten Schritt aufgepasst und seinen Fuß nur zwei Zentimeter weiter links aufgesetzt – sein Leben wäre seinen gewohnten Gang gegangen. Er wäre durch die frostige Nacht nach Hause gelaufen, hätte seine Koffer gepackt und in zwei Tagen die lange Reise nach Südafrika angetreten. Vierundzwanzig Stunden später wäre er am Ziel seiner Träume gewesen.

Er bemerkte die Krähe erst, als er nur eine Schrittlänge von ihr entfernt war. Der Vogel ließ ärgerlich krächzend von seiner Beute ab, flatterte hoch und landete auf der Laterne. Abgelenkt blickte Viktor zu dem Tier hinauf und hob den Fuß, übersah dabei die Banane, die gelblich im Laternenlicht glitzerte, trat hinein, rutschte aus und fiel mit Schwung rückwärts. Geistesgegenwärtig streckte er beide Arme nach hinten, um den Fall abzufangen, aber der Aufprall war so heftig, dass sein linkes Handgelenk mit einem hörbaren Knacks splitterte und er ungebremst mit großer Wucht auf die rechte Seite fiel.

Das eigentliche Verhängnis aber lauerte unter dem Schnee.

Es war der Rest eines Holzbretts, in das jemand einen Zimmermannsnagel geschlagen hatte und das vom Sperrmüll eines Anwohners heruntergefallen war. Der Nagel stand senkrecht hoch. Er war elf Zentimeter lang, und nur die geschliffene Spitze ragte aus dem Schnee.

Der Nagel war scharf und glitt widerstandslos in den Muskelstrang neben Viktors Rückgrat, verfehlte knapp die Wirbelsäule, durchbohrte aber die Niere. Mit einem Schrei sackte er seitwärts, was zur Folge hatte, wie später im Krankenhaus festgestellt wurde, dass die Niere durch den Ruck fast zweigeteilt wurde.

Viktor brüllte vor Schmerz. Er wollte sich aufrichten, konnte sich aber nicht rühren. Mit der gesunden Hand tastete er seine Taillenlinie entlang, spürte warme Nässe und zu seinem Entsetzen auch die Spitze des Nagels, die aus der Bauchdecke stach. Er krümmte sich zusammen, um zu sehen, was ihm da wie rotglühendes Eisen in der Seite steckte.

»Lieber Gott, lass es nicht meine Niere sein«, war alles, was er noch denken konnte, als ihn der Schmerz wie ein Blitz traf.

Durch den schwarzen Fleckenwirbel vor seinen Augen untersuchte er im Laternenlicht seine verletzte Hand, die zusehends anschwoll. Die Wunde in seiner Seite konnte er nicht sehen, aber umso mehr fühlen. Eine Kette saftiger Flüche brach aus ihm heraus, als ihm klar wurde, was das bedeutete. Eine Operation, und obendrein würde er seine Reise absagen müssen und damit seinen Auftrag verlieren. Alles war umsonst gewesen. Den Abgabetermin würde er auf keinen Fall einhalten können.

Die Einzige, die ihm helfen könnte, war Nina. Sie hatte ein wunderbares Auge für Fotomotive. Nina, die das Schlimmste durchgemacht hatte, was einer Frau zustoßen konnte, die geschworen hatte, nie wieder einen Fuß auf südafrikanische Erde zu setzen.

Nichts auf der Welt würde ihn dazu bringen, sie darum zu bitten. Bevor sie in zwei Wochen aus Indien zurückkam, hoffte er, das Krankenhaus verlassen zu haben. Dann würde er ihr nicht einmal von dem Unfall erzählen müssen. Irgendwie würde er das schon überleben. Irgendwie.

Er langte mit der unverletzten Hand in die Brusttasche, um das Mobiltelefon herauszuholen, aber die Hand gehorchte ihm auf einmal nicht mehr.

»Verflucht!« Mit zusammengebissenen Zähnen schob er zwei Finger in die Tasche und zog das Gerät hervor. Es rutschte ihm prompt aus der Hand und fiel in den Schnee. »Mist, verdammter!«

Die Krähe über ihm krächzte böse und schlug mit den Flügeln.

»Blöder Vogel«, ächzte er. Ihm wurde schubweise schlecht. Mühsam zog er das Telefon heran und quälte sich ab, bis es ihm schließlich gelang, den Notruf einzutippen. Der Rettungsdienst meldete sich nach wenigen Sekunden, und er keuchte heraus, was ihm zugestoßen sei.

»Ja, ein Nagel! Fingerdick ...« Ihm wurde schlecht. Das Telefon fiel ihm wieder aus der Hand und dieses Mal auf die Banane. Die Krähe starrte mit schief gelegtem Kopf auf das Telefon hinunter und kreischte aufgebracht.

»Wir kommen sofort«, hörte er den diensthabenden Beamten noch rufen. »Versuchen Sie, sich warm zu halten.«

Viktor ließ sich zurücksinken und bettete den verletzten Arm in den Schnee, um eine noch stärkere Schwellung zu unterbinden.

Die Kälte, die ihm durch die Kleidung in den Körper kroch, betäubte das unerträgliche Pochen in seiner Seite etwas. Immer wieder versank er in einem schwarzen See von Bewusstlosigkeit. Ab und zu tauchte er wieder auf, bis er durch den feuerroten Nebel aus Schmerzen endlich die heulenden Sirenen des Rettungswagens vernahm. Der Wagen bog um die Ecke und fuhr langsam die Straße herunter, bis die Scheinwerfer Viktor erfassten.

Der Notarzt, ein drahtiger, gebräunter Mittfünfziger in einer dicken, roten Daunenjacke, sprang heraus. Zwei Sanitäter folgten ihm mit der Ausrüstung. Selbst einen Defibrillator hatten sie dabei.

Viktor machte Anstalten, sich aufzustützen, vergaß aber, dass ihn der Nagel festhielt. Er schrie auf.

»Bleiben Sie ruhig liegen, bewegen Sie sich nicht.« Der Arzt kniete sich neben ihn und untersuchte die stark geschwollene Hand, während einer der Sanitäter eine Goldfolie über Viktors Beine breitete.

»Gebrochen«, murmelte der Arzt und legte die Hand zurück in den Schnee. »Dann wollen wir mal weitersehen. Wo genau haben Sie Schmerzen?«

»Rechts«, knurrte Viktor. »In der Nierengegend …«

»Schere«, sagte der Notarzt und streckte die Hand aus.

Der jüngere der Sanitäter reichte ihm das Gewünschte. Der Arzt schob Viktors Mantel und Jackett zur Seite und schnitt ihm dann Pullover, Hemd und Unterhemd auf. Als er die Spitze des Nagels in dem stark blutenden Riss in der Bauchdecke erblickte, pfiff er durch die Zähne.

»Ich gebe Ihnen jetzt eine Spritze, und dann bringen wir Sie ins Krankenhaus«, teilte er Viktor mit, während er ihm den linken Arm abband. Er köpfte eine Ampulle, zog die Spritze auf und injizierte ihm den Inhalt.

Viktor schwebte auf einer weichen, lichten Wolke davon und nahm die Fahrt und die Untersuchungen in der Klinik nur durch einen gnädigen Nebel wahr. Er bekam aber mit, dass ihm jemand sagte, dass er sofort operiert werden sollte, und grunzte seine Zustimmung. Solange der glühende Schmerz in seiner Seite danach behoben sein würde, war ihm alles egal.

Das Erste, was er wieder mitbekam, war ein merkwürdiges Geräusch, wie von einer leise laufenden Maschine. Er öffnete die Augen und blickte in das Gesicht eines Mannes, der einen weißen Kittel mit Goldknöpfen trug. Der Mann beugte sich über ihn.

»Gut, dass Sie wieder bei uns sind«, sagte der Mann. »Ich bin Doktor Kroetz und habe Sie operiert.«

»Und, wie sieht's aus?«, presste Viktor mühsam hervor. »Wann kann ich wieder nach Hause?« Sein Mund war wie ausgetrocknet. »Wo bin ich eigentlich?«

Der Chirurg richtete sich auf. »Im Universitätskrankenhaus Eppendorf, und es sieht nicht so gut aus. Sie werden noch eine Weile bei uns bleiben müssen. Erinnern Sie sich daran, dass Sie einen Unfall hatten?«

Viktor nickte. »Schmerzhaft«, sagte er. »Aber ich vertraue darauf, dass Sie mich wieder zusammengeflickt haben …«

Der Chirurg betrachtete ihn mit mitleidiger Miene. »Ihre Niere ist von dem eingedrungenen Nagel so zerfetzt worden, dass sie nicht mehr funktionsfähig ist. Und da Sie von Geburt an nur eine Niere besitzen, brauchen Sie eine Spenderniere.«

Viktor schloss die Augen und entschied, dass er gerade einen besonders grauenvollen Albtraum durchlebte. Als er durch die Lider blinzelte, war der Chirurg immer noch da und schaute ziemlich ernst drein. Neben dem Bett stand ein großes Gerät mit einem Monitor und vielen Schläuchen, das das schwirrende Geräusch verursachte. Einer der Schläuche steckte in seiner Armbeuge.

»Was ist das?« Viktor deutete auf die Maschine.

»Ein Dialysegerät.«

Viktor wurde schlecht. Er wusste, was das bedeutete.

»Wir haben Sie sofort auf die Liste der Eurotransplant gesetzt«, sagte der Chirurg. »Aber um ehrlich zu sein, sieht es nicht gut aus, um nicht zu sagen, eher schlecht.«

Viktor starrte durch den schwarzen Sternenwirbel vor seinen Augen an ihm vorbei. »Heißt was?«

»Die Liste ist fast endlos. Ihre Chancen, rechtzeitig eine passende Niere zu bekommen, stehen nicht gut.« Er räusperte sich. »Haben Sie einen nahen Verwandten, der Ihnen eine Niere spenden würde?«

Nina! Viktor hob abwehrend die rechte Hand. Halb ausgegorene Gedanken schossen in seinem Kopf umher wie Querschläger.

Eine Spenderniere. Eine endlose Liste. Keine Chance. Nina!

Langsam, aber entschieden schüttelte er den Kopf. »Nein, hab ich nicht.«

Nie würde er Nina fragen. Unter keinen Umständen. Er wandte das Gesicht zur Seite und wollte einfach nur in Ruhe gelassen werden, um sich zu fassen und Ordnung in sein Gedankenchaos zu bringen. Um zu begreifen, dass er wohl am Ende seines Weges angelangt war.

Der Chirurg betrachtete ihn nachdenklich. »Als Sie eingeliefert wurden, waren Sie nicht ansprechbar. Wir haben in Ihrer Brieftasche nachgesehen, wen wir im Notfall benachrichtigen könnten, und Namen und Telefonnummer Ihrer Tochter gefunden ...«

Viktor schreckte hoch. »Sie haben sie doch nicht etwa angerufen?«

»Doch, aber nicht erreicht. Sie sollten sich mit ihr in Verbindung setzen. Möglichst umgehend.«

»Ich denk drüber nach«, murmelte Viktor. »Jetzt möchte ich bitte einen Augenblick allein sein.«

»Natürlich. Aber Sie haben nicht viel Zeit. Es tut mir leid, Ihnen die krasse Wahrheit so unverblümt sagen zu müssen.«

Viktor knurrte eine unverständliche Antwort und schloss die Augen.

2

Obwohl es in Pune noch früher Vormittag war, wälzte sich in der drückenden Hitze eine lärmende Menschenmenge durch die Lakshmi Road. Händler schoben ihre Verkaufskarren geschickt zwischen den Passanten hindurch und priesen lautstark Haushaltsgeräte, Blumenkränze und Schmuck an. Es roch würzig nach Curry und Kräutern, und der Geräuschpegel war ohrenbetäubend. Vor den dunklen, oft halb zerfallenen Häuserfassaden hingen farbenfrohe, mit glitzernden Borten verzierte Prachtsaris zum Verkauf. Die Blumenstände, die die Straße säumten, leuchteten im Sonnenlicht.

Mit einer müden Geste wischte Nina sich den Schweiß von Gesicht und Hals. Die Hitze, der Staub, der wie eine gelbe Decke auf der Stadt lag, und der Lärm setzten ihr beachtlich zu. Ihr luftiges Oberteil und die weiten Sommerhosen waren nass geschwitzt. Ihr Kreislauf spielte verrückt, und das Atmen fiel ihr schwer. Aber nach ein, zwei Tagen würde sie sich daran gewöhnt haben, das wusste sie von ihren früheren Besuchen in diesem faszinierenden Land.

»Wir haben schon an die vierzig Grad, wenn nicht mehr«, knurrte Konrad Friedemann neben ihr grantig.

Nina verdrehte die Augen, aber so, dass Konrad es nicht bemerken konnte. »Du als halber Sizilianer solltest dich doch bei solchen Temperaturen richtig wohlfühlen«, flachste sie und fuhr ihm über sein raspelkurzes, schwarzes Haar.

Sie machte das oft, es fühlte sich so gut an. Wie ein weicher, dichter Pelz. Für gewöhnlich schnurrte er dann vor Behagen, aber heute machte ihr seine stürmische Miene klar, dass er es offenbar nicht gerade witzig fand, an sein sizilianisches Erbe erinnert zu werden. Sein Vater war ein wortkarger, blonder Hüne von der Nordseeküste gewesen, aber seine Großeltern und seine Mutter stammten aus einem Dorf im Südosten Siziliens. Von seinem Vater hatte Konrad die beachtliche Körpergröße geerbt, von Großvater Luca Santino nicht nur seinen zweiten Vornamen Santino, sondern auch das explosive Temperament. Bisweilen kam der heißblütige Santino hinter Konrads norddeutscher Fassade hervor. Heute schien der Ausbruch kurz bevorzustehen.

»Ich verdurste gleich!«, sagte er finster und schraubte den Deckel von seiner mitgeführten Wasserflasche ab.

Bevor er jedoch trinken konnte, rempelte ihn jemand im Gedränge an, und das Wasser ergoss sich über sein Hemd. Er fluchte und schüttelte die Flasche, aber es kam kein Tropfen mehr heraus. Als nun eine Handvoll zierlicher Inderinnen in bunten Saris, die mitten auf der Straße ein Schwätzchen hielten, seinen Weg blockierten, benutzte er seine muskulösen Schultern wie einen Wellenbrecher und pflügte durch die Gruppe.

»Das war ziemlich unfreundlich«, sagte Nina in leicht tadelndem Ton. »Hast du das beim Wehrdienst in der italienischen Armee gelernt?«

»Ich lös mich gleich auf!«, war die knappe Erklärung.

»Wir schwitzen alle«, erwiderte sie. »Es ist viel zu heiß für die Jahreszeit, aber das konnte ich schließlich nicht ahnen. Hier!« Sie streckte ihm ihre Wasserflasche hin. »Ich will ja nicht, dass du verdurstest.«

»Danke«, brummte er. Er trank ein paar tiefe Züge, wischte sich mit dem Handrücken den Mund ab und gab ihr die Flasche dann wieder zurück. »Das Wasser ist piehwarm.«

»Es kocht zumindest nicht. Wir sind bald am Fruit Market, da gibt es immer ein paar Stände, die gekühlte Getränke verkaufen. Überlebst du bis dahin?«

Konrad grunzte, sagte aber nichts.

Sie warf ihm einen Seitenblick zu. Irgendwie knirschte es fast jedes Mal zwischen ihnen, wenn er sie auf einer ihrer Forschungsreisen ins Ausland begleitete. Auf ihrer letzten gemeinsamen Reise nach Südamerika hatte er sich ein Magen-Darm-Virus eingefangen und eine Nacht auf der Toilette verbracht. Ein Arzt war nicht aufzutreiben gewesen, also hatte sie ihn mit Mineralwasser versorgt und mit Kohletabletten gefüttert.

Irgendwann war sie vom Jetlag todmüde ins Bett gefallen und eingeschlafen. Morgens fand sie ihn, kniend vor der Toilette zusammengesunken, den Kopf auf einen Arm gebettet, mit dem anderen umarmte er die Schüssel. Tagelang war er nicht einsatzfähig, was seine Geduld aufs Äußerste strapazierte, und das hatte sich massiv auf seine Laune ausgewirkt.

In Indien war die Wahrscheinlichkeit, einen derartigen Infekt zu bekommen, groß. Besonders für Europäer. Vielleicht ging es ihm nicht gut? Das könnte durchaus ein Grund für sein grantiges Verhalten sein.

Während sie den Rest aus ihrer Wasserflasche in einem Zug leer trank, musterte sie ihn verstohlen.

Er war unbestreitbar attraktiv. Breitschultrig, durchtrainiert, fast eins neunzig groß, blaue Augen unter grau meliertem, schwarzem Haar, und ein Lächeln, das bei Frauen seelische Verwüstungen anrichtete. Ein Playboy, ein Leichtgewicht, hatte sie anfangs geurteilt, ein rücksichtsloser Frauenheld. Vorschnell, wie sie später herausfand. Äußerlich war er der harte Kerl, aber unter seiner ruppigen Art, die er gern kultivierte, verbarg er eine mitfühlende Seele und ein butterweiches Herz. Bei ihrem ersten Treffen, das sie nie vergessen würde, war davon allerdings nichts zu merken gewesen. Gar nichts.

Sie saß in ihrem Labor, eine Tasse Kaffee in der Hand, und brütete über einer sehr schwierigen Versuchsreihe, als die Tür aufgestoßen wurde und sie als Reflexion in der Glastür ihres Laborschranks bemerkte, wie ein ihr völlig unbekannter Mann hereinstürmte. Er ließ die Faust auf den Tisch krachen, dass die Versuchsröhrchen tanzten.

»Welcher mörderische Mensch hat meine Boophone disticha ersäuft?«, knurrte er in einer Tonlage, die so rau und tief war, dass die Frage zu einer massiven Drohung wurde.

Nina wirbelte herum und starrte in wutsprühende, tiefblaue Augen.

»Hallo, ich freue mich auch, Sie kennenzulernen«, sagte sie trocken, nahm betont gelassen einen Schluck Kaffee und musterte den Eindringling.

Ziemlich groß, muskulös, schwarzes Haar, mit Grau durchzogen, Jeans, ein dunkelrotes Sweatshirt und Sneaker. Keine Socken.

»Ich will wissen, wer meine Boophone ermordet hat!« Der Mann fletschte seine Zähne, die in seinem sonnengebräunten Gesicht zahnpastaweiß leuchteten. »Die Zwiebel stand kurz vor der ersten Blüte. Nach zehn Jahren! Und jetzt hat sie jemand ertränkt! Bis oben hin stand sie im Wasser.« Er fuhr sich mit dem Zeigefinger über den Hals. »Hat alle Blätter abgeworfen, und die Zwiebel ist matschig.« Mit jedem Wort wurde seine Stimme lauter. Seine dunklen Brauen sträubten sich.

Nina war beeindruckt, zeigte es aber nicht. Eine Boophone disticha zu kultivieren war ungemein schwierig und erforderte jahrelange Geduld. Und war meistens nicht erfolgreich. Die Mischung des Substrats, das Licht und die Wasserzufuhr entschieden über Leben und Tod der Pflanze. Und schlicht auch das Glück.

»Eine Boophone disticha? Wen wollen Sie denn damit ins Jenseits befördern?«

Der Extrakt der Bushman's Poison Bulb, wie die Pflanzen in Afrika genannt wurden, wurde noch heute von den San als Pfeilgift verwendet, und sie wusste, dass traditionelle Heiler sie hauptsächlich als Halluzinogen benutzten, allerdings auch, so wurde gemunkelt, um sich unliebsamer Personen auf diskrete Weise zu entledigen. Manchmal geschah das offenbar auch ungewollt, denn der

Unterschied zwischen einer therapeutischen und der tödlichen Dosis war haarfein. Die Heiler kochten einen Sud aus der Giftzwiebel, und es hing von ihrer Sorgfalt in der Herstellung und der Potenz der gerade genutzten Pflanze ab, ob sie in der Sonne gewachsen war oder im Schatten. Die Giftzwiebel gehörte zu den Traumkräutern, die Patienten in Trance versetzten und lebhafte Klarträume und Visionen herbeiführten.

Von einem dieser Traumkräuter – sie konnte sich an den Namen Uvuma Omhlope erinnern – hieß es, dass es einen Blick ins Leben nach dem Tod ermögliche. Aber wissenschaftlich bewiesen war das nicht. Sie musste unwillkürlich lächeln. Derartige Eigenschaften wären auch in der modernen Welt ein kommerzieller Hit.

Der Mann ging nicht auf ihren Scherz ein. »Das heißt, die zehn Jahre waren völlig umsonst. Wenn ich Glück habe, kann ich gerade noch einen Sud davon kochen.« Wieder ließ er die Faust auf ihren Labortisch krachen.

»Unterlassen Sie das«, sagte sie.

Die Arme vor der Brust verschränkt, das Kinn herausfordernd vorgestreckt, ließ er seinen Blick in aufreizender Manier über ihre Gestalt laufen. Einmal rauf und wieder runter. Ein Blick wie eine körperliche Berührung. Ihr Rückgrat versteifte sich.

In den vergangenen Jahren hatten schon einige Männer vor ihm probiert, sie auf diese Weise anzuflirten, aber sie war immer zurückgeschreckt. Seit jenem Tag. Jetzt stellte sie mit nicht geringer Verwirrung fest, dass ihr die Vorstellung einer Berührung dieses Mannes nicht unbedingt unangenehm war. Im Gegenteil.

Um ihre unerwarteten Gefühle in den Griff zu bekommen, beobachtete sie ihn eine Weile über den Rand ihrer Kaffeetasse. »Muss ich Angst vor Ihnen haben?«, sagte sie schließlich.

Seine Augen funkelten blau. »Nur wenn Sie meine Giftzwiebel umgebracht haben. Haben Sie?«

»Und es ist tatsächlich eine Bushman's Poison Bulb?«, sagte sie.

»Ich bin in Südafrika geboren. In früheren Zeiten wuchsen die bei uns im Garten. Kann ich mir das Exemplar mal ansehen?«

Mit der Frage hatte sie offensichtlich einen Volltreffer gelandet. Immer noch die Arme vor der Brust gekreuzt, starrte er sie an.

»Zweifeln Sie etwa an meiner Fachkenntnis? Glauben Sie, ich habe vielleicht eine Gemüsezwiebel oder eine Narzisse hochgepäppelt?«

Nina wurde für eine Sekunde an einen übel gelaunten Leoparden erinnert. Welch ein unbeherrschter Rüpel! Sie lächelte ihn mit schmalen Lippen an.

»Natürlich nicht. Wie kommen Sie darauf?«

»Was sind Sie eigentlich? Laborassistentin? Oder putzen Sie nur die Versuchsröhrchen?«

Sie setzte ihren Kaffee ab. Was bildete der Kerl sich eigentlich ein?

»Natürlich putze ich die Versuchsröhrchen. Was sonst?« Sie grinste und zog an einer ihrer Haarsträhnen. »Ich bin blond. Das sollte doch einiges erklären.« Sie schlenkerte provozierend mit einem Bein. »Und wer sind Sie? Was wollen Sie hier im Labor? Sind Sie Lieferant oder so etwas?«

Seine Haltung änderte sich subtil, wurde entspannter. Ruhig tastete sich sein Blick über ihr Gesicht und blieb schließlich an ihren Lippen hängen.

Ihr Mund wurde plötzlich papiertrocken. Ihre Blicke verhakten sich. Nina versuchte vergebens, diesen gefährlichen Augen auszuweichen, was er aber zu bemerken schien, denn unvermittelt streckte er ihr die rechte Hand hin.

»Konrad Friedemann«, sagte er und lächelte. »Ich bin Spezialist für die Analyse von Heilpflanzen, und vom nächsten Monat an arbeite ich hier.«

Ein langsames Lächeln, und es begann in seinen Augen. Für Sekundenbruchteile wurden sie schmaler, dann öffneten sie sich weit, und wie der frühe Morgenhimmel kurz vor dem Sonnenaufgang begannen sie von innen zu strahlen, funkelten ihr wie geschliffenes, blaues Kristall aus einem Kranz von Lachfältchen entgegen.

Und sie hing an diesem Lächeln wie ein Fisch am Haken.

Eine tiefe Ruhe breitete sich in ihr aus. Ein warmes Gefühl von Sicherheit, Geborgenheit und der Gewissheit, endlich angekommen zu sein. Dass ihre Suche ein Ende hatte.

In dieser Sekunde verliebte sie sich rettungslos in ihn und wusste ohne jeden Zweifel, dass er der Mann war, mit dem sie den Rest ihres Lebens verbringen wollte.

Und wie jedes Mal, wenn sie zurück auf diesen funkelnden Augenblick blickte, durchflutete glühende Hitze ihren Körper. Nie würde sie vergessen, wie sie von ihren tot geglaubten Gefühlen völlig überwältigt wurde. Nie hätte sie für möglich gehalten, dass sie je wieder ein solches Glück verspüren könnte. Dass sie je wieder einen Mann begehren würde.

Auch jetzt lag auf ihren Zügen ein Widerschein seines Lächelns, als sie ihm versöhnlich die Hand hinstreckte. Aber er tigerte mit hochgezogenen Schultern zwei, drei Schritte voraus.

»Musstest du denn deine Recherchen unbedingt in die Woche vor dem Diwali-Fest legen?«, warf er ihr in einem Ton über die Schulter zu, der deutlich machte, wie gereizt er immer noch war.

Das Lächeln auf Ninas Gesicht erlosch. Sie biss sich auf die Lippen. Sein Verhalten begann ihr gegen den Strich zu gehen, und zwar ziemlich. Außerdem fand sie keine Erklärung dafür. Längst ärgerte sie sich selbst darüber, dass sie nicht darauf geachtet hatte, wann Diwali, das Lichterfest der Hindus, stattfand. Das Fest würde die gesamte nächste Woche andauern. Schon heute war niemand erreichbar, denn es waren alle Hindus unterwegs, um traditionell etwas Schönes für ihren Haushalt zu kaufen.

Mit anderen Worten, sie vergeudete Konrads und ihre Zeit. Wenigstens konnte sie nachher im Hotel ihre Unterlagen sichten und schon vorarbeiten. Außerdem hoffte sie, bei ihrem Besuch heute auf dem Fruit Market bei den Kräuterhändlern einige Kontakte knüpfen zu können. Allerdings war sie sich nicht sicher, dass die ihre Lieferanten preisgeben würden. Konrad, der sie als Experte in der Klassifizierung von Heilpflanzen begleitete, würde vermutlich Däumchen drehen und zunehmend grantiger werden. Sie seufzte.

»Ich hab dich nicht mit vorgehaltener Waffe gezwungen mitzukommen«, hielt sie ihm vor. »Du hättest mich ja daran erinnern können, schließlich war dir unser Reisedatum bekannt.«

»Warum sollte ich.« Konrad trat eine leere Plastikflasche zur Seite. »Es ist deine Geschäftsreise. Ich bin doch bloß dein Lakai und trag dir die Sachen nach.«

Betroffen blieb sie stehen. Es konnte doch nicht angehen, dass er sich in seiner Eitelkeit verletzt fühlte, weil sie den Auftrag bekommen hatte, neue Heilpflanzen zu finden? Das wäre völlig uncharakteristisch für ihn. Ihre beiden Fachgebiete berührten sich zwar, waren aber klar getrennt.

Sie studierte die klimatischen Bedingungen eines bestimmten Landes, zum Beispiel die von Finnland, und recherchierte, welche Pflanzen dort wuchsen und ob deren Heilwirkung bereits erforscht war. Wenn nicht, nahm sie so viele Proben wie möglich. In Finnland handelte es sich hauptsächlich um Moose und Flechten, von denen Konrad die verschiedenen Komponenten extrahierte und analysierte. Danach überwachten sie gemeinsam die Forschungsreihen.

Ihm musste die Hitze ziemlich zusetzen, denn für gewöhnlich reagierte Konrad nicht so. Neid auf andere, insbesondere auf ihre Arbeit, war ihm eigentlich fremd.

Oder war das der sizilianische Macho, der da zum Vorschein kam? Sie verdrehte die Augen. Männer, dachte sie. Ein wandelndes Klischee.

»Konrad?« Sie lief ihm nach und hielt ihn zurück. »Du bist doch nicht etwa sauer, dass ich den Forschungsauftrag bekommen habe, oder? Du weißt doch, dass ich einmal bei einem Händler auf einem Gemüsemarkt ein Gewächs entdeckt habe, das heute Bestandteil eines Medikaments gegen Entzündungen ist. Und wie viel Überredungskunst es gebraucht hat, bis ich heraushatte, wo der Mann die Pflanze herhat.« Sie lächelte und rieb dabei Zeigefinger und Daumen zusammen. »Ich nehme an, das war der Grund, weswegen sich Dr. Bernhard für mich entschieden hat.«

»Bilde dir das ja nicht ein«, sagte er und bedachte sie mit einem vielsagenden Blick.

»Was soll denn das wieder heißen?«, erwiderte sie.

»Der schwänzelt doch dauernd hinter dir her.«

Wie ein wütender Bulle stellte er sich einer Großfamilie in den Weg, die sich in bester Festlaune befand. Die Gesellschaft teilte sich fröhlich schwatzend vor ihm, floss um ihn herum und vereinigte sich dann wieder.

Perplex blieb Nina stehen und starrte ihn an. Konrad Friedemann war eifersüchtig. Sie war hin- und hergerissen, ob sie sich darüber freuen sollte oder nicht.

»Der Bernhardiner?«, rief sie entgeistert. »Der? Das kannst du nicht ernst meinen. Der sabbert! Ich krieg schon Ausschlag, wenn ich nur an den denke.« Sie nahm seine Hand und zog ihn zu sich heran. »Liebling, ohne dich würde ich meine Arbeit gar nicht bewältigen können, das weißt du genau. Schon allein, dass du mir vor der Abreise Proben von verschiedenen Weihrauchbäumen besorgt hast, ist für mich eine unschätzbare Hilfe. Nun kann ich endlich die Eigenschaften von Boswellia serrata und Boswellia frereana vergleichen. Das ist aufregend!« Sie trug ein bisschen dick auf, aber das schien ihr jetzt angesagt zu sein.

»Hm«, brummte Konrad und zog seine Hand wieder weg.

Er war also immer noch nicht restlos besänftigt. Bevor sie aber reagieren konnte, wurde sie angerempelt, stolperte und musste an den Straßenrand ausweichen. »Als Nächstes will ich bei lokalen Ärzten und Heilern herausfinden, welche sonstigen Pflanzen sie wofür verwenden«, redete sie über die Schulter weiter. »Sobald ich genügend Informationen habe, muss ich mit Rajesh los, die Kräuterläden durchkämmen und auch die Ärzte auf dem Land aufsuchen, um jede Menge Proben zu sammeln. Da bleibt mir absolut keine Zeit, sie hier noch zu klassifizieren – und du hast eh viel mehr Erfahrung als ich.« Sie wandte sich lächelnd zu ihm um.

Und erst in diesem Augenblick fiel ihr auf, dass sie allein war. Offenbar hatten sie und Konrad sich im Gewimmel verloren, ohne dass sie es bemerkt hatte. Sie stellte sich auf die Zehenspitzen, reckte den Hals, drehte sich einmal im Kreis und ließ ihren Blick dabei über die Menge streichen. Zwar gingen die meisten Menschen hier Konrad kaum bis zur Schulter, aber dennoch konnte sie Konrads grau meliertes Schopf zwischen den schwarzhaarigen Indern unmöglich ausmachen.

Ungeduldig zog sie ihr Handy heraus und wählte seine Nummer.

Es klingelte. Lange. Kein Empfang, nahm sie an, oder Handy stumm geschaltet, verloren, geklaut, oder Konrad ignorierte es einfach, weil er nicht mit ihr sprechen wollte. Aber das war unwahrscheinlich. Er und seine Arbeit waren unverzichtbar für ihre Forschung, das wusste er genau.

Sie drückte erneut die Anruftaste, wieder klingelte es, und wieder meldete sich Konrad nicht.

»Na, dann eben nicht«, murmelte sie und wollte das Telefon schon wegstecken, als ihr auffiel, dass auf dem Display zwei entgangene Anrufe vermerkt waren. Sie sah genauer hin.

Es war beide Male dieselbe Nummer. Eine Hamburger Nummer, die sie nicht kannte. Sie reihte den Anruf ganz am Schluss ihrer Prioritätenliste ein, steckte das Telefon weg und machte sich auf die Suche nach dem nächsten Taxistand. Sie wollte so schnell wie möglich zurück ins Hotel. Mit ziemlicher Sicherheit würde Konrad dort auf sie warten. Die Hände in die Hosentaschen gebohrt, die breiten Schultern etwas vorgeschoben, die blauen Augen stürmisch, würde er ihr mit seiner Körpersprache unmissverständlich klarmachen, dass er immer noch grantig war. Obwohl sich dahinter, wie sie genau wusste, nur seine Besorgnis um sie verbarg.

Sie lächelte in sich hinein. Gelegentlich ging ihr sein Gluckenverhalten etwas auf die Nerven. Aber nur sehr gelegentlich.

Im Hotel angekommen, wartete sie ungeduldig an der Sicherheitskontrolle am Eingang, während ein Uniformierter sie mit dem Scanner abtastete und ihre Handtasche durchleuchtet wurde. Endlich öffnete ihr ein weiß livrierter Angestellter die große Glastür. Sie betrat das klimatisierte Innere und ließ ihren Blick über die Eingangshalle fliegen.

Doch im Foyer konnte sie Konrad nicht entdecken. Auch als sie vor der Herrentoilette leise seinen Namen rief, bekam sie keine Antwort. Bei der Rezeptionistin erkundigte sie sich, ob die Konrad vielleicht gesehen habe, was aber verneint wurde.

Sie fuhr hinauf in den fünften Stock und schloss die Tür zu ihrem gemeinsamen Zimmer auf.

Leere gähnte ihr entgegen. Jene kühle, stille Leere, die keinen Zweifel daran ließ, dass sich kein lebendes Wesen in dem Raum aufhielt. Sie öffnete die Badezimmertür. Auch hier war niemand. Mit abwesender Miene versuchte sie, das ungute Gefühl, das sich in ihrer Magengegend ausbreitete, wegzureiben. Sie ging zum Fenster und schaute hinunter, ob er sich am Swimmingpool aufhielt. Im Wasser war niemand, und nur zwei der Liegen waren besetzt – die Hitze und der Staub luden nicht zum Sonnenbaden ein. Konrad konnte sie nirgends entdecken.

Unbewusst drehte sie an dem Ring, den sie seit einigen Wochen an der linken Hand trug. Bei jenem unvergesslichen Abendessen in der gemütlichen Trattoria, die von seinem Cousin in Ottensen geführt wurde, hatte Konrad ein abgegriffenes Lederkästchen aus der Tasche gezogen, den Deckel geöffnet und ihr wortlos hingeschoben.

Auf schwarzem Samt schimmerte ein Schatz. Ein Ring, etwa einen Zentimeter breit, tiefes, sattes Gold von mattem Glanz, mit sechs rundgeschliffenen, leuchtend grünen Steinen besetzt. Während sie völlig überrumpelt auf den Ring starrte, hatte er ihre linke Hand genommen und ihn ihr auf den Ringfinger gestreift.

»Mein Ururgroßvater Dominic Santino hat ihn eines Tages vor Lipari beim Fischen in seinem Netz gefunden«, murmelte er und küsste ihre Fingerkuppen, langsam, eine nach der anderen, bis jedes ihrer Nervenenden glühte. »Und seitdem trägt ihn immer die Donna der Familie ...«

Auch jetzt wurden ihr noch die Knie weich, wenn sie an seinen Kuss dachte und auch dass sie anfänglich gar nicht begriffen hatte, dass er ihr gerade einen Heiratsantrag gemacht hatte.

Nein, lächelte sie unwillkürlich in sich hinein, ein Antrag war das nicht gewesen. Ein Antrag hätte eine Antwort benötigt. Typisch Konrad, hatte er ihr klargemacht, dass er beabsichtige, mit ihr den Rest seines Lebens zu verbringen. Die Erinnerung an die Nacht, die folgte, jagte ihr einen lustvollen Schauer über die Haut, und sie kehrte nur mühsam in die Wirklichkeit zurück.

Ans Fenster gelehnt, drehte sie nervös an dem Ring und blickte hinaus über die ausgedehnten Elendsquartiere zu den Geschäftsvierteln von Pune. Hinter den Hochhäusern verdunkelte sich die Welt. Schwarze Wolken ballten sich zusammen, schoben sich über die Dächer und blähten sich zu himmelhohen Gebirgen auf. Schneeweiße Gewittertürme bildeten sich und wurden von dem aufkommenden Sturm wieder zerfetzt. Der Horizont kochte. Es drohte offenbar ein schweres Unwetter.

Zunehmend beunruhigt, versuchte sie wieder, Konrad zu erreichen. Nachdem sie es geschätzte zwanzig Mal hatte klingeln lassen, beendete sie den Anruf. Sie zog ihr verschwitztes Oberteil und die Hosen aus und stellte sich unter die Dusche.

Erst jetzt bemerkte sie, wie hungrig sie war, und entschied, in der Lounge eine Kleinigkeit zu essen. Nachdem sie sich abgetrocknet hatte, zog sie leichte Sommerjeans, eine luftige, gelbe Bluse mit kurzen Ärmeln und Leinenslipper an. Anschließend wählte sie noch einmal Konrads Nummer.

Diesmal allerdings bekam sie eine Verbindung. Erregt lief sie im

Zimmer umher, aber alles, was sie hören konnte, waren Verkehrsgeräusche und irgendein unverständliches, heiseres Gebabbel.

»Hallo, Konrad!«, rief sie aufgeregt. »Ich kann dich nicht verstehen ... Konrad ...?«

Jemand lachte, dann wurde die Verbindung unterbrochen. Enttäuscht schaltete sie ihr Telefon aus. Aber wenigstens war es ein Lebenszeichen von ihm gewesen, und dass sie angerufen hatte, würde er bald auf seinem Display sehen und sie zurückrufen. Konrad trug sein Handy ab und zu in der Hosentasche, und es war schon vorgekommen, dass es durch den Druck eingeschaltet wurde, ohne dass er es gemerkt hatte.

Erleichtert über die plausible Erklärung, schrieb sie eine Nachricht für ihn auf den Briefblock des Hotels, dass sie in der Lounge sein würde, legte den Zettel gut sichtbar aufs Bett, nahm ihr Notebook und fuhr dann hinunter in den dritten Stock in die Lounge. Als die automatische Tür sich vor ihr öffnete, blies ihr ein arktischer Wind entgegen. Die Räume waren wie auch die Restaurants des Hotels auf so unangenehm kalte Temperatur heruntergekühlt, dass es sie mitten in der brütenden indischen Hitze fröstelte, was sie daran erinnerte, dass in Hamburg praktisch Winter herrschte. Sie rief den Wetterbericht auf ihrem Computer auf und fand ihre Annahme bestätigt. Schnee und Temperaturen unter dem Gefrierpunkt. Es sei eine ungewöhnliche Wetterlage, hieß es vonseiten der Meteorologen.

Sie bestellte einen Cappuccino und ein paar Häppchen mit Thunfisch und Lachs und probierte anschließend die Nummer des unbekannten Anrufers auf ihrem Handy.

Eine männliche Stimme, die müde und abgekämpft klang, meldet sich: »Kroetz.«

»Guten Tag, Herr Kroetz«, sagte sie. »Hier ist Nina Rodenbeck. Sie haben mich angerufen? Ihre Nummer ist jedenfalls auf meinem Display. Ich kann mich nicht erinnern, dass wir uns kennen.«

»Oh, Frau Rodenbeck, gut, dass Sie sich melden«, sagte der

Mann. »Ich bin der Arzt Ihres Vaters. Er liegt bei mir in der Klinik, und es geht ihm nicht sehr gut. Sie sollten so schnell wie möglich vorbeikommen.«

Der Schreck fuhr ihr in die feinsten Nervenverästelungen. Sie schwankte, als hätte sie plötzlich den Halt verloren. Ihr Vater, ihre einzige seelische Zuflucht, der Anker in ihrem Leben.

»Mein Vater? Warum liegt er im Krankenhaus? Als ich ihn zuletzt gesprochen habe, ging es ihm sehr gut.« Sie konnte nicht verhindern, dass ihre Stimme zitterte.

»Er ist ausgerutscht und hat sich das Handgelenk gebrochen. Das wäre zwar nicht so schlimm, aber er ist auf ein Holzbrett gestürzt, aus dem ein Nagel geragt hat …«

Nina sog erschrocken die Luft durch die Zähne. »Und? Was ist passiert?«

»Ihr Vater ist genau auf den Nagel gefallen, und der hat seine Niere zerfetzt … Seine einzige Niere. Jetzt hängt er rund um die Uhr an der Dialyse …«

»O Gott«, sagte Nina leise, die genau wusste, wie sehr ihr Vater sich immer gefürchtet hatte, weil er nur eine Niere besaß. »Wie lange wird er das müssen?«

Der Arzt zögerte kurz. »Bis er eine Spenderniere bekommen hat. Und die Aussichten sind angesichts der langen Warteliste nicht gut … Es dauert oft Jahre.« Er räusperte sich. »Die hat Ihr Vater aber nicht …«

»Könnte ich ihm eine spenden?«, unterbrach sie ihn mit hämmerndem Herzen.

Gedankenverloren beobachtete sie zwei farbenprächtige Bienenfresser, die wie Kolibris vor der berankten Hausfassade gegenüber schwirrten und Insekten fingen. Eine heftige Windbö wirbelte sie außer Sichtweite hoch in die Wolken. Sie wandte sich ab. Wie sollte ihr Leben ohne ihren Vater aussehen? Sofort schämte sie sich für die egoistische Anwandlung, anstatt zuerst an seine Lage und Gefühle zu denken.

»Komme ich als Spenderin infrage? Wäre das eine Möglichkeit?«

»Ja«, sagte der Arzt. »Ja, wenn es eine Übereinstimmung gibt, dann ist das kein Problem. Und bei nahen Verwandten ist das oft der Fall. Kommen Sie schnell.«

»Ich bin gerade in Indien, in Pune, aber ich werde den ersten Flug nehmen, den ich erwische. Es kann leider sein, dass ich erst morgen oder übermorgen einen bekomme. Sobald ich mehr weiß, melde ich mich.«

»Gut«, sagte der Arzt. »Ihr Vater weiß übrigens nicht, dass ich Sie angerufen habe …«

»Dann sagen Sie es ihm lieber auch nicht, sonst regt er sich nur auf. Ich melde mich, so schnell ich kann.«

Sie verabschiedete sich, legte auf, ließ sofort ihren Laptop hochfahren und blätterte durch die Internetseiten auf der Suche nach einem Flug, der noch am heutigen Abend von Bombay abging.

Nach einer ihr schier endlos erscheinenden Stunde, in der sie sich den Mund fusselig geredet hatte, lehnte sie sich erleichtert zurück. Die Lufthansa hatte doch noch einen freien Platz. Um Mitternacht war Abflug. Nun galt es, den Transport nach Bombay zu organisieren. Je nach Verkehrslage würde sie im Taxi vier bis sechs Stunden brauchen, es sei denn, es gab einen Flug von Pune zu der Millionenstadt an der Westküste. Das würde man ihr an der Rezeption sagen können. Sie lief den langen Hotelflur entlang und fuhr mit dem Lift ins Erdgeschoss.

Zu ihrer großen Erleichterung gab es einen Flug. Lächerliche zwanzig Minuten würde er dauern. Auf ihre Bitte hin erledigte der Concierge die Buchung und bestellte ein Taxi. Beruhigt fuhr sie wieder hinauf in die fünfte Etage.

Auf dem langen Gang sah sie schon von weitem, dass der Wagen des Reinigungspersonals vor der offenen Tür ihres Zimmers stand. Sie stieß die Tür auf.

Glücklicherweise war das Zimmermädchen so gut wie fertig mit Aufräumen. Es leerte gerade noch den Papierkorb, bückte sich kurz und fischte ein Stück Papier unter dem Bett hervor, zerknüllte es, warf es in ihren Müllbeutel und verabschiedete sich dann mit einem Lächeln. Nina drückte ihr ein Trinkgeld in die Hand und schloss die Tür. Dass die Nachricht für Konrad nicht mehr auf dem Bett lag, bemerkte sie nicht.

Sie setzte sich ans Fenster und wählte unter Umgehung seines Sekretariats die direkte Nummer des Bernhardiners in der Konzernzentrale, um ihn von ihrer Entscheidung zu unterrichten.

Begeistert schien er anfänglich nicht zu sein. »Sie brechen ab, bevor Sie überhaupt angefangen haben? Warum? Ihr Rückflug ist doch erst Ende nächster Woche vorgesehen.«

»Mein Vater liegt schwer verletzt in der Universitätsklinik in Hamburg.« Sie schilderte ihm die Umstände des Unfalls und die schrecklichen Konsequenzen. »Ich habe furchtbare Angst um ihn ...«, sagte sie dann leise.

Der Bernhardiner reagierte, wie sie gehofft hatte. »Aber, Nina, natürlich haben Sie meine volle Unterstützung. Lassen Sie das Ticket einfach umschreiben. Ich werde in der Zwischenzeit sofort anregen, dass sich alle in der Firma typisieren lassen!«

Nina dankte ihm überschwänglich. »Das ist wirklich unglaublich lieb von Ihnen, Dr. Bernhard. Das werde ich Ihnen nie vergessen.«

Für Sekunden wünschte sie, dass sie das nicht so voreilig versprochen hätte, aber selbst wenn es sie ein Abendessen mit ihm kosten würde, war der Preis billig. Solange sie ihn auf Abstand halten konnte.

»Schicken Sie mir Ihre Ankunftszeit, dann lasse ich Sie von meinem Fahrer abholen«, bot ihr Bernhard sofort an.

»Danke«, sagte sie. »Aber das wird nicht nötig sein. Ich habe meinen Wagen am Flughafen abgestellt ...«

»Meine liebe Nina, es ist mir ein Vergnügen, Ihnen helfen zu können ... Vielleicht können wir in den nächsten Tagen ...«

»Hallo?«, fiel sie ihm ins Wort. »Hallo, Dr. Bernhard? Ich kann

Sie kaum noch verstehen ... Hallo! Die Verbindung ...« Sie kratzte mit den Fingernägeln übers Handymikrofon, schaltete das Gerät dann ab und steckte es weg.

Nachdem sie den Anruf hinter sich gebracht hatte, probierte sie gefühlt alle zwei Minuten immer und immer wieder, Konrad zu erreichen, aber stets vergeblich. Zerrissen zwischen der Angst um ihren Vater und der Sorge, warum Konrad sich nicht meldete, machte sie sich ans Packen.

Für die Ankunft in Hamburg legte sie eingedenk des Wetterberichts einen Rollkragenpullover, ein wärmendes Funktionsshirt zum Darunterziehen und den federleichten Daunenmantel ins Übernachtungsgepäck.

Sie sah auf die Uhr. Noch hatte sie Zeit, eine Kleinigkeit zu essen, bevor sie an Bord des Flugzeugs etwas bekam. Noch einmal wählte sie Konrads Nummer.

Konrad lief in diesem Augenblick auf der Suche nach ihr von der Lakshmi Road kommend auf das achteckige Gebäude des Fruit Markets zu. Er rechnete fest damit, Nina dort anzutreffen. Das Klingeln seines Telefons überhörte er in dem gellenden Hupkonzert der Autos.

Am Eingang des Parkhauses blieb er stehen. Auch hier waren die Straßen und die Stände, die um den Fruit Market aufgebaut waren, überfüllt. Eine bunte Menschenmenge wimmelte durcheinander, aber nirgendwo konnte er einen blonden Kopf entdecken.

Er machte einen Schritt auf die Straße und stolperte in ein klaffendes Loch, das sich zwischen der zerklüfteten Bordsteinkante und dem aufgebrochenen Straßenbelag unter vertrocknetem Grünzeug versteckte. Er strauchelte, konnte sich aber eben noch fangen. Dabei rutschte ihm sein Handy aus der Hemdtasche in das Loch.

Er bückte sich weit vor und streckte die Hand danach aus, als er aus den Augenwinkeln eine verkrüppelte Bettlerin auf verstümmelten Gliedmaßen bemerkte, die durch den Schmutz stur auf ihn zurobbte. Zwar versuchte er, ihr auszuweichen, aber er war fest in der Menge eingekeilt und konnte weder vor noch zurück. Die Bettlerin stoppte urplötzlich direkt vor ihm und übergab sich in hohem Bogen.

Auf seine Füße und auf das Handy, das in dem Loch lag.

Er senkte langsam den Kopf und starrte auf seine ruinierten Sneaker. Die currygelbe, körperwarme Masse sickerte durch die Ventilationslöcher auf seine bloße Haut, der Saum seiner hellen Leinenhosen tropfte. Das Handy konnte er nicht mehr sehen. Es war vollständig unter dem stinkenden Schleim begraben.

Die Bettlerin öffnete ihre weitgehend zahnlose Mundhöhle und ließ ein heiseres Kichern entweichen. »Sorry«, stammelte sie.

Konrad sah sie an. Sie hatte den Kopf wie ein Vogel schräg gelegt und blickte flehentlich zu ihm hoch, wobei sie eine Hand in den Schleimberg schob, mit zwei Fingerstümpfen unbeholfen zupackte, sein Handy hervorzog und ihm das tropfende Gerät mit einem zitternden Lächeln entgegenstreckte.

Konrads Augen klebten an den Fingerstümpfen. Aus dem zweiten Glied des Zeigefingers ragte ein gelblich weißes Stück Knochen.

Lepra, schoss es ihm durch den Kopf, und er zuckte zurück.

Sofort rief er sich zur Ordnung. Die Gefahr, sich bei einem Leprakranken anzustecken, war zwar theoretisch möglich, das wusste er, erforderte aber einen längeren, wirklich engen Kontakt mit einem Kranken, und auch dann war es unwahrscheinlich. Außerdem war Lepra heute heilbar.

Er untersuchte das Handy mit den Augen. Die Flüssigkeit war, soweit er erkennen konnte, in jede Ritze gesickert. Das rote Signal, das sonst immer zuverlässig rechts oben in der Ecke blinkte, wenn E-Mails ankamen, war erloschen. Ob es nur die Anzeige betraf oder sein Gerät eines scheußlichen Todes gestorben war, hatte er nicht vor zu untersuchen.

»Behalt es«, knurrte er.

Die Bettlerin quiekte erfreut, wischte das Telefon liebevoll mit einem Zipfel ihres schmutzigen Saris ab und ließ es in dem Beutel verschwinden, den sie um den Hals trug.

Währenddessen holte Konrad sein Schweizer Messer aus der Hosentasche, beugte sich vornüber, zerschnitt die Schnürsenkel seiner Schuhe und stieg vorsichtig aus.

»Die kannst du auch behalten«, sagte er zu der Bettlerin, was ihr ein erneutes zahnloses Quieken entlockte.

»Thank you, Sir, thank you!«, stieß sie hervor.

Er nickte und lief barfuß zu einem Stand, der unter einem Sonnenschirm Flaschenwasser verkaufte. Er erstand so viel, wie er tragen konnte, zog sich in eine Hausecke zurück und kippte das Wasser über seine Füße und den unteren Teil der Jeans, bis er sich nicht mehr vor Ekel schütteln musste. Als er hinüber zu der Bettlerin sah, war diese verschwunden. Seine Schuhe ebenfalls.

Plötzlich erschütterte dumpfes Grollen die Luft. Im ersten Augenblick glaubte er, dass es in der Stadt einen Terroranschlag gegeben haben musste, und sah sich nach einem Fluchtweg um. Gleich darauf bemerkte er die schwarze Wand, die sich hinter der Stadtsilhouette am Himmel aufbaute. Sofort sah er sich nach einem Taxi um, fand aber keines, das nicht bereits besetzt war.

Er spurtete die Straße entlang in Richtung Lakshmi Road, als eine erste Bö durch die Straßen Punes peitschte. Donner grollte, und Sekunden später verschwand die Welt hinter einer grauen Wasserwand. Auf der Lakshmi Road hatte sich der Verkehr festgeknäult. Konrad rannte zwischen den Autos hindurch. Ein Taxi fand er nicht.

Im Laufschritt hetzte er durch den dichten Regenvorhang und blieb schließlich orientierungslos stehen, weil sich bereits ein gelblich brauner Strom seinen Weg durch die Straßen bahnte, der alles mit sich riss, was er auf der Straße losrütteln konnte. Abgerissenes Grünzeug, verfaulte Früchte, ertrunkene Ratten, Holzplanken und Dinge, die Konrad wohlweislich nicht näher in Augenschein nahm.

»Nina, wo bist du?«, brüllte er seine Frustration und Sorge heraus.

Menschen, Fahrzeuge, Bäume – jeder Gegenstand war nur ein Schemen. Der Verkehrslärm ging im Rauschen des Wolkenbruchs unter. Hilflos starrte er in die graue Regenwelt.

»Sie war hier«, sang jemand mit heiserer Stimme. »Und sie ging dort entlang.«

Wie angewurzelt blieb er stehen und sah sich um. War das eine Einbildung gewesen? Es dauerte, bis sich eine seltsame Erscheinung aus dem Nebel schälte. Ein Mann, soweit Konrad das unter der kapuzenähnlichen Kopfbedeckung erkennen konnte. Er sah genauer hin.

Der Mann saß auf der steinernen Wegeinfassung unter einem Baum, war barfuß und hatte ein Bein über das Knie des anderen gelegt. Seine Haut war sehr dunkel, der Bart, der ihm in langen Zöpfen bis auf den Bauch hing, weißgrau. Die ungeschnittenen Fingernägel leuchteten weiß. Seine Kleidung – ein Hemd, das er über einer ärmellosen Weste trug, und die weiten Hosen – war steif vor Schmutz. Mit verschmitztem Lächeln sah ihn der Mann unverwandt an.

Konrad starrte zu ihm hinüber. War er es, der gesprochen hatte? Er machte einen Schritt auf ihn zu.

»Was haben Sie gesagt?«

Der Mann antwortete nicht, aber es kam Konrad so vor, als nickte er. Zu seiner Überraschung vollführte die knochige Hand des Mannes eine vage Bewegung und zeigte die Straße hinunter. Oder täuschte er sich? Hatte sich der Mann gar nicht gerührt? Konrad wartete angespannt und ließ ihn dabei nicht aus den Augen. Der seltsame Mann zeigte keinerlei Reaktion. Sein Blick war leer, ein milchiger Schleier hatte sich über die Augen gelegt, und es schien, als hätte er sich in sein Inneres zurückgezogen. Nur seine äußere Hülle saß dort auf der Mauer.

Abrupt wandte Konrad sich ab und ließ sich vom Strom der Passanten in die Richtung treiben, die der seltsame Mann ihm gezeigt hatte.

Der Limousinenservice des Hotels brachte Nina zum Flughafen. Schrittweise und dabei unablässig hupend, bahnte sich der Wagen seinen Weg durch den Höllenverkehr. Auf einer Kreuzung, wo sonst kompletter Stillstand herrschte, drängelte sich ein Mopedfahrer halsbrecherisch zwischen den Wagen hindurch und kratzte am Kotflügel der Hotellimousine entlang. Ihr Fahrer lehnte sich gestikulierend aus dem Fenster und brüllte etwas, fuhr dann aber weiter, ohne sich um den Schaden zu kümmern. Nina dachte an das, was man in Hamburg als Feierabendstau bezeichnete, und seufzte.

Schließlich hielt der Fahrer pünktlich vor dem Airport und entlud ihre zwei Gepäckstücke. Sie drückte ihm ein Trinkgeld in die offene Handfläche und rollte ihre Koffer, angetrieben von den ersten Vorboten eines aufziehenden Gewitters, im Laufschritt zum Eingang.

Der Flughafen wimmelte seit den letzten Anschlägen, und wohl auch weil Pune ein Militärflughafen war, von Soldaten und Sicherheitspersonal. Der Sicherheitscheck stellte sich als besonders gründlich heraus. Sie war froh, dass sie inzwischen einen deutschen Pass besaß und nicht mit ihrem südafrikanischen reisen musste.

Eine gut aussehende, schwer bewaffnete und völlig humorlose Soldatin durchsuchte so akribisch ihr Handgepäck, wie sie das noch nie erlebt hatte. Fast scheiterte es an ihrem elektronischen Schlüssel für ihren kleinen Mercedes, der in Hamburg am Flughafen auf sie wartete.

Den Schlüssel befremdet in den Fingern drehend, bohrte die Frau nach, was das sei. Ein Autoschlüssel? Sie habe noch nie so einen gesehen, erklärte sie und musterte Nina misstrauisch.

Nina gelang es schließlich, sie mithilfe eines ihrer militärischen Kollegen zu überzeugen, dass es kein Sprengstoffzünder war. Erleichtert stieg sie die Gangway hoch. Von den Böen des nahen Unwetters geschüttelt, erreichte das Flugzeug in knapp zwanzig Minuten den Flughafen von Bombay.

Wie üblich war Bombay-Airport brechend voll. Gleich am Eingang wartete, hinter Sandsäcken und mit Maschinengewehren bewaffneten Soldaten verschanzt, die erste Passkontrolle. Die Tatsache, dass sie kein physisches Flugticket hatte, machte es notwendig, dass jemand von der Fluglinie kommen und bestätigen musste, dass das so in Ordnung sei und sie eine legitime Passagierin.

Die eigentlichen Pass- und Sicherheitskontrollen dauerten quälend lange. Als sie endlich fertig war, hastete sie ungeduldig zum Check-in, nur um dort zu erfahren, dass der Lufthansa-Flug wegen eines Flugbegleiterstreiks in Deutschland gestrichen worden sei.

»Und nun?«, fuhr sie den indischen Lufthansa-Angestellten an. »Ich muss nach Hamburg ...« Sie presste eine Hand an die stechenden Schläfen. »Es ist mir völlig egal, wo ich sitze, und wenn es auf dem Schoß vom Piloten ist ...«

Der Mann verzog keine Miene und sah auf seinen Computer. »Sie sind auf Swiss Air umgebucht«, teilte er ihr schließlich lächelnd mit. »Der Flug geht etwas später raus, aber Sie können in der Lounge in der Abflughalle warten. Ihr Anschlussflug nach Hamburg ist auch bereits umgebucht.«

»Danke«, presste sie hervor und nahm die Bordkarte entgegen.

In der Lounge angekommen, suchte sie sich einen Platz und ging zur Bar. Dort goss sie einen Fingerbreit Wodka in ein Glas, nahm ein paar höllenscharfe Häppchen vom Tresen und ließ sich dann in einen der ledernen Sessel fallen. Sie packte ihren Laptop aus und schaltete ihn an. In diesem Augenblick der relativen Ruhe, nachdem sie getrunken und gegessen und sich etwas beruhigt hatte, fiel ihr ein, dass sie vergessen hatte, eine weitere Nachricht für Konrad hinzulegen, dass und aus welchem Grund sie abgereist sei. Sie hoffte nur, dass er wenigstens ihre Nachricht, dass sie in der Lounge auf ihn warten würde, gefunden hatte und daraus ersehen konnte, dass ihr nichts zugestoßen war.

Hastig tippte sie seine Nummer ein, aber sein Handy blieb

stumm, nicht einmal die automatische Ansage ertönte, dass der gewünschte Teilnehmer im Augenblick nicht zu erreichen sei.

Energisch befahl sie sich, Ruhe zu bewahren. Konrad, der vor Charme sprühen konnte, wenn ihm danach war, und unglaublich leicht und schnell Kontakt zu Leuten bekam, war vielleicht längst ins Hotel zurückgekehrt, saß in der Bar oder im Restaurant und hatte sich einfach festgequatscht. Oder es war, wo immer er sich aufhielt, so laut, dass er das Klingeln bisher überhört hatte. Außerdem war er sehr wohl in der Lage, selbst auf sich aufzupassen.

Natürlich konnte sie nicht im Entferntesten ahnen, was wirklich der Grund war, warum sie ihn nicht erreichen konnte. Auch kam es ihr nicht in den Sinn, das Unwetter, das in Pune hinter ihrem Rücken aufgezogen war, als die mögliche Ursache zu erkennen. Die schwarze Wolkenwand, die sich hier in Bombay über die Häuser schob und den Tag fast zur Nacht machte, bemerkte sie auch nicht. Die ersten Blitze, die über den Horizont zuckten, nahm sie nur unterschwellig als irgendwelche Lichterscheinungen wahr.

Sie steckte ihr Handy weg, rief die Datei mit ihren Untersuchungsergebnissen der Boswellia-Exemplare auf, die ihr Konrad gebracht hatte, und versuchte sich darauf zu konzentrieren. Das brennende Gefühl bohrender Unruhe aber hatte sich in ihrer Magengegend eingenistet, und sie konnte es nicht wegdrücken.

3

Konrad wurde von einem Windstoß gegen eine Hauswand geschleudert. Er stieß sich Schultern und Kopf und fluchte lautstark. Als nach einer gefühlten Ewigkeit ein Taxi, eine schmutzig braune Bugwelle vor sich herschiebend, neben ihm hielt, kam es ihm wie ein Wunder vor.

»Taxi, Sir?«, rief der Fahrer grinsend und stieß die rückwärtige Tür auf.

Konrad warf sich ins Polster. »Hyatt Regency«, sagte er, schloss die Augen und konzentrierte die ganze Kraft seiner Gedanken auf Nina, als könnte er so Verbindung zu ihr aufnehmen. Die Vorstellung, dass sie in die Flutwelle auf den Straßen geraten sein könnte, oder angefahren worden, oder vom Blitz getroffen, oder ...

Nach einer abenteuerlichen Fahrt öffnete sich das Tor zur Auffahrt zum Hotel.

»The Hyatt!«, rief der Fahrer und hielt.

Konrad, der tatsächlich eingenickt war, schreckte hoch.

Einer der Portiers eilte herbei und riss die Tür auf. »Welcome, Sir«, sang er.

Konrad zahlte, stieg aus und landete bis zu den Knöcheln im Wasser. Er watete zum Sicherheitscheck am Eingang, legte dort seine Geldbörse in die Schale und ging durch die Schleuse.

»Sir, you are very wet«, bemerkte der Securitymann mit Blick auf seine tropfnasse Kleidung.

Konrad zeigte knurrend die Zähne, schnappte sich seine Geldbörse und marschierte zur Rezeption, wobei er nasse Fußabdrücke auf dem Fliesenboden hinterließ.

»Were you robbed, Sir, sind Sie ausgeraubt worden?« Die Rezeptionistin deutete auf seine schuhlosen Füße. »Wollen Sie Anzeige erstatten?«

Konrad knurrte wieder und ging zum Lift. Die Frau verstand es wohl korrekt als Verneinung und wandte sich lächelnd einem anderen Gast zu.

Der Aufzug hielt, Konrad stieg ein, fuhr zum fünften Stock, rannte den Gang hinunter zu ihrem gemeinsamen Zimmer und schloss auf.

»Nina!«, rief er in den Raum.

Tiefes Schweigen antwortete ihm. Langsam drehte er sich im Kreis. An der Peripherie seines Gesichtsfelds wurde sein Blick von einer offenen Schranktür angezogen. Er runzelte die Stirn. Im ersten Augenblick begriff er nicht, was er sah, aber dann traf es ihn.

Ihre Schrankseite war leer. Auch das Wäschefach. Er stürmte ins Badezimmer. Ihre Kosmetikartikel und der Kulturbeutel fehlten ebenfalls. Sein Blick flog durch den Raum. Nirgendwo konnte er eine Nachricht von ihr entdecken. Keinen ihrer rosa Haftzettel, kein Lippenstiftkuss auf dem Badezimmerspiegel.

Es gab nur eine Erklärung.

Nina hatte ihn verlassen.

Reglos stand er da. Vor seinen Augen tanzten rote Sterne, und ihm knickten buchstäblich die Knie ein. Er setzte sich hart aufs Bett und starrte blicklos vor sich hin. Es dauerte eine Weile, ehe sein Blick auf das Telefon fiel, das neben ihm auf dem Nachttisch stand.

Er hob den Hörer, zögerte kurz und drückte dann den Knopf für die Rezeption.

»Eine externe Leitung, bitte«, verlangte er mit kratziger Stimme.

»So sorry, Sir«, antwortete die Rezeptionistin. »Alle Telefonleitungen sind gestört, auch die Sendemasten für den Mobilfunk hat es getroffen. Das Unwetter, wissen Sie. Sorry, Sir.«

Die roten Sterne vor seinen Augen explodierten, und er ließ den

Hörer fallen. Hastig bückte er sich, wählte wieder die Rezeption und fragte, ob Nina Rodenbeck ausgecheckt habe.

»One moment, Sir«, flötete die Frau. Die Tasten ihres Computers klickten. »Ja, Sir, um …«

Die Verbindung riss ab, gleichzeitig verstummte die Klimaanlage, die Lichter und der Fernseher gingen aus.

»Verdammt!«, fluchte er und probierte einen der Lichtschalter. Nichts. Stromausfall auf ganzer Linie. Er trat mit Wucht gegen den Bettkasten.

Sekunden später setzte ein unterschwelliges Wummern ein, die Klimaanlage summte, und gleichzeitig klingelte das Telefon. Ganz offensichtlich waren die Notgeneratoren des Hotels angesprungen.

Nina! Er riss den Hörer hoch.

Aber es war nicht Nina. Die Frau von der Rezeption entschuldigte sich dafür, dass ihr Computersystem durch einen Kurzschluss lahmgelegt worden sei und sie ihm leider nicht sagen könne, ob Frau Rodenbeck ausgecheckt habe oder nicht. »Sorry, Sir.«

Konrad warf den Hörer auf die Gabel und tigerte ruhelos durchs Zimmer, während er im Kopf jede Möglichkeit durchforstete, wo er nach Nina suchen sollte. Schließlich duschte er sich, zog frische Kleidung an und fragte an der Rezeption nach dem nächsten Smartphoneladen und Klinikadressen in Pune.

»Sie wollen ins Krankenhaus? Fühlen Sie sich nicht wohl?« Die junge Inderin an der Rezeption blickte besorgt drein. »Sollen wir einen Arzt rufen?«

Konrad wehrte ab. »Ich suche jemanden«, sagte er. »Ich brauche ein Taxi.«

Die Frau lehnte sich vor und deutete durch die deckenhohen Glastüren nach draußen. »Mit dem Auto wird das schwierig werden, Sir«, erklärte sie geduldig. »Viele Straßen sind überflutet und die Ampeln ausgefallen. Ein Großteil der Stadt steht still.«

»Na großartig«, murmelte Konrad.

»Aber ich habe einen Cousin, dessen Sohn die Smartphoneabteilung in einem Computerladen leitet.« Ihre großen dunklen Augen leuchteten. »Ich werde ihn bitten, eine Auswahl ins Hotel zu schicken ...«

»Wie soll das gehen, wenn die Telefonleitungen zusammengebrochen sind und kein Auto durchkommt?«

Die junge Frau lächelte sonnig. »Oh, bei uns in Indien gibt es viele Möglichkeiten. Ich werde einen Boten zu meinem Cousin senden, und der wird wissen, wie er seinen Sohn am schnellsten erreicht. Und mein junger Neffe wird bestimmt einen Mitarbeiter zu Fuß losschicken ...«

»Der wird in drei Tagen noch nicht hier sein.« Konrad starrte hinaus in das apokalyptische Unwetter. »Sehen Sie sich doch an, was da draußen los ist. Der reinste Weltuntergang.«

Das Lächeln vertiefte sich. »Ach, so ein Wetter ist hier nicht ungewöhnlich. Gibt es denn ein Gerät, das Sie bevorzugen?«

Konrad war sich nicht sicher, ob die junge Frau es wirklich ernst meinte. »Das ist mir egal, solange es funktioniert«, erwiderte er.

»Selbstverständlich, Sir, es wird funktionieren, Sir. Einen Augenblick, Sir, ich bin gleich wieder zurück. Bitte nehmen Sie doch dort Platz.« Sie wies auf die Sesselgruppe nahe dem Eingang. »Soll ich Ihnen einen Kaffee bringen lassen? Einen kleinen Imbiss?«

Konrad blieb nichts anderes übrig, als zu akzeptieren. »Nur einen grünen Tee, bitte«, sagte er und setzte sich in einen der rot gepolsterten Sessel.

Kurz darauf erschien der Kellner mit dem Tee und einem sehr appetitlich angerichteten Salat mit gegrillten Gambas und offenbar frisch gebackenen Brötchen. Zu seiner Überraschung verspürte Konrad sogar etwas Hunger.

Er aß alles auf. Als der Teller leer war, schob er ihn von sich, starrte hinaus in den herunterprasselnden Regen und zermarterte sich den Kopf mit der Frage, was Nina zugestoßen sein könnte. Dabei rieb er sich abwesend den Bauch. Ihm war leicht übel. Vermutlich hatte er einfach zu schnell gegessen.

Nina verstaute ihr Handgepäck über ihrem Sitz, dankte dem Purser, der ihr zu Hilfe kam, mit einem Lächeln, setzte sich erleichtert und schnallte sich an. Der Purser, ein freundlicher, angenehmer Mann mit ausgeprägtem Schweizer Akzent, brachte ihr sofort ein Glas Champagner und ein paar geröstete Mandeln und bot ihr Zeitungen und Magazine an. Sie wählte einige aus und prostete insgeheim dem Bernhardiner zu, dass er ihr den Flug ermöglicht hatte. Bequem zurückgelehnt, zog sie ihr Handy hervor, um nachzusehen, ob ihr Konrad eine Whatsapp oder SMS geschickt hatte.

Von ihm war keine Nachricht angekommen, dafür auf dem Chat, den sie und ihre Freundinnen eingerichtet hatten, mehrere dieser aus dem Internet heruntergeladenen Videos, mit denen ihre Freundin Annika ihr regelmäßig das Handy vollmüllte. Sprechende Vögel, tanzende Hunde – so ein Zeug. Sie fragte sich, wer so viel Zeit hatte, sich Derartiges anzusehen. Schon öfter hatte sie erwogen, den Chat zu verlassen, denn meist tauschten die anderen nur oberflächliches Geplapper aus, an dem sie sich aus Zeitmangel eh selten beteiligte.

Dagegen machte der Beruf ihrer Männer es Annika und Britta möglich, sich mehrmals im Jahr in angesagten Hotels einzuquartieren. Ohne ihre Männer. Dann schickten sie Dutzende von Fotos in die Runde, aus denen hervorging, dass sie sich immer unglaublich gut amüsierten. Meist folgte eine Flut von Bildern ihrer Mahlzeiten.

Nina starrte auf das Foto, das Britta geschickt hatte. Gekreuzte grüne Spargel, in der Mitte ruhte eine geräucherte Entenbrust in einem Nest von Rucolablättern, umrandet von Girlanden irgendwelcher Sprossen und einer undefinierbaren rosa Soße. Impulsiv löschte sie die Fotos und Videos und wählte zum bestimmt hundertsten Mal Konrads Handy an.

Wieder vergeblich. Angst kroch ihr den Hals hoch. Sie schluckte und versuchte sich einzureden, dass es eine völlig harmlose Erklärung geben müsse, aber der Kloß blieb und ihre Angst auch.

Urplötzlich wurde das Flugzeug wie von einer Riesenfaust geschüttelt. Eine Frau schrie auf, und ein Kind begann schrill zu weinen. Nina sah erschrocken hoch. Sofort sprang die Ansage an, und der Pilot teilte den Passagieren kurz mit, dass sie wegen der Wetterbedingungen unverzüglich starten würden. Der Purser und die Flugbegleiter eilten mit routiniert aufgesetztem Lächeln – das aber nicht verbergen konnte, wie angespannt sie waren – durch die Gänge, schlossen die Gepäckklappen, kontrollierten die Sitzgurte und schnallten sich dann selbst auf ihren Sitzen an.

Nina starrte in den schwarzen Himmel. Wieder schüttelte sich die Maschine, ein Blitzschlag zischte herunter, und als würde sie davon angetrieben, setzte sich die große Maschine langsam in Bewegung. Der Sturm kam näher, und sie wurden von einem plötzlichen Windstoß gepackt, sodass das Heck wie der Schwanz eines aufgeregten Hundes hin und her schlug. Sie biss die Zähne zusammen, klammerte sich an die Sitzlehnen und wünschte sich Konrad an ihre Seite. Flugangst hatte sie nicht, aber dieses Unwetter war wirklich furchterregend.

Das große Flugzeug entkam dem Sturm schließlich doch in letzter Minute, und nach einer von Turbulenzen geschüttelten und deswegen schlaflosen Nacht landete Nina mit dem Zubringerflug am Dienstagnachmittag in Hamburg. Sie holte ihren Wagen aus dem Parkhaus und fuhr sofort in die Klinik.

Dr. Kroetz, ein jovial aussehender Endfünfziger mit durchdringend hellblauen Augen unter dem dichten, grauen Haarschopf, empfing sie in seinem Arztzimmer auf der Station.

»Guten Tag, Frau Rodenbeck, bitte setzen Sie sich«, sagte er und zog ihr einen Stuhl heran. »Ich hoffe, Ihr Flug war angenehm?«

Nina kam der Aufforderung nach. »Danke, einigermaßen. Wegen des Streiks musste ich über Zürich fliegen, daher bin ich so spät dran. Aber sagen Sie mir jetzt bitte, wie es um meinen Vater steht.«

Der Mediziner faltete die Hände auf dem Schreibtisch, und

dann beschrieb er ihr nüchtern und ohne Verbrämung, welche Folgen der Unfall für ihren Vater bedeutete. »Im Grunde kann er von Glück sagen, dass der Nagel auf der linken Seite und gerade eingedrungen ist. Auf der anderen hätte er die Leber treffen können oder die Wirbelsäule verletzen. Weil er nur eine Niere hat, ist er jetzt in dieser prekären Lage. Mehrmals pro Woche müsste er für Stunden an die Dialyse, bis Eurotransplant eine Niere für ihn hat. Das würde sein Leben extrem einschränken.«

Nina vermied es, sich vorzustellen, wie ihr Vater ein solches Leben verkraften würde. »Kann ich ihn bitte sehen?«

»Natürlich.« Er stand auf und öffnete die Tür. »Kommen Sie. Übrigens hat er mir gesagt, dass er heute nach Südafrika fliegen sollte, und deswegen ist er sehr niedergeschlagen.«

»Ich weiß. Er hat mich …« Sie zögerte. »Er hat mich … vorher angerufen. Südafrika ist seine eigentliche Heimat. Meine Eltern haben Jahrzehnte dort gelebt, ich bin da geboren.«

»Aha«, sagte Kroetz mit einem Seitenblick, klopfte kurz an die Tür, öffnete sie und ließ sie vortreten.

Das leise Klicken der Dialysemaschine begrüßte sie. Das Gesicht ihres Vaters leuchtete auf, als er ihrer ansichtig wurde, aber Nina sah erschüttert, wie blass er war. Sonst hatte er stets die gesunde Gesichtsfarbe eines Naturliebhabers gehabt, jetzt zeigte seine Haut einen grünlichen Schimmer. Die Falten um den Mund schienen tiefer geworden zu sein, und die Wangen waren eingefallen. Es gab ihr einen Stich im Herzen, zu sehen, wie klein und zerbrechlich er wirkte.

»Prinzessin, wo kommst du denn her?« Mühsam versuchte Viktor, sich aufzusetzen, aber Dr. Kroetz drückte ihn sanft wieder in die Kissen, und er ließ es geschehen. »Woher weißt du, dass ich im Krankenhaus bin?«

»Indien und Telepathie.« Sie lächelte.

»Ach, wirklich?« Er warf dem Arzt stirnrunzelnd einen Blick zu. »Ich hatte Ihnen untersagt, meine Tochter anzurufen.«

Nina setzte sich auf die Bettkante und nahm seine Hand. »Ich lasse mich jetzt typisieren, und wenn wir kompatibel sind, bekommst du eine Niere von mir ...«

»Kommt gar nicht infrage«, ächzte er. »Ich will das nicht ...«

»Ich werde mich typisieren lassen, dagegen kannst du gar nichts machen«, sagte sie ruhig. »Ich entscheide über mich.«

»Vielleicht klappt es ja noch mit Eurotransplant«, warf der Arzt schnell ein. »Aber ich hoffe, Sie nehmen das Angebot Ihrer Tochter an ...«

»Nein!«, rief Viktor dazwischen. »Auf keinen Fall. Ich will nicht, dass du eine von deinen Nieren hergibst. Die gibt es nicht auf dem Grabbeltisch. Was ist, wenn die verbliebene irgendwann versagt? Dann hängt dein Leben an so einem verdammten Apparat.«

Sie sah ihn besorgt an. Auf dem Monitor konnte sie erkennen, dass Blutdruck und Puls gestiegen waren. »Dad, lass uns die Diskussion vertagen. Erst mal müssen wir herausfinden, ob wir überhaupt eine Übereinstimmung haben.«

»Ich werde dem Labor Druck machen«, versprach Kroetz.

Es gab keine signifikante Übereinstimmung.

Kroetz brachte Viktor die niederschmetternde Nachricht. »Es handelt sich um eine sogenannte Blutgruppenunverträglichkeit, eine AB0-Inkompatibilität. Es tut mir sehr leid.«

Viktor stemmte sich schwer atmend hoch. »Nina ist ... Sie ist nicht meine Tochter?«

Nina begriff im ersten Augenblick die Bedeutung seiner Frage gar nicht, und auch Kroetz reagierte befremdet.

»Warum sollte sie nicht Ihre Tochter sein? Natürlich ist sie Ihre Tochter, trotzdem haben wir keine überzeugenden Werte.«

Viktor sank sichtlich erleichtert in die Kissen zurück.

»Wer ist neben Ihrer Tochter Ihr nächster Verwandter?«, fragte der Arzt.

Viktor zuckte mit den Schultern. »Ich habe sonst keine Verwandten«, sagte er. Sein Blick huschte dabei für den Bruchteil einer Sekunde zu Nina und glitt dann seitwärts.

Nina hatte es bemerkt und stutzte. »Dad? Verheimlichst du mir etwas?«

»Ich?« Er riss die Augen auf wie ein Schmierenkomödiant. »Absolut nicht.«

»Ich kenn dich doch. Und jetzt sagst du nicht die Wahrheit. Hab ich etwa irgendwo Geschwister? Oder Onkel und Tanten? Wenn da noch jemand ist, sag's um Himmels willen.«

»Es könnte Ihnen das Leben retten«, warf Kroetz sichtlich interessiert ein. »Auf jeden Fall Ihre Lebensqualität enorm verbessern. Nach einer Zeit könnten Sie wieder arbeiten und wären nicht auf ständige Dialyse angewiesen.«

»Dad?«

Die Dialysemaschine klickte rhythmisch. Viktors Hände wanderten ruhelos über die Bettdecke. »Ich möchte mit meiner Tochter allein reden«, sagte er schließlich.

Kroetz nickte. »Natürlich. Rufen Sie mich, wenn Sie eine Entscheidung getroffen haben.«

Viktor wartete, bis der Arzt die Tür hinter sich geschlossen hatte, und streckte dann die Hand nach Nina aus. Sie ergriff sie und setzte sich auf die Bettkante.

»Sag es einfach. Ohne Schnörkel. Als Erstes, warum du offenbar gedacht hast, ich könnte nicht deine Tochter sein.«

Er sah an ihr vorbei hinaus in die Dunkelheit des Novemberabends. »Deine Mutter war immer unruhig, immer hat sie etwas gesucht, was sie selbst nicht genau benennen konnte ...« Er verstummte. Sein bleiches Gesicht spiegelte sich in der Fensterscheibe, und die Schlieren des Schneeregens daran verliehen ihm etwas Gespenstisches.

Nina wartete mit steigender Spannung, wohin seine Worte führen würden.

»Eines Morgens hat sie eine Tasche gepackt, sich ins nächste

Flugzeug gesetzt und ist nach Kapstadt geflogen. Wochenlang habe ich nichts von ihr gehört, dabei hatte ich sogar eine Vermisstenanzeige aufgegeben. Eines Abends kam ich aus dem Büro nach Hause, da stand sie in der Küche und hat gekocht. Sie hatte sich das Haar abgeschnitten und trug ein Kleid mit einem knöchellangen Rock. Sonst ist sie immer in Jeans herumgelaufen. Zwischen Suppe und Hauptgericht hat sie verkündet, dass sie ein Kind erwartet.« Er verzog den Mund zu einem mühsamen Lächeln. »Erst habe ich mich wahnsinnig gefreut, dann habe ich angefangen zu rechnen und sie gefragt, von wem das Kind ist. Sie hat nur mit den Schultern gezuckt und gemeint, wir seien verheiratet, also würde es mein Kind sein.«

Nina sog mühsam Luft ein, weil sie während seiner Erklärung unwillkürlich den Atem angehalten hatte. »Das war brutal«, flüsterte sie. »Wie konnte sie das sagen? Und was hast du getan?«

Ihr Vater sah sie an, und sie bemerkte, dass das Weiße seiner sonst so klaren, grünblauen Augen blutunterlaufen war. Er wirkte müde, mitgenommen und um Jahre gealtert. Eine Welle von Mitleid wusch über sie hinweg.

»Ihr Babybauch wuchs, und sie brachte die ersten Ultraschallbilder mit nach Hause. Die waren natürlich nicht annähernd so klar und scharf, wie sie es heute sind, aber das Baby konnte ich erkennen. Ich habe mich zuerst gefreut, aber dann fand ich im Schlafzimmer ein Foto, das sie offensichtlich verloren hatte. Es zeigte so einen Mafiosotypen – wildes, schwarzes Haar, schwarze Augen, braun gebrannt, sehr weiße Zähne. Es war irgendein italienischer Schnulzentenor, der auf Tour in Südafrika gewesen war. Sieben Monate später wurdest du geboren.«

»Und du hast all die Jahre geglaubt, dass der mein Vater ist?« Ihre Stimme kletterte die Tonleiter hoch. »Das kann doch nicht wahr sein. Dad! Warum hast du sie nicht einfach gefragt? Oder einen Test gemacht?«

Viktor schaute gequält drein. Es war offensichtlich, dass er seine

Worte am liebsten wieder verschluckt hätte. »Erstens konnte ich den nicht heimlich machen, und zweitens hatte ich Angst vor der Wahrheit ...«

»All die Jahre«, murmelte Nina kopfschüttelnd. »Wie hast du das nur ausgehalten ...?«

Er drückte ihre Hand fester. »Du bist das Schönste, was mir je gegeben worden ist. Die Vorstellung, dass du nicht meine Tochter sein könntest, habe ich nicht ausgehalten.«

»Und du hast sie nie gefragt«, wiederholte Nina mehr für sich. »Oder mich mal richtig angesehen? Wir sehen uns doch nun wirklich ähnlich. Ich habe deine Augenfarbe und Gesichtsform ...«

»Und den Mund deiner Mutter«, flüsterte er tränenerstickt. »Ihren wunderschönen Mund.«

Nina presste bei seinen Worten die Lippen aufeinander.

»O doch«, fuhr er deutlich niedergeschlagen fort. »Ich wollte es. Aber nur Monate nachdem wir nach ... nach dem Überfall alle zurück nach Deutschland gegangen sind, fiel sie diesem Yogalehrer in die Hände, diesem schlitzohrigen Inder ...« Er spuckte die Worte förmlich aus. »Und der hat sie so lange mit seinen Geschichten von spirituellen Grenzerfahrungen und freier Liebe eingewickelt, bis sie mit ihm und einem Großteil meiner Ersparnisse nach Goa entschwand. Sie hat sich in Saris gewickelt, sich einen roten Punkt auf die Stirn gemalt und dem schmierigen Kerl die Füße gewaschen ...«

Sie starrte ihn bestürzt an. »Ich dachte, sie wäre mit einer Freundin dorthin gefahren?«

»Die Wahrheit konnte ich dir doch nicht zumuten. Nicht damals, nicht so kurz nach ... Du hattest gerade angefangen, dich etwas zu berappeln ...« Er machte eine müde Handbewegung.

»Aber sie ist doch später verunglückt, oder? Und dabei umgekommen? Ist das denn die Wahrheit?« Ihre Stimme wurde schrill. »Oder lebt Mama etwa noch?«

»Ja, natürlich – ich meine, nein, natürlich nicht. Sie ist verunglückt und dabei zu Tode gekommen ...«

»Und es war ihre Asche in der Urne, die wir im Meer verstreut haben?«

Sie konnte sich noch genau an das Gefühl erinnern, wie sie den feinen Staub, der einmal ihre Mutter gewesen war, auf der Wasseroberfläche davondriften sah. Erleichterung. Das hatte sie gespürt. Tiefe Erleichterung.

Als sie klein war, hatte sie ihre Mutter geliebt, unvoreingenommen, wie ein Kind eben seine Mutter liebte. Doch immer öfter war ihre Mutter einfach aus ihrem Leben verschwunden, wochenlang, und wenn sie wieder auftauchte, schlich sie niedergedrückt im Haus herum, redete kaum, schon gar nicht mit ihr, und ihre düstere Stimmung umgab sie wie eine kalte, graue Wolke.

Nina fühlte sich durchsichtig, anfänglich, dann begann sie, sich klein zu fühlen. Und hässlich. Ihre Mutter krittelte ständig an ihr herum. Mit Worten, mit Blicken und manchmal auch mit Taten. Und alles hatte gleich wehgetan.

Irgendwann hatte sie dann einen Streit zwischen ihren Eltern belauscht, und da hatte sie begriffen, warum ihre Mutter so war. Ihre Mutter war zutiefst unglücklich, sehnte sich weg aus ihrem täglichen Einerlei in eine andere, bunte, aufregendere Welt, in eine Welt, wo es warm war und immer die Sonne schien.

Nina erinnerte sich daran, dass sie stundenlang unter ihrer Bettdecke gelegen und jämmerlich geschluchzt hatte, denn natürlich hatte sie angenommen, dass sie die Schuld an allem hatte. Wie konnte es anders sein? Ihr Vater hatte sie abends in den Arm genommen, sie gestreichelt und ihr klargemacht, dass es nicht ihre Schuld sei. Niemand sei schuld. Mama sei eben so.

Viktor machte eine heftige Bewegung, stieß mit dem Handrücken, in dem die Braunüle steckte, gegen die Bettkante und fluchte leise. »Nina, was denkst du denn von mir?«, ächzte er mit schmerzverzogenem Gesicht. »Das kannst du nicht ernst meinen ... Natürlich war es ihre.« Er sank ins Kissen zurück, nahm die Brille ab und rieb sich den Nasenrücken.

Verwirrt sah sie hoch. Für einen kurzen Moment hatte sie komplett den Faden verloren. »Was – wie bitte?« Dann bemerkte sie seinen gequälten Gesichtsausdruck und fasste sich an den Kopf. »Die Urne ... die Asche ... ich war ganz in Gedanken. Es war also ihre.«

Sie stand auf, verschränkte die Arme vor der Brust und ging ein paar Schritte. Schließlich blieb sie vor seinem Bett stehen und sah auf ihn hinunter. »Wann hattest du vor, mir das alles zu erzählen? Wenn ich Enkelkinder habe? Oder vielleicht gar nicht? Weil das bequemer gewesen wäre?«

»Nina ...«, flehte er und streckte wieder die Hand nach ihr aus.

Aber sie war zu aufgewühlt und wandte ihm den Rücken zu, starrte schweigend für lange Sekunden auf die weiße Wand. Einmal hatte sie vom Auto aus ihre Mutter auf der Mönckebergstraße in Begleitung dieses indischen Yogalehrers gesehen. Damals hatte sie sich nichts dabei gedacht. Aber gegen die Bilder, die jetzt vor ihrem geistigen Auge aufblitzten, konnte sie sich nicht wehren.

Ihre Mutter, barfuß im Sari mit einem roten Punkt auf der Stirn, wie sie vor dem Mann kniend mit Hingabe seine Füße wusch. Oder, ihre Mutter und dieser Mann ...

Sie ballte die Fäuste in dem vergeblichen Versuch, die Szene aus ihrer Erinnerung zu löschen. Nach ein paar bleiernen Minuten drehte sie sich wieder um.

Sie musste ihre Kehle frei räuspern, ehe sie die Worte herausbekam. »War es das, was du mir ursprünglich sagen wolltest?«

Viktor blickte zur Seite und schüttelte den Kopf. »Nein. Da ist noch was anderes.« Er zupfte nervös an der Bettdecke und sah sie dabei nicht an.

»Okay, raus damit. Das werde ich auch noch aushalten!« Sie merkte, wie ihr Vater bei ihrem Ton zusammenzuckte, und nahm sich zusammen. »Tut mir leid«, murmelte sie und legte ihre Hand auf seine.

Er klammerte sich daran fest. »Anfang der Neunziger hatte ich mal was mit einem Model«, begann er leise, ohne sie anzusehen. »Einem Topmodel ...«

»Ein T-Topmodel«, stotterte sie entgeistert. Vor ihrem geistigen Auge stakste eine langbeinige, schmollmundige, honigblonde Schönheit lasziv durchs Zimmer.

»Sie war bildschön und wurde sogar für die großen Haute-Couture-Shows in Paris und Mailand gebucht«, fuhr ihr Vater mit nach innen gekehrtem Blick fort, brach dann aber ab, fasste sich an den Kopf und presste die Lider aufeinander. »Diese Kopfschmerzen ... diese verdammte Maschine ... Ich komme im Augenblick einfach nicht auf ihren Namen ...«

»Muss 'ne freudsche Fehlleistung sein«, sagte Nina aufgewühlt. Sie spürte, dass sie vor Aufregung vermutlich hektische Flecken bekommen hatte. Ihr Vater und ein Topmodel!

»Es war ein Blumenname ...«, murmelte er.

»Rose, Violet, Margerita, Poppy«, ratterte sie herunter. »Oder irgendetwas Lateinisches? Ancellia zum Beispiel?«

Er schüttelte mit offensichtlicher Verzweiflung den Kopf. »Mein Gehirn ist wie leer gefegt ...«

Nina rief sich alle Blumennamen ins Gedächtnis, die ihr einfielen. »Hortensie, Lily, Calendula, Tulipane? Jasmin ...«

»Das war's! Sie hieß Jasmin.« Er lächelte sie mühsam an. »Sie kam aus Durban ... oder Zululand, darüber hat sie nicht viel gesprochen. Man müsste über dortige oder internationale Modelagenturen recherchieren ...«

Sie musterte ihn scharf. »Und aus welchem Grund willst du sie wiederfinden? Nach all diesen Jahren?«

Sein Blick wanderte in die Ferne. »Eines Tages ist sie von der Bildfläche verschwunden«, sagte er. »Einfach so, ohne ein Wort. Am Abend vorher hatten wir noch gemeinsam eine Party in London besucht, und am nächsten Morgen war sie weg ...« Ein müdes Lächeln huschte über seine Züge. »Ich konnte das nicht verstehen ... nach diesem Abend ... Ich hatte ... Ich dachte ... Wir wollten ...«

Nina bemerkte, dass er über seinen Ringfinger rieb. Bedeutete das etwa, dass er und das Topmodel damals heiraten wollten? Mit Spannung wartete sie, dass er den Satz vollenden würde. Aber er verstummte.

»Hast du nie versucht, sie zu finden?«, bohrte sie nach. »Eine offensichtlich so prominente Person kann doch nicht einfach verschwinden. Die Klatschspalten wären doch voll davon gewesen.«

»Natürlich habe ich das versucht«, sagte er mit einem Schulterzucken. »Ich habe jeden gefragt, der sie gekannt hat. Eines der anderen Topmodels meinte, ein Gerücht gehört zu haben, dass sie ein Kind erwarte und es in ihrem Heimatland zur Welt bringen wolle ...«

»Ein Kind?«, platzte es aus Nina heraus. Sie stemmte die Arme in die Hüften. »Ich habe also eine Halbschwester oder einen Halbbruder?«

Ihr Vater nickte stumm. »Sicher ist das natürlich nicht ... Einen Beweis dafür habe ich nie bekommen ...«

Nina musterte ihn schweigend. »Durban, Jasmin«, murmelte sie schließlich. Sie sprach den Namen englisch aus.

»Der Name wurde wie im Deutschen ausgesprochen«, sagte Viktor. »Sie schrieb sich mit Ypsilon.«

»Okay, also Yasmin«, fuhr Nina fort. »Eine Yasmin, die vor ungefähr dreiundzwanzig Jahren als Haute-Couture-Model in Europa gearbeitet hat? Vermutlich aus Durban oder Zululand stammt? Und vermutlich ein Kind hat?« Ihre Stimme stieg ein paar Töne. »Ein Kind, das jetzt etwa dreiundzwanzig Jahre alt sein muss?«

Wieder nickte er wortlos.

Nina nahm ihre Wanderung durchs Zimmer wieder auf. »War sie ... dunkelhäutig?«, fragte sie nach einer Weile zögernd. Es widerstrebte ihr sehr, danach zu fragen, aber in diesem Fall war es nun einmal wichtig.

Viktor blickte hoch, und ein winziges Lächeln spielte um seine Mundwinkel. »Das war sie. Ein wunderschönes, tiefes Goldbraun, und ihre Augenfarbe werde ich nie vergessen. Absolut faszinierend. Seegrün, aber manchmal schimmerten sie in durchsichtigem Grau ... als jagten Wolkenschatten über ein stürmisches Meer.« Sein Blick glitt ab, sein Lächeln erlosch.

Überrascht blieb sie stehen. Das Bild der langbeinigen Blondine mit Schmollmund verblasste, stattdessen glitt Naomi Campbell in dem katzenhaften Gang der Laufstegmodels neben ihr her.

»Meine Güte, Dad, wie poetisch!«, kommentierte sie verblüfft. »So kenne ich dich ja gar nicht.«

Offensichtlich bedeutete ihm diese Yasmin auch heute noch etwas, und auf eine Weise war sie froh darüber. Die Vorstellung eines One-Night-Stands wäre ihr bei ihrem Vater irgendwie unangenehm gewesen. Sie setzte sich wieder auf die Bettkante und nahm seine Hand. Leicht wie ein Vögelchen lag sie in ihrer. In diesen wenigen Tagen schien sie schmaler geworden zu sein, kraftloser. Auf seiner Stirn glänzten Schweißperlen der Erschöpfung, seine Gesichtsfarbe hatte nun einen grauen Unterton.

»Wie war sie?«

Der Hauch von einem Lächeln umspielte seine Mundwinkel. »Du meinst, außer bildschön?«

Sie nickte. Ja, das wollte sie wissen.

»Sie hat vor Temperament gesprüht, konnte mit ihrem Charme jeden einwickeln, und sie war hochintelligent und hatte sogar studiert.«

»Ach, tatsächlich? Studiert? Welches Fach?« Sie gab sich Mühe, nicht sarkastisch zu klingen.

»Keine Ahnung«, antwortete er mit einem leichten Kopfschütteln. »Darauf hat sie nie geantwortet. Den Teil ihres Lebens hat sie strikt für sich behalten. Ich habe nie etwas über ihre Familie erfahren, keine Fotos von früher von ihr gesehen. Nichts.«

»Und sie hat sich zu keiner Zeit mit dir in Verbindung gesetzt?«, fragte sie sanft.

»Nein, ich habe nie wieder etwas von ihr gehört. Ihre Modelkolleginnen, soweit ich weiß, auch nicht ... als wäre sie über den Rand der Erde gefallen ...«

Eine Taube landete auf dem Fensterbrett. Ihr Gefieder glänzte blaugrau, und sie trug einen prächtig metallisch schimmernden Federkragen. Geschäftig suchte sie nach Krümeln, fand offenbar einen, verschlang ihn und warf sich darauf mit einem tiefen Gurren herum. Ein paar klatschende Flügelschläge trugen sie weit hinauf in den nebelgrauen Hamburger Winterhimmel, ehe sie nach Süden abdrehte.

»Sie fliegt nach Afrika«, wisperte Viktor, und Nina sah, dass ihm die Tränen in den Augen standen.

Das Mitleid mit ihm verschloss ihr die Kehle, und sie schämte sich für ihre ruppigen Bemerkungen. »Ich muss ein Hotel buchen«, wechselte sie abrupt das Thema. »Von Durban aus fahre ich mindestens zweieinhalb Stunden nach Zululand.«

Mit einem Ruck zog er seine Hand weg. »Nein, nein, das hast du falsch verstanden! Ich will nicht, dass du nach Südafrika fliegst ... nicht dorthin! Und nicht um ein Kind zu finden, von dem ich nicht einmal sicher weiß, dass es existiert ... und ob es überhaupt meins ist. Außerdem, wie kann ich einen Wildfremden darum bitten, mir eine Niere zu spenden, egal ob er mit mir verwandt ist oder nicht ... Das geht doch nicht ...«

»Wir versuchen es«, fiel sie ihm ins Wort. »Es ist deine einzige Chance. Da lasse ich nicht mit mir verhandeln ...«

Jemand klopfte, und gleich darauf trat eine Krankenschwester ein, eine energisch wirkende Frau mit dicker Brille und grau meliertem Pagenkopf. »Guten Tag«, grüßte sie Nina. »Ich bin Schwester Katrin, ich muss nur ein paar Dinge nachsehen.«

»Natürlich.« Nina stand sofort auf und zog sich ans Fenster zurück.

Die Schwester wandte sich Viktor zu. »Nun, Herr Rodenbeck, wie fühlen wir uns?«, fragte sie betont fröhlich und kontrollierte dabei die Blutdruckmanschette an seinem Oberarm und die Braunüle im Handrücken.

»Wie Sie sich fühlen, weiß ich nicht«, knurrte Viktor. »Aber ich fühle mich nicht so besonders ...«

»Es geht uns also etwas besser«, sagte die Schwester mit einem leisen Lächeln. »Alles ist so weit in Ordnung. Nach dem Abendessen komme ich wieder.« Sie verließ das Zimmer.

Viktor schnaubte. »Schreckliche Frau ... aber sie ist eine gute Krankenschwester ... Wo waren wir stehen geblieben?«

»Dass ich alles versuchen werde, diese Yasmin aufzutreiben.«

»Ich will das nicht ...«

»Ich fliege nach Durban und recherchiere selbst«, fiel sie ihm ins Wort. »Basta ...«

Sie konnte nicht weitersprechen. Das Zittern in ihr rührte sich wieder, steigerte sich zum Beben, und sie spürte die Eiseskälte schwarzer Schatten.

Aus rot geränderten Augen starrte ihr Vater sie verzweifelt an. Seine Hände wanderten nervös über die Bettdecke. Sie starrte zurück. Unnachgiebig, und schließlich gewann sie das schweigende Duell. Ihr Vater schlug die Augen nieder.

»Frag bei Mamas Familie an ...«, flüsterte er mit abgewandtem Kopf. »Vielleicht kannst du bei ihnen übernachten. Ihr Haus ist groß genug.«

»Nein«, knirschte sie. »Auf keinen Fall!«

Mamas Familie bestand aus ihrem Bruder Siegfried, seiner Frau Gitta, deren Sohn Wolf und einer biestigen, aber sehr hübschen Tochter namens Marike. Marike hatte sanfte, schokoladenbraune Augen, glattes, schwarzes Haar und stark sonnengebräunte Haut. Immer, auch im Winter, und obwohl sie die Sonne mied wie die Pest. Das Gerücht, dass Siegfried nicht ihr Vater sei, durchzog Mamas Familiengeschichte wie ein stechender Gestank.

Sie hatte Rikki, wie ihre Cousine genannt wurde, schon als Kind nicht gemocht. Die Erwachsenen umgarnte sie mit ihrem süßen Lächeln, ihre Spielgefährten verpetzte sie, und sie log wie gedruckt, um ihr Ziel zu erreichen. Nina war ihr, wo immer sie konnte, aus dem Weg gegangen.

Wolf dagegen war weißblond. Von oben bis unten. Weißblondes Haar, weißblonde Wimpern und Brauen, Augen blassblau wie Wassereis, weißblonde Haut, die in der afrikanischen Sonne schnell hummerrot wurde und sich anschließend abziehen ließ wie bei einer sich häutenden Schlange. Tante Gitta sah genauso aus. Nur älter, mit tiefen Falten, die die afrikanische Sonne und das Leben mit Siegfried in ihre Haut gegraben hatten. Ihr Sohn petzte zwar nicht, aber er war genauso verlogen wie die Schwester und die Mutter. Siegfried war weltanschaulich im tiefsten braunen Sumpf verankert, und die ganze Familie tat immer nervtötend vornehm.

»Sei doch nicht so störrisch. Warum ...«

»Nein!«, fuhr sie ihren Vater grob an. »Entschuldige, war nicht so gemeint ...«, flüsterte sie dann.

Das innere Beben vibrierte in den Tiefen ihres Körpers, das Zittern, das an ihr zerrte wie ein Wintersturm an einem vertrockneten Blatt. Gleichzeitig sickerte die Erkenntnis in ihr Bewusstsein, dass sie, um diese Yasmin zu finden und eine Chance zu haben, ihren Vater zu retten, nach Südafrika fliegen musste.

Südafrika!

Zululand!

Mit zusammengepressten Lippen starrte sie ins Nichts. Lichtflecken flimmerten vor ihren Augen, Geräuschfetzen drangen an ihr Ohr. Kehlige Stimmen, warm und sanft wie dunkler Sirup, Worte auf Zulu, lang gezogene Vokale, und weit entfernt, wie vom Wind verweht, jauchzende Flötentöne.

»Penny Pipers«, wisperte sie.

»Was?« Ihr Vater warf ihr einen erstaunten Blick zu.

»Ach, nichts«, wehrte sie ab, aber in ihrem Kopf sangen die Flöten weiter.

Penny Pipers!

Kleine Jungen mit leuchtenden Augen, barfuß und in Lumpen

aus dem Dreck und Elend der Townships, die aus Fahrradpumpen Flöten gebastelt hatten und ihnen Töne entlockten, die nicht von dieser Welt zu sein schienen. Hohe, tanzende Melodien von überschäumender Lebensfreude, die durch die Hochhausschluchten von Johannesburg hallten.

»Diese kleinen Jungs waren von so unbändigem Freiheitsdrang, dass es mir jedes Mal den Atem verschlug«, hatte ihr Tita Robertson, die Mutter von Mick, vorgeschwärmt, die einige Jahre in der Goldenen Stadt gelebt hatte. »Leider verschwanden die Penny Pipers mit ihren Flöten Ende der Sechziger endgültig – seitdem hallt nur der Verkehrslärm durch die Häuserschluchten, und der wird täglich lauter.« Tita hatte eine spöttische Grimasse gemacht.

Nina war sich sicher, dass ihr Gedächtnis sie nicht trog. Ende der Sechziger, das hatte Tita gesagt. Zwanzig Jahre, bevor sie geboren wurde. Eigentlich konnte sie keine Erinnerung daran haben. Sie schloss die Augen, um sich besser konzentrieren zu können, horchte in sich hinein, hörte die tanzenden Töne, ganz entfernt. Aber sie waren flüchtig wie vom Wind verweht und entzogen sich ihr immer wieder.

Auf einmal fiel ihr ein, dass Kennedy, der alte Gärtner und Mädchen für alles in ihrem Elternhaus, fast jeden Abend eine kratzige Aufnahme der Penny Pipers auf seinem Kassettenrekorder abgespielt hatte – mit Tränen in den Augen – und auch dass sie in den Musikläden ab und zu Studioaufnahmen der professionellen Penny Pipers gehört hatte. Zu der Zeit aber war sie mehr an den Scorpions, den Pet Shop Boys und Sting interessiert – und Simon, dem Bruder einer Schulkameradin, einem bekannten Tennisspieler.

Erleichtert öffnete sie die Augen. Die Penny Pipers hatten nichts mit ihrem Albtraum zu tun, das war sicher. Doch unvermittelt stieg ihr ein Geruch in die Nase. Süßlich. Aufdringlich. Widerlich.

Ohne Vorwarnung, als wäre ein stählerner Vorhang gefallen, brachen die Flötentöne ab, und die Vogelschreie verstummten. Ihre Nerven vibrierten wie gespannte Geigensaiten, und in ihr schoss ein Gefühl hoch, das sie nicht beschreiben konnte. Angst? Panik? Vorahnung?

Vierzehn Jahre lang hatte sie jede Erinnerung an ihr Geburtsland hinter einer unüberwindlichen Mauer vergraben. Urplötzlich brach ihr kalter Schweiß aus allen Poren, ihr wurde schwindelig, und sie fiel auf den Besucherstuhl, der neben dem Bett ihres Vaters stand. Der stechend eisblaue Blick eines Huskys irrlichterte für Sekundenbruchteile vor ihrem geistigen Auge, dann engte sich ihr Sichtfeld ein, bis sie nur noch einen hellen Punkt im Schwarzen sah.

»Hyänenzeit«, raunte eine raue Stimme von schrecklicher Intimität, und sie hatte keine Ahnung, wem sie gehörte oder was gemeint war. Sie kannte das Wort nicht.

Ihr rieselte es kalt den Rücken hinunter.

»Was ist los? Du bist ganz weiß geworden.« Mit offensichtlicher Besorgnis streckte Viktor ihr die Hand hin.

Sie presste die Lider zusammen, öffnete sie wieder und mühte sich, ihn durch die wirbelnden Nebelfetzen zu erkennen.

»Nichts«, stieß sie schließlich hervor.

»Für nichts siehst du aber ganz schön durchgerüttelt aus.« Er zog sie näher zu sich heran. »Soll ich einen Arzt rufen?«

Abwehrend schüttelte sie den Kopf.

Aber Viktor ließ nicht locker. »Ist es wegen dieser Yasmin?«

»Ach wo«, versicherte sie. »Der Flug hierher war lang und anstrengend, und ich hab wohl was gegessen, was mir nicht bekommen ist. Mach dir keine Sorgen.« Es kostete sie viel Kraft, die Lippen zu einem Lächeln zu verziehen.

Ihrem Vater etwas von jauchzenden Flötentönen, Vogelschreien und dem rätselhaften Wort *Hyänenzeit* zu erzählen erschien ihr sinnlos. Schon allein deswegen, weil sie selbst nicht wusste, was das alles zu bedeuten hatte.

»Kennst du ein Hotel auf dem Weg nach Zululand?«, quetschte sie heraus und stand auf. »Ich will noch bei Lisa und Mick Robertson vorbeischauen. Sie leben ja jetzt in La Lucia, und von da aus brauche ich zweieinhalb Stunden nach Zululand ... mindestens.«

»Warum willst du denn nicht bei Mamas Familie anfragen ...«

»Nein!« Das Wort fiel wie ein Stein zwischen sie.

»Okay. Ist schon gut. Dann ruf doch Jill an, die hat sicher Platz für dich.«

»Wir haben uns lange nicht gesehen. Zuletzt, als sie mit Nils und den Kindern ihre Familie im Bayerischen Wald besucht hat. Das ist drei oder vier Jahre her. Seitdem haben wir uns nur sporadisch per SMS oder mit Videos auf Whatsapp auf dem Laufenden gehalten und ab und zu geskypt ... Ich glaube nicht ... Inqaba ist ...«

Sie konnte nicht weiterreden. Plötzlich fiel ihr das Atmen schwer, ihre Hände verkrampften sich, und sie erkannte, dass sie kurz vor einem Panikanfall stand. Nahe bei Jills Farm Inqaba war sie überfallen worden. Hatte man ihr mitgeteilt. Sie musste das glauben, erinnern konnte sie sich an nichts.

»Glaub mir, sie wird Platz für dich haben«, sagte ihr Vater. »Schließlich hast du deine halbe Jugend auf der Farm ihrer Familie verbracht, und sie hat uns alle zu ihrer Hochzeit mit Nils eingeladen ...« Er brach ab und starrte sie an. »Mein Gott, entschuldige, ich hatte vergessen, ich meine ...« Er strich sich über die Augen. »Ich bin völlig durcheinander ... die Operation ...« Er verstummte. Seine Augen lagen tief in ihren Höhlen, und er wirkte völlig hoffnungslos.

Und ausgerechnet das half ihr jetzt, den drohenden Vulkanausbruch in ihrem Inneren zu zügeln. Sie atmete ein paarmal tief durch. »Ist schon gut, Dad«, flüsterte sie. »Vielleicht ist es an der Zeit, dass ich die Sache endlich aus meinem Organismus kriege.«

Wirklich glaubte sie das nicht, und sie bekam es immer noch nicht fertig, das, was ihr zugestoßen war, anders als »die Sache« zu bezeichnen.

»Ich werde Jill anrufen«, versprach sie schnell, weil sie sehen konnte, wie aufgewühlt ihr Vater war. Der Monitor neben seinem Bett registrierte, dass sein Blutdruck stieg, was in seinem Zustand schlimme Auswirkungen haben konnte. »Ganz bestimmt. Wenn ich keine andere Unterkunft finde, rufe ich sie an.«

Inqaba war eines der beliebtesten Wildreservate und immer ausgebucht, das war bekannt, und sie schätzte die Chance, dass sie von Jill eine Unterkunft so kurz vor Beginn der Weihnachtsferien mieten konnte, gegen null. Sie sah hinüber zu ihrem Vater. Sein Gesicht war jetzt durchsichtig bleich.

»Tut mir leid«, stotterte er fast unhörbar.

»Es ist gut, Dad, mach dir bitte keine Sorgen«, sagte sie leise. »Ich pack das schon. Ich bin nicht mehr das traumatisierte Mädchen von damals.«

Natürlich war sie das noch, fuhr es ihr durch den Kopf, und dass sie der Konfrontation mit dem Ort, wo die Sache geschehen war, schon gewachsen war, bezweifelte sie insgeheim. Tatsächlich bezweifelte sie, dass sie dem je gewachsen sein würde, aber ohne dass sie sich dem stellte, würde sie es nie herausfinden. Leise beugte sie sich über ihn und küsste ihn.

»Schlaf jetzt, du brauchst es. Ich komme heute Abend wieder.«

»Wir müssen noch über die Fotos reden, die ich machen sollte. Der Auftrag ist unglaublich wichtig für mich, und ich wüsste niemanden, der ihn besser für mich erledigen könnte als du. Wir haben den gleichen Stil, keiner wird merken, dass nicht ich auf den Auslöser gedrückt habe.« Er ballte eine Faust. »Ich kämpfe um mein berufliches Überleben.«

»Wir schaffen das alles, du und ich«, flüsterte sie. »Bis heute Abend.« Sie küsste ihn auf die Stirn, verließ den Raum und zog die Tür hinter sich zu.

Dr. Kroetz verließ eben das Schwesternzimmer. Als er sie sah, blieb er stehen und sah sie forschend an. »Gibt es etwas Neues?«

»Gibt es tatsächlich«, sagte sie und berichtete ihm in knappen Worten von dem möglichen Kind in Südafrika.

»Oha«, sagte er nur und spitzte die Lippen. »Das Kind könnte also etwa dreiundzwanzig Jahre alt sein?«

Sie nickte.

»Ein perfektes Alter«, murmelte er. »Was werden Sie jetzt unternehmen?«

»Ich werde den nächsten Flug nach Südafrika buchen und mich auf die Suche machen. Ich weiß noch nicht, wo ich damit anfangen werde, aber ich werde diese Frau und das Kind finden. Falls es tatsächlich existiert. Ob er oder sie bereit ist, eine Niere zu spenden, wird sich dann zeigen.« Sie wich dem Pfleger aus, der gerade ein leeres Krankenbett vorbeibugsierte, ehe sie weiterredete. »Ist es wirklich ausgeschlossen, dass ich meinem Vater eine Niere spenden kann? Ich meine, einen Artikel gelesen zu haben, dass es eine andere Methode für solche Fälle gibt.«

»Stimmt«, sagte der Arzt. »Aber eine glatte Übereinstimmung würde für den Empfänger deutlich weniger Belastung bedeuten.« Er warf ihr einen durchdringenden Blick zu. »Finden Sie dieses Kind, und beeilen Sie sich«, sagte er und entfernte sich mit langen Schritten.

4

Nina ging hinüber zum Klinikparkplatz, stieg in ihren Wagen und rief als Erstes wieder Konrad an. Nachdem sie minutenlang immer dieselbe Ansage zu hören bekam, dass der gewünschte Teilnehmer nicht erreichbar sei, gab sie auf. Die Ansage war doch vorher nicht zu hören gewesen, warum jetzt?

Ein halbes Dutzend Szenarien, von denen keines wirklich beruhigend war, schwirrten ihr durch den Kopf. Stirnrunzelnd startete sie den Motor. Sie versuchte, sich damit zu trösten, dass es vermutlich eine vollkommen harmlose Erklärung gab. Es war jetzt gegen Abend, vielleicht war er bereits von Pune nach Bombay gefahren und saß bereits im Dachgarten vom Interconti bei einem Absacker. Oder es war mal wieder, wie so oft in der Gegend, der Strom ausgefallen, und damit vielleicht sogar der Server. Der Gedanke beruhigte sie etwas, und sie fuhr los.

Eine gute halbe Stunde später stellte sie den Wagen auf ihrem Parkplatz in der Tiefgarage ab und fuhr mit dem Aufzug hinauf in den vierten Stock. Als sie die Tür aufschloss, schlug ihr ein Schwall abgestandener, kalter Luft entgegen. Offenbar hatte sie die Heizung zu weit hinuntergedreht. Sie ließ ihr Gepäck im Flur stehen, lief fröstelnd ins Schlafzimmer, drehte die Heizung etwas höher, nahm ihren wärmsten Winterpullover aus dem Schrank und schlüpfte hinein. Danach rief sie ohne Umschweife ihr Reisebüro an, aber zu ihrem Verdruss lief dort lediglich der Anrufbeantworter mit der Ansage, dass sie leider außerhalb der Geschäftszeiten anrufe. Frustriert legte sie auf. Es blieb ihr also nichts weiter übrig, als übers Internet zu recherchieren.

Sie nahm ihr Notebook aus der Tasche, schaltete auf dem Weg zu ihrem Schreibtisch gewohnheitsmäßig den Fernseher ein – das gab ihr die Illusion, nicht allein in der Wohnung zu sein –, setzte sich auf ihren Drehstuhl, ließ den Computer hochfahren und klapperte eine Fluglinie nach der anderen ab in der Hoffnung, morgen noch einen Platz nach Südafrika zu bekommen. Ihr war es egal, ob sie über Johannesburg oder Kapstadt fliegen würde. Von beiden Flughäfen starteten regelmäßig Flüge zum King Shaka Airport in KwaZulu-Natal. Neuerdings gab es sogar einen Direktflug von Frankfurt über Dubai dorthin, allerdings mit einem nächtlichen Aufenthalt von über drei Stunden. Dreieinhalb Stunden zusätzliche Flugzeit. Das wollte sie sich ersparen.

Sie klickte sich weiter durchs Internet, während im Hintergrund die Abendnachrichten liefen. Sie hörte nicht richtig hin, bis sie auf einmal begriff, dass gerade ein Bericht von einem verheerenden Unwetter in Indien gesendet wurde. Blitzschnell drehte sie den Apparat lauter und starrte auf die Szenen, die auf dem Bildschirm liefen. Entsetzt musste sie zusehen, wie sich Schlammkaskaden durch Bombays Straßen wälzten, Menschen und Autos mitrissen und ins Meer spülten. Die Bilder wechselten, und sie erkannte Pune. Ein Reporter zeigte auf mehrere Autos, die im Fluss trieben, und verkündete mit dramatischer Stimme, dass es in Pune angeblich bereits drei Tote gegeben habe.

Nina brach in kalten Schweiß aus, und ihr wurde schlecht. Die Szenen, die sie sich vorstellte, jagten ihr eine Heidenangst ein, obwohl sie sich sagte, dass Konrad kräftig und durchtrainiert war und ein äußerst erfahrener Schwimmer. Sie sah auf die Uhr. Kurz vor zweiundzwanzig Uhr. Pune war in der Zeit gut dreieinhalb Stunden voraus, also herrschte dort schon tiefste Nacht. Trotzdem rief sie wieder an. Wieder vergeblich. Es gab nicht einmal die Ansage, dass der Teilnehmer nicht erreichbar sei. Sie starrte ins Leere und spürte, wie es sich anfühlte, wenn einem das Herz schwer wurde. So schwer, dass sie kaum atmen konnte.

Schließlich riss sie sich zusammen und rief bei der Lufthansa an, um sich auf die Warteliste für den Flug setzen zu lassen, der am nächsten Abend von Frankfurt nach Johannesburg abging. Eine Frau teilte ihr kühl mit, dass die Warteliste voll sei. Sie müsse eben immer wieder anrufen und nachfragen, ob jemand kurzfristig seinen Flug storniert habe. Erst nächste Woche gebe es wieder freie Plätze.

»Warten Sie!«, rief Nina, als die Frau auflegen wollte. »Es ist so ...«, begann sie, und dann erzählte sie von dem Unfall und den Folgen für ihren Vater, änderte die Geschichte mit dem unbekannten Kind aber dahingehend ab, dass er es seit fast zwanzig Jahren nicht mehr gesehen habe, was er sehr bereue. »Ich habe Angst, dass es nächste Woche für meinen Vater zu spät ist.« Im selben Moment bekam sie eine Gänsehaut, weil ihr klar wurde, dass das durchaus der Fall sein konnte.

»Moment, ich muss kurz etwas nachsehen«, sagte die Frau.

Nina zwirbelte nervös einen Filzstift zwischen den Fingern und wartete.

Die Frau meldete sich wieder. »Wenn Sie sich mit einem Jumpseat zufriedengeben, hätte ich einen für Sie. Das sind die Sitze, auf denen unsere Crew beim Landen und Starten Platz nimmt. Je nach Flugziel haben wir eine variable Anzahl von Crewmitgliedern, und dann bleiben Sitze frei. Ich setze Sie natürlich auch auf die Warteliste, falls es eine Stornierung geben sollte.«

»Danke«, sagte Nina erleichtert. »Vielen Dank für Ihre Mühe.«

Unschlüssig stand sie später vor ihrem Gepäck und war versucht, es für die Reise unausgepackt wieder mitzunehmen. In Indien war es Herbst gewesen, aber drückend heiß, in Südafrika herrschte Frühsommer, und die Temperaturen lagen in Natal meistens über achtundzwanzig Grad. Schließlich sortierte sie alle Businesskleidung aus und packte stattdessen ein Paar zusätzliche Jeans, einige leichte Oberteile, Bikinis und ihre umfangreiche Fotoausrüstung ein.

Obwohl sie mittlerweile sehr hungrig war, stellte sie sich erst unter die heiße Dusche. Sie stützte sich mit beiden Händen an der Fliesenwand ab und ließ das heiße Wasser über den Rücken plätschern. Gähnend schloss sie die Augen. Das Wasser trommelte auf ihren Rücken, floss in Strömen an ihr hinunter. Ein angenehmes, weiches Gefühl.

Ihre Gedanken wanderten zu den vergangenen Stunden zurück, und ohne Vorwarnung wurde sie von einem Weinkrampf gepackt, der sie schüttelte wie ein wildes Raubtier seine Beute. Sonst weinte sie nie. Gleichzeitig fegte ein eisiger Angststurm über sie hinweg.

Angst um ihren Vater. Angst um Konrad. Angst vor dem, was sie in Natal erwartete.

Vor dem, woran sie sich nicht erinnern konnte.

Oder nicht erinnern wollte?

Hemmungslos schluchzend, sank sie auf den Boden der Dusche und barg mit angezogenen Knien den Kopf in den Armen.

Ohne etwas zu essen, mit nassem Haar, kroch sie irgendwann restlos erschöpft ins Bett. Bevor sie das Licht löschte, versuchte sie noch einmal, Konrad zu erreichen, bekam aber wieder keine Antwort. Sie war so müde, dass sie trotzdem ziemlich schnell einschlief.

Konrad schlief nicht. Konrad saß in seinem Hotel in Pune auf dem Klo, hielt einen Papierkorb umklammert und hoffte auf eine schnelle, schmerzlose Art, diese Welt verlassen zu können. In kurzen Abständen krampften sich seine Bauchmuskeln wie ein Schraubstock zusammen und beförderten explosionsartig einen scheußlichen Speisebrei aus seinem Magen in den Papierkorb, von dem ihm ein säuerlicher Currygeruch in die Nase stieg. Gleichzeitig entleerte sich sein Darm.

Er würgte und spuckte, würgte weiter, bis er leer war. Schließlich stellte er den stinkenden Papierkorb auf den Fliesenboden, wischte sich mit Klopapier den Mund ab und blickte verlangend durch die offen stehende Toilettentür.

Auf jeder Reise hatte er seine gut bestückte Reiseapotheke dabei, die immer medizinische Kohle, ein starkes Antibiotikum gegen bakterielle Brechdurchfälle, ein Medikament zur Beruhigung der Peristaltik und Elektrolyte in Pulverform enthielt. Aber das Zeug lag in seinem Koffer und der im Schlafzimmerschrank. Das hätte ebenso gut auf dem Mond sein können. Er stöhnte. Nicht einmal drei Schritte konnte er sich von seinem momentanen Sitzplatz wegbewegen, ohne eine hochpeinliche Katastrophe hervorzurufen. Sein Blick streifte das Telefon, das sich neben der Toilette befand. Er hatte es zuvor gar nicht wahrgenommen.

Hilfe winkte! Erleichtert streckte er die Hand danach aus, zögerte dann aber. Der Anruf würde an die Rezeption gehen, und vermutlich würde ihm die hübsche Inderin dort zu Hilfe eilen. Er sah das Bild vor sich, das sich ihr bieten würde. Mit allen Details. Irgendwie musste er das Problem allein lösen.

Ein Kälteschauer rann ihm über den Rücken, er begann zu zittern, und seine Zähne schlugen wie Kastagnetten aufeinander. Wieder stöhnte er. Die Anzeichen kannte er. Ein ausgewachsener Schüttelfrost, und das hieß nach seiner Erfahrung, dass er hohes Fieber hatte.

»Shit!«, knurrte er, lehnte zähneklappernd den Kopf an die Rückwand und schloss die Augen. Und nickte wohl tatsächlich für eine Weile ein. Steif, stinkend und so schlapp wie ein nasser Waschlappen, kam er wieder zu sich. Vorsichtig stellte er sich auf die Beine. Er kippte das Erbrochene in die Toilette und tastete sich, vorsorglich den geleerten Papierkorb im Arm, an der Wand entlang am Fernseher vorbei, der ohne Ton lief. Am Bett angekommen, schaltete er die Nachttischlampe ein.

Mühsam hob er die Reiseapotheke aus dem Schrank und leerte den Inhalt aufs Bett. Zu seinem Entsetzen stellte er fest, dass nur noch eine Tablette von dem Antibiotikum übrig war. Die neue

Packung hatte er zu Hause vergessen. Wenigstens hatte er genügend Kohletabletten dabei. Er löste sofort ein paar in einer Trinkwasserflasche auf und schluckte sie zusammen mit dem Durchfallmittel.

Anschließend drehte er die Dusche auf, wo er sich auf den Boden setzte, weil ihn seine Beine nicht mehr tragen wollten, und ließ das Wasser laufen, bis er sich selbst wieder riechen mochte. Er brachte es auch noch fertig, frische Shorts und den langärmeligen Pullover anzuziehen, den er für den Flug eingepackt hatte – er fror immer noch jämmerlich –, und die Nachttischlampe auszuschalten, bevor er zurück ins Bett kroch. Er fiel in einen bleiernen Schlaf.

Als er wieder aufwachte, war es bis auf das Geflimmer vom Fernseher im Zimmer dunkel. Desorientiert blickte er auf die digitale Uhr auf dem Bildschirm. Halb sechs. Durchs deckenhohe Fenster konnte er erkennen, dass der nächtliche Himmel sich unmerklich aufhellte. Es wurde Tag.

Aber welcher? War er gestern krank geworden? Vorgestern?

Er rollte sich auf die Seite, vergrub den Kopf in den Händen und bemühte sich, die vergangenen vierundzwanzig Stunden zu rekonstruieren. Erst nach und nach fielen ihm die Einzelheiten wieder ein.

Die Bettlerin, die sich über seine Schuhe und sein Handy übergeben hatte, das Unwetter, die äußerst unangenehme Nacht. Dass er und Nina getrennt worden waren und er sie nicht hatte erreichen können.

Nina!

Er setzte sich auf und sah sich um.

»Nina?«

Niemand antwortete. Mit einem Satz sprang er aus dem Bett. Seine Beine knickten unter ihm weg, und er landete rücklings auf der Matratze. Stöhnend richtete er sich wieder auf, wobei sein Blick auf die vom Hotel bereitgestellten Trinkwasserflaschen fiel. Er brauchte dringend Flüssigkeit und Elektrolyte. Vorsichtig stellte er sich auf die Beine, wartete, bis die schwarzen Flecken vor seinen Augen verschwanden, und schleppte sich dann zum Schrank. Er fischte die Dose mit dem Elektrolytpulver aus seinem Medikamentenvorrat und bemühte sich, den Inhalt in eine der Flaschen zu kippen. Das meiste landete auf dem Fußboden. Er trank die ganze Flasche leer und ließ sich wieder in die Kissen fallen.

Vom restlichen Morgen blieb Konrad nur wenig in Erinnerung. Sein Körper glühte, das Fieber jagte ihn durch grauenvolle Albträume, die praktisch alle Ninas Verschwinden betrafen, und immer wieder sackte er weg. Dann und wann tauchte er für kurze Zeit an die Oberfläche seines Bewusstseins, bis er jegliches Gefühl für die Wirklichkeit verloren hatte.

Später am Vormittag schickte die Rezeptionistin auf den Bericht des Reinigungspersonals hin, dass der Gast in Zimmer 504 seit dem vorigen Tag die Tür nicht mehr geöffnet habe, einen Angestellten, der nach dem Rechten sehen sollte.

Konrad hörte weder das Klopfen an seiner Tür noch die besorgten Rufe des Mannes. Schließlich verschaffte der sich mit dem Generalschlüssel Zutritt zum Zimmer. Als er den Zustand Konrads sah, rief er die Rezeptionistin an und sagte ihr, dass der Gast sofort einen Arzt brauche und dass das Zimmer dringend gereinigt und die Bettwäsche gewechselt werden müsse.

Das Reinigungspersonal erschien innerhalb von Minuten, und zu dritt schafften es die Leute, das Zimmer zu reinigen und die Bettwäsche zu wechseln, bevor der Arzt eintraf.

Der Arzt, ein kleiner Mann mit funkelnden schwarzen Augen, setzte sich an Konrads Bett und untersuchte ihn behutsam.

»Ich werde Sie jetzt ins Krankenhaus bringen«, teilte er Konrad mit.

»Nein!«, knurrte Konrad.

Ohne einen weiteren Kommentar löste der Mediziner einen Beutel mit Elektrolytpulver in einem Glas Wasser auf und hielt es ihm hin.

»Bitte trinken Sie das, Sir«, sagte er.

Konrad nahm das Glas, leerte es langsam und stellte es auf dem Nachttisch ab. Schon nach kurzer Zeit spürte er die Wirkung, und bald hatte er sich so weit erholt, dass er die Fragen des Arztes klar beantworten konnte.

»Hatten Sie in den letzten Tagen Kontakt mit einer Person, die an Brechdurchfall litt?«

Konrad sah ihn trübe an. »Ja, mit einer Bettlerin.« Stockend beschrieb er, was geschehen war.

Der Arzt nickte. »Das könnte die Ursache Ihres Zustands sein, aber es ist nicht wahrscheinlich. Was haben Sie wann zuletzt gegessen?« Er zog eine Spritze auf.

Konrad runzelte die Stirn. »Einen Salat, glaube ich. Mit Gambas und so einer Soße ... Gestern, glaub ich ...« Plötzlich würgte es ihn, und seine Bauchmuskeln krampften sich zusammen, aber glücklicherweise blieb es dabei.

»Ach je, das war nicht gut, Sir. In der Soße war bestimmt Mayonnaise ...« Der Arzt schüttelte besorgt den Kopf. »Nicht gut in dieser Hitze, Sir. Ich werde Ihnen jetzt zwei Spritzen geben, eine mit einem starken Antibiotikum und die andere, um Durchfall und Brechreiz zu stoppen.«

Konrad nickte ergeben. Der Arzt band ihm den Oberarm ab, klopfte auf die Venen in der Armbeuge und setzte die erste Spritze. Er zog die zweite auf und spritzte den Inhalt langsam in die Vene, bis Konrad zu würgen aufhörte und seine Bauchmuskeln sich entspannten. Schließlich fielen ihm die Augen zu.

»Bald geht es Ihnen besser, Sir«, hörte er den Arzt aus weiter Ferne sagen, ehe er in den Schlaf driftete.

Um zehn Uhr stand Nina wieder am Bett ihres Vaters, dunkle Ringe unter den Augen und Blei in den Gliedern. Jetlag, entschied sie und beugte sich hinunter, um ihrem Vater einen Kuss auf die Nasenspitze zu drücken.

»Ich fliege heute Abend«, sagte sie und setzte sich auf die Bettkante. »Ich bin auf der Warteliste, und die ist angeblich nicht lang.«

»Du musst nicht da runter«, murmelte er schwach. »Du brauchst dich ... dem nicht auszusetzen ... Nicht meinetwegen ...«

Nina betrachtete ihn einen Augenblick lang schweigend. Er gab sich gleichgültig, aber das war gespielt. Die Sehnsucht in seinen Augen redete eine ganz andere Sprache.

»Hör auf damit, Dad, ich treibe diese Yasmin auf, und dann wissen wir mehr. Außerdem soll es da unten traditionelle Heiler geben, die gegen jede Krankheit ein Kraut kennen.« Sie grinste. »Hast du hier Internetzugang? Dann könnten wir skypen, und ich könnte dir Videos schicken.«

»Hab ich, aber ich brauche mein Notebook. Und ein paar meiner Bücher hätte ich auch gern. Die Titel hab ich dir aufgeschrieben.« Er reichte ihr eine handgeschriebene Liste. »Mein Hausschlüssel ist in meiner Hosentasche im Schrank. Hast du denn noch Zeit genug, in meine Wohnung zu fahren, bevor du fliegst?«

Nina drehte ihr Handgelenk und sah auf die Uhr. »Hab ich. Mehr als genug. Bis gleich, Dad.« Sie beugte sich über ihn und küsste ihn auf die Wange.

Seine Wohnung lag nicht weit entfernt in einer ruhigen Nebenstraße. Sie packte den Laptop und die Bücher zusammen mit seinem Kulturbeutel, ein paar sauberen Unterhosen und einem dicken Pullover in einen kleinen Koffer und fuhr zurück ins Krankenhaus.

»Ich habe tatsächlich für morgen einen Platz in der Maschine nach Johannesburg bekommen«, verkündete sie. Eine Weile plauderten sie noch miteinander. Über dieses und jenes, aber weder über das, was Nina in Natal erwartete, noch über Viktors Aussichten, rechtzeitig eine Spenderniere zu bekommen. Gegen Mittag verabschiedete sie sich mit einer innigen Umarmung.

»Ich melde mich, sobald ich angekommen bin«, sagte sie und brachte es fertig, dabei fröhlich zu klingen. »Mach nicht noch mehr Unsinn, Dad!«

»Pass auf dich auf, Prinzessin«, flüsterte er. »Geh kein Risiko ein, hörst du? Versprich mir das! Wenn dir etwas passiert, hat das Leben für mich keinen ...«

»Hör auf, Dad!« Sie legte ihm einen Finger fest auf die Lippen. »Sag das nie wieder. Das passt nicht zu dir. Du hast doch noch nie aufgegeben, also denk so etwas nicht einmal!« Sie küsste ihn auf die Wange. »Tata, Daddy.« Lächelnd verließ sie den Raum.

Sie entschied, in einem der zahlreichen Restaurants in Eppendorf eine Kleinigkeit zu essen. Dort würde sie weiter versuchen, Konrad zu erreichen und ihr inneres Chaos in den Griff zu bekommen. Ihr war nach Sushi und einem exotischen Salat, und so landete sie im Restaurant Maral am Eppendorfer Baum. Bis zu ihrer Wohnung war es nicht weit, also blieb ihr Zeit, in Ruhe zu essen, bevor sie zum Flughafen fahren musste. Und Zeit nachzudenken.

Als Erstes bestellte sie einen doppelten Espresso und wählte dann einen Thunfisch-Avocado-Salat und eine große Platte Sushi. Sie hatte gerade ihren Espresso ausgetrunken, als sie eine bekannte Stimme hörte.

»Nina, wieso bist du nicht in Indien? Oder habe ich eine Sinnestäuschung?« Ein attraktiv heiseres Lachen begleitete die Worte.

Nina fuhr herum. Vor ihr stand ihre Freundin Annika. Dunkles Haar, windzerzaust, Nase frostrot, die Sommersprossen auf dem Nasenrücken nur eine blasse Erinnerung an den Sommer.

»Annika! Wenn du wüsstest, wie froh ich bin, dich zu sehen.« Sie sprang auf, küsste ihre Freundin auf beide Wangen und musterte sie dann. »Trägst du neuerdings Kontaktlinsen? Bisher waren deine Augen doch graublau und nicht quietschgrün.«

Annika knöpfte ihren Mantel auf und grinste. »Steht mir doch, oder? Nicht so langweilig wie graublau.« Sie riss demonstrativ die Augen auf. »Aber hör mal, ich dachte, du wärst noch die nächsten zwei Wochen in Indien?« Sie hängte den Mantel über die Rückenlehne des freien Stuhls an Ninas Tisch.

Nina setzte sich wieder. »Mein Vater hat einen Unfall gehabt, und ich musste die Reise abbrechen. Er braucht mich.«

Annika setzte sich nun auch. »Oh, das klingt nicht gut. Hoffentlich ist es nicht allzu ernst?«

»Doch. Ziemlich.« Nina berichtete, was ihrem Vater zugestoßen war. »Der Nagel ist mitten durch seine Niere, und er hat von Geburt an nur eine. Du kannst dir also vorstellen, was das bedeutet. Er steht zwar bereits auf der Warteliste für eine neue Niere, aber ziemlich weit hinten.« Die Affäre mit dem Model Yasmin und das Kind mit einer möglichen Spenderniere, das es vielleicht gab, behielt sie für sich. »Er wird eine ganze Weile kampfunfähig sein.« Sie kippte den letzten Rest Espresso hinunter, der hauptsächlich aus nicht aufgelöstem Zucker bestand. »Wenn er überhaupt wieder auf die Beine kommt«, wisperte sie und klopfte mit dem Ende der Gabel nervös auf die Tischplatte. »Ich habe Angst, dass ... Ich befürchte ...«

»Das darfst du nicht einmal denken«, fuhr ihr Annika dazwischen. »Lass den Gedanken nicht zu. Sonst setzt er sich bei dir fest ... Deinem Vater zuliebe musst du jetzt Zuversicht ausstrahlen!«

»Du hast recht.« Nina legte ihre Gabel auf den Tellerrand. »Ich fühle mich so völlig hilflos«, sagte sie. »Ich kann ein wenig Ablenkung und muntere Gesellschaft brauchen.«

Annika öffnete diskret den obersten Knopf ihrer Jeans und lehnte sich dann sichtlich erleichtert zurück. »Das trifft sich ja prima. Ich bin völlig platt. Ich war shoppen. Stundenlang. Es war wahnsinnig anstrengend.«

»Das ist nicht zu übersehen.« Nina lächelte mit einem Blick auf die Tüten einiger angesagter Boutiquen, die ihre Freundin neben dem Stuhl abgestellt hatte. »Nach den Tüten zu urteilen, hast du die Läden leer gekauft. Bis auf die herabgesetzten Sonderangebote natürlich.«

»Natürlich. Damit läuft dann jeder rum. Und die Ballsaison

steht an, Weihnachten und so, und ich hab wirklich nichts anzuziehen.« Annika studierte die Speisekarte. »Ich hab so ein klitzekleines bisschen zugenommen ...« Sie zupfte mit zwei Fingern eine pralle Bauchfalte heraus. »Ich pass in nichts mehr rein. Eine Katastrophe.« Sie hob eine Hand und bestellte ebenfalls einen Salat und dazu einen Wein. »Du solltest mal Britta über ihre prall gewordenen Oberschenkel jammern hören. Sie sieht aus wie Wurscht in Pelle!«

Nina lachte. Annika Bruns und Britta Westphalen waren wirkliche Freundinnen, und sie verbrachte viel Freizeit mit ihnen.

»Und was hast du heute erbeutet?«, erkundigte sie sich.

Annikas Mann York war ein gerissener Geschäftsmann, nannte sich selbst einen Global Player und presste aus jedem Geschäft den maximalen Profit für sich und seine Firma heraus. Das hatte ihn sehr wohlhabend gemacht und Annika einsam. Ihr ständiger Begleiter war eine goldene Kreditkarte mit praktisch unbegrenztem Limit.

Allerdings könne man mit der leider nicht kuscheln, pflegte Annika meist nach dem dritten Wein zu wehklagen. Oft traten ihr dabei die Tränen in die Augen.

Ninas Sushi wurde serviert, und sie aß – stilvoll und geschickt mit Stäbchen –, während Annika ein Kleidungsstück nach dem anderen aus den Tüten zog. Für eine Weile unterhielten sie sich über Mode und die neuesten Gerüchte in ihrem erweiterten Freundeskreis. Langsam entkrampften sich Ninas Halsmuskeln, und die Kopfschmerzen, die seit ihrem Besuch am Krankenbett ihres Vaters ständig im Hintergrund lauerten, wurden um einiges erträglicher.

Als Annikas Salat gebracht wurde, schoss sie als Erstes ein Handyfoto und postete es auf Facebook. »So, damit alle wissen, wo ich gerade bin und was sich auf meinem Teller befindet.« Zwischen zwei Bissen fragte sie: »Was wirst du jetzt unternehmen? Wie willst du deinem Vater helfen?«

Nina legte ihre Stäbchen auf dem Tellerrand ab. »Ich fliege heute Abend nach Südafrika – ich muss für ihn Fotos machen, die er für einen Auftrag braucht. Er ist ja jetzt selbstständig, und der Auftrag soll sein Durchbruch werden.«

Annika ließ verblüfft die Gabel sinken. »Südafrika? Du? Da wolltest du doch nie wieder hin ...« Sie legte Nina die Hand auf den Arm. »Bist du dir da sicher? Ich weiß zwar nicht, was genau damals vorgefallen ist, weil du nie wirklich darüber gesprochen hast, aber es muss traumatisch gewesen sein ...«

Nina wich ihrem Blick aus und nahm die Stäbchen wieder hoch. »Ich kann ihn nicht im Stich lassen«, sagte sie leise. »Er ist schließlich mein Vater, und ich liebe ihn.«

»Das ist sehr tapfer von dir«, sagte Annika. »Ach, da fällt mir was ein. Kurios, dass ich dich gerade heute treffe, und noch kurioser, dass du auf dem Weg in deine alte Heimat Natal bist. Warte mal ...«

Sie bückte sich und zog den Teil einer Zeitung aus einer der Tüten. Es war der Immobilienteil der *Welt am Sonntag*, wie Nina sehen konnte.

Annika blätterte schnell darin und strich dann eine Seite glatt. »Fast hätte ich die Anzeige einfach überlesen. Immobilien interessieren mich nicht. Ich habe nicht die Absicht, aus unserer Wohnung auszuziehen. Endetagen mit umlaufender Terrasse und Blick über die Dächer der Stadt sind heutzutage praktisch nicht mehr zu bekommen. Nicht in Hamburg.«

»Heute wird das Penthouse genannt, das schlägt gleich noch mal mindestens hunderttausend auf den Preis drauf«, bemerkte Nina kauend.

»Du sagst es. Damals, als York und ich aus dem kleinen Haus vor Hamburgs Toren nach Eppendorf gezogen sind, war es als ausbaufähiges Dachgeschoss inseriert und für uns gerade so erschwinglich gewesen.«

Nina vernahm den wehmütigen Unterton sehr wohl. Es war

offensichtlich, dass ihre Freundin sich in ihr früheres, simpleres Leben zurücksehnte. »Und was für eine Anzeige ist das?« Sie schob sich ein Stück Thunfisch in den Mund.

Annika legte ihr die Zeitung hin und zeigte auf ein Inserat. Nina beugte sich vor und las mit steigender Aufregung den Text.

»Jill verkauft Bungalows auf Inqaba?«, rief sie aus. »Das hätte ich nie für möglich gehalten. Die Zeiten müssen schlecht sein.«

Inzwischen hatte Annika ihr Handy genommen und eine Nummer gewählt. »Hi, Britta«, sagte sie. »Habt ihr die *Welt am Sonntag?* Ja? Dann schlag mal die Seite für Auslandsimmobilien auf, und sieh dir die Anzeige oben rechts an. Die mit dem stilisierten Warzenschwein. Übrigens ist Nina hier. Wir sitzen im Maral und arbeiten uns durch einen garantiert fast kalorienlosen Salat.« Sie grinste und stellte das Telefon auf laut.

»Moment«, sagte Britta. »Die liegt schon im Ascheimer.« Schritte waren zu vernehmen, Rascheln von Papier und im Hintergrund Wellenrauschen und Möwenschreie, hoch und schrill wie die von jungen Falken.

»Sag bloß, du bist auf Sylt, und das mitten im Winter?«, rief Annika, als Britta sich wieder meldete. »Seit wann hast du denn masochistische Neigungen? Wie ist das Wetter?«

»Wie wohl«, antwortete Britta vergnügt. »Brüllender Nordwester und knochenkalt. Syltwetter eben. Aber für uns Friesen gibt es kein schlechtes Wetter, sondern nur unpassende Kleidung. Ich trage Fellschuhe, eine Daunenjacke und zwei Pullover übereinander.«

»Ohne Zweifel aus Kaschmir«, wisperte Annika Nina zu mit einem Anflug von Biestigkeit. »Und von wegen Friesin. Sie stammt aus dem Kohlenpott, hat sie mir mal gebeichtet, als sie blau war.« Sie hob die Stimme. »Also, hast du die Anzeige gelesen?«

Es dauerte eine Weile, bis Britta antwortete. »Ich bekomme gerade Herzjagen. Du meine Güte! Das ist doch genau das, worauf wir so lange gewartet haben! Wir müssen diese Jill Rogge schnellstens kontaktieren, sonst kommen wir zu spät, und alles ist verkauft. Ich ruf sofort Matthias an. Was sagt York?«

»Den habe ich noch nicht gesprochen. Heute Morgen hat er irgendwas von einer rasend wichtigen Onlinekonferenz erwähnt. Wenn ich ihn dabei störe, gibt's tagelang Stress.«

Brittas trockenes Lachen tönte aus dem Hörer. »Läuft bei uns nicht anders. Aber wir müssen uns heute noch treffen. Ich wollte sowieso morgen zurückkommen. Es soll Sturm und Starkregen geben. Ich zurre hier noch alles fest und nehme dann den nächsten Autozug und bin spätnachmittags oder abends wieder in Hamburg. Ich ruf dich an, wenn ich da bin.«

Annika schaltete das Handy aus und wandte sich mit leuchtenden Augen Nina zu. »Wie du weißt, sind wir alle von Inqaba angefixt, seit wir damals auf deine Empfehlung hin dort waren, und träumen davon, so einen Bungalow als Ferienunterkunft kaufen zu können. Damals war das nicht möglich. Jill hatte uns kategorisch klargemacht, dass das nie passieren wird. Offenbar braucht sie Geld.« Sie drehte ihr Weinglas so, dass ein Sonnenstrahl das Glas rubinrot aufleuchten ließ. »Sag mal, wirst du Jill treffen? Ihr seid doch gut befreundet.«

»Das sind wir, und ja, ich werde sie voraussichtlich in den nächsten Tagen sehen, falls sie nicht selbst auf Reisen ist. Ich habe sie noch nicht angerufen.« Nina hob eine Hand und bestellte noch einen doppelten Espresso und gleichzeitig die Rechnung. »Jetlag, ich fall sonst um vor Müdigkeit«, erklärte sie Annika. »Was soll ich tun, wenn ich Jill sehe?«

»Herausfinden, ob überhaupt noch Bungalows zu haben sind und bis wann sie die für uns reservieren kann. Ich muss erst mit York sprechen und Britta mit Matthias, und dann muss wenigstens eine von uns beiden nach Durban fliegen. Wenn wir einen Flug ergattern können.«

Nina nahm den Espresso in Empfang und bezahlte ihre Rechnung. Nachdem sie drei Löffel Zucker hineingerührt hatte, leerte sie ihn bis auf den Grund. »Ich schick euch sofort eine Nachricht, wenn ich mit Jill gesprochen habe.«

»Und Fotos«, warf Annika ein.

»Und jede Menge Fotos«, versprach Nina und stand auf. »Ich hab noch eine Bitte.« Sie glitt wieder zurück auf den Stuhl. »Könntest du dich gelegentlich um meinen Vater kümmern? Der Unfall war ein ziemlicher Schock. Er ist ziemlich angegriffen, obwohl er das nie zugeben würde.«

»Klar, gerne.« Annika lächelte sie an. »Mach dir keine Sorgen.«

»Er wird vermutlich grantig werden, wenn du aufkreuzt, aber du kennst ihn ja …«

Annika grinste. »Keine Sorge, mit deinem Vater komme ich prächtig zurecht. Schließlich ist er auch nur ein Mann – übrigens ein ziemlich attraktiver mit seiner schneeweißen Mähne, den blauen Augen und dem Lächeln, mit dem er jede Frau rumkriegen könnte.«

Nina lachte erleichtert. »Danke, das ist wirklich eine große Beruhigung für mich. Ein bisschen flirten tut ihm sicher gut.« Sie sah auf die Uhr und erhob sich. »Ich muss mich langsam auf die Socken machen.«

Annika blinzelte hoch zu ihr. »Noch einmal zur Frage vom Anfang zurück. Solltest du nicht mit Konrad in Indien sein? Für die nächsten zwei Wochen?«

»War ich.«

»Aber du bist doch erst vor ein paar Tagen nach Indien abgeflogen«, bemerkte Annika mit einem milden Lächeln. »Fliegt Konrad denn auch nach Südafrika mit?«

»Nein«, antwortete Nina und erwog, gleich die Flucht zu ergreifen. Ihre Nerven waren heute nicht für einen Seelenstriptease geeignet. Annika besaß eine untrügliche Spürnase für die Geheimnisse und Sorgen ihrer Freundinnen, und sie würde nicht lockerlassen, bis sie alles Wissenswerte ans Licht befördert hatte. Aber ihre Fragen waren nie indiskret oder verletzend, und oft half es, mit ihr über die Sorgen zu sprechen, die einen plagten.

Annika betrachtete sie prüfend. »Okay, was ist passiert? Erzähl es mir, vielleicht kann ich helfen. Wo ist Konrad?«

»Noch in Indien, nehme ich an ... aber tatsächlich kann ich ihn nicht erreichen!«, platzte es aus Nina heraus. »Wir sind vorgestern mitten in Pune irgendwie getrennt worden, und seitdem ist sein Handy entweder abgeschaltet, gestört, geklaut, kaputt oder was weiß ich ... Ich kann ihn einfach nicht erreichen und mach mir Sorgen.« Leise sagte sie: »Große Sorgen.«

»Das klingt ernst«, sagte Annika und winkte den Kellner heran. »Zwei Wodka, bitte ... Oder willst du einen Gin?«

Nina hängte ihre Tasche zurück über die Stuhllehne und setzte sich zum wiederholten Mal. »Wodka, danke. Aber wirklich nur einen kleinen. Ich will nicht angeschickert an Bord gehen müssen.«

Ihre Freundin lehnte sich vor und hob einen Finger. »Also, erstens ist Konrad ein starker Mann, der sich wehren kann. Den haut so schnell keiner um.« Sie streckte den nächsten Finger hoch. »Und zweitens, wenn er einen Unfall gehabt hat, hätte man dich und die Firma benachrichtigt. Drittens kann es sehr wohl sein, dass sein Handy geklaut wurde ...«

Eine halbe Stunde und einen großen Wodka später sprang Nina auf. »Herrje!«, rief sie mit einem entsetzten Blick auf die Uhr. »Jetzt muss ich mich wirklich beeilen, sonst verpasse ich meinen Flieger. Danke, das hat gutgetan. Pass gut auf meinen Daddy auf!« Sie beugte sich hinunter und küsste Annika auf beide Wangen. »Ich melde mich, sobald ich in Südafrika bin.« Im Laufschritt verließ sie das Restaurant.

»Halt die Ohren steif!«, hörte sie Annika rufen.

Sie reckte den rechten Daumen hoch und trat auf die Straße.

Nachdem sie ihre Sachen geholt hatte, fuhr sie zum Flughafen. Sie reihte sich in die lange Warteschlange am Check-in ein und nutzte die Zeit, Konrad anzurufen. Auch dieses Mal bekam sie keine Verbindung.

Tatsächlich hoffte sie, dass es ein Problem mit seinem Telefon gab und dass er nicht immer noch eingeschnappt wegen des Forschungsauftrags war – was eigentlich überhaupt nicht seine Art wäre. Er war kein eifersüchtiger Mensch, und für gewöhnlich klärte er strittige Dinge sehr direkt. Und danach war alles wieder gut. Das schätzte sie so an ihm, und deswegen konnte sie sich die Situation jetzt überhaupt nicht erklären. Wenn es denn überhaupt eine Eifersuchtsreaktion und eben nicht ein Problem mit dem Handy war. Oder ein Unfall. Ein schwerer Unfall. Ihr rieselte es kalt über den Rücken. Ein Blick zeigte ihr, dass sie bisher nur langsam in der Warteschlange vorgerückt war, und einem Impuls gehorchend rief sie BBC World News auf ihrem Mobiltelefon auf. Ungeduldig scrollte sie die Nachrichten hinunter, bis sie den Bericht über die Unwetter und Überschwemmungen in Indien fand. Besonders betroffen sei Pune, las sie. Sicher nur in den Slums, versuchte sie sich zu beruhigen, und rief CNN auf, um zu sehen, ob der Sender ausführlichere Nachrichten hatte. Aber außer einem kurzen Video von einer braunen Schlammflut, die durch Pune strömte, gab es nichts Neues.

Sie legte ihr Handgepäck auf das Laufband, und kurz darauf passierte sie die Sicherheitsschleuse ohne Beanstandungen und ging an Bord. Ihr Platz war ziemlich weit vorn am Fenster, und sie musste über die Füße zweier Mitpassagiere steigen, die beide ihre Reisetaschen zwischen ihren ausgestreckten Beinen platziert hatten. Widerwillig stöhnend hoben sie das Gepäck auf den Schoß und zogen ihre Füße kurz zurück, um sie dann wieder weit auszustrecken. Nina setzte sich und war froh, dass sie vorher noch einmal die Toilette besucht hatte.

Wie vorgesehen, kam sie rechtzeitig auf dem Frankfurter Flughafen an. Sie lief die endlos erscheinenden Gänge entlang, benutzte – soweit vorhanden – die Transportbänder und fragte sich, warum die Wege auf den großen Flughäfen immer kilometerlang sein mussten. In Zürich gab es wenigstens eine Untergrundbahn zu den Abflugsteigen, auch wenn statt des Klingelsignals im Zug immer eine Kuh brüllte. Etwas außer Atem kam sie am Check-in an. Zu ihrer Freude entdeckte sie am Tresen eine alte Freundin.

»Hi, Sandra!«, rief sie und reckte einen Arm hoch.

Sandra, hellblonder Pferdeschwanz, leuchtend roter Schmollmund, sah hoch. »Nina!«, rief sie und winkte heftig. »Wie nett, dich mal wiederzusehen. Wo soll's hingehen? Wieder Indien? Oder in einen undurchdringlichen Urwald in Brasilien?«

»Nein, Johannesburg«, erwiderte Nina und legte ihren Pass auf den Tresen. »Man hat mir einen Jumpseat zugesichert, mich aber trotzdem auf die Warteliste gesetzt.«

Sandra tippte etwas in ihren Computer. »Für morgen ist ein Platz storniert worden«, sagte sie. »Da hättest du eine feste Buchung.«

»Ich muss heute einen Platz bekommen ... aus sehr persönlichen Gründen. Und wenn es auf dem Notsitz vor der Toilette ist ... Sonst bleibt mir nur, mich als Galionsfigur auf der Flugzeugnase festzubinden ...«

»Aha, persönlich«, bemerkte Sandra und lachte etwas anzüglich. »Ich dachte, du wolltest nie wieder zurück nach Südafrika.«

Nina klärte sie nicht über den wahren Grund auf. Sandra war wohl eine Freundin, aber nicht vom Rang von Annika und Britta. Sollte sie doch denken, dass die ganze Sache einen romantischen Hintergrund hatte. Das passte zu Sandras Vorstellungswelt.

Sandra blätterte ihren Pass durch. »Du bist ja wirklich viel unterwegs«, sagte sie. »Glücklicherweise hast du noch genügend leere Seiten, dass du in Südafrika einreisen kannst. Die sind da heutzutage sehr genau. Die würden dir eiskalt deswegen die Einreise verweigern ...«

Ihre Finger flogen über die Tasten ihres Computers, während Ninas Blutdruck mit ihrer Anspannung stieg.

Sandras Miene verdüsterte sich zusehends. »Da ist etwas schiefgelaufen. Ein Kapitän, der privat unbedingt nach Johannesburg muss, hat dir den Jumpseat weggeschnappt ...« Sandra knabberte an ihrem Fingernagel. »Warte mal. Ich glaube, ich habe hier eine Stornierung in letzter Minute. Du stehst allerdings nicht sehr weit vorn auf der Warteliste ... Mal sehen, was ich tun kann.«

Der panische Vogel in Ninas Brust wachte wieder auf, aber endlich lächelte Sandra sie an.

»Geschafft! Es ist zwar kein toller Platz und noch dazu in Economy, aber wenigstens musst du nicht als Galionsfigur auf der Flugzeugnase sitzen.« Sie grinste vergnügt. »Obwohl das eine lustige Vorstellung ist ...«

»Businessclass leiste ich mir privat so und so nicht«, sagte Nina. »Ich bin einfach nur froh, wenn ich überhaupt einen Platz bekomme.«

Sandra druckte ein Ticket aus, legte es in Ninas Pass und schob ihn ihr zu.

»Danke!« Nina seufzte erleichtert. »Du hast einen gut bei mir. Wenn ich wieder zurück bin, gehen wir essen. Du wohnst doch immer noch in Hamburg? Wir haben uns so lange nicht gesehen. Du fliegst ja ständig irgendwo in der Welt herum.«

»Immer noch, immer noch dieselbe Adresse und immer noch Single«, sagte Sandra.

Das dringendste Problem gelöst, bummelte Nina erleichtert durch die schier endlosen Gänge des riesigen Flughafens, vorbei an den schimmernden Fensterfronten der luxuriösen Geschäfte, die außer unfassbar teure Handtaschen und goldglitzernde Uhren auch die neuste Wintermode zeigten. Aber nach den Tagen in der indischen Bruthitze und mit dem südafrikanischen Frühsommer vor sich fühlte sie kein Verlangen nach dicken Daunenmänteln und Rollkragenpullovern. Sie schlenderte weiter.

Auf der Anzeigetafel las sie, dass sie erst in drei Stunden an Bord gehen konnte. Der Flug würde anstrengend werden, und das Essen würde frühestens in fünf Stunden serviert werden. Prompt begann ihr Magen zu knurren. In einem Schnellimbiss aß sie einen Hamburger mit Pommes. Danach wanderte sie weiter zu einem der

Restaurants, wo Kaffee und Kuchen besonders gut waren, wie sie von früheren Zwischenlandungen wusste. Anschließend kaufte sie sich ein Taschenbuch, dessen Geschichte als besonders unterhaltsam und komisch in den Rezensionen beschrieben wurde, und setzte sich in den Wartebereich vor dem Gate.

Bis zum Boarding hatte sie noch eine gute Stunde Zeit, mehr als genug, ihre alte Freundin Lisa in La Lucia anzurufen. Lisa Darling, wie sie vor ihrer Heirat mit Mick Robertson hieß, war zusammen mit ihr und Mick aufs Hilton College gegangen, eine der Eliteschulen Südafrikas. Außerdem waren ihre Eltern und die Rodenbecks Mitglied im Royal Durban Country Club gewesen und hatten häufig Tennis und Golf miteinander gespielt.

Lisa und Mick hatten sie, wann immer sie auf Europatour waren, in Hamburg besucht, und einmal hatten sie sich in New York getroffen, wo sie an einem Kongress teilnahm. Das war Ende vorletzten Jahres gewesen.

Jetzt reiste Lisa nicht mehr so oft, seit Anfang des Jahres ihr Sohn auf die Welt gekommen war. Nina wählte und wartete, während der merkwürdig schnarrende südafrikanische Klingelton ertönte.

Schon nach dem zweiten Klingeln meldete sich Lisa mit einem kurzen Hallo.

»Hi, Lisa«, sagte Nina. »Wie geht es?«

»Nina!«, rief ihre Freundin erstaunt. »Wohin soll der Flug gehen?«

»Woher weißt du, dass ich am Flughafen bin?«

»Na, bei dem Fluglärm im Hintergrund kann ich dich ja kaum verstehen.«

»Ach so, ja, du hast recht ...«

»Bist du wieder auf der Suche nach bisher unentdeckten Wunderkräutern?«

»Nicht wirklich ... Ich fliege heute Abend ...« Sie zögerte. »Nach Durban.«

»Was? Hast du Durban gesagt?«

»Hab ich.«

»Ich glaub's nicht!«, rief Lisa. »Was willst du hier? Oder ist das geheim?«

»Nein, ist es absolut nicht, aber die Geschichte ist ein bisschen kompliziert. Du wirst warten müssen, bis ich bei dir bin. Dann erzähle ich dir alles.«

»Du wohnst natürlich bei uns!«

»Mal sehen. Ich habe nur wenig Zeit, aber auch das erkläre ich dir, wenn wir uns sehen.« Eine Lautsprecheransage für den Abflug irgendeines Fluges unterbrach sie. »Hier ist es wirklich laut, grüß Mick und den Kleinen von mir. Wir sehen uns morgen. Ich rufe dich vom King Shaka aus an.«

King Shaka, wiederholte sie für sich selbst und konnte immer noch nicht glauben, dass sie morgen um diese Zeit wohl schon auf Inqaba sein würde. Sie sah erneut auf die Uhr. In Pune war es jetzt etwa halb elf Uhr abends. Sie drückte Konrads Kurzwahl.

Wieder klingelte es eine Ewigkeit, aber er hob nicht ab, nur die Ansage, dass der Teilnehmer nicht erreichbar sei, ertönte diesmal wieder. In Abständen von zehn Minuten rief sie ihn immer wieder an, aber immer wieder war da nur die Ansage. Und immer wieder stellte sie sich dieselben Fragen.

Warum hob er nicht ab? Wo war er? War ihm etwas zugestoßen?

5

Ihr Sitzplatz erwies sich als einer in der Mitte, was aber nicht das Schlimmste war. Sie fand sich eingeklemmt zwischen zwei übergewichtigen Asiaten, die ohne Unterlass martialische Spiele auf ihren Laptops spielten und sich dabei gegenseitig anfeuerten. Ihre Frage, ob sie die Plätze tauschen könnten, erntete nur leicht glasige Blicke und amüsiertes Kichern.

Seufzend zog Nina ihr Handy hervor und wählte ein letztes Mal Konrads Nummer. Sie erwartete, wieder keine Verbindung zu bekommen, aber auf einmal hörte sie ein Knacken und das Rauschen von Verkehr. Elektrisiert presste sie das Telefon ans Ohr.

»Konrad!«, sagte sie aufgeregt. »Konrad! Wo bist du?«

Aber sie hörte weiter nichts als lautes Verkehrsrauschen und ständiges Hupen. Kein Zweifel, Konrad war noch in Indien.

»Konrad!«, rief sie so laut, dass sich einige Passagiere stirnrunzelnd umdrehten. Nina kümmerte sich nicht weiter darum. »Sag was, wo bist du?«

Und dann ertönte ein Kreischen, ein gespenstisches Heulen, das in dem lang gezogenen Kichern eines Wahnsinnigen endete. Nina schauderte. Was passierte da gerade mit Konrad? War er überfallen worden? Wurde sie gerade akustisch Zeugin seiner Ermordung?

»Konrad, bitte rede mit mir ...«, flüsterte sie. »Bitte ...«

In diesem Augenblick brach die Verbindung ab. Zitternd versuchte sie, den Anruf wiederherzustellen, aber die Verbindung blieb tot. Gleichzeitig erschien die Flugbegleiterin und wies sie höflich, aber bestimmt an, ihr Mobiltelefon auszuschalten.

Nina spürte, wie ihr das Blut aus dem Gesicht wich. »Aber ich muss meinen Mann erreichen ...«, stammelte sie.

»Tut mir leid«, sagte die Frau. »Das müssen Sie nach der Landung in Johannesburg wieder versuchen.«

Die Nacht wurde zum Albtraum. Das gespenstische Heulen kreischte in ihrem Kopf, ihre daddelnden Sitznachbarn stießen spitze Schreie aus, und ihre Displays flackerten so stark, dass Nina Kopfschmerzen bekam. Irgendwann sprang sie auf, drängte sich auf den Gang, marschierte nach vorn in die Küche und verlangte erregt, den Purser zu sprechen. Nach einigem Hin und Her erschien er und stellte sich glücklicherweise als verständnisvoller Mensch heraus. Er begleitete Nina zu ihrem Platz.

Einer der Spieler stieß gerade die Faust in die Luft und ließ einen lauten Triumphschrei hören.

Worauf sich der Purser zu den Männern hinunterbeugte und ihnen höflich, aber unmissverständlich erklärte, dass auch sie eine gewisse Nachtruhe einzuhalten hätten und dass es für ihre Sitznachbarin völlig unmöglich sei, Schlaf zu finden.

»Wollen Sie den Platz am Fenster oder am Gang?«, wandte er sich an Nina.

»Am Fenster«, antwortete sie schnell.

Und so geschah es. Nina ließ sich am Fenster nieder, steckte sich Ohropax in die Ohren, setzte die Schlafbrille auf und drückte sich in ihren Sitz.

Die Umgebungsgeräusche waren nun gedämmt, aber das Kreischen in ihr hörte nicht auf, und die Bilder, die sich in ihrem Kopf drehten, wurden von Minute zu Minute schrecklicher. Schließlich zerrte sie die Schlafbrille herunter, vergrub ihr Gesicht in den Händen und schluchzte. Bitterlich, verzweifelt, konnte gar nicht wieder aufhören.

Plötzlich spürte sie eine Hand auf ihrer Schulter. Erschrocken blickte sie hoch und direkt in die schwarzen Augen ihres Sitznachbarn. »What did he do to you?«, flüsterte er. »Was hat er dir angetan?«

Nina starrte ihn verstört an, versuchte zu antworten, konnte kein Wort hervorbringen und brach zu ihrer Bestürzung völlig zusammen. Sie schüttelte heftig den Kopf. »No, no«, krächzte sie. Die Tränen stürzten ihr aus den Augen.

»Ah«, sagte der Mann. Mehr nicht.

Nina hielt sich ihr Taschentuch vor den Mund und versuchte, ihr Schluchzen zu stoppen, als ihr Sitznachbar sie wieder an der Schulter berührte.

»You drink this«, sagte er und hielt ihr ein Glas Whisky vor die Nase. »Drink.«

Überrumpelt nahm sie das Glas. Der Rand klirrte an ihren Zähnen, aber sie trank gehorsam einen Schluck. Der Alkohol brannte ihr die Kehle hinunter, sie verschluckte sich und musste husten, aber die Wärme breitete sich in ihr aus, sie leerte das Glas, und langsam versiegte ihr Schluchzen.

»Now you sleep«, sagte ihr Sitznachbar und lächelte.

Und tatsächlich schlief sie vor lauter Erschöpfung ein.

Allerdings wachte sie schon gegen sechs Uhr wieder auf. Das entsetzliche Heulen schrillte immer noch in ihr nach. Ihre asiatischen Sitznachbarn spielten immer noch ihre martialischen Spiele, wenn auch lautlos. Ihre Displays hatten sie so gedreht, dass Nina nicht geblendet wurde.

»Danke«, flüsterte sie, steckte die Ohrstöpsel wieder rein, setzte die Schlafbrille auf und lehnte sich zurück. Kaum hatte sie die Augen geschlossen, fielen ihre Albträume wie tollwütige Hunde über sie her. Bilder wirbelten ihr in wirrer Folge durch den Kopf. Von Konrad, von ihrer paradiesischen Kindheit in dem tropisch üppigen Garten am Indischen Ozean, von Wildtierbegegnungen auf Inqaba und schließlich die von dem Tag, an dem es passiert war. Dazwischen immer wieder Konrad. Schwer verletzt. Blutig. Tot.

Sie riss die Schlafbrille herunter, pulte die Ohrstöpsel heraus, schlug das Taschenbuch auf und zwang sich, die Geschichte komisch zu finden.

Nach über zehn Stunden endlich spürte sie, dass das Flugzeug in den Sinkflug ging, und bald darauf landeten sie in Johannesburg. Sie verließ das Flugzeug und trat in die verglaste Fluggastbrücke. Durch einen schmalen Spalt trafen sie die Strahlen der sengenden afrikanischen Sonne voll ins Gesicht. Sie prickelten heiß auf ihrer Haut und ließen ihre Augen tränen. Es warf sie seelisch völlig um.

Nach Luft ringend, hetzte sie zur Sicherheitskontrolle für den Flug nach Durban und hatte das Glück, einen früheren Flug zu erwischen. Als sie abgefertigt worden war, suchte sie die Toiletten auf, wo sie die gelbe Bluse und die Leinenslipper anzog, die sie schon in Pune getragen hatte. Danach kaufte sie sich in einem Kiosk eine eisgekühlte Cola, setzte ihre Sonnenbrille auf und ließ sich auf einem der Metallstühle vor dem Gate nieder.

Wie so häufig um diese Jahreszeit auf dem Highveld, dem rund zweitausend Meter hohen Hochplateau, auf dem Johannesburg erbaut war, ballten sich am Horizont Gewitterwolken zusammen. Blitze zuckten über den dunklen Himmel, und der erste Donner rollte in der Ferne. Besser, dachte sie, als die funkelnden Sonnenstrahlen, deren Berührung brennend heiß war und Wunden auf ihrer Seele hinterließ wie die eines Brandeisens, und die Bilder, die sie auslösten und die sie noch nicht aushalten konnte. Tief in Gedanken, trank sie ihre Cola. Sie war zu süß, zu klebrig, und sie stellte die Dose noch halb voll unter den Sitz.

Der Flug wurde pünktlich aufgerufen. Ihre Sitznachbarin war eine ältere, übergewichtige Zulu in einem bunt gemusterten Kleid und mit klimpernden Goldketten um den Hals. Schnaufend erhob sie sich, um Nina zu ihrem Platz am Fenster vorbeizulassen, die ihr mit einem Kopfnicken dankte. Ihr Kabinengepäck verstaute sie unter dem Vordersitz. Als das Flugzeug kurz nach dem Start in Richtung Natalküste abgedreht hatte, presste sie ihr Gesicht an die kalte Plexiglasscheibe, schaute hinaus und vergaß ihre Umgebung.

Selbst das sonst so trockene Highveld war noch von Frühlingsgrün überzogen. Viele Felder waren frisch gepflügt. Fast unmerklich wurde das Grün unter ihr saftiger, die zerklüfteten Hänge der Drakensberge tauchten auf, und bald überflogen sie die ersten sattgrünen Hügel Natals. Ihr Hals wurde papiertrocken, als sie unter sich Dutzende Zulu-Rundhütten ausmachen konnte, die sich auf den Kuppen wie schutzsuchende Käfer zusammendrängten. Am Horizont schimmerte Durban weiß im Morgendunst eines heißen Tages.

Ihre Sitznachbarin lehnte sich überraschend zu ihr herüber und legte ihr eine Hand aufs Knie. »Geht es Ihnen nicht gut, meine Liebe?«, raunte sie.

Erst jetzt wurde sich Nina bewusst, dass ihr schon wieder die Tränen herunterliefen. Schnell wischte sie die Augen mit dem Taschentuch trocken. »Nein, nein«, stotterte sie. »Es ist die Helligkeit, die Sonne, da tränen meine Augen immer.«

»Sehr hell hier oben in unserem Himmel«, stimmte die Zulu lächelnd zu und biss mit sichtlichem Appetit in den Sandwich, den ihr die Flugbegleiterin gereicht hatte. Gelbe Mayonnaise quoll über ihre Finger. Sie leckte sie eifrig ab.

Nina hatte ebenfalls einen Sandwich bekommen, aber sie befürchtete, er würde ihr im Hals stecken bleiben. Sie hielt ihn ihrer Nachbarin hin. »Möchten Sie auch meinen? Ich habe keinen Hunger.«

»Ngiyabonga«, antwortete die Schwarze, griff fröhlich zu und fragte dann, wo sie herkomme.

Nina zögerte mit der Antwort. »Ngivela ijalimani«, flüsterte sie mehr zu sich selbst. »Ich bin Deutsche.«

Ein erstaunter Blick streifte sie. »Sie sprechen Zulu? Wie das?«

»Ich ... ich habe lange hier gelebt«, erwiderte Nina widerstrebend auf Zulu. Die Sprache der schwarzen Bevölkerung öffnete ein Tor zu Erinnerungen, das sie, seitdem sie das Land verlassen hatte, hermetisch verschlossen gehalten hatte. Aus Furcht, was dahinter auf sie lauerte.

Sie unterhielten sich noch eine Weile in einem Gemisch aus

Englisch und Zulu, bis das Flugzeug auf dem King Shaka Airport landete. Nina packte ihre Sachen zusammen und wappnete sich innerlich für ihren ersten Schritt zurück in ihr früheres Leben. Zögernd trat sie aus der Tür hinaus auf den obersten Treppenabsatz.

Es traf sie viel schlimmer, als sie befürchtet hatte.

Die feuchtigkeitsgeschwängerte Luft klatschte ihr wie ein warmer, nasser Waschlappen ins Gesicht. Es war heiß, salzige Luft strich vom nahen Ozean hoch, der Geruch von Kerosin vermischte sich mit dem von frisch geschnittenem Gras, und über ihr wölbte sich ein Himmel so weit, wie sie ihn in Europa nie zu sehen bekam. Plötzlich konnte sie kein Glied mehr rühren und blieb abrupt stehen.

Ihre Sitznachbarin, die ihr zur Gangway gefolgt war, stieß mit ihr zusammen. Nina stolperte vorwärts und wäre fast die Stufen hinuntergefallen, wenn die Zulu sie nicht festgehalten hätte.

»Sorry«, murmelte Nina und beeilte sich, die Treppe hinunterzuklettern. Sie folgte den anderen Passagieren über den heißen Asphalt in die Ankunftshalle. Heißer Wind zerrte an ihrer Bluse, die Sonne brannte, und in der Ferne hörte sie das Meer rauschen. Bildete sie sich jedenfalls ein.

Ihre Sitznachbarin hatte es offenbar eilig und lief an ihr vorbei. Im Eingang aber drehte sie sich noch einmal zu ihr um.

»Sala kahle«, rief sie ihr über die Schulter zu.

»Yebo, hamba kahle, geh in Frieden«, antwortete Nina leise in dem vorgeschriebenen Ritual, obwohl die Zulu längst in der Menge verschwunden war.

Froh, dass das Innere des Flughafens in keiner Weise dem ähnelte, den sie vor vierzehn Jahren verlassen hatte, schob Nina ihren Gepäckwagen durch die hohen Glastüren nach draußen und weiter zum Büro einer großen Autovermietung. »Ich habe einen SUV mit Allradantrieb bestellt«, sagte sie und legte den Voucher auf den Tisch. »Und mit Automatik und Navi.«

»Wir haben leider keinen SUV mit Navi frei, mit Automatik ja«, sagte der Mitarbeiter der Mietagentur, ein junger Zulu, nachdem er seine Unterlagen geprüft hatte. »Die meisten sind uns geklaut worden. Nicht die Autos, die Navis.« Er grinste vergnügt.

Nachdem Nina den Rest der Formalitäten erledigt hatte, lud sie mithilfe des jungen Zulus ihr Gepäck ein. Anschließend setzte sie sich ins Auto, drehte die Klimaanlage auf Höchstleistung und rief ihren Vater an, um ihm mitzuteilen, dass sie sicher gelandet sei.

»Ich fahre gleich weiter zu Lisa ...«

»Hast du Jill schon angerufen?«, unterbrach er sie.

»Nein, aber ich werde es gleich tun. Ich melde mich heute Abend bei dir, dann können wir in Ruhe klönen.«

»Fahr vorsichtig«, mahnte er mit kraftloser Stimme und legte auf.

Nina überlegte ihre nächsten Schritte. Wo sollte sie anfangen, nach dieser Frau zu suchen, der Geliebten ihres Vaters, deren Kind angeblich ihr Halbgeschwister war? Sie sah auf die Uhr. Die Fahrt zu Lisa würde höchstens eine halbe Stunde dauern, das würde ihr genug Zeit für eine erste Recherche lassen. Über ihr Handy ging sie ins Internet und rief eine Liste der Modelagenturen in Südafrika auf, schrieb die Telefonnummern auf einen Zeitschriftenrand und machte sich daran, sie nacheinander anzurufen.

Immer wieder bekam sie eine negative Auskunft, aber bei den letzten Nummern hatte sie zu ihrem Erstaunen gleich zwei Mal Erfolg. Eine Agentur in Kapstadt und eine in Johannesburg hatten eine Yasmin in ihren Unterlagen. Vorsichtig erkundigte sie sich jeweils, welcher ethnischen Gruppe das Model angehörte. Die Frage nach der Rassenzugehörigkeit konnte im neuen Südafrika eine sehr heikle Angelegenheit sein.

Ihre Sorge erwies sich letztlich als überflüssig. Die Mädchen waren Europäerinnen und außerdem viel zu jung, als dass eine die Yasmin sein konnte, die mit ihrem Vater liiert gewesen war.

Sie blinzelte in die grelle Sonne. Es war an der Zeit, eine Unterkunft wenigstens für heute Nacht zu finden. Sie stieg aus, wanderte mit verschränkten Armen zwischen den Autos umher und überlegte. Natürlich würde ihr Lisa anbieten, bei ihr zu übernachten, aber wie sie Lisa kannte, würde sie sofort eine Party für sie organisieren und am nächsten Morgen das Frühstück ausdehnen und ihr in den Ohren liegen, dass sie ja auch noch zum Mittagessen bleiben könne. Lisas Überredungskunst zu widerstehen war schwer.

Der warme Wind wirbelte ihr Haar hoch, und ein feiner Feuchtigkeitsschleier legte sich auf ihre Haut. Sie öffnete ihre Bluse um einen weiteren Knopf und stieg wieder in den Mietwagen. Ihr Vater war sich sicher, dass Yasmin eine Zulu war. Ihre Zeit als Laufstegmodel lag nach seiner Aussage über zwanzig Jahre zurück. Nina rechnete nach. Also musste sie etwa Mitte vierzig sein. In dem Alter war wohl kein Model mehr im Geschäft.

Sie lehnte sich zurück und ließ den Blick über die wogenden Zuckerrohrfelder zu dem Blau des fernen Ozeans schweifen. Die Zulus waren ein stolzes Volk und sehr heimatverbunden. Viele verließen ihre Familie, um zu studieren oder Geschäfte zu machen. Aber selbst nach Jahren in einer anderen Welt, im Ausland, in Städten mit hohen, glänzenden Glasfassaden, röhrenden Sportautos auf den Straßen und einem glitzernden Leben, kehrten sie ins Land ihrer Vorfahren zurück. Präsident Zuma war das beste Beispiel. Für sich und seine Familie hatte er im Herzen Zululands ein prächtiges Anwesen gebaut. Die Wahrscheinlichkeit, dass das ehemalige Model in ihre Heimat zurückgekehrt war, um ihr Kind dort zur Welt zu bringen, war groß.

Sie seufzte. Ihr Entschluss, Jill anzurufen, stand nun fest. Ihr Vater hatte nicht mehr viel Zeit, und irgendwo musste sie mit der Suche beginnen. Sie wählte Lisas Nummer.

»Hi«, sagte sie, als ihre Freundin sich meldete. »Ich bin sicher gelandet und kann in etwa einer halben Stunde bei dir sein ...«

»Ich habe Hunger ... großgeschrieben!«, unterbrach Lisa sie. »Und ich habe schon einen Tisch zum Lunch auf der Ocean Terrace in der Oyster Box reserviert. Beim Essen können wir ausgiebig reden. Du verlierst keine Zeit, erst nach La Lucia zu fahren, und ich überlebe die Hungerattacke.« Sie giggelte. »Um was geht es eigentlich?«

Nina öffnete die Autotür und ließ sich den warmen Wind ins Gesicht wehen. Sie erzählte ihrer Freundin die Kurzfassung von dem Model Yasmin, das vermutlich aus Durban stammte und vermutlich dort ein Kind von ihrem Vater bekommen hatte – oder auch nicht.

»Himmel, das ist wirklich eine merkwürdige Geschichte«, sagte Lisa. »Ist das alles, was du weißt? Ihren Namen und dass sie vermutlich eine Zulu von Geburt ist und aus Durban stammt?«

»Ja«, bestätigte Nina. »Wo treffen wir uns?«

»Ich muss vorher noch etwas einkaufen – warte am besten in dem Café gegenüber der Apotheke. Weißt du noch, wo die ist?«

»Ja, wenn sie nicht umgezogen ist.«

»Ist sie nicht. Nur der Besitzer hat gewechselt.«

»Gut. Dann treffen wir uns dort.«

Sie verabschiedete sich und rief als Nächstes Jill Rogges Privatnummer an.

Jill, in sandfarbener, ärmelloser Bluse und hellen, langen Hosen, begrüßte eben neue Gäste im Restaurant ihrer Lodge, als ihr Mobiltelefon klingelte. Verstohlen sah sie auf das Display und stutzte. Die Anruferin war Nina Rodenbeck. Nina! Das war das erste Mal seit mindestens eineinhalb Jahren, dass sie sich meldete. Es musste etwas vorgefallen sein, denn dass ihre Freundin einfach nur zu einem ausgedehnten Klönschnack bei ihr anrufen würde, hielt sie für ausgeschlossen. Sie lächelte ihren Gästen entschuldigend zu und nahm den Anruf an.

»Nina, was für eine Überraschung!«, sagte sie leise. »Warte bitte einen Moment, ich kümmere mich nur kurz um meine Gäste und bin gleich wieder bei dir.«

Damit wandte sie sich mit ihrem strahlendsten Gastgeberlächeln an die Neuankömmlinge, ein älteres Ehepaar aus Deutschland. Beide waren im Partnerlook von Kopf bis Fuß in Dschungelgrün samt Buschhut mit Nackenschutz gekleidet und trugen eine teure Videoausrüstung.

»Entschuldigen Sie mich bitte einen Augenblick«, bat sie. »Ich muss diesen Anruf leider annehmen. Es wird sicherlich nicht lange dauern. Nehmen Sie doch in der Bar Platz.« Sie wies auf zwei bequeme Sessel. »Kann ich Ihnen einen Saft oder ein Wasser bringen lassen?« Sie winkte einer der Kellnerinnen heran. »Andile wird Ihre Bestellung aufnehmen. Ich bin gleich wieder bei Ihnen, dann können wir alle Fragen besprechen.« Sie ging ein paar Schritte beiseite und hob das Telefon wieder ans Ohr.

»Nina«, sagte sie. »Wie schön, dich zu hören! Wo bist du, warum hast du dich so lange nicht gemeldet? Was kann ich für dich tun?«

Nina lachte befreit. »Wenn du wüsstest, wie gut du mir tust, und die Antwort ist: Erstens, ich bin eben auf dem King Shaka International gelandet, zweitens, es war eine spontane Entscheidung, und drittens, ich brauche für ein paar Tage ein Zimmer. Ich treffe mich heute noch mit Lisa für eine Recherche. Alles andere erzähle ich dir, wenn wir uns sehen …«

»Du bist in Durban?«, platzte es aus Jill heraus. »Habe ich das richtig verstanden?«

»Das hast du.«

Jill schob die Unterlippe vor. »Okay, dein Ton sagt mir, dass ich jetzt nicht weiterfragen soll, richtig?«

»Dafür wäre ich dir dankbar, am Telefon erzählt sich das nicht so gut.«

Jill drehte sich zu ihren Gästen um und zeigte ihnen mimisch an, dass sie gleich für sie da sei. Die beiden nickten im Gleichtakt.

»Ich werde mal mit Jonas reden, ob wir etwas frei haben«, sagte sie zu Nina und lief mit dem Telefon am Ohr zum Büro, das neben der Rezeption lag. »Aber egal, ob wir etwas frei haben oder nicht, unsere Wohnzimmercouch ist sehr bequem, und wenn die nicht reicht, kannst du zwischen Nils und mir auf der Besucherritze schlafen. Aber ich muss dich warnen, er schnarcht.« Sie kicherte. »Ah, du hast Glück, Jonas ist da. Du weißt ja, dass er derjenige ist, der hier das Sagen hat. Ich arbeite nur hier.«

»Redest du von mir oder mit mir?« Der breitschultrige Zulu am Schreibtisch wandte sich um und warf ihr einen Blick über den Goldrand seiner Brille zu.

Jill bemerkte, dass sein helles Khakihemd mit dem Emblem der Inqaba-Lodge auf dem Oberarm wie immer frisch gebügelt war. Sie fragte sich nicht zum ersten Mal, wie er das immer schaffte, obwohl er doch genauso schwitzen musste wie alle anderen Sterblichen. »Haben wir noch ein Zimmer für ein paar Tage frei? Nina Rodenbeck kommt uns besuchen.«

»Nina?« Er sah sie erstaunt an. »Geht es ihr besser?«

Jill deutete auf ihr Handy und legte den Daumen aufs Mikrofon. »Denk ich schon, wenn sie nach all den Jahren wieder nach Hause kommt, aber genau weiß ich es nicht«, flüsterte sie. Sie beugte sich über den Tresen und zog die Buchungsunterlagen heran. »Wie sieht's aus? Haben wir etwas frei?«

Jonas blätterte in seinen Notizen, schließlich zuckte er mit den Schultern. »Nur das neue Haus, das gerade fertig geworden ist. Du erinnerst dich an das Ehepaar aus Paris?«

»Natürlich. Gibt es da ein Problem?«

»Ja, leider. Der Mann hat angerufen. Seine Frau ist plötzlich so schwer erkrankt, dass sie sofort zurück nach Frankreich fliegen müssen, und es besteht wohl keine Chance, dass sie wieder herkommen. Er hat gebeten, den Kauf zu stornieren und den Bungalow anderweitig zu verkaufen.«

Jill zeigte mit keiner Regung, wie sehr die Nachricht, dass der Verkauf der Bungalows nicht so reibungslos wie erhofft lief, sie besorgte.

»Wie steht es mit den anderen? Wie viele sind noch nicht fest verkauft?«

Jonas blickte in seine Unterlagen. »Drei, aber die sind mit Gästen belegt, die für eine Woche auf Probe dort wohnen möchten. Sie scheinen ganz begeistert zu sein.«

»Na, glücklicherweise haben wir ja genügend Anfragen«, murmelte Jill.

Jonas nickte, sah sie dabei aber nicht an. »Ja, das ist ein Glück, und einer wird entweder heute oder morgen frei werden, da könnte Nina vorübergehend wohnen, wenn er nicht sofort verkauft wird. Sonst hätten wir noch ein kleines Zimmer im Haupthaus.«

»Nein, sollte nichts frei sein, kann Nina bei uns im Haus das kleine Gästezimmer haben«, sagte sie und nahm anschließend den Finger vom Mikrofon und hob das Telefon. »Nina? Wir haben tatsächlich etwas für dich. Wann wirst du da sein?« Sie lauschte einen Augenblick. »Okay, bis dann, fahr vorsichtig und lass dein Telefon an. Und halt nicht am Straßenrand. Ich bin gespannt auf deine Neuigkeiten!« Mit einem Knopfdruck beendete sie das Gespräch.

»Sie wird wohl erst abends hier sein, weil sie sich heute noch wegen einer Recherche mit Lisa Robertson treffen will«, teilte sie Jonas mit. »Sag bitte Thabili Bescheid, dass wir noch einen Gast zum Dinner haben.«

»Yebo, ngizowenza«, sagte Jonas und vertiefte sich wieder in seine Arbeit. »Mach ich.«

Nach einem kurzen Blick auf den Spiegel in Jonas' Büro lockerte sie ihr Haar mit beiden Händen auf und stellte den Kragen ihrer Bluse im Nacken etwas hoch. Dann begab sie sich zurück zu ihren neu angekommenen Gästen.

Das Ehepaar hatte sich die Sessel ans Fenster gezogen und war in den Ausblick auf die weite Hügellandschaft versunken, die sich vor ihnen bis zum Horizont erstreckte.

»Sieh mal«, hörte sie die Frau. »Dort grast ein Nashorn ... und ein Junges!« Aufgeregt hob sie ihre Videokamera. »Afrika«, seufzte sie dann hingerissen. »So hab ich mir das vorgestellt.«

Jill lächelte sie an. »Es tut mir leid, dass ich Sie habe warten lassen. Ich hoffe, Sie haben sich in der Zwischenzeit nicht gelangweilt?«

»O nein, ganz im Gegenteil.« Die Frau winkte mit träumerischer Miene ab. »Ich könnte stundenlang hier sitzen und nach draußen schauen.«

»Die Aussicht von Ihrem Bungalow ist noch schöner, bis hinunter zum Wasserloch«, versicherte sie den beiden. »Sie werden Afrika und seinen Bewohnern bei ihrem Tagwerk zusehen können. Der Bungalow ist bezugsbereit, und Ihre Koffer warten schon im Haus auf Sie. Ziko hier ...« Sie wies auf den Zulu, der mit geschultertem Gewehr im Hintergrund wartete. »Ziko wird Sie sicher dorthin begleiten.«

Das Ehepaar war zuvor noch nie in Afrika gewesen, und so wie sie die beiden einschätzte, würden sie von dem kurzen Marsch mit dem bewaffneten Ranger durch den Busch begeistert sein. Aus langer Erfahrung wusste sie auch, dass diese ersten afrikanischen Erlebnisse meistens dazu führten, dass die Gäste auch ihren nächsten Aufenthalt auf Inqaba buchen würden.

»Die Mungos sind beim Büffeldorn gesehen worden«, flüsterte sie Ziko zu.

»Yebo, ich werde sie suchen«, gab Ziko mit zähneblitzendem Lächeln zurück. »Guten Morgen!«, rief er und grüßte seine Schützlinge mit dem traditionellen afrikanischen Dreiergriff – Handfläche, Daumen, Handfläche. »Wir nehmen jetzt den Weg durch den Busch. Bleiben Sie bitte dicht hinter mir, dann kann Ihnen nichts passieren.« Er klopfte auf sein Gewehr.

»Du meine Güte!«, sagte die Frau mit glänzenden Augen. »Das ist ja aufregend! Ich hatte ja keine Ahnung, dass wir der Natur so nahe kommen ... Gibt es hier denn auch Löwen? Oder Elefanten? Ist das nicht gefährlich? Ich meine hier ...« Ihre Handbewegung umfasste die Umgebung der Lodge.

Ihr Mann zupfte sie am Ärmel. »Karin, nu warte doch man ab ... Die werden schon auf uns aufpassen.« Er lachte dröhnend.

»Keine Angst«, mischte sich Jill ein. »Erstens droht Ihnen hier keinerlei Gefahr, und zweitens ist Ranger Ziko der beste, den wir haben. Ich werde darauf achten, dass er Sie auf Ihrer Safari begleitet, und solange Sie seinen Anweisungen folgen, sind Sie so sicher wie im Stadtpark von Hamburg.« Zu Ziko sagte sie leise auf Zulu: »Hamba! Beeile dich nicht zu sehr, und erzähle deine besten Geschichten.«

Der Zulu salutierte. »Yebo, asihambe!«, sagte er und setzte sich in Bewegung.

Das Ehepaar folgte ihm in freudiger Erregung.

»Afrika!«, seufzte die Frau hingerissen.

»Viel Vergnügen!« Lächelnd winkte Jill ihnen nach.

Ein Blick auf die Uhr erinnerte sie daran, dass sie noch etwas mit ihrem Hausmädchen Prisca besprechen wollte. Unter wippenden rosa Bougainvilleakaskaden lief sie den Weg entlang zu ihrem Privathaus und beglückwünschte sich dabei zum wiederholten Mal, dass sie damals, als Inqaba im Aufbau war und sie sich einen Mitarbeiter eigentlich nicht leisten konnte, Jonas eingestellt hatte, den Enkel von ihrem alten Kindermädchen Nelly.

Als Kind hatte er sich häufig auf der Farm herumgetrieben, und manchmal waren sie auch gemeinsam durch den verwilderten Teil gestreift. Jonas hatte Rohrratten gefangen, die von den Zuckerrohrfeldern in der Nähe nach Inqaba abgewandert waren. Nelly hatte daraus ein höllisch scharfes Ragout für ihre Familie gekocht. Und Jill hatte währenddessen die fleischigen Früchte der Wilden Pflaume gepflückt, die zur Familie der Mangos gehörte. Ihre Köchin hatte die Früchte zu einem süßsauren Gelee verarbeitet.

Sonst gab es zwischen Jonas und ihr kaum Berührungspunkte. Vor vielen Jahren, als Inqaba noch eine Ananasfarm und ihr Vater Phillip der Eigentümer war, begab er sich eines Abends wie immer ins Wohnzimmer, um die Tageszeitung zu lesen. Auf dem Couchtisch stand das Schachbrett, auf dem er oft mit Freunden spielte oder auch allein berühmte Partien nachstellte. Am Abend zuvor hatte er den Eröffnungszug in Weiß gemacht.

Nun kniete dort zu seinem Erstaunen der kleine Jonas vor dem niedrigen Tisch und machte eben den Gegenzug mit Schwarz. Neugierig und in gewissem Maße fasziniert, setzte Phillip sich zu dem Jungen. Jonas erzählte ihm mit stockender Stimme, dass ihm die örtliche Bibliothekarin ein zerfleddertes Heft mit allen berühmten Schachpartien geschenkt habe. Darauf habe er sich selbst ein Schachspiel geschnitzt und spiele nun in jeder freien Minute die Partien nach.

Phillip Court spielte die Partie mit dem jungen Zulu zu Ende und gewann – aber nur knapp.

Danach wurde ihr tägliches Schachspiel zu einem festen Ritual, und bald ging Jonas im Haus aus und ein.

Vor Jills geistigem Auge tauchte der Jonas von damals auf. Ein mageres Kind in einer viel zu kleinen Schuluniform, mit großen, dunklen Augen und einem schüchternen Lächeln. Ihr Vater mochte den wissbegierigen Jungen, hatte Spaß daran, ihn herauszufordern, und diskutierte mit ihm über Dinge, die weit außerhalb seiner Welt lagen. Jonas saß dann tage- und nächtelang über den Büchern, die er sich mit Erlaubnis ihrer Mutter aus dem Geschichtenzimmer der Familie ausgeliehen hatte, und schlang das Wissen der Welt in sich hinein, um auch nur ansatzweise mithalten zu können.

So wurde sein Verstand geschliffen, und er lernte ihn anzuwenden. Mit der finanziellen Hilfe ihres Vaters hatte er schließlich die Highschool beendet und als Erster seines Clans die Universität von Zululand besucht. Höchst erfolgreich, wie sich herausstellen sollte.

Als sie Inqaba von ihrem Vater übernommen und das Wildreservat Inqaba gegründet hatte, erschien Jonas eines Tages bei ihr und teilte ihr mit, dass er einen Job suche. Irgendeinen. Sein Polyesteranzug war ihm zu klein, und er besaß nur ein Paar abgetretene Schuhe, dafür aber einen Universitätsabschluss als Bauingenieur. Mit brennenden Augen erklärte er ihr, dass er sich geschworen habe, nie wieder Kuhdung von seinen Füßen kratzen zu müssen und endlich den verknöcherten Traditionen seiner Stammesgenossen zu entkommen, die sich gegen alles Neue wehrten.

Jill hatte mit beiden Händen zugegriffen. Ihr Bruder und ihre Mutter waren tot, ihr Vater hatte die Farm ihr überlassen, und der Aufbau des Wildreservats hatte sie seelisch, körperlich und finanziell an den Rand ihrer Kräfte getrieben.

»Ich kann es mir momentan nicht leisten, dir das zu bezahlen, was du wert bist ...«, hatte sie begonnen, war aber von Jonas unterbrochen worden.

»Wenn ich hier arbeite, wirst du es dir in drei Monaten leisten können«, erklärte er und setzte sich auf den Stuhl in der Rezeption.

Sie war von seiner Zuversicht so beeindruckt, dass sie ihn als Aushilfe anstellte. Er erwies sich als Juwel, in hohem Maße kompetent, charmant den Gästen gegenüber, und knallhart, wenn es die Lieferanten betraf. Obendrein schlichtete er manchen Streit, den sie mit seinen aufrührerischen Stammesgenossen ausfechten musste. Ohne ihn wäre Inqaba im Chaos versunken. Er wurde für Inqaba schlicht unersetzlich, und wie er vorausgesagt hatte, konnte sie ihm nach drei Monaten einen angemessenen Lohn zahlen.

Sie stieg die drei Stufen zu der Terrasse hoch, die die gesamte Breite ihres Hauses einnahm. Sonnenflecken tanzten auf den Holzbohlen und den grün glänzenden Blättern der Amatunguluhecke, die sie wegen ihrer unfreundlich langen Dornen als Schutz gegen vierbeinige und zweibeinige Eindringlinge unterhalb der Veranda gepflanzt hatte. Ihre schneeweißen Blütensterne verströmten einen exotischen Jasminduft. Jill blieb für einen Augenblick stehen und beobachtete zwei Schwalbenschwanzschmetterlinge, die über den Blüten durchs Sonnenlicht gaukelten.

Am Ende der Veranda hingen die tropfenförmigen Nester der Goldenen Brillenweber in den zierlichen Wedeln der Bambuspalmen. Die Schmetterlinge schwebten durch die warme Luft davon. Jill schob die Glastür beiseite und betrat den Raum, den ihre Familie seit Generationen das Geschichtenzimmer nannte. In ihrer Kindheit war es für sie ein Zufluchtsort gewesen und die vielen Hundert Bücher, die in deckenhohen Bücherregalen standen, ihre geheime Welt. Heute fehlte ihr meistens die Zeit, auf eine Reise in die Vergangenheit zu gehen.

Trockene, kalte Luft schlug ihr entgegen. Offenbar hatte Prisca die Klimaanlage wieder auf die niedrigste Temperatur gestellt, obwohl sie ihr das wiederholt untersagt hatte.

»Prisca!«, rief sie. »Wo bist du?«

»Komme gleich, Ma'am«, hörte sie die melodische Stimme der Zulu, und kurz darauf vernahm sie das Klatschen von Priscas Latschen auf dem Fliesenboden.

Prisca kam herein. Ihr Sechsmonatsbauch wölbte sich unter der königsblauen Uniform. Sie trug eine wollene Strickjacke, auf der sich unter den Armen Schweißflecken ausbreiteten.

»Du hast schon wieder die Klimaanlage angestellt«, schalt Jill sie. »Ich hab dir doch gesagt, dass du das nicht sollst.«

»Es ist heiß«, sagte Prisca und wischte sich über die Stirn. »Das Baby ist schwer, und es tritt mich!« Sie hielt sich demonstrativ den Bauch fest.

Im Grunde konnte Jill sie verstehen, aber es ging einfach nicht, dass die junge Frau ihre Anweisung ständig ignorierte. Außerdem war das Haus so angelegt, dass das Innere durch das Öffnen aller Fenster und Türen auch im Sommer erträglich temperiert war. Der Dachüberhang sorgte dafür, dass die Mittagssonne nur im Winter in die Zimmer schien.

»Dann zieh dich eben nicht so warm an«, beschied sie dem Hausmädchen. »Ich hab dir eine dünne Bluse geschenkt. Wo ist die?«

»Ma'am?«, sagte Prisca stirnrunzelnd, als wüsste sie nicht, wovon Jill redete.

Jill musterte sie. Prisca hatte die Bluse offenbar verkauft, wie sie das schon öfter mit Geschenken von ihr getan hatte. Auch das konnte Jill verstehen, aber sie ärgerte sich trotzdem darüber. Prisca hatte drei Kinder, die wie die Spargel wuchsen, und ihr Mann war arbeitslos.

Die Zulu senkte den Blick, ihr schweißglänzendes Gesicht verschloss sich, und Jill wusste, dass es keinen Sinn hatte, weiter nachzufragen. »Zieh die Jacke aus, dann ist dir nicht so warm«, sagte sie kurzerhand und griff zu, um Prisca aus der Jacke zu helfen.

Widerstrebend schlüpfte Prisca aus den Ärmeln, und Jill sah, dass die zwei obersten Knöpfe an der Uniform ausgerissen waren. Die Zulu wandte ihren Blick verlegen zur Seite. Jill tat so, als würde sie nichts bemerken, hatte jetzt aber eine klare Vermutung, was geschehen sein musste. Priscas Mann war Alkoholiker und oft gewalttätig, und bisher hatte sich die Zulu standhaft geweigert, ihn anzuzeigen. Was verständlich war, denn eine Anzeige hätte wenig Aussicht auf Erfolg in diesem Teil des Landes, wo auch heute noch die traditionellen Stammesführer nach den alten, überlieferten Regeln Recht sprachen. Es waren meist alte Männer, und in der Wichtigkeit ihrer Existenz rangierten Frauen für sie meist hinter dem Vieh.

»Ich werde Thabili anweisen, dir eine Ersatzuniform zu stellen, bis unsere Schneiderin deine in Ordnung gebracht hat«, sagte sie ausdruckslos und hob ihr Funkgerät.

Als Thabili sich meldete, trug sie ihr auf, eine passende Uniform für Prisca zu finden und zu ihrem Privathaus bringen zu lassen. Aus den Augenwinkeln bemerkte sie, wie erleichtert ihr Hausmädchen reagierte.

Kurz darauf klopfte es, und Bongiwe reichte ihr die Uniform herein. »Warte einen Augenblick«, sagte sie und hielt Prisca die Uniform an. Die junge Frau schlüpfte mit gesenkten Augen hinein und zupfte das Kleidungsstück hier und da etwas zurecht.

»Ngiyabonga khakulu«, flüsterte sie.

Jill sah ihr fest in die Augen. »Sag mir Bescheid, wenn du Kummer hast.«

Prisca schaute zur Seite und knetete dabei ihre Finger. »Yebo, Ma'am.« Sie klang sehr bedrückt.

Mit einem unruhigen Gefühl, was ihr Hausmädchen betraf, machte Jill sich auf die Suche nach Nils.

Sie stöberte ihn schließlich in seinem Büro auf. Er saß in typischer Haltung auf seinem Drehstuhl, Beine auf den Schreibtisch gelegt, und kaute auf seinem Bleistift, was er häufig tat, wenn er über etwas Wichtiges nachdachte. Oder über etwas Unangenehmes.

Sie legte einen Arm um seine Schulter und schmiegte ihre Wange an seine. »Ärger?«

Nils arbeitete als Auslandskorrespondent für mehrere deutsche Zeitungen. Seine Artikel zeichneten ein bis an die Schmerzgrenze kompromisslos realistisches Bild von Südafrika, das im krassen Gegensatz zu der gängigen Afrikaromantik stand, die die Touristikbranche gewöhnlich präsentierte. Erst kürzlich war ein deutsches Ehepaar am Strand bei Kapstadt überfallen worden. Der Mann erlitt lebensgefährliche Stichverletzungen in Bauch und Brustkorb, die Frau am Hals, Oberarm und ihrer Seite. Danach hatte sie der Gangster ausgeraubt und war geflüchtet. Dass beide überlebt hatten, grenzte an ein Wunder. Derartige Nachrichten gelangten selten in die deutsche Presse, aber Nils hatte darüber berichtet. Als Folge hatte er jede Menge Leserbriefe bekommen, in denen ihm vorgeworfen wurde, das Ansehen des Landes schädigen zu wollen.

Nils zog die Beine vom Tisch und setzte sich auf. »Nicht mehr als sonst«, sagte er mit schiefem Grinsen. »Bis auf das hier. Das spielt sich heute auf Twitter ab.« Er hielt ihr sein Handy hin. »Unter Hashtag Nestbeschmutzer ...«

»Nestbeschmutzer«, las Jill. »... schickt dem mal ein paar schlagkräftige Leute hin ... aufhängen sollte man den Scheißkerl ... schade, dass es ihn noch nicht erwischt hat ...« Entsetzt sah sie Nils an. »Wer steckt dahinter?«

»Der hier«, sagte er und öffnete eine E-Mail. »Die ist von letzter Woche, und den Absender kenne ich. Der hat eine Luxuslodge nördlich von Pretoria – ich hab ihn mal bei einer Recherche kennengelernt. Ein Deutscher, der mit seinen Eltern als Teenager nach Südafrika gekommen ist. Die Eltern sind hier mit Immobilien reich geworden. Nach dem Artikel über den Überfall auf das Ehepaar bei Kapstadt hat er an den *Focus* und *Die Welt* geschrieben und verlangt, dass sie keine Artikel mehr von mir veröffentlichen, sonst würde er sie wegen Verleumdung und was weiß ich verklagen und mich ebenso. Ich sei ein Nestbeschmutzer, schade Südafrika und den Menschen, die so lange unter der Apartheid gelitten haben, ich sei rassistisch ... und, und, und! Thorsten vom *Focus* und der Redakteur von der *Welt* haben mir seinen Brief per E-Mail geschickt.«

»Ausgerechnet du rassistisch? Dem Typ bin ich auch mal begegnet. Ihm geht es doch nur darum, dass seine reichen Gäste nicht vergrault werden ... und die nimmt er aus wie Weihnachtsgänse. Du solltest mal seine Preise sehen! Ich habe keine Ahnung, was er den Leuten dafür bietet. Dafür beschäftigt er gern mal Illegale, das weiß ich von Jonas, und besticht jeden, der ihm Schwierigkeiten machen will, oder er schickt ihm jemand, der ihm klarmacht, dass seine Gesundheit leiden könnte ...«

»Klar, so ist es eben«, sagte Nils. »Aber mach dir keine Sorgen, mit dem werde ich fertig. Ich weiß, welche Skelette in seinem Schrank klappern ...« Er grinste freudlos.

Jill glitt auf seine Knie. »Sei bitte vorsichtig, ärgere dich nicht, und vor allem verbieg dich nicht.« Es war nicht das erste Mal, dass Nils auf diese Weise aneckte, aber sie war stolz auf ihn, dass er sich dadurch nicht beirren ließ.

»Worauf du dich verlassen kannst.«

Sie küsste ihn. Ausgiebig. Dann lehnte sie sich in seinen Armen zurück. »Erinnerst du dich an Nina Rodenbeck?«, murmelte sie mit ihren Lippen auf seinen. »Sie hat schon als Kind viel Zeit auf

Inqaba verbracht und war mit ihren Eltern auf unserer Hochzeit. Wir haben sie vor ein paar Jahren auf unserer Deutschlandreise getroffen ...«

»Also, hör mal, so verkalkt bin ich noch nicht«, sagte Nils. »Unser goldblondes Energiebündel mit den Katzenaugen habe ich sie immer genannt. Verdammt intelligent, was sie geschickt hinter ihrer sehr hübschen Fassade verbirgt ... So wie andere, die ich kenne ...« Er nahm ihr Gesicht in beide Hände, und es dauerte eine Weile, ehe Jill wieder Luft holen konnte.

»Genau die«, japste sie. »Sie ist auf dem King Shaka gelandet und sagt, sie muss dringend etwas in Zululand recherchieren ...«

»Sie ist in Südafrika? Na, das ist ja ein Ding! Nach dem Überfall damals hat sie doch sofort das Land verlassen. Sie würde nie wieder nach Südafrika zurückkehren, hieß es. Unter keinen Umständen. Ich möchte wissen, was sie dazu bewogen hat ...«

»Eben.« Jill befreite sich aus seinen Armen und stand auf. »Irgendetwas sehr Wichtiges muss vorgefallen sein, dass sie nun trotzdem gekommen ist. Und die Entscheidung muss ziemlich spontan gefallen sein.«

»Geld oder Heimweh«, bemerkte Nils trocken. »Immer zwei sehr überzeugende Gründe.« Er grinste. »Oder Liebe.«

»Glaub ich nicht. Nicht bei Nina. Die ist konsequent bis zur Schmerzgrenze. Da muss etwas anderes dahinterstecken – hoffentlich nichts Schlimmes.« Sie ordnete mit automatischen Bewegungen die Papierstapel auf seinem Schreibtisch. »Wie dem auch sei, natürlich ist sie hier willkommen. Ich habe ihr eins von den neuen Gästehäusern reserviert. Da hat gerade jemand abgesagt.« Sie sah auf die Uhr. »Ich muss noch einmal ins Gelände fahren. Wie ist es, hast du Zeit mitzukommen?«

»Was liegt an?«

Jill kam nicht mehr zum Antworten. Die Bürotür wurde so heftig aufgestoßen, dass sie gerade noch aus dem Weg springen konnte. Ein junges Mädchen stürmte herein. Glänzende dunkle Locken hingen ihr ins erhitzte Gesicht. Auf ihrer Schulter saß ein merkwürdiger Vogel, ähnlich einem Kormoran, mit einem unförmig großen Kopf. Sein Bauch war weiß, die Kehle und Flügel lackschwarz. Er sah aus, als trüge er einen Frack.

Jetzt streckte er den Hals vor und heulte wie ein zorniges Kleinkind, worauf die gelb gestreifte Katze, die das Mädchen sich unter den Arm geklemmt hatte, einen panischen Gesichtsausdruck aufsetzte und jämmerlich maunzte.

Das Mädchen klapste dem Vogel auf einen Fuß. »Halt den Schnabel, Pittipatta«, zischte sie. »Und Capone, stell dich nicht so an.«

Capone stellte seine Schnurrbarthaare auf und funkelte sie empört an. Der Vogel klappte den riesigen Schnabel zu, schlug mit den Flügeln, hob den Schwanz und ließ einen weichen Kothaufen fallen. Die weißliche Masse klatschte auf den Boden und spritzte auseinander.

Jill fuhr hoch. »Kira, bring sofort deinen inkontinenten Piepmatz raus, aber plötzlich!«

»Was ist inkontinent?« Kira bedachte ihre Eltern mit einem misstrauischen Blick. »Das klingt eklig!«

Jill zeigte auf den Kothaufen. »Das da ist eklig, besonders wenn es in Daddys Büro passiert. Hol dir Eimer und Wischlappen, und mach das sauber.«

»Prisca kann das tun«, sagte Kira rebellisch und zog ein Mobiltelefon aus der Hosentasche. Mit gerümpfter Nase schoss sie ein Bild von Pittipattas Produkt. »Dafür wird sie schließlich bezahlt.«

»Vergiss es, das machst du!«, befahl ihre Mutter. »Keine Diskussion. Was willst du eigentlich?«

Nils hatte erkennbar Mühe, ernst zu bleiben. Er verbarg die untere Gesichtshälfte hinter der Hand, aber um seine Augen kräuselten sich Lachfältchen.

»Luca hat meine Reitstiefel versteckt!« Kiras dunkelblaue Augen schossen Blitze. »Das ist so was von gemein! Kleine Brüder sind eine absolute Pest!«

Ein Junge in aufgekrempelten Jeans und einem T-Shirt mit dem Inqaba-Emblem schoss ins Büro. »Mum, sag ihr, sie darf meine Playstation nicht anfassen!«, schrie er, sichtlich vor Entrüstung bebend, wobei seine Augen so blau funkelten wie die seiner Schwester.

»Hab ich nicht!«, kreischte Kira, worauf Pittipatta wie eine Sirene losheulte. Kira hielt ihm den Schnabel zu. Capone knurrte. Nils gluckste.

»Und sie soll ihren blöden Vogel draußen lassen! Der kackt überall hin!«

»Tut er nicht, das war Würstchen!«, wütete Kira.

»Der scheißt Fladen wie 'ne Kuh und nicht so einen Schmierkram!« Luca zeigte triumphierend auf die Kotklecks auf dem Boden. »Außerdem scheißt er nur auf den Boden. Pittipatta macht Zielscheißen aus der Luft. Auf meine Schultasche! Und auf mein bestes T-Shirt!«

»Luca, du sollst nicht immer Scheiße sagen«, schimpfte Jill.

Luca blinzelte. »Ist Kacke besser?«

Nils' Schultern zuckten. Er beugte sich vor und band umständlich seine Schnürsenkel.

Jill bedachte ihre Kinder mit einem sehr direkten Blick. »Luca, rück die Reitstiefel raus, und Kira, lass die Finger von der Playstation! Verstanden? Sonst bekommt ihr richtig Ärger.« Sie stand auf und schob ihre Sprösslinge zur Tür. »Und nun raus mit euch! Kira, du bist gleich wieder da, um Pittipattas ... Hinterlassenschaft hier aufzuwischen. Und wage ja nicht, Prisca dafür anzustellen!«

Die Geschwister musterten ihre Mutter eindringlich, offenbar um zu sehen, ob sie ihre Drohung ernst meinte.

Luca kapitulierte als Erster. »Okay«, brummte er und trollte sich.

»Wo sind die Stiefel?«, schrie ihm seine Schwester nach und rannte hinter ihm her, die Katze fest unter den Arm geklemmt. Pittipatta krallte sich auf ihrer Schulter fest, streckte den Hals vor und flappte sichtlich begeistert mit den Flügeln.

»Und denkt dran, ihr müsst euch noch schonen!«, rief Jill ihnen nach. »Pfeiffersches Drüsenfieber ist nicht ohne.« Sie bekam keine Antwort.

»Kinder«, murmelte Nils. »Ein nie endender Quell von Freude und Entspannung. Wie lange dauert die Pubertät?«

Jill grinste. »Ungewiss. Es gibt immer wieder Rückfälle. Ein paar Jahre müssen wir noch durchhalten. Und Luca hat noch nicht einmal richtig angefangen. Ich befürchte, das wird noch anstrengend.«

»Wir können von Glück sagen, dass sie wenigstens in den Ferien auf Inqaba sind«, sagte Nils. »Hier gibt's keine Discos oder andere Verlockungen, denen ihre Schulkameraden in den Städten ausgesetzt sind. Lass Luca endlich Philani ins Gelände begleiten, dann lernt er, was es heißt, ein Ranger zu sein, und ist abends so fertig, dass er freiwillig gleich nach dem Abendessen schlafen geht ...«

Jill schüttelte den Kopf. »Er will ein Gewehr haben. Er meint, dass er sonst kein vollwertiger Ranger ist. Aber dafür ist er noch zu jung. Ich hätte keine ruhige Minute, wenn ihm einfallen sollte, damit allein loszuziehen ...«

Nils zog sie wieder auf seinen Schoß. »Nicht in Afrika, Honey, und das weißt du. Er ist fast dreizehn. Gib ihm ein Luftgewehr, damit kann er nicht viel anrichten. Und Philani ist sehr streng. Der wird schon aufpassen. Und Kira ist doch auch den ganzen Tag allein auf ihrem Pferd im Reservat unterwegs.«

»Was mir oft Bauchweh bereitet. Ich weiß zwar, dass Raubkatzen nur die Silhouette von Pferd und Reiter wahrnehmen und nicht angreifen, weil beide zusammen so groß sind, aber ich hoffe inständig, dass keine unserer Großkatzen größenwahnsinnig wird oder einen Augenfehler entwickelt hat.«

»Okay, wir werden unserer Tochter vorschreiben, dass sie nicht ohne Begleitung ausreiten darf. Sie kann irgendeinen Ranger auf seiner Patrouille begleiten. Willem zum Beispiel.«

»Der ist mit wenigen Ausnahmen nur in den Schulferien als Aushilfsranger auf Inqaba, und wie ich Kira kenne, wird sie nicht begeistert sein, unter Aufsicht ihres Mathematiklehrers ins Gelände zu reiten. Außerdem geht der mit seiner Angeberei sogar mir auf die Nerven.« Unschlüssig starrte sie eine Weile auf ihre Hände. »Na ja, du hast recht, das wäre eine Lösung«, seufzte sie schließlich und lehnte sich an seine Brust.

»Und wir sollten es positiv sehen, dass unsere beiden weder Giftschlangen noch Löwen als Haustiere halten.«

»Würstchen genügt mir vollauf, kann ich dir versichern. Vor allem seit er sich zu einer fetten Wurst entwickelt hat. Der Kerl frisst wie ...«

»Ein Hippo eben.« Nils grinste.

Sie lächelte ihn an. »Du tust mir gut, weißt du das?« Sie küsste ihn auf den Mund und stand auf. »Kommst du nun mit ins Gelände?«

»Klar.« Nils nickte. »In zehn Minuten beim Auto, okay? Ich muss nur noch eine E-Mail loswerden.« Er öffnete sein Notebook und begann auf die Tasten zu hacken, nur mit zwei Fingern, aber rasend schnell.

6

Jill machte sich auf die Suche nach ihren Kindern. Auf der Restaurantterrasse bemerkte sie im Vorbeigehen Thabili, die damit beschäftigt war, eine neue Angestellte einzuweisen, eine übergewichtige junge Schwarze, die sich mit zeitlupenhafter Langsamkeit bewegte.

Thabilis geringschätziger Miene nach zu urteilen, hatte die junge Frau keine große Zukunft auf Inqaba. Sie sah genauer hin. Die Frau war offensichtlich keine Zulu. Ihre Gesichtszüge ließen eher darauf schließen, dass sie aus dem Norden kam. Vermutlich gehörte sie dem Stamm der Shangaan an. Das würde auch Thabilis Gesichtsausdruck erklären. Die Restaurantmanagerin betrachtete alle Schwarzen, die keine Zulus waren, als mehr oder weniger minderwertig. Thabili bezeichnete sie als Katzenfresser, wenn sie richtig wütend war. Gegen dieses Vorurteil, das selbst heute noch in vielen Zulus auf dem Land tief verankert war, obwohl die Shangaani bis zu einem gewissen Grad mit ihnen verwandt waren, konnte sie nichts ausrichten. In den Städten spielte das keine Rolle mehr. Da fragte kaum einer nach der Herkunft.

»Hast du Kira und Luca gesehen?«, rief Jill ihrer Angestellten zu.

Thabili drehte sich um. »In der Küche«, antwortete sie mit wissendem Grinsen und klatschte sich auf den Bauch. »Kira auch!«

Jill wusste, was das hieß. Aufgebracht stürmte sie ins Haupthaus und stieß die Küchentür auf. Wie sie erwartet hatte, saßen ihre Sprösslinge auf dem Küchentresen, in der Hand einen Teller, der bis zum Überlaufen gefüllt war, und stopften sich den Bauch voll. Capone leckte hingebungsvoll Sahne von einem Teller. Pittipatta stolzierte neben Kira auf dem Tisch herum und beäugte gierig die aufgeschnittene Papaya, die Nomusa für Kira hingestellt hatte.

Kira gab ihrem Vogel einen Klaps auf den Schnabel. »Vergiss es, du Geier, das ist meine Papaya.«

Der Hornvogel zog seinen hässlichen Kopf zwischen die Schultern und starrte böse ins Leere.

»Nomusa, das schmeckt toll«, nuschelte Luca und grinste die Köchin an einem Mundvoll Braten vorbei an. »Superlecker!«

Nomusa, eine Frau von gewaltigen Ausmaßen, wischte sich den Schweiß von der Stirn und strahlte geschmeichelt über ihr rundes Mondgesicht.

Jill stemmte die Hände in die Hüften. »Nomusa, habe ich dir nicht oft genug gesagt, dass Luca und Kira sich nicht in der Küche herumtreiben sollen? Sie halten euch alle von der Arbeit ab, und außerdem weißt du genau, dass sie mehr als genug zu essen bekommen. Sie nagen also nicht am Hungertuch.«

Nomusa antwortete nicht, sondern klapperte laut mit den Töpfen. Ihre Töchter kicherten. Kira und Luca taten unbeteiligt. Jill presste die Lippen zusammen.

»Deine Kinder sind zu dünn«, knurrte die Köchin schließlich und durchtrennte mit einem gewaltigen Schlag die Knochen einer Kudu-Keule, die es zum Dinner geben sollte. »Kein Mann zahlt Lobola für eine dünne Frau.« Wieder sauste das Hackmesser herunter. Es knirschte vernehmlich. »Er will eine fette Frau mit dicken Hinterbacken.« Sie spreizte ihre großen Hände und packte die Kudu-Keule.

Die Töchter lachten laut. Kira kicherte. Luca kaute weiter.

»Und wenn Luca so dünn wie ein Telefonmast ist, will ihn keine«, grummelte Nomusa weiter und hackte im Takt ihrer Worte die Knochen auseinander. »Ein richtiger Zulu muss einen dicken Bauch haben, sonst glauben die Mädchen, dass er nicht genug Geld hat, eine Familie zu ernähren.«

»Meine Kinder sind weiß«, unterbrach Jill sie.

»Pah!«, stieß Nomusa mit einem verächtlichen Blick hervor. »Kein Wunder, das kommt nur davon, weil du sie immer mit Sonnencreme einschmierst. Sie sehen aus wie Aardvarks, die nur nachts aus ihrem Bau kriechen. Aardvarks sind graurosa – wie etwas, was tot ist.« Sie zeigte mit dem Beil auf ihre Töchter. »Sieh dir meine an! Die haben schöne, glänzende braune Haut, weil sie oft in der Sonne sind ...«

»Deine Kinder sind braun, weil sie Zulus sind ...«, warf Jill ein. Aber mit Nomusa zu diskutieren war witzlos. »Schluss jetzt, Nomusa! Meine Kinder sehen nicht aus wie Erdferkel, und wir halten hier jetzt kein Indaba ab. Luca, Kira, ihr kommt mit, und wenn ich euch noch einmal in der Küche erwische, gibt's Hausarrest!«

Sie nahm ihrem murrenden Sohn den Teller ab und schob ihn aus der Tür. Kira rutschte vom Küchentresen, klemmte sich Capone unter den Arm, stieß einen leisen Pfiff aus, worauf Pittipatta auf ihre Schulter hopste, und folgte ihnen.

Draußen blieb Jill stehen und fixierte ihre Kinder. »Macht ihr euch eigentlich klar, was das kostet, wenn ihr Nomusa und alle anderen nicht nur von der Arbeit abhaltet, sondern auch noch tellerweise Leckereien abstaubt, die für die Gäste vorgesehen sind?«

Doppeltes, nicht sehr beeindrucktes Kopfschütteln, Gejammer von Pittipatta.

»Ich werde es ausrechnen, und zwar auf den Cent genau, und euch vom Taschengeld abziehen«, drohte Jill. Bei dem Ausdruck blanken Horrors auf den Gesichtern der beiden konnte sie jedoch kaum das Lachen unterdrücken.

»Mum!«, protestierte Kira. »Das kannst du nicht machen. Ich glaube, das ist sogar verboten.«

»Essen in der Küche zu klauen, auch«, konterte Jill ungerührt.

»O Mum«, sagte ihre Tochter. »Die Küche gehört uns, wir bezahlen Nomusa und das Essen, dann klauen wir es doch nicht!«

Jill funkelte sie an. »Lass dir von Jonas mal die monatliche Abrechnung zeigen, da wirst du schon sehen, was das alles kostet und wie scharf wir kalkulieren müssen!«

Kira schob die Unterlippe vor und verfiel in ein aufmüpfiges Schweigen. Pittipatta wippte gelangweilt auf ihrer Schulter auf und nieder, spreizte unbeeindruckt einen Flügel ab und beschäftigte sich damit, sein Gefieder von Ungeziefer zu säubern. Nachdem er eine besonders fette Zecke verschluckt hatte, klapperte er zufrieden mit dem Schnabel und stieß einen Schrei aus, dessen Lautstärke jeder Kreissäge Konkurrenz gemacht hätte. Kira bohrte sich einen Finger ins Ohr und wackelte damit hin und her.

»Du handelst dir noch einen schlimmen Gehörschaden ein«, sagte Jill. »Weißt du, was es bedeutet, einen Tinnitus zu haben?«

»Einen was?« Kira musterte sie misstrauisch.

»Einen Tinnitus. Dann hast du ein ständiges Zischen oder Piepen im Ohr. Immer, auch nachts. Das lässt nie nach. Wie Millionen von Zikaden ... Kannst du es hören?«

Sie hob einen Zeigefinger, und unwillkürlich neigten beide Kinder den Kopf und lauschten. Das schrille Sirren der Zikaden, die Hintergrundmelodie Afrikas, war für einen kurzen Augenblick das einzige Geräusch.

»Immer?«, flüsterte Kira mit deutlichem Entsetzen.

»Praktisch immer«, relativierte Jill.

Kira warf ihrem Hornvogel einen messerscharfen Blick zu. »Ich kleb dir deinen Schnabel zu.«

Pittipatta duckte sich und starrte sie flehentlich an.

»Dad und ich fahren jetzt ins Gelände«, sagte Jill. »Und ich möchte, dass ihr beim Haus bleibt. Also keine Streifzüge mit den Rangern. Und Kira, Reiten fällt heute ebenfalls aus. Es ist einfach noch zu anstrengend für euch.«

»O Mum ...«, stöhnten beide im Chor.

Jill unterdrückte ein Lächeln. Wenn es darum ging, etwas durchzusetzen, waren die Geschwister ein Herz und eine Seele. Sie hob abwehrend die Hände. »Ich will jetzt keine Diskussion«, sagte sie und bemühte sich um einen strengen Ton. »Morgen reden wir mit dem Arzt. Der kann dann entscheiden, wann ihr wieder zurück in die Schule dürft.«

»Schule!«, jammerte Luca. »Das ist doch viel anstrengender, als mit Philani in den Busch zu fahren. Da sitze ich doch nur im Auto und tu nichts.« Er bedachte sie mit einem flehentlichen, leuchtend blauen Augenaufschlag. »Bitte, Mum.«

»Hast du den Blick vor dem Spiegel geübt?«, neckte sie ihn. »Du weißt, der wirkt bei mir höchst selten.«

»O Mann!«, maulte er, trollte sich aber, die Hände in die Hosentaschen gebohrt, ins Haus. Seine Schwester folgte ihm theatralisch seufzend.

»Wenn ich zurückkomme, erwarte ich, dass ihr eure Hausaufgaben fertig habt«, rief sie ihnen nach.

»O Mann!«, hörte sie Luca schimpfen, dann knallte seine Tür.

Auf dem Weg zum Schlafzimmer blätterte Jill in ihrem Mobiltelefon schnell die neu eingegangenen E-Mails durch und stellte fest, dass eine Anzahl von Buchungsanfragen dabei waren. Das hob ihre in finanzieller Hinsicht gedrückte Stimmung doch ein wenig. Sie hakte das Funkgerät vom Gürtel und rief Jonas an.

»Ich habe per E-Mail einige Anfragen für Dezember und sogar Januar bekommen. Ich schicke sie dir gleich rüber. Es sind mehrere aus Übersee dabei, hauptsächlich aus Deutschland und den USA.«

»Gut, die lassen am meisten Geld hier«, war Jonas' trockene Antwort.

»Hoffentlich«, murmelte sie, schaltete das Telefon aus und ging ins Schlafzimmer, um sich umzuziehen. Es war mittags, und die Sonne stand fast senkrecht. Sie musste daran denken, dass es in ihrer Jugend kaum effektive Sonnenschutzcremes gegeben und sie ihr Gesicht geschützt hatte, wie die Zulus es taten.

Nelly hatte ihr das beigebracht. In einer Blechschüssel hatte ihre Nanny Kaolin und die rote Erde Natals gemischt, bis eine rötlich braune Masse entstand, die Jill anschließend auf Gesicht und Ausschnitt verteilte, wo die Paste bald zu einer festen Kruste trocknete. Es trug ihr Proteste ihrer Mutter ein, die ihre Nähe zu den Zulus immer zu unterbinden suchte, und missbilligende Blicke ihrer weißen Freunde. Aber die hatten fast alle üble Sonnenschäden davongetragen und mussten sich bis zum heutigen Tag regelmäßig beim Hautarzt behandeln lassen. Ihre Haut war unbeschädigt.

Sorgfältig cremte sie sich Gesicht, Ausschnitt und Arme mit Lichtschutzfaktor fünfzig ein, schlüpfte in ihre Inqaba-Khakiuniform und stopfte die Hosenbeine in den Schaft ihrer leichten Buschstiefel. Schließlich drückte sie sich ihren Buschhut auf den Kopf und setzte die Sonnenbrille auf. Dann lief sie durch den sonnengesprenkelten Blättertunnel zum Parkplatz. Eine Fahrt mit Nils allein ins Gelände, ohne einen ihrer Angestellten, ohne Kinder, das war für sie die pure Entspannung. Es ergaben sich tagsüber selten Augenblicke, wo sie völlig ungestört waren, und die in der Ruhe und Einsamkeit des Buschs waren für sie die schönsten.

Nils lehnte bereits mit verschränkten Armen entspannt am Landrover. Von der afrikanischen Sonne tiefbraun gebräunt, trug er wie immer ausgewaschene Jeans, die er in seine Buschstiefel gesteckt hatte, eine Ray-Ban-Sonnenbrille und ein Khakihemd mit Achselklappen und sah so gut aus, dass ihr die Knie weich wurden.

Groß, blond, funkelnde blaue Augen und dieses verwegene Lächeln, das ihr Schauer über den Rücken jagte. So hatte sie sich als gefühlsverwirrte Zwölfjährige jene Abenteurer vorgestellt, die monatelang allein durch den afrikanischen Busch streiften oder in den Urwäldern des Amazonas mit Anacondas kämpften. So wie den Typen auf dem Werbefoto einer Zigarettenmarke, in den sie sich verknallt hatte, der mit lässiger Selbstverständlichkeit auf seinem Pferd saß und unter dem heruntergezogenen Rand seines Cowboyhutes sinnend in die blaue Ferne blickte. Wochenlang hatte sie das Foto unter ihrem Kopfkissen versteckt, bis Nelly es fand und achtlos wegwarf.

»Du siehst aus wie ein Typ aus der Zigarettenwerbung ...«, bemerkte sie mit einem kleinen Lächeln.

»Ich rauche schon lange nicht mehr«, gab Nils zurück.

»Glücklicherweise. Unsere herrliche Luft so zu verpesten wäre ja auch ein Sakrileg.« Sie schwang sich auf den Fahrersitz und musterte ihn dabei. »Wo ist dein Hut? Hast du ihn mal wieder zu Hause gelassen? Ohne den fahren wir nicht los.«

»Immer dabei, wie du wissen solltest.« Nils zog den zusammengeknautschten Hut aus der Hosentasche, drückte ihn sich tief ins Gesicht, legte den Kopf in den Nacken und blinzelte unter der Krempe spöttisch zu ihr hinüber. »Der hat sogar einen Nackenschutz. Ich erwarte ein Lob.«

Jill lehnte sich zu ihm und küsste ihn auf den Mund. »Braver Junge«, sagte sie grinsend, ließ den Motor an und legte den Gang ein.

Nils schob seinen Sitz weit zurück und mühte sich, seine langen Beine unterzubringen. Mit einem wohligen Stöhnen platzierte er die Füße schließlich auf der Ablage, ließ sein Fenster hinunter und beobachtete den vorbeifliegenden Busch.

»Kein Schwanz zu sehen«, murmelte er. »Ist wohl zu heiß. Tiere sind intelligenter als wir dummen Menschen ...«

»Und was nennst du das?« Sie bremste sehr langsam ab und kam vor einem dichten Dornbusch zum Stehen. »Da rechts, keine fünf Meter von uns entfernt.«

Nils starrte angestrengt auf die angegebene Stelle. »Ich seh nichts, das heißt, nichts weiter als trockenes Gestrüpp. Was soll da sein?«

Jill kicherte. »Pass bloß auf, sonst beißt er dich gleich in die Nase. Er guckt schon ganz hungrig.«

Nils schüttelte nur frustriert den Kopf. »Ich glaube, du vergackeierst mich ... Oha!« Er setzte sich auf. »Jetzt sehe ich ihn auch. Der König höchstselbst.«

Jill suchte die Umgebung noch einmal genau mit den Augen ab. »Und da sind seine Ladys«, sagte sie leise. »Unter dem Baum liegen zwei und spielen mit ihren Jungen. Sehen aus wie schnurrende Kätzchen.«

»Nur dass ihre Lefzen blutig sind. Die haben offensichtlich Beute gemacht. Fahr lieber weiter.« Nils tastete nervös nach dem Fensterheber und ließ die Scheibe hochsurren. »Ich glaube, Ibhubesi ist noch hungrig.« Er starrte dem prächtigen Löwen entgegen, der mit majestätischer Ruhe auf ihr Auto zustolzierte. »Du weißt, dass ich ein gespaltenes Verhältnis zu Löwen habe, seit mir eine seiner Ladys auf die Kühlerhaube gesprungen ist und den Scheibenwischer abgerissen hat, bevor sie sich darangemacht hat, die Fensterdichtung zu zerfetzen.«

»Und du wie üblich weder die Tür abgeschlossen hattest noch die Fenster verriegelt! Eines Tages sitzt Ibhubesi noch auf deinem Schoß ...«

Nils' Miene drückte deutlich aus, was er von dieser Vorstellung hielt. Ibhubesi baute sich neben seiner Tür auf und schob seinen mächtigen Kopf ans Fenster, worauf es im Inneren des Wagens dunkel wurde. Unverwandt starrte ihn die riesige Raubkatze mit ihren ausdruckslosen, gelben Augen aus wenigen Zentimetern Entfernung an.

»Jill, setz zurück«, knurrte Nils. »Gleich drückt er die Fenster ein, frisst die Reifen oder tut etwas ähnlich Unerfreuliches ...«

»Starr ihm nicht in die Augen, sonst wird er aggressiv«, murmelte Jill. Sie legte den Rückwärtsgang ein und fuhr an, bremste aber sofort wieder ab. »Großer Gott, da«, sagte sie und deutete auf einen dichten Dornbusch auf ihrer Seite. »Direkt vor dem Busch! Da liegt einer.«

Nils spähte an ihr vorbei. »Ein Löwe?«

»Nein, ein Mensch, oder das, was von ihm übrig ist.«

Nils schaute genauer hin und fluchte unterdrückt. »Das ist wahrscheinlich eins von den armen Schweinen, die über die Grenze kommen und sich durch die Wildparks nach Johannesburg oder Kapstadt durchkämpfen ...«

»Glaub ich nicht«, unterbrach ihn Jill und hakte mit einer langsamen Bewegung, um den Löwen nicht zu einer spontanen Reaktion herauszufordern, das Funkgerät aus.

»Philani, bitte kommen!«, flüsterte sie.

Es knackte, und gleich darauf hörte sie Philanis Stimme.

»Was gibt's?«

Jill beschrieb ihrem Ranger, wo sie sich gerade befanden. »Da liegt ein menschlicher Körper im Busch. Ich kann nur die Beine sehen, aber die stecken in militärisch wirkenden Hosen und Stiefeln. Ich schätze, es ist ein Wilderer, einer von den ausländischen Gangs, die hier mit dem Helikopter abgesetzt werden. Vielleicht ist der den Löwen ins Gehege gekommen. Kümmre dich bitte darum. Und sieh zu, dass die Gäste das nicht mitkriegen ...«

»Klar, die wollen wir ja nicht verschrecken«, antwortete Philani. »Eine unserer Wildererpatrouillen ist in der Nähe. Die werde ich gleich hinschicken und komme dann nach.«

»Okay. Ruf einfach an, wenn du Näheres weißt. Vielleicht hat er Papiere oder sonst was dabei.« Jill hängte das Funkgerät wieder ein und fuhr Zentimeter für Zentimeter rückwärts an dem Löwenpascha vorbei. Ibhubesi rührte sich nicht, folgte ihnen nur mit den Augen.

»Dein Fenster ist nicht völlig geschlossen«, wisperte sie Nils zu. »Ibhubesi kann da locker mit dem Nagel dahinterhaken und es herunterziehen ...«

Nils drückte blitzschnell auf den Fensterheber und schloss die letzten zwei Millimeter. Aufatmend lehnte er sich zurück.

Jill streifte ihn mit einem schnellen Blick. Es verwunderte sie immer wieder, dass ihr knochenharter Kriegsreporter, der während seiner Reportagen mehr als ein Mal ins Kreuzfeuer gegnerischer Parteien geraten und tatsächlich einmal entführt und tagelang böse misshandelt worden war, ehe er fliehen konnte, Löwen mit Angst begegnete, obwohl er sicher im Auto saß. Sie vermutete, dass das seinen Ursprung in den tiefsten Schichten seiner Persönlichkeit hatte, wo bei anderen Menschen auch die Angst vor Teufeln, gehörnten Ungeheuern und bösen Geistern angesiedelt war.

Sie beugte sich vor und fischte einen Schokoriegel aus ihrer Tasche. »Hier. Das hilft sofort.«

»Gegen Löwen?« Er grinste sein übliches verwegenes Nils-Grinsen. »Her damit!« Er riss die Verpackung auf, biss ein großes Stück ab und hielt den Riegel dann Jill hin.

Jill biss ein großzügiges Stück ab und setzte langsam weiter zurück, bis sie in sicherer Entfernung wenden konnte. Mit einem hörbaren Seufzer der Erleichterung wischte sich Nils mit dem Handrücken die Schokolade aus den Mundwinkeln und drehte den Rückspiegel so, dass er den Löwen im Blick hatte.

»Was macht er?« Jill beobachtete konzentriert den Busch, der rechts und links den Weg säumte.

»Er beäugt seine Ladys mit lüsternem Blick«, sagte Nils.

»Gut. Vielleicht vergrößert sich das Rudel ja bald, und es bilden sich dann zwei. Gut fürs Geschäft.« Unvermittelt wich sie auf die rechte Seite aus.

»Was ist?« Nils lehnte sich vor.

»Ein Nashorn. Da vorn. Der dunkle Schatten hinter dem Kanferbos ...«

»Ein Wunder, dass hier nicht mehr Unfälle mit den Tieren passieren. Ich hatte den Rhino noch nicht entdeckt. Versperren dir meine Füße den Blick?« Er wackelte mit seinen Zehen und schob seinen Buschhut in den Nacken.

Jill lachte. »Nein, so groß sind sie nun auch nicht.« Hoch konzentriert fuhr sie weiter.

»Ich habe Nico dal Bianco im Pick 'n Pay in Mtubatuba gesehen«, sagte Nils nach längerem Schweigen. »Er war dabei, den Supermarkt leer zu kaufen. Seine Begleiter haben drei bis zum Überlaufen angefüllte Einkaufswagen hinter ihm hergeschoben.«

Jill trocknete sich die Handflächen an ihrer Khakihose ab.

»Nico? Der kauft bestimmt für seine Lodge ein ... In Mosambik sind die Regale meist leer und die Preise noch deutlich höher als hier.«

Nils wischte sich den Nacken mit einem Taschentuch trocken. »Verdammt stickig heute«, murrte er. »Hat Nina eigentlich noch Verbindung zu Nico? Oder war die Entfernung von Hamburg nach Südafrika beziehungsweise nach Mosambik einfach zu groß? Damals dachte ich, die zwei würden heiraten.«

»Damals hatte ich das auch geglaubt«, stimmte sie ihm zu. »Aber als ich Nina vor Jahren einmal beiläufig fragte, ob sie wüsste, wie es ihm geht, wurde sie merklich unruhig und meinte, sie wüsste überhaupt nicht, wer das sei ...«

Nils streifte sie mit einem erstaunten Blick. »Tatsächlich? Wie hat sie das gemeint? Eher sarkastisch, nach dem Motto, lass mich mit dem Kerl bloß in Ruhe?«

Jill schüttelte den Kopf. »Keine Ahnung. Ich hab danach nie wieder mit ihr darüber gesprochen. Und ich werde sie bestimmt nicht danach fragen. Ich will nicht versehentlich die Finger in eine offene Wunde legen.«

»Nach all den Jahren dürfte die Wunde vernarbt sein«, sagte Nils. »So richtig kann ich den eh nicht leiden. Markiert den großen Helden, aber geht auf Tauchstation, wenn er wirklich gebraucht wird. Hat sich damals, als sie seine Unterstützung mehr als die von sonst jemandem brauchte, ja nicht gerade hingebungsvoll um sie gekümmert ...«

»Das ist nicht ganz fair«, fiel sie ihm ins Wort. »Vielleicht wollte Nina das nicht.«

»Na, Fakt ist, dass er sich ziemlich schnell getröstet und schon ein halbes Jahr später geheiratet hat. Inzwischen geschieden, aber wieder verlobt. Der Typ hat wirklich ein reges Liebesleben.«

Jill lachte auf. »In vierzehn Jahren kann viel passieren. Da bringen noch ganz andere Leute mehrere Ehen unter. Aber woher weißt du das bloß alles?« Sie bremste ab, um einen jungen Python vorbeizulassen, der aus dem Busch geglitten war und sich nun träge über die Straße schlängelte.

Nils grinste und schob seinen Buschhut in den Nacken. »Buschtrommeln.«

Sie blinzelte ihn stirnrunzelnd an. »Aha, Buschtrommeln. Welche denn?« Sie wusste, dass sie keine Antwort bekommen würde, und erwartete auch keine. Nils hatte Kontakte zu den unmöglichsten Menschen. Sein Kapital war seine absolute Verschwiegenheit, was die Identität seiner Informanten betraf. Auch ihr gegenüber.

»Ich hab es irgendwo aufgeschnappt«, sagte er vage und schaute dabei konzentriert aus dem Fenster.

»Wir wissen ja nicht, was zwischen Nina und ihm an jenem Tag vorgefallen ist. Ich weiß nur, dass sie ihn gesehen hat, aber wie mich Viktor einmal gewarnt hat, leidet sie an retrograder Amnesie, das heißt, die Erinnerung an den … Vorfall ist komplett aus ihrem Gedächtnis gelöscht. Soweit ich Viktor verstanden habe, fällt die Beziehung zu Nico auch darunter. Das ist auch der Grund, warum wir das Thema ihr gegenüber nicht erwähnen sollten.«

Vor ihnen tänzelte unverhofft ein Zebra aus dem Busch. Es blieb mitten auf dem Weg stehen und rupfte seelenruhig ein paar Grashalme. Jill trat so heftig auf die Bremse, dass Nils nach vorn flog und sich gerade noch am Armaturenbrett abstützen konnte.

»Bist du wieder nicht angeschnallt?«, fuhr sie ihn an. »Deine Familie braucht dich noch!« Sie starrte wütend auf das kauende Zebra. »Und wenn du glaubst, ich bleib dann als trauernde Witwe allein, irrst du dich!«

»Ich liebe dich auch«, murmelte Nils mit einem winzigen Lächeln in den Mundwinkeln und schnallte sich an.

Jill trat aufs Gas. Sie umklammerte das Lenkrad, bis die Fingerknöchel weiß glänzten. Es war ihr schlimmster Albtraum, dass Nils oder den Kindern etwas passieren könnte.

Ihr Bruder war durch eine Bombe getötet worden, ihr erster Mann bei einem Reitunfall umgekommen. Ihre Mutter hatte sie durch einen Flugzeugabsturz verloren. Es war nur wenige Tage vor der Geburt ihres ersten Kindes gewesen. Christina. Die Nachricht, dass das Flugzeug in den Indischen Ozean gestürzt war und es keine Überlebenden gab, hatte sie aus dem Fernsehen erfahren. Fast besinnungslos vor Angst um ihre Mutter, war sie aus dem Zimmer in den Garten gestolpert und eine steinerne Treppe hinuntergestürzt.

Irgendwann war sie aufgewacht. Ihr Oberschenkel war gebrochen, und als sie versucht hatte, ihren Oberkörper mit den Armen hochzustemmen, hatte eine Gigantenfaust ihren Unterleib zusammengepresst, und ein krampfartiges Zittern, begleitet von Kälteschauern, war in Wellen durch ihren Körper gelaufen. Es dauerte eine Ewigkeit, ehe sie begriff, dass das nicht nur von dem verletzten Bein herrühren konnte.

Mit der rechten Hand hatte sie hinuntergelangt und etwas Feuchtes, Körperwarmes, Glitschiges gefühlt. Ihr verletztes Bein? Mit großer Anstrengung hatte sie den Kopf gehoben und auf das geschaut, was zwischen ihren Beinen lag.

Als sie begriff, was sie sah, hatte sie geschrien.

Sie schrie und schrie und schrie. Das Letzte, was sie sah, war ein winziges Puppengesicht mit zusammengekniffenen Augen und verklebten schwarzen Haaren, das Letzte, was sie hörte, war das Schreien. Aber sie erkannte ihre eigene Stimme nicht. Sie glaubte, dass es Christina war, die um Hilfe schrie.

O ja, dachte sie, sie wusste genau, was es hieß, Angst um die Menschen zu haben, die sie am meisten liebte.

Nina fuhr die Küstenstraße vom King Shaka Airport in Richtung Durban. Von der Hauptstraße, der N2, bog sie bei Umdloti auf die M4 ab und dann auf die alte North Coast Road, die in kurzer Entfernung der Küstenlinie folgte. Je weiter sie sich Umhlanga Rocks näherte, desto langsamer wurde sie. Links und rechts wurde sie überholt. Die Fahrer hingen wild mit den Armen fuchtelnd aus dem Fenster und brüllten sie in allen Landessprachen an.

Sie zuckte zusammen. Seit vierzehn Jahren war sie Rechtsverkehr, die disziplinierte Fahrweise und das Korsett der strikten Verkehrsregeln in Deutschland gewohnt. Hastig lenkte sie ihren Wagen links heran, schaltete den Warnblinker ein und wartete auf dem schmalen Seitenstreifen, bis sich der Stau, den sie verursacht hatte, aufgelöst hatte.

Ihr Blick glitt über die Straße hinunter zur Umhlanga-Lagune. Schwalben jagten über die glitzernde Wasseroberfläche, und auf einem angeschwemmten Baumstamm, der aus dem Sand ragte, putzte sich ein Seeadler sein Gefieder. Es musste hier in der letzten Zeit ergiebig geregnet haben, denn die Lagune, die nur durch eine schmale Sanddüne vom Meer getrennt wurde, war durchgebrochen. Ein sedimenthaltiger Strom schoss hinunter ins Meer und trug große Inseln von abgerissenem Gestrüpp, Treibholz und Zuckerrohrhalmen mit sich, die in der Brandung schwappten. Gelbe Schlammwolken trübten noch Hunderte von Metern weit das Meerwasser. Trotz allem Dreck brachen ein paar Leute Muscheln von den Felsen, und zwei Angler hatten ihre Brandungsangeln ausgeworfen.

Obwohl die Polizei riet, aus Sicherheitsgründen im Auto die Fenster und Türen immer verriegelt zu halten, ließ Nina das Seitenfenster hinunter und sog die feuchtwarme Seeluft tief ein. Der Seeadler erhob sich mit wenigen, trägen Flügelschlägen in die Luft und schraubte sich hinauf in das tiefe Blau, immer höher, bis er nur noch als ein winziger, schwarzer Punkt in der hohen Himmelskuppel zu erkennen war. Nina sah ihm mit einem merkwürdigen Druck auf der Brust nach. Schließlich zog sie den Kopf zurück und blieb für einen kurzen Moment reglos sitzen.

Kurz darauf hielt ein Jeep neben ihr, und der Fahrer ließ sein Fenster herunter. »Brauchen Sie Hilfe, Lady?«, rief er.

»Hilfe?« Sie schüttelte den Kopf. »Danke, nein, ich genieße nur die Aussicht.«

Der Fahrer, ein älterer Weißer mit sonnengegerbter Haut, starrte sie über den Rand seiner Sonnenbrille erstaunt an. »Die Aussicht? Hier? Das ist keine so gute Idee, Lady. Sind Sie Touristin? Hat man Ihnen nicht gesagt, dass es gefährlich sein kann, am Straßenrand anzuhalten?«

Jill hatte das gesagt, in einem Nebensatz, erinnerte sich Nina. So genau hatte sie gar nicht hingehört.

»Doch, natürlich«, erwiderte sie. »Ich habe im Augenblick nur nicht daran gedacht. Danke, dass Sie mich darauf aufmerksam gemacht haben.« Sie winkte ihm zu, ehe sie das Fenster schloss und sich hinter zwei voll besetzten Sammeltaxis wieder in den Verkehr einreihte.

Auf dieser Strecke hatte sich nichts verändert. Die ineinander verflochtenen, flachen Kronen der Straßenbäume bildeten einen grünen Baldachin, Sonnenflecken tanzten auf dem Asphalt, und im Schilf lauerte im flachen Wasser reglos ein Hammerkopf auf Beute. Links tauchten zwischen dem Grün die ersten Apartmentgebäude Umhlanga Rocks auf. Oberhalb der Straße lagen Einfamilienhäuser mit türkisfarbenen Swimmingpools, eingebettet in üppig blühenden Gärten.

Hinter ihr hupte jemand lang anhaltend, vor ihr schob sich der Verkehr träge über die Abzweigung hinunter ins Dorf, wie sie es immer noch nannte, obwohl sie von Lisa wusste, dass sich die Bevölkerungszahl des Orts, seitdem sie Südafrika verlassen hatte, mehr als verdoppelt hatte.

Sie schaute sich um. Jetzt gegen Mittag waren alle Terrassentische der Restaurants besetzt, die Bürgersteige voll, und auf dem Lagoon Drive standen die Autos Stoßstange an Stoßstange. Motoren heulten auf, ungeduldige Fahrer hupten. Es roch nach Auspuffgasen. Das gemütliche Dorf ihrer Kindheit, die Gelassenheit der Menschen, die immer Zeit für ein Schwätzchen hatten, der Duft der Frangipanis, die auf dem Mittelstreifen wuchsen, und vor allen Dingen die Tatsache, dass hier damals jeder jeden kannte, waren nur noch eine ferne Erinnerung.

Die Frangipanis hatte man gerodet, hatte Lisa erzählt, weil sie keine einheimischen Pflanzen seien.

»Vor über hundertsechzig Jahren hat irgendeine Vorfahrin von mir Ableger von Frangipani-Bäumen ins Land gebracht«, hatte Lisa empört ins Telefon gerufen. »Und jetzt werden alle herausgerissen! Die Bougainvilleen und Hibiskus auch, nur in Privatgärten dürfen sie noch wachsen. Bei uns zum Beispiel. Im Rest von Südafrika wird alles eintönig grün.«

Nina sah sich um. In gewisser Weise hatte Lisa recht. Blühende Büsche waren kaum noch zu sehen. Lediglich die Affenhorde, die über die Dächer der Läden tobte und in kühnen Attacken den Restaurantgästen das Essen klaute, schien ihr dieselbe zu sein wie damals.

Plötzlich verspürte sie ein unstillbares Verlangen nach reifen Mangos und süßen Natal-Ananas, die sie vorhatte, heute Abend auf der Terrasse ihres Bungalows bei Jill zu essen. Sie sah auf die Uhr. Bis zu ihrer Verabredung hatte sie Zeit genug, im Supermarkt einzukaufen.

Lisa und Mick lebten nur zwei Kilometer entfernt in La Lucia. In einem, wie Lisa spöttisch bemerkt hatte, Hochsicherheitsgefängnis. Einem wunderschönen, luxuriösen Gefängnis. Ihr Haus war ein kolonialer Traum von großem Charme, das Lisa mit Hingabe und einer großen Summe Geld restauriert hatte. Aber Mick hatte darauf bestanden, die modernsten Sicherheitsanlagen einzubauen, Alarmanlagen, elektrischer Zaun, automatisches Eingangstor. Das volle Programm. Lisa hielt das für unnötig.

Von dem Anwesen ihrer Eltern war sie gewohnt, dass stets alle Türen unverschlossen waren, wie sich Nina erinnerte. Bei dem System, das Mick einbauen ließ, musste ein vierteljährlich wechselnder Code eingegeben werden, was zur Folge hatte, dass immer wieder die Sirene losjaulte, weil Lisa entweder vergessen hatte, bei der Eingabe von Ziffern auf Buchstaben umzuschalten, oder sie hatte einen Dreher im Code. Manchmal schaltete sie die Alarmanlage aus Bequemlichkeit einfach gar nicht erst ein. Und das hatte wohl der Aushilfsgärtner eines Nachbarn mitbekommen.

Der Überfall war kurz, aber brutal gewesen. Der Mann hatte die Tür zu Ryans Zimmer mit einem Fußtritt eingetreten, worauf ihm Lisa schreiend vor Angst um ihr Kind den Golfschläger über den Schädel gedroschen hatte, während er mit einem Messer auf sie einstach. Schließlich landete sie einen Schlag gegen seine Schläfe, der Gangster fiel um und blieb liegen, bis die Polizei eintraf.

Nina hatte Lisa kurz danach gesprochen. »Ich hab Golf spielen gelernt«, verkündete Lisa. »Ich hab mit einem Wedge um mich gehauen. Nächstes Mal weiß ich es besser und nehme ein Siebener-Eisen. Micks sind richtig schwer! Wenn ich mit so einem zuschlage, ist gleich Ruhe.«

Nina lächelte in sich hinein. Typisch Lisa. Mit Schwung bog sie auf den großen Parkplatz neben der Apotheke ab, parkte und lief hinüber zum Supermarkt. Schon im Eingang lachte ihr eine Pyramide von gelb-roten Mangos entgegen, und der verführerische Duft nach Ananas ließ ihr das Wasser im Mund zusammenlaufen. Sie wählte eine Ananas und zwei Mangos, legte sie in den Einkaufskorb und wandte sich ab, um zur Kasse zu gehen.

Tatsächlich spürte sie vorher fast nichts. Höchstens vielleicht einen Luftzug. Und für den Bruchteil einer Sekunde den Druck kräftiger Finger. Das war alles. Dann fiel ein schwarzer Vorhang, und die Welt hörte auf zu existieren.

Jemand rief ihren Namen. Von weit her. Aber sie hatte überhaupt keine Lust zu antworten. Sie kicherte und fühlte sich ein wenig so, als hätte sie Sekt auf nüchternen Magen getrunken. Doch dann schlug ihr jemand leicht ins Gesicht und rüttelte anschließend an ihren Schultern.

»He!«, schrie sie. »Lass das!« Empört riss sie die Augen auf.

Über ihr hing ein weißes Gesicht, eisblaue Augen bohrten sich in ihre. Das Gesicht kam immer näher, so nah, dass heißer Atem ihre Haut berührte. Ein Schrei gefror ihr in der Kehle, und sie war unfähig, auch nur einen Muskel zu rühren. Mit gewaltiger Kraftanstrengung gelang es ihr, einen Ton hervorzupressen, aber es kam kaum mehr als ein heiseres Röcheln heraus. Wieder versuchte sie es, und dann brach der Damm, und sie konnte plötzlich wieder schreien. Wie von Sinnen schrie sie und schlug um sich.

»Haltet sie fest!«, hörte sie einen Mann brüllen.

Hände packten ihre Arme und drückten sie auf den Boden. Nina bäumte sich auf und schrie um ihr Leben. Das weiße Gesicht verschwand auf einmal, stattdessen schob sich ein anderes in ihr Blickfeld. Sonnengebräunt, hellblondes Haar. Moosgrüne Augen. Weißes ärmelloses Top, weiße, weite Hosen, Sandalen. Eine Frau. Nina starrte sie an.

»Lisa«, flüsterte sie tonlos und spürte gleichzeitig, dass man sie losließ. »Was … was ist passiert?«

»Kannst du aufstehen?«, fragte ihre Freundin besorgt. »Hast du dich verletzt?« Sie streckte Nina beide Hände hin.

Nina packte zu und schrie gleich darauf leise auf. »Meine linke Hand … ich glaube, die hat was abgekriegt.« Sie zog die Beine an und stemmte sich mit Lisas Hilfe hoch. Leicht schwankend stand sie endlich auf den Beinen und machte eine kurze Bestandsaufnahme. Ihr Puls hämmerte ihr im Kopf, das linke Handgelenk pochte stark, aber sonst schien alles in Ordnung zu sein.

»Nichts gebrochen, höchstens eine Prellung«, sagte sie, strich ihr Haar zurück und bürstete ihre Jeans ab.

Eine mütterlich aussehende Verkäuferin sammelte inzwischen die heruntergefallenen Mangos und die Ananas wieder ein. »Ich suche zwei neue Mangos für Sie aus, Madam, die hier sind aufgeplatzt.« Sie lächelte und zeigte dabei goldüberkronte Zähne.

»Es tut mir so leid«, flüsterte Lisa. »Es war gedankenlos von mir …«

Nina sah sie fragend an. »Was meinst du?«

»Ich habe mich so gefreut, dich zu sehen«, erklärte Lisa. »Da hab ich einfach nicht mehr daran gedacht und dir von hinten die

Hände über die Augen gelegt und dich dann an den Schultern gepackt, um dich zu mir umzudrehen ...«

»Damals«, stieß Nina hervor. »Damals, vor vierzehn Jahren ... Ich habe ein Gesicht gesehen. Es war direkt über meinem ... Von einem Weißen, und er hatte so ...« Ihre heile Hand flatterte. »Diese furchtbaren eisblauen Augen ...« Sie schüttelte sich.

Lisa schien verwirrt zu sein. »Ein weißes Gesicht mit blauen Augen?« Plötzlich fing sie an zu lachen. »Das war Butch.« Sie zeigte auf einen mittelgroßen Hund mit weißem Fell und einer schwarzen Schwanzspitze, der Nina mit schief gelegtem Kopf aus eisblauen Augen beobachtete.

Eisblaue Augen mit einem schwarzen Rand. Nina hielt die Luft an.

»Irgendwann ist wohl ein Husky über seinen Stammbaum gelatscht«, sagte Lisa.

Ninas Herz hämmerte, und sie vermied es, den Hund anzusehen. »Na dann«, sagte sie mit gekünstelter Fröhlichkeit und lächelte ihre Freundin mühsam an. »Butch hatte einen ziemlich abstoßenden Mundgeruch, das wird es gewesen sein.«

Sie bückte sich und kraulte Lisas Hund hinter den Ohren, worauf ihr Handgelenk prompt unangenehm zu pochen begann. Unwillkürlich verzog sie das Gesicht. Lisa, die das offensichtlich bemerkt hatte, schaute besorgt drein.

»Ich bringe dich jetzt zu Dr. Allessandro«, sagte sie. »Er muss sich dein Handgelenk ansehen.«

»Ach wo, nicht nötig. Kommt von allein, geht von allein ist mein Credo.«

»Unsinn!« Lisa hob gebieterisch eine Hand. »Keine Widerrede. Dr. Allessandro ist so gut wie seine Mutter ... Du erinnerst dich doch an Anita Allessandro, oder? Sie hat sich inzwischen zur Ruhe gesetzt.«

»Natürlich erinnere ich mich an Anita Allessandro. Ich wusste nicht, dass Roberto auch Medizin studiert hat. Ich habe ihn zuletzt gesehen, da war er noch Teenager. Das Problem ist, dass ich keine Zeit habe. Ich muss noch weiter nach Inqaba und will da natürlich vor Einbruch der Dunkelheit ankommen.«

»Wenn dein Gelenk gebrochen ist, fährst du nirgendwo hin«, sagte Lisa mit strenger Miene. Sie ging ein paar Schritte zur Seite, zog ihr Telefon aus der Umhängetasche und wählte. Gleich darauf kam sie zurück. »Du kommst sofort dran. Ich habe mit Roberto selbst gesprochen.«

Roberto, ein sonnengebräunter Schönling mit zu weißen Zähnen, tiefschwarzem Haar und Latinoaugen, begrüßte sie mit Küsschen links und rechts.

»Nina! Wir haben uns lange nicht gesehen. Geht es dir gut in dem kalten Land am anderen Ende der Welt? Dort ist jetzt Winter, nicht wahr?«

Nina nickte. »Wir hatten Schnee.« Sie schaute durch das Fenster seines Behandlungsraums hinaus aufs Meer, das zwischen den Hochhäusern schimmerte, und plötzlich verschloss ihr ein Kloß die Kehle. Offenbar hatte schon die Fahrt vom King Shaka nach Umhlanga sie innerlich völlig durcheinandergebracht. Wie sollte das werden, wenn sie nach Inqaba fuhr? Inqaba, das voller Kindheitserinnerungen war? Und in dessen unmittelbarer Nähe sie überfallen worden war? Wie würde sie das aushalten?

»Lass deine Hand mal sehen«, sagte Roberto. »Ich werde sie gleich röntgen, dann wissen wir mehr.«

Anita Allessandros Sohn stellte sich überraschenderweise als einfühlsamer und offensichtlich kompetenter Arzt heraus.

»Nichts gebrochen«, berichtete er, nachdem er die Röntgenbilder studiert hatte. »Wenn du automatische Gangschaltung hast, kannst du fahren, aber du solltest das Gelenk kühlen, so gut du kannst. Ich werde es mit einer elastischen Binde stabilisieren, dann kannst du es beim Fahren nicht überstrapazieren.«

»Das ist nicht nötig. Es tut ja praktisch nicht mehr weh.«

Erleichtert stand Nina auf. »Wie geht es deiner Mutter?«, fragte sie. »Ich hoffe, sie ist gesund und munter?«

»Es geht ihr gut, außer dass sie unter Arbeitsentzug leidet, seit ich die Praxis führe. Im Augenblick besucht sie die Familie in Italien, und zu ihrem Pech herrscht dort gerade ein sibirischer Kälteeinbruch, unter dem Mama fürchterlich leidet.« Er lächelte.

»Das kann ich nachvollziehen.« Sie öffnete ihre Tasche. »Was muss ich zahlen? Akzeptierst du Kreditkarten?«

Roberto nahm ihre rechte Hand und grinste sein schneeweißes Lächeln. »Red keinen Unsinn, Nina, das geht aufs Haus.« Er gab sie nicht frei, sondern streichelte ihren Handrücken mit dem Daumen, während er ihr tief in die Augen blickte. »Wir könnten ja mal zusammen Kaffee trinken gehen.«

»Das wäre eine gute Idee.« Sie lächelte ihn mit jenem Lächeln an, mit dem sie Männer freundlich auf Abstand hielt, und befreite sich sanft aus seinem Griff. »Vielleicht wenn ich aus Zululand zurück bin. Im Augenblick habe ich wirklich überhaupt keine Zeit.«

»Schade«, raunte der junge Arzt. »Ruf mich dann einfach an.« Er verabschiedete sich mit einem schnellen Handkuss und schloss die Praxistür.

Lisa zog Nina die Treppe hinunter. »Sei bloß vorsichtig. Roberto sieht sich als Latin Lover und ist ein rücksichtsloser Frauenjäger. Je abweisender, umso besser, das scheint seinen Jagdinstinkt anzustacheln. Wie ein Hai, der Blut gerochen hat.«

»Keine Angst, gegen solche Typen bin ich immun.« Nina prüfte kurz den Sitz der elastischen Bandage. »Wo ist eigentlich dein Sohn? Ryan?«

»Meine Mutter passt heute auf ihn auf. Sie genießt es, ihr einziges Enkelkind mal allein zu haben … Seit dem Tod meines Vaters ist sie oft einsam.«

Nina nickte. »Das kann ich mir denken.«

Lisas Vater, Bill Darling, hatte sich vor einigen Jahren unmittelbar nach einer Herztransplantation vor seiner Frau im Krankenhaus das Leben genommen. Die genauen Umstände hatte sie nie erfahren. Bis heute konnte Lisa nicht darüber sprechen.

»Meine Schwiegermutter kommt übrigens auch zum Lunch«, sagte Lisa. »Sie kennt sich auch heute noch in der Modeszene bestens aus ... Außerdem wollte sie dich gern wiedersehen.«

»Tita«, sagte Nina. »Tita hatte immer eine unfehlbare Nase für die neuesten Trends und einen Kleiderschrank mit den teuersten Klamotten.« Sie kicherte. »Einmal hab ich sie dabei erwischt, wie sie in einem Chanel-Kostüm im Garten gebuddelt hat ...«

Lisa verdrehte die Augen und seufzte. »Das ist Tita in Kurzbeschreibung. Vielleicht kann sie sich an diese Yasmin erinnern. Wo steht dein Auto?«

»Auf dem Parkplatz neben der Apotheke.«

»Okay, das ist mein Auto.« Lisa zeigte auf einen geräumigen, silberfarbenen SUV. »Ich fahre schon vor, wir treffen uns dann vor dem Hotel.«

Ein paar Minuten später passierte Nina das hohe, weiße Eingangstor des Hotels Oyster Box. Sie ließ das Fenster herunter, informierte den Wachmann, dass sie zum Essen verabredet sei, und wartete, bis er die Schranke für sie öffnete.

»Good day, Madam«, begrüßte sie der Parkplatzwächter, ein Zulu mit Tropenhelm und in kolonial anmutendem Tropenanzug, und wies sie in einen Parkplatz ein.

Als sie ausstieg, winkte ihr Lisa vom Hoteleingang aus zu, während sie hingebungsvoll einer dicken, gelben Katze, die es sich in einem großen Blumenkübel bequem gemacht hatte, das Kinn kraulte. »Das ist Lulu«, stellte sie Nina den vernehmlich schnurrenden Pelzkloß vor. »Sie versteht sich anscheinend als Wachkatze. Wenn sie jemanden nicht mag, faucht sie.«

Nina streichelte Lulu über das weiche Fell. Die Katze schnurrte lauter. »Anscheinend droht mir von ihr keine Gefahr.« Sie lächelte. »Wo hast du Butch gelassen?«

»Im Auto. Es steht dort hinten unter dem Flamboyant-Baum.«

Nina sah hinüber. Die smaragdgrünen, filigranen Wedel des Flamboyants waren mit leuchtend roten Blütenkrönchen übersät. Vor ihrem geistigen Auge tauchte der Flamboyant auf, den sie als Kind aus einem Samen gezogen und in Mamas Garten ausgepflanzt hatte. Heute müsste er ein stattlicher Baum sein. Sie nahm sich vor, bei dem Haus vorbeizufahren, um herauszufinden, ob er immer noch als lebender Sonnenschirm vor der Terrasse stand.

Lisa ließ von Lulu ab, bürstete die Katzenhaare von ihrem weißen Top und strebte zum Eingang. »Komm, ich sterbe vor Hunger.«

Ein Inder in weißer, hochgeschlossener Livree begrüßte sie beide mit einer würdevollen Verbeugung und riss die Tür auf. Zusammen betraten sie die kühle Eingangshalle. Ihre Absätze klickten im Gleichschritt auf den schwarz-weißen Fliesen.

Nina blieb überrascht stehen. »Na, hier hat sich aber einiges geändert.« Sie drehte sich schnell um die eigene Achse. Übermannshohe Spiegel funkelten, kostbare Teppiche, zierliche Möbel wirbelten vor ihren Augen im Kreis, und mittendrin ihr eigenes Abbild. »Ich kenne das Hotel noch in Burgunderrot und hässlichem Grün, und ich hatte immer den Verdacht, dass hier irgendwo hinter einer Zeitung ein längst mumifizierter Gast sitzen könnte.«

Lisa lachte laut und spähte neugierig in eine der dunklen Ecken. »Aufgefallen wäre das wohl niemandem.«

Nina folgte ihrer Freundin ins Innere des alten Kolonialgebäudes. Der ehemals verwahrloste, unattraktive Innenhof war überdacht und mit einem weißen Geländer eingefasst worden, ein paar Stufen führten hinunter zum Kuchenbüfett, Bambuspalmen in Kübeln wuchsen über zwei Etagen hoch, darüber rotierten mit afrikanischer Trägheit große Ventilatoren. Ihre breiten Bambusflügel glichen denen tropischer Schmetterlinge.

»Erstaunlich«, murmelte sie beeindruckt.

Ein Kellner nahm sie am Eingang zur Ocean Terrace in Empfang und führte sie zu ihrem Tisch, der direkt an der Balustrade stand und einen sensationellen Blick über das Meer und die Küste bot. Es war ablaufendes Wasser, die Brandung schäumte um das Riff, das wie eine Herde buckliger, seepockenbesetzter Fabeltiere aus dem Meer auftauchte. Auf dem höchsten Felsen trocknete ein Kormoran seine Flügel im Wind. Bevor sie es verhindern konnte, schossen Nina die Tränen in die Augen. Sie biss die Zähne zusammen, konnte aber ein kurzes Aufschluchzen nicht unterdrücken.

Lisa drehte sich zu ihr um. »Was ist?«

»Ach, gar nichts«, antwortete Nina mit einer wegwerfenden Handbewegung. »Ich hab nur was im Auge ...«

Demonstrativ rieb sie sich einen Augenwinkel und sah sich dann um. Hell gemusterte Fliesen, weiß eingedeckte Tische, rote Sonnenschirme. »Edel«, bemerkte sie abwesend und setzte sich auf den weißen Metallstuhl mit den rot-weiß gestreiften Kissen, den ihr der Kellner zurechtzog.

Vom Meer strich feuchtwarme, salzige Luft hoch. Langsam ließ sie ihren tränenumflorten Blick über den Swimmingpool des Hotels wandern, den weiß-roten Leuchtturm, der direkt vor dem Hotel stand und seit den frühen Fünfzigerjahren die Seeleute vor den tückischsten Riffs der Natalküste warnte, in die unermessliche Weite des Indischen Ozeans. Gischtschleier glitzerten über schäumenden Brechern, die Lichtreflexe der Mittagssonne verschwammen im hitzeflimmernden Dunst zu funkelnden Diamanten. Es gab keine Grenzen, nur unendliche Freiheit, und weit draußen, jenseits der Blauwassergrenze, schoss ein schwarz glänzender Koloss aus den Wellen, blieb für Sekundenbruchteile als metallisch schimmernde Skulptur vor der blauen Unendlichkeit stehen, ehe er in einer hoch aufspritzenden Wasserfontäne wieder ins Meer zurückfiel.

»Ein Wal«, wisperte Nina und vergrub aufgewühlt ihr Gesicht in den Händen.

»Himmel, was ist los?«, sagte Lisa und legte ihr besorgt eine Hand auf die Schulter. »Tut dir etwas weh? Ist es dein Handgelenk?«

»Nur mein Herz«, murmelte sie. »Und ich dachte, dass ich nach über vierzehn Jahren immun gegen das alles hier wäre ...« Ihre Hand flatterte über das Panorama. »Aber es haut mich um.« Sie putzte sich energisch die Nase. »Damit habe ich am allerwenigsten gerechnet.«

»Dagegen hilft eine große Pizza und hinterher etwas sündhaft Süßes«, verkündete ihre Freundin fröhlich und winkte den Kellner heran.

»Eine Pizza Quattro Stagioni und einen Rotwein«, sagte Lisa zu dem Kellner und wandte sich dann an Nina. »Nimmst du auch eine?«

Nina wischte sich das Gesicht trocken. »Pizza bekomme ich in Hamburg auch, sozusagen als Grundnahrungsmittel«, sagte sie, während sie die Speisekarte überflog.

Der indische Kellner, angetan mit langer, gestreifter Schürze, beugte sich vor und zeigte auf die Karte. »Wenn ich empfehlen darf, Madam, die Prawns Peri Peri sind heute besonders gut, und der Chili frisch und scharf. Vielleicht dazu einen knackigen Salat?«

Ihr lief das Wasser im Mund zusammen. »Riesengarnelen mit Peri Peri. Das klingt gut.« Sie lächelte. »Und dazu bitte ein Mineralwasser.«

Ein diskretes Parfüm wehte ihr um die Nase, gleichzeitig ertönte eine attraktiv heisere Frauenstimme hinter ihr. »Nina, wie schön, dich wiederzusehen!«

Sie drehte sich um. Eine sehr gepflegte Frau unbestimmten Alters stand vor ihr. Sonnengelbes Kleid, kurze, kupferfarbene Locken, grün gesprenkelte, braune Augen und ein brillantes Lächeln.

»Tita!«, rief Nina und rechnete blitzschnell nach, dass Tita Robertson Mitte siebzig sein musste. »Meine Güte, in welchen Jungbrunnen bist du denn gefallen?«

Tita küsste sie auf beide Wangen. »Danke für das Kompliment.« Sie lachte entzückt und nahm dann ihre Schwiegertochter in den Arm. »Wie geht's dem Wonneproppen?«, erkundigte sie sich, während sie sich setzte.

»Wird immer mehr zum Proppen«, stöhnte Lisa mit komisch verzweifeltem Ausdruck. »Hat Mick als Kleinkind auch so viel gegessen?«

»O ja«, entgegnete Tita fröhlich. »Aber das wächst sich aus. Ryan wird sicher mal so groß wie sein Vater. Habt ihr schon bestellt?«

»Haben wir«, bestätigte Lisa und winkte den Kellner zu ihnen.

»Den Caesar Salad, bitte«, orderte Tita. »Und einen leichten Weißwein.« Sie breitete die weiße Leinenserviette auf ihrem Schoß aus und wandte sich an Nina. »Lisa hat mir vorhin erzählt, dass du ein Model suchst, das aus Durban beziehungsweise Zululand stammt und vor mehr als zwanzig Jahren in der Haute Couture bekannt war. Also Anfang der Neunzigerjahre. Hab ich das richtig verstanden?«

»Stimmt. Du hattest doch immer eine Verbindung zu der Modeszene, nicht nur in Südafrika ...«

»Meistens als gute Kundin«, bemerkte Tita Robertson ironisch. »Aber lass mich nachdenken ... Damals bin ich öfter nach Paris und London geflogen, um meine Garderobe einzukaufen. Es gab zu der Zeit vergleichsweise wenig dunkelhäutige Models ... Naomi Campbell, natürlich ...« Nach einer Weile schüttelte sie langsam den Kopf. »Es tut mir leid, Nina, aber ich kann mich an keine Yasmin erinnern. Was ist so wichtig an ihr?«

Lisa nahm ein Stück Brot aus dem Korb, den der Kellner auf den Tisch gestellt hatte. »Immerhin ist sie der Grund, dass du nach vierzehn langen Jahren wieder nach Südafrika gekommen bist«, sagte sie und biss ab.

Nina sah hinunter auf ihre Hände und kratzte mit abwesendem Blick an ihrem Zeigefingernagel, wo der Nagellack abzublättern begann. Tita und Lisa beobachteten sie schweigend. Endlich ließ sie ihren Nagel in Ruhe und hob den Kopf. Ihr Blick flog über den Ozean. Das Meer schäumte um die Felsen, Sonnenblitze tanzten auf den Wellen, und eine große Raubmöwe segelte durch ihr Gesichtsfeld.

»Es hat mit meinem Vater zu tun«, begann sie und erzählte, was ihm zugestoßen war und auch die Sache mit dem Model Yasmin und dem Kind, das es vielleicht gab. »Es ist praktisch die einzige Chance für ihn.« Sie wandte sich Lisa zu. »Du kanntest dich doch auch im Modebusiness aus. Klingelt bei dir der Name nicht? Yasmin? Haute-Couture-Model aus Durban?«

Nach einigem Nachdenken schüttelte auch Lisa den Kopf. »Nein, nie gehört. Tut mir leid. Das war mit Sicherheit vor meiner Zeit. Anfang der Neunziger war ich noch ein Kind und habe mich für Mode überhaupt nicht interessiert.« Sie schob sich noch ein Stück Brot in den Mund. »Aber ich kann mal ein bisschen in der Branche herumfragen. Ich habe noch einige Freunde da.« Sie zupfte nachdenklich an einem Ohrläppchen.

»Gut, man weiß ja nie. Ich muss alles versuchen, mein Vater hat nicht mehr viel Zeit. Aber bitte sei diskret.« Wenn Lisa sich auf eine Sache stürzte, war sie in ihrem Tatendrang und Enthusiasmus nur schwer zu bremsen.

»Nina!« Ein empörter, moosgrüner Blick streifte sie. »Wofür hältst du mich?«

Nina hob entschuldigend beide Hände. »Ich glaub, ich bin noch ein bisschen durcheinander ...«

»Was ja auch kein Wunder ist.« Ihre Freundin lehnte sich mit einem neugierigen Glitzern in den Augen vor. »Jetzt erzähl mal. Gibt es sonst irgendetwas, was ich wissen sollte?«

Nina schaute über den Ozean und dachte an Konrad. Dann zuckte sie mit den Schultern. »Eigentlich nicht ...«

»Ach, und der Ring da an deinem Finger? Hast du dir den selbst gekauft?« Sie musterte Nina. »Und trotz der traurigen Sache mit deinem Vater glänzen deine Augen ... Raus mit der Sprache, wie heißt er?«

Nina kapitulierte. »Konrad«, sagte sie leise.

Lisa hob ihre Hand und strich über den Ring. »Der ist bildschön. Was sind das? Smaragde? Merkwürdiger Schliff.«

»Ich weiß es nicht. Konrad meint, der Ring sei vielleicht von den alten Römern, aber sicher ist er sich auch nicht. Außerdem ist mir das nicht wichtig. Sein Ururgroßvater hat ihn beim Fischen aus dem Meer gezogen.«

»Der Nordsee? Wie romantisch für so ein graues Gewässer.«

Nina lachte. »Nein, es war das blaue Mittelmeer vor Lipari. Konrads Familie stammt aus Sizilien.«

»Den solltest du hier aber nicht offen tragen«, sagte Tita. »Denk daran – trag keinen Schmuck, auch keinen Modeschmuck, solange er auch nur entfernt echt aussieht, und keine teuer aussehenden Uhren, möglichst auch keine teuren Taschen.«

Ninas Blick fiel auf den funkelnden Diamanten an Titas linker Hand, der fast bis zum ersten Fingerglied reichte. »Das ist ein Ratschlag, den du offensichtlich nicht beherzigst«, bemerkte sie mit einem Lächeln.

Tita hob ihren Finger in die Sonne. Der Diamant sprühte Funken. »Den Ring hat mir Neil zur goldenen Hochzeit geschenkt. Ich trage ihn immer, egal wohin ich gehe. Und deswegen hat er einen Schnappverschluss. Sieh mal.« Sie drückte auf einen Knopf am Ring, der sich sofort öffnete und ihr vom Finger fiel.

Verblüfft sah Nina zu. »Einen Schnappverschluss? Das verstehe ich nicht. Wozu soll der gut sein?«

»Damit man ihr, wenn sie überfallen wird, nicht gleich den Finger abschneiden muss«, antwortete Lisa für ihre Schwiegermutter. »Ich überlege, ob ich meinen Lieblingsring auch damit ausrüste.« Sie betrachtete ihren funkelnden Ehering.

Nina starrte die beiden perplex an und brauchte ein paar Sekunden, das zu verdauen, was sie da gehört hatte. »Du meinst, du rechnest tatsächlich damit, dass du eines Tages überfallen wirst?«, fragte sie Tita.

Tita legte den Ring an, drückte ihn zusammen, und der Verschluss rastete mit einem leisen Klick wieder ein. »Auszuschließen ist das nicht. Es ist tatsächlich ziemlich wahrscheinlich. Unsere

Familie ist zu bekannt, und fast jeder weiß, dass Julius Kappenhofer mein Vater war und vor allen Dingen wer Julius Kappenhofer war.«

Was er war, ergänzte Nina für sich. Stinkreich. Einer der reichsten Männer Südafrikas. Schon im neunzehnten Jahrhundert gehörten die Kappenhofers der hauchdünnen Oberschicht der kolonialen Gesellschaft an, jenem exklusiven Kreis der Reichsten der Reichen.

»Ich kann mich nicht verstecken«, sagte Tita und knabberte an einem Salatblatt. »Will ich auch nicht! Ich werde mir meinen Lebensstil nicht durch irgendwelche Gangster diktieren lassen.«

Das waren klare, harte Worte, und aus Titas Augen blitzte der Pioniergeist ihres Vorfahren, der sich Afrika untertan gemacht hatte.

»Verständlich«, murmelte Nina. Sie zog unauffällig Konrads Ring vom Finger, wickelte ihn in einem Stück Papierserviette ein und steckte ihn in ihre Geldbörse. »Aber ihr Südafrikaner seid schon hart im Nehmen.«

»Wir sind Afrikaner«, korrigierte Lisa sie sanft. »Hier geboren und aufgewachsen. Wie du ja auch. Und du scheinst aus demselben Holz geschnitzt zu sein, sonst wärst du nämlich nicht hier. Nicht mit deiner Vergangenheit.« Dann lehnte sie sich neugierig vor. »Wann werden wir Konrad kennenlernen?«

»Das weiß ich noch nicht. Er ist noch in Indien.« Mit abwesender Miene schaute sie einem schwarz-weiß gefiederten Eisvogel zu, der sich immer wieder von den Klippen in die Felsenteiche stürzte, um Beute zu machen, bis er endlich mit einem silberblitzenden Fisch im Schnabel wieder auftauchte. »Aber nun möchte ich deine Neuigkeiten hören«, wich sie aus. Konrad und sie, das war noch zu frisch, als dass sie darüber reden wollte. »Hast du Fotos von Ryan dabei?«

Lisa zog sofort ein Foto vom jüngsten Robertsonspross aus der Tasche und reichte es Nina. Moosgrün gesprenkelte Augen lachten sie aus einem lausbübischen Babygesicht an.

»Der ist ja zum Fressen süß!«, rief sie. »Die Augen, genau die Farbe von deinen ...«

Lisa warf ihr hellblondes Haar aus dem Gesicht und lachte ein mütterlich geschmeicheltes Lachen. »Und Micks eigensinniges Kinn, und glaub mir, das trifft nicht nur aufs Äußerliche zu.«

»Na, so pflegeleicht bist du ja auch nicht«, bemerkte ihre Schwiegermutter und spießte ein Salatblatt auf.

»Ich tu mein Bestes.« Lisa grinste. »Übrigens werden wir uns wohl in drei Tagen wiedersehen. Jill gibt eine Riesenparty für Gäste, Freunde und Ranger. Mick kommt auch. Eine richtige Party, nicht das übliche Grillfest in einer Boma, die zum Programm jeder Lodge gehört. Aufbrezeln ist angesagt. Wir haben ein Zimmer auf Inqaba gebucht, und den Wonneproppen packen wir während der Party bei Jill ins Bett. Eine ihrer Angestellten wird auf alle Kleinen aufpassen. So haben es unsere Eltern früher auch gemacht, als wir klein waren.«

»Daran kann ich mich gut erinnern«, sagte Nina. »Man hat uns wie die Sardinen Kopf an Fuß in den Ehebetten der Gastgeber abgelegt ...«

»Und ihr habt euch die wildesten Kissenschlachten geliefert«, sagte Tita. »Unser Schlafzimmer hat hinterher immer wie ein, tja, wie ein Schlachtfeld ausgesehen.«

»Es war eine lustige Zeit ...«, setzte Nina träumerisch hinzu.

»Na ja«, gluckste Lisa vergnügt. »Manche Käsefüße waren sehr geruchsintensiv. Und die Jungs waren schon ganz schön ruppig!« Sie schob sich ein Stück Pizza in den Mund. »Die ist gut«, murmelte sie mit vollem Mund. »Aber einfach zu viel.« Sie winkte den Kellner heran. »Bitte packen Sie den Rest ein, den nehme ich mit.«

Während der Kellner abräumte, ließ Nina ihren Blick über den Strand streichen. Ein halbes Dutzend Kinder tobte in den auslaufenden Wellen vor dem Hotel, ihre Entzückensschreie mischten sich mit denen der Möwen, die Brandung brach sich donnernd auf den Felsen, die Gischt glitzerte in den Sonnenstrahlen, es roch nach Meer und dem Duft frisch gebackener Pizzas.

Plötzlich überwältigte es sie. Sie griff sich an die Kehle, als hätte sie da jemand gepackt. Alles, was sie wollte, war, so schnell wie möglich den Auftrag für ihren Vater erledigen, das Kind finden und dann wieder nach Hamburg fliegen. Am liebsten mit Konrad. Und nie wieder nach Afrika zurückkehren. Es wühlte sie zu sehr auf. Demonstrativ sah sie auf die Uhr.

»Oje, ich muss jetzt schleunigst in die Gänge kommen, sonst schaffe ich es nicht mehr vor Einbruch der Dunkelheit nach Inqaba«, sagte sie.

»Schade, ich wollte dich gerade überreden, heute doch bei uns zu übernachten«, sagte Lisa und blinzelte sie an. »Keine Chance?«

Nina schüttelte bedauernd den Kopf. »Glaub mir, ich hätte große Lust dazu, aber meinem Vater läuft die Zeit weg. Wir sehen uns ja auf der Party auf Inqaba wieder, die du erwähnt hast.«

»Wenn du mit deinem Vater telefonierst, grüß ihn bitte sehr herzlich von mir«, sagte Tita. »Ich werde Neil fragen, ob er sich an eine Yasmin erinnert. Er hat mich oft zu den Anproben begleitet.«

»Arbeitet er immer noch als Journalist und in der Politik?«, fragte Nina. Sie hatte Neil Robertson immer sehr gemocht. Auf den ersten Blick wirkte er farblos und unscheinbar wie ein Sandkorn am Strand, sprach er aber über die Liebe zu seinem Land, kämpfte er für die Gerechtigkeit zwischen den Rassen, dann funkelte er hell und klar wie ein Diamant.

Tita verdrehte die Augen und schmunzelte. »Das werde ich ihm nie abgewöhnen können. Das Wort Ruhestand kann er nicht mal buchstabieren.« Sie zog die Brauen zusammen. »Zu schade, dass dir der Nachname dieser Yasmin nicht bekannt ist.«

Nina durchwühlte ihre Tasche, bis sie den Autoschlüssel fand. »Langsam glaube ich, dass die Frau gar nicht existiert«, murmelte sie.

»Dein Vater wird sie sich sicherlich nicht eingebildet haben«, sagte Tita. »Wie ich ihn kenne, neigt er nicht zu Fantastereien. Er stand immer mit beiden Beinen fest auf dem Boden der Tatsachen.«

»Natürlich, du hast recht«, stimmte ihr Nina zu und stand auf. »Aber wenn es sie gibt, hat sie ihre Spuren gut verwischt.«

Tita hob ihre Schultern. »Jill kennt fast jeden in Zululand. Wenn dir jemand weiterhelfen kann, dann sie.« Sie erhob sich und zog Nina herzlich an sich. »Es war sehr schön, dich wiederzusehen. Neil und ich werden nicht auf der Party von Jill sein. Neil hat eine böse Erkältung, und in seinem Alter muss man da vorsichtig sein.« Sie grinste spitzbübisch. »Und er leidet auch immer furchtbar, wenn er erkältet ist. Vielleicht schaffst du es ja vor der Abreise, uns kurz zu besuchen.«

Nina stopfte ihre herausgerutschte Bluse in die Jeans zurück. »Wenn ich noch Zeit habe, komme ich gern. Ich melde mich rechtzeitig.« Sie legte ihre Arme um Lisa. »Gib deinem wonnigen Proppen einen dicken Kuss von mir. Wir sehen uns dann auf der Party.«

Lisa küsste sie herzhaft auf beide Wangen. »Ruf mich auf jeden Fall an, wenn du angekommen bist, und bestell Jill und Nils viele Grüße von mir.«

7

Auf dem Highway herrschte lebhafter Verkehr. Nina schaltete ihre Gedanken ab und konzentrierte sich aufs Fahren. Das Wetter schien sich gerade zu ändern. Die Sonne wurde zusehends von einem giftig gelben Schleier verschluckt, und hinter den fernen Hügeln krochen violettschwarze Wolken über den Horizont.

Kurz nachdem sie den Tugela überquert hatte, brach ein heftiger Gewittersturm über sie herein. Die Welt wurde grau, die Autos waren nur noch Schemen hinter dem Regenvorhang, schlammige Fluten strudelten die Straße hinunter und zwangen sie, im Schritttempo dahinzukriechen, was aber nicht alle Verkehrsteilnehmer als notwendig ansahen. Meterhohe Fontänen hinter sich herziehend, rasten sie hupend an Nina vorbei und überschütteten ihr Auto mit Schwallen schmutzigen Wassers, sodass sie sekundenlang blind fahren musste und ständig ins Schlingern geriet.

Die Gegend hier hatte sich sehr verändert. Es gab Straßen, die sie nicht kannte, und Siedlungen, wo sich vorher endlose Zuckerrohrfelder erstreckt hatten. Ohne Navi würde sie sich hier kaum noch zurechtfinden können. Schließlich war sie vor vierzehn Jahren zum letzten Mal in der Gegend gewesen.

Ohne Vorwarnung wurde sie von einem Schweißausbruch durchnässt. Vor vierzehn Jahren. Das letzte Mal! Ihre Halsmuskeln verknoteten sich. Blindlings tastete sie nach dem Einschaltknopf des Radios, drückte drauf und drehte die Lautstärke so hoch, dass die Musik durch ihren Körper vibrierte. Das half etwas, aber im Hintergrund ihrer Gedanken lauerte etwas Dunkles, etwas Böses, etwas, was ihr mehr Angst einflößte als eine wütende

Mamba. Vor der Schlange konnte sie davonlaufen, vor ihrer Angst nicht.

Sie umklammerte das Lenkrad. Anspannen. Loslassen. Anspannen. Loslassen. Immer wieder, bis der Ansturm endlich nachließ.

Es schüttete immer noch wie aus Kübeln. Sie lenkte den Wagen an den äußersten linken Rand der Straße, um zu verhindern, dass irgendwelche Wahnsinnigen sie links überholten.

Als die Sonne sich endlich wieder hervorkämpfte, war es bereits späterer Nachmittag, und das Licht zeigte schon den goldenen Schimmer des herannahenden Abends. Sie erwog, Jill anzurufen und sich zu erkundigen, ob es auf dem Weg zum Wildreservat eine Übernachtungsmöglichkeit gebe. Sie verwarf den Gedanken gleich wieder. So oder so musste sie heute Inqaba erreichen, und wenn sie dort in pechschwarzer Nacht ankommen sollte.

Sie passte ihre Geschwindigkeit dem Verkehr an und ließ sich mittreiben.

Jill schwieg verbissen. Sie spürte, dass Nils sie unter der heruntergezogenen Krempe seines Buschhuts ansah, aber sie wich seinem Blick aus und starrte konzentriert nach vorn. Sie war immer noch zu zornig auf ihn. Zorn, der zu gleichen Teilen mit ihrer ewigen Angst vermischt war, ihn zu verlieren.

»Honey«, begann er ruhig. »Vielleicht ist dir das nicht klar, aber ich schwitze Blut und Wasser, wenn ich mitbekomme, welche Risiken du bei deinen Kontrollfahrten durch Inqaba eingehst. Denk nur an den Tag, wo dich der Nashornbulle auf einen Baum gejagt und es fast fertiggebracht hat, dich wie einen reifen Apfel herunterzuschütteln. Er hätte dich aufspießen oder zu Brei zertrampeln können.«

»Das ist drei Jahre her, und ich habe daraus gelernt«, erwiderte sie mit einer heftigen Handbewegung.

»Und wie war das mit Lilla, der Löwin?«

Sie antwortete darauf nicht gleich. Im vorigen Jahr war Lilla, die

Stammmutter ihres Löwenrudels, von einem wütenden Elefanten angegriffen und tödlich verletzt worden. Die Raubkatze war nicht sofort gestorben. Sie hatte sich in einen Dornbusch zurückgezogen und ihre furchtbaren Wunden geleckt.

Wie so häufig, war Jill allein auf Kontrollfahrt gewesen. Als sie Lilla entdeckte, hatte sie versucht, das Tier zum Verlassen des Verstecks zu bewegen, damit Patrick Farrington eine Chance bekam, sie zu behandeln. Dazu war sie gefährlich nahe an die Löwin herangekrochen.

Urplötzlich hatte Lilla sich aufgebäumt und sie angegriffen. Es hatten nur Zentimeter gefehlt, und die Löwin hätte sie mit ihren Pranken erwischt. Im Gesicht. Noch jetzt meinte sie den stinkenden Atemstoß der Raubkatze zu riechen. Den Vorfall würde sie ihr Lebtag nicht vergessen, und bis heute konnte sie nicht verstehen, wie sie so leichtsinnig hatte sein können.

Nils streckte seine Hand aus und nahm ihre. »Glück ist fragil«, flüsterte er. »Man muss es beschützen.«

»Das gilt auch für dich«, sagte sie schließlich, immer noch etwas kratzig, aber sie zog ihre Hand nicht zurück. »Aber du brauchst keine Angst um mich zu haben. Das mit Lilla war mir eine Lehre.«

Nils behielt ihre Hand in seiner. »Hm«, sagte er und schaute einem Schwarm winziger Finken nach, die laut zwitschernd zwischen den apfelroten Früchten einer Wilden Pflaume landeten. »Und mach du dir keine Sorgen um die Bungalows. Wir werden sie schon loskriegen.«

Überrascht warf sie ihm einen Blick zu. »Woher weißt du, dass ich gerade daran gedacht habe?«

Er lachte leise. »Wie viele Jahre sind wir schon verheiratet? Langsam sollte ich doch wissen, wie du tickst, oder?«

Seine Worte trieben ihr Tränen in die Augen. Energisch wischte sie mit dem Handrücken darüber. Emotionen störten nur beim täglichen Geschäft.

»Wie kannst du dir so sicher sein, dass wir sie loswerden?«, sagte sie. »Vier von den zehn sind noch nicht verkauft. Drei sind mit unsicheren Interessenten belegt, die erst mal nur Probe wohnen wollen ...«

»Ach, das haben bisher alle gemacht, die dann letztlich gekauft haben«, fiel ihr Nils ins Wort. »Und den vierten nimmt doch dieser nette Franzose.«

»Das ist es ja gerade. Der will verzichten, weil seine Frau schwer erkrankt ist. Sie hatten keine andere Wahl, als sofort nach Paris abzureisen ...«

»Schade, das war ein angenehmes Ehepaar. Aber den Bungalow werden wir auch so los. Er hat eine sehr schöne Größe, nicht zu klein, nicht zu groß, grad richtig für ein Paar.«

Jill drosselte die Geschwindigkeit etwas, als sie eine Zebraherde am Pistenrand erspähte. »Das ist schon richtig«, räumte sie ein. »Aber stell dir vor, die Clans brechen den nächsten Stammeskampf vom Zaun, oder Wilderer liefern sich wie letztes Jahr eine Schießerei mit unseren Rangern. Da haben mehrere Gäste fluchtartig ihre Lodge verlassen ...«

»Das war Pech«, sagte er. »Aber deswegen haben wir ja vorgesorgt und zusätzliche Männer für die Patrouille eingestellt. Piet Pretorius hat als Expolizist die richtige Erfahrung. Das wird also nicht wieder passieren.«

»Wir können das nicht ausschließen ...«, murmelte sie.

»Genauso wenig wie einen Meteoriteneinschlag auf Inqaba ...«

»Nils Rogge, das ist ein Totschlagargument!« Sie boxte ihn in die Seite, worauf der Wagen kurz ins Schlingern geriet. »Es kann immer alles passieren, was eigentlich unmöglich ist ...«

Nils war ein unverbesserlicher Optimist, der sich fröhlich weigerte, alle Eventualitäten in seine Überlegung einzubeziehen. Meistens segelte er von Zweifeln unbehelligt durchs Leben, während sie von ihren Sorgen zerfressen wurde.

Wieder umklammerte sie das Lenkrad, bis ihre Knöchel weiß hervorstanden.

Nils beugte sich vor, löste ihre linke Hand vom Steuer und küsste ihre Fingerspitzen. »Man kann sich nie gegen alles wappnen.«

Stumm beobachtete sie die Warzenschweinfamilie, drei Winzlinge und die Eltern, die friedlich auf einer nahen Lichtung ästen. Unvermittelt reckte sich der Eber hoch, hob die Nase und stellte die Ohren auf. Er starrte ins Dickicht, das nur wenige Meter von seiner Familie entfernt war. Er gab einen dumpfen Grunzlaut von sich, worauf das Rudel, Schwänze steil in die Luft gestreckt, panisch quiekend vor Jills Wagen über den Weg rannte.

Sie wandte den Kopf und suchte den Busch ab, um herauszubekommen, was die Warzenschweine aufgescheucht hatte. Sonnenflecken tanzten, Blätter flirrten, Licht und Schatten malten ein verwirrendes Muster. Jill sah genauer hin. Etwas bewegte sich dort im Gestrüpp. Auf der anderen Seite des Wegs schwang der Warzenschweineber herum, baute sich breitbeinig auf und streckte den Kopf mit den beeindruckend großen Hauern aggressiv vor.

»Da ist was im Busch«, flüsterte sie Nils zu. »Könnte ein Leopard sein. Sieh dir den Warzenschweinpapa an ...«

Wie ein goldgefleckter Blitz schoss auf einmal ein Leopard zwischen den Blättern hervor und überquerte den Weg mit zwei gewaltigen Sätzen. Der Eber warf sich herum und galoppierte davon. Die Raubkatze fegte krachend durchs Gestrüpp hinterher.

»Das ist ein junges Weibchen«, raunte Jill.

»Scheint ziemlich ausgehungert zu sein«, flüsterte Nils zurück.

Ein tiefes, aggressives Knurren zerhackte die Stille, Sekunden darauf schrilles Quieken, und dann war die Hölle los. Geschrei, Gejaule, ein grausiges Gelächter erfüllte die Luft, das selbst Jill die feinen Härchen auf den Armen zu Berge stehen ließ. Dazwischen war immer wieder das wütende Knurren der Raubkatze zu hören.

»Hyänen«, sagte sie. »Sie streiten sich mit der Leopardin um die Beute.«

Nils schüttelte sich. »Ich hasse Hyänen. Sie stinken bestialisch ... nach Verwesung und Tod.«

»Sie sind die Müllabfuhr im Busch, die Gesundheitspolizei. Ohne sie würde es im Busch wirklich stinken.«

»Ich weiß. Trotzdem stinken die hässlichen Viecher. Und ihr Lachen lässt einem das Blut in den Adern gefrieren.«

Ein irrwitziges Geschrei steigerte die Geräuschkulisse zu einer markerschütternden Kakofonie.

»Schakale«, wisperte Jill. Sie wollte sich lieber nicht vorstellen, was sich jetzt im Busch abspielte. Im Rückspiegel entdeckte sie eines der Warzenschweinjungen. Es flitzte im Zickzack über den Weg und verschwand auf der anderen Seite im Dornbusch.

»Zwei der Jungen hat's offenbar erwischt«, sagte sie traurig. »Ich hoffe nur, dass die Eltern überlebt haben, sonst ist das Kleine verloren.«

Sie fuhren weiter. Ein paar Kilometer lang schwiegen sie, weil Jill sich auf den steilen Weg konzentrieren musste, der zu ihrem Verdruss in einem ziemlich schlechten Zustand war. Die am Ende des Winters heruntergegangenen Sturzregen hatten die festgefahrene Oberfläche aufgeweicht, den Sand weggeschwemmt und Geröll freigelegt. In der anschließenden Trockenperiode hatten sich die Steine gelockert und in klaffenden Furchen gesammelt. Überall lagen Äste und abgerissene Zweige herum und machten den Pfad zusätzlich unwegsam.

»Sieh dir das an«, murmelte sie. »Jetzt weiß ich, wieso so viele unserer Safariwagen ständig aufgeschlitzte Reifen haben ...« Plötzlich geriet ihr Auto ins Rutschen. »Verdammt!«, knirschte sie. »Hier sind die Elefanten auf Fresstour gewesen. Kein anderes Tier verstreut so viel Gestrüpp.« Sie hielt an und sah sich genauer um. »Ich hatte gehofft, dass der Zustand der Piste nicht ganz so schlimm ist, aber die ist ja kaum befahrbar. Philani muss sich das ansehen und veranlassen, dass das in Ordnung gebracht wird.« Sie schlug mit einer Hand aufs Lenkrad. »Himmel, das wird wieder teuer!«

»So ist das nun mal in Afrika im Busch«, bemerkte Nils trocken. Sein Verhältnis zu Geld war deutlich lockerer als das von Jill, die nie die schwierigen Jahre des Aufbaus ihrer Lodge vergessen konnte.

»Trotzdem«, murmelte sie.

»Haben wir eigentlich genug Getränke für die Party?«, fragte Nils unvermittelt.

Jill bedachte ihn mit einem spöttischen Blick. »Fragst du das etwa im Ernst? Nicht genügend Getränke auf Inqaba? Das grenzt an Rufmord!« Sie grinste. »Bisher hat es noch keiner geschafft, uns trocken zu trinken.«

»Okay, sorry!« Nils hob lachend beide Hände.

Eine Pavianfamilie, die ihnen am Wegrand entgegenkam, starrte ihn böse an.

»Pst, leise«, sagte Jill. »Du erschreckst die Herren des Buschs.« Sie schaltete in den ersten Gang.

Der Pavianpascha baute sich in der Mitte des Buschpfads auf, bleckte sein furchterregendes Gebiss und leckte sich anschließend zwischen den Hinterbeinen, ohne die beiden Menschen aus den Augen zu lassen.

»Okay, kapiert.« Nils grinste und legte mit militärischem Gruß zwei Finger an die Hutkrempe. »Du bist hier der Boss! Ist das Brutus?«

»Ja, Brutus und seine Familie«, sagte Jill. »Mit dem ist wirklich nicht zu spaßen.« Sie lenkte den Wagen im Schneckentempo an den Affen vorbei, begleitet von dem empörten Geschrei des Pavianpaschas. »Brutus ist ein waschechter Hooligan. Der geht jeden an, den er nicht riechen kann.«

»Morgen muss ich übrigens in Saint Lucia was erledigen«, sagte Nils. »Soll ich vom Markt noch etwas für die Party besorgen?«

»O ja, ich hab schon eine endlos lange Liste.« Sie sah auf die Uhr. »Zeit umzudrehen. Ich will im Haus sein, wenn Nina ankommt.« Sie schlug das Lenkrad ein, um in einen Nebenpfad zu biegen. »Wir fahren an den Nashornsuhlen vorbei.«

Im selben Moment leuchtete in etwa hundert Meter Entfernung

das Bremslicht eines Autos rot durchs Blättergewirr, verlosch aber sofort wieder. Jill bremste und spähte erstaunt hinüber.

»Hast du das auch gesehen?« Sie schaltete einen Gang herunter. »Wer das wohl ist? Die Morgensafari ist doch längst unterwegs. Außer der Patrouille hat niemand hier jetzt etwas zu suchen.«

Langsam fuhr sie geradeaus weiter und hielt den Blick dabei fest auf die Stelle geheftet, an der sie das Rücklicht bemerkt hatte. Aber nun war sie sich nicht mehr sicher, wo genau sie das Licht gesehen hatte.

»Offenbar habe ich mich geirrt«, sagte sie schließlich und machte sich daran zu wenden.

»Hast du nicht«, sagte Nils und hob eine Hand. »Hörst du das?«

Jill ließ ihr Fenster herunter und lauschte mit schief gelegtem Kopf. Ein pulsierender, harter Beat hämmerte durch den Busch, so laut, dass sie im ersten Moment glaubte, das Wummern von Hubschrauberrotoren zu hören.

»Wer ist denn das? Ist der verrückt?« Sie manövrierte den Landrover so durchs Gestrüpp, dass sie schließlich hinter dem unbekannten Auto, einem großen, verschmutzten Geländewagen, zum Stehen kam.

»Es ist Willem!«, fauchte sie wütend. »Ich erkenne das an dem dämlichen Aufkleber am Heck.« Sie setzte ihr Auto direkt neben seines.

Willem van Niekerk, ein kahl rasierter Bure, groß, dünn, knochig, aber sehr kräftig, mit verspiegelter, grün schimmernder Sonnenbrille auf der Nase, drehte sich im offenen Fenster um.

»Jill! Nils! Hoe gaan dit?« Er schlug mit seiner riesigen Pranke zur Begrüßung einen Trommelwirbel auf die Autotür.

Ein Schwarm winziger Vögel flog erschrocken hoch, drehte einen weiten Halbkreis und tauchte aufgeregt zwitschernd in einem Busch unter.

»Gut, danke«, brüllte Jill, um den Krach zu übertönen. »Stell dein Radio aus. Die Tiere brauchen Ruhe, das sollte dir als Ranger klar sein!« Sie wartete, bis er ihrer Aufforderung nachgekommen war. »Was machst du heute hier? Du hast doch gar keine Tour.«

Willem grinste fröhlich. »Vielleicht verzeihst du mir, wenn ich dir erzähle, dass ich eine verlassene Feuerstelle gefunden habe – in der Nähe der großen Felswand. Ich habe das Philani bereits gemeldet. Die Kerle, die da ihr Fleisch gegrillt haben, können noch nicht so weit sein. Die Asche glühte noch. Bin ich nicht gut, Gnädigste?« Sein Grinsen wurde breiter.

Jill zügelte ihre Wut. Es war ihr klar, dass Willem sie provozieren wollte. Sie wollte nur wissen, ob er tatsächlich eine verlassene Feuerstelle von Wilderern gefunden hatte oder ob er sich nur wichtigmachen wollte, wie das so seine Art war.

»Hast du bemerkt, ob irgendwo der Außenzaun zerstört ist?«

Willem antwortete nicht gleich. Er nahm die Sonnenbrille herunter, wischte sich den Schweiß mit einem karierten Taschentuch vom Gesicht und putzte die Gläser sorgfältig, während er sie unverwandt ansah. In seinen jettschwarzen Augen funkelte pure Schadenfreude.

»Das nicht«, sagte er grinsend und prüfte umständlich, ob die Gläser sauber waren. »Aber ich habe Leopardenspuren entdeckt, und zwar ganz in der Nähe der neuen Bungalows. Die, die noch verkauft werden sollen.« Er sah sie lauernd an.

Jill bereitete dieser Blick deutliches Unbehagen. Sie war sich sicher, dass Willem etwas im Schilde führte. »Leopardenspuren? Mehrzahl?«

»Mehrzahl«, bestätigte Willem mit genüsslicher Selbstzufriedenheit. »Ich bin der Beste, das weißt du. Ich seh Dinge, die deine anderen Ranger nicht mal bemerken, wenn sie direkt vor ihrer Nase passieren.« Er stieß ein heiseres, seltsam hohes Lachen aus.

»Merkwürdig«, sagte sie kühl. »Da ist seit Ewigkeiten keiner mehr gesichtet worden. Aber ich werde jemanden abstellen, der das genau beobachtet.« Sie legte den ersten Gang ein. »Und jetzt verlass bitte das Gelände. Totsiens!«

Ohne ein weiteres Wort an den Hilfsranger wendete sie.

»Leoparden habe ich in der Nähe der Lodge sehr lange nicht mehr gesehen«, sagte sie zu Nils, als sie außer Hörweite waren. »Du etwa?«

Nils schüttelte den Kopf. »Nicht einen Schwanz.«

»Manchmal denke ich, Willem sollte sich lieber darauf konzentrieren, unseren Kindern Mathematik beizubringen«, schnaubte sie. »Im Busch trampelt er herum wie der sprichwörtliche Elefant im Porzellanladen. Er hat kein Gespür für andere Lebewesen, was für den Beruf als Ranger schließlich eine Voraussetzung ist, auch wenn er sich einbildet, der Größte und Beste zu sein. Außerdem ist er in jeder Beziehung grobmotorisch veranlagt.«

Sie drehte den Rückspiegel zurecht, um sich zu vergewissern, dass Willem gewendet hatte und in Richtung Ausgang fuhr.

»Ich hasse Angeber«, murmelte sie. »Ist dir aufgefallen, wie dreckig, zerbeult und verrostet der Geländewagen wirkt, obwohl er ein teures Modell ist? Der Mann täuscht seiner Umwelt was vor, glaube ich. Es gibt ja nicht wenige reiche Südafrikaner, die ihre Autos oberflächlich verunstalten, um mit ihren teuren Karossen nicht aufzufallen.«

Nils drehte sich um und sah dem Geländewagen nach. »Du hast recht. Und er trägt immer eine dicke Rolex. Die habe ich für eine Fälschung gehalten, aber jetzt ...«

»Und was sagt uns das?«

»Dass er irgendwoher ziemlich viel Geld hat.«

»Genau. Ob er im Lotto oder beim Pferderennen gewonnen hat?«

»Das hätten wir gehört«, sagte Nils. »So etwas sickert durch.«

»Dann frage ich mich allerdings, warum er bei uns als Hilfsranger arbeitet. Der Job bringt wirklich nicht viel ein. Vielleicht irren wir uns ja auch. Seine Kleidung ist ziemlich rustikal.«

»Burenfarmer eben. Die laufen so herum, auch wenn sie in Geld schwimmen.«

Jill schlug auf das Lenkrad. »Etwas passt da nicht zusammen.

Kannst du nicht mal das Internet durchforsten? Irgendetwas an ihm stört mich massiv.«

»Seine Augen?«, sagte Nils. »Schwarz wie Kohle, ohne jeden Ausdruck.«

Jill nickte langsam. »Stimmt. Irgendwie unheimlich. Aber solange die Kinder sich nicht gruseln ...« Sie lächelte.

»Ist er als Hilfsranger unverzichtbar?«

Jill schüttelte den Kopf. »Nein, wirklich nicht. Wenn ich es recht überlege, hat er den Job nur bekommen, weil er der Mathelehrer der Kinder ist und ich angenommen habe, dass er das Geld braucht. Sozusagen als eine kleine Bestechung.« Sie grinste. »Luca findet Mathe generell doof. Er will Ranger werden und erklärte mir, dass Mathe da ziemlich überflüssig sei, solange er alle Tiere kennt und gut schießen kann. Kira fällt Mathe leicht, und sie überspringt grundsätzlich die Zwischenrechnungen. Sie meint, dass die nur für Minderbegabte notwendig sind, und bleibt stur.«

Nils prustete vor Lachen los. »Minderbegabte!«, wiederholte er. »Ich wette, sie hat einen anderen Ausdruck gebraucht.«

»Klar!«, griente sie. »Vollidioten hat sie gesagt. Unsere Süße hat eine gewisse intellektuelle Arroganz.«

»Damit kommt man im Leben weiter«, lächelte Nils stolz. »Denk dir einen triftigen, für ihn nachvollziehbaren Grund aus, ihm zu kündigen. Dann bist du ihn los.«

»Hm«, sagte Jill. »Fällt dir einer ein?«

»Die vorgegebene Quote an schwarzen Angestellten ist bei uns doch nicht erfüllt. Sag Willem, dass die Ämter dir auf die Füße treten und du gezwungen bist, seinen Platz mit einem Schwarzen zu besetzen.«

Jill überlegte kurz. »Das ist eine gute Idee. Jonas haut mir die nicht erfüllte Schwarzenquote auch regelmäßig um die Ohren. Dagegen kann Willem also nichts sagen, und es würde alle Probleme lösen. Prima! Hätte glatt von mir sein können.«

Unversehens setzte ein junger Impala-Bock direkt vor ihnen zu einem eleganten Sprung über den Weg an. Jill wich hastig auf die äußerste linke Seite aus.

»Was wir brauchen, sind Verkehrsschilder, die unsere Wildtiere darauf aufmerksam machen, dass Autos wehtun können«, murmelte sie. »Den hätte ich fast erwischt.«

»Ziel nächstes Mal besser, dann hast du für morgen einen leckeren Braten«, sagte Nils. Er lehnte sich vor und beobachtete den Teil des Buschs, aus dem der Bock hervorgebrochen war. »Keine weitere lebensmüde Antilope zu sehen. Also, wann wirst du Willem kündigen?«

»So schnell wie möglich. Vermutlich schon morgen. Mir ist zudem gerade eingefallen, dass Jonas auch schon öfter angedeutet hat, dass es Spannungen zwischen Willem und den schwarzen Rangern gibt.«

»Wenn du damit sagen willst, dass Willem ein verdammter Rassist ist, hast du recht«, sagte Nils. »Er ist einer von den unverbesserlichen Idioten, die immer noch im Vorgestern leben.«

»Na ja«, sagte Jill. »Ganz so krass wollte ich das jetzt nicht ausdrücken ...«

Nils zog die Brauen hoch. »Seine Großeltern gehören zu den Gründern der Burensiedlung Orania am Nordkap, und seine Eltern leben heute noch dort. Sein Vater war Gefängniswärter, und wie ich so mitbekommen habe, hasst unser guter Willem schon von Haus aus alle Nichtweißen – oder genauer alle, die nicht reinrassige Buren sind. Das sagt doch alles.«

Jill warf ihm verblüfft einen Seitenblick zu. »Das wusste ich gar nicht. Wer hat dir das erzählt?«

»Das meiste Willem selbst. Worauf ich mich ein bisschen umgehört habe. Außerdem habe ich ihn gestern dabei erwischt, wie er Prisca an die Wäsche gegangen ist und ihr dabei die Bluse und die Arbeitsuniform zerrissen hat.«

Jill schoss die Zornesröte ins Gesicht. »Er hat versucht ... Prisca? Wo? Im Haus etwa?«

»Nein, sie war auf dem Weg vom Farmarbeiterdorf. Als ich dazukam, hat Willem so getan, als wolle er ihr den schweren Eimer abnehmen, den sie zum Haus getragen hat. Als ich sie darauf angesprochen habe, hat sie herumgedruckst. Sie schien Angst vor ihm zu haben. Eine klare Antwort habe ich nicht bekommen, aber es war offensichtlich, dass er das war.«

»Mistkerl!« Jill dachte mit schlechtem Gewissen daran, wie sie ihr Hausmädchen angefahren hatte. Zu Unrecht. Prisca hatte ihre Bluse nicht verkauft. »Zu mir hat sie auch nichts gesagt, als ich sie heute wegen der zerrissenen Jacke zur Rede gestellt habe. Ich hatte angenommen, dass ihr Mann sie mal wieder im Suff verprügelt hat. Zu Hause werde ich gleich mit ihr reden und sie beruhigen. Aber jetzt habe ich einen wirklich triftigen Grund, Willem rauszuwerfen.«

Der Wagen schaukelte über die zerklüftete Sandpiste, und Jill hatte eine ganze Weile alle Hände voll damit zu tun, das schwere Gefährt zu steuern. Die Sonne sank schon dem Horizont entgegen. Die Strahlen blitzten zwischen den Baumkronen hindurch und blendeten sie trotz Sonnenbrille so stark, dass ihr die Augen tränten. Sie warf einen Blick auf ihre Uhr.

»Nina hat sich noch nicht gemeldet«, sagte sie. »Langsam fange ich an, mir Sorgen zu machen. Sie müsste eigentlich längst auf Inqaba angekommen sein. Ruf sie doch bitte an, und erkundige dich, ob alles in Ordnung ist.« Sie reichte ihm ihr Mobiltelefon. »Die Nummer ist unter ihrem Vornamen gespeichert.«

Nils blätterte die Kontakte auf Jills Mobiltelefon durch, fand die gewünschte Nummer und rief an.

Nina hörte das Klingeln erst nach einer Weile. Sie langte hinüber auf den Beifahrersitz und angelte ihr Telefon aus der Umhängetasche.

»Ja«, sagte sie kurz.

»Hi, Nina, hier ist Nils«, vernahm sie eine bekannte Stimme. »Schön, dass du im Lande bist. Wann wirst du hier sein? Jill kann es kaum erwarten. Um ehrlich zu sein, sie macht sich schon Sorgen, wo du abgeblieben bist.«

Nina antwortete nicht, sondern blickte entsetzt auf die Szene, die sich ihr durch die Windschutzscheibe bot. Zwei Kinder lagen auf der Straße. Eins rührte sich nicht, das andere, ein Mädchen mit steif abstehender Zöpfchenfrisur und in einem dunkelblauen Kleid, rappelte sich gerade weinend auf. Aus einer Stirnwunde lief ihr das Blut übers Gesicht, und sie hielt sich den rechten Arm.

»Nina?« Nils' Stimme, scharf und laut. »Alles in Ordnung?«

»Ja ... nein ... nein«, stotterte sie. »Vor mir hat jemand mit einem Geländewagen zwei Kinder umgefahren – ich könnte schwören, mit Absicht –, und der haut gerade ab, mitten durch die Menschenmenge ...«

»Was für eine Menschenmenge?«, fiel ihr Jill ins Wort. »Ich kann mithören ...«

»Ich weiß nicht.« Nina zögerte. »Scheint eine Demonstration zu sein. Alles Zulus, sie schreien, singen und tanzen, und soweit ich das mitkriege, fordern sie neue Häuser ... Strom und Wasser ...«

»Sind sie aggressiv?« Nils' Stimme.

Nina sah hinüber zu den Demonstranten. Der vorher so ungeordnete bunte Haufen bewegte sich jetzt zielstrebig vorwärts, ohne Umwege auf sie zu, und die Stimmung hatte sich verändert. Ein unterschwelliges Knurren breitete sich in der Menge aus. Frauen trillerten, Männer schüttelten ihre Kampfstöcke. In der vordersten Reihe stampfte ein kräftiger Mann ein paar aufpeitschende Tanzschritte in den Staub. Er stieß den Kampfstock mit draufgängerischer Geste in die Luft und brüllte seine Forderungen heraus.

Die Blicke der übrigen Demonstranten hingen an ihm. Er war der Anführer, das war deutlich. Wieder stieß der Zulu den Kampfstock hoch, der Funke sprang über, Wut und Angriffslust packte alle, die Menge tobte. Besonders die Körpersprache der Frauen wurde eindeutiger. Ein knorriger alter Mann drohte ihr mit seinem Stock. Der Gestank von brennenden Reifen hing in der Luft, und jetzt knallte der erste Stein neben ihr auf die Erde.

Sie zuckte zusammen, und ihr Blick flog zu dem Anführer. Der

Zulu war eine eindrucksvolle Erscheinung. Groß, muskulös, funkelnd schwarze Augen unter einer tief ins Gesicht gezogenen blauen Baseballkappe, denen nichts zu entgehen schien.

»Aggressiv?«, murmelte sie ins Telefon. »Wie man's nimmt. Sie tanzen den Toyi-toyi und schwingen Kampfstöcke ... Wie das hier so üblich ist.«

»Sieh dich vor«, sagte Nils. »Derartige Proteste eskalieren heute schnell, und denen ist es egal, ob du unbeteiligt bist oder nicht. Wenn du da dazwischengerätst, wird's gefährlich. Dreh um, und fahr über einen anderen Weg nach Inqaba ...«

»Ich kann doch die Kinder nicht einfach so liegen lassen«, fiel sie ihm hitzig ins Wort. »Die werden mir schon nichts tun. Ich spreche Zulu und werde mich irgendwie verständlich machen ...« Mit dem Telefon am Ohr sprang sie aus ihrem Auto und rannte hinüber zu den Kindern.

»Was für ein Wagen war es?«, fragte Nils. »Hast du das Kennzeichen? Ich rufe die Polizei.«

»Kennzeichen? Irgendwas mit NES, glaub ich. Der Wagen war groß, ein Geländewagen, aber ich kenn mich mit Automarken nicht so aus. Ziemlich schmutzig war er ... Und er hatte so eine Art Aufkleber, ungefähr A4-Größe, unten grün, oben blau, links irgendwas Orangerotes ...«

»NES ist das Kennzeichen von Eshowe«, sagte Nils. »Ziffern hast du nicht lesen können?«

»Nein. Und ich muss jetzt Schluss machen. Die Kinder bluten, und der Kleine rührt sich nicht ...«

Damit beendete sie trotz Nils' lautstarkem Protest das Gespräch und lief hinüber zu den verunglückten Kindern. Dabei wählte sie die Notrufnummer. Der diensthabende Koordinator von Crosscare nahm ihre Angaben auf und versprach, dass der Krankenwagen in Bälde bei ihr sei.

»Eine genaue Zeit kann ich nicht angeben«, antwortete er auf ihre Frage. »Tut mir leid.«

Nina legte auf und ging vor den Kindern in die Hocke. Der Junge, etwa sieben oder acht Jahre alt, lag regungslos auf dem Asphalt. Das rechte Bein war verdreht, und in einem dünnen Rinnsal lief ihm Blut aus der Nase. Sein dünnes T-Shirt war zerrissen, und er zitterte vor Schock. Sie strich ihm behutsam über die Wange. Sie fühlte sich kalt an, und er reagierte nicht auf ihre Berührung. Beunruhigt legte sie zwei Finger seitlich unter sein Kinn. Der Puls war fühlbar, wenn auch schwach. Sie atmete auf.

Hastig rannte sie zu ihrem Wagen und durchsuchte ihn nach einer Decke für den Kleinen, konnte aber keine finden. Kurzerhand zog sie eines ihrer Sweatshirts aus dem Koffer. Mit einem wachsamen Blick auf die aufgebrachten Demonstranten prüfte sie kurz, ob alle Fenster geschlossen waren und kein Gegenstand im Auto herumlag, der Begehrlichkeiten wecken konnte, und schloss den Wagen ab. Sie rannte zurück zu dem Verletzten. Vorsichtig deckte sie ihn bis zum Kinn mit dem Sweatshirt zu und wandte sich dann dem Mädchen zu, das nach seiner Ähnlichkeit mit dem Jungen nur seine Schwester sein konnte.

Zitternd wie Espenlaub, kniete sie vor ihrem Bruder und wischte ihm mit einem Zipfel ihres Kleides Blut aus dem Gesicht. Nina beugte sich zu ihr hinunter, aber die Kleine wich zu ihrer Betroffenheit mit schockgeweiteten Augen vor ihr zurück.

»Hab keine Angst«, sagte sie leise auf Zulu. »Ich will dir und deinem Bruder helfen. Mein Name ist Nina ...«

Das Mädchen warf ihr unter den Wimpern einen unsicheren Blick zu, schien sich aber tatsächlich zu beruhigen. Ihr Schluchzen versiegte allmählich, das Zittern ließ nach. Sie ließ sich widerstandslos gefallen, dass Nina ihr einen Arm um die Schulter legte und ihr mit einem Papiertaschentuch das Blut von der Stirn tupfte.

Die Wunde darunter stellte sich als oberflächliche Abschürfung heraus und erschien Nina nicht gefährlich. Mit dem Mädchen im Arm wandte sie sich dem Jungen zu, ergriff seine Hand und hielt sie fest. Sie hoffte, dass ihn die Berührung in seiner Bewusstlosigkeit erreichen und beruhigen würde, bis der Krankenwagen kam.

Inzwischen drängten sich die Demonstranten immer näher, eine drohende Wand aus brüllenden Zulus, die ihren Kriegstanz von Sekunde zu Sekunde wütender auf den bröckelnden Asphalt stampften. Aus den umliegenden Hofstätten strömten stetig mehr Bewohner zur Unfallstelle. Ihre Blicke flogen zwischen den verletzten Kindern und Nina hin und her. Sie diskutierten untereinander, erregt und mit zunehmender Lautstärke.

Aus den Satzfetzen entnahm Nina, dass die Leute offenbar den falschen Schluss zogen, nämlich dass sie die Unfallverursacherin war. Ohne die Demonstranten aus den Augen zu lassen, richtete sie sich langsam auf. Eine Welle der Feindseligkeit brandete ihr entgegen.

»Ich habe die Kinder nicht umgefahren«, rief sie der brodelnden Menge auf Zulu zu. »Der Krankenwagen wird gleich hier sein, also hört auf herumzuschreien. Helft lieber! Ich brauche eine Decke für den Kleinen. Er ist schwer verletzt.«

Es dauerte ein paar Sekunden, bis die Leute offenbar begriffen, dass Nina in ihrer Sprache mit ihnen gesprochen hatte.

»Hau«, rief eine ältere Frau und packte die Schulter des kleinen Mädchens. »Wer hat es dann getan?«, wollte sie von Nina wissen.

»Einer in einem Geländewagen«, antwortete Nina, ohne die Hand des Jungen loszulassen. »Aus Eshowe.«

Der Anführer ließ seinen Kampfstock sinken. »Eshowe?«, knurrte er mit Sandpapierstimme. Er drehte den Schild der Baseballkappe seitwärts und fixierte sie mit seinem funkelnden Blick.

Nina meinte, den Blick körperlich auf der Haut zu spüren, und musste sich beherrschen, nicht zurückzuweichen.

»Sag mir, wie das Auto aussah!«

Sie musterte ihn. Langsam. Einmal rauf und runter und wieder zurück. Er war auffallend gut gekleidet. Lässiger, roter Pullover, Jeans, rote Sneaker und eine klotzige Uhr am linken Arm. Die Geschäftswelt, in der sie sich sonst bewegte, war überbevölkert von solchen Typen, die sich aufbliesen und ihre kleinen Machtspielchen spielten.

Nicht mit mir, teilte sie ihm schweigend mit.

»Schmutzig«, antwortete sie und wandte sich wieder dem verletzten Jungen zu.

»Eine Decke, eh?« Die Sandpapierstimme direkt neben ihr.

Sie fuhr hoch. »Eine Decke«, bestätigte sie. »Der Junge fühlt sich eiskalt an. Er hat einen Schock und muss warm gehalten werden.«

Der Mann drehte sich der Menge zu und feuerte in rasend schnellem Zulu ein paar Befehle ab, von denen Nina nur mitbekam, dass das Kind gewärmt werden müsse. Innerhalb kürzester Zeit hatte sie die Auswahl unter mindestens zehn Decken in jeder Form und Farbe. Unter der Baseballkappe blitzte ihr ein weißes Lächeln entgegen.

»Geht doch«, murmelte sie triumphierend und lächelte zurück. Sie wählte eine aus weichem Garn gestrickte Decke in althergebrachtem Muster.

Ein weiterer kurzer Befehl des Anführers, und drei Frauen bemühten sich, den Kleinen darin warm einzuhüllen. Eine von ihnen, eine ältere Zulu mit einem breiten Gesicht und einer doppelten Zahnlücke im Unterkiefer, durch die ihre rosa Zunge hervorlugte, blickte hoch.

»Es war rot«, züngelte sie und beschrieb mit den Fingern ein größeres Rechteck. »Auf dem Auto ... Ich habe es gesehen. Es war wie ein Bild, und da war auch etwas Grünes und ein bisschen Blau.« Sie zupfte an ihrem T-Shirt. »Wie mein Top.«

Die schwarzen Augen unter der Baseballkappe starrten sie abwesend an, als fiele dem Mann gerade etwas ein. »Grün und blau und die Farbe einer Apfelsine?«

»Apfelsine, yebo.« Die Frau nickte und zog zufrieden ihre Zunge zurück. »So war es.«

»iBhunu«, murmelte der Zulu und schob die Kappe tiefer ins Gesicht.

Nina musterte ihn erstaunt. »Der Bure? Du kennst ihn?«

Der funkelnde Blick glitt kurz zu ihr herüber und suchte dann Kontakt zu einem hochgewachsenen, hageren Zulu, der in Hörweite an einer Mauer lehnte. Zu knielangen Khakihosen und gelben Sneakern trug er eine ungewöhnliche Kopfbedeckung. Einen roten Fez, auf dessen Vorderseite ein goldener Adler prangte. Grüßend tippte er mit zwei Fingern an den Fez. Die Schutztruppen im damaligen Deutsch-Südwestafrika hatten die getragen.

»Ich seh dich, Askari«, erwiderte der Anführer den Gruß auf Zulu. »Er weiß über iBhunu Bescheid«, erklärte er Nina.

Der Mann, den er mit Askari angesprochen hatte, stieß sich von der Mauer ab und stakste in einer eigenartig ungelenk wirkenden Gangart, die Nina an die einer Giraffe erinnerte, zu dem Anführer. Die beiden Männer unterhielten sich leise, bis der Zulu seine Kappe mit zwei Fingern auf den Hinterkopf schob und einen Arm hob.

»Wiseman!«, brüllte er. »Woza!«

Ein Schwarzer, zu einem Skelett abgezehrt, mit perlendurchflochtenen Zöpfchen, die wie Igelstacheln von seinem Totenschädel abstanden, wuselte heran. Er grinste den Mann mit der Baseballkappe wortlos an.

Der Anführer trat zwei Schritte zur Seite. »iBhunu. Wir statten ihm einen Besuch ab.« Er presste die Handflächen zusammen, dass seine Armmuskeln schwollen.

Die Augen in den Tiefen des Totenschädels glühten auf. »Heute?«

»Nicht heute ... Ich kann sehen, dass du dir dein Hirn mit Tik zugedröhnt hast. Deine Augen sind schwarze Löcher ...«

Der Mann, der offenbar Wiseman hieß, zischelte mit manischem Grinsen vor sich hin. »Ich bin sauber wie ein Babyhintern, Mann«, kreischte er und tanzte einen Rumpelstilzchentanz.

»Ja«, sagte der Anführer. »Sauber wie ein vollgeschissener Babyhintern ...«

Sichtlich empört schüttelte Wiseman seine Zöpfe, dass sie hörbar rasselten. »Sauber wie ein Babyhintern.«

Der große Zulu ließ seine Handkante wie ein Fallbeil durch die Luft sausen. »Cha! Du schnatterst wie ein Affe! Erst wenn du clean bist, nicht früher!«

Wiseman jaulte leise und zog an seinen Zöpfen. »Wann? Nachts?«

»Zwischen den Tagen«, war die geheimnisvolle Antwort, aber Nina wusste, was er meinte. Mitternacht.

Wiseman legte den Kopf schief. »Hat iBhunu was, was wir wollen?« Seine Frage klang ungläubig.

Der Anführer wechselte einen schnellen Blick mit Askari und lächelte ein träges Raubtierlächeln. »Ja, Mann, hat er. O ja!« Die schwarzen Augen glänzten träumerisch.

Das schien Wiseman so weit aufzuheitern, dass er aufhörte, an seinen Stachelzöpfchen zu zerren.

Nina sah die beiden an. Verstand sie das richtig, dass die beiden Zulus einen Überfall planten? Auf diesen Buren? Was ging hier vor? Ein Bandenkrieg?

Das an- und abschwellende Sirenengeheul aus der Ferne unterbrach ihre Überlegungen. Die Rettung nahte, und schließlich bog der Krankenwagen um die Kurve und hielt neben den verunglückten Kindern. Gleichzeitig klingelte ihr Handy.

Ohne den Anführer und Wiseman aus den Augen zu lassen, zog sie es aus der Brusttasche. Jills Name stand auf dem Display. Jetzt erst merkte sie, dass das Tageslicht bereits schwächer wurde. In spätestens einer Dreiviertelstunde würde es stockdunkel sein.

»Jill, ich kann hier noch nicht weg«, sagte sie ins Handy. »Der Junge scheint schwer verletzt zu sein, und das Mädchen steht unter Schock. Warte kurz, ich ruf gleich zurück.«

Sie legte die Hand des bewusstlosen Bruders in den Schoß des Mädchens, stand auf und ging zu den Sanitätern. Suchend sah sie sich nach einem Notarzt um, aber offenbar war keiner an Bord des Krankenwagens. Sie wandte sich an den Fahrer.

»Die beiden Kinder sind Geschwister. Der Junge ist schwer verletzt. Und das Mädchen ...«

Der Fahrer winkte abrupt ab. »Das Mädchen können wir nicht mitnehmen. Wir sind voll. Der Kleine passt noch rein. Wir waren gerade in der Nähe, da sind wir schnell hergekommen.« Mit seinem Kollegen hob er den Jungen auf eine Trage und schob sie in den Wagen.

Ein ungläubiger Blick in den Wagen zeigte Nina, dass tatsächlich bereits zwei Tragen belegt waren. »Wohin bringen Sie den Jungen?«

Der Sanitäter zuckte mit den Schultern und stieg auf den Fahrersitz. »King-Cetshwayo-Klinik oder, wenn die voll ist, irgendein anderes Krankenhaus, das ihn aufnimmt. Vielleicht die Klinik von Dr. Thandi.« Er startete den Motor und fuhr los.

»He, warten Sie!«, schrie sie ihm auf englisch hinterher.

Der Krankenwagen verließ unter Sirenengeheul die Unfallstelle, und erst jetzt bemerkte sie, dass das Auto nicht von Crosscare war, sondern von irgendeinem ihr unbekannten privaten Unternehmen.

Sie nahm ihr Handy wieder hoch. »Jill, du wirst es nicht glauben, aber der Krankenwagen ist ohne das Mädchen weggefahren!«, rief sie aufgebracht ins Telefon. »Und ich hatte Crosscare angerufen, aber der Rettungswagen war von einer anderen Firma ...«

»Das passiert leider immer häufiger«, sagte Jill resigniert. »Zwischen den Krankentransportern herrscht ein gnadenloser Konkurrenzkampf. Moment, Nils ruft gerade bei Crosscare an und fragt nach, warum die noch nicht an der Unfallstelle sind.«

»Ich kann die Kleine doch nicht einfach hier zurücklassen. Ich frage sie mal, wo sie wohnt. Hoffentlich weiß sie es.«

»Wo bist du jetzt genau?«, fragte Jill.

»Schätzungsweise drei, vier Kilometer vor Mtunzini ...«

»Dann schaffst du es nicht mehr bei Tageslicht nach Inqaba. Nachts als Frau allein durch Zululand zu fahren, auch wenn du den Highway nimmst, ist wirklich nicht anzuraten. Ich versuche mal, eine Freundin zu erreichen, die in der Nähe dort eine Frühstückspension betreibt ...«

»Danke, aber die Familie meiner Mutter lebt noch bei Eshowe.

Unser Verhältnis ist zwar nicht besonders, aber ich versuch's erst mal da. Ich rufe dich an, wenn ich weiß, ob es klappt.« Sie hörte ein kurzes Gemurmel, und dann meldete sich Nils.

»Schalt dein Handy nicht aus, dann bekommen wir wenigstens mit, ob bei dir alles glattgeht. Wie gesagt, so eine aufgeheizte Situation kann schnell in Gewalt umschlagen.«

Selbst Nils wurde also von der üblichen südafrikanischen Paranoia nicht verschont, fuhr es Nina durch den Kopf, aber obwohl der Mann mit der Baseballkappe sie angelächelt hatte, gab ihr Nils' Vorschlag ein willkommenes Gefühl der Sicherheit.

»Danke für das Angebot.« Nina steckte das Telefon angeschaltet in die Brusttasche ihrer Bluse.

»In welcher Sprache hast du gesprochen?« Es war die Sandpapierstimme.

Nina fuhr herum. Sie hatte nicht bemerkt, dass der große Zulu direkt hinter ihr stand.

»Deutsch«, erwiderte sie.

»Aber du sprichst Zulu und englisch wie eine, die hier geboren ist.«

»Ich bin in Zululand geboren und aufgewachsen, aber jetzt lebe ich in Deutschland.«

»Wie heißt du?«, bohrte er weiter.

»Nina, und du?«

Auf diese Frage schien der Zulu nur gewartet zu haben. »Hellfire!« Erwartungsvoll grinste er sie an. »Hell and fire.«

Nina musterte ihn. Hölle und Feuer, das ließ tief blicken. Zulus wurden oft nach dem Tag benannt, an dem sie geboren wurden, nach der Reihenfolge ihrer Geschwister oder auch nach ihrer Charaktereigenschaft. Nelson Mandelas Name, den ihm seine Eltern gegeben hatten, war Rolihlahla. Der Unruhestifter, Aufrührer. Wer oder was war dieser Hellfire?

Sie fing seinen Blick ein und sah ihm geradewegs in die Augen. Bei einem traditionellen Zulu galt es als empörende Unhöflichkeit, wenn eine Frau einen Mann direkt anblickte.

Aber Hellfire grinste nur noch breiter. »Hell and fire«, wiederholte er herausfordernd.

Ein modern eingestellter Zulu also. Sie zog ihre Brauen spöttisch hoch. »Deine Eltern tun mir leid«, sagte sie. »Sie müssen sehr gelitten haben, dass sie dir diesen Namen gegeben haben.«

Hellfires Bauch bebte, er gluckste, und schließlich explodierte sein ganzer Körper in einem zähneblitzenden, brüllenden Lachanfall. Wiseman drehte sich schrill kichernd wie ein Kreisel um sich selbst, immer schneller, bis er mit dem Hintern aufs Straßenpflaster fiel, wo er japsend mit ausgestreckten Armen einfach liegen blieb.

Hellfire hörte auf zu lachen und drehte seine Kappe zur Seite. Das träumerische Raubtierlächeln verfinsterte sich.

»Yebo, ich war ein schlechter Sohn. Meine Mutter weiß nicht, wer mein Vater war. Irgendein dreckiger Wanderarbeiter von den vielen ...« Das Lächeln hellte sich wieder auf. »Aber heute bin ich ein guter Sohn. Ich sorge für meine Umama.«

»Ich muss wissen, wie das Mädchen heißt und wo seine Familie lebt«, sagte Nina schnell. Ihr wurde dieser Hellfire zunehmend unheimlich, und sie verspürte kein Bedürfnis, näher mit ihm bekannt zu werden.

»Wie sie heißt?«, sagte Hellfire.

»Und wo sie zu Hause ist«, sagte Nina.

Hellfire nickte. Ein scharfer Befehl von ihm, und die herumstehenden Frauen umkreisten die verschüchterte Kleine. Sie beäugten ihr Gesicht und flüsterten untereinander, aber eine nach der anderen schüttelte den Kopf.

Die mit dem breiten Gesicht steckte ihre rosa Zunge durch die Zahnlücke. »Wir wissen nicht, wer sie ist«, lispelte sie und wandte sich ab.

Nina zog das Mädchen behutsam in die Arme. »Kannst du mir sagen, wie du heißt?«

Die Kleine drängte sich eng an sie. »Ntombi«, wisperte sie Nina ins Ohr.

»Ntombi«, wiederholte Nina und spürte besorgt das Zittern des kleinen Körpers. »Kleines Mädchen, das ist ein sehr hübscher Name. Wo bist du zu Hause, Ntombi? Wo wohnt deine Familie?«

Mit bebendem Zeigefinger deutete Ntombi die Straße entlang nach Westen. »Mama wohnt da«, flüsterte sie.

Nina sah dorthin. Ein paar Hofstätten zogen sich über die flachen Hügel. »Kannst du mir die Adresse sagen?«

Ntombi schüttelte den Kopf.

Nina tupfte ihr das neu hervorquellende Blut von der Stirnwunde und untersuchte ihren rechten Arm. »Tut es dir noch woanders weh?«

Wieder schüttelte Ntombi den Kopf.

»Nein?«, sagte Nina. »Das ist gut.«

Sie nahm das Handy aus der Brusttasche. »Jill? Die Kleine scheint außer einer Abschürfung an der Stirn und einer Verletzung am rechten Arm nichts weiter zu haben. Sie steht zwar unter Schock, scheint mir aber sonst klar zu sein. Ich bringe sie jetzt zu ihrer Mutter. Offenbar kennt sie den Weg dorthin. Soweit ich sehen kann, gibt es nur eine Straße hier in der Gegend, da werde ich mich kaum verfahren können.«

»Lass die Leitung weiter offen«, rief Nils aus dem Hintergrund. »Zur Not kann ich kommen oder die Polizei rufen.«

»In Ordnung«, sagte Nina. »Ein bisschen unheimlich ist mir die Situation schon, obwohl die Demonstranten jetzt ganz friedlich sind. Ihr Anführer scheint sie gut im Griff zu haben …«

»Weißt du, wie er heißt?«

»Ja. Ein merkwürdiger Name. Er heißt Hellfire.«

»Den kenne ich sogar«, sagte Jill. »Ich habe mal mit ihm zu tun gehabt. Ein eindrucksvoller Typ. Unzweifelhaft ein Gangster, der seinen Lebensunterhalt damit bestreitet, Leute auszurauben, aber …«

»Bringt er sie etwa auch um?« Von einer plötzlichen Furcht gepackt, fuhr Nina herum und schaute zu Hellfire hinüber. Er redete immer noch auf Wiseman ein.

»Nein, nicht dass ich wüsste«, sagte Jill. »Meistens bedroht er die Leute nur so, dass sie freiwillig alles herausrücken. Aber er hat mal einer jungen Deutschen, die mit ihrem Mann bei uns zu Gast war, das Leben gerettet. Sie wäre in einem Buschfeuer bei lebendigem Leibe verbrannt, wenn er nicht selbstlos durch die Feuerwand gesprungen wäre und sie in Sicherheit gebracht hätte. Wie gesagt, ein beeindruckender Charakter. Aber sieh dich trotzdem vor!«

»Okay, ich werde ihn nicht aus den Augen lassen.« Sie steckte das Telefon so in ihre Brusttasche, dass das Mikrofon nach vorn zeigte, und band die Blusenzipfel stramm um die Taille. »Könnt ihr mich verstehen, Jill?«, sagte sie in normaler Lautstärke.

»Können wir«, bestätigte ihre Freundin. »Laut und klar.«

Nina beugte sich zu dem kleinen Mädchen hinunter.

»Komm, meine Kleine, ich fahre dich jetzt nach Hause.«

Ntombi lächelte schüchtern, aber ihre Augen strahlten. Sie schmiegte sich vertrauensvoll in Ninas Arme. »Zu Umama?«

»Zu deiner Mama«, sagte Nina und trug sie zum Auto, wo sie die Kleine hinten auf die Beifahrerseite setzte. »Aber erst will ich dir Pflaster auf deine Schrammen kleben, damit sie zu bluten aufhören.«

Sie fand den Verbandskasten im Kofferraum, desinfizierte Ntombis Wunden und klebte großzügig Pflaster darauf.

»Fertig«, sagte sie und strich der Kleinen über die Wange. »Bist du schon einmal in so einem Auto gefahren?«

Wieder schüttelte Ntombi den Kopf.

»Du musst dich anschnallen.« Sie zeigte ihr, wie das funktionierte. »Wenn du dich wieder losschnallen willst, musst du auf den Knopf hier drücken. Aber erst, wenn ich angehalten habe, ja?«

»Yebo«, wisperte Ntombi und nickte heftig.

Nina ging um den Wagen herum und öffnete die Fahrertür.

»Ich bringe das Mädchen jetzt zu seiner Mutter«, rief sie den Leuten zu.

Die Menge bildete eine Gasse. Nina stieg ein und fuhr los, ohne sich von Hellfire und seinem Freund zu verabschieden.

8

Als sie in einiger Entfernung um die Kurve fuhr und den Blicken Hellfires entzogen war, sah sie sich unvermittelt einem Streifenwagen der hiesigen Polizei gegenüber, der ihr den Weg versperrte. Zwei Männer in blauer Uniform stiegen aus. Beide hielten eine Pistole in der Hand und näherten sich langsam ihrem Wagen. Sie starrte den Uniformierten wie hypnotisiert entgegen.

Betrachteten die Polizisten sie etwa als gefährlich? Als eine Verbrecherin? Was ging hier vor?

In diesem Augenblick wurde sie durch einen Laut von Ntombi abgelenkt, leise wie das Fiepen einer Maus. Sie hörte, wie die Kleine den Sitzgurt öffnete und sich vom Rücksitz auf den Boden fallen ließ. Als sie unauffällig einen kurzen Blick über die Schulter werfen konnte, sah sie, dass Ntombi sich zu einem kleinen Ball zusammengerollt halb unter den Vordersitz presste. In ihrem dunkelblauen Kleid war sie so gut wie unsichtbar.

»Rühr dich nicht«, flüsterte Nina und betätigte die Zentralverriegelung. »Bleib so liegen!«

Die beiden Polizisten waren keine Einheimischen, das sah sie sofort. Die Hautfarbe der Zulus war ein wunderschönes Schokoladenbraun, die der beiden Männer war so schwarz, dass sie bläulich schimmerte. Ihren Gesichtszügen nach stammten sie aus Sambia oder Angola. Was machten zwei Ausländer aus dem Norden bei der hiesigen Polizei?

Einer der Männer baute sich neben ihr auf. »Mach die Tür auf!«, brüllte er und trat gegen den Wagen. Dann schlug er mit dem Pistolenknauf gegen die Scheibe. Ein Splitternetz erschien auf dem Glas.

Nina rührte sich nicht. Von Ntombi war kein Mucks zu hören.

»Nina, was ist da bei dir los?«, hörte sie Nils rufen.

Sie war in eine Art Schockstarre verfallen und war weder imstande zu antworten noch ein Glied zu rühren.

»Nina, antworte!« Jills Stimme.

»Hau ab, das sind Gangster!«, rief Nils auf deutsch. »Schnell! Nina? Hörst du mich?«

Seine Stimme klang weit entfernt, aber endlich verstand sie, was er da sagte. Gangster! Hau ab!

»Ja«, krächzte sie und zog den Automatikhebel auf Drive.

Der andere Fake-Polizist stand vor ihrem Wagen und stemmte sich mit beiden Händen gegen die Kühlerhaube. Sie brachte es nicht fertig, auf das Gaspedal zu treten und ihn einfach über den Haufen zu fahren.

Der Kerl neben ihr schien mitbekommen zu haben, dass sie mit jemandem gesprochen hatte. Wieder hämmerte er mit dem Pistolenknauf gegen das Glas. Das Splitternetz wurde größer, bog sich nach innen, und beim nächsten Schlag zerbrach es. Der Mann schlug noch ein paarmal dagegen, bis das Loch so groß war, dass er mit einem Arm ins Auto langen konnte. Er mühte sich ab, die Tür zu öffnen, aber die Zentralverriegelung verhinderte das.

»Wo ist dein Telefon?«, knurrte er und fletschte die Zähne. »Her damit, oder ich schneid dir die Kehle durch!« Er steckte die Pistole in den Gürtel, langte wieder ins Wageninnere, packte Nina bei den Haaren und schüttelte sie. In seiner freien Hand blitzte nun ein Messer. »Wo ist das Telefon?« Die Messerspitze kitzelte ihre Kehle.

Nina schrie auf und schickte gleichzeitig ein Stoßgebet gen Himmel, dass Jill und Nils sich nicht ausgerechnet jetzt meldeten.

»Runtergefallen«, presste sie zwischen steifen Lippen hervor.

Der Mann zerrte ihren Kopf herum, drückte ihn bis auf ihre Knie hinunter und riss ihn wieder hoch. Dann gab er sie mit einem Ruck frei. Der scharfe Schmerz katapultierte sie endgültig aus ihrer Starre. Vierzehn Jahre Deutschland fielen von ihr ab, und sie war zurück in Afrika, wo sich Mensch und Tier in einem ständigen Überlebenskampf befanden.

»Heb es auf!«, befahl der Gangster.

Sie sah ihn gespielt verständnislos an. »Was soll ich?«, sagte sie in gebrochenem Englisch. »Ich versteh nicht. Ich bin aus Deutschland, ich spreche kein Englisch ...« Vielleicht konnte sie so Zeit herausschinden und sich eine Strategie zurechtlegen.

»Runter«, knurrte der Gangster mit einer unmissverständlichen Handbewegung. »Das Telefon, heb es auf!«

Sie beugte sich zögerlich auf der abgewandten Seite nach unten und tat so, als tastete sie am Boden nach dem Handy. Dabei gelang es ihr, das Handy unbemerkt in die Ritze zwischen Sitz und Rückenlehne zu schieben. Sie verharrte noch etwas in der gebückten Haltung, dann richtete sie sich wieder auf.

»Ich kann es nicht finden«, stotterte sie. »Es ist wohl ganz unter den Sitz gerutscht.«

Der Fake-Polizist stieß sie zur Seite, langte an ihr vorbei und ließ das Rückfenster herunter. Nina betete, dass das Mädchen ruhig bleiben würde und der Gangster es nicht sah, wenn er sich hineinlehnte.

Aber der Mann lehnte sich nicht herein. Nach einem Blick auf den Boden packte er sie wieder bei den Haaren und setzte ihr die Pistole an die Schläfe. »Mach die Tür auf, und her mit deiner Tasche und den Autoschlüsseln!«

Das war das Letzte, was er in seinem Leben sagte. Bruchteile von Sekunden später, ohne dass sie etwas gehört oder wahrgenommen hätte, riss er erstaunt die Augen auf. Sein Mund wurde schlaff, Blut legte sich als feiner Schleier auf das zersplitterte Glas, und er brach wie eine Marionette, der man die Fäden abgeschnitten hatte, wie in Zeitlupe in sich zusammen.

Und gab den Blick auf das fröhlich grinsende Gesicht von Hellfire frei.

Während sie noch zu begreifen versuchte, was genau da gerade geschehen war, schoss dem Mann vor ihrer Kühlerhaube eine rote Blutfontäne seitlich aus dem Hals. Er kippte mit hochgeworfenen Armen langsam um, und hinter ihm sah sie Askari. Der wischte sein Messer ab, steckte es in die Scheide, die er am Gürtel trug, und durchsuchte dann seelenruhig die Taschen des Toten.

»Nina!«, hörte sie Jill gedämpft. »Melde dich! Bist du okay?«

Nina zog das Handy zwischen Sitz und Rückenlehne heraus und räusperte die Kehle frei. »Ja ... ja«, antwortete sie. »Macht euch keine Sorgen. Es ist alles in Ordnung. Mir ist nichts passiert.«

Hinter ihr krabbelte Ntombi zurück auf ihren Sitz und legte den Gurt wieder an. Stumm starrte sie auf das blutverschmierte Fenster.

»Der Kleinen auch nicht«, sagte Nina.

»Was war los?«, wollte Nils wissen. »Sind die Gangster abgehauen? Ich höre nichts mehr.«

»Nein ... nein ... Sie sind tot.« Sie beobachtete, wie Hellfire dem Toten eine Geldrolle aus der Hosentasche zog und einsteckte. Anschließend nahm er ihm die Uhr ab. »Hellfire und ein Typ namens Askari ... haben uns gerettet.«

»Halleluja«, hörte sie Jill murmeln. »Das hätte übel ausgehen können.«

Nils' Stimme. »Haben sie die Mistkerle erschossen?«

»Erstochen«, antwortete Nina tonlos. »Ich bringe jetzt Ntombi heim.«

Vorsorglich schaltete sie die Scheinwerfer ein. Die Sonne war hinter den Bäumen versunken, und das Tageslicht wich schnell der kurzen Dämmerung, aber glücklicherweise war die Sicht noch nicht allzu sehr beeinträchtigt. Nach Eshowe war es nicht mehr weit. Wenn sie sich richtig erinnerte, ungefähr vierzig Kilometer. Sie fragte Jill, die inzwischen wieder zu Hause angekommen war und weiter mit ihr Verbindung hielt.

»Etwas unter vierzig Kilometer«, bestätigte ihre Freundin. »Fahr vorsichtig. Nach dem Regen in letzter Zeit ist die Straße sicher voller Schlaglöcher.«

Jill hatte recht. Nina brauchte ihre ganze Aufmerksamkeit, die Schlaglöcher rechtzeitig zu entdecken und sicher zu umfahren. Nach einigen Kilometern dirigierte Ntombi sie auf eine ungepflasterte Nebenstraße, die sich um die Hügel wand. Der Asphalt war aufgebrochen. Links grasten Kühe, begleitet von einem halbwüchsigen Jungen, der seine Herde offensichtlich nach Hause trieb. Mit hoher Stimme schrie er Befehle, was die Rinder aber nicht weiter zu beeindrucken schien. Sie blieben immer wieder stur stehen und glotzten vor sich hin.

Slumhütten, zusammengeschustert aus Pappe, Pressholz und im Wind knackenden Wellblechplatten, mit aufgerissenen Plastiktüten gedeckt, wucherten die von Geröll übersäte Sandpiste entlang. Rechts kroch ein ärmliches Siedlungsgebiet aus unverputzten Häuschen den Abhang hoch. Nina nahm an, dass die Eigentümer sich inzwischen der arrivierten Mittelschicht der Gegend zuzählten.

Die Bewohner saßen vor den Hütten, einige auf Plastikstühlen, ein paar hockten auf dem Boden. Die Männer rauchten, einige Frauen wuschen in blechernen Schüsseln Wäsche, und Kinder kickten im trüben Licht einer einzelnen Glühbirne eine leere Bierdose über den harten Boden.

Auf den Hügelkuppen jedoch erkannte Nina die traditionellen Zulu-Hofstätten – Umuzi –, strohgedeckte Rundhütten, die in vorgegebener Anordnung im Kreis um das Viehgatter gebaut waren. Die Abendnebel drifteten in die Täler, hier und da flackerten die ersten Feuer in den Umuzis, eine Frauenstimme sang. Es war eine friedlich wirkende Atmosphäre.

Nach einigen Kilometern – es wurde zunehmend dunkler, und sie blendete die Scheinwerfer voll auf – zeigte Ntombi auf einen schmalen Feldweg, der sich am Abhang entlangschlängelte und, soweit Nina erkennen konnte, aus nichts weiter als zwei Reifenrillen im Gras bestand.

Sie drehte sich zu der Kleinen um. »Bist du dir sicher, dass das der Weg zu eurem Umuzi ist?«

Das Mädchen schaute hinaus und nickte stumm.

Immer noch etwas skeptisch, bog Nina in den Weg ein. Langsam holperte der Wagen auf den Rillen entlang, bis drei der üblichen Schuhkastenhäuschen und eine Rundhütte aus der Dämmerung auftauchten.

»Unser Umuzi!«, rief Ntombi aufgeregt und zeigte auf das größte der Schuhkastenhäuschen.

Kaum hatte Nina angehalten, sprang das Mädchen aus dem Wagen und rannte auf das Häuschen zu. Davor lag eine umgekippte Schubkarre, und vor der unverputzten Mauer waren Kanister gestapelt. Ein großes Stück Wellblech bewegte sich quietschend im Wind. Ein samtbraunes Kleinkind, ein Mädchen mit dicht bewimperten schwarzen Augen, watschelte kreischend vor Freude auf kurzen Beinchen auf Ntombi zu.

Ntombi hob das Mädchen hoch und schwang es gekonnt auf ihre Hüfte. »Umama!«, rief sie und lief zum Haus. »Umama! Ich bin hier!«

Damit verschwand sie durch die Tür.

»Ich habe Ntombi zu Hause abgeliefert«, teilte Nina Jill mit. »Sie holt gerade ihre Mutter. Ich werde kurz mit ihr reden, dann melde ich mich wieder.«

»Gut«, antwortete ihre Freundin. »Ich habe jetzt etwas mit Jonas zu besprechen und schalte mein Telefon aus. Ruf mich aber auf jeden Fall an, wenn du dort wegfährst. Falls du mich nicht erreichst, ruf Nils an. Versprochen?«

»Versprochen.« Sie legte auf.

»Nina!«, rief Ntombi, die eben aus dem Haus kam. Sie zerrte eine kräftig gebaute Frau mit glänzend schokoladenbrauner Haut hinter sich her, deren ausgebleichtes rosa Kleid im Wind flatterte.

Die Frau, deren Alter Nina schlecht schätzen konnte, trug jetzt das kleine Mädchen auf dem Arm. In etwa zehn Meter Entfernung blieb sie stehen, schirmte die Augen mit einer Hand gegen das grelle Autolicht ab und spähte misstrauisch zu Nina herüber.

»Sawubona, kunjani«, grüßte Nina und lächelte. Sie lehnte sich ins Auto und schaltete die Scheinwerfer aus.

Die Frau nahm die Hand herunter. »Yebo«, antwortete sie unhöflich kurz und kam auch nicht näher.

Ntombi zupfte am Kleid ihrer Mutter und flüsterte ihr etwas zu. Sofort veränderte sich deren Gesichtsausdruck. Sie setzte das Kleinkind auf den Boden, beugte sich sichtlich erschrocken zu Ntombi hinunter und wechselte ein paar schnelle Worte mit ihr.

Ntombi sagte etwas und zeigte auf Nina.

»Mein Junge!«, schrie die Frau und stürzte wie panisch auf Nina zu. »Wo ist mein Junge? Wo ist er? Was hast du mit ihm gemacht? Ist er tot?«

»Nein, er ist im Krankenhaus«, sagte Nina. »Er hatte einen Unfall. Ein Auto hat ihn umgefahren, aber ...«

»Wo ist er?« Ntombis Mutter zitterte am ganzen Leib. »Ich muss zu ihm!«

Nina widerstand dem Impuls, ihren Arm um die Frau zu legen. »Die Sanitäter meinten, dass sie ihn entweder in die King-Cetshwayo-Klinik bringen oder – wenn die ihn nicht aufnehmen können – vermutlich zu jemand namens Dr. Thandi.«

Nina erwähnte vorsichtshalber nicht, dass die Auskunft des Sanitäters mehr als vage gewesen war und dass man ihr keine Zeit gelassen hatte, genauer nachzufragen. »Dort solltest du anrufen. Man wird dir sicher sagen, wo er eingeliefert worden ist und wie es ihm geht.«

Die Frau schwang herum und lief ins Haus. Ntombi huschte mit ihrer kleinen Schwester hinter ihr her. Nina blieb draußen und ging mit verschränkten Armen vor der Eingangstür auf und ab. Im Hintergrund hörte sie, wie Ntombis Mutter mit jemandem redete. Erst auf Zulu, dann in langsamem Englisch. Inzwischen hatte offenbar so ziemlich jeder auch in den abgelegenen ländlichen

Gebieten ein Handy, und sie fragte sich, wie das Leben in diesem Land ohne Mobiltelefone funktionieren würde.

Ntombis Mutter telefonierte immer noch. Nina verspürte auf einmal Durst und ging ein paar Schritte auf ihren Wagen zu, um sich eine der mitgebrachten Wasserflaschen zu holen. Der schwache Widerschein der untergegangenen Sonne malte einen goldenen Schimmer über den westlichen Horizont, der jetzt schnell verblasste und in samtiges Nachtblau überging. Unvermittelt senkte sich pechschwarze Dunkelheit aufs Land, und ihre Umgebung verlor alle Konturen. Abrupt blieb sie stehen. Sie konnte die Hand nicht mehr vor Augen erkennen, fühlte sich blind und verloren, und das Gefühl löste schlagartig Hilflosigkeit aus.

Ein unbehagliches Kribbeln zwischen den Schulterblättern ließ sie erschauern. Es war wie damals an jenem schrecklichen Abend vor vierzehn Jahren. Mit zusammengekniffenen Augen ballte sie die Fäuste, konnte die hochschießende Angst aber kaum unterdrücken. Sie wandte sich um. Aus der offenen Eingangstür von Ntombis Haus fiel ein trüber Lichtschein, und immer noch war die Stimme der Mutter am Telefon zu hören. Nina stolperte durch die Dunkelheit auf die Tür zu und streckte den Kopf hinein.

»Hallo?«, rief sie.

Ntombi kam angelaufen. »Komm herein«, sagte sie. »Umama telefoniert mit einem Arzt. Sie ist gleich da.«

»In Ordnung«, antwortete Nina und trat erleichtert ein. »Wie heißt deine Umama?«

»Zandile.«

Nach ein paar Minuten erschien Ntombis Mutter und musterte Nina mit ausdruckslosem Gesicht. »Er ist nicht im King Cetshwayo Hospital!« Ihr Ton war messerscharf, und ihre Augen erinnerten Nina an schwelende Kohlen.

»Oh«, stotterte sie. »Hast du nach diesem Dr. Thandi gefragt?«

Zandile stemmte die Arme in die Hüften. »Das ist eine Ärztin, und die ist nicht da!« Sie klang, als wäre das Ninas Schuld.

Nina hielt ihrem Blick stand. »Soll ich für dich die anderen Krankenhäuser anrufen?« Sie bekam keine Antwort. »Kann ich noch etwas für euch tun?«

Ohne auch auf diese Frage einzugehen, untersuchte Zandile die Schürfwunde am Kopf ihrer Tochter. Dann warf sie Nina einen finsteren Blick zu.

»Komm«, forderte die Zulu sie zu ihrer Überraschung auf. Sie drehte sich um und schob Ntombi ins Innere des Hauses.

Nina zögerte. Der Impuls, diese Gegend so schnell wie möglich zu verlassen, weitete sich zu einem diffusen Druck aus. Trotzdem zwang sie sich, Mutter und Tochter zu folgen. Der Geruch nach feuchtem Lehm schlug ihr entgegen, vermischt mit dem von kochenden Innereien. Unwillkürlich verzog sie das Gesicht.

Über einem kleinen Tisch baumelte eine nackte Glühbirne und verbreitete trübes Licht. Aus den Augenwinkeln bemerkte sie, dass Zandile sie beobachtete, offenbar auf eine Reaktion von ihr, der Weißen, gespannt. Unauffällig sah sie sich um.

Auf dem zweitürigen Küchenunterschrank stand eine einflammige Gaskochplatte. In einem Topf mit abgebrochenen Henkeln köchelte etwas. Weißliche Darmschlingen und ein schwartiges Stück Fleisch, das sie als Teil eines Magens erkannte, brodelten zusammen mit geviertelten Zwiebeln in einem gelblichen Sud. Über dem Gaskocher hing eine Pfanne an der Wand. Angrenzend an den Küchenschrank gab es ein steinernes Becken, das offenbar als Spüle und Waschtrog diente. Neben einer angebrochenen Packung Waschpulver stapelte sich ein kleiner Berg schmutziger Wäsche. Sie wandte sich ab und ließ ihren Blick weiterwandern.

Ntombi hatte sich inzwischen auf einer klumpigen Matratze zusammengerollt. Die Metallbeine des Bettgestells balancierten auf etwa ein Meter hohen Ziegelsteintürmchen.

Nina wusste, dass Ntombi und ihre Mutter glaubten, auf diese Weise vor dem Tokoloshe, dem grausamen Geist, geschützt zu sein. Ihr zog sich bei dem Anblick die Kopfhaut zusammen, und wie ein Stein fiel sie zurück in die dunkelste Zeit ihrer Kindheit.

Der Tokoloshe.

Der Tokoloshe war rachsüchtig und hinterlistig und verbreitete auch heute noch großen Schrecken unter der schwarzen Bevölkerung. Kein Zulu wagte es, seinen Namen auszusprechen. Sonst werde man wahnsinnig. Es wurde geflüstert, seine Haut sei faltig und pechschwarz wie sein Fell, obwohl niemand sagen konnte, ihn je wirklich gesehen zu haben. Auch dass er im Wasser lebe, wurde berichtet. Als sicher galt, dass er schwanzlos war und das Tageslicht scheute und nur nachts in die Häuser eindrang, um die Bewohner zu töten. Weil er als etwas kleiner als ein Pavian beschrieben wurde, stand das Bett auf solchen Ziegelsteintürmchen.

Ein schwarzes Gesicht, ausdruckslos wie eine Maske aus Ebenholz, schwamm vor Ninas geistigem Auge, ein Stirnband aus Leopardenfell, in den Augen ein fanatisches Feuer, um den Hals eine lebende Schwarze Mamba. Ihr war, als blickte sie in eine Albtraumwelt voller Rauch, Gestank und züngelndem Feuer. Zenzile, ihre Nanny, hatte sie dorthin gezerrt.

Nina hatte weglaufen wollen, aber Zenzile hielt sie mit einem Klammergriff fest.

»Wenn ein Sangoma einen Tokoloshe als willenloses Werkzeug für seine teuflischen Machenschaften braucht, löffelt er einer Leiche die Augen aus ihren Höhlen und schneidet die Zunge heraus«, flüsterte sie mit tonloser Stimme. »Um den Körper auf unter einen Meter schrumpfen zu lassen, rammt der Sangoma einen glühenden Stab durch eine der Körperöffnungen und bläst ihm dann Zaubermedizin durch den Mund, was den Tokoloshe zum Leben erweckt.« Zenzile hatte sie starr angeblickt. »Und er frisst kleine Mädchen zum Frühstück«, hatte sie gezischt, ihr Gesicht zu einer Fratze verzerrt. »Kleine weiße Mädchen!«

Nina wollte schreien, aber sie konnte nicht. Auch konnte sie über dieses Erlebnis nicht mit ihren Eltern sprechen. Ihre Mutter war häufig abwesend, tagelang, wochenlang, und wenn sie zu Hause war, lebte sie in ihrer eigenen Welt. Und ihr Vater arbeitete tagsüber in der Stadt und abends noch zu Hause.

Im Gegensatz zu ihrer Mutter, die in Zululand aufgewachsen war, war er erst aus Liebe zu seiner Frau nach Südafrika gezogen. Wie er Nina einmal erzählte, hatte er nichts über den Staat und seine Einwohner am Ende der Welt gewusst. Er vermochte nicht unter die Oberfläche dieses wunderschönen Landes zu blicken, verstand nichts von der Welt der Schwarzen, wo deren Ahnen so selbstverständlich anwesend waren wie die Lebenden, und machte sich lustig über die Angst dieser Menschen vor Geistern und Teufeln, die im Schattenreich existierten und so wirklich für sie waren, als stünden sie leibhaftig vor ihnen.

Zenzile war das einzige menschliche Wesen, mit dem Nina den Tag über Kontakt hatte, und wenn sie ihre Angst ihrem Vater gegenüber herausstotterte, lachte er sie liebevoll aus und zog sie sanft an den Ohren.

»Geh und spiel mit Zenzile«, sagte er. »Du hast geträumt, meine Süße, vergiss es.« Damit hängte er sich wieder ans Telefon, um einen zögerlichen Kunden zu umgarnen.

Im Hintergrund stand dann Zenzile mit einem triumphierenden Lächeln auf den Lippen.

Eines Tages verschwand Zenzile und kam nie wieder. Nina erinnerte sich an den Tag als den glücklichsten ihrer Kindheit. Die Welt erschien ihr auf einmal wieder hell und sicher, aber der Tokoloshe geisterte noch lange durch ihre Träume. Das unterschwellige dunkle Zittern in ihr blieb. Wie ein schlafender Vulkan.

Manchmal rührte der sich, und ein Beben erschütterte sie. Wie jetzt, wo ihr die Fahrt durchs nächtliche Zululand bevorstand.

Sie schüttelte sich, um die Bilder verschwinden zu lassen, und drehte sich zu Ntombis Mutter um. Im trüben Licht über den Tisch gebeugt, schüttete die gerade groben Puder aus einem Glas auf ein Stück Papier und stäubte ihn über die Abschürfung am

Kopf ihrer Tochter. Anschließend schlitzte sie ein Aloe-Blatt in seiner Länge auf, schabte den klaren, geleeartigen Saft mit einem Löffel heraus und bestrich die Wunde damit. Danach entnahm sie einem Beutel hauchdünne, pergamentartige Schuppen, ähnlich wie die äußere Haut von Speisezwiebeln, und deckte die Stelle damit ab. Schließlich drehte sie sich zu Nina um.

»Ich benötige keinen Doktor«, sagte sie schroff. »Da draußen wächst alles, was ich brauche.« Ihre Handbewegung umfasste das dunkle Land. »Unser Inyanga ist gut, er kennt jede Pflanze in Zululand und weiß um ihre Heilkraft. Ich werde Ntombi morgen zu ihm bringen, und er wird herausfinden, welche Pflanzen für ihre Heilung am besten sind.« Sie drehte Nina den Rücken zu.

Ein Inyanga, ein traditioneller Heiler und Kräuterkundiger! Ninas professionelles Interesse flackerte hoch, und sie hörte beeindruckt zu. Die Inyangas besaßen ein unschätzbares Wissen über Vorkommen, Wirkung und Anwendung der einheimischen Pflanzen. Allerdings war es – soweit sie unterrichtet war – so gut wie unmöglich, ihnen dieses Wissen zu entlocken, und die Standorte ihrer Heilpflanzen hüteten sie wie ihren Augapfel.

Eine Pflanze, die auch heute noch von Geheimnissen umgeben war, faszinierte sie am meisten: die Giftzwiebel der Buschmänner, die Konrad erstaunlicherweise erfolgreich gezüchtet hatte. Obwohl die San die Pflanzen, die sie benutzten, und ihre Anwendung vergleichsweise bereitwillig teilten, war das bei der Giftzwiebel etwas anderes. Die offensichtlichen Eigenschaften der Bushman's Poison Bulb waren weitgehend bekannt und belegt, besonders die, die ihre Giftigkeit betraf. Aber es war ihr zu Ohren gekommen, dass die San glaubten, dass ein Extrakt der Zwiebel die Macht besitze, die Toten durch das Tor ins Leben nach dem Tode zu transportieren. Sie fürchteten die außerordentlichen Wirkungen der Pflanze so sehr, dass ihnen kein Wort darüber zu entlocken war, und entdeckten sie eine Giftzwiebel im Feld, verrieten sie keiner Menschenseele den Standort.

Je länger sie jetzt darüber nachdachte, desto entschlossener war sie, einen Weg zu finden, den Heilern ihr Wissen zu entlocken. Sie nahm sich vor, so bald wie möglich einen Termin mit Zandiles Inyanga zu verabreden. Für ihre berufliche Karriere konnte das einen großen Schub bedeuten.

»Könnte ich ihn vielleicht auch besuchen?«, sagte sie auf Zulu. »Ich würde den Inyanga gern kennenlernen ...«

Das Gesicht der Zulu verhärtete sich zu einer Maske. Unter gesenkten Lidern schoss die Frau ihr einen abweisenden Blick zu.

Nina biss sich auf die Lippen. Diesen Blick kannte sie von früher. Er war wie eine Mauer, die sie ausschloss und ihr sagte, dass sie etwas zerstört habe. Für einen Augenblick vergaß sie, dass es bereits stockdunkel war und sie noch zur Familie ihrer Mutter fahren wollte. Sie überlegte fieberhaft, wie sie das wieder in Ordnung bringen könnte. Geld? Verstohlen blickte sie sich in dem armseligen Raum um. Gebrauchen konnte Ntombis Familie es mit Sicherheit. Hier fehlte es an allem. Aber die Reaktion der Mutter zeigte, dass sie eine stolze Zulu war. Geld war im Augenblick sicherlich nicht angemessen. Sie musste es auf andere Weise versuchen.

»Mein Name ist Nina«, sagte sie. »Nina Rodenbeck. Wie ist deiner?«

Ein langer, dunkler Blick. »Zandile Ntanzi.«

»Zandile«, sagte Nina und lächelte die Frau an. »Ich studiere Pflanzen und ihre Heilkraft, und die Kunde von der Weisheit und dem Wissen der Inyangas in Zululand hat sich weit bis über die Grenzen eures Landes verbreitet.« Sie tastete sich vorsichtig von Wort zu Wort und beobachtete dabei das abweisende Gesicht. »Es wäre mir eine Ehre, wenn der Inyanga bereit wäre, mit mir zu sprechen.«

»Hmpf«, war die einzige Reaktion der Zulu.

Ntombi glitt vom Bett, zupfte wieder am Kleid ihrer Mutter und flüsterte ihr etwas ins Ohr.

Zandile starrte auf ihre ausgelatschten Schuhe, schlüpfte aus einem heraus und bewegte die Zehen. Ntombi blickte ihre Mutter mit leuchtenden Augen an. Nina schwieg. Zandile wackelte mit den Zehen.

Schließlich zog sie den Schuh wieder an. »Wenn du morgen bei Sonnenaufgang hier bist, kannst du mitkommen. Der Weg zu dem Inyanga ist weit.«

Ntombi strahlte und hüpfte von einem Bein aufs andere.

Nina zögerte. Morgen würde sie es auf keinen Fall schaffen. Morgen wurde sie von Jill und Nils auf Inqaba erwartet, und sie musste die Recherche nach dem unehelichen Kind ihres Vaters wieder aufnehmen. Ein Besuch beim Inyanga würde Stunden in Anspruch nehmen, wenn nicht den ganzen Tag.

»Morgen bin ich auf Inqaba zu Gast«, sagte sie.

Ein flüchtiger Ausdruck des Erstaunens huschte über Zandiles Gesicht. Offensichtlich kannte sie Inqaba.

»Ich werde es nicht schaffen, rechtzeitig hier zu sein«, fuhr Nina fort. »Und auf einen so wichtigen Besuch muss ich mich vorbereiten, denn der Inyanga ist ein bedeutender Mann. Ich möchte von ihm lernen, und deswegen muss ich wissen, welche Fragen ich stellen will, damit ich seine kostbare Zeit nicht verschwende. Bitte frag deinen Inyanga, wann ich ihn aufsuchen kann. Wenn du mir deine Telefonnummer gibst, rufe ich dich morgen an, um deine Antwort zu hören.«

»Hmpf.« Wieder bedachte die Zulu sie mit ihrem dunklen Blick.

»Umama!«, rief Ntombi und klatschte auffordernd in die Hände.

Zandile sah hinunter auf ihre Tochter. »Gib ihr die Nummer«, sagte sie schließlich schroff und wandte sich ab.

»Yebo!« Lachend rannte die Kleine zum Küchentisch und holte einen Bleistiftstummel aus der Schublade. »Hast du ein Stück Papier?« Ihre Augen strahlten wie dunkle Diamanten.

»Habe ich«, antwortete Nina. Sie riss eine Seite aus ihrem Notizbuch und reichte sie Ntombi.

Ntombi tanzte wieder zum Tisch. Sie legte den Zettel darauf, beugte sich darüber und malte mit ausgestreckter Zunge eine vielstellige Ziffernfolge darauf. Bevor sie das Papier an Nina zurückgab, zeigte sie es ihrer Mutter. Zandile murmelte die Zahlen vor sich hin und nickte. Mit einer schüchternen Geste reichte Ntombi den Zettel an Nina weiter.

Nina lächelte Zandile zu. »Ngiyabonga! Danke! Sala kahle, Zandile.«

Die Zulu tat so, als hätte sie nichts gehört. Ntombi kicherte verlegen, nahm Ninas Hand und begleitete sie zum Eingang.

Nina blickte mit einem mulmigen Gefühl in die Finsternis. Über dem Land lag eine dichte Wolkendecke, weder der Mond noch ein Stern erhellte die Landschaft, nur die Lampe in Zandiles Küche warf eine trübe Lichtpfütze auf den Eingang.

Sie beugte sich zu der Kleinen hinunter, küsste sie auf die Wange und strich ihr über das Kraushaar. »Sala kahle, Sweetheart, schlaf gut«, sagte sie leise. »Ich komme bald wieder.«

»Yebo, hamba kahle«, flüsterte Ntombi strahlend. Sie rannte ins Haus, warf die Tür ins Schloss, und die Lichtpfütze erlosch.

Undurchdringliche Schwärze umfing Nina. Schritt für Schritt tastete sie sich zu ihrem Wagen. Sie schaltete die Innenbeleuchtung ein, aber anstatt froh über das Licht zu sein, fühlte sie sich merkwürdig exponiert. Schnell drückte sie auf die Zentralverriegelung und machte die Scheinwerfer an. Dann rief sie Jill an und teilte ihr mit, dass sie jetzt losfahre und das Handy wieder anlasse.

Die Fahrt durch die nachtdunkle Hügellandschaft Zululands nach Eshowe wurde für Nina zu einem Albtraum. Irgendwann war sie falsch abgebogen und auf einer Schotterpiste gelandet, die von tiefen Löchern durchzogen war, die sie zwangen, langsam in Schlangenlinien zu fahren. Außerdem schien sie sich in einem ausgedehnten

Funkloch zu befinden, denn die Verbindung zu Jill riss nach wenigen Minuten wieder ab. Hunde streunten geduckt am Wegrand und huschten oft so dicht vor ihrem Auto vorbei, dass sie vollbremsen musste. Ihre Augen leuchteten im Scheinwerferstrahl wie geisterhafte Irrlichter. Dunkle Figuren hockten um flackernde Feuer unter tief hängenden Baumkronen, einige taumelten betrunken grölend am Straßenrand entlang. Ihre schwankenden Schatten schienen bedrohliche Monster zu sein, die nach ihr greifen wollten. Ninas Nerven spielten verrückt.

Erst als die Straße enger und immer schlechter wurde, wurde ihr klar, dass sie sich offenbar komplett auf dem falschen Weg befand und in einem illegalen Siedlungsgebiet anstatt einem Vorort von Eshowe gelandet war. Bei der nächsten Gelegenheit wendete sie, und nach einigen Kilometern stand sie an der Kreuzung zur Schnellstraße N2. Erleichtert bog sie in Richtung Eshowe ab.

Zehn Minuten später verspürte sie das dringende Bedürfnis, auf die Toilette zu gehen, und verließ notgedrungen die N2, um an einer Mautstelle die Waschräume zu benutzen. Glücklicherweise war die Toilette unbesetzt. Sie legte ihr Handy in ihre Umhängetasche und hängte die auf den dafür vorgesehenen Haken an der Innenseite der Toilettentür.

Als sie sich die Hände wusch, wurde ihr plötzlich bewusst, wie hungrig und müde sie war. Sie überquerte schnell den Parkplatz und betrat den an die Tankstelle angeschlossenen Laden. Außer ihr waren noch vier Gäste anwesend, alles Männer, die zusammensaßen, Bier tranken und viel lachten. Als sie eintrat, hoben alle vier den Kopf und musterten sie eingehend.

Ein unbehagliches Gefühl breitete sich in ihrer Mitte aus, aber sie schalt sich paranoid und unterdrückte es. Sie stellte ihre Tasche links neben sich auf der Theke ab, verlangte drei mit Toffeecreme gefüllte Schokoladenriegel und einen Kaffee und zahlte mit ihrer Kreditkarte. Der Wirt schob ihr die Tasse und den Zuckerspender hin. Nina kippte eine großzügige Menge Zucker in das Getränk und trank gierig die ersten Schlucke. Dann riss sie die Verpackung eines der Schokoriegel auf und biss hinein. Dankbar stellte sie fest, dass der Zuckerschub in Verbindung mit dem Koffein sie aufmunterte. Einer der Männer stand vom Tisch auf und trat rechts neben sie an die Theke.

»Einen Kaffee«, sagte er. »Schwarz.«

Während er wartete, stand der zweite Mann auf, trat an ihre linke Seite und orderte ein Bier.

»Kommt gleich«, sagte der Wirt und betätigte die Kaffeemaschine. Anschließend stellte er dem Gast die Tasse hin.

Der Mann nahm sie hoch, stieß mit dem Ellbogen dabei aber so heftig gegen Nina, dass sich das brühheiße Getränk über ihren Handrücken ergoss. Sie riss die Hand mit einem Schmerzensschrei reflexartig weg. Der Mann entschuldigte sich sofort und überschüttete sie geradezu mit einem Wortschwall. Er packte ihre Hand und machte sich ungeschickt daran, sie mit einer Serviette abzuwischen. Es gelang ihr erst im zweiten Anlauf, sich von ihm loszureißen, und dabei stieß sie auf der anderen Seite ihre Tasche um. Ihr Autoschlüssel fiel heraus und dem Biertrinker vor die Füße.

»Oh, sorry!«, rief der und bückte sich. Er hob den Schlüssel auf und griff nach ihrer Tasche. »Ich helfe Ihnen.«

Nina entriss ihm die Tasche und den Autoschlüssel, rannte aus dem Laden, warf sich in ihr Auto und verriegelte die Türen. Immer noch schwer atmend, weil der kleine Vorfall sie völlig umgehauen hatte, bog sie auf die R66 in Richtung Eshowe ab.

An die deutschen Autobahnen gewöhnt, hatte sie allerdings Schwierigkeiten, auf der vermeintlich freien Strecke langsam zu fahren, um Zusammenstöße mit Mensch und Tier zu vermeiden, die die Straße unbekümmert als Wanderweg oder Schlafplatz benutzten.

So kam es, dass sie hinter einer Kurve plötzlich in die Nüstern eines massigen Ochsen starrte, der ihr im Scheinwerferlicht mitten auf der Straße seine Breitseite zuwandte und sie regungslos anglotzte. Mit einem Aufschrei trat sie das Bremspedal bis auf den Boden durch und kam schleudernd kaum einen Meter vor dem riesigen Tier zum Stehen. Mit beiden Händen das Lenkrad umklammernd, zwang sie ihr hämmerndes Herz unter Kontrolle, bis sie es wagte weiterzufahren. Sehr langsam lenkte sie ihr Auto um das schnaubende Hindernis herum.

Es herrschte tiefste Dunkelheit, und sie vergewisserte sich nervös, dass sie alle Türen und Fenster des Wagens fest verschlossen hatte und ihr Gepäck außer Sichtweite verstaut war. Noch immer hatte sie nichts von Konrad gehört, und sie bereute es, so übereilt aus Pune abgereist zu sein. Wer weiß, aus welchen Gründen sie ihn nicht am Handy erreichen konnte. Mit Sicherheit nicht, weil er sie bestrafen wollte. Nicht ihr Konrad.

Schweißgebadet erreichte sie endlich Eshowe.

In Pune war es bereits neun Uhr abends und ebenfalls dunkel. Konrad hatte fast zwei Tage im Bett verbracht und die meiste Zeit geschlafen. Zwar fühlte er sich immer noch wie durchgekaut und ausgespuckt, aber seine Beine trugen ihn wieder. Einigermaßen. Im Bademantel setzte er sich in den Sessel am Fenster, zog das Hoteltelefon heran und rief Nina an. Es klingelte einige Male, und dann hörte er etwas, was ihm einen Stromstoß durch die Adern jagte. Entfernte Stimmen, und plötzlich ein Lachen, ein tiefes, raues Männerlachen und ein paar Worte in einer Sprache, die er nicht identifizieren konnte.

Er sprang auf. »Hallo!«, brüllte er ins Telefon.

Das Lachen verstummte. »Aii«, sagte jemand, dann folgte eine Wortkaskade, wieder in dieser unbekannten Sprache.

»Ich will Nina Rodenbeck sprechen!«, rief er auf englisch. »Wer sind Sie?«, setzte er hinzu, obwohl ihm eigentlich klar war, dass er darauf keine Antwort bekommen würde.

Er behielt recht. Der Teilnehmer am anderen Ende beendete den Anruf sofort.

Konrad ließ das Handy sinken und bemühte sich, logisch und nüchtern zu denken. Welche Sprache war das gewesen? Wo hielt sich Nina auf? Und wer benutzte ihr Mobiltelefon?

Das Wahrscheinlichste war, dass man ihr das Handy gestohlen hatte. Das würde auch die fremde Sprache erklären, die aber, wenn er es recht überlegte, nicht nach einem indischen Dialekt geklungen hatte. Aber natürlich konnte er sich da auch irren. Er entschied sich, Viktor Rodenbeck anzurufen. Er hatte ihn noch nie getroffen, aber so wie Nina über ihren Vater sprach, musste er ein äußerst sympathischer Mensch sein.

Er holte sein Adressbuch aus dem Koffer und blätterte es durch. Plötzlich erinnerte er sich vage daran, dass ihm die Dame am Empfang ein neues Mobiltelefon versprochen hatte. Irgendwas von einem Neffen hatte sie erzählt, der durch die Stadt schwimmen sollte. Mit Daumen und Zeigefinger massierte er seinen Nasenrücken. Schwimmen? In der Stadt? Was für ein Quatsch!

Kopfschüttelnd streckte er die Hand nach dem Telefon aus, um die Rezeption anzurufen, als er auf dem Schreibtisch, präzise parallel ausgerichtet, sechs verschiedene Mobiltelefone nebst SIM-Karte entdeckte. Für ein paar Sekunden konnte er nicht glauben, was er sah, aber dann rief er die Rezeptionistin an.

»Sie haben ein Wunder vollbracht«, sagte er, als sie sich meldete. »Ich nehme den Blackberry. Bitte setzen Sie ihn auf meine Rechnung. Und noch einmal vielen Dank, ich bin wirklich beeindruckt!«

»Danke, Sir, sehr freundlich von Ihnen«, zwitscherte die junge Frau.

Nachdem er ihr noch ein großzügiges Trinkgeld für den Boten genannt hatte, legte er auf. Mit einem kräftigen Fingerdruck brach er die SIM-Karte aus dem Rahmen, setzte sie in das Gerät ein und unternahm die notwendigen Schritte, es zu aktivieren. Ungeduldig wartete er, bis es einsatzbereit war, und tippte anschließend Viktors Nummer ein.

Nach mehrmaligem Klingeln meldete sich eine Frauenstimme mit ausgeprägtem Hamburger Akzent. »Hallo?«

Konrad stutzte. »Konrad Friedemann hier, ich hätte gern Herrn Rodenbeck gesprochen.«

»Tut mir leid, der ist gerade beim Röntgen. Ich bin die Stationsschwester, Schwester Katrin. Soll ich ihm etwas ...«

»Herr Rodenbeck liegt im Krankenhaus?«, unterbrach Konrad sie. »Ich ... ich bin ein Freund der Familie. Ich rufe aus dem Ausland an. In welcher Klinik liegt er?«

»Universitätsklinik Hamburg«, sagte die Schwester. »Ich klingle mal eben bei der Radiologie durch, wann er fertig ist. Warten Sie einen Moment.« Kurz darauf meldete sie sich wieder. »In einer halben Stunde sollte er wieder auf seinem Zimmer sein.«

Konrad dankte ihr und legte auf. Es wurde eine lange halbe Stunde, in der er noch mehrere Male versuchte, Ninas Handy zu erreichen, aber niemand hob ab. Als er dann die Nummer von Ninas Vater wählte, meldete der sich zu seiner großen Erleichterung sofort.

Konrad erschrak, wie schwach die Stimme des Mannes klang. Offenbar war er ernsthaft krank. Dementsprechend vorsichtig wählte er seine Worte.

»Guten Abend, Herr Rodenbeck, hier ist Konrad Friedemann. Ich bin der Freund Ihrer Tochter. Entschuldigen Sie, dass ich Sie so spät störe. Ich wusste nicht, dass Sie im Krankenhaus liegen. Das habe ich gerade erst von der Stationsschwester erfahren ...«

»Ach, Unsinn«, unterbrach ihn Viktor. »Hier ist es schrecklich langweilig, und jede Unterbrechung ist mir recht. Ich nehme an, Sie suchen Nina?«

»Ja«, sagte Konrad erleichtert. »So ist es.«

»Sie ist gestern Abend nach Südafrika geflogen ...«

»Sie ist was?«, platzte es aus Konrad heraus. »Sagten Sie Südafrika? Wieso denn das? Da würde sie doch freiwillig nie hinfliegen. Nicht nach dem, was ihr da damals angetan wurde.« Und schon gar nicht ohne mich, setzte er für sich hinzu.

»Das hat sie Ihnen also erzählt?« Viktor Rodenbeck klang überrascht. »Sieh einer an! Sie müssen sich ... sehr gut verstehen.«

»Ja«, sagte Konrad ruhig. »Wir verstehen uns sehr gut.«

Nach einem tiefen Seufzer räusperte sich Ninas Vater. »Sie tut es für mich«, sagte er mit dünner Stimme. »Vor ein paar Tagen habe ich einen Hammerauftrag für eine Fotostrecke über Südafrika bekommen, der für meine berufliche Zukunft überlebenswichtig ist. An dem Tag hatten wir in Hamburg einen Schneesturm, und auf dem Nachhauseweg hatte ich einen scheußlichen Unfall, bin im Krankenhaus gelandet und operiert worden ...«

Eine ganze Weile lang hörte Konrad nur das schwere Atmen des Kranken.

»Es war weiß Gott nicht meine Absicht, Nina mit hineinzuziehen«, sagte Viktor Rodenbeck schließlich mit gequälter Stimme. »Jedenfalls hat mein Arzt es für nötig befunden, Nina anzurufen. Sie ist sofort zurück nach Hamburg geflogen. Sie hat sich angeboten, die Fotos für mich zu machen. Sie sollte heute Morgen in Johannesburg gelandet und dann im Anschluss gleich weiter nach Durban geflogen sein.«

»Durban! Und dann? Bleibt sie in Durban?«

Stille. »Nein«, sagte Ninas Vater dann. »Sie wollte heute noch hinauf nach Zululand fahren.«

Konrad pfiff durch die Zähne. »Zululand! Sie packt also den Stier bei den Hörnern.« Er überlegte für einen Augenblick, ob er Viktor Rodenbeck von dem verstörenden Anruf auf Ninas Handy erzählen sollte, unterließ es dann aber. Das würde den Kranken nur unnötig aufregen.

»Ja, das tut sie«, seufzte Viktor. »Mein tapferes Mädchen.«

Konrad stand auf und wanderte im Zimmer umher, blieb vor dem Fenster stehen und sah hinunter auf die flimmernden Lichter der Millionenstadt. Offensichtlich war die Stromversorgung nach dem Unwetter wieder völlig hergestellt.

»Wo will sie in Zululand übernachten? Hat sie ein Hotel?«

»Nein, ich glaube nicht. Das heißt, ich weiß es nicht. Aber sie wird während der Zeit wohl bei ihrer Freundin Jill Rogge auf Inqaba wohnen. Das ist für sie das Einfachste. In der Gegend gibt es mit Abstand die schönsten Motive ...«

Konrad blickte hinunter auf das Hotelgelände, wo mehrere Gäste im Freien dinierten. »Inqaba?«, sagte er langsam. »Ist es nicht dort passiert?«

Wieder Stille. »Ja, ungefähr zwei Kilometer von Inqaba entfernt«, sagte Viktor schließlich. »Aber daran wird sie sich nicht erinnern. Sie hat ...«

»Retrograde Amnesie, ich weiß«, fiel ihm Konrad ins Wort. »Aber sollte die Erinnerung schlagartig zurückkommen, was ja vorkommen soll, will ich bei ihr sein. Ich will nicht, dass sie das allein durchstehen muss. Sie braucht mich!« Er setzte sich wieder. »Leider ist mir mein Mobiltelefon ... abhandengekommen«, sagte er. »Ich rufe gerade von einem neuen an. Ich habe es bereits mehrmals bei Nina versucht, sie aber bisher nicht erreicht. Und sie hat meine neue Nummer noch nicht. Haben Sie heute schon mit ihr gesprochen?« Angespannt wartete er auf die Antwort von Ninas Vater.

»Nur ganz kurz heute Morgen nach ihrer Landung«, sagte Viktor. »Und um ehrlich zu sein, fange ich langsam an, mir Sorgen zu machen, ob etwas passiert ist. Allein die Vorstellung, dass sie allein nach Zululand fährt ...« Seine Stimme klang brüchig.

»Wahrscheinlich steckt sie in Zululand in einem Funkloch«, sagte Konrad behutsam. »Sie haben ja jetzt meine Nummer, falls sie bei Ihnen anruft, bevor ich sie sprechen kann. Können Sie mir die Telefonnummer von dieser Jill geben? Ich werde ihr ebenfalls Bescheid sagen.«

»Ja, einen Augenblick bitte ...«, sagte Viktor. »Haben Sie etwas zum Schreiben da?«

»Hab ich«, sagte Konrad. Er kritzelte die Nummer an den Rand der Tageszeitung und riss die Notiz ab. »Ich melde mich sofort, wenn ich mit ihr gesprochen habe. Bis dahin wünsche ich Ihnen schnelle Genesung und eine gute Nacht!«

Nachdem er aufgelegt hatte, bestellte er beim Zimmerservice Toast und eine klare Suppe. Irgendwie musste er schnell wieder zu Kräften kommen. Er hatte vor, den nächsten Flug zu nehmen, der von Bombay nach Durban ging.

9

Konrad schlürfte gerade seine Suppe, als Nina in die Hauptstraße von Eshowe einbog. Das Haus ihrer Mutter lag an der Peripherie des Ortes, und sie fand es ohne Probleme, obwohl in der Gegend nur eine Straßenlaterne intakt war, die milchig trübes Licht verbreitete. Mit gemischten Gefühlen hielt sie in einiger Entfernung vor dem Haus an und ließ ihren Blick sorgfältig über die Umgebung wandern.

Alles schien ruhig zu sein, kein Mensch war zu sehen. Zwei Autos fuhren vorbei, aber keines wurde langsamer. Die Vorhänge der umliegenden Häuser bewegten sich nicht. Niemand kümmerte sich um sie. Erleichtert bog sie in die Einfahrt ein, öffnete das Fenster und lehnte sich hinaus.

Im selben Augenblick hörte sie schlurfende Schritte. Jemand kam hinter ihr aus dem Gebüsch. Sofort zog sie den Kopf zurück und ließ das Fenster wieder hochfahren. Eine fußballgroße Schildkröte marschierte aus dem hohen Gras. Sie öffnete das Fenster wieder.

Feuchtwarme Luft strömte herein. Myriaden von Insekten tanzten im Strahl ihrer Scheinwerfer, die Schildkröte stampfte über den Weg und verschwand unter einem Busch, und bis auf entfernte Stimmen aus einem der Nachbargärten war nichts zu hören. Sie sah hinüber zum Haus.

Es lag im Dunklen, nur das Reetdach war zu erkennen. Das Grundstück wurde, anders als sie sich erinnerte, von einer hohen Mauer geschützt, auf deren Krone zusätzlich elektrische Drähte verliefen. Das Eingangstor bestand aus massiven Eisenstreben, die allesamt angerostet waren. Das Gras im Vorgarten wucherte fast kniehoch, und auch auf dem Reetdach wuchs irgendein Grünzeug. Die Zeichen fortgeschrittenen Verfalls waren unübersehbar. Den van Bredas schien es wirtschaftlich nicht besonders gut zu gehen.

Bei näherer Betrachtung fiel ihr auf, dass das Grundstück viel kleiner war als früher. Offenbar hatten ihre Verwandten, wie viele andere Farmer, einen Großteil verkauft. Hier und da leuchteten die erhellten Fenster von Häusern, wo sich früher die Farm der van Bredas erstreckt hatte. Mit einem Blick in den Rückspiegel prüfte sie, ob sich jemand Verdächtiges hinter ihrem Wagen herumdrückte, aber sie konnte niemanden entdecken. Trotzdem wartete sie noch ein paar Minuten, ehe sie ausstieg. Sie lief zum Tor, drückte die Klingel, sprang sofort wieder ins Auto und schloss die Tür. Das Fenster ließ sie ein Stück offen.

Nach einer Weile flammte ein blendend greller Scheinwerfer auf. Klatschende Schritte wie von Flipflops waren zu hören, und kurz darauf lief eine Frau, die Nina sofort als Marike erkannte, mit einem Kleinkind auf dem Arm und begleitet von einem gelben Mischlingshund von bedrohlicher Größe den Weg entlang ins Licht. Vor dem Tor blieb sie stehen und spähte mit zusammengekniffenen Augen zu ihr herüber.

»Nina, bist du das etwa?«, rief sie hörbar erstaunt in stark afrikaansgefärbtem Englisch. »Wo kommst du denn jetzt her?«

»Direkt aus Deutschland. Kann ich reinkommen? Im Dunklen ist es mir hier ein bisschen unheimlich.«

Der Hund knurrte.

»Okay, ich mach das Tor auf«, sagte Marike und betätigte einen Schalter.

Das Tor bewegte sich quietschend in seinen rostigen Schienen zurück. Nina fuhr aufs Grundstück, und ihre Cousine schloss sofort wieder das Tor hinter ihr. Erst jetzt öffnete Nina die Wagentür ein paar Zentimeter. Der Hund knurrte wieder.

»Platz, Wotan«, befahl Marike und packte das Tier am Halsband. Der Hund setzte sich auf sein Hinterteil und zog die Lefzen zurück. »Du kannst ruhig aussteigen, der will nur spielen.« Sie grinste und zeigte eine Reihe reparaturbedürftiger Zähne.

Nina verzog das Gesicht. Den Satz kannte sie zur Genüge. Den schienen alle Hundebesitzer draufzuhaben. Vorsichtig öffnete sie die Tür ganz und stieg aus, blieb aber dicht neben dem Auto stehen.

»Hallo, Rikki«, sagte sie, nicht ganz sicher, wie sie empfangen werden würde. Ihre Abneigung gegen Rikki hatte immer auf Gegenseitigkeit beruht. Verstohlen musterte sie die junge Frau. Sie war ziemlich in die Breite gegangen, sonst hatte sie sich eigentlich nicht verändert. Ihre schokoladenbraunen Augen waren rot gerändert, aber schließlich hatte sie ein kleines Kind im Haus. Vielleicht schlief sie deswegen schlecht. Das glatte, schwarze Haar hatte sie hinter die Ohren gestrichen, und ihre Haut war unverändert gebräunt.

»Hallo, Nina«, antwortete ihre Cousine, und ehe sie sichs versah, platzierte die zu ihrer Verwirrung schmatzende Luftküsse neben ihre Ohren.

Nina hielt die Luft an. Rikkis Kleidung wirkte nicht sehr sauber, und sie selbst roch ebenso. Ungewaschen. Durchdringend. Nina trat einen Schritt zurück.

»Das ist Emma, meine Kleine«, setzte Marike mit offensichtlichem Stolz hinzu und drückte das kleine Mädchen an sich. »Emma, das ist deine Tante Nina.«

Nina starrte Rikki verblüfft an. Sie musste ihr Erstaunen über diesen vergleichsweise herzlichen Empfang erst einmal verarbeiten und fragte sich gleichzeitig, was Rikki damit bezweckte. Unwillkürlich fing sie an zu lachen, verschluckte sich aber prompt, weil Wotan knurrend sein Missfallen kundtat.

Marike gab ihm einen Klaps auf die Schnauze. »Aus!«, fuhr sie den Hund an. Wotan legte sich hin und bettete seinen massigen Kopf auf die Pfoten, ließ Nina aber nicht aus den Augen.

»Beeindruckendes Tier«, sagte sie.

»Er ist ein sehr guter Wachhund«, sagte Marike. »Und den brauche ich. Nachts treibt sich hier allerlei Gesindel herum, das mir Wotan vom Leib hält.«

Nina wandte sich Emma zu. »Da bin ich also Tante geworden und hatte keine Ahnung. Herzlichen Glückwunsch! Wie hübsch sie ist.« Sie strich der Kleinen sanft über die karottenroten Locken.

Emma hob ihre lang bewimperten Lider und musterte sie ruhig. Ihre Augen waren so undurchsichtig schwarz, dass es schien, als bestünden sie nur aus der Pupille. Ohne Vorwarnung machte Ninas Herz einen Salto und fing an zu galoppieren. Sie schnappte nach Luft und griff sich an die Brust, fing sich aber sofort wieder. Es gab keinen Grund zu erschrecken. Kohlschwarze Augen kamen in ihren Albträumen nicht vor.

»Welch eine ungewöhnliche Augenfarbe«, bemerkte sie. »Wer ist der glückliche Vater?«

Marike blickte sie kurz stumm an, dann glitt ihr Blick ab, und sie hob fast unmerklich die Schultern.

»Kenne ich ihn?«

Ihre Cousine riss den Kopf hoch und starrte sie sekundenlang aus geweiteten Augen an. Nina wurde an eine panische Antilope erinnert, die sich einer Raubkatze gegenübersah, und hätte sich für ihre Gedankenlosigkeit ohrfeigen können. Irritiert zog sie die Brauen zusammen. Wer im Umfeld der Familie hatte so rotes Haar und so eigenartig kohlschwarze Augen? Sie kam zu keinem Ergebnis.

Spontan legte sie ihr die Hand auf den Arm. »Ist alles in Ordnung? Hast du vor dem Mann Angst?«

Marike schüttelte den Kopf. »Nein«, wehrte sie ab und wedelte so heftig mit der freien Hand, dass Nina wieder der strenge Körpergeruch in die Nase stieg. »Ach was, natürlich nicht.« Sie schnitt eine Grimasse, die wohl ein Lächeln sein sollte. »Alles ist okay, wirklich!« Ihr Gesichtsausdruck und die innere Spannung, die sie ausstrahlte, sprachen eine völlig andere Sprache. Dass ihre Cousine nämlich sehr wohl Angst vor dem Vater ihrer Tochter hatte.

Ein beklemmendes Gefühl, durch nichts wirklich erklärbar, kroch in Nina hoch. Würde sie jetzt tiefer bohren, dessen war sie sich sicher, würde die Büchse der Pandora aufplatzen und das Grauen, das darin lauerte, ans Tageslicht kommen. Aus welchem Winkel ihrer Seele dieses Gefühl kam, konnte sie nicht sagen. Auch nicht, warum Rikkis Angst vor Emmas Vater etwas damit zu tun haben sollte.

Auf ihrem nackten Fußrücken ließ sich ein Moskito nieder und stach zu, bevor sie reagieren konnte.

»Mistvieh«, fauchte sie und erschlug das Insekt. Ein roter Fleck blieb zurück, und sie spürte, dass sich bereits eine juckende Quaddel bildete.

»Hast du zufällig Anti-Mücken-Spray im Haus? Mir rücken die Biester immer gleich auf den Pelz. Mein Vater behauptet immer, ich hätte süßes Blut.« Sie lächelte.

»Kann ich mir nicht leisten«, war die knappe Antwort. Marike sah sie dabei nicht an.

Nina wechselte schnell das Thema. »Ich habe eine Bitte«, sagte sie. »Eigentlich werde ich heute auf Inqaba erwartet, aber es ist schon dunkel, und ich fahre ungern in der Dunkelheit. Wäre es möglich, dass ich bei euch übernachte? Irgendeine Couch genügt.«

Früher hatte es im Haus ihrer Mutter vier Schlafzimmer gegeben, jeweils mit eigenem Badezimmer, und da sich offenbar sonst niemand von der Familie im Haus aufhielt, war die Wahrscheinlichkeit groß, dass ein Schlafplatz für sie vorhanden sein würde.

»Was willst du auf Inqaba? Ich dachte, du wolltest nie wieder zurück nach Südafrika kommen, und schon gar nicht nach Inqaba!« Marike presste ihr Gesicht ins weiche Haar ihrer Tochter, beobachtete sie dabei aber scharf.

Nina starrte sie an. Sie musste vorsichtig sein, um nicht zu verraten, dass sie selbst keine Ahnung hatte, was damals passiert war.

»Hatte ich auch nicht vor, aber das ist jetzt eine Notsituation.« Sie erzählte Marike die abgespeckte Geschichte mit ihrem Vater.

Nach einem langen Blick nickte Marike. »Okay. Komm mit, du kannst in einem der Schlafzimmer übernachten. Das Bett ist frisch bezogen.«

Ihre Cousine führte sie den schlecht beleuchteten Korridor entlang, an dem die Schlafzimmer lagen. Er roch ebenso muffig wie vor vierzehn Jahren. Außer den wenigen Nachtgeräuschen, die von draußen hereindrangen, war kein Laut zu hören. Es herrschte eine gespenstische Leere im Haus.

»Wo sind Gitta und Wolf? Und dein Vater?«

Marikes Blick glitt ins Ungefähre ab. »Weg«, antwortete sie. »Mutter hat einen Neuen und lebt irgendwo in Spanien, Dad ist vor einem halben Jahr gestorben, und ...« Sie zögerte kurz. »Und Wolf lebt in einem Behindertenheim.«

Nina verspürte unwillkürlich Mitleid mit ihr, eine Regung, die sie überraschte. »Behindertenheim? Das tut mir leid.«

Marike fuhr herum wie eine Natter. »Dir tut das leid!«, kreischte sie unvermittelt los. »Dir – tut – das – leid?«, wiederholte sie zitternd vor Aufregung.

Konsterniert starrte Nina sie an. Was ging hier vor sich? Um sie zu beruhigen, legte sie ihr eine Hand auf die Schulter, aber Rikki schüttelte sie heftig ab, und Nina zog ihre Hand zurück.

»Rikki, was ist los? Natürlich tut es mir leid. Es muss ihm etwas Schreckliches zugestoßen sein, wenn er im Behindertenheim lebt. Was ist denn passiert? Hat er MS oder so was?«

Marike war hochrot angelaufen und biss sich – als wollte sie eine unbedachte Bemerkung verhindern – auf die Unterlippe, bis die blutleer war. »Er hatte einen schweren Unfall«, stotterte sie schließlich. »Er ist querschnittgelähmt.«

»Das ist ja furchtbar«, sagte Nina leise.

Die Lippe immer noch zwischen den Zähnen, jagten Emotionen über Marikes Gesicht wie Wolkenschatten an einem stürmischen

Tag. Es war offensichtlich, dass sie einen inneren Kampf ausfocht, aber sie brachte kein Wort hervor.

»Und du, Rikki? Wie ist es dir ergangen? Was machst du so?«

Marike sah sie trotzig an. »Ich vermiete die Zimmer an Touristen«, entgegnete sie kurz, und ihr Ton machte überdeutlich, dass sie auch darüber nicht reden wollte.

»Das klingt nach einem einträglichen Geschäft«, sagte Nina. Was sonst hätte sie sagen sollen? Unauffällig sah sie sich um.

Die Tapeten an den Wänden waren die, die sie von früher her kannte. Unglaublich hässliche gelbe und rote Blumen auf braunem Grund. Der Boden war in bräunlichem Beige gefliest, hier und da waren kleine Stücke herausgebrochen, Scheuerleisten gab es nicht, stattdessen einen grauen Streifen, wo jemand entlanggeschrubbt hatte. Der ganze Zustand des Hauses zeigte eindeutig starken Renovierungsstau.

Marike schloss die erste Tür auf und machte eine einladende Handbewegung.

Nina trat ein. Abgestandene Luft schlug ihr entgegen, und sie rümpfte die Nase. Hier war seit langer Zeit nicht gelüftet worden. Rechts befand sich ein Doppelbett mit einer eierschalenfarbenen Häkeldecke darauf, auf beiden Seiten stand ein Nachttisch aus Bambus mit Glasplatte, zwei durchgesessene Bambusstühle waren um ein passendes rundes Tischchen gruppiert. Orangegelb gestreifte Vorhänge über angegrauten Gardinen verdeckten zur Hälfte eine durch kräftige Ziehharmonikagitter geschützte Glastür, die auf die Terrasse und in den Garten führte.

Marike zog die Vorhänge mit einem Ruck zurück. Bleiches Mondlicht strömte ins Zimmer. Sie deutete auf die schmale Tür gegenüber dem Bett.

»Das Badezimmer ist en suite«, bemerkte sie hochtrabend. »Es hat eine Dusche, und wenn braunes Wasser rauskommt, lass es etwas laufen, bis es klarer wird. Aber nicht zu lange, sonst ist der Speicher gleich leer.«

»Okay, danke. Es ist wirklich sehr nett, dass ich hier übernachten darf. Natürlich werde ich es bezahlen. Wie viel nimmst du pro Nacht?«

Marikes Augen leuchteten kurz auf. Sie zögerte kurz und streifte Nina dabei mit einem abschätzenden Blick. »Eintausend ...« Sie stockte und musterte ihre Cousine noch einmal eindringlich. »Eintausendfünfhundertfünfundneunzig.«

»Klar, kein Problem«, sagte Nina und bemerkte sehr wohl Rikkis Erleichterung. Das Geschäft mit den Touristen schien nicht sehr gut zu laufen.

»Plus fünfzehn Prozent Steuern«, schob Marike schnell nach. »Bar.«

Rund einhundertzehn Euro rechnete Nina blitzschnell aus. »Natürlich«, sagte sie und ging zur Tür. »Ich hole jetzt meinen Koffer aus dem Auto. Ehrlich gesagt, bin ich hundemüde.« Bei diesen Worten merkte sie, dass sie obendrein immer noch sehr hungrig war.

»Du kannst über die Terrasse gehen.« Rikki zog das Gitter beiseite und öffnete die Glastür.

Nina trat hinaus und sah sich um. Das milchige Mondlicht warf gespenstische Schatten und verwandelte Bäume und Büsche in Wesen aus einem ihrer Albträume. Ein leichter Wind raschelte in den Blättern, Baumfrösche flöteten ihr klagendes Lied, ein Hund bellte, und ein Ziegenmelker rief irgendwo aus dem Dunkel des angrenzenden Buschs.

Afrikanische Geräusche. Nichts, wovon man Albträume haben sollte.

»Hast du eine Taschenlampe?«, fragte sie ihre Cousine.

»Warte, ich schalte die Scheinwerfer ein.« Marike verließ mit der quengelnden Emma das Zimmer, und kurz darauf flutete gleißendes Licht den Garten. Ihre Cousine kam noch einmal zurück. »Ich gehe jetzt ins Bett«, sagte sie. »Wenn du etwas essen willst, findest du Brot, Margarine und Marmelade im Kühlschrank. Neben der Eingangstür ist der Schalter für den Scheinwerfer. Vergiss nicht, ihn auszuschalten. Der frisst Strom.«

Nina versprach es, wünschte ihr eine gute Nacht und lief anschließend über den gepflasterten Weg zum Auto.

Sie wuchtete ihren Rollkoffer heraus, verschloss den Wagen mit dem elektronischen Schlüssel und zog den Koffer im Laufschritt über den gepflasterten Weg zu ihrem Zimmer. Dort entdeckte sie, dass sie vergessen hatte, die Glastür zu schließen, bevor sie losgelaufen war. Sie blieb auf der Türschwelle stehen, ließ einen prüfenden Blick durchs Zimmer wandern und vergewisserte sich, dass inzwischen kein unerwünschter Besuch ins Zimmer eingedrungen war. Zweibeinig, vierbeinig oder ohne Beine. Sie bückte sich und sah unter dem Bett nach. Die dicke Staubschicht darunter zeigte keine Spuren eines Eindringlings.

Nur Dutzende von Insekten waren hereingeflogen und umschwirrten die Lampe. Beruhigt hob sie den Koffer hinein, verschloss das Ziehharmonikagitter und zog die Vorhänge zu, wobei sie darauf achtete, dass sie alles Licht aussperrten.

Erst jetzt fiel ihr ein, dass sie schon länger nicht versucht hatte, Konrad zu erreichen. Erschrocken sah sie auf die Uhr und stellte fest, dass es mittlerweile Viertel vor elf war. In Pune war es bereits zwei Stunden nach Mitternacht. Um diese Zeit sollte er schlafen, und da er sein Telefon auch nachts anließ, konnte sie ihn jetzt sicherlich erreichen.

Sie öffnete den Reißverschluss ihrer Umhängetasche und langte hinein, um ihr Handy herauszuholen. In der üblichen Seitentasche war es nicht zu finden. Hastig durchsuchte sie die restlichen Seitentaschen. Aber auch da war es nicht. Sie kippte den Inhalt der Tasche aufs Bett und wühlte ihn durch, aber das Telefon kam nicht zum Vorschein. Mit klopfendem Herzen tastete sie ihre Hosentaschen ab. Nichts! Das Telefon musste ihr im Auto aus der Tasche gefallen sein. Sie zog die Vorhänge zurück und sah hinaus.

Marike hatte den Scheinwerfer offensichtlich selbst ausgeschaltet, denn es herrschte tiefste Dunkelheit. Nur der Mond kämpfte sich ab und zu hinter den Wolken hervor. Furcht einflößende Schatten jagten über die Landschaft, unterbrochen von hellen Flecken und absoluter Schwärze. Sie schloss die Vorhänge wieder. Von der Eingangstür aus war der Weg zum Auto wesentlich kürzer. Sie nahm den Schlüssel aus der Zimmertür, trat hinaus und sperrte sie zu. Auf Zehenspitzen ging sie den Gang hinunter zum Eingang und schaltete dort den Scheinwerfer wieder an.

Die Tür war zentimeterdick und mit soliden Stangenschlössern gesichert. Für die sie natürlich keinen Schlüssel hatte. Weil sie Marike nicht stören wollte, blieb ihr nur, wieder von ihrem Zimmer hinaus in die Dunkelheit zu laufen. Oder den Anruf bei Konrad auf den Morgen zu verschieben. Sie spähte durch den Türspion. Der Weg zu ihrem Auto war von hier aus rund vierzig Meter lang. Ihr wurde bewusst, wie erschöpft sie war. In geschätzten achtundvierzig Stunden hatte sie kaum geschlafen, und der Drang, einfach in ihr Zimmer zu gehen, zu duschen und dann ins Bett zu fallen, war überwältigend.

Sie schlich den muffig riechenden Gang zurück zum Schlafzimmer. Vor ihrem Bett blieb sie stehen. Ihre Beine fühlten sich an, als wären sie aus Blei, ihre Augen tränten vor Müdigkeit. Doch dann öffnete sie die Terrassentür und das Scherengitter, zog die Tür hinter sich wieder zu und rannte zu ihrem Auto. In größter Hast schloss sie den Wagen auf. Sie suchte auf den Sitzen, unter den Sitzen, zwischen den Sitzen, in der Schublade unter dem Fahrersitz und schließlich im Kofferraum. Aber das Handy blieb verschwunden.

Sie durchforstete ihr Gedächtnis, wo sie das Gerät verlegt haben könnte, und kam zu dem Schluss, dass sie es nur an der Mautstelle verloren haben könnte. Vielleicht auf der Toilette. Mit geschlossenen Augen versetzte sie sich zurück in die Situation, und da fiel ihr das Missgeschick mit dem verschütteten Kaffee wieder ein. Während der eine Mann ihre Hand festgehalten hatte, um sie mit der Serviette abzutupfen, musste sein Komplize das Handy aus der

Handtasche gefischt haben. Und sie war dann, ohne nachzusehen, überstürzt zum Auto gelaufen.

»Verdammter Mist!« Sie rannte zurück in ihr Schlafzimmer.

In Deutschland hatte sie offenbar verlernt, ständig auf der Hut zu sein. Willkommen in Südafrika! Aber sie musste froh sein, dass man nicht auch ihr Portemonnaie hatte mitgehen lassen. Die Tatsache aber blieb, dass sie kein Handy hatte und weder Konrad noch ihren Vater anrufen konnte. Oder Jill. Heute Nacht würde sie nichts weiter ausrichten können.

Bevor sie zurück in ihr Zimmer ging, machte sie einen Abstecher in die Küche. Sie fand ein Brot vor, das wie Vollkorn aussah, aber so substanzlos war, dass sie es problemlos mit einer Hand zu einem Klumpen zusammendrücken konnte. Die Margarine und die Marmelade standen wie angegeben im Kühlschrank. Sie schnitt vier Scheiben vom Brot ab, bestrich sie mit Margarine und löffelte Marmelade darauf. Danach trug sie alles in ihr Schlafzimmer, um dort zu essen.

Anschließend wankte sie ins Badezimmer und drehte die Dusche auf. Wie Rikki sie gewarnt hatte, tröpfelte das Wasser bräunlich aus dem Duschkopf. Ihr war das egal. Sie wusch sich das Gesicht, putzte die Zähne, fiel aufs Bett und schlief sofort ein.

Wütendes Hundegebell riss sie am nächsten Morgen unsanft aus dem Schlaf. Sie schoss hoch und hatte im ersten Augenblick erhebliche Schwierigkeiten, sich zu orientieren. Dann hörte sie Emma schreien und Rikkis schrille Stimme, und sie erinnerte sich an die Ereignisse vom Vorabend. Die Sonne schien bereits durch eine Lücke der Vorhänge, und ein Blick auf ihre Uhr zeigte ihr, dass sie verschlafen hatte. Sie war froh, dass sie sich nicht mit Zandile verabredet hatte, den Inyanga aufzusuchen. Das hätte sie auf keinen Fall schaffen können.

Gähnend kroch sie aus dem Bett, öffnete die Terrassentür und streckte den Kopf hinaus. Die Sonne schien, die Luft war weich und warm. Ein schöner Tag, nach Inqaba zu fahren. Sie konnte es kaum abwarten, Rikkis ungastliches Haus zu verlassen, und schleppte sich mit schweren Beinen ins Badezimmer, stellte sich unter die Dusche und drehte den Hahn auf.

Ein dünnes Rinnsal tröpfelte herunter und lief als braune Brühe in den Abfluss. Missmutig drehte sie den Hahn wieder zu und versuchte es beim Waschbecken. Hier kam etwas Wasser, sogar erstaunlich klar und kühl. Mit beiden Händen spritzte sie es sich ins Gesicht und über den Oberkörper und trocknete sich anschließend mit dem fadenscheinigen Handtuch ab, das an einem Metallhaken an der Wand hing.

Abwesend kratzte sie den Mückenstich auf ihrem Fußrücken. Auf Inqaba würde sie erst einmal ausgiebig duschen. Allein die Vorstellung, in einem sauberen, bequemen Bett zu schlafen, ein modernes Badezimmer vorzufinden, gutes Essen und vor allen Dingen Jill und Nils, belebte sie ungemein.

Sie nahm ein von der Sonne Indiens etwas ausgebleichtes rotes Hemd mit ellbogenlangen Ärmeln aus dem Koffer und schlüpfte hinein. Sie rieb einen Essensfleck von den Jeans, die sie auf dem Flug getragen hatte, schüttelte sie kräftig aus und zog sie an. Danach zog sie ihre Leinenslipper an und warf einen abschließenden Blick in den Badezimmerspiegel.

Verdrossen starrte sie ins eigene Gesicht. Der Anblick war nicht besonders geeignet, ihre Stimmung zu heben. Unter den Augen hatten sich leicht geschwollene, dunkle Ringe gebildet, und Wangen und Nase waren gerötet. Offenbar hatte sie sich in Pune einen Sonnenbrand geholt, ohne es gemerkt zu haben. Ihr goldblondes Haar war dunkel vor Schweiß und hing strähnig herunter. Sie seufzte. Mit allen zehn Fingern lockerte sie ihr Haar auf, das aber immer wieder zusammenfiel.

Glücklicherweise hatte sie sich in Hamburg für ihre Indienreise einen pflegeleichten Kurzhaarschnitt verpassen lassen, der perfekt auf ihre leichte Naturwelle abgestimmt war. Abgestuft und kinnlang, mit einem dicken Pony, der ihr über die Augenbrauen fiel.

Waschen, mit den Fingern auflockern und an der Luft trocknen lassen, mehr Pflege war nicht nötig.

Sie strich ihren Pony zurück und betastete die Schwellungen unter den Augen. Zwischen Hamburg und Durban war nur eine Stunde Zeitunterschied, einen Jetlag konnte sie also nicht für ihren Zustand verantwortlich machen. Vermutlich saß ihr der Flug von Indien noch in den Knochen und das, was sie seitdem erlebt hatte. Dazu kam die Sorge um ihren Vater.

Und die Tatsache, dass sie noch nichts von Konrad gehört hatte.

In großer Eile warf sie ihre Sachen in den Koffer und begab sich auf die Suche nach Rikki. Das Wichtigste war jetzt, ein neues Mobiltelefon zu kaufen, damit sie wieder Verbindung zur Außenwelt hatte. Sie fand ihre Cousine in der Küche am Herd stehend, wo sie für Emma, die sie auf der linken Hüfte trug, eine Flasche wärmte. Nina kitzelte Emma am Hals, die ihr Gesicht darauf kichernd in Rikkis Halsgrube versteckte.

»Morgen, Rikki«, sagte sie. »Bietest du auch Frühstück an?« Wahrscheinlich klumpiges Brot mit Margarine und Aprikosenmarmelade, vermutete sie.

»Ich kann dir Toast, Marmelade und Kaffee anbieten«, sagte Marike. »Mehr ist leider nicht im Haus.«

»Wunderbar«, sagte Nina. Na bitte. Aber immer noch besser als gar nichts.

Sie machte sich über das karge Frühstück her. Das Brot schmeckte getoastet etwas besser, und sie schmierte sich großzügig Aprikosenmarmelade darauf, was ihr ein missbilligendes Stirnrunzeln ihrer Cousine eintrug.

»Ich liebe Aprikosenmarmelade.« Nina lächelte süß und biss ins Brot.

»Das sehe ich«, sagte Marike. Sie kitzelte Emma am Bauch. »Hast du eigentlich noch Kontakt mit Nico?«

Nico? Nina wurde bei dem Namen von einer unerklärlichen

Unruhe überfallen. Wen meinte Rikki? Sie zwang sich, ihre Cousine nicht anzusehen. »Nico? Warum?«

Marike zuckte mit den Schultern. »Na, schließlich seid ihr ja mal ...« Ein schneller Blick unter gesenkten Wimpern. »... so gut wie zusammen gewesen. Du weißt doch sicher, dass er in Mosambik lebt, oder?«

»Ja, ja, natürlich«, beeilte Nina sich zu antworten.

»Er ist gerade hier in der Gegend und kauft für seine Lodge ein. Ich habe ihn in Mtubatuba getroffen.« Ihr Gesichtsausdruck war der einer lauernden Katze.

Nina musterte ihre Cousine. Den Blick kannte sie von früher. Rikki führte etwas im Schilde, aber da ihr der Name Nico nichts sagte, sie sich schon gar nicht an einen Nachnamen erinnern konnte, hatte sie keine Ahnung, was das sein könnte, und das verursachte ihr akutes Unwohlsein. Am liebsten wäre sie aus dem Haus gerannt.

»Aha«, quetschte sie hervor.

»Falls ich ihn treffe, kann ich ihm ja sagen, dass du auf Inqaba bist«, schnurrte die Katze.

Das möchtest du wohl gerne, du Biest, dachte Nina. »Ach, das möchte ich lieber selbst machen«, sagte sie. »Wir haben uns ja sehr lange nicht gesprochen. Wie geht es ihm?«

»Ganz gut, glaub ich. Seine Lodge scheint zu laufen.«

»Das freut mich. Gib mir doch bitte seine Nummer, wenn du sie hast. Mein Handy ist gestern gestohlen worden, und alle Telefonbucheinträge sind futsch. Ich komme mir vor, als wäre ich in die Steinzeit zurückgefallen.« Sie lächelte fröhlich. Dass ihre Adressen auf dem USB-Stick in ihrem Koffer gesichert waren, behielt sie für sich. »Du hast doch sicherlich ein Mobiltelefon, oder?«, sagte sie und goss Kondensmilch in den dünnen Kaffee. »Oder ein Festnetztelefon? Ich muss auch noch zwei andere dringende Anrufe machen.«

Marike schüttelte den Kopf. »Ein Festnetztelefon habe ich schon lange nicht mehr, und meine Prepaidkarte ist praktisch leer. Ich bin mit Emma allein im Haus und muss die Möglichkeit haben, Hilfe zu holen. Das verstehst du doch, oder?«

Nina sah sie an und war sich sicher, dass Rikki log. Aus welchem Grund auch immer. »Ja, na klar. Kein Problem. Gibt es in der Nähe einen Telefonladen?«

Marike schaukelte ihre kleine Tochter, bis die quietschte. »Ach, in jedem größeren Ort eigentlich. Hier in Eshowe in der Osborne Road, da gibt es gleich zwei Läden, dann in Mtubatuba, Richards Bay ...«

»Danke, das wird genügen«, unterbrach Nina sie. »Einer wird ja wohl ein Telefon für mich haben. Was schulde ich dir jetzt für die Nacht?«

»Zweitausendzweihundert Rand«, erwiderte Marike.

Nina zog die Brauen hoch. »Zweitausendzweihundert? Wieso ist der Preis über Nacht so drastisch gestiegen?« Das waren nach dem augenblicklichen Kurs etwa hundertfünfzig Euro.

»Das Frühstück kommt schließlich auch noch dazu. Außerdem hast du Euros, du kannst das zahlen.«

Nina pulte sich mit der Zunge einen Batzen des klebrigen Brotes zwischen den Backenzähnen heraus und sah ihre Cousine schweigend an. Dann lachte sie spöttisch.

»Ja, klar habe ich Euros. Die wachsen bei uns nämlich auf riesigen Bäumen. Und wenn ich ein paar Scheine brauche, schüttle ich kräftig und halte einen Sack drunter, und schon bin ich reich ... So einfach ist das bei uns.«

Von Marike kam keinerlei Reaktion. Schließlich blätterte Nina den verlangten Betrag Schein für Schein auf den Tisch, und ihre Cousine nahm das Geld kommentarlos an sich. Nina kippte den restlichen Kaffee hinunter. Dann rollte sie ihr Gepäck zum Auto, hievte es in den Kofferraum, steckte ihre Tasche in die Schublade unter dem Vordersitz und startete den Motor.

»Dann mal tschüs«, sagte sie und schob ihre Sonnenbrille auf die Nase.

»Bis zum nächsten Mal«, antwortete Marike und öffnete das automatische Tor.

Nicht wenn ich es vermeiden kann, teilte ihr Nina schweigend mit und bog mit kurzem Winken auf die Straße ein.

Marike van Breda wartete, bis ihre Cousine um die Ecke verschwunden war, dann setzte sie Emma ab, holte ihr Telefon heraus und wählte eine Nummer. Aufgeregt trippelte sie von einem Bein aufs andere.

»Was ist?«, kam eine grobe Stimme aus dem Hörer.

»Hi«, sagte sie. »Du glaubst nicht, wer gerade weggefahren ist.«

»Mach's kurz, ich habe keine Zeit!«

»Nina!«, rief sie triumphierend. »Sie hat bei mir übernachtet ...«

»Nina? Die Nina?«

»Die Nina.« Marike war erfreut über die Reaktion am anderen Ende und lächelte ihrer Tochter zu, die inzwischen die Schildkröte aufgestöbert hatte und deren Kopf aus dem Panzer zu zerren versuchte. »Seit gestern ist sie wieder im Lande. Und rate mal, wohin sie jetzt gerade unterwegs ist!« Sie wartete auf eine Antwort, bekam sie aber nicht. »Sie fährt nach Inqaba. Dort hat sie sich einquartiert. Na, ist das eine Nachricht? Die sollte dir was wert sein ...«

»Was für ein Auto fährt sie?«, fiel er ihr ins Wort. »Marke, Farbe?«

»Einen kleineren Hyundai-SUV in Silbergrau ... he!«, schrie sie. Die Leitung war getrennt worden. Sie wählte die Nummer noch einmal, bekam aber nichts als das Besetztzeichen.

»Scheißkerl«, fauchte sie und trat einen dicken Ast aus dem Weg, was zur Folge hatte, dass sie jaulend vor Schmerzen auf einem Fuß herumhüpfte, was Wotan offenbar sehr lustig fand. Er sprang immer wieder hoch und versuchte ihren Fuß zu schnappen. Marike schlug ihm heftig auf die Nase, hob Emma auf den Arm und humpelte fluchend zurück ins Haus.

Die Osborne Road, die von vielen Läden gesäumt wurde, fand Nina schnell, auch den ersten Telefonladen, aber der war geschlossen. Ungeduldig fuhr sie weiter, bis sie neben einem Kentucky-Fried-Chicken den zweiten Laden entdeckte. Die Warteschlange – nur Schwarze, Weiße waren nicht zu sehen – reichte gut dreißig Meter weit die Straße entlang. Manche der Wartenden saßen auf der Bordsteinkante, manche lagen auf der schmalen Grünfläche im Schatten vor der Ladenzeile. Nina überlegte, ob es sich lohnte, sich in die Schlange einzureihen. Fünfundzwanzig Leute zählte sie vor dem Laden und rechnete nach. Sollte jeder nur zehn Minuten für sein Anliegen benötigen, würde sie drei bis vier Stunden hier anstehen müssen. Im besten Fall.

Sie parkte, nahm ihre Umhängetasche aus der Schublade unter dem Sitz, stieg aus, verschloss den SUV und überquerte die Fahrbahn. Fetter Brathähnchengeruch wehte ihr entgegen, der nach dem kargen Frühstück sofort eine Hungerattacke bei ihr auslöste.

»Was ist hier los?«, rief sie den Leuten auf englisch zu. »Gibt es etwas umsonst?«

Alle drehten sich mit einem Ruck ihr zu. Vielstimmiges, lautes Gelächter lief durch die Menge.

»Nein, nein, umsonst gibt es hier nie etwas«, antwortete ein gut gekleideter, jüngerer Zulu. »Es ist gerade eine Lieferung Mobiltelefone angekommen. Die war schon vor zwei Wochen angekündigt, und wir alle warten, dass wir eins abbekommen.« Er lachte spöttisch. »Aber ich glaub nicht, dass die genug bestellt haben. Es ist immer das Gleiche. Die sind zu dumm, weiter als bis drei zu zählen.«

Nina ließ den Blick frustriert über die Leute gleiten. Selbst wenn sie sich auf die Wartezeit einlassen würde, war ihre Chance, ein Telefon zu ergattern, sehr gering. Sie wandte sich an den jungen Mann. »Gibt es hier irgendwo eine Telefonzelle?«

Wieder dieses spöttische Lachen. »Telefonzelle?« Der Zulu schüttelte vehement den Kopf. »Irgendwann gab es mal eine, aber die ist schon längst völlig zerstört worden. Nix mehr da, nur ein paar ausgefranste Drähte, und die werden auch bald geklaut sein.«

»So 'n Schiet«, brummte sie halblaut.

Der junge Mann, der Markenjeans, ein weißes Hemd und ockerfarbene Lederschuhe trug, kam näher und musterte sie interessiert. »Welche Sprache war das?«

»Deutsch«, antwortete sie abwesend.

»Du kommst also aus Deutschland?«

Sie zuckte mit den Schultern. »Ich bin in Zululand geboren«, antwortete sie auf Zulu. »Aber ich lebe seit vierzehn Jahren in Deutschland und war seitdem nicht mehr in Südafrika.«

Er wandte sich den anderen zu. »He, Leute, hört mal. Wir müssen vorsichtig mit dem sein, was wir über sie reden. Sie versteht Zulu!« Er zeigte auf Nina und lachte dabei. Die anderen reagierten mit lauter Fröhlichkeit.

Auch Nina lächelte und fühlte sich an ihre glückliche Jugend in diesem Land erinnert. Als sie noch dazugehörte. Vor jenem Tag.

»Und dein Mobiltelefon ist kaputt?«, unterbrach der Zulu ihre Gedanken.

»Nein, geklaut«, antwortete sie knapp.

Worauf er ein Handy aus der Tasche seines blütenweißen Hemds zog und es ihr hinstreckte. »Du kannst meins benutzen, wenn du jemand anrufen willst.«

Überrascht nahm sie das Telefon entgegen. »Danke, das ist wirklich sehr freundlich von dir. Es ist nur ein Anruf innerhalb Zululands.«

Sie würde nur kurz Jill anrufen und dann von Inqaba aus ihren Vater und Konrad. Glücklicherweise konnte sie sich vom letzten Anruf an Jills Nummer erinnern. Sie gab die Ziffern ein und wartete. Jill meldete sich schon nach dem zweiten Klingeln.

»Hi, Jill, hier ist Nina ...«

»Nina!«, unterbrach ihre Freundin sie. »Um Himmels willen, wo steckst du? Plötzlich warst du nicht mehr zu erreichen, und wir wussten nicht, ob das mit deiner Familie in Eshowe geklappt hat. Vor einer halben Stunde haben wir die Polizei benachrichtigt, dass du vermisst wirst! Was ist passiert?«

»Es geht mir gut, aber mein Mobiltelefon ist mir geklaut worden. Ich habe tatsächlich bei meiner Cousine in Eshowe übernachtet, aber deren Telefon konnte ich nicht benutzen, weil sie nur noch ganz wenig Guthaben hatte. Hat sie jedenfalls behauptet. Jetzt brauche ich dringend ein neues Gerät, was sich aber als schwierig herausgestellt hat. Im Augenblick telefoniere ich von einem Handy, das mir ein netter junger Mann geliehen hat. Der Laden hier ist hoffnungslos überfüllt, und alle warten auf eine Lieferung, damit sie eins abbekommen. Ich kann mir das Warten wohl sparen.«

»Komm einfach her«, sagte Jill. »Ich leihe dir eins. Jetzt muss ich schnell bei der Polizei anrufen und die Suche abblasen lassen. Sonst schleifen die dich womöglich noch in Handschellen auf die nächste Station. Manchmal reagieren die lokalen Streifen etwas übereifrig.«

»In Handschellen? Oje, das würde ich gern vermeiden.« Nina kicherte. »Bis gleich also.«

Sie legte auf und sah den jungen Zulu bittend an.

»Ich würde gern mit noch jemand telefonieren«, sagte sie. »Hier in der Nähe wurden gestern zwei kleine Kinder angefahren. Der Junge ist mit dem Krankenwagen eines privaten Unternehmens zur King-Cetshwayo-Klinik gefahren, dort aber nicht abgeliefert worden. Seine Schwester habe ich ins Umuzi ihrer Mutter gebracht. Ich würde gern herausfinden, wie es dem Jungen geht. Möglicherweise ist er bei einer Ärztin namens Thandi.«

»Ja, die hat ein sehr gutes Krankenhaus.« Er rief in die Menge: »He, hat jemand die Telefonnummer von Dr. Thandi?«

»Ich«, sagte eine junge Frau in rot geringeltem T-Shirt und sehr kurzem Rock, die ein winziges Baby im Tragetuch auf den Rücken gebunden hatte. Sie rief die Nummer auf ihrem Mobiltelefon auf und las sie Nina vor. »Dr. Thandi ist eine gute Ärztin«, meinte sie. »Die Schwestern sind nicht frech, und es gibt meistens genug zu essen.«

»Ngiyabonga«, sagte Nina, während sie die Nummer eingab.

Eine Frauenstimme meldete sich auf Zulu, und Nina trug ihr Anliegen vor. »Ich suche einen kleinen Jungen, etwa sieben oder acht Jahre alt. Er müsste gestern bei Ihnen eingeliefert worden sein. Möglicherweise war sein Bein gebrochen. Sein Nachname ist Ntanzi.«

»Haben wir hier nicht«, war die knappe Antwort.

»Das war gestern am späten Nachmittag. Das Kind war bewusstlos. Vielleicht haben Sie es nicht unter seinem Namen im Register, sondern nur als Fall im Notaufnahmeprotokoll.«

Die Frau seufzte. »Okay, ich sehe mal nach.« Computertasten klickten, dann nahm sie den Hörer wieder auf. »Da ist ein Kind eingeliefert worden, aber ...«

»Bitte verbinden Sie mich mit dem Stationsarzt«, unterbrach Nina sie. »Er scheint tatsächlich dort zu sein«, flüsterte sie in die Runde. Alle lehnten sich vor, um auch ja nichts von der Unterhaltung zu verpassen.

Am anderen Ende meldete sich ein Mann. »Hier ist der Stationsarzt. Was kann ich für Sie tun?«

Nina erzählte von dem Unfall und sagte, dass der Kleine wahrscheinlich in die Klinik von Dr. Thandi gebracht worden sei. »Ich möchte nur wissen, wie es ihm geht.«

»Stimmt, der Kleine ist hier eingeliefert worden, und es geht ihm den Umständen entsprechend«, war die zögernde Antwort. »Wir haben sein Bein operiert, aber er ist noch nicht wieder richtig wach. Wissen Sie, wie er heißt?«

»Seinen Vornamen kenne ich nicht, aber ich weiß, wo seine Mutter lebt und wie die heißt. Ich habe seine Schwester zu ihr nach Hause gebracht.« Sie diktierte dem Doktor den Namen von Ntombis Mutter und eine Beschreibung, wo ihr Haus lag.

»Zandile Ntanzi, das reicht«, sagte der Doktor. »Wir werden die Frau finden. Wir brauchen ihre Erlaubnis, den Kleinen weiter zu behandeln, und leider müssen wir die finanzielle Seite klären ...«

»Oh, kann ich da helfen?«, unterbrach Nina ihn. »Um wie viel ginge es denn?«

»Haben etwa Sie die Kinder angefahren?« Die Frage kam wie aus der Pistole geschossen.

»Nein«, entgegnete sie ruhig. »Ich war nur als Erste vor Ort.«

Wieder zögerte der Arzt. »Na ja, mit etwa dreitausend Rand wäre dem Kleinen schon sehr geholfen.«

Keine zweihundert Euro, überschlug Nina im Kopf. »Geben Sie mir Ihre Kontonummer. Ich überweise das Geld, wenn ich ... zu Hause bin.«

Sie wollte den Arzt nicht darauf hinweisen, dass sie eigentlich eine Touristin auf dem Weg zu einer teuren Lodge sei, wo eine einzige Übernachtung deutlich mehr kostete als die Behandlung des Kleinen.

Nina notierte sich alles und verabschiedete sich. Erst da fiel ihr auf, dass er gar nicht nach ihrem Namen gefragt hatte. Und sie gestand sich ein, dass sie es ihrerseits bewusst vermieden hatte, ihn anzugeben. Sie wollte nicht, dass irgendjemand außer den Robertsons und Jills Familie davon erfuhr. Schon dass Rikki es mitbekommen hatte, bereitete ihr unterschwellig Unbehagen. Die würde es bestimmt weitererzählen.

Sie gab dem Zulu das Handy zurück. »Vielen Dank, das war wirklich sehr freundlich. Was bin ich Ihnen schuldig?«

Der Mann wehrte ab. »Oh, gar nichts.« Sein Blick wanderte zu einem chromblitzenden BMW. »Ich kann es mir leisten.«

»Ngiyabonga kakhulu«, dankte sie ihm wieder und streckte ihm die Hand zum Abschied hin.

»Yebo, ich werde meine Ahnen bitten, über dich zu wachen, denn du hast ein gutes Herz«, sagte er. »Der Junge wird eine gute Behandlung bekommen. Dr. Thandi ist die Beste.«

Er packte erst ihren rechten Daumen, dann ihre ganze Hand, und schließlich wieder den Daumen. Der traditionelle Handgriff der Afrikaner.

Für ein paar Sekunden behielt sie seine Hand in ihrer und spürte die raue Haut, die von harter Arbeit zeugte und eine andere Geschichte erzählte als das teure Auto und die schicke Kleidung.

»Ngiyabonga kakhulu«, flüsterte sie noch einmal.

Sie gab seine Hand frei, ging zu ihrem Auto hinüber und stieg ein. Dann drehte sie das Fenster herunter, rief: »Salani kahle!«, legte den Gang ein und gab Gas.

»Hamba kahle«, scholl es ihr unter fröhlichem Gelächter aus der Menge zurück, als sie die Straße hinunterfuhr.

10

Das Lachen klang noch lange in ihren Ohren nach und wärmte ihre Seele, auch als sie die Stadt längst verlassen hatte.

Sie wählte die Route über Empangeni und Mtubatuba. Die einzig erwähnenswerte Begegnung auf dem Weg nach Inqaba war eine eigensinnige Ziegenherde und ein schläfriger Hirte. Die Ziegen hatten es sich auf der Straße bequem gemacht, der Hirte unter einem schattigen Baum. Nina bremste scharf. Weder die Ziegen noch der Hirte rührten sich. Sie hupte. Das Ergebnis war das gleiche. Nur ein winziges Zicklein meckerte.

Nina ließ das Fenster herunter und lehnte sich hinaus. »He!«, schrie sie.

Eine Ziege hob den Kopf, ließ ihn aber gleich wieder sinken. Der Hirte schnarchte weiter. Irgendjemand hinter ihr lachte, und sie wandte sich um. Drei junge Männer und zwei kichernde Mädchen beobachteten sie und machten sich ganz offensichtlich über sie lustig.

»Die weiß nicht, wie man mit Ziegen reden muss«, sagte eines der Mädchen auf Zulu.

»Touristin eben«, meinte ihre Freundin mit tanzenden Augen.

»Ihre Tasche ist schön«, bemerkte einer der jungen Männer. Er trug abgeschnittene Jeans, ein graues Tanktop und eine verspiegelte Sonnenbrille.

»Teuer«, ergänzte sein Kumpel und schnalzte anerkennend mit der Zunge.

Der Dritte spitzte mit spekulierendem Blick die Lippen. »Ihre Uhr auch!«

»Ihre Sonnenbrille will ich«, sagte eines der Mädchen, nahm seine ab und schwenkte sie am Bügel herum. »Meine ist alt.«

Nina hörte mit unbewegter Miene zu und ließ sich nicht anmerken, dass sie jedes Wort verstand. »Könnt ihr die Ziegen von der Straße jagen?«, fragte sie auf englisch.

Die Mädchen hielten sich vor Lachen die Seiten. »Suka!«, schrien sie und wedelten mit den Armen, was allerdings keinerlei Wirkung auf die Tiere zeigte.

»Zehn Rand für den, der die Ziegen verscheucht«, bot Nina an.

»Zehn Rand«, wiederholte der mit der verspiegelten Sonnenbrille verächtlich und kickte einen Stein über die Straße. »Fünfzig Rand!«, rief er Nina zu, während seine Kumpel und die Mädchen heftig nickten. »Für jeden!« Er zeigte auf sich und die vier anderen.

Nina fixierte ihn mit einem nadelspitzen Blick. Über eine halbe Minute lang. Anfänglich feixte der Mann herausfordernd, aber allmählich rutschte ihm das Grinsen verunsichert aus dem Gesicht. Sie beobachtete das amüsiert.

»Wenn ihr glaubt, dass ich nur eine dumme Touristin aus Übersee bin und ihr mich wie eine geschlachtete Kuh ausnehmen könnt, habt ihr euch geirrt«, sagte sie ruhig auf Zulu.

Mit Genugtuung bemerkte sie die Wirkung ihrer Worte. Die Mädchen tuschelten verlegen untereinander, die Männer starrten an ihr vorbei und scharrten mit den Füßen.

Der mit der Spiegelbrille schien sich gefangen zu haben und baute sich breitbeinig vor ihrem Wagen auf. »Fünfzig Rand!«, wiederholte er und sah sie streitlustig an.

Nina stieg aus, schloss den Wagen ab und bahnte sich einen Weg durch die Ziegen, ohne den aufsässigen Typen eines Blickes zu würdigen.

Vor dem Hirten stemmte sie die Arme in die Hüften. »Du da! Aufwachen, und zwar plötzlich!«

Der Hirte, der ganz offensichtlich schon einige Zeit nicht mehr schlief, riss wie erschrocken die Augen auf. »Ufunani«, stotterte er. »Was willst du?«

»Mach die Straße frei!«, sagte Nina barsch auf Zulu. »Ich werde auf Inqaba erwartet, und wenn ich nicht bald dort ankomme, ruft Jill die Polizei.«

Sie hoffte, dass das helfen würde. Als Eigentümerin von Inqaba war sie weit über die Grenzen Zululands bekannt.

Der Hirte, ein knorriger, älterer Mann, kam bei der Erwähnung des Namens erstaunlich schnell auf die Beine. Mit beiden Händen zog er seine viel zu weite Hose zurecht und staubte dann das gestreifte T-Shirt ab, das locker an seinem mageren Körper herabhing.

»Inqaba, eh?« Er steckte sich einen selbst gedrehten Glimmstängel zwischen die Zähne, tat einen tiefen Zug und ließ den Rauch langsam aus der Nase entweichen.

Nina schnupperte. Der Cannabisgeruch war unverkennbar. Der Hirte nahm kurz die Zigarette aus dem Mund und stieß einen komplizierten Pfiff durch seine Zahnlücken aus.

Die Ziegen sprangen wie angestochen auf und rannten laut meckernd kreuz und quer über die Straße, stiegen übereinander und attackierten sich gegenseitig. Ein großer, schwarzer Bock richtete seine gelben Augen auf Nina, senkte den Kopf mit den unfreundlich spitzen Hörnern und galoppierte auf sie zu. Die fünf Zuschauer und auch der Hirte sahen interessiert zu. Keiner rührte sich.

Jetzt wurde Nina richtig wütend. »Suka!«, schrie sie den Ziegenbock an und klatschte laut in die Hände. »Hau ab, du blödes Vieh!«

Der Bock hielt abrupt inne, schnaufte und schüttelte empört den Kopf. Er schwang herum und nahm eines der Mädchen aufs Korn, das kreischend davonstob. Der Hirte brüllte Schimpfworte rechts und links an seiner Zigarette vorbei, trieb dann seine Herde auf die andere Straßenseite und dort den Abhang hinunter. Die Zuschauer trollten sich murrend. Der mit der Spiegelbrille kugelte mit sauertöpfischer Miene eine kleine Schildkröte mit Fußtritten vor sich her. Das Reptil hatte Kopf und Beine eingezogen und ließ die Tortur über sich ergehen. Die Schildkröten in Zululand führen offenbar ein anstrengendes Leben, dachte Nina, stieg zufrieden wieder in den Wagen und setzte ihren Weg nun unbehindert fort.

Als sie bald darauf an dem meterhohen Elektrozaun von Umfolozi die Köpfe zweier Giraffen entdeckte, die aus dem grünen Kranz der Baumkronen ragten und gemächlich kauend herüberäugten, reizte sie der Anblick unversehens zum Lachen und lenkte sie so ab, dass sie prompt mit dem rechten Vorderrad in ein klaffendes, mit schlammigem Wasser gefülltes Schlagloch rutschte. Eine Wolke zartgelber Schmetterlinge, die am Wasserrand ihre zierlichen Rüssel zum Trinken ins Wasser getaucht hatten, flatterte auf.

Behutsam fuhr sie an. Der Wagen schaukelte einmal vor und zurück und rührte sich nicht mehr. Frustriert stieß sie einen Schrei aus und schlug aufs Lenkrad, worauf ein Pavian aufwachte, der mit lässig herunterhängenden Beinen auf einem Ast geschlafen hatte. Er ließ sich an seinem Schwanz herunter, bis er vor ihrer Windschutzscheibe baumelte. Sie schnitt eine Grimasse, der Affe auch. Er klapperte feixend mit den Zähnen und kratzte sich am Bauch.

Sie trat aufs Gas, der Motor heulte auf, und der Pavian brachte sich kreischend in Sicherheit. Zentimeterweise gelang es ihr endlich, sich aus dem Schlammpfuhl zu befreien. Der große Affe zeterte empört hinter ihr her.

Aufgeheitert setzte sie ihren Weg fort. Gelegentlich erspähte sie eine Antilope. Einmal landete ein kobaltblauer Glanzstar auf einem Zaunpfosten. Der Vogel spreizte die Flügel, drehte sich wie ein Balletttänzer und zeigte sich in seiner ganzen blau schillernden Pracht. Hingerissen ließ Nina das Fenster herunter, und ein Schwall frühsommerlicher Hitze brandete herein. Der Glanzstar schoss aufgeschreckt ins Dickicht. Sie sah ihm nach und verspürte große Sehnsucht, ganz allein durch die Wildnis zu streifen, Tiere zu beobachten, abgelenkt zu werden, sich zu verlieren, einzutauchen in diese köstliche Luft, den süßen Blütenduft einzuatmen. Einfach den Druck abzuschütteln und das unerbittliche Karussell ihrer Probleme, das sich ständig in ihrem Kopf drehte, anzuhalten. Zu vergessen.

Als jedoch neben dem Frühlingsduft eine Wolke scharfen Raubtiergestanks hereinwehte, fuhr sie das Fenster schleunigst wieder hoch.

Die Straße, die die Wildreservate Hluhluwe und Umfolozi voneinander trennte und an deren Ende, wie sie wusste, ein Schild die Abfahrt nach Inqaba ankündigte, war geteert, aber offenbar hatte es kürzlich heftige Regenfälle gegeben. Der Asphalt war an vielen Stellen aufgebrochen, und die zahlreichen Schlaglöcher zwangen sie, langsam zu fahren. Sie betrachtete die Umgebung genauer. Den Kopf in den Nacken gelegt, sah sie hinauf in den Himmel, der noch nicht im harten Blau des Mittags glühte, sondern hellblau schimmerte, so gläsern durchsichtig, dass sie meinte, geradewegs bis in die Unendlichkeit blicken zu können. Ihr Blick schwenkte über die Landschaft. Verfilzte Buschgruppen, Schirmakazien, hohes Gras. So weit ihr Auge reichte. Nichts Besonderes.

Doch ohne Vorwarnung, nachdem sie schon einige Hundert Meter am Elektrozaun von Inqaba entlanggefahren war, schien sich ein harter Ring um ihren Schädel zu legen, der ihn immer härter zusammenpresste. Sie fasste sich an den Kopf und blinzelte. Irgendetwas stimmte nicht. Irgendetwas irritierte sie. Die Landschaft hatte sich nicht verändert, aber über die wuchernde Wildnis von Inqaba schoben sich wogende Zuckerrohrfelder vor ihr geistiges Auge, und gleichzeitig flackerte brennende Angst in ihr hoch. Unwillkürlich rieb sie sich die Magengegend.

War es hier passiert?

Der Gedanke traf sie wie aus dem Nichts. Ihr Fuß rutschte vom Gaspedal.

Sie wollte schnell wenden und so viel Abstand wie möglich zwischen sich und diese Gegend bringen. Um nie wieder zurückzukehren. Aber sie zwang sich, ihre Augen nicht abzuwenden, sondern ganz genau hinzusehen und weiterzufahren. Als sie eine fast zugewachsene Lichtung passierte, zögerte sie. Der Anblick berührte etwas in ihr. Sie hielt an, ließ das Fenster herunter und spähte ins Gestrüpp.

Dornendickicht, ein verkrüppelter Büffeldornbaum, spärliches Gras, ein Loch im Erdboden, das offenbar Warzenschweinen als Zuflucht diente. Kannte sie die Lichtung? Vermutlich, hatte sie doch seit frühester Jugend jeden Zentimeter dieser Gegend erkundet. Hatte die Lichtung eine Bedeutung für sie? Gut möglich, auch wenn sie nicht draufkam, wie genau die aussah.

Ähnlich erging es ihr mit zwei bizarr geformten Termitenhügeln, an die sie sich zu erinnern meinte, und einem blank gescheuerten Felsen, den damals Nashörner und Elefanten benutzt hatten, um sich das Hinterteil daran zu kratzen. Oder war das woanders gewesen? Verunsichert fuhr sie weiter.

Schließlich entdeckte sie das Schild, auf dem die Abzweigung nach Inqaba angekündigt wurde, und bremste ab. Sie las den Willkommenstext und die Aufforderung, nicht aus dem Wagen auszusteigen, es sei denn auf einem offiziellen Rastplatz. Das Übliche also, zusammen mit der Anweisung, sich einem Elefanten nie näher als auf fünfzig Meter zu nähern.

Während sie die Klimaanlage zwei Stufen höher drehte, musste sie daran denken, wie sie auf ihrer ersten Fahrt allein durch Inqaba, kurz nachdem sie ihren Führerschein gemacht hatte, auf einen einzelnen Elefanten gestoßen war. Der alte, griesgrämige Tusker – wie Bullen mit besonders großen Stoßzähnen bezeichnet wurden – hatte offenbar noch nie etwas von dem Fünfzigmeterabstand gehört. Als er ihrer ansichtig wurde, schlug er mit dem Kopf und den Ohren, stampfte ein bisschen herum und stürmte dann trompetend auf sie los.

Blitzartig war ihr klar geworden, dass sie es im Rückwärtsgang nie schaffen würde, sich vor dem Bullen zu retten. Sie trat ihr Gaspedal durch und steuerte den Wagen ins Gestrüpp. Der Bulle stürmte an ihr vorbei, und sie fuhr hinter ihm zurück auf den Weg und entkam ihm mit galoppierendem Herzjagen und ein paar Kratzern an ihrem neuen Auto.

Heute war kein Elefant in Sicht. Nina fuhr langsam an. Sie hatte keine genaue Vorstellung, was sie hinter der nächsten Biegung erwartete, aber sie meinte, sich an eine schmale Sandstraße erinnern zu können, die durch den zu beiden Seiten wild wuchernden Busch wie ein Tunnel wirkte und bis ans Eingangstor von Inqaba führte.

Plötzlich begann ihr Herz zu hämmern. Sie trat wieder auf die Bremse und schnappte nach Luft. Das Gefühl kannte sie nur zu gut. Das war kein Vorhofflimmern, wie ihr Hausarzt ursprünglich angenommen hatte, sondern ein Anzeichen für einen Panikanfall. Die Vorstellung, durch diesen Tunnel fahren zu müssen, brachte ihr Herz zum Galoppieren. Aber warum? Was war so schrecklich an einer überwucherten Sandstraße? Hatte es sie überhaupt gegeben? Oder war es der Ort, wo ihr Leben eine abrupte Wendung genommen hatte?

Sie presste ihre Zähne so fest aufeinander, dass es knirschte. Nur ein paar Hundert Meter trennten sie von Inqaba, ihrem Ort der Zuflucht. Langsam bog sie in den Weg ein. Schließlich hatte sie sich geschworen, dem Kampf gegen ihre Dämonen nicht auszuweichen.

Anstatt eines Tunnels und eines unbefestigten Sandwegs erstreckte sich im Sonnenflimmern vor ihr eine asphaltierte Straße. Der Busch war zurückgeschnitten und der Blick weit. In ihrer Vorstellung war jener Tag dunkel, düster und von dräuenden Wolken verschattet gewesen.

Wie in Trance hielt sie wieder an und starrte verwirrt hinaus. Erst der urafrikanische Anblick einer turmhohen Giraffe, die in Zeitlupentempo mit ihrem Jungen die Straße überquerte, hier ein Büschel Blätter von einem Baum riss und zerkaute und dort eine wilde Pflaume pflückte, holte sie zurück in die Wirklichkeit.

Es gab keinen Tunnel und auch keinen Sandweg, und sie war sich jetzt überhaupt nicht mehr sicher, ob es ihn je gegeben hatte.

Ob diese grässliche Angst Bilder von Ereignissen und Orten in ihr hervorrief, die niemals existiert hatten?

Sie fuhr wieder an, und schließlich tauchte das Reetdach der zwei ebenerdigen Wachhäuschen am Eingang von Inqaba aus dem Buschgrün auf. Sie hielt vor der Schranke, ließ das Fenster herunter und lehnte sich hinaus.

»Hallo!«, rief sie.

Ein Zulu in gebügelter Inqaba-Uniform trat mit geschultertem Maschinengewehr aus dem Wachhäuschen und fragte nach ihrem Namen. Nachdem er eine Liste konsultiert hatte, tippte er lässig mit zwei Fingern an seine Kappe.

»Willkommen«, sagte er mit einem breiten Lächeln und ließ die Schranke hoch. »Have a nice time!«, rief er ihr noch nach, bevor er den Schlagbaum hinter ihr wieder herunterließ.

Als sie außer Sichtweite des Wachmanns war, hielt sie an, legte den Kopf aufs Lenkrad und atmete ein paarmal tief durch.

Sie war in Sicherheit.

Welch ein unglaublich wunderbarer Augenblick. Sie lehnte sich aus dem Fenster. Der Himmel strahlte in blendendem Blau, und Licht erfüllte ihre Seele. Sie machte sich auf den Weg zur Lodge.

Nach einigen Kilometern näherte sie sich einem kreisrunden Gebäude, einem Reetdach auf Pfählen, vor dem zwei Zulufrauen, offensichtlich Mutter und Tochter, mit gelangweiltem Gesichtsausdruck auf Plastikstühlen saßen und auf Kundschaft für ihre traditionellen Perlgehänge und afrikanischen Schnitzereien warteten. Letztere wurden, wie Nina wusste, hauptsächlich aus Kenia importiert, wo es mehr routinierte Schnitzer als in Südafrika gab. Das machte die Produkte billiger, und da die meisten Familien der Umgebung wirtschaftlich von dem Geschäft mit Touristen abhängig waren, kauften sie dort, meistens illegal über Mittelsmänner.

Das Geschäft schien nicht gut zu gehen, denn andere Besucher konnte sie nicht entdecken. Nachdem sie einen Parkplatz im Baumschatten gefunden hatte, schaltete sie den Motor ab und stieg aus. Afrikanische Glutofenhitze traf ihr Gesicht und prickelte ihr auf der Haut, als würde die Sonne einen Willkommensgruß daraufbrennen. Pure Lebensfreude strömte ihr durch die Adern, und sie fühlte sich so lebendig wie seit Langem nicht mehr. Sie krempelte ihre Jeans hoch und ging beschwingt weiter.

Das altvertraute Geruchsgemisch – süßlich nach trockenem Reet, frischem Gras, Dung, warmem, geteertem Holz und zartem Rauch – strömte ihr entgegen. Der Duft Zululands. Der Duft ihrer Kindheit, den sie immer geliebt hatte.

Ihre Gedanken sprangen unkontrolliert über die Landschaft ihrer Erinnerungen und landeten an jenem Tag, an dem ihr bisheriges Leben in einem schwarzen Loch versunken war. Es bedurfte ihre ganze Kraft, die beiden Frauen ruhig auf Zulu zu grüßen und das Gebäude zu betreten.

»Willst du einen Elefanten kaufen?«, fragte die jüngere Frau. »Oder ein fettes Imvubu?« Sie hielt ihr einen blank polierten Hippo aus Speckstein und einen geschnitzten Elefanten vor die Nase.

Nina wählte aus den ausgelegten Elefanten, Flusspferden, Giraffen, Löwen und Leoparden zwei steinerne Hippos als Talisman für ihren Vater und sich. Sie hob eines der Flusspferde hoch und las das Preisschild. Auch wenn sich hier nicht viel verändert hatte, die Preise schon. Die hatten sich nach all den Jahren verdreifacht.

»Ich nehme die hier«, sagte sie.

Der Gesichtsausdruck der Zulu sagte ihr, dass sie ein Feilschen erwartet hätte, aber heute zahlte Nina mit Freude den vollen Preis.

Nachdem die beiden Frauen ihr die Skulpturen eingepackt hatten, wanderte Nina in der glühenden Mittagssonne über den Innenhof, der nichts weiter war als ein offener Sandplatz, auf dem hier und da ein paar trockene Grashalme wuchsen. Die Hitze schlug ihr in Wellen vom Boden entgegen und ließ ihr den Schweiß aus den Haaren den Hals hinunterlaufen. Sie wischte ihn mit dem Handrücken ab.

Unzählige hölzerne Warzenschweinfamilien tummelten sich hier zwischen den Grashalmen, und aus den Augenwinkeln entdeckte Nina deren Verwandte aus Fleisch und Blut. Eine Großfamilie der possierlichen Tiere schlief draußen im Schatten eines Leberwurstbaums, dessen lange, bräunliche Früchte einer solchen Wurst täuschend ähnlich sahen. Sie galten als schwach giftig. Von den traditionellen Kräuterheilern der Zulus, den Inyangas, wurden sie allerdings zur Heilung von Bandwürmern, Rheuma und anderen Krankheiten eingesetzt.

Auf einmal löste sich eine der hartschaligen Würste aus dem Baum und knallte dem Warzenschweineber auf den Kopf. Er quiekte empört auf, stellte den Pinselschwanz hoch und galoppierte dann über das kurz gehaltene Gras, dicht gefolgt von seiner aufgeschreckten Familie.

Verzückt sah sie ihnen nach, bis sie im nahen Busch verschwunden waren, und wanderte anschließend schmunzelnd über den Innenhof. In den offenen Dachsparren über ihr kicherten Geckos. Lachtauben gurrten, das Schrillen der Zikaden vibrierte in der Luft, und ein Windhauch raschelte durchs trockene Gras.

Buschmusik.

Sie blieb stehen, schloss die Augen und horchte. Afrikas ewige Melodie schwemmte auch die letzte Anspannung aus ihren Muskeln. Allmählich senkte sich eine Ruhe über sie, wie sie lange keine mehr erfahren hatte.

Nach einem Blick auf die Uhr stieg sie wieder in ihr Auto. Sie fuhr langsam, weil die Straße nach wie vor tiefe Schlaglöcher aufwies. Nach einer Weile fuhr sie links dicht an den buschbestandenen Abhang heran, der sicherlich über fünfzig Meter senkrecht abfiel, aber dadurch einen grandiosen Blick über die weite Savannenlandschaft bot. Sie schaltete den Motor aus, fuhr alle Fenster herunter und ließ die unvergleichliche Stille des afrikanischen Buschs, die nicht gänzlich lautlos war, sondern ein vielstimmiger Chor zartester Töne und Melodien, hereinfließen.

Bald kristallisierte sich aus dem beruhigenden Chor ein Motorengeräusch heraus, nervtötend wie das Surren einer lästigen Fliege, und kurz darauf schoss ein verschmutzter, bulliger Geländewagen auf der Mitte der Straße mit viel zu hoher Geschwindigkeit um die Kurve. Ein Sonnenstrahl erhellte kurz das Innere des Wagens, und sie erkannte die vagen Umrisse eines kräftigen Mannes auf dem Fahrersitz. Beifahrer waren nicht zu sehen.

Plötzlich bremste der Fahrer kurz ab, änderte die Richtung und raste dann direkt auf sie zu. Mit einem Aufschrei starrte sie dem Geländewagen entgegen und erwartete, dass der Mann seinen Fehler bemerken und korrigieren würde, was er aber nicht tat. Er steuerte weiter auf sie zu, als wollte er sie frontal rammen.

Laut schreiend, startete sie den Motor und gab Gas. Ihr Wagen machte einen Satz, und eine Sekunde später mischte sich metallisches Kreischen in ihr Schreien. Der Geländewagen schrammte an ihrer Seite entlang und drückte ihr Auto dabei gegen einen niedrigen Felsen, der aus dem Gestrüpp unmittelbar am Abhang ragte, wo es sich so verkeilte, dass der Motor erstarb und sie im Sitz nach vorn geschleudert wurde. Ihre Sonnenbrille rutschte ihr von der Nase und fiel hinunter. Blitzschnell angelte sie die Brille mit dem Fuß zu sich heran und hob sie auf, ohne das andere Fahrzeug im Rückspiegel aus den Augen zu lassen.

Zunächst hielt der Wagen nicht an, doch dann leuchteten unvermittelt die Hecklichter rot auf. Der Fahrer wendete nicht. Niemand stieg aus.

Sie wartete angespannt auf das, was der Mann jetzt unternehmen würde. Hatte er es tatsächlich auf sie abgesehen?

Mit zitternder Hand drehte sie den Rückspiegel so, dass sie die gesamte hintere Partie des Geländewagens einschließlich des verdreckten Kennzeichens im Blick hatte. NES, entzifferte sie mühsam. Das Kennzeichen für Eshowe. Auf der Heckscheibe des Wagens war ein grün-blauer Aufkleber angebracht, der sie an etwas erinnerte. Aufgeregt sah sie genauer hin. Er war oval, unten grün, oben blau, links eine Art orangeroter Pfeil.

Entsetzt fiel sie in ihren Sitz zurück. Offenbar handelte es sich um den gleichen Aufkleber wie bei dem Geländewagen, den sie am Unfallort von Ntombi und ihrem Bruder gesehen hatte! War das derselbe Mann, der die Kinder umgefahren hatte? Was hatte der auf dem Gebiet von Inqaba zu suchen? Und wenn er es tatsächlich auf sie abgesehen hatte, warum? Sie war ihm mit Sicherheit noch nie begegnet. Oder gehörte er zu ihrem früheren Leben?

Ihr Blick jagte über ihre Umgebung auf der Suche nach einer Möglichkeit, diesem Wahnsinnigen zu entkommen. Links von ihr fiel das Land steil in das weite Tal ab, auf der anderen Straßenseite blockierte eine solide meterhohe Felswand jeden Fluchtversuch. Sie saß in der Falle. Sie zwang ihr rasendes Herz zur Ruhe.

Der steile Hügelhang war mit fast undurchdringlichem Gestrüpp bewachsen. Vielleicht könnte sie sich irgendwie von Busch zu Busch hinunterhangeln? Soweit sie erkennen konnte, erstreckte sich goldgelbes Savannengras über das Tal. Mit einem kräftigen Fußtritt stieß sie die Beifahrertür auf, doch in diesem Augenblick hörte sie, dass der Fahrer sein Auto wieder anließ. Blitzschnell zog sie die Beifahrertür wieder zu, schloss die Zentralverriegelung und lauschte mit angehaltenem Atem.

Aber nichts passierte. Das Motorengeräusch entfernte sich, und dann war der Geländewagen um die nächste Kurve verschwunden. Für ein paar lange Augenblicke starrte sie regungslos vor sich hin. Ihr eigenes Schreien hallte in ihr nach, das Metallkreischen, mit dem ihr Auto am Felsen entlanggeschrammt war.

Der Aufprall war so heftig gewesen, dass sie befürchtete, ein Schleudertrauma davongetragen zu haben. Mechanisch rieb sie immer wieder über eine besonders schmerzhafte Stelle am Hals. Hatte der Mann sie aus Versehen gerammt? Sollte sie ihm mit dem Verdacht unrecht tun? War er nicht derjenige, der Ntombi und ihren Bruder umgefahren hatte? War dieser merkwürdige Aufkleber einer, der auf jedem zweiten Auto angebracht war? Rettet die Nashörner oder so etwas?

Sie startete den Motor, der zu ihrer Erleichterung sofort ansprang. Behutsam trat sie aufs Gas und rangierte mehrere Male vor und zurück, bis sich der SUV aus der Umklammerung des Felsens löste. Nach ein paar Metern stellte sie ihn auf der Straße ab und wartete noch eine Weile, bis sie sich sicher war, dass der Kerl nicht mehr in der Nähe lauerte. Noch traute sie dem Frieden nicht.

Schließlich zwang sie sich, die Fahrertür zu öffnen. Nun erst sah sie, dass der Abhang nicht wie angenommen in hohes Savannengras überging, sondern dass mehrere Felsen aus der Erde ragten. Spitze Felsen mit großen Zacken. Sie hatte unglaubliches Glück gehabt. Langsam stieg sie aus und machte sich daran, den Schaden am Auto zu prüfen.

Der vordere Kotflügel, wo der Geländewagen ihren SUV getroffen hatte, war so stark eingedrückt, dass er auf dem Reifen schleifte. Mit den Fingern fuhr sie die breite Schramme entlang, die vom Aufprall vorn bis über den hinteren Kotflügel reichte.

Sie setzte sich in der offenen Tür aufs Trittbrett und starrte blicklos über das Tal. Der leichte Wind strich ihr kühl über den Rücken und trocknete ihr nass geschwitztes Hemd.

Das Auto, das sich ihrem näherte, hörte sie zunächst nicht. Erst als sich eine silbern schimmernde Wagentür vor sie schob, geöffnet wurde und eine tiefe, melodiöse Stimme etwas sagte, kam sie zu sich. Sie hob die Augen.

Ein schwarzes Gesicht, goldschimmerndes T-Shirt, enger Rock mit Leopardenprint, schwarze Sonnenbrille, ein eher aufdringliches Parfüm, knallrote Lippen. Lange, glitzernde Ohrringe. Eine Frau. Vermutlich.

Nina stierte sie an. Hatte sie gerade Halluzinationen? Hatte sie sich vielleicht eine Gehirnerschütterung eingehandelt?

»Sieht aus, als ob du Hilfe brauchst, Sister«, sagte die Erscheinung auf englisch. Sie schwang lange, elegante Beine in roten High Heels auf den Boden und stemmte die Hände in die Hüften.

»Hilfe?«, stotterte Nina.

Die Frau machte eine Handbewegung. »Na, du hast offensichtlich einen Unfall gehabt. Bist du verletzt?«

Nina schüttelte wie betäubt den Kopf. »Nein ... nein, alles in Ordnung ...«

Die Erscheinung grinste fröhlich und zeigte blendend weiße Zähne. »Es sieht aber nicht so aus, als wäre alles in Ordnung. Das ist ein Leihwagen. Woher kommst du?«

»Aus Deutschland.«

»Eine Touristin also.« Die Frau nahm die Sonnenbrille ab und wischte sich mit dem Handrücken über die Stirn. »Ist mal wieder so heiß, dass sich selbst der Teufel den Hintern verbrennen würde.« Sie zeigte auf Ninas Wagen. »Fährt der Schrotthaufen noch? Wo wolltest du damit hin?«

»Inqaba«, sagte Nina überrumpelt.

»Da komme ich gerade her«, beschied ihr die Frau freundlich und umrundete mit prüfendem Blick das Wrack. »Der muss abgeschleppt werden. Inqaba ist nicht weit entfernt, das ist also kein Problem. Hast du ein Seil an Bord?« Ihre High Heels knirschten auf der sonnengebackenen Erde.

Ein Seil? Zum Abschleppen? »Keine Ahnung«, murmelte Nina und zog sich am Türgriff hoch. »Wer sollte mich denn abschleppen?«

Die mandelförmigen schwarzen Augen musterten sie amüsiert. »Na, ich.«

Die Frau setzte die Sonnenbrille wieder auf und machte sich an der Heckklappe zu schaffen, die mit einem metallischen Knirschen aufsprang. Energisch wühlte sie darin herum und zog schließlich triumphierend ein Abschleppseil heraus.

Vor sich hin summend, untersuchte sie den Bereich unter der vorderen Stoßstange des SUVs. »Und da ist auch der Haken«, meinte sie zufrieden.

»Vorhin ist er noch gefahren«, protestierte Nina.

Wieder das schneeweiße Lächeln. »Gut, dann setz dich rein und folg mir. Ich bringe dich bis zum Tor von Inqaba. Wenn der

Schrotthaufen unterwegs doch noch schlappmacht, schleppe ich dich bis dahin.« Sie stakste zu ihrem Wagen und schwang sich auf den Fahrersitz.

Nina sah ihr verdattert nach, besann sich dann aber auf ihre Manieren. »Mein Name ist Nina. Wie heißt du? Bei wem darf ich mich bedanken?«

Die Frau lachte tief und herzlich. »Manche nennen mich inkosazana ehlanyileyo ...«

Jetzt verzog Nina die Mundwinkel zu einem Lächeln. »Die verrückte Lady. Das scheint ein passender Name für dich zu sein.«

Die perfekt gezupften Brauen wölbten sich. »Eine Touristin, die Zulu versteht?«

»Ich habe eine Zeit lang in Natal gelebt«, sagte Nina. »Wie kommt es, dass du dich mit Autos so gut auskennst?«

»Ich bin Boss einer Autofirma in diesem Land der unbegrenzten Möglichkeiten.«

»Und wie nennt man dich hier?«, fragte Nina.

»Crazy, wie sonst?«

Nina lachte laut. Wie sonst!

Crazy drehte ihr Handgelenk und sah auf die Uhr, eine schwere, goldene Herrenuhr. Zwei scharfe Falten erschienen auf ihrer Nasenwurzel. »Und man wartet auf mich. Verdammt! Der König ist in Kauflaune und will eine Flotte Autos für seine Königinnen und seine Lieblingssöhne anschaffen.« Sie startete ihren Wagen.

Nina überlegte. Soweit sie informiert war, gab es inzwischen sechs oder sieben Frauen und fast dreißig Kinder. »Klingt wie ein super Auftrag!«

Crazy leckte sich die Lippen und schnurrte wie eine Leopardin. »Yebo«, lachte sie heiser. »Oh, yebo!«

Nina stieg in den SUV und schickte ein Stoßgebet in den blauen Himmel. Der Wagen sprang an. »Halleluja«, murmelte sie und trat erwartungsvoll aufs Gas.

Es dauerte knapp eine Dreiviertelstunde, bis sie vor den rollenden Eisenstäben hielten, die Wildtiere davon abhalten sollten, in den unmittelbaren Bereich um die eigentliche Lodge einzudringen. Jonas hatte ihr vor Jahren geschworen, dass auch Großkatzen sich davor scheuten, den unsicheren Übergang zu betreten.

Sie ließ vorsichtshalber den Motor an, stieg aus und ging hinüber zu Crazy. Es war noch wärmer geworden, und der Wind war in sich zusammengefallen. Zwei Gnus drängten sich im kargen Schatten einer Akazie zusammen, sonst hatten sich wohl alle Tiere ins frische Grün des Buschs zurückgezogen.

Crazy prüfte im Rückspiegel ihr Make-up, frischte das Knallrot ihrer Lippen auf und schob ihren Haarturm zurecht. »Es wird Zeit«, murmelte sie mit einer Haarnadel zwischen den Zähnen. »Den König warten zu lassen ist nicht gut. Ich muss los.« Sie streckte Nina eine Visitenkarte hin. »Falls dein Auto doch noch eines schnellen Todes stirbt«, sagte sie und lachte ihr attraktives heiseres Lachen.

»Danke für alles«, sagte Nina. »Ich werde anrufen. Ich hoffe, wir sehen uns wieder.«

»Man trifft sich im Leben immer zweimal«, rief Crazy und ließ den Motor aufröhren. Mit quietschenden Reifen fuhr sie an und winkte ihr dabei aus dem offenen Fenster zu. »So long, Nina!«

Sie verschwand in einer Staubwolke, und Nina fragte sich, ob die letzte halbe Stunde nicht ein bizarrer Traum gewesen war.

Der Schweiß rann ihr vom Kragen den Rücken hinunter. Sie stellte ihre Wasserflasche auf der Motorhaube ab und krempelte ihre Hose bis zu den Knien auf. Dann öffnete sie ihr Hemd um zwei weitere Knöpfe und wedelte sich mit der Hand Kühlung zu. Crazy hatte recht. Es versprach ein höllenheißer Tag zu werden. Anschließend trank sie noch ein paar Schlucke. Dabei hatte sie das deutliche Gefühl, beobachtet zu werden. Unruhig suchte sie den Busch mit den Augen ab und entdeckte einen Büffel, der sie aus dem Gebüsch mit einem so unfreundlichen Ausdruck fixierte, dass sie eilig einstieg und sich aus seiner Reichweite brachte.

II

Endlich bog sie auf den Parkplatz ein, der früher nichts als eine kleine, sandige Lichtung im Busch ohne Verbindung zum Haupthaus gewesen war. Inzwischen war er gepflastert worden, die Parkbuchten markiert, und in kurzen Abständen standen Straßenlampen. Ausladende Bäume spendeten Schatten. Sie parkte unter den herunterhängenden Zweigen, schaltete den Motor aus und lehnte sich zurück. Hierher würde dieser Wahnsinnige sie nicht verfolgen können – wenn er es denn vorgehabt hatte –, und das Gefühl, nun wirklich in Sicherheit zu sein, überschwemmte sie wie eine warme Welle. Spontan zog sie ihre Geldbörse aus der Tasche, nahm den in eine Papierserviette eingewickelten Ring von Konrad heraus, steckte ihn an ihren Ringfinger und hielt ihn in die Sonne. Die rundgeschliffenen Steine funkelten und glühten in tiefem Smaragdgrün.

Als plötzlich jemand klopfte und ein grinsendes, braunes Gesicht vor ihrem Seitenfenster auftauchte, schrak sie heftig zusammen.

Ein korpulenter Zulu in kurzen Hosen war an ihr Auto getreten. Auf der Brusttasche und dem linken Ärmel seiner Khakiuniform prangte die aufgestickte Silhouette eines Nashorns mit dem Namenszug Inqaba. Er beugte sich herab. Seine braunen Augen blitzten freundlich durch dicke Brillengläser.

»Willkommen auf Inqaba ...«, begann er und stockte.

Er musterte sie noch einmal genauer, grinste dann voller Freude übers ganze Gesicht und legte zwei Finger an sein dunkelgrünes Barett.

»Madam Nina, sind Sie das, Madam? Ich habe Sie lange nicht mehr gesehen. Es ist schön, dass Sie wieder hier sind. Sehr schön!« Er öffnete ihr die Tür.

Es dauerte nur ein paar Sekunden, ehe Nina erkannte, wen sie da vor sich hatte. Ziko, den sie seit ihren ersten Aufenthalten auf Inqaba kannte.

»Ziko!«, rief sie und sprang aus dem Auto. Am liebsten wäre sie dem Zulu um den Hals gefallen. »Ziko, sakubona, kunjani!« Sie grüßte ihn mit dem traditionellen Dreiergriff. »Ich bin glücklich, wieder hier zu sein.«

»Aii, Madam, es ist schön, Sie zu sehen ...« Sein Blick fiel auf den Kotflügel. Erschrocken trat er zurück und sah sie an. »Was ist geschehen? Hat Madam einen Unfall gehabt? Das ist nicht gut.«

Sie nickte. »Ja. Ich werde gleich die Autovermietung anrufen, damit man mir einen Ersatzwagen schickt.« Sie fuhr sich mit beiden Händen durchs Haar, um das Zittern ihrer Finger zu verbergen. »Es ist sehr heiß heute, nicht wahr?«

Ziko schien ein guter Beobachter zu sein. »Madam sieht blass aus, wie nasses Mehl. Sind Sie verletzt? Soll ich Jill Bescheid sagen, dass sie einen Arzt ruft? Oder unsere Krankenschwester?«

Nina wehrte mit einer Handbewegung ab. »Nein, mir geht es gut. Ich bin mit dem Schrecken davongekommen. Aber nun erzähl mir, wie es deiner Familie geht. Sind alle gesund?«

Die Ablenkung wirkte. Ziko lachte das unnachahmliche Lachen seines Volkes, das sahnige, ansteckende Lachen, das tief aus dem Bauch kam und schiere Lebensfreude verbreitete.

»Sie wird immer größer«, gluckste er. »Ich war fleißig, ich habe viele Kinder, die im Alter für mich sorgen werden.« Er klatschte sich auf den stattlichen Bauch. »Und wie geht es Madams Familie?« Er schielte vielsagend auf ihren Bauch. »Ist Madam verheiratet?«

Sie lächelte. »Nein, Ziko, Madam ist nicht verheiratet, und sie hat auch keine Kinder. Aber wer weiß ...« Sie machte eine Handbewegung und trat dabei von einem Fuß auf den anderen, weil das von der Sonne glühend aufgeheizte Pflaster unter ihren dünnen Sohlen brannte. »Außerdem, lass das mit der Madam, du weißt, dass ich Nina heiße.«

»Ah«, sagte Ziko mit einem Grinsen, das Bände sprach. »Aber Madam ... Nina hat einen Mann?«

Nina lachte in sich hinein und nickte. Hätte jemand anderes diese Frage gestellt, hätte sie das fast als unverschämt empfunden. Bei Ziko nicht.

»Und Ubaba?«, wollte der Zulu wissen. »Wird er auch kommen?«

»Mein Vater?« Nina hob die Schultern. »Nein ... nein, im Augenblick hat er keine Zeit. Vielleicht nächstes Jahr.« Sie wechselte das Thema. »Ist Jill zu Hause? Wo kann ich sie finden?«

»Auf der Terrasse, uyakhuza uweta!« Er lachte, dass sein Bauch wackelte.

»Oje«, sagte sie. »Sie putzt die Kellnerinnen runter? Was haben die denn Schlimmes getan?«

»Sie bewegen sich wie Schnecken«, sagte Ziko. »So ungefähr.« Er schlenderte im Zeitlupentempo ein paar Schritte und wackelte mit seinem beachtlichen Hinterteil. »Jill will, dass sie sich so bewegen!« Er rannte humpelnd über den Parkplatz. »Schnell wie Antilopen.«

Nina warf den Kopf zurück und lachte laut. »Typisch Jill. Sie hat zu viel deutsches Blut in den Adern. Ihr fehlt die afrikanische Gelassenheit.« Sie zeigte auf seine Beine. »Aber was ist passiert? Hast du dein Bein verletzt?«

»Aii, Madam Nina.« Ziko zog betrübt sein Hosenbein hoch und klopfte auf das Bein. Es war aus Holz. »Hab meine Füße im Fluss gewaschen, Ingwenya hat mich erwischt, der Urgroßvater aller Krokodile.« Er breitete die Arme weit auseinander. »Groß wie ein Auto! Der Boss im Krokodilfluss.« Grinsend tätschelte er das ausgestreckte Holzbein. »Nächstes Mal halt ich ihm dieses Bein hin!«

»Kroks fressen alles, auch Holzbeine«, scherzte Nina und machte Anstalten, ihren Koffer auszuladen.

Ziko griff zu und hievte ihn heraus. »Ich bringe das Gepäck für die Gäste zum Bungalow, und Nina geht zu Jill!«, teilte er ihr mit strenger Miene mit. »Durch den Blättertunnel.« Damit humpelte er eilig davon.

Nina schulterte ihre Umhängetasche, verschloss das Auto und wandte sich zum Gehen. Ein Schwarm filigraner Schmetterlinge flog von den korallenroten Blüten eines Tecoma-Strauchs auf und umschwebte sie als hauchzarte Wolke. Hingerissen blieb sie stehen. Auf gläsernen Flügeln tanzten die Falter selbstvergessen einen zierlichen Reigen in der warmen Luft.

Angelockt von der Farbe ihres Hemdes, glitt eine der zerbrechlichen Schönheiten zu ihr herüber, setzte sich auf einen der Ärmel und breitete die Flügel aus.

Nina wagte es kaum, zu atmen. Den Glanzstar, der auf dem Baum über ihr saß und sie und den Schmetterling mit funkelnd gelben Augen beobachtete, bemerkte sie nicht. Plötzlich schoss er als kobaltblauer Blitz herunter und schnappte sich den Schmetterling. Er landete wieder in dem Baum und verschlang das Insekt. Die übrigen flatterten hektisch davon.

»Das ist Afrika«, sagte jemand mit tiefer Stimme hinter ihr. »So schön und gleichzeitig so grausam. Immer geht es hier um Leben und Tod, nichts ist sanft oder gemäßigt.«

Nina wirbelte herum. Vor ihr stand ein tief gebräunter, hochgewachsener Mann in einem schreiend bunten Hawaiihemd, das locker über seine knielangen Shorts hing. Hände in den Hosentaschen, ein breites Lächeln auf dem Gesicht, schaute er auf sie herab.

»Nils!«, rief sie entzückt. Sie setzte ihre Tasche auf der demolierten Motorhaube ab und lief in seine Arme.

»Nina!« Jills Ehemann drückte sie herzlich an sich. »Lass dich ansehen! Du hast dich praktisch nicht verändert. Du siehst wunderbar aus ...«

»Nils Rogge, du warst schon immer ein charmanter Lügner«, kicherte sie. »Wenn ich so aussehe und rieche, wie ich mich fühle, muss es ziemlich schlimm sein. Ich hab ewig nicht mehr ordentlich geduscht und könnte einem Stinktier Konkurrenz machen – und würde vermutlich gewinnen!«

Nils lachte, wurde aber jäh ernst, als sein Blick über ihre Schulter auf den SUV fiel. »Das sieht ja schlimm aus. Ist das bei dem Unfall mit den Kindern passiert?« Er hielt sie auf Armeslänge und ließ einen prüfenden Blick über ihre Gestalt laufen. »Davon hast du am Telefon nichts erwähnt. Bist du verletzt?«

»Nein, glücklicherweise nicht. Aber mich hat jemand angefahren …« Ihre Stimme entgleiste ihr, und sie räusperte sich, um das zu überspielen. »Auf dem Gelände von Inqaba …«, sagte sie leise.

Nils Rogge zog die Brauen zusammen. »Was? Auf Inqaba? Wer?«

»Das weiß ich nicht«, sagte sie. »Ich habe ihn nicht genau gesehen, aber …«

Eine klare, sehr bekannte Stimme ertönte hinter ihr. »He, Finger weg von meinem Mann!«

Nina fuhr herum und erblickte Jill, die mit ausgebreiteten Armen aus dem dämmrigen Grün des Blättertunnels auftauchte.

»Das hab ich gern. Kaum passe ich nicht auf, knutscht mein Ehemann mit fremden Blondinen herum.« Ihre Freundin nahm die Sonnenbrille ab und küsste sie auf beide Wangen. »Wie schön, dass du endlich da bist, Nina. Wir haben uns wirklich Sorgen gemacht.«

»Du kannst dir gar nicht vorstellen, wie froh ich bin, hier zu sein«, murmelte Nina.

»Jemand hat sie auf Inqaba angefahren«, sagte Nils grimmig. »Sieh dir mal das Auto an.« Er fuhr mit der Hand über die eingedrückte Fahrertür.

Jill nahm den demolierten Wagen in Augenschein. Sie sah Nina an. »Hast du etwas abbekommen?«

»Nein, außer dass ich fast einen Herzinfarkt vor Schreck bekommen habe. Aber es ist eine wirklich bizarre Geschichte, aus der ich nicht schlau werde.« Mit knappen Worten beschrieb sie den

Vorfall. »Wenn es nicht so absurd wäre, würde ich sagen, dass es derselbe Typ war, der die Kinder umgefahren hat und dann abgehauen ist.«

Nils sah sie perplex an. »Wie meinst du das?«

»Es war entweder derselbe oder ein sehr ähnlicher Geländewagen. Ich habe den Mann nicht genau erkennen können, aber er hat mich mit voller Absicht gerammt. Warum – das kann ich mir beim besten Willen nicht erklären.«

»Wäre es eine Möglichkeit, dass er dir einfach die Vorfahrt genommen hat?«, sagte Jill.

Nina wedelte verneinend mit den Armen. »Nein, er ist mir gezielt in die Seite gefahren und hat mich gegen den Felsen geschoben. Sein Auto hat auch was abgekriegt und sollte dadurch leicht zu identifizieren sein. Ein schmutziger Geländewagen mit Unfallschaden.«

»Warum glaubst du, dass es dasselbe Auto wie bei dem Unfall mit den Kindern sein könnte?«, fragte Nils. »Schmutzige Geländewagen gibt es hier an jeder Straßenecke.«

»Weil er entweder den gleichen oder einen sehr ähnlichen Aufkleber auf der Rückscheibe hatte«, sagte Nina. »Oder gibt es hier solche Aufkleber für irgendeine Kampagne? Rettet die Nashörner oder Freiheit für Zirkustiere?«

Jill starrte sie für ein paar Sekunden abwesend an. »Nicht dass ich wüsste«, sagte sie schließlich. »Das Ganze klingt nicht gut. Ich gebe die Beschreibung sofort an Jonas weiter. Er soll dafür sorgen, dass alle Ranger nach dem Wagen Ausschau halten. Und gib mir die Papiere von der Autovermietung. Dann kann Jonas dafür sorgen, dass sie dir so schnell wie möglich einen Ersatzwagen schicken. Inzwischen kannst du duschen und dich frisch machen.«

»Das ist ein sehr verlockender Vorschlag«, sagte Nina. Sie holte das Gewünschte aus ihrer Tasche, reichte es Jill und hängte sich die Tasche über die Schulter. »Ziko ist schon mit meinem Gepäck losgezogen. Ich weiß nur nicht, wohin.«

Jill hatte bereits ihr Funkgerät vom Gürtel ihrer Jeans genommen und gab Jonas Instruktionen. Schließlich sagte sie: »Meldet euch, wenn er gesichtet wird. Der Mann ist gefährlich.« Sie hängte das Funkgerät wieder ein.

Nina fing einen schnellen Blickwechsel zwischen den Eheleuten auf und hatte den Eindruck, dass die beiden mehr als eine Ahnung hatten, wer der Kerl war, der sie gerammt hatte.

»Wisst ihr denn, wer das gewesen sein könnte?«, wandte sie sich an Jill.

Ihre Freundin wechselte einfach das Thema. »Spann meine Neugier nicht länger auf die Folter. Wieso bist du nach all den Jahren zurückgekehrt?«

»Ach, das erzähle ich euch, wenn ich geduscht habe und mich wieder wie ein Mensch fühle«, erwiderte Nina. Auf einmal knurrte ihr Magen, und sie lächelte verlegen.

Jill legte wie einen Trichter eine Hand an ihr Ohr. »Sag mal, war das dein Magen? Ich wette, dass du noch nichts gegessen hast ...«

»Die Wette gewinnst du locker. Ich habe tatsächlich praktisch noch nichts gegessen. Rikki ist offenbar auf Sparkurs.«

»Das würde mich nicht wundern. Es ist allgemein bekannt, dass es den van Bredas nicht so gut geht. In weiser Voraussicht habe ich unserer Köchin Bescheid gesagt, dass sie etwas für dich vorbereitet.«

»Nelly?«, sagte Nina begeistert. »Allein wenn ich an ihre göttlichen Salate und die Petit Fours denke, läuft mir das Wasser im Mund zusammen.«

Jill winkte ab. »Nein, es ist Nellys Nachfolgerin, Nomusa. Nellys Arthritis hat sich stark verschlimmert, und Diabetes hat sie inzwischen auch. Aber sie ignoriert immer noch jeden ärztlichen Rat, besonders den, der mit Abnehmen zu tun hat. Du kennst doch ihren Spruch, dass kein Zulu aussehen will wie ein Sack voll Knochen. Natürlich kann sie nicht mehr so arbeiten wie früher. Aber sie hat all ihr Wissen an Nomusa weitergegeben, wofür ich wirklich dankbar bin. Nomusa hat zwar auch ihren eigenen Kopf, aber so stur wie Nelly ist sie nicht.« Sie blinzelte Nina zu. »Aber sei versichert, sie kocht und backt so gut wie Nelly.«

»Dann ist mein Aufenthalt hier gerettet.« Nina lächelte. »Sag mal, mir fällt gerade etwas anderes ein. Ist dir eine Frau namens Crazy bekannt? Sie sagt, sie hätte letzte Nacht auf Inqaba übernachtet. Goldenes T-Shirt, knallenger Rock, signalrote Lippen ...«

Jill hob eine Hand und warf ihr einen neugierigen Seitenblick zu. »Jeder kennt Crazy. Wo hast du die denn getroffen?«

Nina berichtete ihr kurz, wie sie die verrückte Lady kennengelernt hatte. »Wer ist sie?«

Jill hob die Schultern. »Gerüchte gibt es genügend, aber Genaues weiß niemand. Sie ist ein Straßenkind, aus einem der illegalen Slums vermutlich. Eines Tages war sie da. Wie aus dem Nichts, und wie ein Wirbelwind mischt sie seitdem die Geschäftswelt auf. Ein Herz aus Gold, Nerven aus Stahl und eine untrügliche Nase für einen guten Deal. Aber wer sie wirklich ist? Vermutlich weiß das nicht einmal sie selbst.«

»Crazy eben.« Nina gluckste. »Aber jetzt sag mal: Wie geht es der Familie Rogge im Allgemeinen?«

Jill lachte. »Unterbezahlt und überarbeitet, wie immer. Und wie immer ständig am Rande des finanziellen Ruins.« Ihre Leichtigkeit wirkte etwas aufgesetzt.

Nina stutzte. Die flapsige Bemerkung ihrer Freundin schien einen realen Kern zu haben. Über die Jahre hatte sie sehr wohl mitbekommen, dass das Führen einer Lodge ein ständiger Kampf gegen Naturgewalten, Wilderer und andere Katastrophen war. Inqaba war ein Familienunternehmen und hatte nicht die Geldmittel im Rücken wie Reservate, die zu großen Hotelketten gehörten.

Nils legte einen Arm um seine Frau. »Deswegen hat sie die blendende Idee gehabt, zehn Bungalows zu bauen und zu verkaufen. Bis auf vier sind alle vergeben.«

»Stellt euch vor, das hat sich sogar bis Hamburg rumgesprochen!«, sagte Nina. »Ich soll euch herzliche Grüße von Annika und Britta ausrichten. Erinnert ihr euch noch an die beiden?«

»Aber natürlich«, sagte Nils. »Wie geht es ihnen?«

»Oh, bestens«, sagte Nina. »Annika hat Jills Anzeige entdeckt und Britta davon erzählt. Seitdem gibt es nur ein Thema, nämlich einen Flug nach Südafrika zu bekommen, um sich eure Bungalows anzusehen. Die beiden waren völlig aus dem Häuschen. Wie ich die kenne, stehen sie spätestens übermorgen mit gezückten Kreditkarten vor der Tür. Am besten reserviert ihr die zwei schönsten Bungalows so lange.«

Jill wechselte einen schnellen Blick mit Nils.

»Ich hab's dir doch prophezeit«, sagte der leise und lächelte.

Nina blickte von einem zum anderen. »Hab ich etwas Falsches gesagt? Das täte mir leid.«

»Im Gegenteil«, sagte Jill leise. Ihre Augen strahlten. »Ich nerve Nils seit Tagen mit meiner Angst, dass ich für die Bungalows keine Käufer finde. Die Investition hat ein Riesenloch in meine Finanzen gerissen, sodass ich schon Albträume habe. Nils hat aber immer fest daran geglaubt, dass das Unternehmen ein Erfolg wird.« Sie drückte ihrem Mann einen schnellen Kuss auf die Fingerspitzen.

»Aber Inqaba ist doch eine der berühmtesten Lodges überhaupt«, wandte Nina erstaunt ein. »Ich würde annehmen, dass dir die Häuser aus den Händen gerissen werden.«

Jill hob die Schultern. »Ach, Lodges gibt es mittlerweile mehr als genug. Zu viele, wenn du mich fragst. Und die Idee, Bungalows zu verkaufen, ist auch nicht gerade neu. Aber das sind wirklich schöne Nachrichten. Ich freue mich auf Annika und Britta. Wir haben uns gut verstanden, als sie vor zwei Jahren hier waren.« Sie nahm Nina beim Arm. »Einen der neuen Bungalows haben wir für deinen Aufenthalt vorgesehen. Da bringe ich dich jetzt hin. Beim Lunch können wir dann Erinnerungen auffrischen.«

Zusammen schlenderten sie durch das sanfte, goldgrüne Licht

des sonnengesprenkelten Blättertunnels. Nina hatte von ihrem Vater gehört, dass vor Jahrzehnten gelb blühende Kiaat-Bäume den Weg zur ursprünglichen Farm gesäumt hatten, die aber alle von einer Pflanzenpest dahingerafft worden seien. Jills Großeltern pflanzten später einen breiten Gürtel verschiedenster Bäume mit lockerer Belaubung, deren Äste bald über den Weg reichten und sich nach kurzer Zeit zu einem dichten Baldachin verwoben. So hatte der Blättertunnel, der den Parkplatz und die eigentliche Lodge verband, seinen Namen erhalten. Heute wölbte er sich als luftige Basilika über dem gepflasterten Weg, und die Sonnenstrahlen ließen die Blätter wie Smaragde leuchten und malten goldene Flecken auf die rote Erde.

Es raschelte im Dickicht, Zweige knackten, ein paar Blätter segelten herunter. Nina sah hoch. Zwei zierliche Meerkatzen mit dichtem, grau meliertem Fell turnten über ihr durchs Geäst, offenbar ein Weibchen mit ihrem halbwüchsigen Jungen. Leise schnatternd drängten sie sich in einer Astgabel eng aneinander und beobachteten die Menschen unter ihnen.

Nina blieb stehen und schnalzte. Das Weibchen kratzte sich und zog die Lippen zu einem breiten Grinsen auseinander, während das Junge sie ängstlich umarmte.

Nina grinste begeistert zurück. »Meine Güte, hab ich das vermisst!«, flüsterte sie Jill zu. »Bei uns gibt es allenfalls Eichhörnchen und Spatzen ...«

»Dafür brechen Eichhörnchen nicht ins Haus ein, verwüsten es aus Spaß, fummeln die Schränke auf und klauen alles, was essbar ist. Die sind einfach nur niedlich!«

Nach wenigen Schritten traten sie aus dem grünen Dämmerlicht des Tunnels in die gleißende Helligkeit auf einen weiten, gepflasterten Platz. Nina blinzelte geblendet in die Sonne, und prompt fingen ihre Augen zu tränen an. Während sie ihre Umhängetasche nach einem Papiertaschentuch durchwühlte, suchte sie reflexartig auch nach ihrem Handy. Natürlich vergebens.

»Ich fühle mich ohne mein Handy richtig hilflos«, knurrte sie. »Völlig abgeschnitten vom Geschehen.«

»Kann ich mir vorstellen«, sagte Jill und setzte ihre Sonnenbrille auf. »Aber keine Angst. Es liegt schon eins für dich bereit.«

Nina lächelte ihre Freundin dankbar an. »Du bist ein Engel, danke. Ich muss dringend meinen Vater anrufen, der wird sich schon Sorgen machen. Und Konrad ...«

Jill warf ihr über den Rand der Sonnenbrille einen Blick zu. »Konrad?«

»Ach, das ist mein Kollege, mit dem ich in Indien war«, sagte Nina betont gleichgültig.

»Aha, also nur ein Kollege.« Jill zog die Brauen hoch. »Du wirst gerade rot.«

»Werd ich nicht!« Nina spürte, dass ihr tatsächlich das Blut ins Gesicht stieg. Das war ihr zuletzt als Teenager passiert.

»Tomatenrot.« Jill grinste unter ihrem Buschhut hervor. »Konrad – so, so! Über den will ich alles hören!«

»Da gibt es wirklich nichts zu erzählen«, wehrte Nina ab. »Wir waren in Pune unterwegs und sind im Gewühl voneinander getrennt worden. Seitdem kann ich ihn telefonisch einfach nicht erreichen. Das heißt, er weiß nicht, wo ich bin, geschweige dass ich nach Hamburg und weiter nach Südafrika geflogen bin.« Mit einer Verlegenheitsgeste schob sie den heruntergerutschten Riemen ihrer Umhängetasche zurecht. »Mir gehen langsam die plausiblen Erklärungen dafür aus, warum er nicht ans Telefon geht«, setzte sie mit einem winzigen Zittern in der Stimme hinzu.

Das Haupthaus von Inqaba, ein weitläufiger Holzrahmenbau mit dickem, goldenem Reetdach, dessen Anfänge bis in die Mitte des neunzehnten Jahrhunderts zurückgingen, war wie alle Nebengebäude auf einem Hügelplateau gebaut worden und hatte sich äußerlich nicht erkennbar verändert, nur der Eingangsbereich war überdacht worden. Der Parkplatz davor war allerdings neu. Bunte Blumeninseln lockerten den gepflasterten Bereich auf, dicht belaubte alte Bäume beschatteten als lebende Sonnenschirme die Sitzbänke für rastende Safaritouristen, und ein prachtvoller, ausladender Baum, der über und über von rot blühenden, orchideenähnlichen Blüten bedeckt war, hielt die Sonne vom Hauptgebäude fern.

»Das ist doch eine Weinende Burenbohne, habe ich recht?«, rief Nina. »Da stand vorher ein Avocadobaum, oder?«

»Stimmt«, sagte Jill. »Aber der ist inzwischen an Altersschwäche gestorben.«

Nina hob eine vertrocknete Samenschote der Weinenden Burenbohne auf. »Die Samen kann man geröstet essen, wusstest du das?«

Jill lächelte. »Allerdings, und als ich die ersten Pubertätspickel hatte, hat mir Nelly einen Extrakt aus der Rinde draufgeschmiert. Das Rezept für geröstete Samen hast du bestimmt von Ben Dlamini, oder?«

»Und ob«, sagte Nina mit einem versonnenen Lächeln. »Wenn ich mit Ben unterwegs war, war das, wie in einer Art Parallelwelt gelandet zu sein. In seiner Welt konnten Tiere sprechen, und Pflanzen hatten eine Seele, und bis heute bin ich mir nicht sicher, ob er nicht tatsächlich die Sprache der Tiere verstand. Würde man mich heute irgendwo im Busch aussetzen, verhungern würde ich dank ihm wohl nicht.«

»Ich kann mich daran erinnern, dass du mit dreizehn oder vierzehn hier häufiger herumgehangen und so lange gebettelt hast, bis Ben dich auf seine Streifzüge in den Busch mitgenommen hat, wenn er eigentlich beim Aufbau der Lodge helfen sollte.«

»Stimmt, aber sonst hätte ich mit meinen Eltern und deren Freunde in die verschiedenen Wildreservate Zululands fahren müssen. Man durfte nicht reden, musste still sitzen, klitschige Sandwiches essen, und wenn einer aufs Klo musste, gab's Gekreisch, weil die Damen Angst hatten – vor Schlangen, Löwen und was sonst noch so im Busch lauert.« Sie verdrehte die Augen. »Für mich war das todlangweilig, und Ben war meine Rettung. Wie geht es ihm eigentlich?«

Jills Miene wurde ernst. »Ben ist gestorben«, sagte sie leise. »Eines Morgens ist er nicht zur üblichen Zeit aufgewacht, und Nelly hat ihn schlafen lassen, weil der Tag zuvor anstrengend gewesen war. Als sie wieder nach ihm gesehen hat, war er schon kalt.«

»O Gott, die Arme!«, flüsterte Nina betroffen. »Ich habe sein Lächeln so geliebt – und seine Lebensfreude. Er war ein unglaublich beeindruckender Mann. Wie hat Nelly das verkraftet? Sie waren doch eine halbe Ewigkeit verheiratet ...«

»Sie kommt noch jeden Tag zu uns ins Haus, hilft, wo es nötig ist, verwöhnt die Kinder, kommandiert Nomusa und die Mädchen herum und versucht Nils, der überall seine Sachen herumliegen lässt, zur Ordnung zu erziehen.« Sie schüttelte mit schiefem Lächeln den Kopf. »Ein ziemlich hoffnungsloses Unternehmen, kann ich dir versichern. Außerdem bin ich mir sicher, dass er vorsätzlich Unordnung macht, damit Nelly etwas zu tun hat. Und dafür liebe ich ihn.« Sie bückte sich und beobachtete einen Shongololo, einen Tausendfüßler, der in der Hitze über das Pflaster raschelte. »Ich wundere mich immer, wie die Tiere mit dieser Unzahl von Füßen den perfekten Gleichschritt schaffen«, murmelte sie.

»Aber Jonas wohnt noch hier in der Gegend, oder?«

Jill richtete sich wieder auf. »Das tut er, aber trotzdem fühlt sie sich einsam. Er verbringt viel Zeit bei seiner Arbeit hier, und natürlich hat er noch seine eigene Familie. Nellys Tochter lebt in Johannesburg, aber der Kontakt ist dünn, und von ihren Enkeln studieren zwei in Kapstadt, die anderen gehen noch in Johannesburg in die Schule.«

»Das Schicksal der Alten«, murmelte Nina und sah ihren Vater vor sich. Sie schwor sich, ihn nie alleinzulassen, ihm all die Liebe zurückzugeben, die sie als Kind von ihm bekommen hatte.

Ihr Blick blieb an einem üppig blühenden Baum hängen, der wie ein riesiges Blumenbukett in der Mitte des Platzes wuchs. Am Ende der Zweige saßen rosa Sternenblüten in einem Kranz dunkelgrüner Blätter. Ihr betäubend süßer Duft lag wie eine Wolke über dem Platz.

»Der Frangipani blüht noch!«, rief Nina begeistert. Sie legte den Kopf in den Nacken und schnupperte mit geschlossenen Augen. »Der Duft ist einfach himmlisch – und solange ich Inqaba kenne, steht der Frangipani hier. Es wird erzählt, dass ihn deine Ururgroßmutter gepflanzt hat, ja?«

»Urururgroßmutter Catherine«, korrigierte Jill sie. »Dreimal Ur.«

»Ururur...«, sagte Nina ungläubig. »Und das ist immer noch derselbe Baum? Der müsste dann ja ...« Sie zählte die Generationen an den Fingern ab. »Mit dir sind das sechs Generationen ... Der Frangipani müsste etwa hundertsechzig Jahre alt sein!«

»Im Grunde genommen stimmt das«, sagte Jill. »Auch wenn es schon lange nicht mehr derselbe Baum ist, ist er trotzdem immer noch Catherines Frangipani. Der, den sie damals von einem indischen Kaufmann geschenkt bekommen hat, ist im Krieg 1879 verbrannt, aber sie hatte einen Ableger gerettet, der auch tatsächlich angewachsen ist. Meine Vorfahren haben jedes Mal, wenn ein Frangipani das Ende seiner Lebenszeit erreicht hat, rechtzeitig mehrere Schösslinge gepflanzt, und um ehrlich zu sein, ich habe vorsichtshalber auch schon ein paar aufgezogen.«

Nils, der stehen geblieben war, um einen Anruf auf seinem Handy anzunehmen, tauchte hinter ihnen auf. »Ich muss noch ein paar Telefonate erledigen«, sagte er. »Treffen wir uns zum Essen?«

»Klar«, antwortete Jill. »In einer Dreiviertelstunde auf unserer Veranda ... Passt dir das, Nina?«

»Natürlich, danke. Wenn ich bis dahin nicht vor Hunger gestorben bin ...«

Jill lachte. »Das müssen wir verhindern. Jonas wird da helfen können. Er ist süchtig nach Schokolade und hat immer einen Vorrat im Kühlschrank.« Sie ging hinüber zur Rezeption, die im Eingang des Haupthauses lag, und lehnte sich über den Tresen. »Jonas, ich brauch den Schlüssel für Ninas Bungalow!«, rief sie. »Sie ist gerade angekommen und stirbt gleich vor Hunger. Hast du irgendwas Süßes mit viel Kalorien da?«

»Hab ich«, war die dumpfe Antwort.

Jonas, der vor einem Regal gekniet hatte, tauchte auf und rückte seine Brille gerade, um Nina eingehend zu mustern.

»Nina! Willkommen. Es ist gut, dich zu sehen!« Er öffnete seinen kleinen Kühlschrank, nahm einen mit dunkler Schokolade überzogenen Riegel heraus und reichte ihn ihr. Sein Blick streifte ihre Gestalt. »Du siehst gut aus ... Wie geht es deiner Familie? Hast du inzwischen viele Kinder bekommen?«

»Nein, mir fehlt noch der Mann dazu«, wehrte sie ab. »Und du, was macht deine Familie? Hat sie sich vergrößert?«

Ein schneeweißes, sehr afrikanisches Grinsen spaltete sein braunes Gesicht. »Lass mich nachzählen.« Er hob eine Hand und packte den kleinen Finger. »Amahle, meine Schöne ...« Er streckte einen Finger nach dem anderen hoch. »Bandile, der meine Familie vergrößert hat, Gugu, unser Schatz, Mthunzi, der Starke, Nomvula, die nach dem Regen geboren wurde.« Er grinste triumphierend und streckte den Zeigefinger der anderen Hand hoch. »Sibongiseni, wir sind dankbar für ihn, Simangele war die Überraschung, und dann kam noch Sanele, und nun haben wir genug.«

»Acht Kinder!«, rief Nina. »Du warst sehr fleißig, Jonas. Da wird dein Alter sehr angenehm werden. Wie geht es Nonhlanhla?« Sie hatte seine Frau, die damals noch sehr jung war, öfter auf Inqaba getroffen.

Ein verschmitztes Lächeln kräuselte Jonas' Mundwinkel. »Sie ist jetzt meine Hauptfrau.« Er zeigte auf das Bild auf seinem Schreibtisch, das drei Zulufrauen zeigte, alle mit üppiger Figur und alle sehr farbenfreudig gekleidet. Die zwei älteren in eher traditionell geschnittenen, langen Gewändern aus glänzendem Taft mit ausladenden Ärmeln, die jüngste in einem sehr engen, sehr kurzen Kostüm in leuchtendem Königsblau.

»Deine Frauen sind sehr hübsch«, sagte Nina.

Jonas grinste. »Yebo, das sind sie.« Er reichte Jill den Schlüssel für Ninas Bungalow. »Ich bin sehr stolz!«

Jill nahm ihn in Empfang. »Hol mir bitte mein Gewehr aus dem Schrank. Ich bringe Nina selbst zu ihrem Haus. Und du musst ihre Autovermietung anrufen. Jemand hat Nina angefahren, und sie braucht shesha einen neuen Wagen.« Sie schob die Papiere Jonas zu. »Hier sind die Unterlagen, und lass dich bloß nicht mit der Bemerkung abwimmeln, dass im Augenblick kein Wagen zur Verfügung steht. Die sollen einen auftreiben.«

Die Bemerkung trug ihr einen strengen Blick von Jonas ein. Er stand auf und verschwand im Nebenzimmer, das an die Rezeption grenzte. Kurz darauf erschien er wieder und reichte Jill das Gewehr – Kolben zuerst – über den Tresen.

Jill zog ihr Buschhemd zurecht. »Let's go!«, rief sie und winkte Nina, ihr zu folgen. »Wir nehmen den Landrover und fahren über einen Nebenweg. Das ist schneller als zu Fuß.«

Sie wandte sich ab und ging über den Parkplatz auf den Blättertunnel zu. Nach ein paar Schritten blieb sie stehen, drehte sich um und schaute stirnrunzelnd zurück zum Haupthaus, schüttelte dann aber wie in Gedanken den Kopf und wandte sich wieder zum Gehen.

Nina war ebenfalls stehen geblieben. »Ist etwas nicht in Ordnung?« Sie suchte die Umgebung ab, konnte aber nichts entdecken, was ihr ungewöhnlich erschien.

Jill wandte sich abermals um und warf einen scharfen Blick an der Rezeption vorbei zum Büro des Chefrangers, zuckte dann aber mit den Schultern. »Ich dachte, ich hätte jemanden gesehen, der um diese Zeit hier eigentlich nichts zu suchen hat. Aber ich habe mich wohl geirrt. Wie findest du Jonas' Harem?«

»Imponierend. Wie hat es Nonhlanhla aufgenommen, plötzlich zwei Rivalinnen zu haben? Das kann doch nicht einfach sein für sie.« Sie biss ein Stück von dem Schokoriegel ab.

Jill schmunzelte vergnügt. »Oh, sie ist ganz begeistert. So hat sie weniger Arbeit, und das passt ihr sehr. Und du wirst es nicht glauben, er hat schon eine vierte junge Dame im Visier ...«

»Oje, das kann teuer werden«, gluckste Nina mit vollem Mund. »Präsident Zuma und König Sweletini sind ja prominente Beispiele.«

»Aber mit ganz anderen finanziellen Mitteln. Deswegen arbeitet Jonas auch oft Überstunden.« Sie lachte trocken auf. »Obwohl mich manchmal das Gefühl beschleicht, dass er die nur macht, um hier seine Ruhe zu haben. Acht Kinder machen viel Lärm, und seine Frauen verlangen auch nicht wenig Aufmerksamkeit.«

Nina duckte sich unter einem überhängenden Zweig durch. Hinter den Blüten eines Tecoma-Strauchs lugte das schwarz gezeichnete Gesicht eines winzigen Duiker-Bocks hervor, der Blüten und Blätter von einem kleinen Busch rupfte.

»Das ist Dikkie«, sagte Jill. »Sein Stammplatz ist eigentlich der Gemüsegarten. Ich schätze, Nomusa hat ihn vertrieben. Neulich hat er das Kräuterbeet ratzekahl abgefressen, und sie ist schier ausgerastet. In der Woche drauf habe ich genau hingesehen, wenn sie einen Antilopenbraten serviert hat.«

»Das wäre wirklich gemein.« Nina flüsterte, um die winzige Antilope nicht zu erschrecken. »Soll sie doch ihre Kräuter einzäunen ... Ist das derselbe Dikkie, der damals hier gelebt hat?«

»Nein, den hat wohl eine Hyäne erwischt, so genau haben wir das nie herausgefunden. Seit Catherine ein Duiker-Zwillingspaar großgezogen hat, Dik und Dikkie, hat immer mindestens ein Dikkie in der Nähe des Haupthauses gelebt und ...«

Im Hintergrund fingen plötzlich zwei Hunde an zu bellen. Laut. Große Hunde. Dikkie hob alarmiert den Kopf und floh in panischem Zickzack durch den lichten Busch davon.

»Lass mich raten«, sagte Nina. »Das sind Roly und Poly, die Dobermänner?«

»Stimmt, aber auch schon die Nachfolger von Nachfolgern. So brauche ich mir nicht ständig neue Namen zu merken.« Jill tippte sich an den Kopf. »Das erleichtert das Leben, wenn man älter wird.«

Nina musterte ihre Freundin eingehend. Jill hatte ihren Buschhut abgenommen und lockerte ihr kurz geschnittenes Haar auf, das wie ein glänzend schwarzer Helm ihr ebenmäßiges, gebräuntes Gesicht umrahmte. Sie hatte eine blendende Figur, und selbst in verwaschenen Jeans und dem etwas zerknitterten Buschhemd war sie eine auffallend elegante Erscheinung. Sie rechnete nach. Jill musste etwas über vierzig sein, und sie musste neidlos zugeben, dass Inqabas Eigentümerin einfach sensationell aussah.

»Du bist ja auch schon richtig tatterig und vergreist«, giggelte sie. »Kein Wunder in deinem hohen Alter ...«

Unvermittelt wurde das Hundegebell lauter und giftiger.

Jills Miene verdüsterte sich schlagartig. »Einen Moment.« Sie hakte ihr Funkgerät vom Gürtel und drückte eine Taste. »Jonas, bitte kommen«, sagte sie und sah Nina an. »Unsere Hunde haben eine Spezialausbildung. So bellen sie nur, wenn sie tatsächlich Gefahr wittern ...«

Es knackte, und Jonas meldete sich. Auch für Nina, die neben Jill stehen geblieben war, war er deutlich zu verstehen.

»Was ist da bei den Hunden los?«, fragte Jill. »Die drehen ja fast durch.«

»Es muss jemand Fremdes an ihrem Gehege vorbeigekommen sein«, knurrte Jonas. »Ich habe gleich einen von den Farmangestellten hingeschickt, aber der hat niemand gesehen.«

»Philani und seine Leute sollen auch die Augen offen halten«, wies Jill ihn an. »Vor ein paar Minuten meinte ich, jemand gesehen zu haben, der nicht zu uns gehört.«

»Wenn da wirklich ein Fremder herumgeschlichen ist, kriegen wir den«, versprach Jonas. »Ich melde mich dann.«

Jill wandte sich an Nina. »Also habe ich mich offenbar doch nicht geirrt. Ich wüsste gern ...« Bevor sie weitersprechen konnte, wurde sie lautstark unterbrochen.

»Mami!«, gellte eine helle Stimme, und Sekunden später fegte ein junges Mädchen um die Hausecke. »Mami, wo bist du?«

Nina blickte ihr erstaunt entgegen. »Ist das etwa Kira? Meine Güte, ist die groß geworden!«

Jill nickte mit sichtlichem Stolz. »Das haben Kinder so an sich.«

Kira schoss auf ihre Mutter zu und zog sie am Ärmel. Ninas Anwesenheit ignorierte sie. »Mami, Würstchen hat was! Komm schnell!«

»Und wer ist Würstchen?«, raunte Nina Jill zu.

»Ein verfressenes Hippojunges. Letztes Jahr war er noch ganz niedlich, jetzt aber ist er eine riesige, braune Wurst auf Beinen mit einem schier unstillbaren Hunger. Er frisst uns die Haare vom Kopf.«

»Tut er nicht!«, protestierte Kira. »Du hast noch ziemlich viele!«

»Papas Haare hat er zuerst gefressen.« Jill schien einen Lachanfall zu unterdrücken. »Er hat fast keine mehr.«

»Dem gehen die Haare aus, weil er ein Mann ist«, erklärte Kira. »So ist es eben. Außerdem ist das nur gerecht, sonst dürfen Männer doch immer alles ...«

Nina sah ein wenig irritiert auf den riesigen Vogel, der auf Kiras Schulter aufgeregt mit den Flügeln schlug und dabei wie ein wütendes Kind heulte. »Und wer ist das?«

»Pittipatta«, fauchte Kira und starrte sie prüfend an. »Und wer bist du?«

»Hallo, Kira. Ich bin Nina aus Deutschland, eine alte Freundin von deinen Eltern. Ich habe dich zum letzten Mal gesehen, da warst du ein Jahr alt. Du wirst dich also nicht an mich erinnern.«

Kira musterte sie ungeduldig. »Stimmt genau!«, sagte sie dann und wandte sich wieder ihrer Mutter zu. »Mami, kommst du jetzt? Würstchen hat was ... Er stirbt!« Tränchen kullerten ihr über die Wangen.

Jill schaute weiter unbeeindruckt drein. »Vermutlich hat er sich überfressen.«

»Wie kannst du ihr überhaupt widerstehen?«, flüsterte Nina Jill zu. »Sie ist einfach hinreißend.«

»Eben. Ich bin die Einzige, die gegen diesen Blick immun ist.

Besonders, wenn sie den dritten Grad anwendet, Tränen!« Jill verdrehte theatralisch die Augen. »Nils ist Wachs in ihren Händen. Gott weiß was passiert, wenn sie mit einem Freund ankommt. Nils wird die Schrotflinte rausholen, obwohl er Waffen hasst, und Nelly vermutlich ihren Isagila. Mit dem kann sie immer noch so gut umgehen wie jeder Mann. Wenn sie den schleudert, krachen zwar ihre Knochen, aber sie trifft!«

»Nelly?« Nina pfiff durch die Zähne.

Der Kampfstock der Zulus wurde aus einem Stück Hartholz geschnitzt und endete in einer massiven Kugel von der Größe einer Apfelsine. Ein Schlag damit auf den Schädel, und der würde wie eine Wassermelone platzen.

Jill sah ihre Tochter ungeduldig an. »Und? Was ist denn los mit Würstchen?«

Ein befreites Lächeln erhellte Kiras tränennasses Gesicht. Sie packte die Hand ihrer Mutter und zog sie energisch mit sich. »Er hat schrecklichen Durchfall und zwirbelt dabei sein Schwänzchen. Er hat schon überall hingespritzt. Alles ist voll. Und er stöhnt …«

Jill blieb lächelnd stehen. »Mein Schatz, Würstchen wird erwachsen und verteilt seine Duftmarke …«

»Dazu ist er noch viel zu klein«, fuhr Kira dazwischen, und Nina hatte den Eindruck, dass Jills Tochter genau wusste, wovon sie redete. »Außerdem guckt er so komisch. So als ob seine Augen gleich rausfallen.« Sie riss die Augen auf und stierte ihre Mutter an. »So ungefähr.«

»So guckt er doch immer …«

»Mami!«

»Okay, okay. Ich will Nina erst zu ihrem Bungalow bringen. Sie möchte duschen und …«

»Kein Problem«, fiel ihr Nina in den Rücken. »Würstchens Gesundheit geht doch vor. Ich komme mit und verspreche, nicht im Weg zu sein.«

Das brachte ihr einen vorsichtig anerkennenden Blick von Kira ein. »Ich lauf schon mal vor und warte bei Würstchens Gehege auf euch.« Sie schwang herum und rannte los. Pittipatta auf ihrer Schulter streckte den Kopf mit dem riesigen Schnabel vor, flappte mit den Flügeln und steigerte das Sirenengeheul zu einem schrillen Kreischen.

Jill verdrehte die Augen himmelwärts. »Also los«, sagte sie. »Sonst gibt meine entzückende Tochter nie Ruhe. Wenn du übrigens zum Sonnenaufgang von einem grauenvollen Schrei geweckt wirst, besteht kein Grund zur Sorge, dass da ein Kleinkind gefressen wird. Das ist nur dieser verrückte Hornvogel.«

Im Laufschritt erreichten sie ein eingezäuntes Gebiet, in dessen Mitte ein großes, schilfbestandenes Schwimmbecken lag. Kira öffnete gerade die Gehegetür.

»Würstchen!«, schrie sie und drehte sich zu Jill um. »Mami, guck, er stirbt!«

Würstchen bot tatsächlich einen jämmerlichen Anblick. Er lag auf der Seite, zwei seiner dicken Stummelbeine ragten in die Luft, der Hals war nach hinten gestreckt, der Kopf lag im Nacken, die Augen quollen ihm praktisch aus den Höhlen. Er hechelte mit offenem Maul, und die Beine krampften sich zusammen.

Jetzt zog auch Jill ein besorgtes Gesicht. »Ich rufe Patrick Farrington an«, sagte sie zu Nina, während sie eine Nummer eintippte. »Erinnerst du dich an den? Er ist unser Tierarzt.«

Sie wandte Kira den Rücken zu und hielt die Hand vor die Muschel, damit ihre Tochter nicht mitbekam, was genau sie mit Farrington beredete. Nachdem sie das kurze Gespräch beendet hatte, beugte sie sich zu ihr hinunter. »Patrick wird gleich hier sein«, sagte sie.

»Hoffentlich lebt Würstchen dann noch«, schluchzte Kira erstickt.

»Versuch, ihm etwas Wasser einzuflößen. Das braucht er jetzt dringend.«

Kira lehnte sich vor, schöpfte eine Handvoll Wasser aus dem

Becken und bemühte sich, es dem kleinen Flusspferd ins Maul zu schütten.

»Meine arme Kleine, das wird sie ein wenig ablenken«, flüsterte Jill Nina zu und starrte mit grimmiger Miene ins Nichts. »Erst dachte ich, ich hätte jemand gesehen, der nichts auf Inqaba zu suchen hat. Dann spielen die Hunde verrückt, und nun das mit unserem kleinen Hippo. Ein bisschen viel auf einmal, was?«

Nina nickte nachdenklich. »Da hast du recht. Das ist zu viel Zufall auf einmal.«

»Und das macht mir Bauchweh«, murmelte Jill. »Ich will mir nicht ausmalen, was jetzt noch alles kommt.«

Hinter ihnen bremste ein weißer Geländewagen, die Tür wurde aufgestoßen, und ein Mann sprang heraus. Sonnengegerbte Haut, aschblondes Haar, nicht besonders groß, aber sein Kreuz war so breit und kräftig wie das eines Holzfällers.

Ein Mann, dem man sein Leben anvertrauen würde, ging es Nina durch den Kopf.

»Patrick Farrington«, flüsterte Jill. »Erkennst du ihn?«

»Ja, natürlich«, erwiderte Nina leise. »Aber damals hat er in Kapstadt studiert. Wir hatten kaum näheren Kontakt.«

Der Tierarzt packte seine Arzttasche und kam zu ihnen herüber. »Hi, Jill«, sagte er. »Das sind ja keine guten Nachrichten ...« Beim Anblick von Nina stutzte er. »Bist du das wirklich, Nina?«

»In Fleisch und Blut«, sagte sie.

»Na, so was!« Er grinste. »Das musst du mir nachher genau erzählen. Jetzt kümmre ich mich erst mal um meinen Patienten. Nach dem, was ich von Jill erfahren habe, geht es ihm ziemlich schlecht.«

Er betrat das Gehege, kniete sich ohne viel Federlesens in den Matsch neben Würstchen und Kira und untersuchte das Tier mit wenigen Griffen. Schlagartig wurde seine Miene sehr ernst. Noch einmal tastete er Würstchen ab, der alles teilnahmslos über sich ergehen ließ, während ihm eine breiige Flüssigkeit aus dem Maul lief.

»Rizin«, knurrte Patrick unterdrückt. Er sah Jill in die Augen und deutete mit dem Kinn auf Kira. »Es gibt kein Antidot. Wir sollten human sein.«

Kira fuhr herum. Ihr Gesicht wurde schneeweiß. »Was ... was ... heißt Anti...? Und was meinst du mit human, Patrick?«

Jill beugte sich zu ihrer Tochter und zog sie behutsam hoch in ihre Arme. »Komm, Liebes, wir sind hier nur im Weg. Patrick muss Platz haben, damit er sich um Würstchen kümmern kann. Ich bringe dich jetzt zum Haus, dann fahre ich Nina zum Bungalow. Später essen wir dann alle zusammen. Vielleicht wissen wir dann schon Näheres, nicht wahr, Patrick?«

»Gut möglich«, erwiderte der Tierarzt, klang aber in Ninas Ohren nicht sehr überzeugt.

»Da hörst du es, meine Süße«, sagte Jill leise und strich Kira die wirren Locken aus dem Gesicht. Sie führte sie zum Auto und half ihr hinein. Jämmerlich vor sich hin schluchzend, ließ ihre Tochter es geschehen. Pittipatta saß zusammengekauert auf ihrer Schulter, den hässlichen Kopf gesenkt, und gab keinen Ton von sich, als wüsste er, in welcher Gefahr sich das kleine Flusspferd befand.

»Oje, ich wollte Patrick noch etwas anderes fragen«, sagte Jill unvermittelt. »Ich bin gleich wieder da.«

Sie rannte zurück ins Gehege, und Nina beobachtete, wie sie gestikulierend mit Patrick Farrington redete. Der Tierarzt nickte zögernd, schaute einen Augenblick hinunter auf seine Hände und nickte wieder. Dann griff er zum Telefon.

Jill kam zurück und stieg ins Auto. »Jemand hat mit Rizinussamen gefüllte Äpfel an Würstchen verfüttert, und der liebt Äpfel über alles«, flüsterte sie Nina zu. Ihre Stimme bebte vor Wut. »Patrick wird ihm eine Infusion geben und ihn danach in die Klinik transportieren«, teilte sie Kira dann laut mit. »Du wirst sehen, in wenigen Tagen frisst Würstchen uns wieder die Haare vom Kopf.«

Kira schluchzte trocken, aber der schwache Abglanz eines Lächelns huschte über ihr Gesicht.

Als sie vor der Lodge parkten, kam ihnen Nils schon durch den Blättertunnel entgegengelaufen. Er hob Kira in seine Arme, als wäre sie noch ein Kleinkind, und drückte sie fest an sich. »Würstchen schafft es, meine Süße. Patrick ist der beste Tierdoktor im Land. Weißt du noch, wie er vor zwei Jahren unser Elefantenbaby Dumbo gerettet hat?«

Die Ablenkung wirkte. Kira hörte auf zu schluchzen. »Als die Wilderer seine Mutter geschlachtet und ihm dann ein Ohr abgeschnitten haben? Ja, klar weiß ich das noch. Jetzt kann Dumbo nicht mehr fliegen ...« Sie putzte sich die Nase, schlang die Arme um den Hals ihres Vaters und verbarg ihren Kopf in seiner Halsgrube.

Jill streichelte Kira noch einmal übers Haar. »Ich bin gleich wieder bei dir, Süße. Ich fahre Nina zu ihrem Bungalow, damit sie sich frisch machen kann, und danach essen wir alle zusammen.«

12

Nach drei Minuten holpriger Fahrt über eine muffig feucht riechende Piste hielt Jill auf einem von dichten Buschgruppen gesäumten, ungepflasterten Platz an und stellte den Motor ab.

»Da wären wir«, sagte sie und sprang aus dem Auto. Sie langte nach ihrem Fernglas im Handschuhfach und schulterte ihr Gewehr. »Sieh dich in Ruhe um. Ich warte dort unter der Palme auf dich.« Sie zeigte auf eine dickstämmige Dattelpalme, in deren Schatten eine Bank stand.

Nina klemmte sich ihre Umhängetasche unter den Arm und schlenderte neugierig über den Platz. Vor den Buschgruppen, die nicht wie sonst um diese Jahreszeit saftig grün waren, sondern auf kahlen Zweigen nur eine grüne Blätterkrone trugen, wuchsen filigrane Süßdornakazien. Der honigsüße Duft ihrer gelben Blütenbüschel erfüllte die Luft. Ein alter Natal-Mahagoni-Baum behütete den Aufgang zur Terrasse eines Bungalows, dessen goldenes Reetdach hinter einer meterdicken, meterhohen Amatunguluhecke hervorleuchtete. Bambuspalmen und von Schmetterlingen umgaukelte Blütenbüsche schützten ihn zusätzlich gegen fremde Blicke.

Überwältigt blieb sie vor Jill stehen. »Das ist einfach fantastisch! Ist es dieser Bungalow?«

»Genau der«, sagte die Eigentümerin Inqabas. Sie erhob sich und nahm Nina an der Hand.

Schweigend stiegen sie die breiten Stufen zur Terrasse hinauf, die halb im flirrenden Schatten einer Gruppe Bambuspalmen lag. Oben angekommen, blieb Nina stehen und sah sich um.

Mauern aus runden Natursteinen, die perfekt mit dem Hintergrund verschmolzen, viel Glas, ein Sonnendeck aus Holzbohlen mit Swimmingpool, ein reetgedeckter Pavillon auf Pfählen, auf dem Rattansessel und vier Liegestühle zum Verweilen einluden, und ein atemberaubender Blick hinunter ins Tal über das wogende, goldene Grasmeer, das sich bis zu den Hügeln Zululands erstreckte, deren Konturen im blauen Dunst der Ferne verliefen wie Kleckse auf einem Aquarell.

»Dieses Paradies kann ich mir mit Sicherheit nicht leisten«, flüsterte Nina.

Jill winkte ab. »Ach, da mach dir keine Sorgen. Es ist unser kleinster Bungalow. Er hat nur zwei Schlafzimmer und zwei Bäder. Die meisten wollen mindestens drei bis vier Schlafzimmer und die entsprechende Zahl Badezimmer.«

Nina trat ans Geländer. Die Terrasse wurde von einer viele Meter dicken Amatunguluhecke geschützt, deren weiße Blütensterne betörend dufteten. Mit den Dornen, die fast so lang und dick wie Stopfnadeln waren, hatte sie früher häufig schmerzhafte Bekanntschaft gemacht. Sie beugte sich vor und pflückte eine der roten, pflaumengroßen Früchte, die zwischen den wie lackiert glänzenden Blättern wuchsen, und roch daran.

»Die kann man auch essen«, sagte Jill. »Klein schneiden, einzuckern und zu einem Gelee kochen. Lecker!«

»Auch ein Rezept von Ben?«

»Nein, von meiner Urururgroßmutter.« Jill lächelte. »Sie hat zwangsweise einheimische Früchte angebaut und verarbeitet. Um zum Beispiel Äpfel zu kaufen, wäre sie eine Woche auf dem Ochsenkarren durch den Busch zum nächsten Obstmarkt unterwegs gewesen. Eine Einkaufstour dauerte gut und gern drei Wochen …« Sie brach ab, reckte die Nase hoch und schnupperte mit gekrauster Stirn.

Nina tat es ihr nach, konnte aber nichts Auffälliges riechen. »Ist etwas nicht in Ordnung?«

Jill zuckte mit den Schultern. »Ach, ich dachte, ich hätte Aas gerochen. Komm, sieh dir das Haus an.«

Mit dem Schlüssel in der Hand ging sie Nina voraus zu der mit aufwendigen Metallriegeln von außen gesicherten Eingangstür. »Eigentlich schließen wir die Bungalows nie ab«, erklärte sie. »Aber die Affen haben wieder im Handumdrehen gelernt, die neuen Sicherheitsriegel zu öffnen. Neulich wurden einige Gästehäuser durchwühlt und zum Teil sogar ausgeräumt. Ich habe es nicht glauben können, dass es die Affen waren. Ich hatte sogar kurz die Farmarbeiter in Verdacht, bis ich unsere ortsansässige Pavian-Gang dabei beobachtet habe, wie sie vorgeht. Brutus, der Pascha, fummelt so lange am Riegel herum, bis er ihn zurückschieben kann, dann holt er die Familie dazu und zeigt Schritt für Schritt, wie es funktioniert. Wie in der Schule.«

Sie schob die Riegel zurück, stieß die Tür auf und trat mit erwartungsvollem Lächeln beiseite.

»Das ist das Wohnzimmer«, sagte sie. »Die beiden Türen auf der linken Seite führen in die Schlafzimmer und die hier neben dem Eingang in die Küche.«

Nina trat ein. Die Sonne strömte durch die bodentiefen Panoramafenster herein, Büsche und Bäume warfen flirrende Schatten über Fliesen und Möbel. Bis auf die honigfarbenen Fliesen war alles in Weiß, Creme oder hellem Naturton gehalten. Vier bequeme Sessel, ein paar afrikanische Gegenstände als Dekoration. Nichts Überflüssiges. Jill hatte schon immer einen guten Geschmack gehabt.

Sie schob die große Glasschiebetür zurück, die zur Veranda führte, lehnte sich ans Geländer und blickte hinaus über den dicht bewachsenen Abhang. Hier und da glühten die roten Krönchen des Korallenbaums an winterkahlen Zweigen, und die weißrosa Blütenbüschel der Dombeya wehten wie kostbare Schleier im leichten Wind. Bis auf die sehnsüchtigen Flötentöne eines Rotflügelstars, der auf dem Verandageländer saß und seine Auserkorene anschmachtete, war es still wie in einer Kathedrale.

Ihr Blick wanderte hinunter ins Tal, über das wogende Ried, an dessen Halme Webervögel ihre kunstvollen Nester gehängt hatten, zu den sattgrünen Dattelpalmen und Wilden Bananen, die entlang des schmalen Flusslaufs wuchsen. Ein Silberreiher glitt majestätisch durch ihr Blickfeld, landete wenig weiter auf einem ausladenden Maulbeer-Feigenbaum zwischen den Nestern einer großen Reiherkolonie. Dutzende seiner Artgenossen hockten in dem Blattgrün und wirkten aus der Ferne wie große, schimmernd weiße Blüten. Aufgeregt mit den Flügeln schlagend, begrüßten sie den Neuankömmling mit infernalischem Gekreisch.

Nina drehte sich zu Jill um, die hinter ihr die Veranda betreten hatte, und hielt sich lachend die Ohren zu. »Wie können so schöne Vögel nur solch eine Kakofonie veranstalten!« Sie sehnte sich danach, dort unten herumzustromern, den Webervögeln zuzusehen, nach seltenen Pflanzen zu suchen, sorglos wie damals als Kind. Ihr Blick wanderte langsam weiter über die dichte, üppig grüne Ufervegetation.

Das Wasser war ungewöhnlich klar, nicht schlammig gelb, wie sie es von früher kannte. Sie meinte sogar, huschende Fische erkennen zu können, aber das war sicher nur Einbildung. Vor einer Sandinsel entdeckte sie etwas, was sie im ersten Augenblick nur für einen Schatten im Wasser hielt, der sich jedoch plötzlich bewegte und sich als ein Krokodil von beachtlichen Ausmaßen entpuppte. Schatten im Wasser. So bezeichneten Zulus die Krokodile.

»Der Krokodilfluss«, flüsterte sie und rieb sich die Arme, weil sich die feinen Härchen aufgestellt hatten. »Den habe ich früher immer heimlich erforscht. Dabei habe ich mir vorgestellt, dass ich später eine berühmte Entdeckerin sein würde ...«

Jill lehnte mit gekreuzten Armen am Geländer. »Und wenn ich mich recht entsinne, hast du mal ein verletztes Babykrokodil mit nach Hause nehmen wollen, worauf die Krokodilmama dich um ein Haar gefressen hätte«, bemerkte sie mit sanftem Spott. »So etwas bringt nicht einmal Kira fertig! Sammelst du in Hamburg auch depressive, verrückte oder verhaltensgestörte Tierbabys?«

»Ich habe nicht mal mehr mein Aquarium.« Nina lachte wieder. »Nach einer unvorhergesehenen Geschäftsreise sind alle Fische mit dem Bauch nach oben geschwommen. Da habe ich das Thema Haustiere abgehakt. Und nur Kakteen halten die Dürreperioden bei mir aus.« Wildes Kreischen übertönte den Rest ihres Satzes.

Jill beugte sich vor. »Da ist schon wieder eine Affengang im Anmarsch«, sagte sie und blickte durch ihr Fernglas. »Brutus und seine Sippe! Mindestens fünfzehn, zwanzig Tiere. Lass bloß nichts Essbares offen herumliegen.«

»Ist das Gelände um die Bungalows eigentlich eingezäunt?«, fragte Nina.

»Nein«, sagte Jill. »Wir haben einen elektrischen Zaun um ganz Inqaba gezogen, der reichlich Power hat, da kann kein Elefant ausbrechen. Innerhalb gibt es aber keine Zäune. Wir möchten unseren Gästen noch echtes Afrika bieten. Deswegen haben wir lieber mehrere Meter breite Barrieren aus Bäumen und Dornenbüschen gepflanzt, dicht an dicht Amatungulus oder Wag-'n-bietjie. Das hält die meisten Tiere ab ... Guck nicht so skeptisch! Du wirst bei den Bungalows höchstens Dikkie oder einer der kleinen Antilopen begegnen ...«

»Es geht gar nicht um mich«, unterbrach Nina sie sanft. »Aber wenn ich daran denke, dass Annika vielleicht mit ihrem hyperaktiven Stiefsohn hier sein wird und sie auf der Terrasse Löwen oder schlecht gelaunten Nashörnern begegnen ...«

»Nashörner klettern freiwillig keine Treppen hoch«, sagte Jill. »Spaß beiseite, es hat hier noch keinerlei derartige Vorfälle gegeben. Und mit dem Jungen werde ich mal reden. Oder Philani tut es.«

Nina grinste. »Annika wird es dir danken. Sie ist mit dem Bengel völlig überfordert. Er tanzt ihr nach Belieben auf der Nase herum und spielt sie gegen seinen Vater aus.« Sie musterte ihre Freundin.

»Du ziehst ein Gesicht, als hättest du öfter Diskussionen um die richtigen Verhaltensregeln.«

Die Eigentümerin Inqabas nickte. »Du hast recht. Das Problem ist, dass die meisten Gäste aus Gegenden kommen, wo das Eichhörnchen in ihrem Garten oder Nachbars Schäferhund das wildeste Tier ist, das ihnen begegnen kann. Ich habe mehr als ein Mal erlebt, dass Gäste aus dem Safariwagen geklettert sind, um für ein besseres Selfie näher an eine säugende Nashornkuh oder sogar ein Löwenrudel heranzukommen ...«

»So dämlich kann man doch nicht sein«, sagte Nina.

»O doch. Erst kürzlich sind zwei europäische Touristen von einem Elefanten zertrampelt worden, und auch die wollten nur ein Selfie machen. Dem Himmel sei Dank, dass das nicht bei uns passiert ist.« Jill nahm ihren Buschhut ab und wedelte sich Luft zu.

»Und wie ist es, wenn ich zum Dinner kommen möchte?«, erkundigte sich Nina. »Muss ich vorher im Haupthaus anrufen?«

»Wenn es bereits dunkel ist, ja. Du wirst dann von einem bewaffneten Ranger abgeholt.«

»Aber tagsüber darf ich allein zum Haupthaus laufen?«

»Aber sicher! Wir haben den Busch zurückgeschnitten, sodass rechts und links neben dem Fußweg eine große, freie Rasenfläche ist. Da kann sich keine Maus verstecken.«

»Vor Mäusen habe ich keine Angst.« Nina hob spöttisch ihre linke Braue. »Aber vor hungrigen Katzen, die größer als eine Hauskatze sind.«

Jill winkte ab. »Ach, die kommen praktisch nie in die Nähe der Häuser ...«

»Praktisch nie«, bemerkte Nina spitz. »Das klingt aber nicht sehr vertrauenerweckend.«

Jill legte den Kopf schief. »Und du klingst jetzt sehr europäisch, um nicht zu sagen, etwas verweichlicht.« Sie lachte. »Denk an Ben und was er dir beigebracht hat. Du bist doch hier geboren und kannst nicht alles vergessen haben ...« Entsetzt schlug sie sich eine

Hand vor den Mund. »O mein Gott, Nina, das tut mir unendlich leid ... Ich habe im Augenblick nicht daran gedacht ...«

Nina überlief eine Gänsehaut. »Das ist schon okay«, sagte sie heiser. »Das haut mich schon lange nicht mehr um. Mir geht es wirklich gut.« Sie quälte sich ein Lächeln ab. »Es sind seither schließlich vierzehn Jahre vergangen ...«

Und es vergeht kein Tag, an dem ich nicht in irgendeiner Weise daran denke, setzte sie schweigend hinzu. An dem ich nicht Angst habe, dass die Dinge, die aus meinem Gedächtnis gelöscht sind, bei der geringsten Berührung wie Tretminen hochgehen.

Ihre Hände wurden glitschig vor Schweiß. Für Sekundenbruchteile war sie wieder den Bildern aus ihren Albträumen ausgeliefert, den Stimmen und Gerüchen, die sie sich nicht erklären konnte. Den eisblauen Augen, die sie gnadenlos verfolgten.

Sie hoffte, dass Jill ihr glauben würde. Mitgefühl von Freunden – das doch nur gut gemeint war – konnte sie auch heute noch kaum ertragen. Ihre eiserne Selbstbeherrschung drohte dann zusammenzubrechen.

Sie verzog die Lippen wieder zu einem breiten Lächeln. »Mir geht es gut – wirklich«, sagte sie.

»Schön, das zu hören«, sagte Jill mit weicher Stimme, aber ihre skeptische Miene verriet sie. »Jetzt richte dich erst mal ein. Ich schau so lange in der Umgebung nach dem Rechten.« Sie verließ den Bungalow durch den Eingang und schloss die Tür hinter sich.

Wie versprochen lag ein Mobiltelefon für Nina bereit. Aufgeregt tippte sie zuerst die Nummer ihres Vaters ein und inspizierte dabei schnell die Küche, die zu ihrer Freude komplett ausgerüstet war. Während das Handy noch die Verbindung herstellte, ging sie zurück ins Wohnzimmer und knöpfte sich die Bluse auf. Sie öffnete die Terrassentür, setzte sich auf einen der Stühle und wartete, dass ihr Vater den Anruf annahm.

»Daddy ...!«, rief sie, als er sich endlich meldete. Weiter kam sie nicht.

»Nina! Gott sei Dank! Was ist passiert? Wir haben versucht, dich zu erreichen ...«

»Wir? Wen meinst du mit wir?«

»Konrad und mich. Er hat mich aus Indien angerufen, sobald er ein neues Handy hatte. Sein altes hat er in dem Unwetter dort verloren. Inzwischen hat er unzählige Male versucht, dich zu erreichen. Netter Kerl, übrigens. Sehr nett.«

»Das Handy verloren? Das erklärt einiges. Und mein Telefon ist mir gestern gestohlen worden, deshalb konnte ich auch nicht zu euch durchkommen. Aber sag, wie geht es ihm? Ich habe mir alle Schreckensszenarien ausgemalt ...«

»Konrad geht's gut. Er fliegt morgen von Bombay über Dubai nach Durban ... Auch er ist sehr besorgt um dich.«

»Konrad kommt hierher? Zu mir nach Natal?« Nina hielt es nicht mehr auf dem Stuhl. Sie sprang auf. »Weißt du, wann er landet?«

»Nein. Und ob er tatsächlich schon einen Flug bekommen hat, weiß ich auch nicht. Es ist ja ziemlich kurzfristig. Er hat allerdings erwähnt, dass er heute schon von Pune nach Bombay fliegen würde. Ich geb dir mal seine neue Nummer.«

Nina fischte einen leeren Briefumschlag aus ihrer Umhängetasche und schrieb die Nummer, die ihr Vater ihr diktierte, auf die Rückseite. Anschließend gab sie ihm ihre neue Nummer. »Danke. Ich ruf ihn sofort an. Aber jetzt erst mal zu dir. Wie fühlst du dich?«

»Diese dumme Maschine hier nervt ... Na ja, und die Kopfschmerzen ... und dass ich hier festsitze ...«

Durch die offene Glastür strömte warme Luft, es roch nach sonnenwarmem Erdreich und dem betörenden Duft der Akazienblüten. Nina ging hinaus. Eine grüne Gottesanbeterin saß gut getarnt auf einem grün belaubten Zweig, die Vorderfüße hatte sie wie zum Gebet erhoben, die riesigen Facettenaugen gierig auf einen gelben Schmetterling gerichtet.

»Das tut mir entsetzlich leid, Dad«, sagte sie leise und wandte sich ab, als die Gottesanbeterin zuschlug und der Falter in ihren Klauen zappelte. »Ich wünschte, ich könnte dich irgendwie trösten.«

»Ach, ich pack das schon«, sagte Viktor mit fester Stimme. »Ich bin ein harter Hund, wie du weißt.«

Als harten Hund hatte sie ihren Vater eigentlich nie empfunden. Dazu war er viel zu mitfühlend und weichherzig. Ihr Blick streifte die Gottesanbeterin. Das große Insekt putzte sich hingebungsvoll die Kauwerkzeuge. Von ihrer Beute lag nur noch ein goldgelber Flügel auf den Holzbohlen. Nina wollte sich gerade abwenden, da beschlich sie das unangenehme Gefühl, beobachtet zu werden.

Ohne sich zu rühren, suchte sie die Umgebung ab. Keine zwanzig Zentimeter entfernt entdeckte sie eine grüne Schlange. Mit einem leisen Aufschrei sprang sie zurück. Das armlange Reptil schoss über ihre Hand – sie spürte die Berührung des glatten Körpers –, packte die vollgefressene Gottesanbeterin und verschlang sie. Nach ein paar heftigen Kaubewegungen würgte es die steifen Flügel der Riesenschrecke aus und streifte sie auf den Holzbohlen ab.

»Was ist passiert?«, hörte sie ihren Vater rufen. »Warum hast du geschrien?«

Mit einem Fuß beförderte Nina die Überreste hinunter in die Amatungulubüsche. »Ach, nichts Aufregendes, nur eine kleine, alltägliche afrikanische Tragödie. Gottesanbeterin frisst Schmetterling, Schlange frisst Gottesanbeterin. Fressen und gefressen werden. Leider hatte ich die Kamera nicht parat, sonst wäre das eine interessante Fotostrecke geworden! Aber morgen fahre ich zum Saint-Lucia-See und zum Isimangaliso-Wetland-Park. Sobald ich gute Bilder habe, schicke ich sie dir. Hast du besondere Wünsche?«

»Nein, das überlasse ich ganz dir. Und ich habe etwas, worauf ich mich freuen kann. Das hebt die Stimmung.« Viktor lachte kurz auf und musste gleich darauf husten. »Hast du schon eine Gelegenheit gehabt, dich auf die Fährte von Yasmin zu setzen?«

»Gestern habe ich mich mit Tita und Lisa Robertson zum Lunch getroffen. Beide klappern jetzt ihre Kontakte in der Modebranche ab. Weiter bin ich da noch nicht gekommen ...«

»Tita«, sagte ihr Vater versonnen. »Wie lange ich die nicht mehr gesehen habe. Sieht sie immer noch so sensationell aus?«

»Sie ist ein wenig älter geworden, aber ihre Ausstrahlung ist dieselbe. Sie ist immer noch eine bemerkenswerte Frau.«

»War Neil auch dabei?«

»Nein, laut Lisa leidet er unter einer Erkältung.« Nina gluckste. »Und ich meine *leidet*.«

Ihr Vater lachte – anders als erhofft – nicht mit. Für ein paar Augenblicke hörte sie nur das Klicken der Dialysemaschine. »Und wo bist du jetzt?«, kam schließlich seine leise Frage.

»Auf Inqaba, gerade erst angekommen. Ich war gestern spät dran, und Jill hat mir dringend abgeraten, in der Dunkelheit allein durch Zululand zu fahren. Die Nacht habe ich bei Rikki verbracht.«

»Rikki! Und wie war es? Bist du freundlich aufgenommen worden?«

»Na ja, wie man's nimmt«, sagte sie. »Auf jeden Fall zieht es mich so schnell nicht wieder zu Mamas Familie.« Sie redete schnell weiter, um das Thema zu wechseln. »Übrigens, Jill hat mich in einem fantastischen Bungalow untergebracht! Rundherum Panoramafenster von der Decke bis zum Fußboden, eine Sicht, als gäbe es keine Grenze nach draußen. Ich kann mich gar nicht sattsehen. Und es gibt einen Swimmingpool.«

»Das klingt ja wirklich herrlich. Ich hab's mir gleich gedacht, auf Jill ist Verlass.«

Nina hörte die Sehnsucht in seiner Stimme und schwor sich, alles daranzusetzen, eine gute Fotostrecke zu liefern und dieses unbekannte Kind zu finden, das jetzt schon über zwanzig Jahre alt sein musste.

»Nächstes Mal fliegen wir gemeinsam nach Südafrika«, versprach sie mit belegter Stimme. »Sobald es dir wieder besser geht.«

»Sicher«, ächzte er. »Das machen wir, Prinzessin. Bald. Ich freu mich schon.«

Ein paar Minuten plauderten sie noch miteinander, aber seine Antworten wurden immer einsilbiger, sein Atmen angestrengter.

»Ich bin müde, Prinzessin«, sagte er schließlich. »Ich werde jetzt ein bisschen schlafen.«

»Ja, Dad, und träume was Schönes«, flüsterte sie und wartete, bis er aufgelegt hatte.

Gleich darauf wählte sie Konrads Nummer, bekam aber nur die Ansage, dass der Teilnehmer nicht erreichbar sei. Erklärungen dafür gab es viele. Da sie nun wusste, dass es ihm gut ging und er auf dem Weg zu ihr war, konnte sie aber nichts mehr erschüttern. Sie legte auf und ging zurück ins Haus, um die beiden Badezimmer zu begutachten.

Auch dort war Jills Stil deutlich. Boden und Wände waren mit cremefarbenem Naturstein gefliest, und beide waren mit einer Dusche und einer Badewanne so groß wie ein Swimmingpool ausgestattet, die direkt vor dem Fenster stand und einen Blick in die sonnenflirrende Baumkrone einer blühenden Süßakazie gewährte. Ein grasgrünes Chamäleon saß mit eingerolltem Schwanz in einer der Astgabeln und kaute mit offensichtlichem Genuss auf einem kleinen Käfer herum.

Neugierig stieß sie die Tür zum geräumigen Hauptschlafzimmer auf. Eine Schrankwand an der Stirnseite, zwei Queensize-Betten, bequeme Sessel vor den bodentiefen Fenstern mit Blick über grüne Baumwipfel und hinunter ins Tal zum Wasserloch. Neugierig schaute sie an die Decke und erwartete eine der üblichen Dachbalkenkonstruktionen, wo gewöhnlich allerlei Getier lebte – besonders Geckos, die ihr früher immer viel Spaß gemacht hatten.

Ihr blieb vor Staunen der Mund offen stehen. Anstatt aus Balken bestand die Zimmerdecke über den Betten aus Glas. Grüne Blätterwedel und ein zarter Gazebaldachin milderten die mittäglichen Sonnenstrahlen, die das Schlafzimmer in ein geheimnisvoll goldenes Licht tauchten. Das Licht verwandelte das schimmernde Gefieder des Nektarvogels, der über ihr in den Zweigen herumhüpfte, in ein grün schillerndes Juwel. Als sie sich vorstellte, wie Konrad und sie hier unter dem afrikanischen Sternenhimmel schlafen würden, kribbelte ihr ein wohliger Schauer über die Haut.

Völlig gefangen von dem Zauber der unzerstörten Natur, verließ sie das Zimmer und ging wieder hinaus auf die Terrasse. Für ein paar Minuten stand sie bewegungslos an die Balustrade gelehnt, bevor sie noch einmal Konrads neue Nummer wählte.

Wieder nur die Ansage. Sie sah auf die Uhr. Vermutlich befand er sich bereits auf dem Flug nach Bombay. Später würde sie ihn sicher erreichen.

Immer noch innerlich und äußerlich strahlend, ließ sie sich auf einem der Rattansessel nieder und blickte hinaus in die Landschaft. An der Peripherie ihres Gesichtsfelds bemerkte sie Jill, die mit dem Mobiltelefon am Ohr aus dem Busch hinter dem Haus hervorkam und aufgebracht wirkte.

»Jonas, Jill hier«, hörte sie ihre Freundin sagen. »Ich bin in der Nähe von Ninas Bungalow einem Aasgeruch nachgegangen. Es war eine Antilope, und es gibt Schleifspuren. Dem Gestank nach ist der Kadaver über dreißig Stunden alt. Könnte ein Leopard gewesen sein, obwohl ich mir nicht vorstellen kann, dass der sich ausgerechnet hier herumgetrieben hat. Außer ein paar Mäusen gibt es hier kaum Beute für ihn, und außerdem sehen die Reste irgendwie komisch aus. Jedenfalls nicht so, als wäre das Tier von einem Leoparden gerissen worden.«

Jill wanderte nervös umher und lauschte offensichtlich dem, was Jonas zu sagen hatte.

»Keine Ahnung«, sagte sie dann. »Sehr wahrscheinlich ist das nicht. Aber schick Philani her, damit er sich das vorsichtshalber ansieht.« Sie steckte das Telefon in ihre Hosentasche und stieg die Stufen zum Sonnendeck hoch.

Nina empfing sie bereits auf dem Treppenabsatz. »Ein Leopard«, sagte sie mit hochgezogenen Brauen. »So einer, der praktisch nie hier auftaucht?«

Jill blieb stehen. »Ach, mach dir keine Sorgen. Das ist nur eine Vorsichtsmaßnahme. Es gibt sicherlich eine ganz simple Erklärung. Hast du Angst?«

Hatte sie Angst? Nina blickte zurück in die Zeit, als sie mit Freunden in den weiten Zuckerrohrfeldern und im angrenzenden Busch in den Hügeln oberhalb Umhlanga Rocks herumgestreift war, wo nicht nur Mambas und Kobras lebten, sondern auch Leoparden. Damals wusste sie nicht, was Angst war. Auch das Tauchen nach Langusten in der brüllenden Brandung am Felsenriff vor Umhlanga Rocks war ein riskantes Unterfangen gewesen, und doch hatte sie nie einen Gedanken an die Möglichkeit verschwendet, auf einen tödlich giftigen Steinfisch zu treten, von einer Welle ins Meer hinausgezogen oder auf die Felsen geschleudert zu werden.

»Nein, du hast recht.« Sie grinste schief. »Ich war mal ein furchtloses Mädchen, aber die Zeit in Deutschland hat mich tatsächlich etwas verweichlicht. Das wird sich hier hoffentlich schnell wieder geben.«

»Ach, weißt du«, sagte Jill und lehnte sich an das Geländer. »Hier in Afrika, wo mir eigentlich von allen Seiten ständig Gefahr droht, ist mir wenigstens immer bewusst, dass ich lebe.« Sie blickte über die Baumkronen in die Ferne. »Vor Jahren war ich mal für sechs Wochen bei Verwandten in Europa. Diese Ängstlichkeit vor allem. Das Misstrauen. Diese Mauer von Krankenversicherung, Kündigungsschutz, Arbeitslosengeld, Rente und gegen was immer man sich noch versichern kann! Die meisten hatten eine Sterbegeldversicherung – und bei meinem ersten Besuch als junges Mädchen hatte ich wirklich geglaubt, dass sie sich gegen den Tod versichert haben. Jeder war für jede Eventualität des Lebens versichert. Junge Leute hatten ihren Blick schon fest auf die Zeit ihrer Rente gerichtet ...«

Nina schmunzelte. »Okay, ich habe verstanden. Das ist natürlich nicht das Material, aus dem Pioniere geschnitzt sind. Ich werde dem Leoparden entschlossen die Stirn bieten!«

»Den Kadaver hat bestimmt jemand anderes hierhergeschleppt – ein Wesen mit zwei Beinen zum Beispiel.« Jill richtete sich auf. »Philani müsste schon auf dem Weg sein. Er wird dafür sorgen, dass dir hier von keiner Seite Gefahr droht.« Sie sah auf die Uhr. »Zeit zum Lunch. Wenn du schnell noch duschen willst, warte ich auf dich.«

Nina schnupperte verstohlen an ihrem Hemd. »Das schulde ich meinen Mitmenschen.« Sie grinste. »Gib mir ein paar Minuten, ich beeile mich. Aber ich müsste mich danach dringend bei Konrad und Annika melden …«

»Kein Problem, du kannst das Telefon in meinem Büro benutzen. Ich warte auf der Terrasse auf dich.«

Nach weniger als zehn Minuten kam Nina frisch gekleidet mit nassen Haaren aus dem Badezimmer.

»Fertig, auf geht's«, rief sie fröhlich und hängte sich ihre Tasche über die Schulter.

»Wie gefällt dir der Bungalow?«, fragte Jill, während sie die Eingangstür mit dem Riegel verschloss.

»Der ist traumhaft, und das Glasdach im Schlafzimmer ist die Sensation«, sagte Nina. »Hat sich das der Architekt ausgedacht?«

Jill lächelte in sich hinein. »Nein, Nils. Er meint, unter dem afrikanischen Sternenhimmel einzuschlafen sei ein Erlebnis, das man nie vergisst. Auf seinen Reportagen durch Afrika hatte er offenbar häufiger so übernachten müssen. Seitdem schwärmt er davon.« Sie gab Nina den Hausschlüssel und lief die Stufen hinunter.

Ein leises Kichern ließ Nina aufschauen. Eine Meerkatzenfamilie turnte auf dem Terrassengeländer herum und beäugte sie und Jill. Der Anführer saß auf dem Reetdach, knackte Nüsse und ließ sie dabei ebenfalls nicht aus den Augen.

Jill stieg in den Safariwagen und stieß für Nina die Beifahrertür auf. Langsam fuhren sie den Weg entlang.

»Siehst du die Geier da oben über dem Tambotibaum?«, sagte Jill kurz darauf.

Nina schaute zu dem prachtvoll gewachsenen Baum hinüber. Mindestens zehn Geier schwebten in immer engeren Kreisen darüber hinweg. Einige waren schon auf der Krone gelandet und starrten mit vorgestrecktem Kopf auf den buschbewachsenen Bereich unter dem Tamboti.

»Sie warten auf Beute, nicht wahr?«

Jill nickte. »Ich hoffe, dass da Löwen oder so zugeschlagen haben und nicht Wilderer. Du kannst dir nicht vorstellen, was hier in Zululand in den Wildreservaten los ist. Hier herrscht richtig Krieg. Seit die Leitung vom Krügerpark ihre Wildererpatrouillen aufgestockt hat, haben die internationalen kriminellen Gangs ihre Aktivitäten in die privaten Wildparks in Natal verlegt, weil sie hier auf weniger Widerstand stoßen. Sie kommen in den hellen Nächten, mit dem Mondlicht im Rücken, das ihnen den Weg leuchtet ...« Mit einer wütenden Bewegung rammte sie den ersten Gang ein, um langsam ein Schlagloch zu umfahren.

Bei dem Bild, das Jills Worte in ihr hervorriefen, überfiel Nina ein Schauder. Dunkle Gestalten, blitzende Messer, Maschinengewehre. Gewalt, Blut, Tod. Sie schüttelte sich.

»Jetzt schlachten diese Mistkerle die Rhinos bei uns ab und verkaufen die Hörner als Aphrodisiakum nach Asien, von den Stoßzähnen der Elefanten gar nicht zu reden. Die sind in Asien ein Vermögen wert.«

Jill hatte sich in Rage geredet und umklammerte das Steuer so fest, dass ihre Handknöchel weiß hervortraten.

»Neulich sind auf Inqaba zwei Löwen gewildert worden, so wie das auch in den anderen Wildparks in Zululand passiert. Nur Fellfetzen waren noch übrig. Ihre Knochen gehen den gleichen Weg wie das Elfenbein! Und wir wissen nicht, wer dahintersteckt, obwohl inzwischen eine ganze Armee von Wildererpatrouillen auf Inqaba herumläuft. Die stehen ausländischen Gangs gegenüber, die bis an die Zähne mit modernsten Waffen bewehrt sind und militärisch vorgehen. Sie landen mit Hubschraubern, und bevor man sichs versieht, sind sie schon wieder außer Landes. Aber sie operieren nicht allein. Davon bin ich felsenfest überzeugt. Unsere Grenzen haben mehr Löcher als ein Schweizer Käse, da schlüpfen die locker durch ... Oh, es macht mich rasend!«

An Jills Hals erschienen hektische Flecken. Sie hieb mit der geballten Faust auf das Lenkrad.

»Manchmal wünschte ich mir, eine einfache Hausfrau zu sein, deren größte Herausforderungen neue Kochrezepte und ein gepflegter, kleiner Vorortgarten sind ...«

»Ach, komm«, sagte Nina. »Du würdest dich in kürzester Zeit zu Tode langweilen. Hat es denn bei euch auch größere Vorfälle gegeben?«

»Vorfälle? So kann man das auch umschreiben. Ein Elefant und drei Nashörner wurden bereits getötet – obwohl jedem menschliche Bodyguards zur Seite standen. Und kürzlich sind in einem Nachbarpark nördlich von uns eine Handvoll Touristen ins kriegerische Kreuzfeuer zwischen der Wildererpatrouille und den Gangstern geraten.«

Nina spürte einen Stich. Krieg war im Nahen Osten, in Syrien, Konfliktherde in der ganzen Welt, Terroranschläge und Instabilität, wohin man schaute. Aber hier, auf Inqaba, ihrem Ort der Zuflucht?

Damals während der Apartheid hatte es tatsächlich einen Krieg gegeben, den Rassenkrieg, der im Untergrund in den abgeschotteten Townships und auf den berüchtigten Folterfarmen tobte. Nach dem Zusammenbruch des Apartheidregimes wurde Zululand von den blutigen Unruhen zwischen den radikalen Anhängern politischer Splittergruppen zerrissen, und nun waren es Kriminelle aus dem In- und Ausland, die Krieg gegen Mensch und Tier führten.

»Sind die Touristen verletzt worden?«

»Nein. Gott sei Dank sind sie noch mal davongekommen.« Jill

verdrehte die Augen. »Nach dem ersten Schrecken haben die das sogar als ein aufregendes Abenteuer betrachtet. Einer hat irgendwo eine Patrone gefunden, und alle haben Unmengen von Selfies damit gemacht. Nur ein älteres Ehepaar aus Lübeck, das noch den Bombenhagel im Zweiten Weltkrieg miterlebt hat, schwor, in Zukunft an der Ostsee oder in den Alpen Ferien zu machen.«

»Verübeln kann man denen das nicht«, murmelte Nina.

Sie blickte wieder hinüber zu dem Geierbaum. Immer mehr der großen Vögel waren auf den umliegenden Bäumen gelandet, und die ersten hüpften auf die Erde.

Jill schaltete einen Gang hinunter. »Es sind tatsächlich Löwen«, sagte sie. »Hörst du die Knochen knacken? Es muss ein ganzes Rudel sein. Sie streiten sich ...«

Eine lohgelbe Löwin fegte mit wütendem Gebrüll zwischen die Geier, die sich unbeeindruckt mit ein, zwei Flügelschlägen in die Luft erhoben, um dann nur wenige Meter weiter wieder zu landen. Die Löwin fauchte eine harsche Warnung.

Immer noch galt das uralte Gesetz Afrikas. Nur der Stärkere überlebte, und das traf auf Mensch und Tier gleichermaßen zu. Damals hatte sie nicht bemerkt, dass die paradiesische Oberfläche dieses herrlichen Landes brüchig war, der Boden unter ihr nicht fest und sicher. Damals war das für sie normal gewesen, Alltag. Afrika eben. Tita hatte ihr einmal ihre Sicht beschrieben.

»Du musst leichtfüßig und vorsichtig gehen«, hatte sie erklärt. »Sonst brichst du ein, und die Hölle verschlingt dich.«

Die Doppeldeutigkeit von Titas Bemerkung hatte sie zu jener Zeit nicht erfasst.

»Ich könnte so nicht mehr leben«, murmelte sie jetzt, mehr zu sich selbst.

Jill sah sie kurz an. »Was meinst du?«

»Die Vorstellung, dass ich auf Inqaba, diesem friedlichen Fleckchen Erde, in einen Krieg geraten könnte ...«

»Wirst du nicht«, war die entschiedene Antwort ihrer Freundin.

»Es gibt keinen Krieg. Das sind kriminelle Gangs, und ihr Ziel sind ausschließlich Rhinozeroshörner und Elefantenstoßzähne.« Sie legte Nina beruhigend die Hand aufs Knie. »Ich habe seit den Vorfällen unsere Mannschaft noch mal aufgestockt. Solange du dich nicht mit Löwen oder schlecht gelaunten Elefanten anlegst, bist du hier in keinerlei Gefahr, das garantiere ich dir. Und ich werde allen Rangern Bescheid sagen, dass du unter meinem persönlichen Schutz stehst.«

Sie stockte und fixierte eine Stelle, die unmittelbar vor der nächsten Kurve lag.

»Verdammt«, zischte sie. »Der Kerl hat hier nichts mehr zu suchen!«

Nina sah nichts weiter als den in der Hitze flirrenden Asphaltweg und rechts und links grünen Busch. »Wen meinst du?«

»Ach, es geht um einen ehemaligen Hilfsranger – im normalen Leben ist er der Mathelehrer von Kira und Luca –, und ich meine, dass ich eben sein Auto dort vor der Kurve entdeckt habe.« Sie reckte den Hals. »Offenbar habe ich mich getäuscht.«

»Ehemaliger Hilfsranger? Vergangenheit?«

Jill hob die Schultern. »Unangenehmer Typ. Er hat sich ein bisschen viel herausgenommen, deswegen habe ich ihm gestern gekündigt. Offiziell wegen der nicht erfüllten Schwarzenquote. Die ist eine sehr ernste Sache hier.« Sie wischte sich mit dem Handrücken über die Stirn. »Das mit der Quote entspricht zwar der Wahrheit, aber es kam mir auch so sehr gelegen. Das hat der Mann nicht gut aufgenommen.« Sie grinste. »Um genau zu sein, er hat irgendwelche schrecklichen Verwünschungen ausgestoßen, bevor er in seinem Auto abgehauen ist. Aber ich habe ein dickes Fell und bin gegen Verwünschungen immun. Dagegen habe ich jede Menge Muthi vom Sangoma.« Lachend klopfte sie sich mit der geballten Faust an die Brust. »Schließlich bin ich eine weiße Zulu. Yebo!«

Nina spitzte den Mund. »Oh-oh, hoffentlich lässt er es nicht an Kira und Luca aus. Lehrer sitzen da dummerweise am längeren Hebel.«

»Das würde ich ihm nicht raten. Dann kriegt er es nämlich mit Nils zu tun, und der versteht überhaupt keinen Spaß, wenn es um seine Kinder geht.« Sie lachte amüsiert. »Wie gesagt, ich sehe mit leichtem Magenflattern dem Tag entgegen, an dem Kira mit ihrem ersten richtigen Freund hier aufkreuzt!«

»Der Tag wird nicht lange auf sich warten lassen. Sie muss jetzt vierzehn oder fünfzehn sein, richtig?«

»Knapp fünfzehn – ein höchst anstrengendes Alter, obwohl Luca mit seinen zwölf nicht minder nervenaufreibend ist.«

»Ich beneide dich«, sagte Nina unvermittelt. »Ich ...«

Ohne Vorwarnung vernahm sie eine Stimme, undeutlich, aber so kalt wie ein Eishauch, und für Sekundenbruchteile tauchten Husky-Augen vor ihr auf. Diese Stimme! Ihr Puls beschleunigte sich, und trotz der Mittagshitze bekam sie eine Gänsehaut.

War es der plötzliche Windstoß, der durch die Palmen raschelte, der ihr die Gänsehaut bescherte, oder war es eine Art dunkle Vorahnung? Wo hatte sie die Stimme schon einmal gehört? Mit gesenktem Kopf horchte sie angespannt, aber außer den normalen Buschgeräuschen konnte sie nichts vernehmen, und je angestrengter sie auf den Nachhall lauschte, desto weiter entfernte er sich, bis auch das Echo verklungen war.

»Hast du auch eine Stimme gehört?«, fragte sie zögernd. Sie wollte sich nicht lächerlich machen.

»Eine Stimme? Nein. Vermutlich hast du einen Vogel gehört. Manche sind hervorragende Stimmenimitatoren. Die foppen einen immer wieder.«

Nina lauschte, aber außer dem Sirren der Zikaden, dem Knirschen der Autoreifen und dem Säuseln des Windes hörte sie nichts. War alles nur eine Sinnestäuschung gewesen?

Doch ganz tief drinnen war sie davon überzeugt, dass es kein Vogel gewesen war, der eine menschliche Stimme nachahmte. Die Stimme war zu speziell.

13

Auf dem Weg zur Lodge kam ihnen Philani, begleitet von zwei Rangern, in einem offenen Safariwagen entgegen. Jill fuhr an die linke Straßenseite und ließ ihr Fenster hinunter.

Der große Zulu stieg aus und kam zu ihnen herüber. Nina erkannte ihn sofort, obwohl die vergangenen vierzehn Jahre auch an ihm nicht ohne Spuren vorbeigegangen waren. Zwar glänzte seine Haut immer noch wie geöltes Mahagoni, aber das kurz geschorene Pfefferkornhaar war inzwischen grau meliert.

»Nina, ngiyakwemukela!« Philani grüßte sie mit breitem Lachen. »Willkommen!«

»Philani!«, rief sie erfreut. »Geht es dir gut?«

»Yebo, sehr gut!«, antwortete der Zulu, ehe er sich an Jill wandte. »Meinst du wirklich, dass es ein Leopard gewesen sein könnte? Seit dem Bau der Bungalows haben wir hier keine Raubkatzen mehr gesichtet.«

»Das halte ich für eher unwahrscheinlich«, antwortete Jill. »Aber die Trockenheit in den letzten Wochen könnte ihn hierhergetrieben haben. An den Wasserlöchern herrscht Mord und Totschlag.« Sie drehte sich zu Nina. »Die Antilopen trinken schon aus den Swimmingpools, weil sie gegen die großen Katzen, Hyänen und Krokodile keine Chance haben. Kürzlich gab es großen Aufruhr unter den Gästen, weil eine Giraffe den Kopf durchs Badezimmerfenster gesteckt und aus der Kloschüssel getrunken hat.«

Nina lachte laut los.

Philani nickte. »Sogar die Elefanten benutzen die Swimmingpools als Tränke. Wo hast du den Kadaver gefunden?«

»In den Büschen in der Nähe vom Pool. Wenn es ein Leopard war, muss er sich durch die Wag-'n-bietje-Büsche gezwängt haben.«

Philani runzelte die Stirn. »Glaub ich nicht. Selbst seine Haut ist nicht dick genug für die gemeinen Dornen.«

»Sieh dir die Überreste von der Antilope genau an«, wies Jill ihn an. »Und such die Umgebung nach Spuren ab.« Sie wandte sich wieder an Nina und deutete auf einen der beiden anderen Wildhüter. »Erinnerst du dich an Mark? Zu deiner Zeit war er ein frecher Kerl Mitte zwanzig, der nur Unfug im Kopf hatte.« Sie schmunzelte.

»O ja doch«, sagte Nina und musterte den Ranger. Breitschultrige Sportlerfigur, jungenhaftes Lachen, helle Augen unter dem sonnengebleichten Haar. »Ich kann mich an sein lautes Gelächter erinnern und an die grüne Natalschlange, mit der er mich erschrecken wollte.«

Mark schob seinen Safarihut in den Nacken und schaute betreten drein. »Hab ich das wirklich? Daran kann ich mich gar nicht erinnern.« Das Blitzen in seinen Augen strafte ihn Lügen.

»Es war eine leuchtend grüne Schlange, und sie lag aufgerollt in meinem Buschhut. Ich bin vor Schreck fast gestorben, weil ich im ersten Moment geglaubt habe, dass es eine Baumschlange oder eine Grüne Mamba ist.« Sie funkelte ihn an. »Scherzkeks!«

Mark riss sich den Safarihut schwungvoll vom Kopf und vollführte eine höfische Verbeugung. »Wird nie wieder vorkommen«, sagte er mit einem frechen Grinsen.

Der andere Ranger, ein muskulöser Zulu, der in seiner gebügelten Wildhüteruniform eine ansehnliche Figur machte, tippte mit zwei Fingern an seinen Safarihut.

»Guten Morgen, ich bin Jabulani, Madam«, grüßte er Nina auf englisch.

»Sakubona, Jabulani, kunjani«, antwortete sie und freute sich über das Erstaunen in den dunklen Augen, dass sie ihm in seiner Sprache geantwortet hatte.

»Yebo, mir geht es gut«, sagte der Zulu mit einem ungemein anziehenden, blendend weißen Lächeln.

»Okay, zurück zum Business«, mischte Jill sich ungeduldig ein. »Philani, du sagst mir sofort Bescheid, wenn du was gefunden hast. Ich muss mich jetzt um die Partyvorbereitungen kümmern ... Und, Philani, es gibt keine Entschuldigung für dich, nicht anwesend zu sein!«

Der Ranger zog ein gequältes Gesicht. »Yebo, Boss«, sagte er und stieg wieder in den Geländewagen.

Jill ließ den Motor an und lehnte sich dann noch einmal aus dem Fenster. »Ach, Philani, noch was. Ich habe Willem heute Morgen gekündigt, aber ich meine, sein Auto vorhin im Gelände gesehen zu haben. Wenn ihr ihn trefft, begleitet ihn bitte zum Ausgang. Lasst ihn nicht aus den Augen, bis sich das Tor hinter ihm geschlossen hat und er weggefahren ist.«

»Yebo, Boss! Mit Vergnügen, Boss!« Philani schien über die Kündigung Willems geradezu entzückt zu sein.

Jill stellte den Wagen auf dem Parkplatz der Lodge unter einem Schattenbaum ab. »Höllenheiß heute«, murrte sie. Sie trocknete sich den Hals mit einem Taschentuch ab und zog den Hut tief ins Gesicht. »Wie soll das bloß im Sommer werden.«

Nina stieg aus. Die Hitze strahlte in Wellen vom Pflaster ab, und sie tänzelte auf ihren dünnen Sohlen von einem Bein auf das andere. »Ich fühle mich wie die Katze auf dem heißen Blechdach«, kicherte sie und lief in den kühlen Schatten des Blättertunnels.

Jill folgte ihr. »Ich muss schnell mit Thabili etwas besprechen«, sagte sie. »Willst du schon zu unserem Haus vorausgehen?«

»Ach, ich schau mal nach, ob die Restaurantterrasse sich verändert hat«, erwiderte Nina. »Die war damals mein Lieblingsplatz. Hol mich doch dort ab.«

»Okay, dann bis gleich!« Mit einem Winken verschwand Jill

durch den Hintereingang, der zur Küche führte, und Nina hörte sie nach Thabili rufen. An der Rezeption nickte sie Jonas lächelnd zu und betrat die Terrasse.

Schon auf den ersten Blick sah sie, dass sich dort so gut wie nichts verändert hatte. Als ihre Freundin aus der ursprünglichen Farm das Wildreservat Inqaba schuf, hatte sie beim Bau der Restaurantterrasse dafür gesorgt, dass viele der Bäume, die noch von ihren Vorfahren gepflanzt worden waren, nicht gefällt wurden. Die von Wind und Regen der vergangenen Jahrmillionen rund geschliffenen Felsformationen, die an vielen Stellen um die Lodge herum aus der roten Erde ragten, waren auch geblieben. Die Holzbohlen der Terrasse waren mit Aussparungen so gelegt worden, dass Bäume und Felsen darin Platz hatten. Bambuspalmen, Papayabäume, deren schwere, gelbe Früchte morgens auf dem Frühstücksbüfett landeten, duftende Süßdornakazien und eine mächtige Dattelpalme warfen ihren flirrenden Schatten auf Boden und Tische.

Zwei Kellnerinnen in gelb gestreiften Uniformen lachten und scherzten im weichen Singsang ihrer Sprache miteinander. Die Zähne blitzten weiß in deren schokoladenbraunem Gesicht, und die lang gezogenen Laute voller Musik spülten über Nina hinweg.

Das Hintergrundgeräusch ihrer sorglosen Kindheit.

Nina schloss die Augen. An einen von der Sonne aufgewärmten Holzbalken gelehnt, der das tief heruntergezogene Reetdach trug, gab sie sich ihren Erinnerungen hin. Die schläfrige Mittagshitze dämpfte alle Geräusche, das Sirren der Zikaden vibrierte in der Luft, ab und zu gurrte eine Lachtaube, ein leiser Windhauch raschelte durch die Palmen, und die Strahlen der afrikanischen Sonne tanzten auf ihrer Haut. Die Wirklichkeit entfernte sich, und sie spürte keine Grenze mehr zwischen sich und der Natur.

Afrikaromantik pur, so wie es sein sollte, dachte sie träge. Doch Afrika war ein brutaler Kontinent, und jedes Lebewesen, Mensch und Tier, kämpfte nur ums Überleben – um jeden Preis.

Der unbändige Überlebenswille trieb die Menschen zu Höchstleistungen an, verlangte ungeheure Anpassungsfähigkeit, Ideenreichtum und seelische Widerstandskraft und erzeugte dabei eine Energie, die die Afrikaner wie ein elektrisches Feld umgab. Es war die unerschöpfliche Quelle ihrer funkelnden Lebensfreude und Zuversicht.

Damals, kurz bevor ihr Leben auseinanderbrach, hatte sie sich einmal im Hinterland von Eshowe an den Rand einer illegalen Elendssiedlung verirrt. Es war frühmorgens, ein kleiner Junge in Lumpen spielte im Matsch, und sie schenkte ihm eine Handvoll Karamellbonbons, die sie als Wegzehrung bei sich trug. Während er sich die Bonbons in den Mund stopfte, verkündete er mit strahlenden Augen und unerschütterlicher Überzeugung, dass er Arzt werden würde.

»Oder Ingenieur. Und dann vielleicht Präsident. Oder ich steige in eine Flugmaschine.« Mit fröhlichen Augen verfolgte er ein silberglänzendes Flugzeug, das im Sonnenaufgang nach Norden zog. Nach Europa. »Da ist jeder reich, da bekomme ich Arbeit, und dann kann ich Umama Geld schicken.« Sie hatte ihm das auf der Stelle geglaubt. Auf die Frage, ob er in die Schule gehe, zuckte er mit den Schultern. »Meine Umama hat kein Geld für eine Uniform«, war die lakonische Antwort. »Ohne Uniform kann ich nicht in die Schule gehen.«

Am nächsten Tag rüstete sie ihn vollständig für die Schule aus. Themba, wie er hieß, die Hoffnung, stand daraufhin jeden Morgen um vier auf, wusch sich im vorbeifließenden Fluss, rieb seine glänzend dunkle Haut zum Schutz gegen die Sonne mit dem Öl ein, das seine Mutter zum Kochen benutzte, packte seine Sachen und machte sich auf den Weg in die Schule, um erst am Abend wieder heimzukehren. Nina wusste, dass er auf seinem Schulweg einen fast einen Kilometer breiten, hüfthohen Flussarm durchwaten musste, in dem Krokodile und Flusspferde unter der Wasseroberfläche auf leichte Beute lauerten. Sie sammelte Geld bei ihren Freunden und kaufte ihm ein kleines Schlauchboot.

Themba bot seinen Schulfreunden gegen eine Gebühr einen

Platz in seinem Boot an. Sie standen Schlange, und sein Boot war jeden Tag voll. Themba befand sich auf dem besten Weg, seine Träume Wirklichkeit werden zu lassen.

Das war es, was sie in Europa so vermisste, dachte sie, dem behäbigen, alten Europa. Dieses Funkeln, diese vibrierende Energie, diese ungebremste Tatkraft. Und die Träume. Das war das Wichtigste. Die Träume.

Sie holte tief Luft. Das war in ihrem europäischen Leben allmählich verschüttet worden. Es war so schleichend geschehen, dass ihr das nie klar bewusst geworden war.

»Nina!« Jills Stimme holte sie zurück in die Wirklichkeit. Der appetitliche Geruch von frisch gebackenem Brot kitzelte sie in der Nase. Sie öffnete die Augen und drehte sich um. Jill trat gerade, an einem Stück Dörrfleisch knabbernd, durch die Schwingtür, die aus der Küche auf die Terrasse führte.

»Thabili bringt in wenigen Minuten das Essen«, verkündete sie zwischen zwei Bissen. »Willst du vorher auch ein Stück Biltong?« Sie streckte Nina die Tüte hin.

Nina betrachtete den Inhalt mit leichtem Misstrauen. »Welches Tier hat dafür dran glauben müssen?«

»Kudu. Wirklich lecker! Hast du doch früher sicher auch oft gegessen.«

»Mein Vater hat mit Leidenschaft gegrillt«, entgegnete Nina. »Ganze Ochsen haben wir im Laufe der Zeit vertilgt. Und einen Hühnerhof voller Hähnchen.« Mit spitzen Zähnen biss sie ein Stückchen Biltong ab. Und kaute. Und kaute. »Schmeckt gut, ist aber arbeitsintensiv«, bemerkte sie mit vollem Mund.

Jill lachte und bog zu ihrem Privathaus ab, die Stufen hoch und über die Holzbohlenterrasse, die die gesamte Breite des Hauses einnahm. Sonnenflecken tanzten über rosa Bougainvilleakaskaden. Von den schneeweißen Blütensternen der Amatunguluhecke, die das Haus unterhalb der Veranda vor Eindringlingen schützte, driftete intensiver Jasminduft herüber.

»Der Tisch ist schon gedeckt«, stellte Jill fest und rückte ein Besteck zurecht. »Komm mit ins Haus, da kannst du dir die Hände waschen. Wir gehen durchs Geschichtenzimmer.«

Jill führte sie durch die hohe Glastür, und Nina fühlte sich über hundert Jahre zurückversetzt. Als kleines Mädchen war sie einmal in diesem sonnendurchfluteten Zimmer gewesen, als sie voller Neugier heimlich das Haus durchstreift hatte. Wie damals verdeckten deckenhohe Bücherregale die Wände, und in der Luft hing dasselbe Gemisch aus dem Honigduft des gewachsten Holzbodens und dem leicht modrigen Geruch der alten Ledereinbände. Sie war die hölzerne Leiter, die auf Schienen entlang der Regale lief, hinaufgeklettert, hatte sich ein Buch genommen, es aufgeschlagen – und die Welt um sich herum vergessen.

»Deine Mutter hat mich einmal hier drinnen erwischt«, sagte sie. Die Staubpartikel, die sie mit der Hand aufwirbelte, tanzten in der Sonne wie Goldflitter. »Aber sie war sehr freundlich. Sie hat mir ein Glas Saft aus der Küche geholt und mir erzählt, warum das Geschichtenzimmer so heißt.«

Jill musterte sie erstaunt. »Du musst sie wirklich beeindruckt haben, denn für gewöhnlich war sie nicht erfreut, wenn sich jemand in unser Privathaus verirrt hat. Da konnte sie richtig unfreundlich werden.« Sie führte Nina hinaus auf den Flur und zeigte auf eine Tür. »Dort ist die Gästetoilette. Wir sehen uns gleich auf der Terrasse.«

»Ich hoffe, sie ist nicht schon von einer Giraffe besetzt ...«, sagte Nina. Sie wurde von einem lauten Röcheln unterbrochen.

Beide Frauen wirbelten herum. An der Wand neben seinem Arbeitszimmer lehnte Nils mit verdrehten Augen und hielt sich den Bauch.

»Um Himmels willen, was ist los mit dir?«, rief Jill erschrocken.

»Ich bin fast verhungert«, jammerte ihr Mann. »Ich kann mich kaum zum Tisch schleppen, so schwach bin ich schon!«

»Du Angeber!« Jill kniff ihm mit blitzenden Augen in den

Bauch. »Deine Vorratskammer ist noch bis zum Rand voll. Da sitzt noch genug Blubber für eine längere Hungersnot!«

Nils saugte die Wangen nach innen und schaute gequält drein. Nina verschluckte sich fast an einem Lachanfall.

»Wie ich sehe, seid ihr so glücklich wie eh und je«, giggelte sie und öffnete die Tür zur Gästetoilette. Sie machte ein Handtuch nass, rieb sich Gesicht, Hals und die Arme ab und wusch sich die Hände.

Als sie die Terrasse betrat, stand Nils vor dem gedeckten Tisch und betrachtete mit begehrlichem Blick, was Thabili serviert hatte. Salat, frisches Brot, bröckeligen Cheddarkäse, kalten Braten und eine Quarkspeise mit vielen Früchten.

»Lecker«, stöhnte er genussvoll und warf sich krachend in einen der Rattanstühle. »Ich hab mich übrigens nach unserem burischen Freund im Internet umgesehen«, sagte er. »Und da ist auf jeden Fall etwas merkwürdig. Seine Farm ist so klein, dass er von landwirtschaftlichen Erträgen nicht leben könnte. Er ist auch nicht verheiratet. Also muss er eine andere Geldquelle haben, aber die ist nicht herauszufinden. Ich habe wirklich alles gegeben.«

Jill zuckte mit den Schultern. »Ach, im Grunde genommen spielt das jetzt keine Rolle mehr, wo ich ihm gekündigt habe.«

Nina, die nur flüchtig zugehört hatte, sah auf die Uhr. »Ich würde gern kurz meine Freundin Annika anrufen.«

»Na klar«, sagte Jill. »Den Flur hinunter, die dritte Tür links ist mein Arbeitszimmer. Das Telefon steht auf dem Schreibtisch. Unter Umständen musst du es unter ein paar Akten ausgraben. Weißt du die Vorwahl von Deutschland?«

»Weiß ich, danke«, sagte Nina. »Und Nils, bitte fang schon an zu essen. Ich möchte nicht schuld sein, wenn du verhungerst!«

»Siehst du?«, sagte Nils und patschte sich auf seinen ziemlich flachen Bauch. Er grinste seiner Frau triumphierend zu, rollte ein Stück Braten zusammen und steckte es in den Mund.

Jill seufzte und kullerte in komischer Verzweiflung mit den Augen. »Meine Güte, wie peinlich.«

Nina verließ die Terrasse, öffnete die Tür zu Jills Arbeitszimmer und sah sich um. Es herrschte das, was man als kreative Unordnung bezeichnen konnte, und sie fühlte sich gleich wie zu Hause. Sie fand das Telefon unter einer eselsohrigen Fachzeitschrift für Wildtierauktionen und gab Annikas Nummer ein.

»Hallo?«, erklang nach einer Weile die zögernde Stimme ihrer Freundin.

»Annika, hier ist Nina ...«

»Bist du schon auf Inqaba?«, fiel ihr Annika deutlich aufgeregt ins Wort. »Ich hab dauernd versucht, dich anzurufen, aber nur so merkwürdige Geräusche gehört ...«

»Wieso?«, unterbrach Nina sie hastig. »Ist etwas mit meinem Vater?« Annika redete für gewöhnlich wie ein Wasserfall, der ungebremst auf einen niederstürzte. »Hat sich sein Zustand verschlechtert?«

»Wie ... Nö, ich war erst bei ihm. Alles beim Alten, die Maschine röchelt, dein Vater schimpft ... Aber warum hast du eine neue Nummer?«

»Mein Handy ist mir geklaut worden. Jill hat mir eins geliehen. Also, weswegen wolltest du mich dringend sprechen?«

Annika kicherte. »Du wirst es nicht glauben, Britta und ich haben tatsächlich noch Plätze über Dubai nach Durban ergattert ... Allerdings muss ich Fynn mitbringen. York ist eigentlich damit dran, ihn für ein paar Tage zu übernehmen, aber der hat natürlich wie immer fürchterlich viel zu tun. Nervt mich ohne Ende, aber ich kann's nicht ändern.«

Nina verzog das Gesicht. Annikas Stiefsohn war acht Jahre alt und eine ausgewachsene Nervensäge. »Wann werdet ihr fliegen?«

»Heute!«, quietschte Annika. »Stell dir das nur vor! Wir landen morgen Nachmittag auf dem King Shaka International. Ist das nicht irre? Wir haben wirklich nicht damit gerechnet, so schnell Sitze zu bekommen. Aber das ändert natürlich auch was. Mich plagt ein fürchterlich schlechtes Gewissen. Schließlich habe ich versprochen, mich um deinen Vater zu kümmern ... Soll ich jemanden anrufen, der das übernehmen kann? Meine Mutter vielleicht?«

Nina unterdrückte einen Kommentar. Annikas Mutter war eine eingebildete Frau mit dem Gehabe einer Oberlehrerin und redete ohne Punkt und Komma, schneller als selbst Annika. Außerdem war sie geschieden. »Und seitdem ist sie auf der Pirsch«, erzählte ihr Annika. »Sie hat sogar Golf gelernt, weil sie meint, dort die richtige Sorte Mann zu treffen.«

»Nein, das ist nicht nötig!«, wehrte sie Annikas Vorschlag ab. Die Frau würde ihren Vater in seinem jetzigen Zustand innerhalb kürzester Zeit in den Kollaps treiben. »Ich rufe seinen besten Freund an«, fuhr sie fort. »Der ist auch leidenschaftlicher Fotograf, und die beiden spielen regelmäßig Schach miteinander.«

»Da bin ich aber erleichtert«, seufzte Annika. »Kannst du bitte Jill Bescheid sagen?«

»Ich habe sie in weiser Voraussicht bereits gebeten, zwei Bungalows für euch zu reservieren.«

»Du bist ein Schatz!«, rief Annika begeistert. »Gott, bin ich aufgeregt! Bis morgen also. Holst du uns ab?«

»Ich glaube nicht, dass ich das schaffen werde. Ihr braucht hier sowieso ein Auto ... Nehmt eins mit einem Navi, das ist nötig. Dann also bis morgen, guten Flug und Grüße an Britta.«

Sie legte das Telefon auf Jills Schreibtisch und begab sich zurück auf die Terrasse.

»Annika und Britta landen morgen Nachmittag auf King Shaka«, berichtete sie und setzte sich. »Und Annika hat wie befürchtet ihren achtjährigen Stiefsohn Fynn im Schlepptau. Nicht freiwillig, kann ich euch versichern. Sein Vater hat keine Zeit, sich mit ihm zu beschäftigen, und so wälzt er immer alles auf Annika ab. Sie ist nicht gerade entzückt darüber.«

Jill löffelte den Rest ihres Früchtequarks auf. »Der wird sich hier nicht langweilen«, sagte sie zwischen zwei Mundvoll. »Vielleicht kann er mit Luca und einem unserer Ranger eine Sonderfahrt in den Busch machen. Ich werde Jabulani fragen, ob er die beiden mitnimmt. Der kann gut mit Kindern.«

Armer Luca, dachte Nina. Fynn war ein verwöhnter kleiner Bengel, der seine geschiedenen Eltern gnadenlos gegeneinander ausspielte und seine Stiefmutter bis aufs Blut schikanierte. Aber vielleicht würde Luca ja mit ihm klarkommen. Er kannte sich im Busch aus, und Afrika hatte schon ganz andere Typen als Fynn auf Normalmaß zurechtgestutzt.

»Das ist eine blendende Idee. Und Annika wird es dir ewig danken.« Sie füllte eine Schüssel mit Salat und träufelte dickflüssige Balsamico-Vinaigrette darüber.

»Kaffee, Tee, Mineralwasser mit oder ohne Sprudel?«, fragte Nils.

»Sprudel und Kaffee, danke.« Nina hielt ihm ihre Tasse hin.

Nils goss ihr ein und reichte ihr Zucker und Milch. »Ich habe gehört, dass dein Vater ernsthaft krank ist.«

»Ja, das ist er«, antwortete sie und berichtete über den Unfall. Die Sache mit dem unbekannten Kind und der Spenderniere behielt sie weiter für sich. »Hätte er nicht der Krähe nachgesehen, hätte er die Banane bemerkt und wäre nicht ausgerutscht. Dann wäre er heute hier ... Der Konjunktiv ist doch eine wirklich unangenehme Wortform.«

»Wohl wahr«, stimmte Jill zu. »Wenn, dann hätte, wäre, würde ... die Geißel meines Lebens!« Sie schnitt eine dicke Scheibe von dem frischen Brot, belegte sie mit kaltem Braten und krönte alles mit einem Löffel Mango-Chutney. »Das Rezept stammt von Catherine«, bemerkte sie und biss hinein. »Ein Freund hat ihr zwei Mangobäumchen aus Indien mitgebracht, die sie dann in ihrem Garten angepflanzt hat. Sie hatte ziemlich grüne Daumen, und beide Pflanzen haben überlebt.«

Etwas wie Neid suchte Nina heim. Jill wusste, wer sie war und wohin sie gehörte. Vor rund hundertsechzig Jahren hatten Johann und Catherine Steinach ihre Wurzeln tief in die warme Erde Natals gesenkt, und daraus war ein weitverzweigtes Geflecht von Familie und Freunden gewachsen, das bis in die entferntesten Ecken und alle Bereiche des Landes und darüber hinaus bis ins schwarze Herz Afrikas reichte. Jeder Zentimeter Zululands war mit Jills Leben und Geschichte verwoben.

Jill Rogge von Inqaba wusste, wohin sie gehörte, und erst jetzt wurde Nina klar, was sie vermisst hatte, was der Misston im Hintergrund ihres Lebens in Hamburg gewesen war. Ihre afrikanischen Wurzeln waren von dem Täter damals brutal gekappt worden. Wirklich zu Hause war sie nirgendwo mehr, obwohl sie ganz gern in Hamburg lebte. Es war eine schöne, wenn auch in jeder Beziehung kühle Stadt. Und Konrad lebte dort. Sie lächelte in sich hinein.

»Und wie lange muss er im Krankenhaus bleiben?«, unterbrach Nils ihren Gedankengang.

»Das ist noch ungewiss«, wich sie aus. »Ich bin hier, um Fotos für ihn aufzunehmen. Er hat einen großen Auftrag bekommen, von dem viel für ihn abhängt. Ich sorge dafür, dass er ihn nicht verliert.«

»Und wo willst du mit Fotografieren anfangen?«

»Heute möchte ich erst mal um die Lodge herumstreifen, um Motive für die ersten Fotos zu suchen, und danach vielleicht mit dem Auto in die nähere Umgebung fahren. Hast du Einwände?«

Jill schüttelte den Kopf. »Überhaupt nicht. Nur bitte marschiere nicht allein durch den Busch. Nimm dein Auto. Und sag mir Bescheid, dann bitte ich einen unserer Ranger, dich zu begleiten.«

»Danke, ich werde mich daran halten«, versprach Nina. »Morgen Vormittag will ich dann zum Saint-Lucia-See fahren, um dort schöne Bilder zu schießen. Mein Vater hat eine Wunschliste von Motiven, die er für seinen Auftrag unbedingt haben muss.«

»Aha.« Nils sah sie forschend an. »Und du schaffst das?«

Nina verstand sehr wohl, was er wirklich gefragt hatte. »Ja«, sagte sie ruhig. Aus den Augenwinkeln bemerkte sie, dass Jill ihren Mann unter dem Tisch gegen das Schienbein kickte. »Ich schaffe das wirklich«, setzte sie mit einem Lächeln hinzu. »Ihr braucht euch keine Sorgen zu machen. Und du, Jill, brauchst deinen Mann nicht zu treten. Das tut weh und gibt blaue Flecken.«

»Da hörst du es!«, stöhnte Nils und hielt sich mit schmerzverzerrtem Gesicht den Knöchel. »Ich werde misshandelt!«

Jill grinste ihn an und wandte sich dann mit scheinheiligem Gesicht an Nina. »Hast du ... deinen Kollegen erreicht?«

»Nein ... nein, noch nicht. Aber er ist im Augenblick auf dem Weg von Bombay hierher.« Nina konnte sich ein Lächeln kaum verkneifen.

»Ach?« Jill riss ihre blauen Augen auf und schlug die Hände zusammen. »Ich habe aber keinen freien Bungalow mehr, nicht mal eine kleine Schlafkammer oder eine freie Couch! Wo soll er denn bloß unterkommen?«

Nina warf lachend den Kopf zurück. »Nun hör schon auf! Ja, du hast recht – wir sind nicht nur Kollegen, und natürlich schläft er bei mir ... Und ich bin glücklich, zum ersten Mal seit ... seit ... Nun ja, seit damals ...«

Jill lehnte sich zu ihr hinüber und nahm sie in die Arme. »Ich bin so froh für dich«, flüsterte sie. Als sie sich wieder von Nina löste, glitzerte verräterische Nässe in ihren Augen.

»Wehe, wenn der Kerl dir je wehtut«, knurrte Nils, ohne sie anzusehen.

Nina wurde urplötzlich von einem Gefühl überwältigt, das sie im Augenblick gar nicht definieren konnte. Wärme? Das auch, aber noch etwas anderes. Unvermittelt fiel ihr der Spruch eines rauen Friesen ein: Heimat ist da, wo man nicht wegwill. Genau das spürte sie plötzlich. Ihr schoss das Blut in den Kopf. Jill und Nils. Das waren ihre Freunde. Wirkliche Freunde. Eine ihrer gekappten Wurzeln war nachgewachsen und hatte sich ins warme Erdreich Inqabas gesenkt. Unauffällig schlüpfte sie aus den Schuhen und setzte die nackten Füße auf die Holzbohlen der Terrasse. Sie waren glatt, trocken und warm.

»Was ist mit dir?« Jill sah sie eindringlich an. »Du strahlst plötzlich so. Denkst du gerade an ihn?«

»Nein ... doch ... ja, auch ... unter anderem.« Verlegen blickte sie die beiden an. »Ich bin so froh, dass es euch gibt«, flüsterte sie übergangslos und spürte, wie sie schon wieder rot wurde. Wie ein kleines Mädchen.

Jill lachte. »Na, dich hat's ja wirklich gepackt. Ich bin richtig gespannt auf deinen ... Kollegen.«

»Er hat übrigens heißes sizilianisches Blut, Nils. Seine Großeltern stammen aus Siziliens Südosten – du weißt schon, Cosa Nostra und so –, also sieh dich vor!«

»Ach, Sizilianer.« Nils grinste vergnügt und machte eine wegwerfende Handbewegung. »Große Klappe, nix dahinter. Mit so einem werde ich locker fertig.« Er wandte sich an Jill. »Was hast du nach dem Lunch vor?«, fragte er.

»Das Übliche. Ich mache erst die Runde unter den Mittagsgästen auf der Restaurantterrasse und verbreite gute Laune, und anschließend habe ich alle Mitarbeiter zu einer Besprechung zusammengerufen. Und du?«

»Ich muss den Artikel überarbeiten, den ich gestern geschrieben habe, und dann abschicken.« Er sah auf die Uhr. »Und zwar gleich.« Er trank seinen Kaffee aus, wischte die Hände mit der Serviette ab und verschwand in sein Arbeitszimmer.

Jill sah Nina an. »Ich fahre dich vorher noch zu deinem Bungalow«, sagte sie und klingelte mit dem Autoschlüssel. »Falls da wirklich ein Leopard war, will ich kein Risiko eingehen. Außerdem habe ich schon arrangiert, dass Mark dich auf deinem Streifzug auf Inqaba begleiten wird.«

Nachdem Jill sie abgesetzt hatte, lief Nina die Stufen zum Bungalow hinauf, schloss auf und sah sich vorsichtig nach ungebetenen

Besuchern um. Zu ihrer Erleichterung war alles so, wie sie es verlassen hatte. Sie packte ihren Koffer aus, räumte die Kleidung in den Schlafzimmerschrank, die Kosmetikartikel ins Badezimmer und deponierte den Koffer dann im zweiten Schlafzimmer, das unbenutzt bleiben würde.

Anschließend trug sie großzügig Sonnencreme auf Armen und Gesicht auf, zog die leichten Sommerjeans an und stellte ihre Fotoausrüstung zusammen.

Zum Schluss prüfte sie, ob sie irgendwo etwas herumliegen hatte, was einen Pavian interessieren könnte, nahm ihren Sonnenhut und suchte ihre Sonnenbrille. Offenbar hatte sie die irgendwo in Gedanken abgelegt, was ihr häufiger passierte. Sie seufzte. Da half nichts, als systematisch überall dort nachzusehen, wo sie sich im Bungalow aufgehalten hatte.

Ein Blick ins Badezimmer und ein kurzer Rundgang in der Küche ergaben nichts. Unschlüssig blieb sie im Wohnzimmer stehen und überlegte, wann sie die Sonnenbrille zuletzt gesehen hatte.

Ein schnelles Trappeln und darauf heftiges Klopfen an der Eingangstür ließ sie hochfahren. Sie lief zur Tür und öffnete sie.

Und blickte ins Leere. Sie schaute sich nach allen Seiten um. Da war niemand. Sie wollte sich gerade umdrehen, da riss jemand jählings die Beine unter ihr weg, und sie stürzte rücklings auf den Fliesenboden. Mit einem durchdringenden Schrei stürmte der Angreifer an ihr vorbei ins Wohnzimmer. Er rannte krachend einen Sessel um und raste, immer noch schreiend, in die Küche. Nina wälzte sich auf den Bauch und sah dem Verrückten durch die offene Küchentür nach.

Aus ihrer Perspektive erschien er ihr riesig. Haarig, schwarzgrau, und er hatte vier Beine. Bevor sie das verdauen konnte, wirbelte er herum, und sie starrte in ein unglaublich hässliches, warzenbesetztes Gesicht mit gebogenen, weißen Hauern von gefährlicher Größe.

Entsetzt wurde ihr klar, dass sie einen ausgewachsenen Warzenschweineber vor sich hatte.

Sie katapultierte sich vom Boden hoch, packte die schwere Kristallvase, die auf dem Couchtisch stand, und schleuderte sie dem Vieh mitsamt Wasser und Blumen entgegen. Die Vase zersplitterte laut in tausend Stücke, was den Eber aufzuregen schien.

Er senkte den Kopf, scharrte mit den Hufen in den Splittern und grunzte aggressiv. Nina sprang mit einem Satz auf den Couchtisch, griff zwei Sofakissen, warf sie dem Eber an den Kopf und schrie dabei, so laut sie konnte.

Jemand erschien in der offenen Tür. Das Warzenschwein trabte aufgescheucht ein paar Schritte ziellos auf Nina zu und schwang gleich darauf herum.

»O verdammt, Walter«, sagte Mark vom Eingang her. »Was hast du bloß wieder angestellt!«

»Walter?«, kreischte Nina.

Mark lachte laut. »Der unfreundliche Herr hier. Raus mit dir, Walter!« Er schob den Eber unsanft am Hinterteil nach draußen, der es mit empörtem Grunzen quittierte. »Seine Mutter wurde von einer Raubkatze gefressen, da hat Kira ihn mit der Flasche großgezogen.«

»Er hat an die Tür geklopft«, sagte Nina perplex. »Ein Warzenschwein tut so etwas doch nicht.«

Wieder lachte Mark. »Ein Warzenschwein, das denkt, es wäre ein Mensch! Irgendwann hat Walter gelernt, dass er nur mit den Hauern an die Tür klopfen musste, damit Kira mit irgendwelchen Leckerbissen erscheint.« Mark blinzelte auf sie herunter. »Hast du mal Mr. Jetlag kennengelernt?«

Nina schüttelte den Kopf und stieg vom Couchtisch herunter. »Das war wohl, nachdem ...« Sie zögerte. »Während ich in Deutschland war.«

»Also, Mr. Jetlag war ein Hahn, ein jämmerliches Exemplar seiner Gattung. Von der Mauser zerfressen, mager, und der Kamm hing über einem Auge, sodass er wie ein verwegener Pirat aussah. Und er hat auf dem rechten Bein gehumpelt. Seinen Namen hat er daher, dass er immer mitten in der Nacht gekräht hat statt wie ein ordentlicher Hahn bei Sonnenaufgang. Dem Wahnsinn nahe, hat Nils ihm eine Mrs. Jetlag besorgt.« Er grinste breit.

Nina lächelte. »Und dann gab es viele kleine Jetlags?«

»Mitnichten. Mr. Jetlag war so heißblütig, dass Mrs. Jetlag die erste Nacht nicht überlebte.«

Nina prustete los. »Oh, das ist einfach unbezahlbar!«

»Nils war danach wild entschlossen, dem Vieh den Garaus zu machen, aber Kira hat ihm gedroht, ihn wegen Tiermordes anzuzeigen. Der Vogel ist also nicht im Suppentopf gelandet, im Gegenteil. Die Kleine hat Mr. Jetlag auf einem Hocker an den Esstisch gesetzt, und ab da durfte er mit der Familie zusammen speisen. Das war der Anfang ihrer Karriere als Retterin geistig und körperlich minderbemittelter Tiere.«

»Ich glaub's nicht!« Nina sank lachend auf einen der Sessel. »Ein Warzenschwein namens Walter, das an die Tür klopft, wenn es Hunger hat, und ein Hahn namens Jetlag, der mit am Mittagstisch sitzt.«

»Ich rufe eine Reinigungscrew her, damit die das hier alles wieder aufräumt.« Er bückte sich kurz und hielt ihr dann eine Sonnenbrille hin. Ein Glas fehlte, das andere war zerbrochen. »Ist das deine?«

Nina stand auf und nahm sie ihm aus der Hand. »Ja, ich hatte sie verlegt. Nun hat Walter sie gefunden.« Ein scharfer Schmerz in ihrem rechten Oberschenkel veranlasste sie, ihn kräftig mit der Hand zu massieren.

»Du bist ja verletzt!«, sagte Mark. »Der vermaledeite Walter hat dich mit den Hauern am Oberschenkel erwischt. Das kann gefährlich werden, wenn er eine Vene getroffen hat.«

Nina schaute hinunter auf die Stelle. Auf den Jeans hatte sich ein Fleck ausgebreitet, und auch an ihrer Hand klebte Blut. »Ach, das ist nicht schlimm. Nur ein kleiner Kratzer.«

»Das glaube ich nicht. Den muss sich ein Arzt oder unsere Krankenschwester ansehen.« Mark nahm sie sanft am Arm und drückte sie zurück auf den Sessel. »Einen Whisky aus der Minibar gegen den Schock? Oder Cognac?« Er zog fragend die Augenbrauen hoch.

Nina schüttelte etwas benommen den Kopf. »Höchstens einen Kaffee mit viel Zucker. Aber den kann ich mir auch selbst machen.«

»Da bin ich mir sicher«, erwiderte er und stieg über den Splitterteppich in die Küche. »Aber jetzt mache ich ihn. Du bleibst hier sitzen und lässt dich bedienen.« Er warf ihr ein Lächeln zu, während er die Kaffeemaschine anstellte. »Dafür bin ich da. Und ich rufe Jill an.« Er nahm sein Funkgerät aus der Hemdtasche und benachrichtigte seine Arbeitgeberin.

Es dauerte nur ein paar Minuten, bis ein Auto vorfuhr und Jill die Stufen heraufgestürmt kam. »Nina, um Himmels willen, was ist passiert? War das wirklich Walter?« Sie schob ihre Sonnenbrille ins Haar.

»Er hat höflich angeklopft«, giggelte Nina etwas überdreht. »Und ich hab aufgemacht.«

»Ich schaue mal nach, wo das Untier jetzt steckt«, sagte Mark. Er ging hinaus und schloss die Tür hinter sich.

Jill beugte sich vor, um den Blutfleck auf Ninas Oberschenkel zu inspizieren. Er hatte sich vergrößert. »Das sieht nicht gut aus«, murmelte sie. »Bist du gegen Tetanus geimpft?«

Nina nickte. »Ja, ich lass das regelmäßig machen. Auch gegen Tollwut. Weil ich häufiger in Entwicklungsländer reise, ist das unverzichtbar. Vielleicht ist Walter ja tollwütig?«

»Nein, nur unglaublich gefräßig. Trotzdem werde ich unserem Tierarzt Bescheid geben, dass er Walter daraufhin untersucht ...«

Es klopfte an der Eingangstür, und Jill drehte sich um. »Schwester Emmi, wir sind hier im Wohnzimmer!«

Eine blonde, drahtige Frau mittleren Alters in Schwesternuniform erschien mit einem Erste-Hilfe-Koffer im Wohnzimmer. Sie nickte Nina zur Begrüßung zu. »Ich habe gehört, dass sich Walter danebenbenommen hat«, sagte sie mit jener professionellen Fröhlichkeit, die Voraussetzung für den Schwesternberuf zu sein schien.

»Die Hose müssen Sie ausziehen. Ich schlage vor, dass wir dazu ins Schlafzimmer gehen.«

Jill richtete sich auf. »Ihr kommt hier sicher allein klar, ja? Ich will mich inzwischen bei Philani erkundigen, ob es irgendwelche Neuigkeiten gibt. Bin gleich wieder da.« Sie schob sich die Sonnenbrille wieder auf die Nase.

Nina führte Schwester Emmi ins Schlafzimmer, entledigte sich ihrer Slipper, zog die Jeans aus und setzte sich aufs Bett. Schwester Emmi stellte den Koffer ab und kniete vor ihr nieder. Mit sanftem Fingerdruck untersuchte sie den Schaden, den Walter angerichtet hatte.

»Ich glaube, wir brauchen hier keinen Arzt«, bemerkte sie. »Die Verletzung ist glücklicherweise nur oberflächlich. Allerdings wird die Prellung schmerzhaft und vermutlich farbenfreudig sein. Walter hat da mit Wucht zugelangt.«

Behutsam reinigte und desinfizierte sie die Wunde und fixierte sie anschließend mit einer Reihe von Klammerpflastern und einem leichten Verband. »Damit der Hosenstoff die Pflaster nicht herunterreibt«, erklärte sie. »Wenn die Schmerzen zu heftig werden, nehmen Sie eine von denen hier.« Sie nahm eine Tablettenpackung aus dem Koffer und reichte sie Nina. »Ich lasse Ihnen auch Verbandszeug und Desinfektionsmittel hier, falls Sie den Verband heute wechseln wollen. Morgen sehe ich mir die Wunde wieder an. Passt es Ihnen zur Mittagszeit? Vielleicht nach dem Essen?« Sie packte ihre Utensilien in den Koffer.

Nina nickte und stand auf. »Ja, das passt. Ich werde morgens auf Fotosafari gehen, aber zum Mittagessen sollte ich wieder hier sein. Und danke, Schwester Emmi.«

Die Krankenschwester erhob sich und strich ihre Uniform glatt. »Hoffentlich hat Walter seine Zähne ordentlich geputzt«, sagte sie. »Aber falls die Wunde sehr schmerzt oder heiß wird und klopft, rufen Sie bitte sofort einen Arzt oder sagen mir Bescheid. Dann brauchen Sie ein Antibiotikum.« Sie verabschiedete sich.

Nina zog statt der Jeans ihre Shorts an, wobei sie den Saum des rechten Hosenbeins so weit hochkrempelte, dass der Verband ungestört blieb, und schlüpfte anschließend in ihre Leinenslipper.

Kurz darauf kehrte Jill zurück. »Wie sieht es aus?«, erkundigte sie sich mit besorgtem Gesicht.

»Alles halb so schlimm. Ich werd's überleben.« Nina grinste verschmitzt. »Vergiss nicht, das hier ist Afrika! Mit der Geschichte werde ich in den nächsten Monaten meine Freunde und Arbeitskollegen unterhalten.«

»Natürlich bin ich erleichtert, dass du das so locker nimmst, trotzdem muss ich herausbekommen, wie der verwarzte Kerl es geschafft hat, den Weg zurück zu uns zu finden. Eigentlich müsste er sich im nördlichsten Teil von Inqaba herumtreiben, wo wir ihn ausgesetzt haben.«

Jill begann, im Zimmer auf und ab zu marschieren. Vier Schritte geradeaus, Kehrtwendung, vier Schritte zurück. Nina beobachtete ihre Freundin schweigend.

»Ich glaube, dass er Unterstützung hatte«, sagte Jill. »Erst war jemand auf Inqaba, der nicht hierhergehört, dann haben die Hunde offenbar einen Fremden gesehen – ich vermute, dass es ein und derselbe Mann war –, Würstchen wurde vergiftet, und nun findet Walter den langen Weg aus seinem Exil allein hierher? Das stinkt doch zum Himmel.« Sie unterbrach ihre Wanderung. »Mark kann dich übrigens leider nicht auf deiner Fototour begleiten. Du musst allein fahren. Aber wenn du etwas Ungewöhnliches siehst, melde dich bitte sofort.«

»Natürlich. Hast du noch ein paar Tipps für gute Motive? Ich war so lange nicht hier. Es hat sich sicher viel verändert.«

»Eins fällt mir spontan ein«, sagte Jill. »Letztes Jahr hat sich eine Familie Erdmännchen hier in der Nähe angesiedelt. Der Bau liegt inmitten der Trockensavanne. Dort gibt es wenig Buschwerk, nur ein paar Sandhügel mit Grasbüscheln obendrauf. Ich werde es dir auf dem Plan vom Wildreservat zeigen.« Sie zog eine Karte aus der

Gesäßtasche, glättete sie und legte den Finger auf einen Punkt, der nicht weit von der Lodge entfernt war. »Hier.«

»Das flache Tal westlich?«

»Genau. Also pass auf dich auf. Du weißt, dass du nur an den Rastplätzen aussteigen darfst?«

Nina grinste. »Klar doch. Ich werde nirgends sonst aussteigen. Und wenn etwas ist, rufe ich an. Versprochen.«

Jill musterte sie prüfend. »Ich habe nämlich keine Lust, eines meiner Tiere erschießen zu müssen, um nachzusehen, ob deine Reste in seinem Magen zu finden sind …«

»Du hast wirklich eine charmante Art, dich auszudrücken«, sagte Nina und blies die Wangen auf. »Meine Reste! Puh, welch eine Vorstellung! Keine Angst, ich verspreche es. Lebensmüde bin ich wirklich nicht.«

Jill steckte die Karte wieder ein. »Soll ich dich bei deinem Auto absetzen?«

»Nein danke, ich muss erst mal einen Freund meines Vaters anrufen, damit der sich um ihn kümmert.«

»Dann also bis später«, verabschiedete sich Jill, und gleich darauf klappte die Eingangstür.

14

Nina setzte sich auf die rückwärtige Terrasse, zog einen zweiten Stuhl heran und legte ihr verletztes Bein vorsichtig auf die Sitzfläche. Glücklicherweise hatte sie die Nummer von Ulrich, dem besten Freund ihres Vaters, im Kopf. Er meldete sich ziemlich schnell.

»Kröger!«, ertönte eine energische Stimme. »Wer will was von mir?«

»Hallo, Ulrich, hier ist Nina … Nina Rodenbeck.«

»Nina, wie nett, von dir zu hören. Wie geht es dir?«

Sie räusperte sich verlegen. »Mir geht es gut. Ich rufe aus Südafrika an …«

»Na, so was!«, sagte Ulrich hörbar beeindruckt. »Was machst du denn da?«

»Es geht um meinen Vater. Du hast noch nichts von ihm gehört?«

»Nein, ich war eine Woche unterwegs und bin erst in der Nacht wiedergekommen, deswegen höre ich mich auch so verschlafen an.« Er gluckste amüsiert. »Was macht dein alter Herr?«

»Er hat einen schlimmen Unfall gehabt«, sagte sie leise und berichtete mit dürren Worten, was vorgefallen war, in welchem Zustand sich sein Freund befand und dass sie nach Südafrika geflogen sei, um seinen Fotoauftrag zu erfüllen. »Er hat ihn erst am Tag seines Unfalls bekommen, und er ist für seine berufliche Zukunft überlebenswichtig, wie du dir vermutlich denken kannst.«

Auch ihm gegenüber erwähnte sie nichts von der Spenderniere. Ihr Vater sollte selbst entscheiden, ob Ulrich das erfahren sollte.

»Meine Freundin Annika wollte sich um ihn kümmern, aber die musste kurzfristig verreisen ...«, fuhr sie fort.

»Sprich nicht weiter«, sagte Ulrich. »Mein Gott, der arme Kerl! Ich fahre sofort hin. Überlass das mir. Und denk dran, dein Vater ist ein Kämpfer, den kriegt nichts so schnell klein.«

»Klar«, murmelte Nina. »Bitte gib mir gelegentlich mal einen Lagebericht.«

»Natürlich, selbstverständlich, mach dir keine Sorgen.«

»Danke«, flüsterte Nina erleichtert und legte auf. Ulrich Kröger war so, wie er klang. Stark und zuverlässig wie der sprichwörtliche Fels in der Brandung.

Sie rief ihren Vater an und sagte ihm, dass Ulrich auf dem Weg zu ihm sei.

»Du hast ihn angerufen?«, jammerte Viktor. »Der wird mich sicher mit allerhand Verhaltensmaßregeln nerven.«

»Ihr könnt ja Schach spielen.«

»Na, wenn's sein muss. Ich kann ihn ja rauswerfen lassen, wenn er zu sehr nervt. Wie geht's dir eigentlich da unten? Aber erzähl mir nichts vom Wetter – das wäre gemein.«

»Ach, das Wetter ist immer gleich hier, fast langweilig«, antwortete sie. »Ich werde jetzt um die Lodge herum fotografieren, und morgen fahre ich wie gesagt an den Saint-Lucia-See.«

Eine laute Frauenstimme drang aus dem Hörer. »Mittagessen, Herr Rodenbeck, sieht ganz lecker aus!«

»Ich muss Schluss machen«, murrte ihr Vater. »Es gibt wieder diese schreckliche Pampe, die sie hier Mittagessen nennen.«

»Na, dann guten Appetit. Ich melde mich morgen wieder, wenn ich zurück bin.«

Im Badezimmer wusch sie den Blutfleck aus ihren Jeans und zog die Hose dann vorsichtig über den Verband. Der Wasserfleck würde in der herrschenden Hitze schnell trocknen. Nach einem Blick in den Spiegel legte sie noch einmal Sonnencreme nach. Nach kurzer Überlegung entschied sie sich gegen Sneaker und schlüpfte in leichte Sandalen. Sie drückte den Sonnenhut tief in die Stirn. Eine neue Sonnenbrille würde sie sich morgen besorgen.

Sie öffnete die Eingangstür, und im selben Augenblick klingelte ihr Handy. Die Nummer auf dem Display war ihr nicht bekannt. Sie hob schon den Finger, um sie wegzudrücken, als ihr siedend heiß einfiel, dass außer Jill nur wenige ihre neue Nummer hatten. Unter anderem Konrad.

»Hallo«, meldete sie sich leise.

»Hi, mein Darling.« Konrads tiefe Stimme klang aus dem Hörer.

Ihr Herz schlug einen Salto. Sie zog die Tür zu, humpelte auf die Terrasse und ließ sich auf einen der Rattansessel fallen.

»Carissimo«, flüsterte sie mit schwankender Stimme. »Endlich. Ich habe mir so fürchterliche Sorgen gemacht. Geht es dir wieder besser? Wo bist du? Wann kommst du?«

Konrad lachte leise, dieses Lachen, das sie so liebte. Eher ein intimes Glucksen, das tief aus der Kehle kam. »Also, es geht mir wieder gut, die kleine Wampe, die ich angesetzt hatte, ist weggeschmolzen – erstaunlich, was so eine Lebensmittelvergiftung alles bewirkt!« Er lachte wieder. »Ich fliege morgen Abend über Dubai zum King Shaka und bin übermorgen Nachmittag bei dir.«

»Oh, wie schön ...«, wisperte sie. »Ich bin so froh ...«

»Dummerweise habe ich in Dubai über zwölf Stunden Aufenthalt. Aber es war der einzige verfügbare Flug. Sonst hätte ich erst übermorgen fliegen können und wäre noch einen Tag später da.«

»Wann wirst du auf dem King Shaka landen?«

»Kurz nach fünf Uhr abends«, sagte er. »Wir können schon anfangen, die Stunden zu zählen. Aber wie geht es dir, was machst du heute?«

»Ich werde gleich Fotos für meinen Vater hier auf Inqaba aufnehmen«, sagte sie. »Morgen fahre ich nach Saint Lucia. Das ist ein kleiner Ort, eigentlich mehr ein Dorf, am Saint-Lucia-See im Isimangaliso-Wetland-Park, das hauptsächlich aus Souvenirläden,

Pensionen, Backpacker-Hotels und urigen Restaurants besteht. So war das jedenfalls vor Jahren. Von dort aus kann man Bootsfahrten über den See buchen und Krokodile und Hippos beobachten.«

»Und ... ist sonst alles in Ordnung?«

Sie verstand genau, was er wirklich fragte. »Es ist alles in Ordnung«, versicherte sie. »Eine Art Katharsis. Die Schatten aus der Vergangenheit verblassen zusehends.« Das stimmte zwar nicht ganz, aber warum sollte sie ihn jetzt damit belasten? Ein entspannter Flug war ihm zu gönnen. Eine Lebensmittelvergiftung war schließlich nicht ein harmloser Schnupfen.

»Beeil dich«, flüsterte sie zärtlich. »Jill gibt übermorgen eine Riesenparty für Gäste, Ranger und Freunde. Ohne dich würde die mir keinen Spaß bringen. Meine Freundin Annika aus Hamburg wird übrigens auch hier sein, aber die Geschichte erzähle ich dir, wenn du hier bist.«

Sie hörte sein leises Lachen. Für ein paar Minuten tauschten sie noch Zärtlichkeiten über die Weiten des Indischen Ozeans aus, bis sie es endlich fertigbrachten, die Verbindung zu trennen.

Mit verträumtem Blick steckte sie das Telefon weg. Noch zwei Nächte ohne ihn! Unvermittelt überfiel sie eine bleierne Müdigkeit. Jetzt ins Bett, schlafen und erst aufwachen, wenn Konrad ankam! Für ein paar Augenblicke verlor sie sich in der Vorstellung, dass er jede Minute die Treppe heraufsteigen und sie in die Arme nehmen würde. Und dann ...

Seufzend raffte sie sich schließlich auf. Ein weiterer Espresso würde ihr jetzt wenigstens über die Müdigkeit hinweghelfen. Sie stand auf, ging über das Sonnendeck zum Hauseingang, trat ein und wollte eben die Tür schließen, da ging ihr auf, dass die einen Spalt offen gestanden hatte, obwohl sie sich zu erinnern meinte, sie beim Hinausgehen geschlossen zu haben.

Außer einem dunklen Schatten, der auf die offene Tür des zweiten Schlafzimmers fiel, konnte sie nichts entdecken, was darauf hinwies, dass jemand eingedrungen war. Und wer sollte es schon sein? Außer Philani und Jill, die die Umgebung absuchten, war niemand in der Nähe.

Beruhigt wollte sie die Tür ins Schloss ziehen und in die Küche gehen, um sich den ersehnten Espresso zu machen, als sie aus den Augenwinkeln eine Bewegung wahrnahm. Stirnrunzelnd blieb sie stehen. Der Schatten in der Schlafzimmertür hatte sich zum Umriss eines Körpers verdichtet.

Er stand bewegungslos wie eine Statue neben der ersten Schlafzimmertür, den Kopf ihr zugewandt. Seine gelben Augen glühten. Und da begriff sie, wen sie vor sich hatte.

Das Alphamännchen der Pavian-Gang. Brutus, den Hooligan.

Ihre Hand sank von der Türklinke. »Das sind Gangster auf vier Beinen mit Zähnen und Klauen wie Dolche ...«, hatte Jill sie gewarnt. Mit jagendem Puls versuchte sie zu erkennen, ob er allein war oder seine Familienmitglieder im Hintergrund lauerten, gleichzeitig vergegenwärtigte sie sich den Grundriss des Bungalows, um zu entscheiden, wohin sie fliehen könnte, falls Brutus sie angriff. Brutus lehnte an der zweiten Schlafzimmertür, die am nächsten zum Wohnraum war. Um den Pavian nicht zu provozieren, vermied sie es, ihm in die Augen zu sehen.

Sie machte einen vorsichtigen Schritt rückwärts, um sich in der Küche in Sicherheit zu bringen, aber dann passierte etwas sehr Seltsames. Sie hörte einen fiependen Ton, kläglich, wie von einem Menschen, der starke Schmerzen litt. Sie riskierte einen schnellen Blick. Brutus bewegte sich leise jammernd auf sie zu, und jetzt erst bemerkte sie, dass er sein linkes Bein nachzog. Sie sah genauer hin. Unterhalb des Kniegelenks hatte das Bein einen deutlichen Knick, das Fell war blutverschmiert, und etwas wie ein elfenbeinfarbener Stock schimmerte durch. Offensichtlich der gebrochene Knochen. Es musste dem Tier höllische Schmerzen bereiten.

Instinktiv begann sie, ruhig auf ihn einzureden, so wie man mit einem verängstigten Kind sprechen würde, mit lang gezogenen Vokalen und sanften Konsonanten.

Der große Affe maunzte und bewegte sich dann mit klappernden Zähnen zwei, drei Schritte auf sie zu. Er taumelte plötzlich und kippte auf die Seite, richtete sich aber schnell wieder auf und leckte sich die breiten Lippen. Hinter ihm glänzte eine breite, frische Blutspur.

Nina musterte ihn. Sie hatte alle Furcht vor dem Hooligan verloren. Er war eine Kreatur, die Hilfe brauchte. Immer noch sanft mit ihm redend, zog sie sich schrittweise in die Küche zurück und füllte einen flachen Topf mit Wasser. Sie setzte ihn auf den Boden und schob ihn mit dem Besen aus dem Hochschrank dem verletzten Tier über die noch mit den Glassplittern übersäten Fliesen zu.

Brutus gab einen zwitschernden Laut von sich, zog den Topf heran und – weiterhin den Blick fest auf sie gerichtet – trank.

Nina fischte ihr Mobiltelefon aus der Tasche. Jill antwortete sofort.

»Hier ist Nina«, flüsterte sie. »Brutus ist im Haus ... Nein, ich schwöre, ich habe ihn nicht hereingebeten ... Ich war auf der Terrasse, und er muss hinter meinem Rücken ins Haus gelangt sein ...«

»Brutus?«, rief Jill. »Um Himmels willen! Bleib in der Küche, und mach die Tür zu. Komm ihm nicht zu nahe.«

»Das arme Tier ist schwer verletzt und bestimmt nicht imstande, mich anzugreifen.« Nina spähte hinüber zu Brutus, der aufgehört hatte zu trinken und sich die Lippen leckte.

»Ist die Eingangstür geschlossen?«

»Nein«, sagte Nina.

»Das ist gut.« Jill klang erleichtert. »Dann hat Brutus einen Fluchtweg offen. Ich bin mit Philani gleich bei dir. Sind noch Genossen von ihm im Bungalow?«

»Sehen oder hören kann ich nichts. Ich glaube, Brutus ist allein und hat Hilfe gesucht.«

»Er hat was? Darüber reden wir nachher. Bleib einfach, wo du bist. Wir sind gleich da.« Damit legte Jill auf.

Der große Affe war inzwischen am Türpfosten hinunter auf sein Hinterteil gerutscht und hatte das verletzte Bein von sich gestreckt. Während er sie unverwandt musterte, streckte er das Kinn vor und verzog die Lippen. Nina erschien es wie ein Lächeln, und unwillkürlich lächelte sie auch. Um die Zeit bis zu Jills und Philanis Ankunft zu überbrücken, erzählte sie Brutus, was ihrem Vater zugestoßen war und wie sehr sie sich Sorgen um ihn mache. Der Hooligan sah sie an, und Nina war sich sicher, dass er ihr aufmerksam zuhörte.

Jill und Philani waren innerhalb weniger Minuten da. Als Jill den Affen sah, blieb sie erschrocken stehen.

»Armer Kerl, sein Bein sieht ja schlimm aus«, flüsterte sie. »Ich habe bei Patrick angerufen, und seine Assistentin wird ihn gleich abholen und in die Praxis bringen ... Ach, da ist Angie schon.«

Ein Wagen mit offener Ladefläche fuhr vor, und eine junge Frau mit dichtem, rotblondem Haarschopf, hellgrauen Augen und unzähligen Sommersprossen sprang heraus. In der rechten Hand trug sie eine Armbrust, in der linken eine Art Sporttasche. Zwei Helfer stiegen ebenfalls aus, aber sie bedeutete ihnen mit einer Handbewegung, beim Wagen zu warten.

Jill nahm Ninas Arm. »Sie wird einen Narkosepfeil auf Brutus abschießen. Geh in die Küche, da bist du aus der Schusslinie.«

Nina gehorchte. Angie kam leichtfüßig die Treppen zum Bungalow herauf und trat mit der Armbrust im Anschlag leise ins Wohnzimmer. Sie spannte die Armbrust. Nina hielt den Atem an, während die junge Tierärztin ruhig zielte und schoss. Brutus wankte und fiel innerhalb von Sekunden wie gefällt um.

Angie kniete vor dem narkotisierten Tier. »Das sieht übel aus«, murmelte sie und schob ihr flammendes Haar hinter die Ohren. »Aber wie kommt er in den Bungalow? Mit dem Bein ist er doch nicht durchs Fenster gesprungen.«

»Er ist durch die Tür gekommen ... und hat Hilfe bei mir gesucht«, stotterte Nina. Sie fand selbst, dass das höchst eigenartig klang.

Die Tierärztin bedachte sie mit einem ungläubigen Blick. »Aha«, war ihr ganzer Kommentar.

Sie schiente das gebrochene Bein provisorisch. Anschließend ließ sie den Pavian von ihren zwei Helfern zum Auto tragen und überwachte, dass sie ihn sicher auf die Ladefläche betteten.

»Passt auf, dass seine Augenbinde nicht verrutscht«, wies sie ihre Assistenten an und schwang sich auf den Fahrersitz. »Übrigens, Patrick ist noch mit Würstchen beschäftigt«, sagte sie zu Jill, die ihr mit Nina nach draußen gefolgt war. »Er verabreicht ihm gerade Abführmittel, um die Passage des Gifts durch den Darm zu beschleunigen. Sag Kira, dass Würstchen es schon schaffen wird. Heute Abend sollten wir Bescheid wissen.« Sie legte den Gang ein und fuhr behutsam an.

»Okay, danke«, sagte Jill und winkte Philani zu sich.

Nina wandte sich an Jill. »Habt ihr noch Zeit für einen Kaffee oder Espresso? Ich hatte gerade vor, mir einen zu machen.«

Jill wechselte einen kurzen Blick mit ihrem Ranger. »Okay, das klingt gut. Ein paar Minuten haben wir Zeit.«

Sie begleitete Nina in die Küche und nahm kleine Tassen aus dem Hängeschrank.

»Deine besondere Anziehungskraft auf Tiere scheint ja ungebrochen zu sein«, sagte sie. »Erst Walter und gleich darauf Brutus.« Ungläubig schüttelte sie den Kopf. »Ich würde jeden auslachen, der mir das erzählt, wenn ich es nicht mit eigenen Augen gesehen hätte. Meine Güte, ein Pavian sucht Hilfe bei einem Menschen.«

»Begreifen kann ich es auch nicht«, sagte Nina mit hilflosem Schulterzucken, während sie die Espressomaschine bediente.

Jill öffnete den Schrank neben der Tür, nahm eine Dose Kekse und den Zuckerspender heraus und stellte alles auf ein Tablett. Nina trug es hinaus auf die Terrasse, verteilte die Tassen und ließ sich dann auf einem der Rattansessel nieder.

Jill setzte sich ebenfalls, legte Mobiltelefon und Buschhut auf den Tisch und streckte die Beine mit einem wohligen Seufzer aus. »Das kann mein Kreislauf jetzt gebrauchen«, sagte sie und trank den Espresso in einem Zug aus.

Philani, der mit verschränkten Armen am Geländer gelehnt hatte, beugte sich vor und löffelte Zucker in seinen Espresso. »Ich mag's süß«, murmelte er. »Heiß, schwarz und süß.«

Überrascht blickte Nina zu ihm hinüber und versuchte zu erkennen, ob das eine schlüpfrige Bemerkung war oder ob der Zulu wirklich nur den Espresso meinte. Offenbar verriet sie sich durch ihre Mimik, denn Philani lachte laut auf.

»Den Espresso!«, sagte er und setzte ein harmloses Gesicht auf.

Jill gluckste in sich hinein und fütterte einen Rotflügelstar mit Kekskrümeln. Ihre tiefblauen Augen funkelten vergnügt.

»Aha«, sagte Nina und schaute von einem zum anderen. »Habt ihr nun eigentlich Leopardenspuren gefunden?«

»Wie man's nimmt«, antwortete ihre Freundin. »Die Antilope hat Bisswunden, die auf einen Leoparden schließen lassen, aber tatsächlich ist sie gewildert worden. So wie es aussieht, hat jemand dem Tier die Kehle durchgeschnitten, bevor ein Leopard sich darüber hergemacht hat.«

»Und wie kommt der Kadaver dann hierher?«

»Wenn wir das wüssten, wäre ich wesentlich ruhiger«, sagte Jill. »Wir können nur raten ...«

»Vermutlich haben Wilderer den Kadaver auf der Flucht verloren ...«, warf Philani ein.

»Und ein Leopard ist vorbeigeschlendert und hat sich über ein leichtes Dinner gefreut?«, vollendete Nina den Satz.

Jill spielte gedankenverloren mit ihrem Kaffeelöffel. Schließlich schlug sie damit einen schnellen Trommelwirbel auf dem Tisch, was den gierigen Rotflügelstar veranlasste, sich ein paar Meter weiter auf dem Geländer in Sicherheit zu bringen. Sie nickte. »So könnte es tatsächlich gewesen sein, wenn es auch ziemlich unwahrscheinlich ist.«

Nina schaute von einem zum anderen. »Also treiben sich hier in der unmittelbaren Umgebung vielleicht nicht nur ein Leopard, sondern auch Wilderer herum?« Sie stand auf und lehnte sich mit dem Rücken ans Geländer. »Das nenne ich Afrika pur, und das alles gratis!« Sie kippte den Rest ihres Espressos hinunter und fing dabei einen verstohlenen Blickwechsel zwischen Jill und ihrem Ranger auf. »Spaß beiseite. Die Wilderer bereiten mir schon ein unangenehmes Gefühl in der Magengegend. Was ist, wenn ich denen plötzlich begegne?«

»Mach dir keine Sorgen, die sind längst wieder in Mosambik«, bemerkte Philani trocken. »Für einen Antilopenkadaver riskieren die nicht, gefangen oder erschossen zu werden.«

»Aha«, sagte Nina und sah den Duvenstedter Brook vor sich, das ausgedehnte Moor- und Waldgebiet in Hamburgs Nordosten, wo sie auf den Wanderwegen oft mit dem Fahrrad unterwegs war. Am liebsten im Frühjahr. Schlüsselblumen und Anemonen, flirrende Libellen, nistende Kraniche. Keine Wilderer. Keine Leoparden. Definitiv keine Leoparden. »Beruhigend«, murmelte sie.

Jills Mundwinkel zuckten. »Das gibt's in Hamburg nicht, oder?«

»Kannst du Gedanken lesen? Nein, aber dafür ist das Wetter schlechter. Man kann eben nicht alles haben.«

Jill lachte laut los. »Mach dir keine Sorgen, Nina, Philani hat recht. Wenn es wirklich Wilderer waren, sind die längst über alle Berge. Aber vorsorglich schicken wir noch heute eine von unseren Wildererpatrouillen hier vorbei, damit sie die Gegend durchkämmt.«

Philani stand wortlos auf, ging ans Ende der Terrasse und begann in sein Funkgerät zu sprechen. »Erledigt«, verkündete er kurz darauf. Er deutete auf seine Uhr. »Wir sollten wieder los.«

Jill seufzte. »Ich wünschte, man könnte die Zeit dehnen.« Sie stand auf und steckte ihr Handy ein. »Wirst du jetzt noch zu den Erdmännchen fahren?«

Nina schüttelte den Kopf. »Erst werde ich mich sehr lange unter die Dusche stellen und dann meinem malträtierten Bein den Rest des Tages etwas Ruhe gönnen, damit ich morgen fit bin. Es ziept doch ganz ordentlich. Die Erdmännchen laufen mir ja nicht weg.«

»Klingt vernünftig. Wenn du etwas brauchst, ruf mich oder Jonas an. Passt dir Dinner um sieben bei uns zu Hause? Aber ich muss dich warnen, Nils hat es sich in den Kopf gesetzt zu grillen. Das ist eine sehr ernste Sache.« Sie grinste fröhlich und fischte ihren Autoschlüssel aus der Hosentasche.

»Ich komme mit Vergnügen, danke für die Einladung.« Nina lehnte sich vor und gab Jill einen schallenden Kuss auf die Wange. »Das nennt man bei uns im hohen Norden einen ostfriesischen Knaller!«

Jill lachte noch, als sie winkend in ihr Auto stieg.

Nina räumte das Geschirr auf das Tablett, fegte die Kekskrümel zusammen und warf sie in die Amatunguluhecke. Als sie zu den Liegestühlen humpeln wollte, erschienen plötzlich drei Gestalten wie aus dem Boden gewachsen am Rand des Buschs. Erschrocken fuhr sie zurück. Die Männer waren wie für einen Krieg ausgerüstet. Tarnuniform, Buschhut, Maschinenpistole quer vor der Brust gehalten, Handfeuerwaffen im Halfter, Handschellen am Gürtel, verspiegelte, grün schillernde Sonnenbrillen, die sie wie übergroße Insektenaugen anstarrten.

Erst als der Mann in der Mitte, ein breitschultriger Zulu, grüßend eine Hand hob, begriff sie, dass es sich um eine von Inqabas Wildererpatrouillen handeln musste. Zögernd ging sie zu dem Trupp hinunter.

»Sakubona wena ...«, grüßte sie.

»Yebo«, schallte es dreistimmig zurück, und sie erntete von allen ein breites Lächeln.

Sie wandte sich an den breitschultrigen Zulu. »Ist alles in Ordnung? Haben Sie etwas gefunden?«

»Alles in Ordnung, Ma'am.« Er beschrieb mit der Hand einen Kreis, der das gesamte Gebiet um die Bungalows umfasste. »Hier waren keine Wilderer, seit vielen Tagen nicht. Wir passen auf. Sie brauchen keine Angst zu haben.«

»Das kann ich nur bestätigen.« Eine scharfe, militärisch klingende Stimme.

Hinter den drei Zulus war ein weißer Ranger erschienen – schwarzer Schnauzer, militärisch kurz geschnittenes, schwarzes Haar, verspiegelte Sonnenbrille wie die anderen. Er tippte mit einem Finger an seinen Buschhut und grunzte ein scharfes Kommando, worauf die anderen Ranger eine zackige Kehrtwendung vollführten und mit ihm mit dem staubigen Grün des Buschs verschmolzen, ohne dass sich auch nur ein Blatt bewegte. Nina sah ihnen nach und fragte sich, ob sie einer optischen Täuschung aufgesessen war.

Den weißen Ranger hielt sie für einen ehemaligen Soldaten oder vielleicht Polizisten. Er war offensichtlich das Befehlen gewohnt. Sie fand ihn unsympathisch.

Nein, dachte sie, er war ihr unangenehm, und zwar sehr, und das war ein deutlicher Unterschied.

Nachdenklich stieg sie wieder zur Terrasse hinauf, ließ sich in einen Sessel fallen und lehnte den Kopf zurück. Die bleierne Müdigkeit, die sie nach Konrads Anruf gepackt hatte, hatte sie fest im Griff. Die Hitze hing wie eine Glocke über dem Land und dämpfte alle Geräusche. Auf der glühend heißen Steinumrandung eines Blumenbeets vollführte eine blauschwänzige Eidechse eine hektische Polka von einem Bein auf das andere, auf der Wasseroberfläche des Pools tanzte die Sonne und schoss ihr Lichtblitze in die Augen. Sie schloss geblendet die Lider.

Das Nächste, was sie wahrnahm, war Marks lauter Singsang.

»Aufwachen! Es gibt Dinner! Der Boss selber grillt!«

Widerwillig öffnete sie die Augen. Vor ihr stand der Ranger und grinste sie fröhlich an.

Sie schoss hoch. Dinner? Eben war es doch noch früher Nachmittag gewesen, oder nicht? Aufgescheucht sah sie sich um. Die Sonne versank bereits hinter den Baumkronen, den Himmel überzog zartes Abendrot, und die Baumfrösche hatten ihr abendliches Konzert angestimmt. Sie hatte praktisch den ganzen Nachmittag verschlafen!

»Musst du immer so entsetzlich gut gelaunt sein?«, maulte sie Mark an und stand auf. »Hol mich in zehn Minuten ab«, murmelte sie und ging ins Haus.

Fünf Minuten brauchte sie zum Duschen und weitere fünf fürs Schminken. Sie zog eine weiße Hemdbluse mit langen Ärmeln an, die sie herunterkrempeln konnte, falls die Mücken überhandnahmen. In Windeseile überprüfte sie, dass alle Fenster geschlossen waren, und trat aus dem Bungalow.

Nina ging hinunter zu Mark, der ihr die Tür des Geländewagens aufhielt. Sie bedankte sich, schnallte sich an und hielt ihr nasses Haar in den Fahrtwind, sodass es fast trocken war, als sie auf dem Parkplatz vor dem Blättertunnel ausstieg.

Nils stand bereits mit einer großen Latzschürze mit der Aufschrift ICH BIN HIER DER BOSS über seinem Hawaiihemd in einer blauen Rauchwolke am Grill. Hähnchenhälften, Steaks, Lammkoteletts und die unvermeidliche Boerewors dufteten verführerisch. Auf dem Tisch standen zwei Schüsseln mit Salaten und eine mit kleinen Kartoffeln in der Schale, mehrere frisch gebackene Baguettes und verschiedene Dips und Soßen.

»Ein richtiges Braaivleis«, rief Nina begeistert und begrüßte Jill mit einem Kuss. »Wie lange habe ich das nicht mehr gegessen!«

»Ich hoffe, du hast Hunger mitgebracht«, sagte Nils streng und wendete eine der Hähnchenhälften.

»Kannst du nicht meinen Magen knurren hören?«, gab Nina zurück.

»Ach, das ist das komische Geräusch. Ich dachte, wir hätten einen Löwen zu Besuch.«

Kira und Luca saßen bereits am Tisch. Kira war blass und sagte kein Wort. Auch Luca schien bedrückt zu sein.

In diesem Augenblick zwitscherte Jills Mobiltelefon. »Eine Whatsapp«, murmelte sie und rief die Nachricht auf. Dann hielt sie Kira das Telefon hin. »Sieh mal«, sagte sie mit schwankender Stimme.

Kira, Luca und Nina beugten sich vor.

Es war ein Foto eines kleinen Hippos, der auf seinem Hinterteil saß und direkt in die Kamera blickte. Hinter ihm war das breit grinsende Gesicht von Patrick Farrington zu sehen.

Es dauerte ein paar Sekunden, bis Kira begriff, was sie da sah. »Würstchen!«, schrie sie und sprang auf. »Würstchen!« Sie wirbelte in wilden Pirouetten über die Terrasse, bevor sie sich auf ihren Stuhl warf, die Arme auf den Tisch legte und aufgewühlt in sich hineinschluchzte.

»Hör auf zu flennen, dem Hippo geht es doch wieder gut«, raunzte ihr Bruder, lächelte dabei aber.

Jill nahm ihre Tochter in den Arm. »Ich hab dir doch gesagt, dass Patrick das hinkriegt. Ich frag ihn, wann wir unser gefräßiges kleines Monster abholen können.«

Sie tippte die Frage ein, und Sekunden später ertönte erneut der Zwitscherton.

»Voraussichtlich morgen Abend«, verkündete sie strahlend. »Er will Würstchen noch unter Beobachtung halten, bis es richtig gefressen hat. Und jetzt, meine Süßen, wird gefeiert!«

Nils nahm die ersten Fleischstücke vom Grill und legte sie auf eine Platte. »Was möchtest du?«, fragte er Nina.

»Alles.« Sie grinste. »Bis auf die Boerewors.«

Mit großem Appetit machte sie sich über das Mahl her. Der Salat war köstlich, das Fleisch auf den Punkt gebraten und das Baguette knusprig.

»Einen Augenblick«, sagte Jill plötzlich und stand auf. »Da kommen unsere beiden neuen Mitglieder der Wildererpatrouille den Weg von den Rangerunterkünften hoch. Ich werde sie dir vorstellen. Ich bin sehr froh, dass ich sie engagieren konnte. Piet ist als ehemaliger Polizist bestens für den Job geeignet.« Sie rief ihre Angestellten heran. »Piet, Askari!«

Nina drehte sich um und erblickte den weißen Ranger, den sie bereits am Nachmittag vor ihrem Bungalow kennengelernt hatte. Zu ihrem Erstaunen erkannte sie in seinem Kollegen, einem hochgewachsenen, hageren Zulu, den Freund Hellfires, den sie auf der Demonstration gesehen hatte. Beide Männer trugen jetzt keine Uniform, sondern legere Kleidung.

»Sie haben heute Abend frei«, flüsterte ihr Jill zu. »Nina, ich möchte dir unseren neuen Ranger Piet Pretorius vorstellen«, sagte sie laut.

Ninas Blick traf eisgraue Augen, und sie fand ihren ersten Eindruck bestätigt. Der Mann war ihr mehr als unangenehm. Er strömte eine harte Kälte aus, und unter dieser eisigen Oberfläche spürte sie eine Gewaltbereitschaft, die sie erschreckte. Instinktiv wusste sie, dass sie sich vor ihm in Acht nehmen sollte.

Sie nickte ihm kühl zu. »Guten Abend. Wir haben uns ja schon einmal getroffen.«

»So ist es«, antwortete Pretorius und bedachte sie mit einem Blick, als könnte er ihre Gedanken lesen.

»Und das ist Askari, der Kollege von Piet.«

Nina betrachtete Askari interessiert. Auch heute trug er mit sichtlichem Stolz seinen roten Fez mit dem goldenen Adler auf der Vorderseite. Allerdings keine gelben Sneaker, sondern weiche Buschstiefel.

»Hallo, Askari.« Sie lächelte ihn an. »Ich habe Sie auf der Demonstration gesehen. Sie sind ein Freund von Hellfire, nicht wahr?«

»Yebo, Madam, ich erkenne Sie auch«, erwiderte der große Zulu und tippte zwei Finger an seinen Fez. »Hallo, Madam.«

»Jetzt wollen wir euch aber nicht länger aufhalten«, sagte Jill.

Piet Pretorius verstand den Hinweis sofort. Er hob eine Hand.

»Totsiens«, sagte er und winkte Askari, der ihm mit seinem staksigen Giraffentrott folgte.

Nina sah ihnen nach. »Welch ein merkwürdiger Typ, dieser Askari«, flüsterte sie Jill zu. »Askari – ist das sein ganzer Name?«

Jill hob die Schultern. »Den Fez hat er angeblich von einem Vorfahren, der um 1900 in der deutschen Schutztruppe als Askari gedient haben soll, erzählt er immer. Und fragt man ihn nach seinem Namen, gibt er nur Askari an.«

15

Das ohrenbetäubende Kreischen einer bremsenden Straßenbahn riss Nina bei Sonnenaufgang aus dem Tiefschlaf. Verwirrt setzte sie sich auf und überlegte, seit wann eine Straßenbahn vor ihrer Wohnung fuhr. In Hamburg war die Straßenbahn abgeschafft worden, schon vor Jahren. Vermutlich hatte sie nur schlecht geträumt, entschied sie und schloss die Augen. Ein dreistimmiges, gellendes Geschrei machte ihr jedoch klar, dass sie weder geträumt hatte noch dass die Ursache eine Straßenbahn sein konnte.

Dann begriff sie. »Hadidahs«, murmelte sie.

In Umhlanga Rocks hatte sie einen erfolglosen Feldzug gegen eine Familie von fünf dieser großen Vögel geführt, die jeden Morgen dafür sorgten, dass niemand in der Gegend länger als bis zum Sonnenaufgang schlief. Sie rutschte aus dem Bett, lief in Slip und Spaghettiträgerhemd barfuß zur Tür und trat hinaus aufs Sonnendeck.

Die Luft war warm und köstlich frisch, die Sonne kletterte eben hinter den Baumkronen hoch, und die ersten Strahlen glitzerten auf dem Swimmingpool. Zwei Hadidahs stiegen triumphierend kreischend vom Verandageländer auf und strichen über den Busch davon. Ein goldgelber Webervogel arbeitete eifrig an seinem Nest, sonst war kein lebendes Wesen weit und breit zu sehen. Mit einem Satz sprang sie kopfüber in den Pool und tauchte erst am anderen Ende wieder auf, wo sie sich am Beckenrand festhielt. Wassertretend sah sie sich um, als sie eine leichte Berührung am Oberarm spürte. Etwas Glattes, Kühles. Irritiert sah sie hin.

Und starrte in die kohlschwarzen Augen einer Schlange. Einer grünen Schlange. Grün wie frisches Gras, fingerdünn. Eine junge Mamba?

Zugegeben, die Schlange war klein, höchstens vierzig Zentimeter lang, aber wenn es sich um Giftschlangen handelte, das wusste sie, standen die Babys ihren Mamas in keiner Weise nach.

Mambas legten ihre Eier im Frühsommer, also Ende Oktober bis in den November, die Jungen schlüpften aber erst Ende Dezember, spätestens Anfang Januar. Um die Jahreszeit waren die Zuckerrohrfelder oberhalb Umhlanga Rocks gefährliches Terrain gewesen. Es hatte dort von Mambas gewimmelt.

Ihr Herz hämmerte so heftig, dass ihr schier die Luft wegblieb. Strampelnd und mit den Armen rudernd, brachte sie sich aus der Gefahrenzone, aber die Schlange verfolgte sie bis zur Treppenleiter. Sie packte das Geländer mit beiden Händen, zog sich mit einem Ruck aufs Sonnendeck und wich sofort zurück. Die Schlange hob den Kopf aus dem Wasser und sah ihr nach.

Sie machte einen vorsichtigen Schritt zum Beckenrand und betrachtete das Reptil, das sich in der Nähe der Treppe aufgeregt durchs Wasser ringelte. Der Kopf war relativ klein, die Schnauze abgerundet, die Augen im Verhältnis sehr groß. Anders als bei einer Mamba. Und erst jetzt bei genauerem Hinsehen entdeckte sie die dunklen Flecken an den Flanken des schlanken Körpers. Die fand man nur bei der gefleckten Buschschlange, da war sie sich sicher. Und die waren ungiftig.

Die Schlange zu ihren Füßen drehte ab und schwamm mit hektischen Bewegungen an der Poolwand entlang. Ninas Herzschlag verlangsamte sich etwas. Vermutlich war das Reptil ins Wasser gefallen, und weil es keinen Halt an den glatten Wänden fand, suchte es jetzt in Todesangst nach einer Möglichkeit, dem nassen Gefängnis zu entkommen. Sie beugte sich weit vor.

Die Bewegungen der Schlange waren lahmer geworden. Offenbar verließen sie die Kräfte, und sie drohte zu ertrinken. Eilig rannte Nina ins Haus, schnappte sich den Besen aus der Küche und lief zurück zum Pool. Langsam, um das Tier nicht zu erschrecken, schob sie die Borsten des Besens unter das Reptil, hob es aus dem Wasser und setzte es aufs Sonnendeck. Nach kurzem Zögern glitt die Buschschlange ohne Hast über die warmen Bohlen bis zum Ende und ließ sich in die Amatunguluhecke fallen.

Mit einem Lächeln wandte Nina sich ab, um ins Haus zu gehen, da wurde ihr Blick von einem Busch angezogen, dessen Zweige unvermittelt durcheinanderwirbelten. Ein Schmetterling flatterte auf, und sie blieb stehen. War da jemand? Misstrauisch sah sie sich um.

Auf einmal wurde sie sich ihres dünnen, von der Nässe durchsichtigen Hemdchens und des ebenso durchsichtig gewordenen Slips bewusst und hatte das Gefühl, von fremden Augen abgetastet zu werden. Unwillkürlich zog sie ihr Hemd enger um den Körper und hielt es mit einer Hand fest, mit der anderen beschattete sie die Augen gegen die Sonnenstrahlen. Doch erkennen konnte sie nichts. Die Zweige schlugen noch kurz hin und her, die Blätter zitterten, als huschte eine Brise über sie hinweg, dann herrschte Ruhe, und der Falter ließ sich wieder sanft auf einem Blatt nieder.

Für einen Moment blieb sie noch stehen und schaute hinüber zu dem Busch, aber es rührte sich nichts. Es war wohl ein Affe oder ein großer Vogel gewesen. Nichts weiter.

Trotzdem rannte sie, so schnell sie konnte, ins Haus, warf die Tür hinter sich ins Schloss und verriegelte sie sorgfältig.

Im Badezimmer untersuchte sie den Verband an ihrem Oberschenkel. Natürlich war er beim Schwimmen nass geworden und musste gewechselt werden. Aber erst nachdem sie geduscht hatte, entschied sie und besorgte sich eine Plastikfolie aus der Küche, mit der sie die Bandage schützend umwickelte. Seifenwasser in einer offenen Wunde brannte meist höllisch.

Als ihr das Wasser lauwarm über den Rücken strömte, hatte sie den Vorfall bereits vergessen.

Erfrischt zog sie sich schließlich an. Es versprach wieder ein sehr heißer Tag zu werden, und sie wählte ein luftiges hellblaues Hemd, knielange Shorts und die Leinenslipper, falls sie am Saint-Lucia-See längere Strecken zu Fuß zurücklegen musste. Ihren sündhaft teuren digitalen Fotoapparat verstaute sie in einer unauffälligen Plastiktüte. Sie schulterte ihre Umhängetasche und machte sich zu Fuß auf den Weg zur Lodge.

Unbehelligt von Hilfe suchenden Tieren erreichte sie die Restaurantterrasse und fand einen Tisch vorn am Geländer, der ihr einen herrlichen Blick ins Gelände bot. Sie bestellte Kaffee und Mineralwasser und bediente sich ausgiebig am Frühstücksbüfett. Rührei mit Kräutern, Früchte mit Cottage Cheese und Vollkornbrötchen mit Roastbeef.

Jill, die plaudernd ihren morgendlichen Rundgang unter den Gästen machte, kam zu ihr an den Tisch und begrüßte sie mit einem Kuss auf die Wange.

»Wie geht es Würstchen?«, erkundigte sich Nina zwischen zwei Bissen Rührei.

»Sehr gut!« Ihre Freundin strahlte. »Aber unser kleines Hippo hat einiges an Gewicht verloren und muss aufgepäppelt werden. Kira ist selig und hat schon Nomusas Vorräte geplündert. Jetzt ist sie auf Beutezug durch den Küchengarten.«

»Oh, das trifft sich gut«, sagte Nina und spießte ein saftiges Stück Ananas aus dem Fruchtsalat auf. »Ich fahre nach dem Frühstück nach Saint Lucia, um Fotos für meinen Vater zu machen und auf dem Obstmarkt einzukaufen. Ich werde einen Korb voll Äpfel für Würstchen mitbringen.«

»Kira wird begeistert sein.« Jill lächelte. »Wirst du zum Mittagessen wieder zurück sein?«

»Das habe ich jedenfalls vor. Schwester Emmi will sich dann auch noch einmal Walters Werk ansehen.« Sie streckte ihr verletztes Bein vor. »Scheint aber alles in Ordnung zu sein. Es tut kaum noch weh.«

Jill seufzte erleichtert. »Gott sei Dank. Unser Walter ist übrigens wieder in seinem Gehege. Die gute Nachricht ist, dass er wohl von Frühlingsgefühlen gepackt wurde und deswegen ausgebrochen ist. Jetzt sind meine Ranger auf der Suche nach einem passenden Weibchen für ihn, vielleicht kommt er dann auf andere Gedanken. Jedenfalls bin ich sehr froh, dass es so eine einfache Erklärung dafür gibt, warum er sich hier herumgetrieben hat. Hier lebt eine Rotte Warzenschweine mit vier jungen Weibchen, und denen war er wohl auf der Spur.«

»Vielleicht gibt es auch für die anderen Vorfälle eine harmlose Erklärung.«

»Wir werden sehen.« Jill erhob sich. »Ich sage Thabili Bescheid, dass sie dir einen Tisch reserviert. Viel Erfolg in Saint Lucia.«

Eineinhalb Stunden später erreichte Nina den Ortsrand von Saint Lucia und fuhr staunend die Hauptstraße entlang. Der dörflich verschlafene Ort hatte sich in den Jahren ihrer Abwesenheit verändert. Auf der Straße herrschte buntes Treiben, traditionell oder leger modern gekleidete Zulus, schwarze Schulkinder, kamerabehängte Touristen, Backpacker, ausländische Reisegruppen. Am Straßenrand parkten deutlich mehr Autos als früher, darunter viele Safariwagen und Busse. Seit der Isimangaliso-Wetland-Park Weltkulturerbe geworden war, schien das Geschäft zu blühen.

Aber es gab immer noch dieselben ziemlich hässlichen, gelben Gebäude, in denen unter anderem ein neuer Supermarkt, kleine Restaurants und mehrere Souvenirgeschäfte aufgemacht hatten. Überall am Straßenrand waren Schilder aufgestellt, die Pensionen, Hotels und Geschäfte anpriesen oder davor warnten, nachts auf die Straße zu gehen. Denn nachts gehörte Saint Lucia den Flusspferden. Hippo-Town wurde der Ort auch genannt.

Auf der McKenzie Street reihte sich unter dem lang gestreckten Reetdach des Obst- und Gemüsemarkts ein Obststand an den anderen. Hier hatte sich nichts verändert. Sie parkte den Wagen vor einem Café, stieg aus, zog ihren Sonnenhut tief ins Gesicht und hob dann die Tüte mit dem Fotoapparat aus der Schublade unter dem Fahrersitz. Langsam schlenderte sie unter den alten Flamboyants entlang, die jetzt im November mit leuchtend roten, orchideenähnlichen Blütenbüscheln übersät waren. Seit sie denken konnte, säumten sie die Hauptstraße.

Vor den Obstständen blieb sie stehen. Die Hitze fing sich unter den tief herunterhängenden Zweigen, und es roch noch wie früher: Mangos, süße Ananas und überreife Bananen, die fliegenumschwirrt im Schatten der ausladenden Flamboyantbäume ausgebreitet waren, vermischt mit dem modrigen Hauch des umliegenden Sumpflandes und der kräftigen feuchtwarmen Brise, die vom Meer herüberwehte.

Ein Ansturm von Erinnerungen.

Ein paar Minuten sah sie sich um und speicherte in Gedanken lohnende Motive. Die bunt gewandeten Zulufrauen saßen hinter Bergen von goldenen Ananas und goldgelben Mangos und schwatzten. Sie beobachteten sie interessiert. Ihre Zähne blitzten, die Gesichter glänzten vor Schweiß. Nina nahm ihren Apparat aus der Tüte und fragte die Älteste, ganz offensichtlich die Autorität auf dem Markt, ob sie Fotos von ihr und den anderen Frauen machen dürfe. Die Alte musterte sie und ihre professionelle Fotoausrüstung blitzschnell.

»Fünfzig Rand«, sagte sie schließlich mit gerunzelter Stirn und hielt ihr die helle Handfläche hin.

Nina vermutete, dass der Preis der individuellen Einschätzung der Zulu unterlag, zahlte und schoss dann mehrere Fotos von den Frauen – die zu ihrer Überraschung sogar ziemlich gekonnt und sehr kokett hinter den Obstbergen posierten –, den niedlichen, schwarzen Kindern, die zu Füßen ihrer Mütter spielten, und den Affen, die in den Bäumen auf eine Gelegenheit lauerten, Beute zu machen. Hübsche Bilder, die für einen Reiseführer passend waren. Ihr Vater würde begeistert sein, davon war sie überzeugt.

Danach packte sie als Erstes zwei große Tüten Äpfel für Würstchen ein und kaufte in Vorfreude auf den Obstsalat, den sie für sich zuzubereiten gedachte, anschließend auch Ananas, Mangos, Papayas, Passionsfrüchte und gelbe Guaven. Den umwerfend duftenden Guaven konnte sie nicht widerstehen. Sie brach eine auf und lutschte das süße Fruchtfleisch heraus. Voller Genuss schloss sie die Augen. Der Geschmack versetzte sie zurück in ihre Kindheit. Seit damals hatte sie keine mehr gegessen. Ihren Fotoapparat unter den Arm geklemmt, leckte sie den Saft von den Fingern und zahlte dann.

Eine chinesische Reisegruppe flutete gerade den Obstmarkt, und Nina beobachtete, dass die alte Zulu von den Asiatinnen hundertfünfzig Rand pro Nase verlangte. Die Mitglieder der Gruppe fotografierten begeistert und kauften anschließend jede Menge Früchte, wobei sie Unmengen an Selfies schossen. Die alte Marktfrau war damit beschäftigt, das Geld zu zählen, und schaute dabei höchst zufrieden drein.

Nina verstaute ihre Einkäufe im Heck ihres Wagens und wanderte anschließend weiter die Straße hinunter, immer auf der Suche nach geeigneten Motiven. Vorsorglich nahm sie ein paar Fotos von der McKenzie Street auf, um ihrem Vater zu zeigen, wie es heute hier aussah. Sie prüfte die Bilder sofort auf ihrem Fotoapparat und löschte die, die sie nicht für gut genug befand. Eine Aufnahme zeigte den üppigen Vorgarten eines Hauses, das etwas zurückgesetzt von der Straße unter Palmen lag. Eben wollte sie es löschen und sich das nächste Foto vornehmen, als sie in der tropischen Pflanzenpracht des Gartens einen soliden, walzenförmigen Schatten bemerkte. Der Zaun des Vorgartens war über die Breite von etwa vier Metern zerstört. Sie vergrößerte das Bild und untersuchte es genauer.

Es war kein Schatten, sondern ein ausgewachsenes Flusspferd, das offenbar vergessen hatte, dass Hippos nur nachts in Saint Lucia Bleiberecht hatten. Kurz vor Tagesanbruch trollten sie sich üblicherweise, marschierten die Hauptstraße entlang und entschwanden mit den ersten Sonnenstrahlen in die umliegenden Gewässer. Die Einwohner gingen nachts nicht aus dem Haus, aber auch niemand schloss seine Tür ab. Außer den Hippos streunten in der Dunkelheit auch Leoparden durch den Ort, und einen besseren Schutz vor zweibeinigen Einbrechern gab es wohl kaum.

Sie schaute hinüber zu dem Haus. Das Flusspferd war aufgestanden und bewegte seinen schweren Körper mit den kurzen Säulenbeinen gemächlich durch den Vorgarten, wobei es mit sichtlichem Appetit ein Blumenbeet kahl fraß. Ein friedliches Bild, das allerdings jäh zerstört wurde. Die Tür flog auf, und eine Frau stürzte erbost heraus und beschimpfte das Tier lautstark.

Der Koloss, ein alter, ausgewachsener Bulle, wandte kurz den massigen Kopf, beäugte die Frau, die sofort einen Satz zurück ins Haus tat, und fraß dann weiter. Nina schoss eine Folge von zehn Fotos.

Auf der Straße hatten sich mittlerweile viele Zuschauer versammelt. Autos hielten an, darunter auch der Geländewagen eines bekannten Safariunternehmens. Zwei junge Typen in Cargoshorts und Sneakern stahlen zur Entrüstung der Marktfrauen blitzschnell Mangos an den Obstständen und bewarfen den Bullen mit den reifen Früchten. Der Hippo fraß seelenruhig auch die Mangos, schwang dann herum und trabte auf die Straße. Die Menschenmenge schrie auf. Ein kleiner, blonder Junge in rotem T-Shirt und Shorts, vielleicht sieben Jahre alt, warf einen Stein und traf das Tier zwischen die Augen.

Der alte Bulle röhrte, dass die Erde bebte, und dann setzten sich rund vier Tonnen schlechter Laune in Bewegung. Mit dem Instinkt eines Reporters nahm Nina ein Video der Szene auf. Der Junge wieselte davon, aber der Koloss holte schnell auf. Nina war überrascht, mit welcher Geschwindigkeit sich diese Tiere an Land bewegen konnten.

Trotzdem hätte der Junge es geschafft, wenn er nicht über die oberirdische Wurzel eines Flamboyants gestolpert wäre. Zwar konnte er sich gerade noch fangen, aber der Bulle erreichte ihn. Er stieß ihn zu Boden, brüllte mit der ohrenbetäubenden Lautstärke eines Schiffshorns und öffnete das riesige Maul, um seine tödlichen, halbmeterlangen Hauer in den Kinderkörper zu bohren.

Der Kleine kreischte in Todesangst. Die Zuschauer wollten zurückweichen, aber die hinteren Reihen drängten vor, weil alle sehen wollten, was vorn passierte. Viele hielten ihr Mobiltelefon hoch und drehten Videos, und die Straße wurde zunehmend von Autos verstopft, deren Insassen sich weit aus dem Fenster lehnten oder sogar ausstiegen, um filmen zu können. Es herrschte Jahrmarktsstimmung.

Auch Nina filmte weiter. Von der Menge war sie in die vorderste Reihe geschoben worden, wo sie jetzt eingekeilt nur wenige Meter von dem wütenden Flusspferd entfernt stand. Im Display beobachtete sie entsetzt, wie das mächtige Tier das kreischende Kind mit weit aufgerissenem Maul herumstieß. Irgendwo hatte sie gelesen, dass die Flusspferde in Afrika pro Jahr für rund dreitausend tödliche Angriffe auf Menschen verantwortlich waren.

Die beiden Kerle, die mit Mangos geworfen hatten, rissen geistesgegenwärtig die Metallpfähle des platt gewalzten Gartenzauns heraus und schlugen dem wütenden Flusspferd damit aufs Hinterteil. In einer Wolke von aufgewirbeltem rotem Staub fuhr der Koloss herum und stellte sich furchterregend brüllend den neuen Angreifern. Ein junger Mann passte den günstigen Augenblick ab und sprang vor. Er packte das Kind und riss es an sich, konnte den Jungen aber nicht ganz aus der Gefahrenzone schaffen, weil er – genau wie Nina – von der Menschenmauer blockiert wurde.

Der Hippo ließ von den Angreifern mit den Eisenstäben ab, ging auf den Mann los und durchbohrte dabei mit einem Hauer die Shorts des Kleinen. Schnaubend schlenkerte der Bulle den winselnden Jungen und den jungen Mann hin und her. Nina filmte automatisch weiter.

»Lasst mich vorbei!«, brüllte ein Mann hinter ihr.

Sie fuhr herum. Ein Ranger versuchte, sich mit hochgehaltenem Sturmgewehr durch die Menge zu drängen. Kaum einer reagierte jedoch.

»Tretet zurück, sofort!«, schrie er die glotzenden Zuschauer an und schwang das Gewehr im Kreis. »Ihr lasst dem Hippo keinen Fluchtweg! Er wird uns alle töten!« Er wirbelte herum. »Haut ab!«, brüllte er den Autofahrern auf der Straße zu. »Fahrt weiter, ihr Idioten!« Drohend richtete er sein Gewehr auf die Gaffer.

Endlich reagierten die Zuschauer in den ersten Reihen. Sie öffneten dem Ranger eine Gasse und zogen sich ein paar Meter zurück, sodass auch Nina zurückweichen konnte. Mehrere Autofahrer fuhren an, verknäulten sich aber hoffnungslos mit den anderen gestauten Fahrzeugen.

Der Ranger verlor die Geduld und schoss zweimal in die Luft.

Der Hippo reagierte mit einer heftigen Kopfbewegung und stieß zu. Wie durch ein Wunder durchbohrte er mit dem Stoßzahn diesmal nur das T-Shirt des jämmerlich schreienden Jungen und entriss ihn dem jungen Mann. Kopfüber strampelnd, hing der Kleine an dem Zahn.

Der Mann sprang todesmutig vor und hieb dem Koloss mit der Faust auf die Nase. Der Bulle brüllte auf, aber seine schreiende Beute hing weiterhin an dem Stoßzahn fest.

Der Ranger schoss noch einmal, dieses Mal aus nächster Nähe.

Durch den Knall bäumte sich der Flusspferdbulle auf und warf den Kopf hin und her, bis das T-Shirt schließlich zerriss. Der Junge wurde weggeschleudert. Er schlug ein paar Meter weiter auf und blieb dort liegen. Das riesige Tier schnaubte wütend, kümmerte sich aber nicht mehr um den Kleinen, sondern stürzte sich auf den jungen Mann. Mit einem Kopfstoß brachte es ihn zu Boden und setzte dann zu einer Attacke mit den Hauern an.

Der Mann war auf dem Rücken gelandet, konnte sich aber blitzschnell zur Seite rollen, sodass der Angriff ins Leere ging. Der

Bulle ließ nicht von ihm ab, kam dabei aber wiederum dem auf dem Boden liegenden Jungen gefährlich nahe.

Ohne weiter über die Gefahr nachzudenken, griff Nina zu und zerrte den Kleinen aus der Reichweite des Wütenden. Die Zuschauer applaudierten johlend.

»Lasst mich durch!«, schrie sie die Umstehenden an. »Er braucht einen Arzt!«

Ihr Appell nützte nichts. Die Menge wich nicht zurück – im Gegenteil, nun richteten die Filmer ihre ganze Aufmerksamkeit auf sie und das Kind.

Nina fauchte ein Schimpfwort, drehte ihnen den Rücken zu und drückte den verängstigten Jungen an sich. Glücklicherweise fassten jetzt die beiden jungen Kerle wieder Mut. Sie schlugen dem Flusspferd mit den Eisenstäben aufs Hinterteil, bis das Tier von dem Mann am Boden abließ, der sich sofort wegrollte und mit einem Satz in Sicherheit brachte.

Nach kurzem Zögern warf der Koloss den Kopf hoch und trabte röhrend die Straße hinunter zum Fluss. Die Gaffer stoben nach allen Seiten davon, und die Autofahrer versuchten hektisch, dem Hippo auszuweichen. In vollem Galopp entschwand der in einen buschüberwachsenen Seitenweg.

Nina setzte den am ganzen Körper zitternden Jungen erleichtert ab, hockte sich vor ihn und strich ihm vorsichtig über den Kopf. Sie spürte warme Nässe, und als sie die Hand wegzog, war die blutverschmiert.

»Wir brauchen einen Arzt!«, schrie sie in die Menge. »Der Junge ist verletzt. Ist hier ein Arzt anwesend?«

Der junge Mann, den der Bulle attackiert hatte, trat vor. »Ich bin Arzt«, sagte er und klopfte sich den roten Staub von den Jeans und seinem olivfarbenen T-Shirt.

»Der Kleine blutet am Kopf«, sagte sie. »Und ich glaube, sein linker Arm ist verletzt. Sind Sie wirklich Arzt?«

Der junge Mann ging neben Nina auf die Knie. »Ich habe gerade mein Examen erfolgreich abgeschlossen«, sagte er, während er den Jungen behutsam untersuchte. »Und meiner Mutter gehört eine Kinderklinik in der Nähe.«

Erst jetzt musterte Nina ihn genauer. Er war offensichtlich kein Zulu, aber auch kein Weißer. Seine Haut war goldbraun, das dichte Haar dunkelbraun, sehr kurz geschnitten und kaum gewellt, und seine Augen wechselten ständig die Farbe. Mal waren sie grau, dann schimmerten sie wieder grün und erinnerten sie an das Meer vor einem Sturm, und manchmal zeigten sie sogar einen blauen Schimmer. Sie fand ihn attraktiv.

Der junge Mediziner tastete den Kopf des Jungen mit den Fingerspitzen ab. »Er steht unter Schock, aber ich glaube, dass er mit dem Schrecken davonkommt. Er hat ein paar Abschürfungen, aber soweit ich das fühlen kann, scheint er keine Schädelverletzung erlitten zu haben. Eine Menge Prellungen, und sein linker Arm ist vermutlich gebrochen. Natürlich kann ich das erst mit Sicherheit sagen, wenn wir ihn in der Klinik untersucht haben.« Unter dem blonden Haarschopf entdeckte er eine hässliche Schnittwunde auf der Stirn. Behutsam entfernte er mit einem Papiertaschentuch den Schmutz.

»Sieht schlimmer aus, als es ist«, konstatierte er. »Aber eine Narbe wird bleiben.« Er sah dem Jungen in die Augen. »Wie heißt du?«

Der Kleine reagierte nicht. Er zitterte so stark, dass seine Zähne aufeinanderschlugen.

Der Arzt legte ihm beruhigend die Hand auf die Schulter. »Aus ihm bekommen wir jetzt nichts heraus.« Er richtete sich auf. »Kennt jemand den Jungen hier?«, rief er in die Menge.

Ein paar Zuschauer traten vor, musterten den Kleinen und schüttelten dann den Kopf.

»Nie gesehen«, sagte eine Frau. »Die Eltern sollten bestraft werden, dass sie ein so kleines Kind allein hier herumlaufen lassen!«

»Okay«, sagte der junge Mediziner. »Ich bringe ihn in die Klinik und verständige die Polizei, damit die seine Angehörigen ausfindig macht.« Er zog sein T-Shirt aus, rollte es zusammen und legte es unter den Kopf des Kindes. Dann stand er auf und zog sein Mobiltelefon aus der Gesäßtasche. »Ich rufe jetzt meine Mutter an«, sagte er.

»Wo liegt die Klinik?«, fragte Nina. »Hier in der Nähe?«

»Südlich vom Wildreservat Inqaba«, antwortete er mit dem Telefon am Ohr. »Kennen Sie es?«

»Und ob«, erwiderte sie erstaunt. »Im Augenblick verbringe ich da ... Ferien. Ich kenne Jill und Nils von ... früher.«

»Hi, ich bin's, ist meine Mutter da?«, sagte der junge Arzt, als sich jemand meldete, und sprach dann auf Zulu weiter. Als er das Telefonat beendet hatte, wandte er sich wieder auf englisch an Nina. »Meine Mutter ist in Ulundi, kommt aber bald zurück. In der Notaufnahme erwarten sie den Jungen schon.«

»Ja, das habe ich mitbekommen«, sagte Nina.

»Sie sprechen Zulu?« Er musterte sie neugierig.

»Ich bin hier geboren, lebe aber schon seit vielen Jahren im Ausland. Ich heiße übrigens Nina.«

Er streckte ihr die Hand hin und lächelte sie mit weißen Zähnen an. »Ich heiße Mangaliso ...«

»Das Wunder«, ergänzte Nina und drückte seine Hand. »Ein schöner Name.«

»Mein Auto steht da vorn.« Mangaliso wies mit dem Kinn auf einen staubigen Geländewagen, der schräg gegenüber vom Obstmarkt geparkt war.

Der Junge richtete sich auf und stützte sich dabei mit dem linken Arm ab, worauf er einen gellenden Schmerzensschrei ausstieß. Nina packte ihn unter den Achseln und stellte ihn vorsichtig auf die Beine.

»Ich habe ein Dreieckstuch im Wagen, mit dem ich den Arm fixieren werde«, sagte Mangaliso und streichelte dem Kleinen über die Wange. »Ich fahre dich jetzt ins Krankenhaus, und dann rufen wir deine Eltern an, einverstanden? Wie heißt du?« Wieder war die

Frage vergebens. Der Junge, der käseweiß geworden war, starrte ihn nur verschreckt an.

»Ich werde die Abkürzung über die Servicestraße durch Inqaba nehmen«, sagte er zu Nina. »Jill hat nichts dagegen, und es erspart mir gut eine halbe Stunde und vermutlich einen heftigen Stau.« Er deutete auf Ninas Bein. »Was ist mit deinem Oberschenkel passiert?«

»Ein Warzenschwein namens Walter hat bei mir angeklopft, und ich habe aufgemacht«, antwortete Nina mit todernster Miene. »Ihm gefiel offenbar nicht, was er gesehen hat, also hat er mir seine Zähne ins Bein gerammt.«

Mangaliso lachte laut los. »Walter ist mir ein Begriff. Er ist einer von Kiras Schützlingen. Unglaublich hässlich, hat immer schlechte Laune und ist ständig auf Krawall gebürstet ...«

»Das klingt ganz nach Walter.« Nina nickte und untersuchte den staubverkrusteten Verband. Die Wunde schmerzte leicht. Mit dem Finger drückte sie darauf herum, weil sie befürchtete, dass die Wunde sich im Straßenschmutz infiziert hatte, aber sie fühlte keine Entzündungswärme oder Schwellung. Alles war in Ordnung. Schwester Emmi hatte ganze Arbeit geleistet.

»Willst du mit in die Klinik kommen, dann kann ich mir Walters Werk gleich mal ansehen ...«

»Danke, aber das ist nicht nötig«, wehrte Nina ab und bürstete den klebrigen, roten Staub vom Verband und auch von ihrem Hemd und den Shorts. »Ich habe hier noch zu tun und später in der Lodge schon eine Verabredung mit Schwester Emmi.«

Mangaliso hob den Jungen behutsam in die Arme und trug ihn zu seinem Auto. Nina folgte ihm und hielt den Kleinen dann auf dem Schoß, während Mangaliso ihm den linken Arm am Körper festwickelte. Zusammen betteten sie ihn auf die Rückbank, und Nina sicherte ihn anschließend mit den Sitzgurten.

»Hast du Wasser an Bord?«, fragte sie und sah sich im Wageninneren um. »Ich würde ihm gern das Gesicht etwas säubern. Er hat übrigens einen üblen Sonnenbrand auf Nase und Wangen. Seine Eltern, oder wer immer für ihn verantwortlich ist, passen nicht sonderlich gut auf ihn auf.«

Mangaliso nahm eine Flasche Wasser aus der Seitentasche und gab sie ihr zusammen mit einer Mullkompresse. Nina wischte dem Jungen damit vorsichtig das Gesicht ab. »So, das wird reichen, bis du mit ihm in der Klinik bist«, sagte sie und richtete sich wieder auf. »Sagst du mir dann Bescheid, wie es ihm ergangen ist?«

»Natürlich.« Mangaliso stieg ein und nahm eine alte Zeitung vom Beifahrersitz. Er kritzelte eine Telefonnummer auf den Rand, riss den Zettel ab und reichte ihn ihr. »Das ist meine Durchwahl im Krankenhaus. Falls du das Bedürfnis haben solltest, mit mir im Ski-Boat-Club einen Kaffee zu trinken.« Er lächelte sie strahlend an.

»Sehr gern«, sagte sie, während sie ihm ihre Handynummer auf den Zeitungsrand schrieb. »Unter der Nummer kannst du mich eigentlich immer erreichen, aber sonst weiß Jill, wo ich bin. Hast du die Telefonnummer von Inqaba?«

»O ja, alle, auch die private«, erwiderte er. »Ich kenne Jill seit meiner frühesten Kindheit.« Er startete den Wagen. »Sala kahle«, wünschte er und fuhr sanft an.

»Hamba kahle«, rief sie ihm nach.

16

Rikki war glücklich. Nachdem sie sich in der letzten Zeit Benzin nur noch in homöopathischen Dosen hatte leisten können, hatte sie sich von dem Geld, das sie Nina abgeluchst hatte, diesen Tag in Saint Lucia gegönnt. Das hatte sie sich redlich verdient. Zum Frühstück hatte sie sich mit einer alten Freundin in ihrer Lieblingsbar getroffen, zur Begrüßung zwei Schnäpse zum Aufwachen gekippt und anschließend für sich ein traditionelles Frühstück mit Bratkartoffeln, Rührei, knackigen Würstchen und kross gebratenen Baconstreifen bestellt. Emma ließ sie einen Kinderteller mit Pommes und einem Miniburger servieren.

Zwei Bier und einen weiteren Schnaps später lockte sie das Geschrei der Menschenmenge, die vor dem Flusspferd flüchtete, vor die Tür. Ihre Freundin musste sich verabschieden, weil sie ihre Frühstückspause schon überzogen hatte, aber Rikki blieb. Sie schwang Emma auf ihre Hüfte und beobachtete die Aufregung aus sicherer Entfernung. Als der alte Bulle außer Sichtweite war und sie sich gerade auf den Weg nach Hause machen wollte, entdeckte sie ihre Cousine Nina. Überrascht sah sie genauer hin.

Nina beugte sich zu einem Farbigen hinunter, der sich aus dem Fahrerfenster eines Geländewagens lehnte und ihr einen Zettel reichte. Im Gegenzug kritzelte ihre Cousine etwas auf den Rand einer Zeitung und gab sie dann dem Mann.

Aufgeregt schoss Rikki mit ihrer Handykamera eine Reihe von Fotos.

»Na, super«, frohlockte sie und drückte auf eine Schnellwahl.

Jetzt würde sie die Kuh noch einmal melken können, und trotz

Schnaps und üppigem Frühstück würde dann noch genug für den Rest des Monats bleiben. Emma herumschwingend, steppte sie aufgekratzt ein paar Tanzschritte, während sie darauf wartete, dass der Mann sich meldete.

»Hi«, sagte sie, als sie seine Stimme hörte. »Ich bin auf dem Obstmarkt von Saint Lucia. Nina ist auch hier, und du wirst es nicht glauben, sie macht schon wieder mit so einem Typen rum ...«

»Was meinst du damit, so einem Typen?«, schnauzte der Mann am anderen Ende grob.

»Na, mit so einem Farbigen wie Nico dal Bianco ... Und sie scheint sehr vertraut mit ihm zu sein. Soweit ich mitgekriegt habe, haben sie sich verabredet.« Begierig lauschte sie auf eine Antwort.

Der Mann knurrte. »Kennst du ihn?«

»Nein, aber ich habe die beiden fotografiert. Gesichter, Autonummer – alles. Soll ich dir die Bilder schicken? Kostet aber richtig was.«

»Fünfzig Rand«, war die knappe Antwort.

»Nicht gut genug«, sang sie vergnügt. »Mindestens ein Leopard. Und bar auf die Kralle!« Rikki fand es cool, sich so auszudrücken.

»Wo ist sie jetzt?«

»Na, wie ich gesagt hab, immer noch hier bei den Obstständen. Kommst du her?« Sie drehte vergnügt eine Pirouette.

»Wünsch dir das nicht«, flüsterte er und legte auf.

Rikki lief es kalt den Rücken hinunter. »Scheißkerl«, fluchte sie leise vor sich hin und steckte das Telefon wieder weg. »Blöder, geiziger Mistkerl!«

Sie lief hinüber zu ihrem alten Ford und setzte ihre Tochter auf den Rücksitz. Der Scheißkerl würde die Fotos von ihrer Cousine und deren neuem Lover gut benutzen können, da war sie sich sicher. Und so oder so musste es ihr gelingen, ihm Geld dafür abzuknöpfen. So mittellos, wie er immer tat, war er nämlich bestimmt nicht.

Zwei Wochen zuvor hatte sie ihn auf dem Parkplatz vor einem Supermarkt in Empangeni beobachtet. Mit vor der Brust verschränkten Armen hatte er auf einen älteren Weißen eingeredet, einen, der offensichtlich viel im Freien arbeitete, jedenfalls war sein Gesicht faltig und tiefbraun wie eine Walnuss gewesen. Mit einer entschiedenen Handbewegung hatte Emmas Vater schließlich das Gespräch beendet und aus der rückwärtigen Tasche seiner Cargoshorts eine dicke Rolle Banknoten hervorgezogen – alles Zweihundertrandscheine mit dem Leopardenkopf –, hatte davon einen Stapel mit dem Zeigefinger heruntergepellt und dem Weißen auf eine Weise zugesteckt, der ihr sagte, dass da ein illegaler Deal lief. Der Mann hatte die Geldrolle in einem Brustbeutel verstaut und war im Supermarkt verschwunden.

Sie hatte überschlagen und war auf ungefähr fünftausend Rand gekommen, und von dem Stapel war schätzungsweise noch die Hälfte übrig geblieben. Der Mistkerl trug also mitunter rund zehntausend Rand einfach so in der Hosentasche mit sich herum und war zu geizig, ihr mehr als fünfzig für ihre Bilder von ihrer Cousine zu zahlen?

Er war die Reihe der parkenden Autos entlanggegangen und hatte dabei auf einen elektronischen Autoschlüssel gedrückt. Sie hatte erwartet, dass er in seinen verdreckten Geländewagen steigen würde, aber es hatte ein Sportwagen geantwortet. Mit Automarken kannte sie sich nicht so aus, irgend so eine platte Straßenflunder in Knallrot war es gewesen. Der Wagen sah italienisch aus, und billig war der sicher nicht. Er war eingestiegen und in Richtung Highway davongeröhrt.

Verblüfft hatte sie ihm nachgesehen. Irgendetwas Unsauberes ging hier vor, und ihr Bauchgefühl sagte ihr, dass sie daraus Profit schlagen konnte. Sie musste nur herausfinden, was es war und wie sie ihn von seinem Geld trennen konnte.

Ein paarmal hatte sie ihn in Eshowe vorbeifahren sehen und jedes Mal am Steuer seines verbeulten Geländewagens. Deswegen nahm sie an, dass der Sportwagen nicht ihm gehörte, sondern geliehen war. Aber das Geld war echt gewesen! Eindeutig.

Das war vor zwei Wochen gewesen. Der Alltag mit seinen ewigen Geldproblemen war dazwischengekommen, Emma hatte sich eine Erkältung eingefangen, und sie hatte sich nicht weiter Gedanken darüber gemacht, woher sein neuer Wohlstand stammen könnte und wieso er so sehr darauf bedacht war, das zu verschleiern, anstatt ihn raushängen zu lassen, wie das hier sonst so üblich war.

Verdrossen stieg sie ein und drückte auf den Anlasser. Nach einem knallenden Fehlstart setzte sich ihre Rostlaube in Bewegung, und sie steuerte die McKenzie Street entlang. Als Nina überraschend vor ihr die Straße überquerte, duckte sie sich kurz und bog auf die R618 in Richtung Eshowe ab.

Sie kurbelte das Seitenfenster herunter und hielt das Gesicht in den Fahrtwind. Die kurze Unterredung mit dem Geizkragen kreiste als Endlosschleife in ihrem Kopf. Wünsch dir das nicht, hörte sie ihn mit jener schrecklichen Stimme sagen, die ihr noch in der bloßen Erinnerung die blanke Angst einjagte.

Das Gedankenkarussell drehte sich immer schneller, und nach fünf Kilometern auf dem Highway kristallisierte sich eine Idee heraus. Vor Wochen hatte sie Emmas Vater gefragt, ob sie ihn einmal mit der Kleinen auf seiner Farm besuchen könne, ob er Tiere dort habe, mit denen seine Tochter spielen könne.

Er hatte sie für einen Augenblick schweigend fixiert und dann mit einem kalten Lächeln gesagt: »Das würde ich nicht riskieren.«

Nachdenklich trommelte sie mit den Fingern auf dem Lenkrad. Verbote hatten sie schon immer gereizt, und heute war sie sich sicher, dass er etwas zu verbergen hatte. Spontan verließ sie den Highway. Obwohl ihr Bruder ihr die ungefähre Adresse des Gehöfts gegeben hatte, dauerte es eine Weile, bis sie seine Farm irgendwo im Nirgendwo zwischen dem Umfolozifluss und Empangeni entdeckte. Sie hielt an und sah sich um.

Von außen wirkte die Farm wie so viele in der Gegend heruntergekommen, fast verwahrlost. Das Haus duckte sich hinter zwei parallel verlaufenden, mit Natodraht gekrönten meterhohen Zäunen, die in kurzer Entfernung um das gesamte Haus herumführten. Im Korridor zwischen den Zäunen patrouillierten riesige, gelbe Hunde, die äußerst missgelaunt wirkten. Im Bereich zwischen Haus und Zaun war das Gras kurz gehalten, draußen vor dem Zaun wucherte das Gestrüpp. Ihr Blick wanderte weiter.

Vor einer Doppelgarage, deren eine Seite bis unters Dach zugemüllt war, stapelten sich alte Reifen neben einem Haufen rostigem Gerümpel. Zerbrochene Plastikstühle lagen im hohen Gras vor einer zerfallenen Mauer, wo jemand angefangen hatte, ein kleines Haus zu bauen, es aber offensichtlich bald aufgegeben hatte.

Die Zufahrt und der Weg durchs Tor zum Haus waren allerdings ordentlich gepflastert. Zum Haus gelangte man nur durch ein schmales Tor im Zaun, das sich sofort hinter einem schloss, sodass man wie im Käfig gefangen war, bis vom Haus aus das zweite Tor geöffnet wurde. Viele dieser einsamen Farmen waren so gebaut. Es war nichts Besonderes. Von der anderen Seite starrten sie die mit fingerdicken Eisenstäben vergitterten Fenster abweisend an, aber die beiden Tore standen seltsamerweise offen, womit die Hunde gleichzeitig im Korridor eingesperrt waren. Vor denen war sie also sicher.

Emma, die fest eingeschlafen war, maunzte leise. Rikki lehnte sich über den Rücksitz, streichelte ihr sanft über die Wange und vergewisserte sich, dass die vorderen Seitenfenster geöffnet waren, sodass es für die Kleine nicht stickig wurde. Sie stieg aus.

Ein widerlicher Geruch schlug ihr entgegen. Nach warmem Blut wie in einem Schlachthaus und als ob große Mengen Innereien gekocht würden. Ekelhaft. Sie bemühte sich, nur flach zu atmen, was aber nichts nützte. Der Gestank setzte sich in Mund und Nase fest und löste einen fast unwiderstehlichen Würgereiz aus. Zögernd näherte sie sich dem Haus.

Die Hunde hielten sich momentan auf der rückwärtigen Seite

des Gebäudes auf, und auch sonst war niemand zu sehen. Ihre Neugier gewann die Oberhand, und sie marschierte geradewegs durch die Tore und die ebenfalls offene Eingangstür ins Haus.

Im Inneren war es kühl. Eine Klimaanlage summte, was in alten Farmhäusern ungewöhnlich war, und die Fliesen im Eingang waren neu. Und nicht von der billigen Sorte. Ihre Neugier ließ sie alle Vorsicht vergessen, und sie betrat das Wohnzimmer. Bei dem Anblick, der sich ihr bot, blieb ihr der Mund offen stehen.

Einfache Möbel, abgewohnt, vielleicht selbst gezimmert wie bei vielen der verarmten Farmer, das hatte sie erwartet, aber der große Raum war mit Designermöbeln eingerichtet. An der Wand gegenüber der L-förmigen, schwarz bezogenen Couch hing ein riesiger Flachbildfernseher, teure Unterhaltungselektronik stand in Reichweite, und auf einem massiven Esstisch aus blondem Kiaat lagen eine Maschinenpistole und zwei Jagdgewehre mit allen Schikanen.

Der Gedanke, was hier gespielt wurde und wozu der Mistkerl eine Maschinenpistole brauchte, wurde jäh abgeschnitten. Er tauchte wie aus dem Nichts hinter ihr auf, packte sie und stieß sie brüllend vor Wut vor sich her.

»He!«, schrie sie erschrocken und klammerte sich am Türrahmen fest. »Lass mich los!«

Aber einige gezielte Tritte in den Hintern beförderten sie durch die Eingangstür nach draußen und weiter durch die beiden Tore vor den Zaun. Ein weiterer Tritt traf sie im Rücken, sodass sie stolperte und hinfiel. Vom Boden aus entdeckte sie neben der Garage einen riesigen, dampfenden Kessel, aus dem der Gestank herüberwaberte, der die ganze Luft verpestete.

»Kochst du Hundefutter?«, plapperte sie nervös, während sie sich aufrappelte. »Müssen ja Unmengen sein ... Kann ich was bei dir kaufen? Wotan frisst mir die Haare vom Kopf.«

Ohne Vorwarnung schlug der Mistkerl ihr mit der Faust ins Gesicht. Es hagelte Tritte und Schläge. Sie war in ihrem Leben viel verprügelt worden und hatte mit der Zeit gelernt, sich auf der Erde zu einem Ball zusammenzurollen und den Kopf mit beiden Armen zu schützen. Aber Emmas Vater war ein Künstler. Er kannte die Stellen am menschlichen Körper, die am empfindlichsten waren. Zum Schluss winselte und zitterte sie unkontrolliert und bildete sich in ihrer Angst sogar ein, einen Löwen brüllen zu hören, was sie sekundenlang in Schockstarre verfallen ließ.

Plötzlich riss er sie hoch und verpasste ihr einen Kinnhaken. Sie brach zusammen, und als sich der Sternennebel vor ihren Augen wieder lichtete, krabbelte sie in der Hoffnung, dort ein Versteck oder einen Ausweg zu finden, auf die Garage zu. Ein großer Container versperrte ihr den Weg. Auf einer Seite stand etwas auf chinesisch oder so. Die fremden Schriftzeichen tanzten vor ihrem trüben Blick. Dort war aber auch etwas in lateinischer Schrift zu lesen. Vielleicht eine Adresse? Bevor sie genauer hinsehen konnte, riss er sie wieder hoch und stieß sie zu ihrem Auto, wo er sie auf den Fahrersitz schubste. Dann stützte er sich mit beiden Händen am Türrahmen ab und starrte sie ausdruckslos an. Sie konnte weder vor noch zurück. Sie war gefangen. Ihr stockte der Atem, und ihr Puls raste.

»Wage das nie wieder«, raunte er mit gefletschten Zähnen. »Und halt dein dummes Plappermaul. Das nächste Mal schlag ich dich tot. Hast du verstanden?«

Sie konnte nur nicken.

Er langte in die Tasche seiner Shorts, zog ein Bündel Banknoten hervor und warf ein paar Scheine auf den Beifahrersitz. »Für Emma«, flüsterte er heiser. »Nur für Emma!«

Er trat einen Schritt vom Auto zurück, und kurz bevor er die Tür zuknallte, fiel ihr hinter der vollgestopften Garage das Heck des Sportwagens auf, mit dem er in Empangeni herumgefahren war.

Jetzt erkannte sie die Marke. Rotes Heck mit einem springenden Pferd. Italienisch, wie sie vermutet hatte. Teuer. Sehr teuer.

Ihre Lebensgeister erwachten wieder, und sie jubelte innerlich.

Jetzt würde ein lausiger Leopardenkopf nicht mehr reichen! Vor ihrem geistigen Auge wuchs der Geldstapel in die Höhe.

Für Emma. Sollte Rikki je etwas zustoßen, wäre Emma diesem Sadisten ausgeliefert. Um sie davor zu schützen, brauchte sie Geld. Viel Geld. Und für das, was er ihr heute angetan hatte, würde er extra zahlen.

Endlich zu Hause angekommen, schleppte sie sich stöhnend ins Badezimmer. Sie warf den Heißwasserkessel an und gönnte ihrem geschundenen Körper ein heißes Bad. Mit geschlossenen Augen in dem bräunlichen Wasser liegend, ließ sie alles an sich vorbeiziehen, was sie auf der Farm erlebt hatte. Die Adresse auf dem Container war Shanghai gewesen, daran erinnerte sie sich jetzt genau, und das lag in China. Außerdem war sie sich auch sicher, dass das Löwengebrüll keine Einbildung gewesen war.

Aber was hatte ein Löwe auf der Farm zu suchen? Und was hatte in dem Kessel gekocht? Blut und Innereien – von welchem Tier und in so großen Mengen? Zu welchem Zweck?

Ihre Gedanken wanderten weiter und landeten bei der Szene auf dem Supermarktparkplatz in Empangeni. Der ältere Weiße war von Emmas Vater für etwas bezahlt worden. Oder bestochen? Was war die Quelle des plötzlichen Reichtums von dem Mistkerl? Legal konnte die nicht sein.

Aufgeregt machte sie sich Notizen. Warum, war ihr eigentlich nicht klar, aber der Kontrast zwischen dem, was sie auf der Farm erwartet hatte, und dem, was sie tatsächlich vorgefunden hatte, war einfach zu krass gewesen.

Erst als sie mitten in der Nacht vor Schmerzen und Albträumen aufwachte, wusste sie, wie sie sich rächen konnte.

Morgen würde sie anonym bei der Polizei anrufen und ein paar saftige Hinweise geben. Korruption war gerade das ganz heiße Thema im Land.

Zufrieden schlief sie wieder ein.

Nachdem Mangaliso sich von ihr verabschiedet hatte, schoss Nina noch eine Reihe von Fotos von dem verwüsteten Garten und dem platt gewalzten Zaun und streifte dann durch den Kunsthandwerkermarkt.

Sie schlenderte hinüber zu der Drogerie auf der anderen Straßenseite und kaufte sich dort eine Sonnenbrille. Anschließend fuhr sie die Sugar Loaf Road hinunter zum Pub im Ski-Boat-Club, um eine Kleinigkeit zu essen.

Der Pub war nur spärlich besetzt, und sie fand einen Platz draußen unter einem Sonnenschirm mit wunderbarem Blick zum gegenüberliegenden Seeufer. Sie bestellte eine Cola, einen Käsesandwich und einen griechischen Salat. Während ihre Bestellung fertig gemacht wurde, suchte sie die Toilette auf, um nachzusehen, ob die Verletzung, die ihr Walter zugefügt hatte, aufgebrochen war. Vorsichtig hob sie die Bandage ab. Es war zwar nur wenig Blut ausgetreten, wie sie erfreut feststellte, und das war praktisch schon wieder zu einer Kruste getrocknet, trotzdem säuberte sie die Umgebung der Wunde und wickelte den Verband neu.

Nachdem sie gegessen hatte, zog sie ihre Slipper aus und wanderte den sandigen Weg zum Wasser hinunter. Der Sand war glühend heiß, und sie musste auf der grasbewachsenen Randnarbe balancieren, um keine Blasen an den Fußsohlen zu bekommen. Zu ihrer Begeisterung vergnügte sich in unmittelbarer Nähe des Stegs gerade eine Flusspferdfamilie prustend im Wasser, und ihr gelangen Dutzende wunderbarer Bilder, die prächtig für einen Reisekatalog taugten.

Hochzufrieden mit der Ausbeute des Tages, stieg sie ins Auto und machte sich auf den Rückweg nach Inqaba. Annika und Britta sollten bald landen, und sie wollte ihre Freundinnen unbedingt selbst empfangen.

Um diese Tageszeit herrschte kaum Verkehr, und schon bald bog Nina in die Zufahrtsstraße nach Inqaba ein. Wieder spürte sie, dass sie mit einer gewissen Beklommenheit reagierte. Die Erinnerung an das, was ihr hier zugestoßen war, saß einfach zu tief und fest, als dass sie es hätte verdrängen können.

Hastig blickte sie über das flirrende Grasmeer, das auf der linken Seite an die Straße grenzte. Sie konnte allerdings nur Schirmakazien, trockenes Gestrüpp und Felsen erkennen, die wie weiße Wale in einem roten Sandmeer zu schwimmen schienen. Nichts, was ihre Angst rechtfertigen würde. Weit und breit kein Lebewesen. Auf der rechten Seite war der Busch so dicht, dass kein Mensch sich dort hindurchdrängen könnte, ohne sich die Haut in Fetzen zu reißen. Beruhigt fuhr sie weiter.

Vor dem riedgedeckten Wachhäuschen am Eingangstor von Inqaba hielt eine gewichtige Zulu Wache. Unfreundlicher Gesichtsausdruck, Sonnenbrille, smarte Kappe, Gewehr geschultert, Pistole im Holster. Mit erhobener Hand stoppte sie Nina, trat ans Auto und warf einen prüfenden Blick ins Innere, bevor sie Ninas Namen erfragte, ihn auf ihrer Liste abhakte und schließlich ihr Autokennzeichen notierte.

Erst dann öffnete sie die Schranke. Ihr Gesichtsausdruck hatte sich nicht geändert.

Nina fuhr durchs Gate und hielt vor dem Toilettenhäuschen. Auf dem Weg zur Lodge konnte es immer passieren, dass ein vierbeiniges Hindernis einen an der Weiterfahrt hinderte und es keine andere Möglichkeit gab, als sich in freier Wildbahn zu erleichtern, was durchaus nicht ungefährlich war. Es erschien ihr angeraten, Vorsorge zu treffen.

Mit einem schnellen Blick in die Ecken und an die Decke der Toilette vergewisserte sie sich, dass sich dort keine Schlangen versteckten, und nachdem sie erledigt hatte, was zu erledigen war, bog sie in Richtung Lodge ab.

Sie kam ohne eine weitere Begegnung mit Inqabas eigenwilliger Tierwelt auf dem Parkplatz der Lodge an und sprang erleichtert aus dem Wagen, nur um mit einem Aufschrei von einem Bein aufs andere eine Polka zu tanzen. Die Pflastersteine waren durch die fast senkrecht stehende Sonne auf gefühlte Grilltemperatur aufgeheizt und schienen Löcher durch die dünnen Sohlen ihrer Slipper zu brennen. Zu allem Überfluss klingelte gerade jetzt ihr Mobiltelefon.

»Hallo!«, rief sie und hüpfte weiter.

»He, Liebling«, sagte Konrad. »Alles in Ordnung bei dir? Du klingst komisch.«

»Carissimo«, sagte sie zärtlich und blieb stehen, worauf sie schlagartig den Eindruck hatte, dass ihre Füße Feuer fingen. »O verdammt!«, schrie sie auf und begann erneut ihren hektischen Tanz.

»Nina, was ist los?«

»Ich hopse von einem Bein aufs andre, weil meine Fußsohlen sonst Blasen ziehen. Jill scheint ihren Parkplatz mit glühenden Kohlen gepflastert zu haben.«

Sein Lachen klang gleichzeitig amüsiert und erleichtert.

»Wart mal!« Sie rannte zurück zum Wagen, warf sich auf den Sitz und zog die Beine an. »So, gerettet«, japste sie. »Wo bist du jetzt?«

»Immer noch in Bombay. Wir müssen noch den Sicherheitscheck passieren, dann können wir an Bord gehen ...«

»Ruf mich bitte an, wenn du in Dubai gelandet bist, die Nacht wird ohne dich sonst sehr lang.«

»Aber ganz bestimmt«, versprach er. »Irgendwie muss ich die zwölf Stunden Aufenthalt ja rumbringen.«

Da die Verbindung ständig unterbrochen wurde, legten sie bald auf. Nina schraubte die Flasche Wasser auf, die von der Mietwagenfirma gestellt worden war, streckte die Füße aus der Tür und ließ das Wasser langsam über ihre geschundenen Sohlen laufen. Sie trocknete ihre Füße ab, zog die Slipper wieder an und lief auf dem Weg zu ihrem Bungalow beim Restaurant vorbei, wo sie Thabili Bescheid gab, dass sie bereits gegessen habe.

Als sie die Tür zum Bungalow aufschloss, schlug ihr ein Eishauch entgegen. Offenbar hatte das Hausmädchen die Klimaanlage im Haus auf Tiefkühltemperatur gestellt. Nachdem sie die

Anlage ausgedreht hatte, machte sie einen kurzen Rundgang und stellte erleichtert fest, dass keine ungebetenen Besucher auf sie warteten. Sie öffnete die Terrassentür weit, deponierte Fotoapparat und Tasche im Wohnzimmer und entledigte sich ihrer Schuhe. Die Fliesen fühlten sich an ihren malträtierten Sohlen angenehm glatt und kühl an, und sie lief barfuß in die Küche und bereitete sich einen Kaffee zu. Kaum hatte sie sich mit der gefüllten Tasse auf der Terrasse in einem der Rattansessel niedergelassen, klingelte ihr Telefon. Annika meldete sich vom Flughafen.

»Wir haben es geschafft!«, rief ihre Freundin. »Puh, war das eine anstrengende Nacht. Eco, sag ich nur.« Sie lachte leicht gequält.

Nina zog belustigt die Brauen hoch. In Annikas Welt war das natürlich eine gemeine Zumutung. »Du Arme, das muss ja furchtbar gewesen sein. Wie du das nur überlebt hast!«

»Spotte nur. Es war wirklich grässlich.«

An ihrem Kaffee nippend, dachte Nina an ihre beiden asiatischen Sitznachbarn. »War nicht so gemeint, und hier wartet dafür jeder erdenkliche Luxus auf euch. Ihr werdet euch wunderbar entspannen können.«

»Ach übrigens«, sagte Annika. »Ich komme mit Fynn allein. Britta sitzt auf Sylt fest. An der Nordseeküste hat gestern ein Monstersturm gewütet und irgendwie die Gleise beschädigt, sodass der Autozug nicht fahren kann. Niemand hat das richtig mitbekommen – du kennst ja die Informationspolitik der Bahn –, und jetzt parkt eine endlose Autoschlange am Bahnhof, und keiner kann vor oder zurück.« Annika hörte gerade so lange zu reden auf, dass sie einmal kurz Luft holen konnte. »Die Flugzeuge von Sylt-Air können auch nicht starten«, plapperte sie weiter. »Vom Sturm soll eine Cessna gegen irgendein Hindernis geschleudert worden sein und flügellahm am Boden liegen. Britta hat ganz schön gejammert, kann ich dir sagen.«

»Das tut mir leid. Die arme Britta. Will sie sich denn immer noch am Bungalow beteiligen?«

»Aber ja«, sagte Annika. »Fynn, lass das! Sonst bekommst du kein Eis!«

»Das sag ich meinem Vater, und dann kriegst du Ärger«, hörte Nina Annikas Stiefsohn antworten.

»Ruf wieder an, wenn du durchs Eingangstor von Inqaba fährst«, sagte Nina. »Dann holen Jill und ich euch auf dem Parkplatz ab.«

»Okay, mach ich«, sagte Annika. »Fynn, ich hab dir doch gesagt ...«, hörte Nina noch, dann brach das Gespräch ab.

Sie seufzte und verspürte Mitleid mit Luca, von dem erwartet wurde, dass er mit Fynn auf Safari ging. Das würde noch heiter werden. Sie sah auf die Uhr. Bis zu Annikas Ankunft blieb je nach Verkehrsaufkommen mindestens noch eine halbe Stunde. Sie trank ihren Kaffee aus, verschloss den Bungalow und machte sich auf zur Lodge.

Jill saß in ihrem Büro, hatte die Beine auf den Schreibtisch gelegt und brütete über irgendwelchen Geschäftspapieren. Sie winkte Nina herein. »Komm und setz dich. Was gibt's?«

»Annika wird bald hier sein, aber Britta konnte leider nicht mitkommen«, sagte Nina und berichtete ihrer Freundin von den Auswirkungen des Sturms auf Sylt. »Das kann Tage dauern, ehe sie aufs Festland gelangt.«

»Ungemütliche Vorstellung. Ich bin hochallergisch gegen Kälte.« Jill schüttelte sich theatralisch. »Was trinkt denn Annika am liebsten? Wein, Champagner, Prosecco?«

»Aperol Spritz. Champagner ist immer gut. Oder Wodka, wenn sie etwas Stärkeres braucht.«

»Okay, ich warne Thabili vor.« Jill grinste und hob das Funkgerät.

Annika erreichte den Parkplatz erst über eine Stunde später, und wie es sich herausstellte, brauchte sie einen Wodka.

»Einen doppelten!« Sie verdrehte die Augen und flüsterte: »Mein Stiefsohn bringt mich noch an den Rand des Wahnsinns. Er ist ein pubertierendes Monster!« Sie zog die Jacke ihres eleganten, cremefarbenen Hosenanzugs aus und warf sie über die Schulter.

»Das hab ich gehört!«, rief der Junge vom Rücksitz. »Das sag ich Mama, und die sagt es Papa, und du kriegst richtig Ärger!«

Annika zuckte resigniert mit den Schultern.

Fynn grinste seine Stiefmutter triumphierend an und sprang aus dem Wagen. Seine Sneaker leuchteten neonrot, das schwarze Tanktop hatte er vorn in den Bund seiner Cargoshorts gestopft, die so tief auf seinen Hinterbacken hingen, dass sie einen breiten Streifen winterweißer Haut frei ließen. Mit den Händen in den Hosentaschen sah er sich suchend auf dem Parkplatz um.

»Wo sind wir denn hier gelandet? Sieht irgendwie nicht aus wie Afrika.« Verdrossen trat er einen Stein vor sich her.

»Wie sieht Afrika denn deiner Meinung nach aus?«, fragte Jill mit ihrem besten Gastgeberlächeln.

»Na ja, wilder. In jedem Busch ein Löwe oder so …«

»Die haben wir auch, nur kommen die selten zur Begrüßung neuer Gäste …«

Fynns Augen funkelten. »Kann man die auch schießen?«

»Nein. Wir schießen hier keine Tiere.«

»Scheißlodge«, sagte Fynn, hob den Stein auf und schleuderte ihn in den Busch, der den Parkplatz begrenzte.

Der Stein traf Dikkie, den kleinen Duikerbock, der friedlich im Busch geäst hatte. Mit einem quietschenden Schreckenslaut stob das Böckchen durchs Dickicht davon. Das wiederum scheuchte einen Schwarm winziger, bronzefarbener Finken auf, die mit schrillem Gezeter aufstiegen und im nächsten Baum landeten.

Nina warf Jill einen Blick zu und hielt die Luft an. Das Gesicht ihrer Freundin war zu einer ausdruckslosen Maske erstarrt. Sie beugte sich zu dem Jungen hinunter und spießte ihn mit einem Blick auf, der Fynn sichtlich zusammenzucken ließ.

»Tu das nie wieder«, sagte die Eigentümerin Inqabas und betonte dabei jedes Wort. »Sonst bekommst du von mir Hausverbot, das heißt, du musst Inqaba verlassen, und zwar für immer. Das Verbot gilt dann auch für deine Mutter und deinen Vater. Und die werden sich nicht darüber freuen, denn dann können sie hier keinen Bungalow kaufen. Hast du mich verstanden?«

»Stiefmutter«, murmelte der Junge. »Die ist nur meine Stiefmutter.« Er vermied es, Jill anzusehen.

»Ob du mich verstanden hast.« Jill sprach leise, aber in einem rasiermesserscharfen Ton.

Fynn malte Kreise in den feinen Staub, der sich auf das Pflaster gelegt hatte. »Mhm«, brummte er.

»Ich hab nichts gehört«, sagte Jill.

»Ja!«, stieß Fynn hervor. »Sag ich doch!«

»Okay.« Jill richtete sich wieder auf. »Und noch etwas. Es gibt zwei Regeln, die du unbedingt einhalten musst.« Jill hielt den Zeigefinger hoch. »Erstens, verlass die Umgebung des Bungalows nur in Begleitung eines Rangers – nie allein!« Sie sah ihn fest an und hob den zweiten Finger. »Zweitens, nach Sonnenuntergang und vor Sonnenaufgang darfst du nie weiter als bis auf die Terrasse gehen. Nicht weiter! Es die Zeit der Nachtjäger, der Hyänen und Großkatzen wie Löwen und Leoparden. Kapiert?«

Fynn motzte leise vor sich hin und bohrte die Hände in die Taschen seiner Shorts. Er sah Jill immer noch nicht an.

»Wie bitte?«, sagte sie.

»Ja, ja«, presste Fynn heraus und drehte Jill ganz den Rücken zu.

Nina hatte das Aufblitzen in seinen Augen beobachtet, und sie war sich sicher, dass Jills Bemerkung über die Nachtjäger bei Annikas Stiefsohn nicht abschreckend gewirkt, sondern im Gegenteil sein größtes Interesse geweckt hatte. Sie nahm sich vor, Annika darauf hinzuweisen.

»Es tut mir leid«, flüsterte Annika ihr zu. »Er ist ... ein Scheidungskind und nicht wirklich böse ... Aber seine Mutter hasst mich ...« Sie wischte sich über die Augen.

Nina legte ihr tröstend die Hand auf die Schulter. »Mach dir nichts draus. Im Nu wird er erwachsen sein, und dann bist du aus der Schusslinie.«

Annika schenkte ihr ein müdes Lächeln.

Inzwischen war Ziko erschienen und lud bereits die Koffer der Neuankömmlinge aus.

»Bring das Gepäck bitte in den Bungalow neben dem von Nina«, trug ihm Jill auf und wandte sich dann wieder Annika zu. »Und wir gehen jetzt im Restaurant etwas trinken.«

Sie führte ihre neuen Gäste durch den Blättertunnel auf die Restaurantterrasse.

»Dort hinten hat Thabili alles bereitgestellt«, sagte sie und wies auf den Tisch direkt am Geländer. »Setzt euch.«

»Ich will eine Cola!«, verlangte Fynn.

Jill beachtete ihn nicht weiter und schenkte Annika einen großen Wodka ein. Nina nahm einen Kaffee und Jill selbst einen frisch gepressten Orangensaft.

Fynn schob die Unterlippe vor und wippte auf den Zehenspitzen hin und her. »Bitte«, murrte er und verfolgte mit verlangendem Blick die Kondenstropfen, die an der eisgekühlten Colaflasche hinabrannen.

»Aber gerne.« Jill öffnete die Flasche. Sie goss ein Glas ein und schob es ihm lächelnd hin. »Lass es dir schmecken.«

Fynn leerte das Glas auf einen Zug. »Ich hab Hunger«, verkündete er dann und setzte nach kurzem Zögern ein leises Bitte hinzu.

»Wie wär es mit einem Hamburger?«, fragte Jill und schob ihm eine Speisekarte hin. »Mit Pommes oder Baked Potato?«

Fynns Augen leuchteten auf. »Pommes!«

Jill winkte eine Kellnerin heran, gab die Bestellung auf und wandte sich dann wieder an den Jungen. »Übrigens, Fynn«, sagte sie. »Ich habe morgen eine Safari für dich arrangiert, zusammen mit meinem Sohn Luca und einem erfahrenen Ranger ...«

Fynns mürrische Maske verrutschte, und der kleine Junge kam

zum Vorschein. »Echt? Eine richtige Safari? Super! Kann ich Löwen sehen? Und Leoparden?«

»Auf Bestellung nicht, aber wenn du Glück hast, ja. Und Elefanten. Aber Voraussetzung für die Safari ist, dass du dich genau an die Regeln hältst. Der Ranger wird dir alles erklären. Ja? Du hast nicht vergessen, was sonst passiert, oder?«

Fynn nickte vergnügt.

»Danke«, flüsterte Annika und sagte Jill dann, dass Britta unverändert an dem Kauf des Bungalows interessiert sei, was ein Lächeln auf die Lippen der Inhaberin von Inqaba zauberte. »Ich werde Unmengen von Fotos machen und Britta schicken. Hast du einen Grundriss für mich?«

»Natürlich! Unser Ranger Jabulani kann dir die Unterlagen zu deinem Bungalow bringen. Da kannst du dir alles in Ruhe ansehen.«

»Mein Bungalow!« Annika strahlte. »Das hört sich sehr gut an.« Sie sah auf die Uhr.

Jill stand auf. »Ja, ich bringe euch gleich hin. Ich hole nur schnell mein Gewehr.« Sie verschwand in Richtung Rezeption.

»Gewehr?«, rief Fynn aufgeregt. »Hat die ein richtiges, das schießen kann?«

»Ein richtiges«, sagte Nina. »Und sie schießt sehr, sehr gut.«

»Wow!« Fynn ballte eine Hand zur Faust.

Als Jill wieder erschien, starrte er bewundernd zu ihr auf. Die Chefin von Inqaba hatte ihren Buschhut verwegen tief ins Gesicht gezogen und trug ihr Gewehr locker in der rechten Hand.

»Auf geht's!« Sie setzte ihre Sonnenbrille auf und führte die Gäste über den schmalen Pfad durch den Busch.

Annikas Bungalow lag gut fünfzig Meter von dem entfernt, den Nina bewohnte, und ähnelte ihm. Allerdings war er deutlich größer, und der Pool war hier unterhalb des Sonnendecks auf einer zweiten Stufe gebaut.

Jill schloss auf und warf einen Blick ins Wohnzimmer. »Gut, eure Koffer sind schon hier. Ihr könnt also gleich auspacken.«

Fynn drängte sich an ihr vorbei ins Haus und rannte in jedes Schlafzimmer. »Geil! Ich will aber das Zimmer, von wo aus man das Wasserloch sehen kann!«

»Das ist das größte und schönste Zimmer im Haus«, sagte Jill mit einem Seitenblick auf Fynns Stiefmutter.

»Macht nichts«, meinte Annika und trat ein. »Wenn der Bengel nur Ruhe gibt.« Sie warf ihre Handtasche auf die Couch und drehte sich im Kreis. »Jetzt mache ich erst einmal einen schnellen Rundgang, sonst sterbe ich vor Neugier.«

»Gut, Nina und ich setzen uns so lange aufs Sonnendeck. Wir können dann gleich noch ein paar Einzelheiten besprechen.«

Jill zog zwei Stühle ans Geländer heran, lehnte ihr Gewehr an den Tisch und setzte sich. Nina ließ sich auf den anderen Stuhl nieder, legte die Beine auf die Brüstung und sah sich um. Dabei entdeckte sie eine mannshohe Natursteinmauer, die sich vor dem dichten Busch in Richtung ihres eigenen Bungalows zog und abrupt ein Stück weiter endete.

»Das ist die Wetterseite«, erklärte Jill, die ihrer Blickrichtung gefolgt war. »Die Mauer schützt den Bungalow vor Wind, und der gemauerte Graben dahinter leitet bei Regen das Wasser ab, damit der Pool unten nicht immer gleich überläuft.«

Nina betrachtete die Mauer kritisch. »Ich sehe keinen angrenzenden Zaun. Hält die auch Tiere ab?«

Jill zuckte mit den Schultern. »Schlangen vielleicht oder kleine Antilopen wie Dikkie. Büffel und Nashörner liegen lieber gemütlich im Schlammbad, als akrobatische Sprünge über Mauern zu machen. Und Leoparden hält nichts außer einem Feuer ab. Da würde auch kein Zaun helfen.«

»Erzähl Annika bloß nichts von dem Leoparden«, sagte Nina. »Ich weiß nicht, wie hart sie in der Hinsicht im Nehmen ist. Afrika findet sie toll, aber ob hungrige Raubkatzen in unmittelbarer Nähe ihrer Unterkunft sie auch begeistern ...« Sie machte eine vage Handbewegung. »Allerdings schätze ich, dass Fynn begeistert von der Aussicht wäre. Hochachtung übrigens, wie du ihn in den Griff bekommen hast.«

Jill winkte lächelnd ab. »Ach, alle Jungs in dem Alter sind gleich. Der braucht nur eine feste Hand und viel Liebe, dann kriegt er sich ein und wird normal.«

Prompt tönte Fynns Stimme aus dem Haus. »Will ich aber! Genau das Zimmer will ich!«

Annikas Antwort war so leise, dass Nina sie nicht verstand.

Mit abwesender Miene zerbröselte Jill die vertrockneten Blütenblätter einer afrikanischen Gardenie zwischen den Fingern. »Die Hitze ist ziemlich ungewöhnlich für die Jahreszeit«, sagte sie und fächelte sich mit dem Buschhut Kühlung zu. »Eigentlich sollte es jetzt häufiger regnen, und zwar richtig. Der Winter war schon zu trocken, und jetzt ... Sieh dir den Busch an. Nur an den oberen Zweigen trägt er Blätter, drunter sind die Zweige kahl.« Mit zusammengekniffenen Lidern blinzelte sie in die bereits sinkende Sonne. »Keine Wolke, den ganzen Tag, nur dieser weiß glühende Feuerball am Himmel, der jeden Tropfen Feuchtigkeit aufsaugt. Viele unserer Bäume liegen im Todeskampf und treiben Angstblüten ...«

»Du meinst, die haben Angst vorm Sterben?«, sagte Nina ungläubig. »Bäume?«

Jill zuckte mit den Schultern. »So ähnlich. Sie treiben mit letzter Kraft Blüten, um ihre Gene weiterzugeben. Das Geheimnis der Evolution.« Sie stand auf und ließ den Blick unruhig über ihr Land wandern. »Ein Funke, und das alles hier explodiert in einem Feuersturm!«

Sie hakte ihr Funkgerät vom Gürtel und schaltete es ein. Es knackte, und Jonas meldete sich.

»Jonas, wir haben ein Problem«, sagte Jill halblaut. »Hier draußen ist alles inzwischen so trocken wie Zunder. Wenn irgendein Idiot eine glimmende Zigarette wegwirft oder ... Na, du weißt schon. Wir müssen alle verfügbaren Leute anweisen, Feuerschneisen zu schlagen und an strategischen Punkten kontrollierte Brände zu legen, sonst haben wir hier bald ein Buschfeuer an der Hand ...«

»Yebo, ngizowenza«, sagte Jonas.

»Gut, ich bin in wenigen Minuten bei dir.« Jill schaltete das Funkgerät aus.

Nina musterte sie. Buschfeuer? Sie sah die Fernsehbilder von den verheerenden Buschfeuern in Australien vor sich. Bäume, die in Sekundenschnelle mit einem Knall zu einer riesigen Fackel explodierten, einer nach dem anderen, bis das Feuer alles Lebende verschlungen hatte. Sie sah sich um. War es wirklich möglich, dass sie hier von einem ähnlichen Buschfeuer überrascht werden konnten? Bei der Vorstellung lief ihr eine Gänsehaut über den Rücken.

»Gestern gab es auf dem Weg hierher einen heftigen Gewittersturm mit Starkregen. Habt ihr nichts davon abbekommen?«

Jill schüttelte den Kopf. »Nicht einen Tropfen. Der war nur in Küstennähe, und das ist leider oft so. Dort gibt es Überflutungen, hier vertrocknet alles, und unsere Tiere verhungern. Oder wir müssen sie töten.« Sie setzte ihren Buschhut auf und nahm die Waffe in die Hand. »Wenn allerdings über uns hier oben ein Unwetter hereinbricht, ist das ein apokalyptisches Ereignis. Häuser brennen ab oder werden von Schlammlawinen weggespült. Es gibt oft Tote durch Blitzschlag, und je trockener es vorher war, desto schlimmer sind die Überschwemmungsschäden auf Inqaba, weil die Wassermassen nicht versickern können.« Resigniert hob sie die Schultern. »Auch das ist Afrika, aber bitte erzähl Annika nichts davon. Sag ihnen einfach, dass ich dringend wegmusste ... Ah, gut, da kommt Jabulani mit den Unterlagen.«

Der stämmige Zulu sprang leichtfüßig die Treppe hoch und reichte seiner Chefin einen schmalen Aktenordner. Jill blätterte ihn kurz durch und gab ihn dann an Nina weiter.

»Jonas hat noch ein paar Fotos beigelegt. Nach dem Dinner stehe ich Annika für alle Fragen zur Verfügung. Wir sehen uns nachher!«

Sie lief die Stufen zum Buschpfad hinunter und verschwand nach einem kurzen Winken in Richtung Haupthaus.

Nina ging hinüber zu Annikas Bungalow. Die Tür war nur angelehnt. »Annika!«, rief sie ins Haus hinein. »Ich hab etwas für dich.«

Ihre Freundin kam gähnend in Slip und Hemd aus dem Schlafzimmer. Ihr Make-up war verschmiert, ihr Haar zerwühlt. Offensichtlich hatte sie sich kurz hingelegt. Nina händigte ihr den Ordner aus.

»Hier hast du alle Informationen, die du brauchst. Jill lässt sich entschuldigen. Sie musste dringend weg, aber nach dem Dinner ist sie ganz für dich da.«

Verstohlen sah sie auf die Uhr. Kurz vor achtzehn Uhr. In knapp einer Stunde würde Konrad in Dubai landen. »Wann wollt ihr zum Dinner gehen? Es wird bald dunkel, und wir müssen einen Ranger rufen, damit er uns begleitet.«

»Aber ich will erst schwimmen!«, maulte Fynn.

»Wie wär's gegen sieben?«, warf Annika ein. »Das gibt mir genug Zeit, auszupacken und mich etwas aufzupolieren.« Sie grinste. »Das dauert jeden Tag länger ... Und ja, du kannst schwimmen gehen, Fynn. Zieh dir aber Badeshorts an.«

»Und achte drauf, dass sich keine Schlange im Pool vergnügt«, warnte Nina den Jungen mit todernster Miene. »Das ist mir erst heute Morgen passiert. Oder ein Krokodil.«

»Ein Krokodil? Echt? Im Pool?« Fynn schien begeistert zu sein. »Cool!«

Annika verdrehte die Augen. »Der ist doch nicht normal.«

»Auf jeden Fall ist er nicht ängstlich«, sagte Nina. »Und vergesst die hiesige unternehmungslustige Affenbande nicht. Ihr müsst wirklich alle Türen und Fenster geschlossen halten, auch wenn ihr im Haus seid. Die Biester verwüsten hinter eurem Rücken die Zimmer, ehe ihr das bemerkt.«

»O Mann«, murmelte Annika und kratzte sich am Hals. »Na, solange es keine Leoparden sind, kann es so schlimm nicht sein.«

Nina verkniff sich eine Antwort. »Ich rufe gleich bei der Rezeption an und sage Bescheid, wann wir abgeholt werden wollen.« Sie blickte hinüber zu dem in der sinkenden Sonne glitzernden Swimmingpool auf ihrem Sonnendeck. »Bis nachher!«

Damit joggte sie hinüber zu ihrem Bungalow. Dort angekommen, warf sie ihr Hemd über einen Stuhl, legte ihr Handy neben die Leiter auf den Rand des Schwimmbeckens und sprang dann ins Wasser. Es war lauwarm, und sie ließ sich mit geschlossenen Augen auf dem Rücken treiben.

Als die Sonne eben hinter die Baumkronen sank und Lichtblitze den Busch verzauberten, klingelte ihr Handy. Mit wenigen Schwimmzügen erreichte sie die Leiter und zog sich hoch.

»Hallo, mein Liebling!«, flüsterte sie in den Hörer.

»Hi, Darling.« Seine dunkle Stimme streichelte ihr wie Samt über die Haut. »Ich bin in Dubai angekommen. Es ist so brechend voll, dass man sich kaum bewegen kann …«

Nina schnalzte mitfühlend mit der Zunge. »Ach je, wirst du auf dem Boden schlafen müssen?«

»Nein, ich habe tatsächlich noch ein Zimmer in einem Hotel in der Transitzone bekommen. Mein nächster Anruf kommt also vom King Shaka International, und dann dauert es … Ich werde die Sekunden zählen.«

Für eine Weile redeten sie noch leise miteinander. Was Menschen, die sich liebten, eben so redeten.

Mark holte sie kurze Zeit später pünktlich zum Dinner ab. Fynn, der sein Haar frisch gegelt hatte, tanzte aufgeregt neben ihm her und überschüttete ihn mit Fragen, die sich hauptsächlich um die Jagd auf Wilderer drehten, ob Löwen und Elefanten aus Inqaba ausbrechen könnten und ob die dann Menschen fressen würden.

»Elefanten fressen keine Menschen«, sagte Mark.

Was Fynns Wissensdurst in keiner Weise bremste. »Aber die trampeln doch Menschen tot«, sagte er. »Mann, das wäre cool …«

»Da muss ich dich enttäuschen«, antwortete der Ranger mit einem flehentlichen Blick gen Himmel. »Hier ist weder jemals ein Mensch gefressen noch totgetrampelt worden. Und von Inqaba ist noch kein Tier ausgebrochen.« Nina bemerkte, dass er die Finger hinter dem Rücken gekreuzt hatte. »Aber ich habe gehört, dass Jabulani morgen mit dir und Luca auf Safari geht. Den kannst du alles fragen. Der kennt praktisch jedes Tier mit Namen.«

Glücklicherweise ließ Fynns Energie bald merklich nach. Nina musste ständig hinter vorgehaltener Hand gähnen. Sie fühlte sich so müde, dass sie vierundzwanzig Stunden hätte durchschlafen können. Auch Annika wurde zunehmend schweigsamer, also baten sie unmittelbar nach dem Dinner darum, dass man sie zurück zu den Bungalows brachte.

Mark fuhr mit einem offenen Wagen vor, und Minuten später hielten sie vor Ninas Haus.

Nina stieß Annika sanft an, die mit geschlossenen Augen auf dem Rücksitz lehnte. »Lass uns bei mir auf dem Sonnendeck noch einen Absacker trinken«, schlug sie vor.

Annika öffnete die Augen, gähnte herzhaft und starrte hinaus. »Da draußen ist es pechschwarz, und dein Bungalow liegt ziemlich weit von unserem entfernt.« Sie schüttelte sich. »Ich glaube, ich werde mich intensiv mit einer Flasche Cognac aus meiner Minibar unterhalten.« Sie ballte eine Faust und grinste.

»Dann lass uns aber morgen in deinem Bungalow zusammen frühstücken«, sagte Nina. »Klingt doch herrlich, oder nicht?«

»Ich krieg eine Gänsehaut, wenn ich das höre ... mein Bungalow.« Annika giggelte. Sie legte Mark eine Hand auf die Schulter und schenkte ihm einen wimpernflatternden Blick. »Wartest du bei uns, bis ich im Haus bin?«

»Ach, du bist so ein Weichei!«, sagte Fynn. »Hier ist doch nichts los. Nicht mal eine klitzekleine Schlange ringelt sich herum.«

»Das weißt du nicht. Jill sagt, die sind perfekt getarnt ... Erst wenn man drauftritt ...«

»Keine Angst, ich warte«, sagte Mark, was ihm einen Luftkuss von Annika eintrug.

Nina stieg aus, lehnte sich vor und küsste Annika auf die Wange. »Schlaf gut in der ersten Nacht in deinem afrikanischen Haus – und du auch, Fynn.«

»Werd ich nicht!«, fauchte der Junge.

Nina musterte ihn erstaunt. »Und warum nicht?«

»Weil der schwarze Blödmann mit der Brille mir vorhin gesagt hat, dass er meine Safari auf morgen Nachmittag verschoben hat.« Er äffte Jonas' Tonfall perfekt nach. »Die Ranger werden bei der Partyvorbereitung gebraucht. Das sind doch keine Hausmädchen.«

Annika warf Nina einen gequälten Blick zu. »Freu dich, dass du überhaupt auf eine Safari eingeladen worden bist«, sagte sie zu Fynn. »Andere Gäste müssen einen Haufen Geld dafür bezahlen.«

Fynn verschränkte die Arme vor der Brust und starrte verdrossen in die Nacht. »Blödmann«, knurrte er vor sich hin. »Dann geh ich eben allein los!«

»Wehe!«, zischte Annika.

Fynn streckte ihr die Zunge heraus.

Mark hob sichtlich genervt eine Hand und wünschte Nina eine gute Nacht.

Nina blieb draußen stehen, bis Mark Annika und Fynn abgesetzt und hinauf zu ihrer Eingangstür begleitet hatte, ehe sie die Stufen zu ihrem Bungalow hinaufstieg. Die Minibar stand im Schatten des Eingangs, was sie als sehr praktisch ansah. So brauchte sie nicht erst in die Küche zu gehen, um sich einen Drink zu machen. Sie füllte ein paar Eiswürfel in ein hohes Glas, goss drei Fingerbreit Campari dazu und füllte den Rest mit Tonicwater auf. Sie setzte sich ans Verandageländer und nippte an ihrem Drink.

Die Luft war weich und roch feucht. Es wisperte und raschelte, während die Nachttiere aus der Hitzestarre des Tages erwachten. Schatten verfingen sich wie Spinnweben im Geäst des Buschs, wurden dunkler, verdichteten sich und nahmen die Gestalt von geheimnisvollen Fabelwesen an. Ninas Fantasie ergänzte, was sie nicht sehen konnte.

Die eintönigen Flötentöne der Baumfrösche eröffneten Afrikas Nachtkonzert, nach und nach fielen die Zikaden ein, bis ihr Schrillen die Luft in Schwingungen versetzte, der Ziegenmelker rief, und der tiefe Bass der Ochsenfrösche schallte aus dem Sumpfgebiet am Wasserloch herauf.

Noch eine Nacht, dachte Nina, nur noch eine Nacht allein.

Als der Mond als feurige Scheibe hinter den Bäumen in den nachtblauen Himmel stieg, ging sie ins Haus und legte sich ins Bett.

Nur noch diese eine Nacht.

Sie schlief sofort ein.

17

In dieser Nacht entschied Hellfire, Wiseman sei clean genug, dass sie iBhunu einen Besuch abstatteten.

»Zieh dunkle Klamotten an!«, befahl er Wiseman, der mit leerem Blick leise vor sich hin murmelnd seine Pistole streichelte. »Und putz deine Waffen gründlich!«

Er selbst nahm seine Maschinenpistole Stück für Stück auseinander und arrangierte die Einzelteile in ihrer Reihenfolge auf einer Plastikfolie. Mit einem ummantelten Putzstock säuberte er erst den Lauf. Er schaute gewissenhaft nach Rückständen und zog schließlich mit einem Draht einen fusselfreien Putzlappen hindurch. Danach reinigte er die gesamte Oberfläche mit einem ölgetränkten Lappen, wischte die Waffe trocken und setzte sie wieder zusammen. Zum Schluss lud er das Magazin.

Er grinste zufrieden. »Fertig für die Arbeit.«

Wiseman, der sich inzwischen umgezogen hatte, putzte nun ebenso akribisch seine Waffe und machte sie schussbereit. Anschließend fuhr er mit dem Daumen liebevoll über die blanke Schneide seines traditionellen Hackschwerts.

Ein Panga war eine fürchterliche Waffe. Mit einem einzigen Hieb wurde der Feind praktisch zweigeteilt. Früher zogen die Zulus damit in den Krieg, heute trat das Schwert höchstens noch zu rituellen Zusammenkünften in Erscheinung. Zumindest offiziell. Wiseman allerdings trug es immer bei sich, und mit rituellen Zusammenkünften hatte er nicht viel im Sinn.

»Hamba!«, flüsterte Hellfire, packte die Maschinenpistole und ging zu dem SUV, den er kürzlich einem Inder geklaut hatte, zusammen mit dessen Geld, Kreditkarten, Mobiltelefon. Allem, was der Mann in seiner Hast, das Weite zu suchen, zurückgelassen hatte. Er öffnete einen Kasten im Heck, vergewisserte sich, dass sein Handwerkszeug vollständig an Bord war – Drahtschere, Taschenlampe, Kuhfuß und ein paar andere nützliche Gegenstände –, verstaute alles in den geräumigen Taschen seiner Hosen und schloss die Heckklappe.

»Der Mond scheint«, sagte Wiseman unruhig.

»Dann brauchen wir keine Taschenlampen«, erwiderte Hellfire. »Steig ein, und nerv mich nicht.«

Er wartete, bis Wiseman sich auf den Beifahrersitz hochgezogen hatte, ehe er scharf Gas gab.

Hellfire kannte jeden Quadratzentimeter seines Reviers, und so erreichten sie nach ereignisloser Fahrt über eine Schotterpiste die Farm des iBhunu. Im schwarzen Mondschatten eines Baumes hielt er an, stellte den Motor aus und ließ den Blick über den mit Natodraht versehenen Zaun hinüber zu der zerfallenen Mauer und der Garage wandern.

»'ne Menge Gerümpel liegt da rum ... Die alten Autoreifen könnten wir gut für die nächsten Proteste gebrauchen.« Hellfire lachte heiser. Er zeigte zu einer Stelle. »Wir versuchen es dort drüben, wo das Gestrüpp bis an den Zaun wächst. Vielleicht ist der angerostet. Lass die Autotür offen.« Er packte seine Maschinenpistole.

Wiseman rutschte brabbelnd vom Sitz. Er steckte seine Pistole in den Gürtel, nahm den Panga und zog sich die Kapuze seines Sweatshirts über den Kopf. Sich immer im Schatten haltend, schlichen sie geduckt hinüber zu dem Zaunabschnitt. Mit beiden Händen bog der große Zulu den wuchernden Busch zurück. Er setzte die Drahtschere an, und in wenigen Minuten war das Loch groß genug, dass die beiden Männer hindurchkriechen konnten.

»Keine Hunde«, sagte Wiseman erleichtert.

»Aber warum sind da keine?«, gab Hellfire zurück. »Jeder verdammte Farmer hat verdammte Köter.« Misstrauisch spähte er zum Haus hinüber. »Er hat einen Doppelzaun für Hunde, aber der ist leer, und der Zugang zum Haus ist offen. Ich frag mich, wieso ...«

»Und es stinkt!«, sagte Wiseman. »Kommt von da drüben vor der Garage.« Mit dem Panga wies er auf den dampfenden Behälter, der halb verdeckt von einem Container und einem länglichen Trog im Mondlicht zu erkennen war.

Hellfire sog die Luft ein. »iBhunu kocht Innereien – für seine unsichtbaren Köter vermutlich.«

Wiseman zog an seinen Zöpfen. »Gehen wir jetzt ins Haus?«, flüsterte er. »Hier draußen ist doch nichts zu holen.«

Hellfire schob als Erstes seine Maschinenpistole durchs Loch, kroch dann selbst hindurch und richtete sich langsam wieder auf. Wiseman schlängelte sich hinter ihm durch die Lücke und wuselte aufgeregt davon. Hellfire folgte ihm, behielt dabei aber immer die Umgebung im Blick. Er traute dem Frieden nicht.

Als es dann passierte, war es so plötzlich, dass den beiden Männern keine Zeit blieb, sich zu retten. Er kam aus dem Nichts, lautlos. Mit einem gewaltigen Satz landete er auf Wisemans Rücken und verbiss sich mit einem kehligen Knurren in dessen Oberkörper. Der kleine Mann gab ein Quieken von sich, brach zusammen und rührte sich nicht mehr.

Hellfire, der berühmt für seine schnellen Reflexe war, war für lange Sekunden, in denen nur ein Knacken zu hören war, unfähig, sich zu bewegen, ehe er begriff, dass Wiseman von einem Löwen angegriffen worden war.

Einem Löwen, der ein breites, auf der Innenseite mit Stacheln besetztes Kettenhalsband trug.

Hellfire riss die Maschinenpistole hoch und schoss. Die Kugel streifte die Raubkatze nur an der Schulter. Der Löwe ließ mit einem wütenden Fauchen von Wiseman ab, stürzte sich auf Hellfire und zerfetzte ihm mit einem gewaltigen Prankenschlag die Schulter, ehe er ihn am Oberschenkel packte und darauf herumkaute.

Brüllend vor Schmerz und Anstrengung, kämpfte der große Zulu um sein Leben. Er trat mit dem unverletzten Bein immer wieder zu, bis er den Löwen schließlich an der empfindlichen Nase und dann in ein Auge traf. Die Raubkatze fuhr zurück und öffnete für einen kostbaren Moment das Maul. Hellfire spürte, dass er frei war, und krabbelte, so schnell seine schweren Verletzungen es ihm erlaubten, hinüber zu dem Trog, wo er sich hochzog und dann hineinfallen ließ.

Der Trog war bis oben mit Wasser gefüllt. Er ließ sich hinuntersinken, öffnete aber unter Wasser die Augen und starrte nach oben. Es brannte höllisch, aber er erkannte die dunkle Silhouette des Löwen mit der üppigen Mähne über sich, spürte, wie das Tier mit der Pranke auf der Suche nach seiner entgangenen Beute im Wasser herumrührte. Ihm platzte fast der Kopf, aber kurz bevor ihm die Luft ausging und er hätte auftauchen müssen, gab der Löwe auf.

Schluchzend vor Erleichterung, ertastete Hellfire den Rand des Trogs, zog sich langsam hoch und spähte über den Rand auf den mondbeschienenen Hof, als am Haus unvermittelt Scheinwerfer aufflammten und das gesamte Terrain in gleißendes Licht tauchten.

Gleichzeitig stürmte iBhunu mit einer Maschinenpistole in der Faust aus dem Haus. Ihm folgten drei Schwarze und ein schnauzbärtiger Weißer, der ebenfalls mit einer Maschinenpistole bewaffnet war.

Hellfire wagte es nicht, sich zu rühren.

iBhunu erreichte den Löwen als Erster. Er befestigte eine Kette am Halsband, zog sie mit einem Ruck zu und zerrte das knurrende Tier von Wisemans Rücken herunter.

»Gut gemacht, mein Braver«, sagte er und kraulte die Raubkatze hinter den Ohren, was ihr sichtlich behagte.

»Seht euch um!«, befahl iBhunu den anderen. »Der Kerl war nicht allein unterwegs. Weit kann sein Kumpel nicht gekommen sein. Ich glaube, unser Prinz hier hat ihn auch erwischt.«

Er redete ruhig auf den Löwen ein und führte ihn hinüber zu einem rundum schwer vergitterten Gehege, wo er aus einem bereitstehenden Eimer ein großes Stück Fleisch nahm – soweit Hellfire erkennen konnte, war es eine Antilopenkeule –, das er hineinschleuderte. Der Löwe war mit einem Satz im Gehege und fiel über die Keule her. Hellfire hörte die Knochen knacken.

iBhunu verschloss das Gehege, legte sorgfältig den massiven Riegel vor und wandte sich Wiseman zu. Mit dem Fuß rollte er den blutüberströmten Mann auf den Rücken.

»Der ist hinüber«, sagte er. »Schafft ihn weg! Es ist bald Fütterungszeit. Ihr wisst ja, wie es geht.«

»Der lebt noch«, sagte einer der Schwarzen, ein hochgewachsener, hagerer Zulu, der einen roten Fez mit einem goldenen Adler und gelbe Sneaker trug.

iBhunu hob seine Maschinenpistole und schoss Wiseman in den Kopf. »Jetzt nicht mehr«, sagte er und ging mit dem schnauzbärtigen Weißen dicht am Trog vorbei zu dem Container.

Zitternd atmete Hellfire tief ein und ließ sich lautlos wieder unter Wasser sinken. Zweimal tauchte er kurz auf, sodass er einen Atemzug durch die Nase tun konnte, und hörte die Stimmen der beiden Männer in unmittelbarer Nähe. Beim dritten Mal war es jedoch still. iBhunu und der andere waren gegangen.

Hellfire wartete noch, bis er sich absolut sicher war, dass sich niemand mehr in der Nähe aufhielt, ehe er sich am Trogrand hochzog. Er ließ sich einfach auf die Erde fallen, worauf er vor Schmerz für einen Augenblick das Bewusstsein verlor. Er starb schier vor Schreck, als er die Augen öffnete und auf ein Paar gelbe Laufschuhe starrte. Zögernd wanderte sein Blick die Beine hoch, bis er den Mann erkannte.

»Askari, verflucht, es ist gut, dich zu sehen«, wisperte er und spuckte Blut. »Was willst du mit der Schubkarre?«

Askari kippte die Schubkarre auf die Seite. »Steig rein, ich bring dich raus zu unserem Inyanga. Aber es muss schnell gehen, bevor ...« Er zeigte mit dem Daumen über die Schulter. »Bevor der wieder zurückkommt.«

Mit Askaris Hilfe kletterte Hellfire stöhnend vor Schmerzen in die Schubkarre und verlor gleich darauf wieder das Bewusstsein.

Irgendwann in den frühen Morgenstunden wachte er in einem Krankenhausbett auf. Von dem behandelnden Arzt erfuhr er, dass ihn der berühmte Inyanga Thembankosi und ein Zulu mit einer seltsamen Kopfbedeckung eingeliefert hätten.

»Derart schwere Verletzungen könne er nicht behandeln, meinte der Inyanga. Womit er recht hatte. Sie wären um ein Haar verblutet.« Er winkte einer schwarzen Krankenschwester, die eine Spritze aufzog und ihm reichte. Er leerte den Inhalt langsam in einen der vielen Schläuche, die aus Hellfires Körper heraushingen. »Wir haben Sie einigermaßen zusammengeflickt, aber Sie sind immer noch in einem kritischen Zustand. Die Polizei haben wir bereits verständigt.«

Hellfire hörte ihn kaum noch. Die Spritze hatte prompt gewirkt.

Zu ihrem Erstaunen erhielt Jill Besuch von einem schnauzbärtigen, rotgesichtigen Polizeioffizier mit viel Lametta auf Brust und Achselklappen, der sich als Generalmajor Donald Hunter des Polizeihauptquartiers von Zululand vorstellte. Ohne Umschweife kam er zur Sache.

»Ist Ihnen ein Piet Pretorius bekannt? Und ein Schwarzer namens Askari?«

Sie nickte befremdet. »Allerdings. Pretorius und Askari sind meine Ranger.«

Der Generalmajor trug ihre Aussage in ein Notizbuch ein. »Nach unseren Recherchen ist ein Willem van Niekerk ebenfalls bei Ihnen eingestellt. Als Aushilfsranger? Ist das korrekt?«

»Nicht mehr«, sagte sie und wunderte sich, warum sie plötzlich wie ein Krake eine unheilvolle Vorahnung am Hals packte. »Ich habe ihm erst vorgestern gekündigt.«

Der Polizeioffizier musterte sie aufmerksam. »Der Grund?«

Sie zögerte. Sollte sie den offiziellen Grund angeben, die Nichterfüllung der Schwarzenquote, oder den tatsächlichen? Sie entschied sich für den Letzteren.

»Mir sind sehr unerfreuliche Berichte über wiederholte sexuellen Übergriffe auf mein weibliches Personal zu Ohren gekommen und auch, dass es immer wieder starke rassistische Spannungen mit unseren schwarzen Rangern gibt. Das kann ich nicht dulden.«

»Guter Grund«, murmelte der Generalmajor und notierte die Aussage.

»Bitte setzen Sie sich doch«, sagte sie und wies auf den Besucherstuhl. »Warum wollen Sie das wissen?«

Donald Hunter setzte sich und zog die Bügelfalten seiner Uniformhose gerade. »Heute Morgen wurde auf der Farm von Niekerk eine Razzia durchgeführt, wobei Pretorius und Askari zusammen mit zwei anderen Farmarbeitern zu Tode kamen. Niekerk hat auf seinem Grundstück nachts einen Löwen als Ersatz für Wachhunde patrouillieren lassen. Zwei Männer sind bei ihm eingebrochen, einer wurde von dem Löwen zerfleischt, der andere liegt in kritischem Zustand im Krankenhaus. Der Löwe hat ihn übel zugerichtet. Es ist nicht anzunehmen, dass er überlebt. Niekerk hat sich zur Zeit der Razzia nicht auf seinem Anwesen aufgehalten.«

Konsterniert starrte sie den Offizier an. »Wieso Löwe, und wieso waren Pretorius und Askari auf Niekerks Farm? Ich wusste nicht, dass sie Niekerk überhaupt kennen.«

Hunter bürstete ein imaginäres Stäubchen von seiner makellosen Uniform. »Niekerk und Pretorius haben den südafrikanischen Bereich eines weitverzweigten Wilderersyndikats geleitet, das Löwenknochen als Aphrodisiakum nach Südostasien verkauft. Pretorius hat mit Askari, wie sich sein schwarzer Handlanger nannte, die Wilderei in den privaten Wildparks organisiert, Niekerk dagegen die Logistik und die Bestechung von Zollbeamten, Rangern, die etwas von dem Kuchen abhaben wollen, und unterbezahlten

Polizisten.« Das letzte Wort spuckte er geradezu heraus. »Wir haben eine landesweite Fahndung nach ihm herausgegeben. Den haben wir bald!«

Hoffentlich, schoss es Jill durch den Kopf. Sie würde auf sich aufpassen können, aber die Kinder wären ihm schutzlos ausgeliefert.

»Der Kopf der Bande residiert in einem Glaspalast in Shanghai«, fuhr Hunter fort. »An den kommen wir nicht heran, aber seine Stellvertreterin ist vor ein paar Tagen in Sambia eingereist, wie unsere Informanten am Flughafen berichten. Sie ist für die Koordination im gesamten südlichen Afrika verantwortlich. Wir sind ihr schon länger auf der Spur, haben ihr aber nie etwas anhängen können. Heute Morgen haben wir die Nachricht bekommen, dass man ihre Leiche gefunden hat. Sie wurde allem Anschein nach regelrecht hingerichtet.« Er klappte sein Notizbuch zu und erhob sich. »Das wäre alles, Madam. Danke.«

Jill stand ebenfalls auf und begleitete den Offizier zur Tür. »Bitte lassen Sie es mich wissen, wenn Sie Niekerk festgenommen haben ...«

»Natürlich«, versicherte ihr der Generalmajor, grüßte zackig und verließ ihr Büro.

Jill lief den Gang hinunter zu Nils, der in seinem Arbeitszimmer einen Artikel redigierte. Als sie hereinstürmte, musterte er sie über den Rand seiner Lesebrille. »Was ist los? Du siehst blass aus.«

Jill ließ sich auf einen Stuhl fallen und vergrub ihr Gesicht für einen Augenblick in den Händen, ehe sie mit beiden Fäusten auf den Tisch hieb. »Du glaubst es nicht, wer mich gerade besucht hat!«

Nils setzte die Brille ab und legte die Beine auf den Schreibtisch.

»Ein Generalmajor Donald Hunter vom Polizeihauptquartier von Zululand!«

Nils nahm die Beine wieder von der Tischplatte herunter und lehnte sich vor.

»Die Polizei hat auf Willems Farm eine Razzia veranstaltet, weil er einem Wilderersyndikat angehört«, fuhr sie fort. »Er ist ihnen entwischt, und mir lässt der Gedanke keine Ruhe, dass er sich auf Inqaba geflüchtet hat. Er kennt sich im Gelände bestens aus und könnte sich tagelang direkt unter unserer Nase verstecken.« Sie sprang auf und marschierte nervös vor dem Schreibtisch auf und ab. »Wenn ich daran denke, dass der Kerl Kiras und Lucas Mathelehrer war, wird mir speiübel!«

»Verdammt«, knurrte Nils. »Wir brauchen Wilson und Zak, das sind einfach die besten Bodyguards weit und breit. Ich rufe sofort an. Ihr drei macht jetzt keinen Schritt mehr ohne sie, bis Willem hinter Gittern sitzt. Der Kerl ist ein ähnliches Kaliber wie Len Pienaar ...«

»Len Pienaar«, flüsterte Jill und spürte, wie ihr das Blut in die Beine sackte. Len Pienaar, der als Kommandeur einer geheimen Eliteeinheit mit unvorstellbarer Grausamkeit politische Gefangene gefoltert und getötet hatte, Len Pienaar, der ihre Mutter und ihren Bruder auf dem Gewissen hatte.

Nils nahm ihre Hände. »Ganz ruhig«, sagte er leise. »Der ist tot und kann dir nichts mehr anhaben ...«

»Aber Willem lebt!«, rief sie und zog ihre Hände weg.

Auch in jenen schrecklichen Tagen vor sieben Jahren, als sie und die Kinder in Len Pienaars Visier geraten waren, hatten Wilson und Zak sie als Bodyguards auf Schritt und Tritt begleitet.

Nils hob das Telefon und wählte. Nach einem kurzen Gespräch legte er stirnrunzelnd auf. »Zak und Wilson sind ausgebucht, ebenso ihre Kollegen. Es sind raue Zeiten! Wir müssen uns irgendwie so behelfen. Die Kinder bleiben unter Aufsicht am Haus, und bevor wir nichts Genaueres wissen, behalten wir die Sache für uns.«

Jill nickte zögernd. »Jonas sollte allerdings eingeweiht werden. Und allen Rangern werde ich vorläufig Freizeit streichen, auf jedem Safariwagen muss mindestens einer zusätzlich mitfahren ...«

»Wie willst du das den Rangern erklären?«

»Mir wird schon etwas einfallen. Wilderer gesichtet, zum Beispiel, oder ein randalierender Elefant unterwegs. Das werden sie akzeptieren.« Sie hob den Kopf. »Stell dir das mal vor, ein Löwe als Wachhund!«

Nina wurde von einem Motorengeräusch aus einem sehr angenehmen Traum geweckt, der ausschließlich mit Konrad zu tun hatte. Unwirsch setzte sie sich im Bett auf und spähte aus dem Fenster in die Dunkelheit. Scheinwerferlicht geisterte kurz durch den Busch, dann war es wieder dunkel. Beruhigt legte sie sich wieder hin.

Gerade als sie zurück ins Land der Träume driftete, drangen jedoch gedämpfte Stimmen zu ihr durch, dazwischen eine laute, die sie als Jabulanis identifizierte. Offenbar holte der Ranger Flynn nun doch zur versprochenen Morgensafari ab. Sie warf einen Blick auf die Uhr auf dem Nachttisch. Vier Uhr! Stöhnend ließ sie sich in die Kissen zurückfallen. Noch dreizehn Stunden bis zu Konrads Ankunft, und eigentlich hatte sie vorgehabt, möglichst viel von der Wartezeit zu verschlafen.

Das Motorengeräusch entfernte sich, und sie schloss die Lider. Es gelang ihr allerdings nicht, wieder ins Traumland zu Konrad zurückzugleiten. Mürrisch stand sie auf und lief barfuß in die Küche, um sich einen doppelten Espresso mit viel Zucker zu machen. An Schlaf war jetzt eh nicht mehr zu denken. Sie setzte sich hinaus auf das taufeuchte Sonnendeck, nippte am Kaffee und schaute sich um.

Es herrschte eine unirdische Stille. Noch schwiegen die Zikaden, das Morgenkonzert der Vögel hatte noch nicht eingesetzt, nur ab und zu schwebte das sanfte Gurren einer erwachenden Taube in der klaren Luft. Dann stieg die Sonne aus den Bäumen, die ersten heißen Strahlen tanzten auf ihrer Haut und ließen ihr Herz schneller schlagen. Sie trank aus, reckte die Arme über den Kopf und dehnte sich, bis es in der Wirbelsäule knackte. Etwas aufgemuntert, ging sie ins Badezimmer und drehte die Dusche auf.

Nachdem sie sich abgetrocknet hatte und ein blau-weiß geringeltes, kniekurzes Baumwollkleid über ihren Bikini gestreift hatte, wählte sie Annikas Nummer. Erst nach langem Klingeln nahm ihre Freundin ab, und es war offensichtlich, dass sie ihre Verabredung vergessen hatte.

»Bin gleich fertig«, nuschelte Annika. »Hast du schon bestellt? Ich brauche viel Kaffee, Croissants und alles, was dazugehört. Champagner natürlich auch ...«

Nachdem ihre Freundin aufgelegt hatte, übermittelte Nina Thabili ihre Wünsche. »Für mich aber bitte ein anständiges südafrikanisches Frühstück. Bratkartoffeln, Spiegeleier, Früchte und so weiter. Bloß keinen Champagner.«

Thabili bestätigte die Bestellung. »Die Gäste von den Morgensafaris kehren gerade zurück, es wird etwas dauern, bis wir alles bringen.«

Eine Dreiviertelstunde später kletterte eine ungekämmte Annika hinauf zu ihrem Sonnendeck, wo Thabili bereits gedeckt hatte, und ließ sich stöhnend auf einen Stuhl fallen.

»Morgen«, brummte sie, schüttete Kaffee in sich hinein und beklagte sich darüber, um vier Uhr morgens von Jabulani geweckt worden zu sein.

»Vor Sonnenaufgang hat der Wahnsinnige an die Tür gehämmert! Die Safari mit Luca fand nun doch statt, aber Jabulani hatte vergessen, uns Bescheid zu sagen. Fynn war vor Begeisterung überhaupt nicht zu bändigen.« Sie seufzte, goss sich ein Glas Champagner ein und legte sich leidend eine Hand auf die Stirn. »Die Schwester von ihm war auch dabei. Nettes Mädchen ...« Sie gähnte ausgiebig. »Ich bin völlig platt und hau mich lieber noch mal hin.« Sie schnappte sich ein Croissant und die Champagnerflasche und schlich zurück ins Haus.

Nina beendete gemütlich ihr Frühstück. Sie schob ihren Sessel ans Verandageländer, legte die Beine auf die hölzerne Reling und genoss die Ruhe. Das hohe Sirren der Myriaden von Insekten und die sanften Rufe der Tauben – die ewige Begleitmusik im afrikanischen Busch – vertieften noch das Gefühl von Stille, und der Rest der Welt versank hinter diesem Geräuschvorhang.

Die Sonne schien ihr in die Augen. Sie schloss die Lider und dachte an Konrad. Spontan öffnete sie ihr Handy und schickte ihm eine SMS. In der Sekunde, wo er sein Handy nach der Landung einschaltete, würde sie eine Empfangsbestätigung bekommen und die Gewissheit, dass er sicher gelandet war. Neun Stunden etwa musste sie noch warten. Ihre Gedanken schwangen sich hinauf in die strahlende Helligkeit des afrikanischen Himmels.

Erst Fynns laute Stimme, der offenbar eine detaillierte Beschreibung seiner Erlebnisse im Busch zum Besten gab – mit Schauspieleinlage, wie es schien –, riss sie in die Wirklichkeit zurück. Leicht schwindelig stemmte sie sich hoch und sah auf die Uhr. Die Fotos für ihren Vater mussten noch geordnet werden, bevor sie ihm eine E-Mail schickte. Das würde einige Zeit in Anspruch nehmen.

Allerdings glitzerte der Pool an ihrem Bungalow so unwiderstehlich, dass sie kurz entschlossen ihr Kleid auszog und ins glasklare Wasser hechtete. Sie kraulte ein paar Längen und legte sich dann auf die sonnenwarmen Bohlen der Terrasse, um sich von der Sonne trocknen zu lassen, ehe sie ins Haus ging und ihre Kamera und das Notebook holte.

Sie setzte sich auf der Terrasse in den Schatten und ließ den Computer hochfahren. Die nächste Stunde verbrachte sie damit, alle Fotos auf der Speicherkarte ihrer Kamera zu prüfen, die zu löschen, die ihr nicht gut genug erschienen, und die restlichen auf den Computer zu übertragen.

Die Bildausbeute war wesentlich eindrucksvoller, als sie in Erinnerung hatte. Sie sortierte sie in zwei verschiedene Ordner. Die Bilder vom Obstmarkt und den im Wasser spielenden Flusspferden waren für den Katalog bestimmt. Die von dem dramatischen Angriff des Hippos in Saint Lucia verschob sie in den zweiten Ordner.

Als Werbung für eine teure Reise waren die nicht geeignet. So viel Realität wäre für Feriengäste dann wohl doch zu viel.

Es hatte sie in der Vergangenheit immer wieder erstaunt, wie viele Touristen sich nicht klarmachten, dass sie sich in Afrika aufhielten und nicht in einem Zoo oder einem europäischen Stadtpark.

Sie lud die Fotos alle in ihr E-Mail-Programm und verschickte sie dann häppchenweise an ihren Vater. Anschließend wählte sie seine Nummer.

»Hi, Daddy!«, rief sie. »Ich habe dir einige Megabytes an Fotos geschickt. Einige davon sind, glaube ich, ziemlich gut.«

Etwas besorgt lauschte sie seiner Antwort. Er klang müde und erschöpft.

Um ihn aufzuheitern, erzählte sie ihm von dem Hippo-Angriff.

»Dramatisch, kann ich dir sagen, nichts für den Katalog, aber ich denke, du wirst sie gut verkaufen können. Der Junge ist noch einmal glimpflich davongekommen und wird so schnell keinen Hippo mehr ärgern. Es war glücklicherweise ein junger Arzt in der Nähe, der ihn gleich in eine Klinik gebracht hat.«

Als sie sich verabschiedeten, war die Stimme ihres Vaters deutlich kräftiger geworden. Erleichtert legte sie auf und nahm sich vor, ihn bis zu ihrer Heimkehr regelmäßig anzurufen.

Es war inzwischen schon Mittagszeit, und sie verspürte großen Appetit auf eine Papaya. Sie schnitt die reifste der vier Früchte vom Obstmarkt der Länge nach auf und kratzte die schwarzen Kerne heraus. Eine Zitrone konnte sie nicht auftreiben, also träufelte sie den Saft einer Passionsfrucht über die Papaya und zuckerte sie großzügig. Sie setzte sich zum Essen wieder unter das reetgedeckte Schattendach auf der Terrasse. Angelockt von dem Duft der reifen Früchte, turnten Minuten später die ersten Meerkatzen begierig auf dem Verandageländer herum. Nachdem Nina den letzten Löffel der köstlichen Frucht vertilgt hatte, trug sie die Überreste in die Küche und sah auf die Uhr.

Noch etwa dreieinhalb Stunden!

Um ihren Kreislauf anzukurbeln, ließ sie einen sehr starken Filterkaffee durchlaufen. Sie setzte sich mit der Tasse ans Schwimmbecken und streckte die Beine ins Wasser. Als kurz darauf ihr Handy klingelte, machte ihr Herz einen Satz.

Aber es war Lisas Nummer auf dem Display.

»Ich muss die Party absagen«, rief ihre Freundin ins Telefon.

Nina setzte ihre Tasse ab. »Ist etwas mit dem Wonneproppen?«

»Kann man wohl sagen! Er hat auf der Terrasse eine Heuschrecke erwischt und sie gegessen. Roh! Jetzt hat er fürchterliches Bauchweh und brüllt ...«

Nina lachte. »Dann bring ihm schnell bei, sein Essen in Zukunft vorher zu kochen.«

»Das ist gemein ...«

»Keine Angst, er wird davon nicht sterben. In anderen Teilen der Welt gelten Heuschrecken als Leckerbissen ...«

»Du hast gut reden«, unterbrach Lisa sie.

»Allerdings. Als ich acht Jahre alt war, hat mein Vater uns auf eine Deutschlandtour mitgenommen, und im Bayerischen Wald hab ich zwei neunjährige Bengel in speckigen Lederhosen kennengelernt. Natürlich hab ich kräftig mit meiner afrikanischen Heimat angegeben, dass ich schon Schlangen gefangen hätte und so.« Sie lachte in sich hinein. »Kein Wort haben sie mir geglaubt. Und jeder wüsste, dass Mädchen Angst vor Schlangen hätten.« Sie trank einen Schluck von dem inzwischen kalt gewordenen Kaffee. »Sie haben mich zu einem Wettrennen herausgefordert und bestimmt, dass der Verlierer vier Regenwürmer essen muss. Dreimal darfst du raten, wer verloren hat!« Sie kicherte. »Aber ich habe es überlebt.«

»Mhm«, machte Lisa zweifelnd.

»Pack den Wonneproppen und Mick ein und komm her. Patrick Farrington, der Tierarzt, wird wohl auch auf der Party sein und hat in seinem Köfferchen bestimmt etwas für deinen Kleinen dabei, falls die Heuschrecke noch in ihm herumkrabbelt.«

»Du bist brutal! Ich seh grad die Monsterspritzen vor mir, die er meinem armen Kind reinjagen wird.«

»Lisa, ich muss Schluss machen«, sagte sie, zog ihre Beine aus dem Wasser und stand auf. »Konrad wird bald hier sein. Es ist an der Zeit, das Haus aufzuräumen und alles auf Hochglanz zu bringen. Mich ganz besonders!«

»Tja, bei älteren Damen wird so eine Fassadenrenovierung immer aufwendiger«, spottete Lisa.

Nina lachte und legte auf.

Nachdem sie ihre Haare gewaschen und das Haus aufgeräumt hatte, setzte sie sich ans Verandageländer. Mit jeder vorbeitickenden Minute erhöhte sich ihre Pulsfrequenz. Bald hielt sie es nicht mehr aus, stand auf und wanderte nervös umher. Zu sehr war ihr bewusst, dass im Leben oft etwas als sicher Geglaubtes katastrophal schiefgehen konnte. Sicherheit war nur eine Illusion, das hatte sie gelernt.

Sie rupfte eine Amatungulusternenblüte ab und zerfledderte sie, ohne zu merken, was sie tat. Setzte sich wieder hin. Versuchte, sich auf einen grün schillernden Käfer zu konzentrieren, der ständig an einem glatten Pfahl hochkletterte und wieder hinunterfiel. Nach dem fünften Absturz fing sie ihn ein und setzte ihn in die Dornenhecke. Und wartete weiter.

Kurz nach fünf ertönte endlich die ersehnte Bestätigung ihrer SMS, und gleich darauf klingelte das Handy. Wie elektrisiert sprang sie auf und drückte auf den Knopf.

»Ich bin da!«, sagte Konrad.

Ihr wurden schlagartig die Knie weich.

»Stell den Champagner kalt«, schnurrte er. »Und die Gläser dazu auf den Nachttisch. Ich hole jetzt das Auto ab und fahre sofort los. Wie lange werde ich brauchen?«

Sie fasste sich an den Kopf. »Meine Güte, daran habe ich überhaupt nicht gedacht«, rief sie. »Du wirst im Abendverkehr mindestens zwei Stunden brauchen. Und die Party fängt schon um sechs Uhr an ...«

»Ich trete aufs Gas, dann schaffe ich das.«

»Lieber nicht. Lass dich bloß nicht dazu verleiten, schneller zu fahren als erlaubt, das kann teuer werden. Und bleib den Sammeltaxis aus dem Weg. Die glauben, dass Verkehrsregeln für sie nicht gelten. Als Ausländer sollte man hier sehr defensiv fahren.«

Er schnaubte. »Kann nicht schlimmer sein als in Bombay ...«

»Einen Augenblick«, unterbrach sie ihn. »Mir fällt gerade ein, dass die Tore von Inqaba eigentlich abends um sechs geschlossen werden ... Ich frag kurz nach, ob das auch heute gilt, und rufe dich gleich zurück.«

Sie legte auf und wählte Jills Nummer.

»Ja, das gilt auch heute«, bestätigte die. »Aber sag ihm, er soll anrufen, wenn er von der Hauptstraße auf den Weg zur Lodge abgebogen ist. Das gibt Nils dann genügend Zeit, rechtzeitig am Gate zu sein. Er kann dich ja mitnehmen, dann kannst du deinen ... Kollegen schon dort begrüßen.« Sie lachte. »Du kommst doch sicher vorher schon zur Party, oder?«

»Natürlich«, sagte Nina, obwohl sie keine große Lust hatte, ohne Konrad auf die Party zu gehen. »Annika wird ja auch da sein. Lässt du uns abholen?«

»Klar, ich schick Mark mit dem Auto. Er muss noch andere Gäste aufsammeln. Jetzt muss ich aber noch wirbeln, damit ich fertig werde. Wir sehen uns in einer halben Stunde!«

Nina rief Konrad sofort zurück.

»Ich werde dich mit Nils am Gate abholen!«, verkündete sie. »Bis gleich ... und fahr bitte langsam.«

»Love you«, flüsterte er mit jener tiefen, intimen Stimme ins Telefon, die nur für sie bestimmt war. »Ich pass auf, versprochen. Bis gleich.« Damit beendete er das Gespräch.

Für ein paar Sekunden blieb Nina regungslos stehen, das Telefon an sich gepresst, und lauschte dem Nachhall seiner Worte. Schließlich wählte sie mit einem leisen Seufzer Annikas Bungalow.

»Mark wird gleich mit dem Wagen hier sein, um uns zur Party zu chauffieren. Kommt Fynn mit?«

»Klar kommt er mit, den kann ich hier schließlich nicht allein lassen. Darauf wartet er nur. Jill sagt, dass er mit Kira und Luca zusammen in ihrem Privathaus bleiben kann und dass eine Nelly auf sie aufpassen würde. Hoffentlich tanzt er der nicht auf der Nase herum.«

Nina lachte bei der Vorstellung. »Nelly? Bestimmt nicht. Der tanzt niemand auf der Nase herum. Das garantiere ich dir.«

»Na, wenn du meinst. Fynn hat da erschreckende Talente.«

»Mach dir keine Sorgen, es wird ein schöner Abend werden. Bis gleich also.«

Eilig wechselte sie in eine weite, naturfarbene Leinenhose mit breitem, geflochtenem Gürtel, zog eine lässige, weiße Bluse an, deren lange Ärmel sie je nach Bedarf aufkrempeln konnte, und kontrollierte noch einmal ihr Make-up. Ihre Sandalen, die sie auf der Party tragen wollte, verstaute sie vorsichtshalber in der Umhängetasche, schlüpfte in ihre Slipper, verschloss die Haustür affensicher und setzte sich aufs Sonnendeck.

Ihr Blick strich über den Abhang bis hinunter zum Wasserloch, das die sinkende Sonne im feuchten Abenddunst wie pures Gold schimmern ließ. Schwalben schossen dicht über der Oberfläche dahin, und auf der Linken schlugen plötzlich die tief herabhängenden Äste eines Baumes wie wild hin und her. Ein massiger, grauer Schatten schob sich durchs Gebüsch. Nina lehnte sich vor. Allmählich schälte sich der Körper eines riesigen Elefantenbullen aus dem Busch. Gemächlich schlenderte er zum Wasser, riss hier und da Zweige ab und vertilgte sie und schubberte anschließend sein Hinterteil mit sichtlichem Genuss an einem Felsen. Dabei bemerkte sie, dass der Bulle nur einen Stoßzahn hatte, der andere schien abgebrochen zu sein. Noch als sie überlegte, ob sie ihr kleines Fernglas aus dem Wohnzimmer holen sollte, kündigte das Geräusch eines nahenden Autos Marks Ankunft an.

Bald darauf fuhr er mit einem Geländewagen vor, in dem schon fast jeder Platz besetzt war. Nina stand auf und lief über die Treppe hinunter zum Auto. Eine Wolke von süßlichem Parfüm wehte zu ihr herüber, und sie rümpfte unwillkürlich die Nase. Parfüm war in einem Wildreservat unangebracht, aber eine der Damen hatte offensichtlich darin gebadet.

»Hi, Nina, steig ein«, rief Mark und zeigte auf die vorderste Sitzbank, auf der schon Annika mit Fynn Platz genommen hatte.

Nina schwang sich hinauf und begrüßte ihre Freundin mit einem Kuss. »Gut siehst du aus!«

Annika hatte ihr dunkles Haar nach hinten gegelt und trug ein weit schwingendes, curryfarbenes Korsagenkleid, das ihre langen Beine bis übers Knie frei ließ.

Fynn nieste. »Mann, stinkt es hier«, murmelte er mit einem scheelen Blick auf die Frau mit hellblonder Betonfrisur und einem Dekolleté, das jedem Dirndl Ehre gemacht hätte, die hinter Mark saß. Die Dame bekam einen verspannten Zug um den Mund, und Nina verkniff sich ein Lächeln.

Am Parkplatz angekommen, ließ Mark als Erstes Fynn aussteigen. »Da wartet Nelly schon auf dich«, sagte er.

Nina schaute zu ihr hinüber. Die Zulu hatte sich kaum verändert. Sie war zwar fülliger geworden und zeigte nach vierzehn Jahren auch deutliche Spuren ihres fortgeschrittenen Alters, aber ihre Haltung war wie damals. Wie aus braunem Stein gehauen, stand sie mit vor der Brust verschränkten Armen da.

»Ist das die legendäre Nelly?«, flüsterte Annika sichtlich beeindruckt und kletterte mit Ninas Hilfe vom Wagen herunter.

»Ist sie«, gab Nina leise zurück. »Der gute Geist von Inqaba.«

Fynn kratzte sich mit offensichtlichem Genuss im Schritt und äugte misstrauisch zu der Zulu hinüber. »Die sieht aus, als ob sie mich gleich fressen wollte.«

»He, Nelly!«, schrie eine helle Jungenstimme hinter ihnen, und gleich darauf stürmten Luca und Kira aus dem Haus. »Machst du uns süße Pfannkuchen? Meine beste Nelly!«

»Hmpf«, knurrte die alte Zulu unter ihrem geblümten Schlapphut hervor, aber ein Lächeln zog ihre Mundwinkel hoch.

»Super!«, quietschte Kira. »Fynn, komm mal her. Das ist Nelly, die beste Köchin weit und breit. Nelly, das ist Fynn aus Deutschland. Er liebt Pfannkuchen.«

»Tu ich nicht«, sagte Fynn bockig. »Pfannkuchen sind Mädchenessen. Ich will ein Steak. Ein richtig großes.« Er verschränkte ebenfalls die Arme und lieferte sich ein Blickduell mit Nelly. »Schwarze Kröte«, knurrte er.

Annika verdrehte die Augen. »Das Problem überlasse ich Nelly. Hoffentlich versteht sie kein Deutsch. Ich will jetzt auf die Party gehen und Spaß haben und mich nicht über den verzogenen Sohn meiner Vorgängerin ärgern.«

Sie stöckelte ein paar Schritte auf ihren High Heels und stolperte prompt über eine Wurzel. Fluchend zog sie die Schuhe aus und lief barfuß den kurzen Weg durch den Blättertunnel.

Nina sah ihr nach. In ihrem schwingenden Kleid ähnelte Annika einem gelben Schmetterling, der durch den Busch gaukelte. Einem sehr hübschen Schmetterling. Mark hatte ein verräterisches Glitzern in seinen hellen Augen. Der Abend versprach amüsant zu werden.

Sie folgte ihrer Freundin auf die Restaurantterrasse, wo in diesem Augenblick die Party eröffnet wurde. Jill, in einem schlichten, cremefarbenen Kleid, das ihre schlanke Figur betonte, empfing ihre Gäste mit Nils am Ausgang des Blättertunnels. Daneben boten Thabili und ihre Kolleginnen Champagner, Cocktails und Säfte an.

Nun trat auch die Dame mit der Betonfrisur aus dem Blättertunnel, und ein Schwall intensiven Parfüms durchtränkte die süße Abendluft.

Einer der Ranger, ein junger mit blonder Stoppelfrisur, drehte sich kurz zu ihr um, runzelte die Stirn und hustete demonstrativ. »Sie stinkt wie eine Hyäne«, bemerkte er auf Zulu und grinste in die Runde seiner Kollegen, wo er lautes Gelächter erntete.

Die Dame schoss ihm einen scharfen Blick zu, und ihre üppige Brust bebte.

»Wie ein Pott voll Hyänenbutter«, feixte ein untersetzter Weißer mit rotem Bart, der der Dame den Rücken zukehrte.

»Was ist Hyänenbutter?«, flüsterte Nina Jill ins Ohr.

Jill verzog das Gesicht. »Ein grauenvoll stinkendes Zeug, das die Hyänen aus einer Drüse aus ihrem Hinterteil absondern. Hat die Konsistenz von Butter. Warum?«

Nina erklärte ihr, was sie mitgehört hatte. »Die Dame dort, die sich grade von Thabili ein Glas Champagner geben lässt, verströmt einen etwas aufdringlichen Duft.«

Jill wandte sich zu der Frau um, und ihre Miene fror schlagartig ein. »Kleinen Moment mal«, sagte sie in einem Ton, der nichts Gutes für den Ranger verhieß. Sie reichte Nina ihr Champagnerglas und war mit wenigen Schritten neben ihrem Angestellten.

Sie baute sich vor dem Ranger auf und warf dem Mann ein paar kurze Sätze an den Kopf, worauf der angestrengt den Schaum auf seinem Bier betrachtete, als gäbe es nichts Wichtigeres auf der Welt.

Nina war sich allerdings sicher, dass der Ranger verzweifelt nach einer Möglichkeit suchte, sich auf der Stelle unsichtbar zu machen, während die parfümgetränkte Dame vor Genugtuung lächelnd an ihrem Champagner nippte.

Jill ließ von dem Ranger ab und kehrte zu Nina zurück. Die Absätze ihrer hochhackigen Schuhe klapperten auf den Holzbohlen. Ihre Miene war immer noch eingefroren.

»Den hast du ja richtig auf den Pott gesetzt«, sagte Nina, als Jill ihr das Champagnerglas wieder abnahm. »Der hätte sich wohl am liebsten im nächsten Warzenschweinloch verkrochen.«

»Da gehört er auch hin!«, knirschte Jill. »Woher nimmt er die Sicherheit, dass die englische Dame kein Zulu versteht? Nur weil sie weiß ist und zu viel Parfüm trägt?« Sie betrachtete Nina prüfend über den Rand ihres Glases. »Schau dich an. Blondes Haar, blaue

Augen, helle Haut. Du siehst auch nicht gerade wie eine eingeborene Zulu aus und sprichst die Sprache perfekt.«

Nina erinnerte sich an den bösen Blick der Betonfrisur und ihren erregt wogenden Busen. Im Nachhinein war es offensichtlich, dass die Frau den Ranger verstanden hatte. »Du hast recht. Vielleicht ist sie ja hier geboren.«

»Kann sein. Jedenfalls ist sie schon einige Male Gast auf Inqaba gewesen und lässt immer viel Geld hier. Gäste wie sie gibt es nicht wie Sand am Meer, die muss man pflegen. Ich werde ihr anbieten, sie auf meine tägliche Morgenrundfahrt mitzunehmen, das sollte sie besänftigen.«

»Veranstaltest du keine Boma-Grillabende mehr?«, erkundigte sich Nina.

»Aber ja doch. Wir können es uns nicht leisten, die nicht anzubieten. Außerdem bringen mir die Abende wirklich Spaß. Viele unserer Gäste sind zum ersten Mal in Afrika, und zu beobachten, dass nicht wenige zu Tränen gerührt sind, wenn sie den Zauber der afrikanischen Wildnis spüren, ganz still werden und in die unendliche Tiefe der Milchstraße eintauchen ...«

Jills Ton wurde sanfter, ihr Ausdruck weicher. Sie legte den Kopf in den Nacken und sah hinauf in den abendlichen Himmel. Nina folgte ihrem Blick.

Am Firmament blitzten die ersten Sterne auf, hier einer und dort einer, immer mehr, und bald funkelte im Nachtblau über ihr der diamantbesetzte Weg, die Milchstraße, die keinen Anfang und kein Ende zu haben schien, die aus der Unendlichkeit kam und in die Unendlichkeit führte. Ihre Augen verloren ihren Fokus, es flimmerte und glitzerte, die weiche Luft umschmeichelte sie, die Partygeräusche wichen zurück, tiefe Ruhe strömte durch ihre Adern.

»Überwältigend, nicht wahr?«, sagte Jill nach einer Weile leise. »Das macht mir immer klar, welch privilegiertes Leben ich führen darf, welches unfassbare Glück ich habe, dieses herrliche Stückchen Land meine Heimat nennen zu können ...«

»Der Ort der Zuflucht«, wisperte Nina. »Mein Ort der Zuflucht ...«

Annikas gurrendes Lachen drang zu ihnen herüber und zerriss das Gespinst ihrer Gedanken. Nina wandte sich um. Ihre Freundin saß vor Mark auf einem Tisch. Sie hatte die Beine graziös gekreuzt, der Rock war ihr weit über die Knie hochgerutscht, und ihr Ausschnitt ließ sehr tief blicken. Mark, der vor ihr stand, fiel fast hinein.

Nina kicherte. »Annika ist auf der Jagd. Mark hat keine Chance.«

»Aber ein vertraglich verankertes Verbot, sich mit weiblichen Gästen einzulassen«, warf Jill mit einem stirnrunzelnden Blick auf Mark trocken ein.

»Spaßverderberin«, gab Nina lachend zurück.

»Du kannst dir nicht vorstellen, welche Eifersuchtsszenen wir hier schon erlebt haben.« Inqabas Eigentümerin wedelte ausdrucksvoll mit einer Hand. »Kultivierte Frauen sind wie die Hyänen aufeinander losgegangen und haben sich an den Haaren gerissen. Ein betrogener Ehemann ist ausgerastet und mit seiner Pistole auf den Ranger losgegangen, den er mit seiner Frau erwischt hat, und der hat ihm reflexartig einen Kinnhaken verpasst. Der Mann hat sich dabei einen Bandscheibenvorfall in der Halswirbelsäule zugezogen, und ich kann dir versichern, das ist für uns teuer geworden. Notwehr des Rangers als Argument hat bei den Versicherungen nicht gezogen. Seitdem muss jeder Ranger den Passus unterschreiben.«

»Auch die weiblichen?«

Jill streifte sie mit einem ironischen Seitenblick. »Auch die.«

»Und wie ist es in dem Fall ausgegangen? Haben sich die Eheleute vertragen?«

»Die Frau hat darauf beschlossen, ihre neu gefundene Sexualität weiterzuentwickeln, und ihren Mann verlassen. Sie hatte das Geld in der Familie und ist mit dem Ranger zusammengezogen, und uns sind zwei gut zahlende Gäste verloren gegangen. Und der Ranger.« Jill schüttelte den Kopf. »Es muss irgendwie an der Luft hier liegen.«

Nina gluckste. »Ich kann die Damen verstehen.« Sie dachte dabei an Annika. »Die meisten dürften einen relativ unaufregenden Alltag leben. Ihre Männer machen überall auf der Welt Geschäfte, nennen sich Global Player, die Frauen gehen shoppen und geben das Geld aus. Das als Lebensinhalt stelle ich mir frustrierend vor. Das Leben, das du führst, muss ihnen unglaublich aufregend vorkommen.«

»Hm«, machte Jill und sah hinüber zu Nils, der in einer Traube von Gästen stand und mit ausgreifenden Gesten irgendeine Anekdote zum Besten gab.

Nina beobachtete, wie er über die Köpfe der Umstehenden hinweg den Blick seiner Frau auffing und ihr zuzwinkerte. Es war nur ein kurzes Aufblitzen seiner blauen Augen, aber es zauberte ein ganz besonderes Lächeln auf Jills Gesicht.

»Stimmt«, sagte die und leerte ihr Glas. »Hast du schon das Büfett in Augenschein genommen? Thabili hat sich selbst übertroffen, und ich kann dir verraten, dass Nelly die Brote gebacken und die Süßspeisen komponiert hat.«

»Ach, trotz Ruhestand?«

»Und ob. An solchen Tagen taucht sie in der Küche auf und übernimmt ohne viel Federlesens das Kommando. Dann schwingt sie ihren Kochlöffel wie eine Dressurpeitsche und drangsaliert meine Mädels. Keine kann es ihr recht machen, und es ist ein Wunder, dass sie mir nicht alle weglaufen, Thabili eingeschlossen.«

»Warum lässt du es dann zu?«

Jill hob die Schultern. »Weil Nelly immer noch die Beste ist und alle einen Heidenrespekt vor ihr haben. Nicht nur ihre Brote und Puddings sind die besten, wenn sie in der Küche regiert, flutscht einfach alles. Ich stecke den anderen hinterher heimlich etwas zu, und das ist es mir wert.«

»Nellys Süßspeisen sind eine Verlockung, der ich einfach nicht widerstehen kann«, sagte Nina. »Ich werde sie alle einmal durchprobieren.«

Jill hielt sie zurück. »Könntest du vorher deine Freundin vielleicht etwas von Mark ablenken? Ich fürchte, dass sie ihn gleich vernascht, und dann verliere ich einen meiner besten Ranger.«

Nina schaute zu den beiden hinüber. Annika richtete gerade ihre leuchtend grünen Augen träumerisch auf Mark, lehnte sich lasziv vor und legte ihre Hand auf sein Knie. Marks Blick klebte an ihrer Brust, die sich verlockend hob und senkte, während ihm die Schweißperlen von der Stirn rannen.

»Klar, kein Problem«, versicherte Nina und schlenderte hinüber zu Annika und Mark. Belustigt bemerkte sie den Blick grenzenloser Erleichterung, den der Ranger ihr zuwarf, als er sie kommen sah.

»Jill sucht dich«, teilte sie ihm ernst mit. »Eins der Nashörner ist in Depressionen versunken und braucht dringend Streicheleinheiten von dir.«

»Depressionen? Ein Rhino?« Marks Miene spiegelte kurz völliges Unverständnis, aber dann hatte er begriffen. Er stieß seinen Stuhl zurück, wobei Annika fast das Gleichgewicht verlor. »Sicher, klar!«, stammelte er. »Das hatte ich völlig vergessen. Bin schon auf dem Weg!« Wie von Furien gehetzt, stürmte er davon.

»Das war gemein«, zischte Annika. »Den hatte ich praktisch so weit ...«

»Und da liegt das Problem.« Nina packte ihre Freundin am Arm. »Komm, wir beschäftigen uns jetzt mit dem Büfett, und ich sag dir, warum du die Finger von dem Mann lassen musst.«

Damit zog sie Annika zu den Tischen, die unter dem überhängenden Reetdach aufgebaut waren und unter der Last der Köstlichkeiten schier zusammenzubrechen drohten. Jill hatte nicht übertrieben.

Während sie ihre Teller mit Vorspeisen füllten, erklärte Nina der immer noch schmollenden Annika die Sache mit der Vertragsklausel.

»Du bist ein Knaller, und das weißt du«, schmeichelte sie. »Und kein Mann, den ich kenne, kann dir widerstehen. Aber Mark verliert seinen Job und Jill ihren besten Ranger. Das kannst du nicht wollen, oder?«

»Hm«, brummte Annika widerwillig und warf einen verstohlenen Blick auf die anwesenden Männer. »Kein adäquater Ersatz in Sicht.« Sie vollführte einen sinnlichen Augenaufschlag. »Wann kommt dein Konrad?«

»Besetztes Gebiet«, schoss Nina zurück. »Da spielst du mit deinem Leben.« Und außerdem bist du glücklicherweise überhaupt nicht Konrads Typ, setzte sie in Gedanken hinzu. Reflexartig blickte sie auf ihr Handy. Keine Nachricht, kein verpasster Anruf. »Aber langsam wird es tatsächlich Zeit, dass Konrad anrollt. Der Verkehr scheint heute doch stärker zu sein, als ich erwartet habe.«

»Da hinten sind noch zwei Plätze frei«, sagte Annika und wies auf einen Tisch, der unter einer Bambuspalme etwas abseits am Rand der Veranda stand. Ein Paar hatte dort bereits Platz genommen.

Nina schaute hinüber. »Wunderbar, das trifft sich gut! Das sind Lisa und Mick. Die beiden kenne ich seit Ewigkeiten, sie gehören zu meinen besten Freunden. Wir sind zusammen aufs College gegangen. Lisa ist Journalistin, Michael Jurist. Und ...« Sie bedachte Annika mit einem scharfen Blick. »Und sie sind schon ziemlich lange ziemlich glücklich verheiratet. Sie haben gerade ihr erstes Kind bekommen.«

Annika riss die Augen dramatisch weit auf. »Nicht einmal ein klitzekleines bisschen flirten?«

Nina schüttelte nachdrücklich den Kopf. »Nicht mit Mick, und auch nicht mit Nils.« Sie nagelte ihre Freundin mit einem durchdringenden Blick fest. »Ganz besonders nicht mit Nils.«

Annika verzog den Mund. »Okay, schon kapiert. Finger weg!«

Nina schob sich durch die munter schwatzende Gästeschar. Im Vorbeigehen zupfte Jill sie am Ärmel.

»Danke«, raunte sie. »Das hat ja alles prima geklappt. Deine

Freundin muss Mark völlig den Kopf verdreht haben. Er hat etwas von einem Rhino mit Depressionen gefaselt, das Streicheleinheiten braucht ...« Sie zog die Brauen zusammen. »Hoffentlich hat er keinen permanenten Dachschaden davongetragen ...«

»Ach, mach dir da keine Sorgen«, entgegnete Nina mit ausgelassener Fröhlichkeit. »Das habe ich ihm erzählt, um ihn von Annika wegzulocken, und mir schien, dass er geradezu begeistert war, dass ihn jemand aus ihren lackierten Klauen befreit hat. Sein Dachschaden hält sich also in Grenzen.« Sie trat beiseite, um zwei Kellnerinnen Platz zu machen, die übervolle Tabletts durch die Menge balancierten.

»Ich schulde dir was«, sagte Jill noch, bevor sie von zwei Paaren mit Beschlag belegt wurde, die sie mit Fragen bombardierten.

Nina hatte sich endlich zu dem Tisch der Robertsons durchgekämpft. »Lisa, Mick!«, rief sie. »Ich habe euch gar nicht kommen sehen. Wie geht's dem Wonneproppen? Hat sich die Heuschrecke gemeldet?« Sie beugte sich hinunter und küsste ihre Freundin herzlich.

Mick war aufgesprungen und nahm sie in die Arme. »Gut siehst du aus.« Er legte den Kopf schief. »Irgendwie strahlend. Ich frage mich, welchen Grund das hat – oder besser, wer dahintersteckt.«

Nina versuchte erst gar nicht, das zu verneinen, sondern lachte glücklich. »Er heißt Konrad und sollte jeden Augenblick hier eintreffen. Vorhin ist er aus Bombay gelandet und steckt jetzt wohl im Feierabendverkehr fest ...«

Ihr Champagnerglas hochhaltend, drängte sich Annika zu ihnen hindurch. »Ganz schön voll hier«, murmelte sie und strahlte Mick an.

Nina stieß ihr warnend den Ellbogen in die Seite. »Und das ist Annika, meine beste Freundin aus Hamburg. Sie und ihr Mann werden zusammen mit einem befreundeten Paar einen der neuen Bungalows von Jill kaufen. Ihr Stiefsohn ist auch hier und wird gerade von Nelly bewacht.«

»Da ist er gut aufgehoben«, griente Lisa. »Willkommen, Annika. Ist das dein erster Besuch in Südafrika?«

Sie setzten sich, und bald plätscherte eine fröhliche Unterhaltung dahin. Das Essen war hervorragend und die Stimmung ausgelassen. Auch an den übrigen Tischen wurde viel gelacht und gescherzt, und mit jedem Glas Alkohol wurden die Erlebnisse im Busch farbiger ausgeschmückt, die Tierbegegnungen gefährlicher. Alle amüsierten sich bestens.

Dann lachte ein Mann auf, irgendwo in der Menge. Ein eigenartiges Geräusch, irgendwie atemlos und etwas zu hoch für einen Mann. Es drang erst nur gedämpft an Ninas Ohren, und sie registrierte es nicht richtig, aber plötzlich sträubten sich ihre Nackenhaare. Ein widerlicher Geruch stieg ihr in die Nase, dumpf und gleichzeitig scharf, Erinnerungsfetzen wirbelten in rasendem Wechsel vor ihrem inneren Auge, und obwohl sie sich angestrengt darauf konzentrierte, lösten sie sich so schnell auf, dass sie keine Einzelheiten erkennen konnte.

Wieder hörte sie das Lachen. Ein tiefes Brummen legte sich auf ihre Ohren, füllte ihren Kopf, und sie starrte versteinert in den schwarzen Schacht, der sich vor ihr aufgetan hatte, fragte sich, warum sie den Boden nicht erkennen konnte. In Panik sprang sie auf und hielt sich an der Tischkante fest. Ihr Blick flatterte über die Menge.

Aber es gab niemanden, den sie mit der Stimme oder dem Geruch in Verbindung bringen konnte. Obwohl sie ahnte, dass diese Information tief in ihrem Unterbewussten begraben war, ließ sie die Erkenntnis in diesem Augenblick nicht zu.

»Was ist?«, rief Lisa. »Du siehst aus, als hättest du einen Geist gesehen ...«

Nina rührte sich nicht. Sie stand da, den Kopf leicht geneigt, als lauschte sie auf etwas, und hielt weiterhin die Tischkante umklammert.

Auch Mick war aufgestanden. Vorsichtig, als befürchtete er, dass er sie erschrecken würde, legte er ihr die Hand auf die Schulter. »Nina? Ist alles in Ordnung?«

Mit aufgerissenen Augen sah sie ihn an. »Was?« Mühsam zwang sie sich zurück von dem schwarzen Abgrund. »Ja, ja, natürlich, alles okay ... Ich dachte ... Ich hab mich wohl geirrt ...«

Sie ließ sich wieder auf den Stuhl fallen. Ihr Herz jagte, ihre Knie zitterten, schwarze Flecken schwammen vor ihrem Gesichtsfeld, und sie hatte das Gefühl, dass ihr Kopf platzen würde. Verstehen konnte sie ihre Reaktion überhaupt nicht und fühlte sich dem Ganzen ausgeliefert wie ein verdorrtes Blatt im Sturm.

Im selben Moment klingelte ihr Handy. Immer noch völlig desorientiert, blickte sie auf das Display.

»Konrad«, flüsterte sie erstickt.

Das Brummen ebbte ab, die schwarzen Flecken verschwanden, ihre Sicht wurde wieder klar. Sie nahm den Anruf an.

»Konrad«, jubelte sie. »Carissimo!«

Konrad lachte leise. »Ich bin jetzt von der Hauptstraße in Richtung Inqaba abgebogen ...«

»Ich sag Nils Bescheid, und wir fahren sofort los«, unterbrach sie ihn aufgeregt. »Bis gleich, Carissimo!«

Sie ließ das Handy sinken.

»Konrad wird in Kürze am Gate sein«, erklärte sie ihren Freunden freudestrahlend. »Ich hole ihn mit Nils zusammen dort ab. Amüsiert euch inzwischen gut, und erzählt keine Lügengeschichten über mich.«

Sie entdeckte Nils am äußersten Rand der Veranda, umringt von einigen weiblichen Gästen, die offensichtlich fasziniert seinen Geschichten lauschten. Kurzerhand wählte sie seine Handynummer.

»Konrad ist jetzt auf der Straße nach Inqaba«, rief sie ins Telefon. »Wir müssen sofort los!« Sie winkte ihm zu, als er sich mit dem Handy am Ohr zu ihr umdrehte.

»Alles mit der Ruhe, wir haben gut eine halbe Stunde Zeit, ehe wir losmüssen«, war die entspannte Antwort.

Beruhigt beendete Nina den Anruf und suchte in Hochstimmung den Waschraum auf, wo sie ihr Make-up auffrischte und ihr Haar bürstete. Dummerweise hatte sie vergessen, Nils zu fragen, wo sie sich treffen wollten. Sie wählte noch einmal seine Nummer, bekam aber nur das Besetztzeichen. Sie reckte den Hals, konnte ihn aber momentan nicht entdecken und nahm an, dass er auf dem Parkplatz auf sie warten würde. An den Tischen vorbei schlängelte sie sich in Richtung Blättertunnel.

18

Jill lehnte sich neben Nils ans Verandageländer und ließ den Blick über die lebhafte Menge schweifen. »Es läuft gut«, bemerkte sie und prostete ihm mit einem zufriedenen Seufzer zu. »Alle scheinen glücklich zu sein, alles hat geklappt, das Wetter ist wunderbar, und wie ich höre, interessieren sich einige Gäste für die noch unverkauften Bungalows ...«

Plötzlich brach sie ab, und ihr Blick wurde starr. Aufgeregt packte sie Nils am Arm. »Um Himmels willen, da kommt Nico dal Bianco durch den Blättertunnel«, flüsterte sie erregt. »Was hat der denn heute hier zu suchen? Das Antilopen- und Warzenschweinfleisch hat er erst für nächste Woche bestellt. Und wo ist Nina? Sie darf Nico nicht sehen!«

Nils beugte sich zu ihr hinunter. »Du hast Nico doch nicht etwa aus Versehen eingeladen?«

»Natürlich nicht«, erwiderte sie aufgewühlt und reckte den Hals. »So senil bin ich noch nicht. Das hätte ich Nina nie angetan. Wo ist sie? Kannst du sie sehen?«

Nils, der fast alle Anwesenden um eine Kopflänge überragte, drehte sich einmal um die eigene Achse. »Nein, ich kann sie nirgendwo entdecken. Sie hat mich gerade angerufen, und wir haben uns in einer halben Stunde verabredet, um ihren Konrad abzuholen. Soll ich Nico hinauskomplimentieren?«

»Und welchen Grund würdest du ihm nennen? Ach, übrigens Nina ist hier, die Nina, die einmal deine große Liebe war, aber sie erinnert sich nicht mehr an dich? Er weiß doch bestimmt nicht, dass sie an einer Teilamnesie leidet. Wo ist Thandi?« Sie sah sich um. »Ich will sie als ärztliche Unterstützung hier haben, falls wirklich der Supergau eintritt und die beiden aufeinandertreffen ...«

Nils fuhr sich in einer Verlegenheitsgeste über sein raspelkurzes Haar. »Tut mir leid, ich habe vergessen, dir von Jonas auszurichten zu lassen, dass Thandi angerufen hat. Nach einem dieser Horrorverkehrsunfälle, die ständig auf unseren Straßen passieren, sind offenbar mehrere Schwerverletzte bei ihr eingeliefert worden, und sie wird nicht kommen können.«

»Dann bleibt nur noch Patrick! Obwohl ich bezweifle, dass er mit einer derartigen Situation umgehen kann. Elefanten und Nashörner haben eine dickere Haut.« Sie hielt eine Serviererin auf, die mit einem Tablett voller Gläser an ihr vorbeikam, und stellte ihr Glas dazu. »Ich werde Nina suchen und Jonas sagen, dass er Nico auf irgendeine verträgliche Weise klarmachen muss, dass er heute nicht bleiben kann, dass die Party eine geschlossene Gesellschaft ist oder was auch immer.« Sie hielt sich die Stirn. »Wenn einer das kann, dann Jonas. Kannst du hier bitte die Stellung halten und den charmanten Gastgeber spielen?«

»Natürlich. Und falls ich Nina unter den Gästen entdecke, melde ich mich sofort.«

Jill konnte sich nur langsam ihren Weg durch die Menge bahnen. Jeder wollte mit ihr anstoßen, immer wieder wurde sie aufgehalten und mit Komplimenten und Fragen überschüttet. Gewöhnlich hätte sie das in euphorische Stimmung versetzt, aber jetzt hatte sie Mühe, ihre Unruhe zu verbergen.

»Danke ... danke«, wehrte sie ab. »Entschuldigen Sie mich für einen Augenblick, mein Manager braucht mich ...« Sie machte eine fahrige Handbewegung und sah sich nach Jonas um. »Ich bin gleich wieder da, dann werde ich alle Fragen beantworten.« Mit einem aufgesetzt strahlenden Lächeln in die Runde entkam sie schließlich und stürmte in ihr Arbeitszimmer.

Ihre Assistentin Bongiwe, die gerade den Kopierer mit Papier fütterte, fuhr erschrocken zusammen. »Ist was passiert?«

»Noch nicht, und deswegen muss ich Thabili sprechen. Dringend! Hol sie unauffällig her. Shesha, wenn ich bitten darf, und kein Aufsehen.«

»Yebo!« Bongiwe schoss aus dem Zimmer und kehrte kurz darauf mit der Restaurantmanagerin im Schlepptau zurück.

»Habt ihr Nina gesehen?«, fragte Jill ohne Umschweife. »Ich muss sie so schnell wie möglich finden.«

Thabili zog die Brauen zusammen. »Seit ein paar Minuten habe ich sie nicht mehr gesehen. Vielleicht ist sie im Waschraum?«

»Hoffentlich. Bongiwe, sieh nach, und sag auch allen anderen Bescheid. Wenn ihr sie findet, ruft mich sofort an. Es ist extrem wichtig!«

Mit einem Trommelwirbel ihrer High Heels lief sie den Gang hinunter zu Jonas, um ihn in die Lage einzuweihen.

Aber es war zu spät.

Tür und Fenster des Aktenzimmers waren geöffnet, und sie konnte Nico dal Bianco sehen. Er stand wie angewurzelt zwischen Blättertunnel und Jonas' Büro und starrte sichtlich schockiert in Richtung Restaurantterrasse. Jill war mit wenigen Schritten am Fenster.

Nina stand dort unter der durch unzählige Glühbirnen beleuchteten Bougainvilleahecke, wo sich der Weg zum Privathaus und zur Restaurantterrasse gabelte. Ihr Gesicht hatte jede Farbe verloren. Die Haut schimmerte im Widerschein der beleuchteten Bougainvilleen in einem geisterhaften Rosablond. Ihr Blick war leer, und sie zitterte am ganzen Leib.

»Nina«, flüsterte Jill. »Nina ...«

»Nina?«, kam das Echo von Nico dal Bianco. »Nina!«, rief er und lief auf sie zu.

Nina reagierte nicht, sondern sackte mit einem tiefen Seufzer in sich zusammen. Glücklicherweise landete sie mit dem Kopf nicht auf den harten Bohlen, sondern auf der weichen Erde unter der Hecke.

Jill schleuderte ihre Schuhe von sich, flankte aus dem Fenster und war mit wenigen Schritten bei ihrer Freundin. Aber Nico war schneller gewesen. Er fiel neben seiner ehemaligen Verlobten auf die Knie. Behutsam nahm er sie in die Arme, murmelte Zärtlichkeiten und drückte sie an sich.

»Nico!«, presste Jill heraus. »Lass sie los, und verschwinde sofort in Jonas' Büro! Sie darf dich nicht sehen, wenn sie aufwacht. Schnell!«

Nico starrte sie schockiert an. »Aber ... aber ... es ist doch Nina, oder?«, stammelte er.

»Tu einfach, was ich dir sage! Auf der Stelle!«

Jill wischte sich mit dem Handrücken den Schweiß von der Stirn. Sie packte Nico an der Schulter und versuchte ihn von Nina wegzuziehen, aber er schüttelte sie ab. Verwirrt sah er von ihr hinunter zu Nina, die sich immer noch nicht rührte.

»Ich verstehe nicht«, flüsterte er heiser.

»Tu es, Nico! Tu es für sie. Ich erklär's dir später! Bitte!«

Endlich schien sie zu Nico durchzudringen. Die unendliche Vorsicht, mit der Nico dal Bianco Nina auf die Erde gleiten ließ, verriet ihr, dass er sie nach all den Jahren wohl immer noch liebte. Leicht schwankend stand er auf, und Jill wartete angespannt, dass er sich endlich zurückzog. Sie bemerkte, dass Nina offensichtlich aus ihrer Bewusstlosigkeit aufwachte.

»Schnell, sie kommt zu sich«, zischte sie Nico schärfer als beabsichtigt an.

Mit einem letzten verständnislosen Blick zog Nico sich in Jonas' Büro zurück.

Aufatmend kniete Jill nieder und nahm ihre Freundin in die Arme. »Liebes, was machst du nur für Sachen?«, flüsterte sie. »Hast du etwas Falsches gegessen?« Sie schickte ein Stoßgebet zum Himmel, dass Nina sich nicht erinnern würde, was vorgefallen war.

Nina setzte sich mit Jills Hilfe auf. Verwirrt blickte sie um sich. »Was ist denn passiert?«

»Dir ist offenbar schlecht geworden, und du bist umgefallen«, sagte Jill schnell, um weitere Fragen zu verhindern. »Lass mal sehen, ob du dich verletzt hast.« Sie sah sich nach Nils um, aber der war nirgends zu entdecken. »Kannst du aufstehen?« Sie streckte ihrer Freundin die Hand hin.

Nina nickte, packte Jills Hand und zog sich vorsichtig hoch. »Ich bin noch ein bisschen wackelig, aber es geht schon wieder«, sagte sie und sah sich mit gerunzelter Stirn um. »War eben nicht noch jemand anderes hier?«

Die Frage hatte Jill befürchtet. Was sollte sie darauf antworten?

Ja, Nico dal Bianco, den du damals als deine große Liebe bezeichnet hast, der war auch hier? Konnte sie verantworten, dass Nina womöglich einen völligen psychischen Zusammenbruch erlitt? Sollte sie einen Psychologen anfordern? Und wenn ja, woher? Es gab hier nur wenige Therapeuten, und die meisten hatten ihre Praxis in und um Durban. Außerdem war es stockdunkle Nacht. Kein Hubschrauber würde jetzt auf Inqaba landen können, und ein Rettungswagen mit einem Facharzt würde Stunden brauchen.

Sollte sie also lieber lügen?

Sie entschied sich für die Lüge. »Jemand anderes?« Sie riss ihre Augen in gespieltem Erstaunen auf. »Nein, hier war niemand. Außer drei bis vier Dutzend anderer Gäste.« Sie brachte ein Lächeln zustande und ließ ein weiteres Stoßgebet folgen, dass sie mit der Lüge nicht ein irreparables Unheil in Ninas Seele anrichten würde.

Zu ihrem Entsetzen erschütterte wieder ein Zittern die schlanke Gestalt ihrer Freundin. Ninas Zähne schlugen aufeinander, ihre Augen weiteten sich, und Jill griff zu, um sie zu halten, falls sie wieder umzufallen drohte. Aber Nina blieb, wenn auch schwankend, auf den Beinen und brach nicht wieder zusammen.

Jill sah das mit großer Erleichterung. »Es ist ja auch wirklich schweißtreibend heiß heute, und die letzten Tage waren sicherlich zu viel für dich.« Das wenigstens stimmte, dachte sie. »Du brauchst jetzt etwas für den Kreislauf. Kaffee oder Tee?«

»Kaffee bitte, und ein Mineralwasser«, antwortete Nina mit zittriger Stimme und bürstete die Erde von ihren Hosen.

Jill winkte eine der Serviererinnen heran. »Zwei starke Kaffee, viel Zucker, Milch und ein paar Cookies. Und einen Cognac. Und beeil dich!«

»Yebo, thank you, Madam«, antwortete die Serviererin und verschwand in der Küche.

Unruhig sah Jill sich noch einmal um, ob Nico nicht doch noch in der Nähe war. Zu sehen war er nicht, aber sie konnte nicht sicher sein, dass Jonas bereits mit ihm gesprochen hatte.

Mit einer beschützenden Geste legte sie Nina den Arm um die Schulter und führte sie unter das Reetdach an einen der Tische. »Komm, wir setzen uns so lange hier hin, bis du mit Nils zum Gate fährst. Konrad wird ja bald ankommen.«

Nina starrte sie an. »Konrad?«, stammelte sie sichtlich verwirrt, aber dann überzog ein Lächeln ihr blasses Gesicht mit einem rosigen Schimmer. Sie griff sich an den Kopf und kicherte etwas überdreht. »Meine Güte, ich bin vermutlich vor lauter Aufregung umgefallen. Wie seh ich aus? Bestimmt ganz fürchterlich ...«

Jill betrachtete sie. Die Verwandlung Ninas war frappierend. Ein Leuchten umgab sie, ihre Augen glänzten, und ihre Zähne blitzten in einem strahlenden Lächeln. Niemand würde vermuten, dass sie kurz zuvor einen massiven Schock erlitten hatte.

»Du siehst ganz wunderbar aus«, sagte sie leise und strich ihrer Freundin zärtlich übers Haar. »Und da ist auch schon Nils.« Sie winkte ihrem Mann zu, der sich vom anderen Ende der Veranda zu ihnen hindurchkämpfte. Hinter Ninas Rücken streckte sie ihm den Siegesdaumen entgegen.

»Nina ist ein wenig schlecht geworden«, informierte sie ihn. »Aber jetzt ist alles wieder in Ordnung. Wird wohl die Hitze gewesen sein. Ich habe gerade Kaffee und Cookies bestellt und für alle Fälle einen Cognac. Das müsste gleich hier sein. Danach könnt ihr sofort losfahren. Ich muss jetzt mit Jonas dringend über jemanden reden ...« *Nico* teilte sie Nils mit übertriebenen Lippenbewegungen mit. »Bleibst du bei Nina? Du kannst meinen Kaffee haben.«

Nils bestätigte mit einem Nicken, dass er sie verstanden hatte, und ließ sich auf einen Stuhl fallen. »Klar, wir haben noch genug Zeit, und einen Kaffee kann ich jetzt auch sehr gut gebrauchen.« Er streckte seine langen Beine von sich und schlug sich klatschend auf den Oberarm. »Ha, erwischt«, murmelte er und betrachtete zufrieden den toten Moskito, der in einem Blutfleck auf seiner Haut klebte.

»Nehmt ihr einen der Safariwagen?«, wollte Jill noch wissen.

»Werden noch mehr Gäste erwartet?«, kam die Gegenfrage von Nils.

»Nein, mit Konrad sind wir vollzählig.«

»Dann genügt der Landy. Außerdem hat er starke Scheinwerfer.« Er grinste. »Die Nashörner und Gnus auf Inqaba sind ja leider nicht mit Warnblinklichtern ausgestattet.«

Jill gab ihm einen Klaps und machte sich dann, ganz schlapp vor Erleichterung, auf die Suche nach Nico dal Bianco, um ihm begreiflich zu machen, wieso er Nina momentan derzeit nicht sehen durfte. Als sie um die Hausecke zur Rezeption lief, kam ihr Jonas jedoch bereits entgegen.

Sie blieb stehen. »Hast du Nico gesehen?«

»Hab ich«, erwiderte Jonas, nahm seine Brille ab und putzte hingebungsvoll die Gläser.

»Mach's nicht so spannend«, fuhr sie ihn an.

Jonas hatte manchmal das Bedürfnis, Spielchen zu spielen, und für gewöhnlich spielte sie mit, aber heute stand ihr wahrlich nicht der Sinn danach.

Der Zulu schien allerdings nicht übermäßig beeindruckt zu sein. Er hauchte seine Gläser an und schaute prüfend hindurch, ehe er wieder darauf herumrieb.

Jill knirschte mit den Zähnen, sagte aber nichts.

»Ich habe ihm gesagt, dass er Nina in Ruhe lassen muss«, teilte er ihr endlich mit. »Und warum. Mehr oder weniger. Er hat's kapiert, denke ich, aber vielleicht rufst du ihn noch mal an und lässt keine Zweifel daran, was passieren würde, wenn er sich nicht daran hält.«

»Worauf du dich verlassen kannst«, sagte sie. »Gleich morgen. Er hält sich also nicht mehr auf Inqaba auf?«

Jonas schüttelte den Kopf. »Er ist sofort in sein Auto gestiegen, und ich habe gewartet, bis er weggefahren ist. Außerdem habe ich Blessing angerufen und mich vergewissert, dass er das Gelände verlassen hat.« Er setzte die Brille wieder auf. Die Gläser funkelten.

»Ngiyabonga kakhulu«, sagte sie leise.

Er grinste sie mit schneeweißen Zähnen an. »Yebo.«

In diesem Moment wurde die Atmosphäre von einem kaum wahrnehmbaren Grollen erschüttert. Jill sah hoch.

»Da zieht ein Unwetter heran, das gar nicht vorhergesagt war«, sagte sie leise, und unwillkürlich lief ihr ein Schauer den Rücken hinunter.

»Yebo«, sagte Jonas wieder. Diesmal grinste er nicht.

Nils hängte sein Gewehr in die vorgesehene Halterung ans Armaturenbrett und half Nina auf den Beifahrersitz. Gleich darauf bog er auf die schmale Piste ab, die zum Haupteingang von Inqaba führte. Niemand sonst war unterwegs. Er schaltete einen Gang hoch, blieb aber unter der Höchstgeschwindigkeit von vierzig Stundenkilometern, was Nina deutlich beruhigte.

»Ein Zusammenstoß mit einem Rhinozeros oder Elefanten ist wesentlich unangenehmer als der mit einem Auto«, bemerkte er und streifte sie dabei mit einem kurzen Blick. »Und dir geht es wirklich wieder gut?«

»Wirklich!«, bestätigte sie mit strahlendem Lächeln. »Es war vermutlich eine Mischung aus Jetlag, Hitze, Aufregung ... der Unfall meines Vaters ... dass ich Konrad nicht erreichen konnte ...« Sie machte eine vage Handbewegung. »Es war ein bisschen viel.«

»Wohl wahr, das hätte jeden umgehauen«, stimmte Nils ihr zu. Dann lächelte er. »Du bist ziemlich hart im Nehmen, was?«

Sie zuckte kommentarlos mit den Schultern und sah hinaus. Der Mond leuchtete als milchige Scheibe hinter einer Schleierwolke, der dichte Busch auf der linken Seite begrenzte die Straße wie eine massive, schwarze Wand, rechts wogte, silbrig im fahlen Licht schimmernd, das endlose Grasmeer. Eine surrealistische Landschaft. Ab und zu tanzten körperlose Lichtpunkte auf dem Gras, mal handtellergroß, mal kleiner, immer paarweise. Tieraugen, die das Scheinwerferlicht reflektierten.

»Hyänen auf der Jagd«, sagte Nils. »Ein ganzes Rudel.«

Nina zog die Brauen zusammen. Das Gesagte löste etwas in ihr aus. Ein unheimliches Gefühl des Entsetzens stieg ihr in die Kehle, und sie brach plötzlich in Schweiß aus. Welches Wort von Nils rief diese Reaktion hervor? Hatte es etwas mit … damals zu tun? Hyänen!

Eine heisere Flüsterstimme. Als hätte sie eine glühende Herdplatte berührt, zuckte sie zurück, und ihre Angst blähte sich auf. Krampfhaft verschränkte sie die Hände ineinander.

Nils sah sie von der Seite an. »Nina? Alles in Ordnung?«

Für ein paar Sekunden starrte sie ihn verständnislos an. »Ja … ja«, stotterte sie schließlich. »Alles bestens.«

»Dann ist ja gut«, meinte er, aber sie konnte an seiner Miene ablesen, dass er ihr das nicht glaubte. »Wie geht es denn deinem Vater? Wie verkraftet ein lebenslustiger Mann wie er das alles?«

»Es ist hart für ihn«, antwortete sie. »Zum ersten Mal seit langer Zeit hat sich beruflich eine echte Perspektive aufgetan. Gesundheitlich hatte er überhaupt keine Probleme, es ging ihm bestens. Und dann …« Sie hob mit einer mutlosen Geste ihre Schultern. »Ein Fehltritt, buchstäblich, und innerhalb von Bruchteilen von Sekunden war seine Zukunft zerstört. Und jetzt geht es um sein Leben …«

Nils wich einem schillernden Pillendreher aus, der seine Dungkugel zusammen mit seinem Weibchen, das sich daran festklammerte, über die Straße rollte. »Hast du dich wegen der Niere typisieren lassen?«

»Natürlich, aber wir sind nicht kompatibel. Das Schlimmste ist, dass es nicht von seinem legendären Kampfgeist abhängt, mit dem er bisher jede Hürde in seinem Leben gemeistert hat, sondern ob er ... ob er ...« Sie stolperte über die Worte. »Ob er rechtzeitig eine Spenderniere von Eurotransplant zugeteilt bekommt. Die Anwärterliste ist endlos, und er steht ziemlich weit unten ...« Sie schaute hinaus in die samtige Nacht. »Es sieht nach Regen aus«, flüsterte sie. »Der Mond hat einen Hof ...«

Sie wurde vom Klingeln ihres Handys unterbrochen und zog es hastig aus der Tasche. Als sie den Namen auf dem Display las, fiel alle Angst, Beunruhigung, Sorge von ihr ab. Ein berauschendes Gefühl überflutete sie, und das Dunkel in ihr wich leuchtendem Strahlen. »Es ist Konrad«, sagte sie leise zu Nils und nahm ab. »Carissimo, wo bist du?«

»Praktisch schon da! Ich kann das Dach vom Haupteingang bereits sehen ... Und wo seid ihr?«

»Moment.« Sie lehnte sich zu Nils. »Wann sind wir am Eingang?«

»In weniger als fünf Minuten. Sag ihm, Blessing soll ihn schon mal aufs Gelände lassen und die Formalitäten erledigen.«

Sie gab die Nachricht weiter. »Bis gleich, Carissimo«, flüsterte sie und hauchte einen Kuss ins Mikrofon.

»Hoppla, wo kommt der denn her?«, rief Nils und bremste so plötzlich, dass Nina heftig zusammenfuhr. »Dort!« Er zeigte nach vorn.

Etwa hundertfünfzig Meter entfernt blitzte der Strahl starker Scheinwerfer durchs Gestrüpp, und dann bog ein Wagen aus einem Seitenpfad auf die Straße ein und kam ihnen mit voll aufgeblendetem Licht entgegen. Nils blinkte ihn an, aber der andere reagierte nicht und raste mit ungebremster Geschwindigkeit auf sie zu. Wie der Fahrer des bulligen SUVs, der sie vor zwei Tagen von der Straße gedrängt hatte! Nina erkannte jetzt, dass sie sich fast an derselben Stelle befanden.

Versteinert vor Schreck, starrte sie dem heranrasenden Geländewagen entgegen und stützte sich mit beiden Händen am Armaturenbrett ab, um den Aufprall aufzufangen.

Für einen kurzen Moment war das Innere des anderen Wagens voll ausgeleuchtet. Nina sah, dass der Fahrer einen Arm schützend vor sein Gesicht riss, dann bretterte er über die bucklige Asphaltpiste an ihnen vorbei und wurde von der Dunkelheit verschluckt. Das Ganze war so schnell passiert, dass nur ein verwischtes Abbild des Fahrers auf ihrer Netzhaut geblieben war. Atemlos vor Erleichterung, fiel sie in den Sitz zurück. Es war nur ein dummer Zufall gewesen.

Nils warf einen langen Blick in den Rückspiegel. »Verdammt! Was macht der denn noch hier ...?« Er schnappte sich sein Funkgerät.

»Du hast den Mann erkannt?«, rief sie erregt.

»Allerdings!« Nils drückte die Sprechtaste. »Das ist ein Ranger, dem Jill gerade erst gekündigt hat. Er hat Hausverbot ...«

»Ach so«, murmelte sie abwesend. »Im ersten Augenblick habe ich gedacht, dass es derselbe Wagen und derselbe Mann war, der mich gerammt hat.«

Das Funkgerät knackte, lauter Partylärm dröhnte im Hintergrund, dann meldete sich Jill. »Einen Moment«, schrie sie gegen den Krach an. »Ich kann dich nicht verstehen ... So, da bin ich wieder. Ich habe mich in Jonas' Büro geflüchtet. Draußen ist die Hölle los, und die Terrasse bebt.« Jill lachte, hörte aber abrupt damit auf. »Warum rufst du an? Ist alles in Ordnung bei euch?«

»Mit uns ja«, antwortete Nils. »Aber uns ist eben ein Wagen, ein Geländewagen, entgegengekommen und hinter uns verschwunden. NES-Autokennzeichen ...«

»Eshowe«, sagte Jill. »Soweit ich weiß, kommt derzeit keiner, der bei uns arbeitet, aus ...«

»Der arbeitet ja auch nicht mehr hier«, fiel er ihr ins Wort. »Aber ich habe ihn erkannt. Unser Mathelehrer ...«

»Du meinst, es war ... Bist du dir da sicher?« Jill klang perplex.

»Bin ich«, bestätigte Nils. »Und ich möchte wissen, wie der aufs Gelände gelangt ist. Nur das Haupttor ist heute zugänglich.«

»Entweder hat er Blessing bestochen, oder jemand hat eins der anderen Gates nicht ordentlich verschlossen.«

»Ich tendiere zur ersten Version«, sagte Nils nach kurzem Zögern. »Wir sind gleich dort. Ich melde mich dann wieder. Sag du inzwischen allen Rangern Bescheid, dass sie Ausschau nach dem Mann halten! Bis gleich.«

»Bis gleich«, kam das Echo von Jill, dann wurde die Verbindung getrennt.

Nils bog von der Straße ab, und Ninas Herz machte vor freudiger Erregung einen Sprung. Angespannt lehnte sie sich vor, um besser sehen zu können. Das Scheinwerferlicht huschte über das Tor und den Schlagbaum, das trübe erleuchtete, vergitterte Fenster, hinter dem Blessing wachte, den schattigen Eingang zu ihrem Büro, der sich auf dieser Seite des Schlagbaums befand, weiter über das riedgedeckte Toilettenhäuschen und den Leberwurstbaum im Hintergrund und die Warzenschweinfamilie, die sich dort niedergelassen hatte. Und wieder zurück.

»Eigenartig, hier ist niemand«, murmelte Nils. »Konrad ist nicht da.«

Ninas Blick flog mit steigendem Entsetzen über die Umgebung. Nils hatte recht. Konrad war nicht zu sehen. Auch Blessing nicht.

Reflexartig drehte sie an ihrem Ring. Hin und her, immer wieder. Wie eine unerbittlich auflaufende Flut stieg ihr die Angst in die Kehle. Um sich abzulenken, presste sie die Fingernägel mit aller Kraft in ihre Handflächen und konzentrierte sich ganz auf den Schmerz.

»Was könnte denn in der kurzen Zeit passiert sein?« Sie bemühte sich, das Beben in ihrer Stimme zu unterdrücken. »Konrad hat doch gesagt, dass er schon praktisch da sei. Er konnte schon das Dach des Haupteingangs erkennen ...« Verstohlen massierte sie die blutunterlaufenen Nagelabdrücke auf ihrer Hand.

»Irgendwer oder irgendwas muss ihn aufgehalten haben«, erwiderte Nils mit abwesender Miene. »Es gibt sicher eine plausible

Erklärung. Hoffentlich hat er jetzt keinen Platten außerhalb unseres Geländes, denn in dieser Gegend nachts Reifen wechseln zu müssen kann ziemlich ungemütlich werden.«

Es blieb ihrer Fantasie überlassen, was genau er meinte. Lauerten Gangster im Gebüsch? Waren Löwen ausgebrochen? Marodierende Elefanten?

Als hätte er ihre Gedanken gelesen, sah Nils sie von der Seite an. »Es ist eine verdammt arme Gegend«, sagte er, während er sein Seitenfenster herunterfuhr. »Das weckt Begehrlichkeiten.« Er nahm die Stablampe aus der Seitentasche, schaltete sie ein und ließ den Strahl über die Umgebung und die Gebäude außerhalb des Zauns wandern. Systematisch leuchtete er in jede schattige Ecke und in die dichte Vegetation, die den asphaltierten Platz einfasste. Selbst das Reetdach, soweit es von ihrem Standort einsehbar war, suchte er im Lichtschein ab und zum Schluss noch einmal das buschbestandene Gelände innerhalb der Einzäunung.

Es rührte sich nichts. Nur der Warzenschweineber hob den Kopf, ließ sich jedoch gleich wieder grunzend zurückfallen und schlief weiter.

»Nichts«, brummte Nils und ließ sein Fenster wieder hoch. »Verdammt!«

Nina brach der kalte Schweiß aus. Wo war Konrad? Ihre Gedanken rasten im Kreis. »Es kann ihm doch unmöglich auf den letzten Metern etwas passiert sein«, sagte sie mit steifen Lippen.

Nils' Mund war ein gerader harter Strich, seine Miene drückte tiefe Besorgnis aus. »Ja, das ist sehr unwahrscheinlich«, stimmte er ihr zögernd zu. »Aber wir sind hier in Afrika.« Er verzog den Mund zu einem angestrengten Grinsen. »Vielleicht steht da ein Büffel herum und hat keine Lust, den Weg frei zu machen. Oder eine Kuhherde hat es sich auf der Straße bequem gemacht ...«

Nina war nicht zum Scherzen zumute. Mit absoluter Sicherheit wusste sie, dass sie es nicht verkraften könnte, sollte Konrad etwas zugestoßen sein. Sie vergrub ihr Gesicht in den Händen. Das

Gefühl, dass ihr Leben sich im freien Fall befand, überwältigte sie, und das Schlimmste war, dass sie zur Untätigkeit verurteilt war.

»Okay, wir müssen den Tatsachen ins Auge blicken – da ist etwas nicht in Ordnung«, sagte Nils und legte die Taschenlampe auf die Ablage. »Die lasse ich dir hier. Ich habe noch eine kleinere.« Er hakte das Gewehr aus der Halterung und überprüfte es mit einer routinierten Bewegung. »Ich mach mich auf die Suche nach Blessing«, sagte er und stieg aus. »Schließ sicherheitshalber die Türen ab.«

Sie langte hinüber und drückte die Zentralverriegelung, vergaß aber, auch ihr Fenster zu schließen. Sie beobachtete, wie sich Nils mit dem Gewehr im Anschlag langsam auf das Wachhäuschen zubewegte. Abrupt blieb er stehen, presste sich an die Wand und entsicherte die Waffe.

»Kommen Sie mit erhobenen Händen raus, da, wo ich Sie sehen kann«, hörte sie ihn auf englisch rufen, und gleich darauf wiederholte er den Satz auf Zulu.

Niemand antwortete. Nils wiederholte die Aufforderung – wieder rührte sich nichts. Nina hörte auf zu atmen.

Aber dann vernahm sie es. Leise, einen Laut, als würde ein Mensch im Schlaf stöhnen. Sie lehnte sich aus dem Fenster.

»Nils!«, rief sie gedämpft. »Hast du das gehört?«

Er nickte. »Hab ich. Bleib, wo du bist.«

Schritt für Schritt schob er sich an der Wand entlang, bis er sich dem Eingang des Wachraums auf eine Gewehrlänge genähert hatte, dann blieb er stehen.

»Hände hoch!«, kommandierte er.

Gebannt starrte Nina auf die schattige Türöffnung, aber lange Sekunden geschah nichts. Eine minimale Bewegung am Türrahmen zog ihren Blick an. Ungefähr einen Meter über dem Steinfußboden schob sich eine Hand heraus, und wieder ertönte das Stöhnen. Und dann eine tiefe Männerstimme. Rau und von Husten unterbrochen, stieß der Mann ein Wort hervor.

Verstehen konnte sie es nicht, aber seine Melodie hallte in ihr nach. Englisch war es nicht, auch nicht Zulu. Mit gesenktem Kopf rief sie sich das Echo noch einmal ins Gedächtnis.

Eine Tonfolge von weichen Vokalen in einem ganz eigenen Rhythmus. Einem Rhythmus, der ihr urplötzlich den Puls hochjagte. Wie hypnotisiert starrte sie auf die Hand. Eine zweite erschien, und dann zog sich eine dunkle Gestalt, ein Mann, am Rahmen hoch und torkelte mit erhobenen Händen in den Schatten vor das Wachhäuschen.

»Auf den Boden!«, rief Nils.

»Aber gern«, sagte der Mann auf englisch und legte sich leise stöhnend flach auf den Boden, die Arme von sich gestreckt, den Kopf auf die Seite gedreht.

»Leuchte ihn mit der Taschenlampe an«, rief Nils ihr zu. »Ich will sehen, wer der Kerl ist.«

Mit bebenden Händen packte sie die Lampe, schaltete sie ein und richtete den Strahl auf den Mann am Boden.

Dunkles Haar, an Stirn und Schläfe blutverschmiert, die Augen geschlossen. Seine Haut war dunkel, aber nicht afrikanisch dunkel. Eher südländisch sonnengebräunt.

Jetzt hob er den Kopf um ein paar Zentimeter. »Ich bin müde«, teilte er Nils mit und blinzelte ins gleißende Licht.

Bis ans Ende ihres Lebens würde Nina diesen Augenblick nicht vergessen. Sagen konnte sie nichts, atmen auch nicht. Ihre Kehle war blockiert, ihre Emotionen spielten verrückt.

Die Augen des Mannes waren tiefblau, und seine Zähne leuchteten weiß in dem sonnengebräunten Gesicht.

»Carissimo«, flüsterte sie tonlos und sprang aus dem Wagen, bevor Nils reagieren konnte. Wie sie die rund zwanzig Meter zu Konrad zurückgelegt hatte, konnte sie später nicht sagen. Ihr Herz schien zu bersten, und plötzlich lag sie auf dem warmen Steinboden neben ihm, ihr Gesicht an seinem, sein Mund auf ihrem. Er rollte sich auf den Rücken, zog sie an sich, und als sie seine Arme um ihren Körper spürte, seine Kraft und seine Wärme sie durchfluteten, hörte das Zittern auf.

»Verdammt, hab ich dich vermisst«, flüsterte er. »Ich glaube, ich werde dich nie wieder loslassen.«

Einen langen Augenblick blieben sie eng umschlungen liegen, dann setzte Nina sich auf und strich ihm behutsam das blutverschmierte Haar aus der Stirn. »Du blutest. Was ist hier vorgefallen?«

»Das möchte ich auch wissen.« Nils' Schuhe schoben sich in Ninas Blickfeld. »Konrad, nehme ich an?«

Nina sah hoch zu ihm. »Ja, das ist Konrad«, sagte sie mit einem strahlenden Lächeln und Tränen in den Augen.

Nils hängte sein Gewehr über die Schulter und ging neben den beiden in die Knie. »Hi«, sagte er. »Ich bin Nils, Nils Rogge, Jills Mann. Kannst du mir sagen, was hier geschehen ist?« Er beugte sich über den Verletzten und betrachtete die Wunde auf dessen Stirn von allen Seiten. »Sieht schmerzhaft aus. Wer hat dir das verpasst? Oder hast du dich gestoßen?«

Konrad schüttelte den Kopf und zog prompt eine schmerzverzerrte Grimasse. »Mist, mein Schädel brummt«, knurrte er. »Nein, gestoßen habe ich mich nicht ...«

»Ist dir schwindelig oder übel?«, unterbrach Nina ihn voller Sorge, dass er ernsthaft verletzt war. »Siehst du doppelt ...?«

»Liebling, ich bin okay.« Er nahm ihre Hand und küsste sie. »Mein Kopf brummt nicht schlimmer als nach einem Pokerabend mit meinen Freunden. Außerdem steckt mir der Flug in den Knochen.«

Nils grinste und streckte Konrad die Hand hin. »Kannst du aufstehen?«

»Klar.« Konrad packte die Hand, zog sich hoch und blieb leicht schwankend stehen. »Geht doch«, murmelte er und lehnte sich an die Wand.

»Also, gestoßen hast du dich nicht«, bohrte Nils weiter. »War der Wachposten zu sehen?«

»Nein, als ich ankam, war kein Wachposten zu sehen. Der Schlagbaum war heruntergelassen, aber das Tor war offen, wenn ich mich richtig erinnere. Obwohl es jetzt ja offensichtlich geschlossen ist.«

Er zeigte mit dem Daumen auf das Büro. »Und wie ich da reingekommen bin, weiß ich auch nicht.«

»Moment mal, um das klarzustellen. Du hast Blessing gar nicht gesehen?« Nils musterte ihn nachdenklich. »Also hat der Angreifer dich offenbar erwischt, bevor du ihr Büro betreten konntest ...«

Konrad reagierte verwirrt. »Blessing? Wer ist das?«

»Blessing ist heute unser Wachposten hier. Eine ziemlich üppige Schwarze mit viel Haar.« Nils zeigte mit beiden Händen das Ausmaß von Blessings Haarschmuck.

Konrad schüttelte vorsichtig den Kopf. »An die kann ich mich beim besten Willen nicht erinnern. Ich habe den Wagen abgestellt, bin ausgestiegen und ein paar Schritte auf das Wachhäuschen zugegangen ...«

»Du hast also auch kein anderes Auto gesehen?«, unterbrach Nils ihn.

»Nein ... bestimmt nicht. Ich hab nur den Schlag gespürt, seitlich an der Stirn.« Konrad berührte die Stelle vorsichtig. »Dann gingen die Lichter aus. Das Nächste, was ich mitgekriegt habe, war dein Kommando, dass ich mit erhobenen Händen herauskommen soll.«

»Okay«, flüsterte Nils und bedeutete ihnen mit einem Finger an den Lippen, ruhig zu sein. Er nahm das Gewehr von der Schulter, entsicherte es, trat ein paar Schritte zurück und blickte suchend in den dunklen Raum. Mit einem Kopfschütteln teilte er den beiden mit, dass er nichts erkennen konnte.

»Auf den Boden mit euch beiden, dicht an die Wand«, sagte er schließlich leise. »Schnell!«

Nina drückte sich bäuchlings an die Wand und presste den Kopf in ihre verschränkten Arme. Konrad legte sich über sie, umschlang sie fest und vergrub sein Gesicht in ihrem Nacken. Sein warmer Atem strich über ihren Hals. Sie spürte das Pochen seines Herzens, und trotz der angespannten Situation bescherte ihr das ein unbeschreibliches Gefühl von Geborgenheit.

»Okay, rührt euch nicht, bis ich es sage«, raunte Nils. Er hob das Gewehr und bewegte sich lautlos auf die Türöffnung zu.

Blessings Büro gähnte ihm schwarz entgegen, und instinktiv wusste er, dass sich niemand darin aufhielt. Auf keinen Fall ein menschliches Wesen. Geduldig wartete er, bis sich seine Augen der Dunkelheit angepasst hatten. Außer dem fahlen Widerschein des nächtlichen Himmels gab es keine weitere Lichtquelle. Das Gewehr immer noch im Anschlag, zog er seine LED-Taschenlampe aus seiner Hemdtasche, schaltete sie ein und ließ den Strahl blitzschnell durch den Raum fliegen.

Über Blessings Schreibtisch mit ihrem aufgeschlagenen Kalender zu dem umgekippten Stuhl, den auf dem Steinboden verstreuten Papieren und den aufgerissenen Schranktüren bis hinauf zu den Balken unter dem schattigen Dach, die breit genug für einen nicht zu dicken Menschen waren.

Nachdem er sich vergewissert hatte, dass sich niemand auf den Balken versteckte, durchsuchte er den Raum gründlich. Er spähte in jeden Schrank, öffnete alle Schubladen, leuchtete hinter die Rückseiten und tastete die Schrankoberseiten ab.

Nichts! Nur Staub und Spinnweben.

Er nahm das Gewehr herunter, schaltete die Taschenlampe aus und die Deckenbeleuchtung ein. »Alles in Ordnung«, rief er Nina und Konrad zu. »Ihr könnt aufstehen. Hier ist niemand.«

Bevor er den Raum verließ, sah er sich noch einmal um und entdeckte dabei das Register, in das die Einzelheiten bei der Ankunft jedes Besuchers eingetragen wurden, das halb unter den Schreibtisch gerutscht war. Er hob es auf, legte es auf die Schreibauflage und blätterte zur aktuellen Seite.

Dort waren in Blessings runder Handschrift, die ihn an Schönschriftübungen in seinem ersten Schuljahr erinnerte, als vorletzte Besucher Lisa, Ryan und Mick Robertson eingetragen. Ganz korrekt mit Autokennzeichen, Adresse, Telefonnummer und Ankunftszeit.

Aber der Name des nächsten Besuchers war so verschmiert, dass er nicht lesbar war. Er sah genauer hin. Es schien ihm, dass jemand absichtlich Dreck über die Schrift geschmiert hatte. Mit dem Fingernagel versuchte er, die Schicht abzukratzen, aber damit kratzte er auch die Schrift weg, also ließ er davon ab.

In der nächsten Spalte brach das Wort nach zwei Buchstaben ab, und nur noch ein scharfer Strich verlief quer über die Seite. Er nahm an, dass Blessing den Stift normal angesetzt hatte, dann aber so erschreckt worden war, dass ihr der Kugelschreiber abglitt. Oder jemand hatte ihn ihr aus der Hand geschlagen.

Grübelnd fuhr er die Linien mit dem Zeigefinger nach. Zwei Buchstaben. N und R.

NR. Das sagte ihm gar nichts. Anders als das NES auf dem Nummernschild von Willem van Niekerk, der ihnen zuvor entgegengekommen war. Nils starrte auf die beiden Buchstaben, ohne sie wirklich zu sehen.

Vor ihm lief ein Film ab. Er sah den Buren vor sich, wie er erst Blessing überfiel und anschließend ihr Büro nach den Schlüsseln für das Tor durchsuchte. Dabei wurde er von Konrad gestört, der nichts ahnend vorgefahren und ausgestiegen war. Niekerk hatte ihn gehört und war hinausgelaufen, um nachzusehen, wer da angekommen war.

Hatte er Konrad draußen niedergeschlagen und ins Büro gezerrt? Wenn ja, welchen Gegenstand hatte Willem benutzt, um Konrad außer Gefecht zu setzen? Nach Konrads Stirnwunde zu urteilen, musste es ein harter Gegenstand gewesen sein. Wenn er den finden könnte, mit Konrads Blut und Willems Fingerabdrücken darauf, wäre das ein eindeutiges Beweisstück und würde für eine sofortige Verhaftung reichen. Oder war Willem im Büro überrascht worden und hatte Konrad dort angegriffen?

Er leuchtete noch einmal jede Ecke des Raums ab, besonders in der Nähe der Tür, und endlich fand er, wonach er gesucht hatte.

Hinter dem umgekippten Papierkorb lag ein etwa fünfzehn

Zentimeter großer Elefant aus Hartholz. Mit spitzen Fingern hob er die Figur an einem Bein hoch und untersuchte sie. Der Rücken war mit einer Kruste Blut bedeckt. Also hatte der Bure wohl nicht nur Blessing verschleppt, sondern auch Konrad niedergeschlagen. Sie waren auf dem Weg zum Eingangstor keinem anderen Auto begegnet.

»Verdammt«, murmelte er.

Er trat hinaus und ging hinüber zu Konrads Mietauto, einem hochbeinigen, silberfarbenen SUV. Nina saß bereits hinter dem Steuer, und Konrad hatte sich mit geschlossenen Augen im Beifahrersitz zurückgelehnt.

»Ich habe das hier gefunden«, sagte er und zeigte Konrad den Elefanten. »Wahrscheinlich hat dir der Kerl damit eins über den Schädel gezogen. Es klebt Blut daran. Wenn das dein Blut ist und die Polizei Fingerabdrücke darauf findet, dann haben wir ihn!« Er verstaute die Schnitzerei sorgfältig im Handschuhfach.

»Wo ist Blessing?«, fragte Nina. »Ist sie …?«

»Das möchte ich auch wissen«, unterbrach er sie. »Aber es ist weiter kein Blut zu sehen, also gehe ich davon aus, dass sie nicht verletzt ist. Ich öffne jetzt das Tor für euch, schließe hier alles ab, und dann fahren wir. Halt dich immer dicht hinter meinem Wagen, Nina.«

Nina nickte und startete den Motor, während Nils das Tor zurückschob und den Schlagbaum hochdrückte. Hinter ihr ließ er den Schlagbaum wieder herunter und zog das Tor wieder zu. In der Schublade von Blessings Schreibtisch fand er zwei solide Vorhängeschlösser, mit denen er Schlagbaum und Tor sicherte, bevor er mit einem letzten prüfenden Blick über die Umgebung in seinen Wagen stieg. Er drehte den Rückspiegel so, dass er Konrads SUV im Blick hatte, und trat aufs Gas. Sobald er vom Parkplatz auf die Straße einbog, nahm er das Funkgerät hoch und rief Jill an.

»Endlich!«, meldete sie sich. »Meine Güte, hab ich mir Sorgen um euch gemacht! Warum hast du nicht früher angerufen?« Sie stockte. »Es ist was passiert, oder? Du schweigst sehr laut.«

»Ja«, sagte er. »Es ist etwas passiert. Konrad ist niedergeschlagen worden, Blessing ist verschwunden, und jemand hat ihr Büro auseinandergenommen. Ich nehme an, auf der Suche nach dem Schlüssel für das Eingangstor, der ist nämlich nicht ...«

»O Gott«, fiel Jill ihm ins Wort. »Wie geht es Konrad? Ist er schwer verletzt?«

»Eine böse aussehende Wunde am Kopf und meiner Meinung nach mindestens eine leichte Gehirnerschütterung. Er behauptet, es gehe ihm gut, aber ich habe den Verdacht, dass er den Helden spielen will.«

»Typisch Mann«, murmelte Jill mit deutlicher Erleichterung.

»Ein Arzt sollte ihn sich ansehen, aber ich möchte ihm nach dem langen Flug nicht zumuten, im Auto ins nächste Krankenhaus zu fahren. Ist Thandi inzwischen gekommen?«

»Nein, sie steht immer noch im OP. Einige der Unfallopfer sind in einem kritischen Zustand. Bei ihr ist Land unter. Aber ich frage mal nach, ob unter unseren Gästen ein Arzt ist. Ich rufe gleich zurück.«

Kurz darauf knackte das Funkgerät wieder.

»Wir haben halbwegs Glück«, sagte Jill. »Es ist ein Arzt darunter, nur ist da ein Problem – er ist Gynäkologe.«

Nils gluckste. »Das sollten wir Konrad vielleicht nicht sagen. Aber der Mann wird doch sicher imstande sein, die Wunde zu verbinden und eine Gehirnerschütterung zu diagnostizieren?«

»Natürlich, und er hat sich sofort zu allem bereit erklärt. Sowie du die beiden zu ihrem Bungalow gebracht hast, hol ihn doch bitte ab. Er heißt Johannsen und wartet in der Bar. Wie geht es übrigens Nina?«

Er warf einen kurzen Blick in den Rückspiegel. »Sie ist glücklich und flattert wie eine aufgescheuchte Henne um ihren Konrad herum ...«

»Verständlich«, bemerkte seine Frau trocken. »Hast du irgendeine konkrete Vermutung, wer ihn und Blessing überfallen hat?«

»Willem van Niekerk, wer sonst? Er ist der Einzige, dem wir begegnet sind, und sein ganzes Verhalten deutet klar darauf hin ...«

»Was meinst du damit?«

»Er hat eindeutig versucht, uns zu rammen, und das wäre ihm um ein Haar auch gelungen. Ich habe auch den Gegenstand gefunden, mit dem er Konrad vermutlich niedergeschlagen hat.« Er berichtete ihr von dem geschnitzten Elefanten. »Ich werde ihn der Polizei übergeben. Das sollte vor Gericht ein Selbstgänger sein. Jetzt fragt sich nur, was er mit Blessing angestellt hat. Hast du allen Bescheid gesagt?«

»Ja, den Rangern und auch unseren Wildererpatrouillen, und zwar jedem einzeln. Es ist nichts über den allgemeinen Rundruf gegangen. Hat länger gedauert, aber falls Willem sich da immer noch einklinken kann, dürfte er nichts davon mitgekriegt haben.«

»Sehr klug«, sagte Nils. »Hätte glatt von mir sein können.«

»Außerdem habe ich herausbekommen, wer von Würstchens Vorliebe für Äpfel wusste.« Sie machte eine kurze Pause. »Praktisch alle Ranger, aber im Besonderen unser Freund, der Mathelehrer. Kira hat erzählt, dass er neulich eine Tüte Äpfel für Würstchen mitgebracht hat.«

»Den knöpfe ich mir vor ...«, knurrte Nils.

»Erst mal müssen wir ihn erwischen. Und Blessing finden. Hoffentlich hat er sie nicht ... Blessing hat fünf Kinder!«

»Ich weiß. Wir kriegen ihn zu fassen. Und wenn nicht wir, dann die Polizei.« Nils sagte das mit mehr Überzeugung, als er wirklich verspürte. Dieser hinterhältige Bure war gerissen und kannte sich im Busch wie ein Tier aus.

»Der würde sich in ein Warzenschweinloch eingraben, um nicht gefunden zu werden«, sagte Jill, als hätte sie seinen Kommentar tatsächlich gehört. »Halt die Leitung frei, falls die Ranger Neuigkeiten haben.«

»Okay! Bis gleich.«

19

Nina fuhr konzentriert, immer darauf vorbereitet, dass ihr unvermittelt ein Nashorn oder Elefant im Weg stehen könnte, verlor dabei aber nie das Rücklicht von Nils' Auto aus dem Blick. Das blasse Mondlicht verwandelte die schmale Straße vor ihr in einen silbrig schimmernden Fluss, der sich durch die nachtdunkle Savanne wand. Ab und zu huschten Schatten über den Silberfluss. Ein Schwarm gackernder Perlhühner, kleine Antilopen, und einmal weigerte sich ein mürrisch dreinblickendes Wildebeest, ihr Platz zu machen, und sie musste aufs Gras ausweichen.

Nach einer scharfen Rechtskurve leuchteten die Bremslichter von Nils' auf, und sie hielt ebenfalls an.

Konrad, der vor sich hin gedöst hatte, öffnete verschlafen die Augen. »Ist was?«, murmelte er träge.

Er ließ sein Fenster herunter, lehnte sich hinaus und schoss sofort in seinem Sitz hoch. Eine ohrenbetäubende Kakofonie von schrillem Gelächter, irrwitzigem Geheul und lautem Knacken brach über sie herein. Er zog den Kopf zurück.

»Heiliger Strohsack, was ist denn das?«, sagte er und zeigte nach draußen. »Ein Haufen Verrückter, die mit Taschenlampen winken? Und stinken, als hätten sie sich in Aas gewälzt?«

»Hyänen und Schakale, die sich um Beute streiten«, sagte Nina. »Ihre Augen leuchten im Scheinwerferlicht. Und da sie Aasfresser sind, stinken sie eben so. Mach bitte das Fenster wieder zu, sonst haben wir schnell ungebetene Gäste.«

Weil Konrad nicht sofort reagierte, langte sie hinüber und drückte den Fensterheber. Das Fenster surrte hoch, und das nervenzehrende

Gekreisch wurde auf erträgliche Lautstärke gedämpft. Einige der Hyänen unterbrachen ihre Fressorgie und starrten zu ihnen herüber. Blut tropfte von ihrem furchterregenden Gebiss, ihr geflecktes Fell glänzte rot.

»Blutrünstiges Pack«, murmelte Konrad. »Was für ein brutales Land.«

Die Hyänen wichen murrend von dem halb aufgefressenen Kadaver an den Straßenrand zurück, und die Schakale drängten sich aufgeregt jaulend im Hintergrund herum. Nils fuhr langsam wieder an. Nina folgte ihm. Konrad hielt sich die Ohren zu.

Die restliche Fahrt zur Lodge verlief ohne weitere Zwischenfälle, und Nina stieg schließlich aufatmend vor ihrem Bungalow aus. Ihr Quantum an Aufregungen war für heute restlos erfüllt.

»Jetzt eine heiße Dusche und etwas zu essen«, stöhnte Konrad und kletterte vom Beifahrersitz herunter. Er streckte und dehnte sich, dass die Knochen knackten. »Gib mir mal bitte den Autoschlüssel, ich hol mein Gepäck aus dem Kofferraum ...«

»Nein, das wäre ja noch schöner«, unterbrach Nils ihn energisch. »Das Gepäck bringe ich ins Haus. Geht ihr schon mal vor.«

Nina dankte ihm mit einem Lächeln und nahm Konrads Hand. »Komm, Carissimo, du wirst staunen.«

Gemeinsam stiegen sie die Stufen hinauf zum Sonnendeck. Das Mondlicht geisterte über den Busch, die Amatungulublüten leuchteten wie weiße Sterne, kein Windhauch kräuselte die Wasseroberfläche des Swimmingpools. Gläsern türkis schimmernd lag er vor ihnen. Konrad drehte sich langsam im Kreis und ließ seinen Blick über die Umgebung gleiten. Mit zurückgelegtem Kopf atmete er tief ein.

»Welch köstliche Luft«, murmelte er. »Herrlich! Können wir morgen hier auf der Terrasse frühstücken? Aber bloß nicht zu früh.« Er kraulte Nina den Nacken und grinste frech. »Könnte ja sein, dass uns etwas dazwischenkommt.«

Nils, der hinter ihnen die Treppe hochkam, hatte die Frage offensichtlich gehört. Er lachte leise. »Ich werde Jill Bescheid sagen, dass Thabili euch rechtzeitig anruft, um eure Bestellung aufzunehmen. Wohin soll ich das Gepäck bringen? Ins Schlafzimmer?«

»Ich bringe es gleich hinein ...«, wehrte Konrad ab.

Wieder unterbrach ihn Nils. »Kommt nicht infrage. Wir sind stolz auf unseren guten Service.« Er vollführte einen höfischen Kratzfuß.

Nina lachte. »Ins kleinere Schlafzimmer bitte. Euer Service ist wirklich Spitze. Ich kenne kein Hotel, wo der Eigentümer den Gästen die Koffer hinterherschleppt.« Sie stellte sich auf die Zehenspitzen und drückte Nils lächelnd einen schallenden Kuss auf die Wange. »Als Ersatz für ein Trinkgeld.«

Konrad hatte die Hände in die Taschen seiner Chinos gebohrt und beobachtete sie knurrend unter gesenkten Brauen, wobei allerdings ein Lächeln seinen Mund umspielte.

»Achtung, Nils, der Sizilianer kommt zum Vorschein!«, rief Nina übermütig und fühlte sich ganz schwindelig vor Glück.

»Ach, Sizilianer ...« Nils feixte. »Übrigens, weil wir gerade von Service reden. Ich habe vorhin mit Jill gesprochen, und sie hat mir gesagt, dass unter unseren Gästen glücklicherweise ein Arzt ist, der bereit ist, Konrad zu untersuchen. Außerdem haben wir auf Inqaba eine Krankenschwester im Einsatz, und die ist wirklich sehr kompetent ...«

Konrad winkte mit einer lässigen Bewegung ab. »Ach wo, brauche ich alles nicht. Ich hab immer Klammerpflaster dabei. Das genügt. Aber jetzt werde ich erst einmal ausgiebig duschen, damit ich den Hyänen keine Konkurrenz mache.« Damit betrat er das Haus und marschierte ins Schlafzimmer. »Wo ist das Badezimmer?«, fragte er.

Nina war ihm gefolgt, stemmte die Arme in die Hüften und fixierte ihn mit einem scharfen Blick. »Entweder du lässt dich von diesem Arzt untersuchen, oder ich rufe den Notarzt, der dich dann ins Krankenhaus bringt!«

Konrad ließ sich mit gequälter Miene der Länge nach auf das Bett fallen. »Nina, Liebling, das ist albern.«

Nina blinzelte nicht einmal. »Arzt oder Krankenhaus, du hast die Wahl.«

»Du klingst wie eine sizilianische Mama«, klagte er.

Nils lehnte in der Tür zum Schlafzimmer und bemühte sich sichtlich, nicht schadenfroh zu grinsen. »Warum soll dir das besser gehen als mir? Du solltest mal Jill in einer derartigen Situation kennenlernen.«

»Ich hab eine galoppierende Arztphobie«, sagte Konrad flehentlich und griff sich in die Herzgegend. »Das kann richtig gefährlich werden.«

Nina betrachtete ihn mit schief gelegtem Kopf. »Ehrlich gesagt, redest du so viel Unsinn, dass ich befürchte, dein Gehirn hat wirklich Schaden genommen. Vielleicht sollte ich dich tatsächlich in eine Klinik bringen, damit die einen Hirnscan machen. Wir könnten den Hubschrauber rufen.«

Zu Nils' Belustigung klappte Konrad sofort den Mund zu und schwieg, auch wenn er entschieden rebellisch dreinschaute.

Nina beugte sich zu ihm hinunter. »Bitte, Carissimo, mach jetzt kein Theater. Du hast ein paar harte Tage hinter dir, und ich mache mir Sorgen. Außerdem ist mit einer Gehirnerschütterung nicht zu spaßen.«

Konrad stieß einen Laut aus, der zwischen Murren und Knurren lag. »Aber nur, damit du Ruhe gibst.«

Nils stieß sich vom Türpfosten ab. »Okay, ihr beiden«, sagte er. »Ich fahre jetzt zum Haupthaus und hol den Arzt ab, dann kann Konrad das ja mit dem ausdiskutieren.« Er verließ den Bungalow.

Konrad seufzte mit leidendem Gesichtsausdruck. »So viel zur Solidarität unter Männern.«

Nina betrachtete mit gerunzelten Brauen die blutverkrustete Verletzung auf seiner Stirn. Sie schob das störrische dunkle Haar zurück. »Die Wunde hat wieder angefangen zu bluten.« Sie stand auf. »Einen Moment, ich habe sterile Wundauflagen im Bad, damit kann ich das Blut abtupfen, sonst läuft es dir in die Augen.«

Mit einem Paket Zellstoffauflagen kehrte sie zurück und setzte sich zu Konrad aufs Bett.

»Ich bin mir sicher, dass das genäht werden muss«, murmelte sie.

»Du siehst hinreißend aus«, flüsterte er und strich ihr den dichten Pony aus den Augen.

»Lenk nicht ab und halt still«, befahl sie und machte sich daran, das bereits gerinnende Blut von seiner Stirn abzuwischen.

»Hm«, machte er, zog sie zu sich hinunter und küsste ihre Augenlider. »Gleich halte ich still.«

Irgendwann setzte Nina sich auf. »Du kratzt«, lachte sie. »Und du riechst ziemlich streng …«

In diesem Augenblick dröhnten kräftige Schritte auf den hölzernen Treppenstufen. Nina fuhr hoch.

Konrad hielt sie fest. »Lass mich los«, quiekte sie und strampelte in seinen Armen. »Das werden Nils und der Arzt sein … Wenn die uns so erwischen.«

»Mach einfach nicht auf«, murmelte er mit seinem Mund auf ihrem.

»Geht nicht«, giggelte sie. »Nils hat bestimmt einen Generalschlüssel …«

Konrads Hände gerieten auf Abwege. »Nils ist erwachsen«, raunte er und knabberte an ihrem Ohrläppchen. »Der wird schon keinen seelischen Schaden nehmen.«

»Ich aber, wenn er uns so sieht.« Sie kicherte. »Lass das …«

»Will ich aber nicht«, murmelte er und verschloss ihren Mund mit einem Kuss.

Das laute Klopfen an der Tür holte sie schließlich in die Wirklichkeit zurück. Nina befreite sich aus Konrads Armen und lief durchs Wohnzimmer zum Eingang. Sie stopfte die herausgerutschte Bluse wieder in den Gürtel, fuhr sich mit beiden Händen durch die zerwühlte Frisur und öffnete dann die Tür.

Neben Nils stand ein fröhlich dreinschauender, weißhaariger Mann in einem weißen Leinenhemd und roten Chinos. »Das ist Dr. Johannsen«, stellte Nils ihn vor. »Er hat sich netterweise bereit erklärt, Konrad zu untersuchen.«

»Bitte kommen Sie herein.« Nina lächelte und streckte dem Arzt zur Begrüßung die Hand hin. »Es ist sehr freundlich von Ihnen, sich in Ihren Ferien die Zeit zu nehmen, einen Patienten zu sehen. Konrad ist im Schlafzimmer.« Und hat hoffentlich keinen Lippenstift mehr im Gesicht, setzte sie schweigend hinzu.

Als Johannsen eintrat, machte Konrad Anstalten, vom Bett aufzustehen, aber der Arzt hinderte ihn daran.

»Nein, nein, bleiben Sie liegen, da kann ich Sie besser untersuchen«, sagte er, setzte sich auf die Bettkante und öffnete seine Arzttasche. »Sie sind also überfallen worden?«

Konrad nickte und deutete auf seine Stirn. »Mir hat jemand eins übergezogen.«

Johannsen besah sich die Wunde eingehend. »Ich stimme mit Nils überein, dass man Sie mit dem geschnitzten Elefanten niedergeschlagen hat, den er mir gezeigt hat. Das passt. Ich habe lange als Unfallchirurg gearbeitet, da bekommt man allerlei zu sehen.«

»Er hat ziemlich stark geblutet«, sagte Nina. »Muss er genäht werden?«

»Klammerpflaster genügen«, antwortete der Arzt. »Kopfwunden bluten oft sehr stark, auch wenn sie nicht sehr tief sind.«

Konrad warf ihr einen triumphierenden Blick zu. »Sag ich doch, Klammerpflaster genügen völlig«, murmelte er. »Haben Sie zufällig wasserdichte Pflaster dabei? Ich muss dringend duschen.«

»Ja, das habe ich bemerkt.« Johannsen lächelte fein und legte einen Packen Pflaster auf den Nachttisch. »Ich lass Ihnen ein paar hier.« Anschließend nahm er eine Taschenlampe aus der Arzttasche und leuchtete Konrad damit in die Augen. »Nun folgen Sie bitte meinem Finger mit den Augen.«

Er bewegte einen Finger vor Konrads Gesicht von rechts nach links und wieder zurück.

»Okay«, erklärte er schließlich zufrieden und legte die Lampe zurück in die Tasche. »Das ist in Ordnung. Haben Sie starke Kopfschmerzen? Ist Ihnen sehr übel? Haben Sie Gleichgewichtsprobleme?«

Konrad verneinte alles, und schließlich packte der Arzt seine Utensilien wieder ein und klappte die Tasche zu.

»Glücklicherweise sind Sie glimpflich davongekommen«, teilte er Konrad mit. »Wenn überhaupt, haben Sie eine leichte Gehirnerschütterung. Halten Sie sich für die nächsten Tage ruhig. Keine Anstrengung, kein Sport. Sonst können Sie alles machen.« Er warf Nina lächelnd einen Seitenblick zu. »Übrigens hat Jill mir gesagt, dass eine sehr gute Krankenschwester in der Lodge arbeitet, die kann sich die Wunde morgen und in den nächsten Tagen ansehen. Meine Frau und ich fliegen leider morgen wieder nach Hause.« Mit einem sehnsuchtsvollen Blick hinunter zum Wasserloch seufzte er. »Ein herrlicher Ort. Ich beneide die Rogges. Aber wir werden so bald wie möglich wiederkommen.« Er sah hoch zu Nils. »Stimmt es, dass Jill neuerdings einige Bungalows hier verkauft?«

»Stimmt«, sagte Nils. »Einige wenige sind noch zu haben.«

»Da werde ich mal nachhaken«, sagte Johannsen und blickte erfreut drein. Dann wandte er sich wieder an Konrad. »Gute Besserung und alles Gute für Sie beide.«

Nina begleitete ihn und Nils hinaus aufs Sonnendeck und wartete, bis sie weggefahren waren, dann ging sie zurück ins Schlafzimmer.

Konrad zog gerade sein verschwitztes Hemd aus und warf es auf einen Stuhl. »Mir geht es gut, hab ich dir doch gleich gesagt«, sagte er grinsend. »Und ich wüsste schon ein paar Sachen, die schlagartig zu meiner Gesundung beitragen würden ...« Ehe sie sich wehren konnte, zog er sie in seine Arme.

Nina hielt sich lachend die Nase zu. »Nicht bevor du geduscht hast. Inzwischen kannst du einem Stinktier locker Konkurrenz machen.« Energisch schob sie ihn vor sich her zum Badezimmer.

»Warte, ich brauche mein Rasierzeug«, sagte er und rieb sich über die dunklen Bartstoppeln. »Kann man hier eigentlich auch joggen?«, erkundigte er sich, während er die Sachen aus seinem Koffer nahm und auf den Waschtisch im Badezimmer stellte. »Ich bin steif wie ein Brett. Nach den letzten Tagen brauche ich unbedingt Bewegung.«

Nina blickte hinaus in den Busch. »Joggen, hier? Im Prinzip ja, aber wenn du einen Löwen triffst, musst du stocksteif stehen bleiben. Läufst du weg, denkt er bestimmt, du willst mit ihm spielen.« Sie gluckste. »Und Löwen haben ihr Spielzeug zum Fressen gern, das weiß man ja.«

Er musterte sie unter gerunzelten Brauen. »Warum habe ich den Eindruck, dass das kein Scherz ist?«

»Es ist ganz einfach. Du bist hier in Afrika, in Afrika gibt es Löwen, und die fressen alles, was sich bewegt. Logische Sache.«

»Aber doch nicht hier in der Umgebung der Bungalows ...«

Nina musste an den Antilopenkadaver denken, den Jill hier gefunden hatte und dessen Bisswunden womöglich von einem Leoparden stammten. »Eigentlich ist es nicht wahrscheinlich, aber wer weiß schon, was im Hirn eines Löwen vor sich geht.«

»Wo bin ich hier nur gelandet«, murmelte Konrad, stieg aus seinen verdreckten Chinos und schob sie mit dem Fuß beiseite.

»Im Busch in Afrika«, war ihre trockene Antwort.

»Jetzt aber ab unter die Dusche«, sagte er, zog auch die Unterhose aus und warf sie auf den Haufen Schmutzwäsche. »Dann dufte ich wieder wie ein Frühlingsblümchen.«

Sekunden später hörte Nina ihn aus vollem Hals einen italienischen Schlager schmettern.

Während er duschte, rief sie bei Jill an. »Wir werden nicht mehr zur Party kommen«, sagte sie. »Konrad geht es zwar besser, als ich erwartet habe, aber er sollte sich bald hinlegen. Vorher allerdings muss er noch etwas essen. Kannst du uns etwas bringen lassen?«

»Wie wäre es mit einem schönen bunten Salat mit frischem Brot und Streifen von Springbokfilet? Die sind butterzart.«

»Klingt lecker. Und gib bitte Annika und Lisa Bescheid, dass wir uns erst morgen zum Frühstück sehen. Ich glaube, die warten auf uns.«

»Ich kümmre mich darum«, versprach Jill. »Eiswürfel findest du im Gefrierfach und den Champagnerkübel im Schrank über dem Kühlschrank. Das Essen sollte in einer halben Stunde bei euch sein.«

Nina fand alles am angegebenen Platz. Sie füllte den Kübel mit Eiswürfeln, legte die Champagnerflasche hinein, nahm zwei Gläser aus dem Geschirrschrank und stellte alles auf den Esstisch. Noch rauschte die Dusche, und Konrad sang, also nutzte sie die Zeit, lief hinaus aufs Sonnendeck und rupfte eine Handvoll Amatungulublüten, die sie anschließend auf dem Esstisch verstreute.

Als sie sich umdrehte, um Servietten zu holen, kam Konrad aus dem Badezimmer. Das Haar hing ihm nass ins Gesicht, und er hatte ein weißes Handtuch um die Hüften geschlungen, das seine athletische Figur vorteilhaft zur Geltung brachte. Sein Anblick ließ ihren Pulsschlag in die Höhe schnellen. Die Reaktion brachte sie so aus der Fassung, dass sie sich in völliger Verwirrung abwandte.

»Hübsch sieht das aus.« Er blieb vor dem Esstisch stehen. »Was gibt es zu essen?«

»Salat ... und Springbok und ... Thabili wird gleich ... Ich wollte Servietten holen.« Sie floh in die Küche.

Atemlos lehnte sie am Küchentresen und wartete, dass sich ihr Herzschlag normalisierte. Im Hintergrund hörte sie Konrad lachen.

Dieses Lachen, das ihr die Knie weich werden ließ und ihr bewies, dass er genau wusste, welche Gefühle er bei ihr ausgelöst hatte.

»Ich zieh mich anständig an, dann kannst du wieder herauskommen, ohne rot zu werden«, rief er ihr zu.

Minuten später fuhr Thabili vor. Nina nahm einen Geldschein aus ihrem Portemonnaie und öffnete die Tür.

»Guten Abend, Madam«, grüßte die Restaurantmanagerin und zertrat einen großen Käfer, der eilig über die Holzbohlen raschelte. Es knackte, und von dem Insekt blieb nur ein buttriger, verschmierter Fleck und ein zuckender Fühler übrig. »Mach den weg«, wies sie eine der beiden Kellnerinnen an, die sie begleiteten. Sie nahm ihr das voll beladene Tablett ab und betrat das Haus. »Wo sollen wir aufdecken, Madam?«

»Im Esszimmer, bitte«, antwortete Nina und beobachtete eine Rauchschwalbe, die im Tiefflug die Käferüberreste aufpickte und sie noch im Flug hinunterschlang.

Die junge Zulu, die Thabili mit der Beseitigung des Käfers beauftragt hatte, rieb mit dem Schuh über die Stelle und folgte ihrer Chefin.

»Shesha«, scheuchte Thabili ihre Mitarbeiterinnen. »Beeilt euch. Wir haben noch viel zu tun.«

Die beiden Serviererinnen stellten zwei große Teller mit einem bunten Salat, gebratenen Fleischstreifen und einen Korb mit knusprigem Brot auf den Tisch. Es duftete herrlich und war noch warm, wie Nina erfreut feststellte. Sie drückte Thabili das Geld in die Hand, schloss die Tür hinter ihr und verriegelte sie.

Konrad, in Shorts und einem kurzärmeligen Hemd, saß inzwischen auf einem der Rattansessel auf der Terrasse. Er hatte die langen Beine aufs Geländer gelegt und die Arme hinter dem Kopf verschränkt. Nina blieb stehen.

Hinter den Baumkronen zerfloss der letzte Widerschein der Sonne im endlosen Sternenhimmel der aufziehenden Nacht.

Die Luft war erfüllt von den Klängen Afrikas. Der hohe Sopran der Baumfrösche vibrierte in der warmen Luft, Zikaden strichen ihre Saiten, und der tiefe Bass der Ochsenfrösche, der aus dem Sumpf schallte, gab den Rhythmus vor.

Konrad nahm ihre Hand. »Sind wir wieder allein?«

»Sind wir«, flüsterte sie.

»Ich habe nicht geahnt, dass es das Paradies noch gibt«, murmelte er und zog sie auf seinen Schoß.

Gegen Morgen driftete Konrad allmählich aus dem Tiefschlaf an die Oberfläche seines Bewusstseins. Träumerisch verharrte er immer wieder bei dem wunderbaren Augenblick, wo Nina sich beim Wärterhäuschen in seine Arme warf, und in seinem Traum wusste er, dass der Albtraum endlich ein Ende hatte.

Irgendwann öffnete er die Augen. Aber sein Blick traf nicht die Zimmerdecke, sondern Myriaden glitzernder Stern. Ein goldenes Strahlen erfüllte die Welt, Schatten zarter Blätterwedel tanzten auf den Bettdecken, und ein Gecko huschte als Scherenschnitt vorüber. Verwirrt blinzelte er hoch und war sich zunächst nicht sicher, wo er sich befand, bis er einen Laut wie das zufriedene Maunzen eines Kätzchens neben sich hörte.

Vorsichtig streckte er seine Hand aus, spürte weiches Haar, warme Haut und einen ruhig atmenden Körper.

Nina!

Zufrieden ließ er sich wieder in sein Kissen fallen, schloss die Augen und versuchte, zurück in seine Träume zu gleiten. Was ihm aber nicht gelang. Ein Blick auf den Reisewecker auf dem Nachttisch zeigte ihm, dass es erst vier Uhr morgens war. Er rechnete nach. In Pune war es jetzt halb acht, die Straßen bereits restlos verstopft, der Geräuschpegel ohrenbetäubend, die staubige Hitze drückend, und zu dieser Zeit waren er und Nina schon auf dem Weg zu Geschäftsterminen gewesen. Der Jetlag hatte ihn also voll im Griff.

Die Hände unter dem Kopf verschränkt, blickte er hinauf in das Sternenflimmern über ihm. Allmählich aber verblasste das

Funkeln, und der indigofarbene Nachthimmel zerfloss in zartem Türkis. In wenigen Minuten würde die Sonne aufgehen. Ihm fielen die Augen wieder zu, und seine Gedanken wanderten ziellos umher. Als ihn irgendwann die Bilder vom Überfall am Wärterhäuschen heimsuchten, schwang er entschlossen die Beine auf den Boden und schlich leise aus dem Schlafzimmer.

In der Küche schaltete er das Licht an und sah sich um. Die Kaffeemaschine stand auf dem Küchentresen, Kaffeepulver in einer Dose daneben. Während er einen starken Kaffee durchlaufen ließ, entschied er, dass seine Kopfschmerzen sich deutlich gebessert hatten und dass Joggen durchaus förderlich für seine Genesung sein würde.

Aus seinem Koffer, der im zweiten Schlafzimmer stand, nahm er seine Laufschuhe, ein T-Shirt und – eingedenk der Dornenbüsche – Jeans. Außerdem steckte er sein Klappmesser ein, das er gewohnheitsmäßig auf Auslandsreisen mitnahm, wo Fahrten über Land, besonders nachts, eine reale Gefahr bedeuteten. Mit seinen Schuhen in der Hand schlich er sich barfuß zurück ins Schlafzimmer, beugte sich über Nina und vergewisserte sich, dass sie noch schlief.

Sie schlief, tief und fest.

Zufrieden marschierte er zurück in die Küche und durchstöberte die Schränke nach etwas Essbarem, fand eine Tüte mit ein paar Keksen, aß zwei und steckte den Rest ein. Mit dem Kaffee in der Hand ging er auf Zehenspitzen zur Eingangstür, musste aber feststellen, dass die mit einer Anzahl von solide wirkenden Riegeln verrammelt war. Vorsichtig versuchte er, einen der Riegel zurückzuschieben, der sich jedoch nicht rührte. Beim Öffnen würde er genug Lärm verursachen, dass Nina aufwachte, und sie würde mit Sicherheit versuchen, ihn vom Joggen abzubringen. Geräuschlos schlich er durchs Wohnzimmer und öffnete die Glasschiebetür, um auf die Veranda zu gelangen.

Die Luft war von würziger Frische, feucht vom Tau auf den

Blättern, süß und rein wie die weißen Amatungulublüten. Er atmete tief durch und wanderte nach vorn aufs Sonnendeck, wo er sich kurz setzte und den Blick über das schattige Gelände schweifen ließ, während er routinemäßig sein Messer ausprobierte, es wieder zusammenklappte und einsteckte.

Es war die magische Stunde zwischen gestern und morgen, nicht mehr Nacht und noch nicht heller Tag. Alles schien möglich, Dinge waren im Fluss, nichts war entschieden, und nichts deutete darauf hin, dass an diesem Tag ein Ereignis eintreten würde, das das Leben von ihm, Nina und den Rogges unwiderruflich in zwei Teile teilte. In ein Davor und ein Danach. Ein Fixpunkt in der Zeit, den keiner von ihnen jemals wieder vergessen würde.

Keine solche Vorahnung verdüsterte seine Seele, während er sich, am heißen Kaffee nippend, in die Zeit zurückversetzte, wo er noch ein kleiner Junge gewesen war und voller Neugier seine Welt erkundet hatte. Mehrere Monate im Jahr verbrachte er bei seiner Familie auf Sizilien, und an jedem klaren Morgen wanderte er hinunter ans nahe Meer, sah der Sonne zu, wie sie aus den Fluten stieg, und träumte davon, was ihm die Zukunft bringen sollte.

Bei diesem Gedanken durchströmte ihn unvermittelt pure Lebensfreude, und er erinnerte sich daran, dass Nina versucht hatte, ihm dieses Phänomen zu erklären.

»Es hat etwas mit Afrika zu tun, als wäre die Erdanziehung hier stärker als auf anderen Kontinenten. Sobald du deine Füße auf Afrikas warme Erde setzt, spürst du es. Es ist etwas Pulsierendes, etwas, was dein Herz hüpfen und die Zukunft heller erscheinen lässt. Dein Blick wird klarer und schärfer ... «

Sie hatte recht, es war etwas Pulsierendes, was sein Herz vor Glück hüpfen ließ, und das Etwas hatte einen Namen.

Nina.

Die Sonne stieg aus den Baumkronen in den gläsern blauen Morgenhimmel, und um ihn wurde es strahlend hell. Mit Genuss leerte er seinen Kaffee, aß den letzten Keks, stand auf und lief die Stufen von der Veranda hinunter zum Buschpfad. Er sah sich um. Ein hölzernes Schild wies darauf hin, dass der Pfad geradeaus zum Haupthaus, der nach rechts zum Wasserloch und weiter hinunter zu der »Großen Felswand« führte. Die sagte ihm nichts. Nina hatte sie bisher nicht erwähnt. Unschlüssig blieb er stehen.

Gerade als er entschieden hatte, zum Wasserloch zu joggen, das ihm in Laufweite zu liegen schien, näherte sich ein Auto und bremste. Nils Rogge lehnte sich aus dem Fenster.

»He, Konrad, was machst du denn schon so früh?«, rief er.

Konrad legte einen Finger an die Lippen. »Sei bitte leise. Nina schläft noch, und ich will sie nicht aufwecken. Mich hat der Jetlag fest im Griff, und ich würde gern eine Runde joggen. Was würdest du empfehlen? Zum Wasserloch oder sogar weiter zur großen Felswand?«

»Keines von beidem«, war die trockene Antwort. »Beides wäre viel zu gefährlich, und die möglichen Konsequenzen würden nicht von unserer Versicherung abgedeckt werden. Und stell dir nur einmal vor, Nina müsste dich, beziehungsweise das, was von dir übrig ist, im Sarg mit nach Haus nehmen. Falls genug von dir übrig ist.« Er grinste schief und stieß die Beifahrertür auf. »Steig ein, ich bring dich zum Haupthaus. Der Bereich dort ist einigermaßen sicher für so ein Greenhorn wie dich. Außerdem gibt es da jetzt schon Kaffee.«

»Ha!«, rief Konrad in gespielter Empörung und machte Anstalten, auf den Sitz zu klettern.

Nils stoppte ihn. »Hast du Nina eine Nachricht hinterlassen, was du vorhast? Nein? Hab ich mir gedacht! Ich an deiner Stelle würde es tun. Aus jahrelanger Erfahrung kann ich dir versichern, dass sonst der Hausfrieden für längere Zeit schief hängt. Abgesehen davon wird sie sich Sorgen machen, und das wäre nicht fair.« Er kramte in seinem Handschuhfach herum und reichte ihm Zettel und Stift.

Wortlos schrieb Konrad eine Nachricht an Nina und malte als Symbol für Küsse ein halbes Dutzend X darunter. »Bin gleich wieder da!« Mit langen Sätzen lief er die Stufen zum Bungalow hoch und schob die Notiz unter die Eingangstür. Dort würde Nina sie mit Sicherheit finden. Erleichtert stieg er zu Nils in den Landrover.

Nils parkte seinen Wagen und geleitete seinen Gast durch die schimmernde Basilika des Blättertunnels zum Restaurant. Vor einem Schild, das gut sichtbar am Eingang vor dem Blättertunnel aufgestellt war, blieb Konrad stehen. Er überflog den Text und drehte sich stirnrunzelnd zu Nils um.

»Da steht, dass die Lodge nicht umzäunt ist. Heißt das etwa, dass sich alles Viechzeug hier frei herumtreibt?«

»Ach, nur Löwen, Leoparden, Büffel und Antilopen«, sagte Nils grinsend. »Elefanten triffst du hier am Haus nur äußerst selten an.«

Abgesehen von Induna, dem größten ihrer Herde, der hatte hier vor zwei Wochen vorbeigeschaut, fuhr es ihm durch den Kopf. Der Koloss hatte auf einmal auf der Restaurantterrasse gestanden, worauf alle Gäste in Panik schreiend auseinandergestoben waren. Einer schaffte es, in eine Palme zu klettern, die allerdings so niedrig war, dass Induna bequem mit seinem Rüssel hinauflangen und den Mann interessiert abtasten konnte.

Für bange Momente hatte Nils befürchtet, dass der Gast auf der Palme einen Herzinfarkt erleiden oder zumindest Zeter und Mordio schreien und juristische Konsequenzen androhen würde, bis er bemerkte, dass der Mann eine Minikamera aus seiner Hemdtasche fummelte und mit offensichtlicher Begeisterung den Auslöser gedrückt hielt, bis der Elefant von ihm abließ. Induna war dann auf leisen Sohlen durchs Restaurant gewandert, hatte einen Papayabaum geplündert, hier und da an einem Müsli genascht und war dann wieder im Busch verschwunden.

Sein Grinsen wurde breiter. »Also, wie gesagt, hier einen Elefanten zu sehen ist eher unwahrscheinlich. Dafür gibt es jede Menge

Affen. Giftschlangen natürlich auch. Abends liegen die gern auf dem von der Sonne aufgeheizten Boden, da muss man schon vorsichtig sein. Aber mach dir keine Sorgen, wir haben immer Gegengift im Kühlschrank ...« Er beschattete die Augen mit der Hand. »Sieh mal, da unter der Akazie schlafen noch zwei Zebras, und da hinten trinkt eine Giraffe gerade unseren Pool leer. Einen Löwen kann ich allerdings nicht entdecken.«

Konrad warf ihm einen Blick zu. »Na, dascha 'n Ding«, murmelte er in reinstem Hamburger Missingsch und marschierte, die Hände in den Taschen seiner Jeans vergraben, in Richtung Blättertunnel. »Ich werde immer im Kreis auf dem Parkplatz joggen«, verkündete er.

Nina, die nur Minuten später aufgewacht war, fand Konrads Zettel nicht. Der Wind hatte ihn, als sie die Tür öffnete, unbemerkt von ihr unter eine Kommode geweht. Nach ihm rufend, lief sie durchs Haus und schaute in jeden Raum. Als sie die benutzte Kaffeemaschine in der Küche und den leeren Kaffeebecher auf dem Tisch auf dem Sonnendeck entdeckte, ahnte sie, dass er tatsächlich joggen gegangen war.

Allein. Durch den afrikanischen Busch.

Sie marschierte ins zweite Schlafzimmer und sah in Konrads Koffer nach, was er angezogen hatte. Sie nahm nicht an, dass er in Boxershorts in den Busch gelaufen war. Ganz so abenteuerlustig war er nun doch nicht.

Seine Laufschuhe fehlten, das bemerkte sie sofort, als sie den Koffer öffnete, und seine Lieblingsjeans. Ob ein T-Shirt fehlte, konnte sie angesichts des Stapels von sechs weiteren nicht nachvollziehen. Sie schlug den Kofferdeckel wieder zu, härter als beabsichtigt, weil sie ziemlich sauer auf Konrad war. Und sich Sorgen machte. Die Sorgen wurden noch größer, als sie ihn telefonisch zu erreichen versuchte, worauf sein Handy vibrierend über den Nachttisch tanzte und lauthals vor sich hin klingelte.

»Na, großartig«, knirschte sie und überlegte, was sie unternehmen sollte.

Jill anrufen, Nils anrufen, Jonas anrufen. Oder würde Konrad denken, dass sie ihm hinterherspionierte? Es war erst kurz nach Sonnenaufgang, die Schatten der Morgendämmerung hingen noch wie schimmernde Spinnweben zwischen den Zweigen. Weit konnte er nicht sein. Vielleicht konnte sie ihn noch einholen. Sie stieg schnell in ihre Jeans, warf das kurzärmelige Hemd aus grobem, khakifarbenem Leinen über, steckte ihr Mobiltelefon ein und verließ das Haus.

Sie stand vor den Wegweisern. Wohin konnte er gegangen sein? Zum Haupthaus, zum Wasserloch oder gar zur großen Felswand?

Bevor sie richtig darüber nachgedacht hatte, sah sie aus den Augenwinkeln eine Bewegung auf der Mauer, die Annikas Bungalow zum Busch hin begrenzte.

Sie wandte sich ab. Es war wohl ein großer Vogel, ein Hadidah vielleicht, der vermutlich in wenigen Sekunden mit fürchterlichem Geschrei alle aufwecken würde. Doch unbewusst hatte sie offenbar etwas anderes wahrgenommen. Sie schaute unwillkürlich noch einmal hin, und nun erkannte sie, wer wirklich oben auf der Mauer entlangbalancierte.

Fynn.

Er musste sich, von Annika unbemerkt, aus dem Haus geschlichen haben, und seine Körpersprache verriet ihr, dass er größeren Unfug vorhatte. Mit einer Hand beschattete sie ihre Augen. Der Junge legte etwas auf die Mauerkrone, was auf die Entfernung wie ein kleiner Brotlaib aussah.

Leichtsinniger Bengel, ging es Nina durch den Kopf. Sie wandte sich ab und überlegte, ob sie erst etwas frühstücken sollte, ehe sie nach Konrad suchte, aber sie hatte den Gedanken noch nicht zu Ende gedacht, als ihr bewusst wurde, was der Junge riskierte.

Hinter der Mauer fing der Busch an, und dort hatte Jill den

Kadaver der Antilope gefunden, der offensichtlich von Wilderern die Kehle durchgeschnitten worden war, die aber auch deutliche Bisswunden eines Leoparden aufgewiesen hatte. Sie fuhr herum und starrte angespannt hinüber zu Fynn. Während sie sich noch fragte, was er mit dem Brot vorhaben könnte, fiel der Junge vor ihren Augen von der Mauerkrone auf die andere Seite in den Busch und war verschwunden.

In diesem Augenblick begann das Schreien. Hoch, schrill, stoßweise. Ein Mensch in Todesangst.

Ein Kind in Todesangst.

Ohne an die Gefahr für sich selbst zu denken, rannte sie hinüber. Sie zog sich die Mauer hoch und spähte hinunter ins Gebüsch, geradewegs ins kalkweiße Gesicht von Fynn. Der Junge hing gefangen zwischen den Zweigen des Dornenbuschs und schlug kreischend mit Armen und Beinen um sich. Seine Augen waren ohne Fokus in Todesangst aufgerissen. Alarmiert flog ihr Blick über die Umgebung, aber die Ursache für seine Panik konnte sie auf Anhieb nicht erkennen.

Eine Schlange? Hektisch suchte sie das Gestrüpp Zentimeter für Zentimeter ab, aber eine Schlange konnte sie nicht entdecken. Dafür sah sie, dass der Busch mit ziemlich dicken, langen Dornen gespickt war, von denen sich mehrere in Fynns Oberschenkel gebohrt hatten, die mit jedem Strampeln tiefer in seine Haut eindrangen.

»Fynn, halt still!«, schrie sie. »Beweg dich nicht, sonst bohren sich die Stacheln nur noch tiefer. Ich komm runter zu dir und befreie dich ...«

Ein merkwürdiges Geräusch aus unmittelbarer Nähe drang an ihre Ohren. Eine Art brummendes, resonantes Vibrieren wie der tiefste Ton einer Bassgeige. Anfänglich achtete sie nicht darauf und zog sich weiter an der Mauer hoch. Doch dann hörte sie das Vibrieren wieder, und jetzt klang es anders. Lauter, bedrohlicher, nicht etwas, was man einem Streichinstrument entlocken konnte. Eher ein Knurren. Stirnrunzelnd hielt sie in ihrem Bemühen inne, die Mauer zu überwinden, und versuchte zu lokalisieren, woher das Brummen kam. Urplötzlich wurde sie von einer Vorahnung gepackt, die ihr Schockwellen durch die Adern jagte.

Sie starrte auf Fynn hinunter, erkannte aber nicht auf Anhieb, was sie wirklich sah. Die Blätter des Dornbuschs flirrten im Sonnenlicht, zauberten dunkle Flecken auf gelbgoldenen Grund und täuschten ihre Wahrnehmung, aber allmählich ordnete sich das unregelmäßige Punktemuster neben Fynns rechter Schulter zu etwas Kompakterem als nur Blättergewirr. Hoch konzentriert fixierte sie den Bereich, bis die dunklen Punkte auf dem gelben Grund ein Muster ergaben und sie die Umrisse eines Kopfes zu erkennen glaubte.

Hohe Stirn, kräftige Wangenknochen, katzenhaft schmal zulaufende Kinnpartie. Eine schwarze Nase – und goldene Augen, die sie unverwandt anstarrten.

Und dann begriff sie, was vor ihr passierte, und es ließ ihr das Blut in den Adern gefrieren. Ein ausgewachsener Leopard umarmte Fynns schmalen Oberkörper mit den Vorderpfoten. Die Fangzähne waren tief in der Schulter des Jungen vergraben. Bösartig knurrend schüttelte die Raubkatze ihre Beute. Fynn wurde hin und her geschleudert, als wäre er eine leblose Puppe. Sein Schreien steigerte sich zu einem ohrenbetäubenden Geheul.

Vor Angst und Aufregung zitternd, warf Nina die Arme in einer völlig sinnlosen Geste abwehrend hoch. »Hau ab!«, kreischte sie, so laut sie konnte. »Hau ab, du blödes Vieh! Lass ihn los!«

Der Leopard blinzelte nicht einmal.

In Panik sah sie sich um, fand aber nichts, was sie als Waffe gegen die hungrige Großkatze verwenden könnte. Kurzerhand rutschte sie rückwärts von der Mauer. Sie packte einen herumliegenden Stein, hangelte sich wieder hoch und holte aus. Doch im letzten Moment zögerte sie, den Stein zu werfen. Die Möglichkeit, Fynn zu treffen und ihn schwer zu verletzen, hielt sie ab, bis ihr blitzartig klar wurde, dass der Leopard den Jungen sonst in den Busch schleppen und töten würde. Sich weiter auszumalen, was das Raubtier mit dem Kind danach machen würde, verbot sie sich.

Sie holte weit aus, zielte zwischen die goldenen Augen der Katze und schleuderte den Stein, so fest sie konnte. Wie durch ein Wunder traf sie das Tier am linken Ohr. Doch anstatt den Jungen loszulassen, fletschte der Leopard nur wütend grollend die Zähne und zerrte seine Beute dann ein Stück tiefer in den Busch. Fynn verdrehte die Augen und hechelte vor Schock.

Nina fuhr herum. »Annika!«, stieß sie in blankem Entsetzen hervor. »Hilfe, Annika! Hilfe!«

Doch in dem Bungalow hinter ihr rührte sich nichts, und die anderen Ferienhäuser lagen zu weit entfernt, als dass ihre Stimme bis dorthin getragen hätte.

»Hilfe, Hilfe, Hilfe, Hilfe!«, schrie sie, bis ihr fast der Kopf platzte und sie wie eine Ertrinkende nach Luft schnappen musste.

Das Knirschen von Autoreifen auf dem Weg überhörte sie zunächst. Als sie dann hinter sich eine ruhige, dunkle Stimme vernahm, die ihr zuraunte, sich auf keinen Fall zu bewegen, wäre sie vor Erleichterung fast von der Mauer gefallen.

»Philani?«, wisperte sie mit steifen Lippen, wagte aber nicht, sich umzudrehen.

»Yebo.«

Dann hörte sie eine Frauenstimme. »Ganz ruhig.« Jill!

Nina fiel ein Stein vom Herzen. »Dem Himmel sei Dank«, flüsterte sie.

»Was geht hier vor?«, hauchte ihre Freundin.

»Ein Leopard hat Fynn gepackt«, antwortete Nina tonlos.

»Ein Leopard?«, zischte Jill.

Lautlos schob sich Philani neben Nina an die Mauer heran und schaute hinüber. »Okay, ich kann die beiden sehen ... Es ist tatsächlich Isilo!«

»Bist du dir da wirklich sicher?«, flüsterte Jill.

Philani antwortete nicht gleich. »Yebo, ngithile ... ich bin mir sicher«, sagte er dann.

Jill schüttelte den Kopf. »Das ergibt keinen Sinn«, sagte sie. »Nicht Isilo!«

Jäh schrie Fynn gellend los, und Nina spürte, wie Jill zusammenzuckte.

»Wir müssen es machen«, raunte Philani. »Wir haben keine andere Wahl.«

Jill biss sich auf die Lippen und antwortete nicht gleich. »Okay, mach du es«, sagte sie dann mit schwankender Stimme. »Aber warte, bis ich Nina in Sicherheit gebracht habe.« Sie legte Nina die Hand auf den Rücken. »Duck dich langsam, und lass dich von der Mauer herunterrutschen. Ich fang dich auf.«

Mit angehaltenem Atem ließ Nina sich langsam in die Arme ihrer Freundin gleiten. Im gleichen Augenblick knallte ein Schuss, die Raubkatze jaulte auf, Fynn heulte wie eine Feuerwehrsirene, und Philani fluchte auf englisch.

»Ich hab ihn nicht richtig erwischt! Er ist abgehauen!« Der Ranger war sichtlich wütend auf sich selbst. »Ich kann es nicht glauben«, grollte er. »So dicht vor mir, und ich Idiot schieß daneben!«

Bevor Jill antworten konnte, ertönte hinter ihnen ein wildes Hundegebell. Nina drehte sich um. Jills Dobermänner tobten auf der Ladefläche ihres Geländewagens herum und warfen sich immer wieder gegen die Gitter. »Du nimmst die Hunde mit in den Busch?«

»Roly, Poly, aus!«, kommandierte Jill. Die Hunde gehorchten und legten sich murrend hin. »Ich war auf Rundfahrt, da nehme ich die Hunde häufig mit.«

»Wir müssen Isilo verfolgen!«, sagte Philani. Er lud das Gewehr durch, sicherte es und reichte es Jill hinunter.

»Und Fynn?«, rief Nina. »Was ist mit ihm?«

»Einen Moment.« Philani verschwand hinter der Mauer.

Kurz darauf erschien er mit dem wimmernden Jungen im Arm.

Fynns Gesicht war durchsichtig weiß, er hatte die Augen geschlossen und atmete stoßweise.

Philani sah hinunter auf ihn und legte zwei Finger auf die Halsschlagader. »Er ist okay«, sagte er mit einem Blick zu Nina.

»Wie willst du das beurteilen?«, protestierte sie. »Er hat Bisswunden und blutet. Oben an der Schulter und an den Armen.«

»Das sind nur Kratzer«, erwiderte der Zulu. »Isilo hat sich hauptsächlich in seine Jacke verbissen.« Behutsam schob er den Kragen von Fynns Jacke zurück. »Mit den Krallen hat Isilo ihn allerdings erwischt. Fleischwunden, aber, soweit ich sehen kann, nicht sehr tief.«

Annika wählte diesen Augenblick, um auf ihrer Terrasse zu erscheinen. Verschlafen rieb sie sich die Augen. Sie trug ein schimmerndes Seidenhemd mit schmalen Trägern, und Nina sah zu ihrer Erleichterung einen passenden Schlüpfer darunter blitzen. Für gewöhnlich schlief ihre Freundin nackt.

»Was ist das für ein infernalischer Lärm?«, beklagte Annika sich unwirsch. »Ich hab noch ...« Ihr Blick fiel auf Fynn in den Armen von Philani. Sie fasste sich mit beiden Händen an die Kehle. »Fynn?«, krächzte sie. »O mein Gott! Was ist mit ihm?«

Mit Riesensätzen sprang sie die Stufen vom Sonnendeck herunter und rannte schneller, als Nina sie je hatte rennen sehen, auf Philani zu. »Was ist passiert?«, schrie sie den Zulu an. »Lass meinen Sohn sofort los!«

Aber Nina war schon neben ihr und legte ihr den Arm um die Schultern. Sie zögerte kurz, Annika die volle Wahrheit zu sagen, dann tat sie es doch. Es musste sein.

»Fynn hat sich aus dem Bungalow geschlichen, als du geschlafen hast, und ist einem Leoparden in die Quere gekommen ...«

Annika wurde kreidebleich. »Einem Leoparden?«, kreischte sie. Ihre Stimme schoss die Tonleiter hoch. »Wie konnte das ... Ist die Umgebung um die Bungalows etwa nicht eingezäunt?«

Nina antwortete nicht, sondern sah Jill an. Sie war die Chefin von Inqaba, sie sollte das erklären.

»Nein«, erwiderte Jill. »Inqaba wird zwar nach außen von einem elektrischen Zaun geschützt, aber innerhalb des Geländes verzichten wir darauf. Dafür pflanzen wir praktisch undurchdringliche Dornenbüsche als Barrieren. Das hier ist Afrika, kein Zoo. Alle Wildreservate halten das so.«

»Darüber reden wir später«, fauchte Annika und nahm Fynn aus Philanis Armen. Mit einer zärtlichen Geste strich sie ihm das blutverschmierte Haar aus dem Gesicht. »Wo tut es weh, mein Kleiner?«, flüsterte sie.

»Überall«, wimmerte der Junge.

»Du musst ihn ins Krankenhaus bringen«, sagte Jill. »Die Kinderklinik einer Freundin liegt in der Nähe, und ...«

»Warum rufst du nicht den Rettungshubschrauber?«, fiel Nina ihr ins Wort.

»Über eine Abkürzung durch Inqaba erreicht man das Krankenhaus mit dem Auto schneller. Hier auf den Helikopter zu warten kann ziemlich lange dauern. Nina, könntest du das übernehmen? Philani und ich müssen jetzt den Leoparden verfolgen. Er ist verletzt und dadurch für uns alle sehr gefährlich.«

»Heißt was?«, unterbrach Annika sie scharf.

»Wir müssen ihn erschießen«, war die scharfe Antwort, und der unausgesprochene Vorwurf, dass das Fynns Schuld sei, schwang unüberhörbar mit. »Das ist ein großer Verlust für uns. Er ist der Erzeuger aller unser jungen Leoparden.«

Annika kniff die Augen zu Schlitzen zusammen, und ihre Miene verhärtete sich. Ein heftiger Ausbruch drohte, erkannte Nina und wechselte schnell das Thema, um einen Eklat zu verhindern.

»Ist einer der Ärzte der Kinderklinik ein Mann namens Mangaliso?«, wandte sie sich an Jill.

»Allerdings«, sagte Jill. »Kompetenter Typ. Ich kenne ihn, seit er geboren wurde. Also, würdest du Fynn und Annika dorthin bringen?«

Nina nickte. »Klar!«

»Ich sag Mark Bescheid, dass er in einem der Geländewagen die Rückbank so polstert, dass Fynn dort bequem und sicher liegen kann, und ihn hierherbringt. Das dauert nur ein paar Minuten. Und Schwester Emmi werde ich anweisen, dass sie euch begleitet. Sie kann dann für heute Schluss machen und braucht erst morgen wieder zur Arbeit zu kommen.«

»Gute Idee«, sagte Nina. »Ich kenne mich hier nicht mehr so gut aus, und an die Klinik erinnere ich mich gar nicht mehr.«

»Die ist auch brandneu«, sagte Jill. »Die Klinik ist viel weiter südlich als der alte Bau, aber du kannst sie nicht verfehlen. Schwester Emmi kennt den Weg. Ruft mich an, wenn ihr Genaueres über Fynns Zustand wisst.«

»Ich werde mich sofort melden«, versprach Nina.

Jill wanderte mit nervösen Schritten auf und ab, während sie ins Funkgerät sprach und zu ihrem Wagen ging.

»Mark wird gleich hier sein«, rief sie Nina dann zu. »Philani und ich müssen jetzt aber los. Ich kann nicht riskieren, dass unser Leopard noch länger frei herumläuft.«

Annika zupfte an ihrem Seidenhemdchen. »Ich muss mich umziehen.« Sie wandte sich an Philani. »Bringen Sie meinen Sohn ins Wohnzimmer!«, befahl sie und lief ihm voraus die Stufen hoch.

Nina folgte ihnen.

»Jill wartet«, sagte sie zu dem Ranger. »Ich passe auf den Jungen auf.«

»Ngiyabonga«, murmelte Philani und warf ihr einen dankbaren Blick zu.

Mit Ninas Hilfe legte er Fynn, der leise vor sich hin jammerte, aufs Sofa. Dann lief er hinunter zu seiner Chefin.

20

Jill nahm ungeduldig ihr Gewehr von der Schulter, als Philani die Stufen heruntergestürmt kam.

»Du suchst rechts«, befahl sie ihm ohne Umschweife. »Ich nehme den Wagen und schau mich hinter der Mauer um! Und alarmiere die anderen!«

Mit dem Funkgerät am Ohr spurtete Philani davon.

Roly und Poly sprangen schwanzwedelnd auf und jaulten leise, als sie einen Finger durch das Drahtgitter steckte und sie hinter den spitzen Ohren kraulte.

»Ruhig, Jungs«, raunte sie. »Ganz ruhig!«

Die Dobermänner verstummten sofort. Sie legten sich wieder auf den hölzernen Boden der Ladefläche, streckten aber mit aufmerksam gespitzten Ohren den Kopf hoch. Jill setzte sich hinters Steuer, fuhr bis zum Ende der Mauer und von dort über den von ausgetrockneten, tiefen Furchen durchzogenen Pfad zurück, bis sie in der Nähe der Stelle war, wo der Kampf zwischen der Großkatze und dem Jungen stattgefunden hatte. Sie stieg aus, ließ die Fahrertür aber offen. Leise mahnte sie ihre Hunde noch einmal zur Ruhe und begann dann, den Bereich zu umkreisen.

Schon bald stieß sie auf die ersten Tatzenabdrücke, die aus einem weiter entfernten Teil des Buschs in Richtung Bungalow führten. Der Leopard schien hier noch eher ziellos auf der Suche nach Beute entlanggeschlendert zu sein. Konzentriert suchte sie weiter. Einheimische Fährtenleser hatten ihr die Kunst der Spurensuche beigebracht. Wie aus einem Buch konnte sie aus den Abdrücken lesen, was vorgefallen war. Mühelos fand sie dann auch den

Weg, den der Leopard durch das Dickicht zur Mauer genommen hatte, roch den scharfen Katzenurin, wo das Tier sein Revier markiert hatte, und schließlich stand sie vor dem Teil der Mauer, wo Isilo Fynn erwischt hatte.

Zentimeter für Zentimeter suchte sie den Bereich in mehreren Metern Umkreis ab, ließ kein Blatt unumgedreht, kein noch so kleiner Hinweis entging ihr, bis sie gefunden hatte, wonach sie suchte. Blutstropfen.

Sie ging in die Hocke und tauchte mit der Spitze des Zeigefingers ins Blut. Es war noch nicht geronnen, also konnte es nicht das von Fynn sein, sondern musste von der Raubkatze stammen. Sie richtete sich wieder auf und streifte langsam den überwucherten Weg entlang. Im Gehen rieb sie den Finger mit einem Papiertaschentuch ab und ließ dabei ihren Blick über die zum Teil verwischten Pfotenabdrücke wandern.

Schließlich erreichte sie den Rand des dichten Buschs und bemerkte Blutspritzer, die noch nass in der aufgehenden Sonne glänzten. Das hieß, dass Isilo offenbar eine längere Strecke auf dem Weg gelaufen war und auch dass es nicht lange her sein konnte. Wenn er auf der Straße geblieben war, würde es leicht sein, seine Fährte vom Auto aus zu verfolgen. Und sicherer. Im Laufschritt kehrte sie zu ihrem Wagen zurück.

Den Kopf aus dem Fenster gelehnt, steuerte sie auf der Waschbrettpiste an Isilos Spuren entlang. Glücklicherweise stellte das Motorengeräusch kein Problem dar. Die Tiere in den Reservaten waren so sehr daran gewöhnt, dass sie Autos keinerlei Aufmerksamkeit mehr schenkten, selbst wenn sie sehr nahe kamen. Nur wenn die Insassen unerwartet aufgestanden und so die vertraute Silhouette verändert hatten, war es schon zu Zwischenfällen gekommen. Nicht auf Inqaba, aber in anderen Wildparks. Zwei dieser Zwischenfälle waren tödlich verlaufen, worüber aber nur hinter vorgehaltener Hand geflüstert wurde.

Ein trockener Wind war aufgekommen und wirbelte die Luft

durcheinander. Sie hielt an, lehnte sich zurück und konzentrierte sich mit geschlossenen Augen ganz auf ihren Geruchssinn. Wie ein witterndes Tier das tun würde, sog sie die Luft ein, schmeckte die verschiedenen Gerüche und zerlegte sie auf der Zunge in ihre einzelnen Bestandteile: der Duft nach jungem Grün, die Süße von sonnentrockenem Gras, leicht modrige Feuchtigkeit aus der Tiefe des Dickichts, und endlich, ganz schwach, beißender Raubtiergestank. Der Leopard war vor nicht allzu langer Zeit hier entlanggestrichen. Roly und Poly knurrten unruhig. Auch sie mussten Isilo gewittert haben. Mit ein paar leisen Worten beruhigte sie ihre Hunde, rührte sich aber immer noch nicht, sondern lauschte der Fülle der Geräusche, die wie eine Klangwolke über dem Busch hing.

Das pulsierende Sirren der Zikaden, sanftes Rascheln einer flinken Windbö, die durch die Blätter tanzte, die durchdringenden Rufe der Hadidahs, schläfriges Vogelgezwitscher, weit in der Ferne das irre Gelächter von Hyänen. Nichts Außergewöhnliches. Langsam fuhr sie weiter.

Die glänzenden Blutstropfen und Isilos unverwechselbare Tatzenabdrücke beschrieben vor ihr einen weiten Bogen und führten geradewegs an den Rand des niedrigen Buschs auf der rechten Seite um eine markante Dornenbuschgruppe herum.

Sie stoppte den Geländewagen, setzte rückwärts in eine Einbuchtung im Busch gegenüber dem Dornengestrüpp, die gerade groß genug für einen Safariwagen war und in der die Ranger oft mit ihren Gästen hielten, packte ihr Gewehr und stieg aus. Die Fahrertür ließ sie angelehnt für den Fall, dass sie schnell einsteigen musste. Roly und Poly, eingeschlossen in dem Gitterkäfig auf der Ladefläche, reagierten unruhig auf die Unterbrechung der Fahrt.

»Ruhig, ihr beiden, ganz ruhig«, murmelte sie leise und kraulte den schönen Tieren die Ohren. Sie fischte eine Handvoll Hundekekse aus ihrer Tasche und steckte sie den beiden Dobermännern durch das Gitter. Mit lautem Schmatzen verschlangen die Hunde die Kekse und ließen sich anschließend mit einem ergebenen Seufzer nieder. Sie betteten den Kopf auf die Pfoten, ließen sie aber keine Sekunde aus den Augen.

»Thulani!«, flüsterte Jill, bevor sie sich abwandte. »Seid leise!«

Den Blick fest auf den Boden geheftet, verfolgte sie langsam die Spur durchs Gestrüpp. Die Blutspritzer wurden größer und kamen häufiger, und sie vermutete, dass das Tier eine tiefe Fleischwunde erlitten hatte, die immer stärker blutete, je mehr es sich bewegte. Doch plötzlich hörte die Blutspur auf. Vorsichtig schlich sie weiter, wobei sie immer wieder den Kopf wandte und sich vergewisserte, dass die Blutspritzer, die über einen breiten Streifen blassgoldenes Savannengras verliefen, insgesamt eine Linie ergaben. Sie kniete nieder und peilte an der Spur entlang.

Die Blutstropfen führten zu dem Dornenbusch, in dessen undurchdringlich verfilztem Unterholz sich Lilla, die Stammmutter ihres Löwenrudels, im Jahr zuvor zum Sterben zurückgezogen hatte. Aufmerksam schaute sie hinüber.

Hatte Isilo sich dort versteckt, um seine Wunden zu lecken? Blutflecken oder irgendeinen anderen Hinweis darauf konnte sie allerdings nicht erkennen. Trotzdem beschloss sie, sich das Dickicht näher anzusehen. Sie wollte eben einen Schritt vorwärts machen, da ließ das hysterische Kreischen eines Pavians sie erstarren.

Und dann folgte das, was sie befürchtet hatte.

Ein kurzes, trockenes Husten, das in einem charakteristischen, abgehackten Fauchen endete.

Das Herz wurde ihr schwer. Es war Isilos Stimme, die ihres schönsten Leoparden, dem Stammvater Dutzender Jungtiere. Und sie würde ihn töten müssen! Sie hatte keine andere Wahl. Geräuschlos lud sie ihr Gewehr durch. Leoparden griffen nur in Ausnahmefällen Menschen an, wenn man sie in die Ecke trieb oder eine vereiterte Wunde sie plagte, aber Isilo, der König Inqabas, hatte diese Grenze überschritten. Fynns Leichtsinn hatte ihn ein für alle Mal gelehrt, dass Menschen eine leichte Beute waren. Er war zum Menschenfresser geworden wie viele der Großkatzen im Krügerpark. Unzählige illegale Einwanderer hatten auf ihrem Treck ins gelobte Land Südafrika den gefährlichen Weg durch jenen riesigen Wildpark gewählt, und die Löwen und auch Leoparden dort hatten längst gelernt, dass es wesentlich bequemer und erfolgreicher war, Menschen aufzulauern anstatt Antilopen, die schnell wie der Wind über die Savanne flohen, oder Haken schlagenden Warzenschweinen hinterherzujagen.

Schritt für Schritt näherte sie sich vorsichtig dem verfilzten Busch. Eine leichte Bö blies ihr durchs Haar. Für wenige Sekunden bildete sich eine kleine Windhose, die die goldenen Grashalme vor ihr durcheinanderwirbelte und Jills Geruch mit sich ins Dornendickicht trug. Als ihr das bewusst wurde, erstarrte sie und hob dann sehr langsam einen Fuß, um unbemerkt den Rückzug anzutreten.

Ihre Hoffnung, dass Isilo mit seiner Wunde beschäftigt war und nichts mitbekam, wurde jedoch jäh zerstört. Der Busch vor ihr explodierte förmlich. Ein goldener Blitz schoss mit furchterregendem Fauchen aus dem Dickicht und sprang mit riesigen Sätzen auf sie zu.

Jill reagierte, ohne zu überlegen. Sie riss das Gewehr hoch, zielte und schoss praktisch in einer Bewegung. Isilo wurde in einem Salto herumgerissen, erreichte sie aber trotzdem.

Der Aufprall warf sie auf den Boden, und die große Raubkatze landete mit ihrem vollen Gewicht auf ihr. Jill spürte seinen stinkenden Atem auf ihrem Gesicht und musste feststellen, dass die Geschichte, in den letzten Augenblicken eines Menschen laufe sein Leben im Zeitraffer vor ihm ab, den Tatsachen entsprach. Dann versank sie in einem Wirbel von Grau.

Glücklicherweise lichtete sich der Nebel schnell, und sie kam wieder zu sich. Sie wollte aufspringen, aber Isilos Gewicht drückte sie so fest auf den harten Sandboden, dass sie sich nicht bewegen konnte. Sie schrie ihn an, so laut und schrill sie konnte. Der Leopard richtete sich auf, fletschte die Zähne und schlug fauchend mit den Pranken um sich, wobei er ihr mit einer Kralle den linken Arm aufschlitzte.

Den Schmerz spürte sie nicht, nur dass Isilos Gewicht nicht mehr auf ihr lastete. Blitzschnell rollte sie sich von ihm weg und sprang auf die Beine. Sie flog geradezu über den blassgoldenen Grasstreifen zu ihrem Wagen, warf sich hinein und riss die Tür mit einem Knall ins Schloss. Aufgeschreckt jaulend, sprangen die Hunde auf der Ladefläche herum, dass der ganze Wagen wackelte.

Schwer atmend saß Jill da und konnte im ersten Augenblick nichts weiter tun, als zitternd auf die Stelle zu starren, wo der Leopard sie angegriffen hatte. Erst nach und nach begriff sie, dass sie davongekommen war, dass sie Nils und die Kinder wiedersehen würde. Dass sie am Leben war.

Immer noch benommen, suchte sie die Umgebung ab, aber Isilo war verschwunden. Nur die Kampfspuren waren zu erkennen und das Blut auf den Grasspitzen. Es waren keine einzelnen Tropfen oder Spritzer, sondern richtige Lachen, die nur von einer stark blutenden Wunde stammen konnten. Also hatte sie Isilo getroffen. Sie wusste nicht, ob sie traurig oder erleichtert sein sollte, und schaute genauer hin, um festzustellen, wo sich der verwundete Leopard verborgen hielt. Sie verband die rot glänzenden Flecken zu einer Linie, und erst jetzt erkannte sie, dass die nicht in den Busch, sondern zu ihrem Wagen führte. Es konnte nicht Isilos Blut sein.

Jäh verspürte sie ein scharfes Brennen in ihrem linken Arm und schaute hin. Unterhalb des Ellbogens hatte Isilo mit seiner Kralle einen klaffenden Riss hinterlassen. Er war nur etwa fünf Zentimeter lang, aber das Blut pumpte in einer Weise hervor, die befürchten ließ, dass der Leopard eine der großen Arterien aufgeschlitzt hatte. Sie machte eine Faust und spannte die Muskeln an, worauf das Unterhautfettgewebe aus der Wunde hervorquoll. Etwas löste sich und fiel hinunter. Entsetzt starrte sie auf den weißlichen Klumpen.

Sieht aus wie Lammfett, ging es ihr absurderweise durch den Kopf, und für ein paar Sekunden war sie zu schockiert, als dass sie reagierte. Doch dann zwang sie sich zu der Überlegung, wie in einer solchen Situation zu verfahren sei.

Den Arm abbinden, das verletzte Glied hochlagern und wenn möglich kühlen. Das war hier nicht möglich. Sie hatte zwar Flaschen mit Wasser an Bord, aber die waren inzwischen bestimmt warm. Eine Kühlbox hatte sie heute nicht dabei. Schließlich war es mehr als unwahrscheinlich gewesen, dass auf der kurzen Fahrt zwischen dem Haupthaus und den Bungalows, die sie vorgehabt hatte, ein derartiger Notfall eintreten würde.

Doch einen Druckverband musste sie dringend anlegen, damit der Blutverlust sich in Grenzen hielt. Was mit nur einer Hand schwierig werden würde. Den Arm in die Höhe haltend, zog sie den Verbandskasten unter dem Sitz hervor. Sie desinfizierte die Wunde, öffnete dann eine sterile Auflage und deckte sie damit ab. Nachdem sie ein Dreieckstuch der Länge nach gefaltet hatte, nahm sie zwei Mullbinden und legte sie auf den Riss. Sie wickelte das Dreieckstuch darum und fummelte unbeholfen mit einer Hand die Enden zu einem Knoten. Mit den Zähnen zog sie ihn so fest zu, wie sie konnte, und tatsächlich stockte die Blutung etwas, wenn auch nicht vollständig. Um den Knoten straffer zu ziehen und stärkeren Druck auszuüben, brauchte sie einen Knebel.

Sie stieg aus und musste sich kurz am Wagen abstützen, weil ihr schwindelig wurde. Dann sah sie sich um. Glücklicherweise entdeckte sie nur wenige Meter entfernt ein daumendickes, etwa zehn Zentimeter langes Aststück.

Unter Anstrengung gelang es ihr, das Holzstück in den Knoten zu schieben. Sie drehte ihn und klemmte das Holz anschließend vorsichtig unter eine Schlinge der Binde. Der zusätzliche Druck presste die Verbandspäckchen fest auf die Wunde, und sie beobachtete mit großer Erleichterung, dass das Blut allmählich weniger wurde, bis der Blutstrom schließlich restlos versiegte.

Ihren Arm auf der Rückenlehne des Beifahrersitzes abstützend, rief sie Nils über Funk an und berichtete ihm in wenigen Worten, was Fynn zugestoßen war.

»Nina ist mit Schwester Emmi und diesem leichtsinnigen Bengel in Thandis Klinik gefahren. Philani und ich konnten den Leoparden nicht entkommen lassen. Es ist Isilo, hast du das schon gehört?«

»Nein, mich hat kein Mensch benachrichtigt!« Der Schreck in seiner Stimme war unüberhörbar.

»Tut mir leid, dass ich mich erst jetzt melde, aber es ist alles so schnell passiert ...«

»Hast du ihn erledigt?«

»Ja und nein. Philani hat ihn angeschossen, und Isilo ist geflohen. Ich habe ihn verfolgt und auch getroffen, aber wieder nicht tödlich. Jetzt hat er sich im Dickicht keine hundert Meter von mir verkrochen ...«

»Du willst doch nicht allein hinter ihm her!«

»Nein. Meine Kugel hat Isilo herumgerissen, und in einem Reflex hat er mich mit den Krallen am Arm verletzt. Die Wunde blutete so stark, dass ich einen Druckverband angelegt habe, reichlich stümperhaft übrigens. Noch hält er, aber der Riss muss auf jeden Fall genäht werden. Der Rettungshubschrauber kann hier nicht landen, also fahre ich jetzt zurück zum Haus.«

»Nein, bleib, wo du bist. Ich komm und hol dich ...«

»Ach was, Liebling, das bringt nichts. Ich bin im Nu zu Hause.«

»Manchmal nervt es gewaltig, dass du immer deinen Kopf durchsetzen musst, weißt du das?«, schimpfte er überraschend heftig.

Jill zählte bis zehn, um ihm Zeit zu geben, sich abzuregen. Sie wusste genau, dass er sich große Sorgen um sie machte und es nur nicht anders ausdrücken konnte. Ihr verletzter Arm fing an, unerträglich zu prickeln, und sie hielt ihn hoch, was allerdings nichts brachte.

»Okay«, seufzte er. »Inzwischen frag ich nach, ob der nette Dr. Johannsen noch im Camp ist oder sich unter den neu angekommenen Gästen ein Mediziner befindet. Gerade ist das erste halbe Dutzend vorgefahren.«

»Gut«, sagte Jill. »Und ruf Philani an. Er soll mit seinen Rangern Isilo aufspüren und ... die Sache erledigen. In wenigen Minuten bin ich zu Hause.«

Sie wollte das Funkgerät in seine Halterung hängen, was sie aber automatisch mit der linken Hand tat, worauf die Wunde heftig zu pochen anfing. Sie hatte das Gefühl, der Arm würde jede Sekunde platzen. Das Funkgerät fiel scheppernd auf den Boden. Vor sich hin schimpfend, schob sie es mit dem Fuß so weit zu sich heran, dass sie es aufheben konnte. Wohl oder übel musste sie wieder die linke Hand benutzen. Das gestaute Blut stach wie mit Nadeln. Mit einem Schmerzenslaut zog sie den Arm zurück und kontrollierte noch einmal den Sitz des Druckverbands. Er hatte sich offenbar gelockert. Behutsam drehte sie den Knebel ein klein wenig, aber wie vermutet fing die Wunde sofort wieder an zu bluten. Mit zusammengebissenen Zähnen wartete sie, bis das Stechen aufhörte und das Blut wieder im Arm zirkulierte. Dann zog sie den Knebel fester.

Ein unterschwelliges Grollen, so tief, dass es fast unterhalb der menschlichen Wahrnehmung lag, ließ die Luft erzittern, und ein plötzlicher Windstoß fegte durch die Büsche und tanzte als kleiner Tornado über die Straße. Jill starrte hinaus. Jetzt konnte sie das aufziehende Unwetter förmlich riechen.

Die Atmosphäre brodelte. Noch brannte die Sonne und tauchte die Landschaft in jenes schweflig gelbe Licht, das ein gewaltiges Gewitter ankündigte. Die roten Blütenbüschel der Weinenden Burenbohne glühten wie Flammen zwischen giftig grünem Blattgewirr, und vom Gewitterlicht in eine filigrane Skulptur aus kostbarstem Smaragd verwandelt, wippte ein Malachit-Nektarvogel auf einem dünnen Zweig.

Sie startete den Wagen und wendete, doch unvermittelt zögerte sie. Über Inqaba war bisher kein Tropfen gefallen, und es war knisternd trocken. Aber aus den blendend weißen Wolken, die über den Horizont quollen, wuchs rasend schnell eine Ambosswolke – die Oberseite von der Sonne in feuriges Orange getaucht, der fette Regenbauch der Unterseite ein unheilschwangeres Grafitgrau. Der Schatten bedeckte schon jetzt mindestens drei Viertel von Inqaba.

Energisch schüttelte sie die angstflirrende Stimmung ab und straffte die Schultern. Sie trat aufs Gas und steuerte den schweren Geländewagen langsam über den Seitenpfad in Richtung Lodge, wobei sie weiterhin Ausschau nach dem verletzten Leoparden hielt.

Wie aus dem Nichts tauchte in ihrem Rückspiegel auf einmal ein Geländewagen auf, der sich mit beängstigender Geschwindigkeit näherte. Es gelang ihr gerade noch, auszuweichen und scharf links heranzufahren. Die Staubfahne, die der Wagen hinter sich herzog, tauchte sie in eine undurchsichtige, ockerfarbene Wolke. Nicht einmal den Sitz auf dem linken Kotflügel ihres Autos, von dem aus ihr Fährtensucher sonst das Wild für ihre Gäste aufspürte, konnte sie erkennen. Sie war so gut wie blind, und wohl oder übel würde sie warten müssen, bis der aufgewirbelte Sand sich wieder gelegt hatte. Unter anderen Umständen hätte sie den Wagen verfolgt, aber sie hatte schon zu viel Zeit vertrödelt.

»Kotzbrocken«, knirschte sie und starrte dem Auto nach. Außer dass es ein völlig verdreckter Geländewagen zu sein schien, konnte sie keine Einzelheiten ausmachen. Das Kennzeichen war verschmiert, der Fahrer oder die Fahrerin bloß ein Schemen. Dann wurde der Wagen ganz vom Staub verschluckt.

Sie gab Gas, hielt sich aber scharf links, falls noch so ein Verrückter durch ihr Wildreservat raste. Plötzlich glühte die Staubwolke vor ihr auf, als hätte jemand ein Feuer angezündet. Während sie sich noch wunderte, wurde sie von starken Scheinwerfern geblendet, die auf ihrer Seite direkt auf sie zuschossen. Reaktionsschnell wich sie nach rechts aus, weil die Böschung links rund vier Meter tief abfiel.

Das Steuer bockte unter ihren Händen. Sie trat kurz auf die Bremse, riss das Lenkrad scharf herum, sodass sie über den Sand rutschte und in Gegenrichtung zum Stehen kam. Sofort trat sie das Gaspedal bis auf den Boden durch und jagte mit Höchstgeschwindigkeit den zerklüfteten Weg an dem Dornenbusch vorbei, aus dem Isilo ausgebrochen war, entlang derselben Strecke, auf der sie gekommen war. Die Scheinwerfer ihres Verfolgers reflektierten von ihren Seitenspiegeln und blendeten sie so stark, dass sie die Augen zu Schlitzen zusammenkneifen musste, um überhaupt etwas sehen zu können. Um der Blendattacke zu entkommen, fuhr sie Schlangenlinien, wobei ihr Safariwagen gefährlich ins Schlingern geriet.

Auf einmal traf sie ein gewaltiger Stoß, und sie wurde im Sitz nach hinten geschleudert. Sie schrie vor Schreck auf und stemmte sich mit steifen Armmuskeln gegen das Lenkrad. Der Schmerz im verletzten Arm trieb ihr die Tränen in die Augen.

Wieder rammte sie der ominöse Verfolger, und mit aufheulendem Motor schob er ihren Wagen vor sich her. Jill kämpfte, um das schwere Auto unter Kontrolle zu bringen, aber ihr linker Arm fühlte sich taub und kraftlos an, und sie schlitterte hilflos am Eingang des schmalen Pfads vorbei, auf dem sie Isilos Spur von Annikas Bungalow aus verfolgt hatte – der kürzeste Weg zur Lodge.

Und Nils.

In ihrer Verzweiflung lehnte sie sich mit dem linken Ellbogen auf die Hupe und sandte einen Hilferuf in den Busch in der Hoffnung, dass Ranger in Hörweite waren. Unerwartet blieb ihr Angreifer tatsächlich zurück, und ihr Steuer gehorchte wieder. Sofort trat sie aufs Gaspedal, um die Schlingerbewegungen abzufangen, aber da traf ein neuer Stoß ihren Geländewagen. Die Dobermänner jaulten wie am Spieß. Jemand schien ihren Arm mit Messern zu bearbeiten, und schließlich geriet ihr Auto in eine prekäre Schräglage, aus der sie sich nur retten konnte, indem sie in letzter

Sekunde das Lenkrad herumriss und in den von überhängenden Zweigen beschatteten Blättertunnel abbog, der zum Crocodile-Pool führte.

Mit hoher Geschwindigkeit hielt sie frontal auf den Schlagbaum zu, der hier die Durchfahrt verhindern sollte. Sie traf ihn genau in der Mitte, Holz splitterte, dann tauchte sie ein unter das schützende Buschwerk. Anfang des Jahres hatte sie den Weg roden und das Gestrüpp zurückschneiden lassen, aber glücklicherweise hatte sich die Natur hier längst ihr Territorium zurückerobert. Ein Blick in den Rückspiegel zeigte ihr, dass ihr Angreifer die Abbiegung offenbar verpasst hatte.

Der Pfad war kaum breit genug für den schwerfälligen Safariwagen, und kräftige Äste schrammten quietschend an den Seiten entlang. Sie prügelte ihn ohne Rücksicht über den Weg und betete nur, dass sie kein dösendes Krokodil anfahren würde. Nach knapp zweihundert Metern öffnete sich hinter einer engen Kurve die einzige Wendemöglichkeit im dichten Unterholz. Sie bog ein und fuhr dicht rechts heran.

Links schimmerte der Crocodile-Pool durchs Gebüsch, Moskitos sirrten in der modrig feuchten Luft, bunte Libellen schwebten im Schilf. Sonst erschien ihr alles friedlich. Sie schickte ein Stoßgebet zum Himmel. Offenbar war sie dem gemeingefährlichen Fahrer entkommen.

War es derselbe, der Nina angefahren hatte? Willem? Hatte er einen Rachefeldzug gegen ihre ganze Familie gestartet? Weil sie ihm gekündigt hatte?

Sie griff gerade nach dem Funkgerät, um Nils zu benachrichtigen, als der Angriff kam.

Mit der gleichen brutalen Plötzlichkeit wie die des verwundeten Leoparden. Die schläfrige Stille wurde durch das Aufheulen eines Motors zerrissen, und das Verfolgerauto raste durch die überhängenden Büsche auf sie zu.

Sie versuchte schnell zu wenden, aber der fremde Geländewagen rammte sie auf der Beifahrerseite. Durch die Wucht wurde ihr Auto zur Seite geschleudert, und sie knallte mit der Stirn gegen die metallene Befestigung des Sitzgurts. Benommen fiel sie über den Beifahrersitz. Ihr Wagen schaukelte heftig. Durch die Wattewolke, in der ihr Kopf zu stecken schien, hörte sie Roly und Poly aufjaulen.

Das Auto des Kerls konnte sie nicht sehen. Die Kühlerhaube ihres Gefährts hatte sich tief ins Dickicht gebohrt, und das belaubte Zweiggewirr verhinderte zusammen mit dem Staub, der sich wie ein undurchsichtiger Schleier auf alle Fenster gelegt hatte, einen freien Blick auf die Umgebung. Zu allem Überfluss klatschte jetzt der erste Regentropfen herunter. Er rann träge in einer breiten Bahn durch die Staubschicht auf der Frontscheibe, ein zweiter fiel, ein dritter, und dann öffnete sich der Himmel, und ein Wasserfall stürzte auf sie nieder.

Konnte sie vorher durch den Staub kaum etwas erkennen, verdunkelte jetzt ein feiner Schlammvorhang den Ausblick. Mühsam stemmte sie sich hoch und reckte den Kopf. War der Unbekannte immer noch hinter ihr her? Sie musste unbedingt ihren Wagen verlassen, sonst würde sie leichte Beute für den Angreifer sein.

Mit ihrer unverletzten Hand rüttelte sie heftig an der Fahrertür. Metall knirschte, einen Zentimeter weit bewegte sich die Tür, mehr nicht. Offenbar hatte sich der Rahmen verzogen. Ein Blick auf die Beifahrertür zeigte ihr, dass die so hart getroffen worden war, dass sie sich nach innen wölbte. Es hatte keinen Zweck, sie öffnen zu wollen. Mit einer Hand war es ohnehin unmöglich. Die einzige Möglichkeit war, die Fahrertür mit den Beinen aufzustoßen.

Im Hintergrund tobten die Dobermänner, der Wagen wackelte, ihr Kopf pochte, und etwas Warmes tropfte ihr über die rechte Gesichtshälfte. Sie wischte automatisch mit der rechten Hand darüber und starrte anschließend verblüfft auf ihre blutige Handfläche. Gleichzeitig schien sie auf dem rechten Auge nur noch verschwommen sehen zu können. Erschrocken griff sie sich an die Stirn und fühlte dort eine riesige Schwellung. Mit zitternden Fingern betastete sie behutsam den Bereich um die Wölbung und prüfte, ob sie eine Verletzung des Knochens spüren konnte. Konnte sie nicht, es tat nur einfach lausig weh, und so ließ sie davon ab.

Sie zog ihr Handy aus der Hemdtasche und drückte die Kurzwahl für Nils' Mobiltelefon. Im selben Moment hörte sie schnelle Schritte, das wütende Gebell von Roly und Poly und darauf eine schneidend laute Stimme.

»Voetsak!«, brüllte ein Mann. »Haltet die Fresse, ihr Sauköter!«

Sie kam nicht mehr dazu, auf irgendeine Weise zu reagieren. Metall kreischte, dann wurde die Fahrertür gewaltsam aufgerissen, ein Schwall warmer Nässe traf sie, und jemand packte sie am Hals und würgte ihren Schrei zu einem erstickten Gurgeln ab. Sie klammerte sich an ihr Telefon wie an einen Rettungsanker, aber es wurde ihr aus der Hand geschlagen und fiel vor dem Sitz auf den Boden. Mit dem Display nach oben, wie sie gerade noch erkennen konnte. Das Mikrofon war also nicht verdeckt. Nils würde mithören können, wenn er den Anruf angenommen hatte.

21

Nils machte sich auf den Weg zurück zu dem Tisch, wo Konrad saß, und blieb neben ihm stehen. Das Funkgerät hielt er eingeschaltet in der Hand. »Du wirst nicht glauben, was unsere Frauen ohne uns angestellt haben ...«

Konrad setzte seine Kaffeetasse ab. »Unsere Frauen? Was meinst du damit? Nina schläft noch wie ein Baby.«

»Von wegen. Während wir hier gemütlich Kaffee trinken, hat sie sich mit einem Leoparden angelegt ...«

»Was?« Konrad sprang so heftig auf, dass sein Stuhl umgekippt wäre, hätte Nils ihn nicht rechtzeitig aufgefangen.

Beschwichtigend hob er die Hände. »Keine Angst, Nina ist okay. Einzelheiten erzähle ich dir später. Ich muss gleich weiter. Jill ist auf dem Weg hierher, und sie ist verletzt ...«

Konrad sah ihn an. »Jill? Ist sie von dem Leoparden angegriffen worden?«

»Allerdings. Sie hat auf ihn geschossen, ihn aber nicht richtig getroffen. Er hat sie am Arm verletzt, bevor er abgehauen ist.«

»Und jetzt treibt sich da draußen ein verletzter Leopard herum, der jeden, der ihm in die Quere kommt, in Stücke reißt?«

»Beruhig dich, alle unsere Ranger sind hinter ihm her ...« Aus Nils' Funkgerät kam ein merkwürdiges Rauschen, und er drehte abwesend den Lautstärkeregler.

Konrad hieb mit einer Hand auf den Tisch, dass es knallte. »Aber sie haben ihn noch nicht!« Er packte Nils am Arm und funkelte ihn bedrohlich an. »Du gehst keinen Schritt weiter, bis ich weiß, wo Nina ist und was mit ihr passiert ist.«

Nils versuchte sich aus dem Griff zu befreien, aber Konrad umklammerte seinen Oberarm wie eine eiserne Manschette. »Nina ist völlig unverletzt«, sagte er. »Der Leopard wollte den Sohn von Annika fressen, aber Nina hat es fertiggebracht, ihn so lange davon abzuhalten, bis Jill und Philani ihn verjagen konnten ...«

Konrad schüttelte ihn. »Und? Lass dir nicht jedes Wort aus der Nase ziehen. Was dann?«

»Der Junge ist verletzt. Nina bringt ihn und Annika gerade in eine Kinderklinik in der Nähe. Kein Grund zur Panik.«

Konrad ließ Nils' Arm los und griff in die Gesäßtasche. »Verdammt, ich habe mein Handy im Bungalow liegen lassen. Wo kann ich ...«

»Nimm meins«, sagte Nils und zog sein Mobiltelefon aus der Hemdtasche. »Jill wird sich sowieso per Funk melden.«

»Danke.« Konrad trat ein paar Schritte beiseite.

Nils sah ungeduldig auf die Uhr. Jill würde in den nächsten Minuten ankommen, und er hatte sich noch nicht erkundigt, ob ein Arzt anwesend war. Er deutete Konrad stumm an, dass er nicht länger warten könne, und lief zur Rezeption. Jonas saß über das Gästebuch gebeugt da. Die Brille war ihm auf die Nasenspitze gerutscht, und sein dunkles Gesicht glänzte vor Schweiß.

»Hi«, grüßte ihn Nils kurz. »Wir brauchen einen Arzt. Weißt du, ob einer unter den Neuankömmlingen ist?«

Jonas blinzelte ihn über den Brillenrand an. »Gibt's wieder jemanden mit Brechdurchfall? Wie letzten Monat? Oder Schock, weil ihm ein Affe das Brot vom Tisch geklaut hat?« Er gluckste in sich hinein.

»Nicht ganz«, antwortete Nils. »Isilo hat den Jungen von Mrs. Bruns angegriffen. Philani hat ihn angeschossen ...«

Jonas riss den Kopf hoch. »Unser Isilo? Das kann ich fast nicht glauben!«

»Ist aber so. Jill und Philani sind ihm nach, und dabei hat der Leopard Jill den Arm aufgeschlitzt ...«

Jonas sog die Luft durch die Zähne und überflog die Einträge der neuen Gäste. »Kein Arzt dabei«, stellte er kopfschüttelnd fest. »Aber Dr. Johannsen konnte seinen Aufenthalt um einen Tag verlängern ...«

Nils lehnte sich vor. »Wo ist er?«

»Beim Frühstück, nehme ich an.« Jonas sprang auf. »Ich laufe hinüber und frag ihn.«

»Ja, bitte«, sagte Nils. »Jill muss jeden Augenblick hier sein. Ruf mich an, wenn du mit dem Doktor gesprochen hast. Bis gleich.« Damit drehte er sich um und strebte im Laufschritt zum Blättertunnel.

Konrad kam ihm von der Frühstücksterrasse entgegen und streckte ihm das Mobiltelefon hin. »Nina geht es gut«, sagte er erleichtert. »Sie ist noch mit Annika im Krankenhaus und wird am frühen Nachmittag wieder zurück sein. Ist Jill schon angekommen? Wie geht es ihr?«

Nils schüttelte den Kopf. »Bisher habe ich weiter noch nichts von ihr gehört, aber sie wird gleich hier sein. Ich hole sie am Parkplatz ab.« Er trabte los.

»Ich komm mit, vielleicht kann ich helfen«, sagte Konrad.

Hintereinander rannten sie durch den sonnengesprenkelten Blätterbaldachin hinaus ins gleißende Licht des frühen Morgens. Nils' Blick flog über den hitzeflimmernden Parkplatz. Drei der Safariwagen und zwei Pkws von neu angekommenen Gästen waren im Baumschatten geparkt. Jills Auto war nicht dabei.

Nils hakte sein Funkgerät vom Gürtel. »Jill, bitte melden!«, rief er hinein und horchte mit steigender Anspannung.

Es knackte und rauschte, aber eine Antwort bekam er nicht.

Ihm brach der Schweiß aus. »Jill, bitte melden!«, wiederholte er. »Wo bist du, kannst du mich hören?«

Außer dem atmosphärischen Rauschen in der Leitung war nichts zu hören. Mit nassen Händen hakte er das Funkgerät wieder an den Gürtel. Den Lautstärkeregler drehte er voll auf.

»Da muss was passiert sein«, presste er hervor. »Ich fahre ihr entgegen ... Kannst du vielleicht mitkommen?«

»Na klar«, war die knappe Antwort Konrads.

Nils rief Jonas mit dem Handy an, erklärte ihm die Lage kurz und wies ihn an, ihm den Schlüssel für einen der Safariwagen bringen zu lassen.

»Ich schicke Bongiwe«, sagte Jonas. »Ich gebe ihr auch eins von den Gewehren mit. Es könnte ja sein, dass du ... es brauchst.«

»Hoffentlich nicht«, brummte Nils. »Aber danke. Und bitte Dr. Johannsen zu warten, ehe er auf Safari geht. Sag ihm, der gesamte Aufenthalt von ihm und seiner Frau geht voll aufs Haus!«

»Yebo, Boss!«, sagte Jonas und hängte auf.

Kurz darauf kam Bongiwe in ungewohnter Schnelligkeit durch den Tunnel gerannt und übergab ihm Autoschlüssel und Gewehr und dazu eine Einkaufstasche, die vier Flaschen Wasser enthielt.

»Jonas sagt, Jill wird durstig sein«, erklärte sie. »Es ist der Wagen dort.« Sie zeigte auf einen Geländewagen mit drei durchgehenden Sitzbänken.

»Danke Jonas von mir«, sagte Nils.

»Ich werde für Jill beten und alle anderen auch«, flüsterte Bongiwe mit schüchtern gesenktem Blick. »Es wird ihr nichts geschehen. Gott wird sie beschützen. Gepriesen sei Jesus Christus!«

»Amen«, murmelte Nils, obwohl er als Kriegsreporter den Glauben an eine höhere Macht, die ihre gütige Hand über die Menschheit hielt, längst aufgegeben hatte. »Ich danke euch allen«, sagte er leise.

»Yebo«, antwortete Bongiwe mit zitternder Stimme und flitzte zurück durch den Tunnel.

Nils sah ihr mit tonnenschwerem Herzen nach. Wie viele ihrer Stammesgenossen sang Bongiwe in der christlichen Kirche im Chor, rief Gott und seinen Sohn und die Jungfrau Maria an, wenn sie Probleme hatte, waren diese aber größer, opferte sie zur Sicherheit auch auf traditionelle Art ihren Ahnen und bat um Schutz für sich und ihre Familie. In diesem Augenblick beneidete er sie.

»Glaubst du an Gott?«, fragte er Konrad, während sie zum Safariwagen gingen.

Konrad kickte einen Stein aus dem Weg. »Manchmal hoffe ich, dass es einen gibt. Warum fragst du?«

Nils öffnete die Wagentür und stieg auf den Fahrersitz. »Heute bete ich darum, und ich würde alles dafür geben, wenn ich glauben könnte.«

Mit einem Blick stellte er fest, dass der Tank voll war. Er hängte das Gewehr in die vorgesehene Halterung, prüfte, ob der Verbandskasten vollständig war, und ließ den Motor an.

»Schnall dich an!«, rief er Konrad zu.

Er trat aufs Gas und raste gefährlich schnell in die Richtung los, aus der Jill kommen musste. Gleich auf den ersten Metern musste er mit quietschenden Reifen einem Gnu ausweichen, das gemächlich über die Straße trödelte.

»Suka, hau ab!«, knurrte er ärgerlich. »Das hätte fast gekracht.« Er wandte sich an seinen Beifahrer. »Kannst du mit dem Funkgerät umgehen?«

Konrad nickte und hakte es vom Armaturenbrett. »Kein Problem. Ich bin Offizier der Reserve in der italienischen Armee. Doppelte Staatsbürgerschaft, du verstehst.« Er schaltete das Gerät ein. »Etwas veraltet, wirkt aber zuverlässig.«

»Der zweite Knopf verbindet dich mit allen Rangern auf Inqaba. Sag ihnen, dass Jill auf dem Weg von dem Dornengebüsch war, wo letztes Jahr die verwundete Löwin gestorben ist. Und dass sie die Hunde dabeihat. Und wenn du fertig bist, schalte bitte zurück auf Jills Frequenz.«

Konrad drückte wie verlangt auf den zweiten Knopf, meldete sich und gab Nils' Nachricht weiter.

In einem vielstimmigen Chor bestätigten die Ranger im gesamten Gebiet von Inqaba, dass sie verstanden hätten.

»Wir finden sie und bringen sie dir zurück!«, war Philanis dunkle Stimme zu vernehmen.

»Danke«, gab Nils zurück. »Viel Glück. Für uns alle.«

Konrad schaltete wieder auf Jills Frequenz und lauschte konzentriert. »Nichts zu hören«, sagte er. »Jill wird das Funkgerät mit dem verletzten Arm nicht bedienen können ...«

Bildsplitter blitzten vor Nils auf.

Blutete die Wunde stark? Hielt der Druckverband? Oder hatte sie von dem Blutverlust bereits das Bewusstsein verloren?

Jills Wagen, der unkontrolliert über die Straße schleuderte, im freien Fall über den Abhang in die Tiefe stürzte. Und ein blutiges Bündel, das herausgeschleudert wurde und reglos liegen blieb.

Nils biss die Zähne aufeinander, dass es knirschte.

»Hier müsste sie sein«, presste er durch seine pergamenttrockene Kehle und zeigte auf das Dornengestrüpp. »Dort hatte sich der Leopard versteckt. Da müssen wir anfangen zu suchen.«

Er hielt an, und beide Männer stiegen aus. Nils hakte das Funkgerät aus der Halterung und befestigte es an seinem Gürtel. Sein Blick flog über die Umgebung.

»Nichts«, knurrte er. »Aber sie ist hier gewesen. Sieh dir die Spuren an.« Er zeigte auf einen gut erkennbaren Reifenabdruck im losen Sand. »Das ist eindeutig vom rechten Vorderreifen ihres Wagens.«

Wie ein Bluthund, der eine Witterung aufgenommen hat, trabte er die Spuren entlang. Schließlich blieb er stehen und drehte sich langsam im Kreis. Niedergeschlagen schüttelte er den Kopf.

»Schon seit Tagen toben immer wieder Unwetter über Zululand, und es gießt wie aus Kübeln. Nur wir bekommen nichts ab. Hier ist alles zundertrocken.« Die Hände in den Hosentaschen vergraben, stieß er frustriert gegen eine kleine Erderhebung. Eine Sandkaskade rieselte herunter und riss einen grün schimmernden Käfer mit in die Tiefe. »Sieh dir das an, der Boden hier wechselt zwischen steinhart und sandig. Irgendwelche Spuren sind nicht zu erkennen.«

»Aber da hinten kann ich Reifenabdrücke sehen«, sagte Konrad. »Sie ist dort nach links in den Seitenweg abgebogen. Komm, schauen wir nach.«

»Abdrücke?« Nils spähte mit skeptisch gerunzelter Stirn hinüber. »Bist du dir sicher?«

Konrad erreichte den Seitenpfad vor ihm, ging in die Hocke und untersuchte den lockeren Sand, ohne ihn zu berühren. »Ja, ich bin mir sicher«, bestätigte er nach einer Weile. »Auf einem Treck durch die Sahara hab ich auf die harte Art und Weise gelernt, solche Spuren zu lesen.« Er grinste schief. »Sonst wäre ich damals verdurstet.«

»Das ergibt keinen Sinn«, murmelte Nils. »Der Pfad führt in den wildesten Teil von Inqaba, und zwar in genau die entgegengesetzte Richtung von der Lodge.«

Konrad bestand auf seiner Analyse der Spuren. »Hier ist sie eingebogen, den Weg ist sie gefahren. Oder ...« Er sah Nils an. »Oder jemand hat sie gefahren ...«

Als Nils begriff, was Konrad da andeutete, traf es ihn wie ein Schlag. Fassungslos starrte er auf die Reifenabdrücke. Obwohl sie verwischt waren und ständig trockene Sandkörner von den Seiten herunterrieselten, die sie immer unkenntlicher machten, erkannte er ein Detail, das nur von Jills Reifenprofil stammen konnte. Kaum je in seinem Leben hatte er sich so hilflos gefühlt.

Jill war irgendwo da draußen im Busch, verletzt, blutend, schutzlos, und er hatte nicht die geringste Idee, wo er mit der Suche anfangen sollte. Das Gelände war riesig. Und von wilden Tieren übervölkert ... Seine Gedanken stießen an eine Mauer aus Angst und Verzweiflung.

»Shit!«, entfuhr es ihm. »Jetzt wird die Sache wirklich ernst!«

Konrad sah ihn eindringlich an. »Gibt es da jemanden, der ...«

»Allerdings gibt es da jemanden!« Nils wurde von einer Welle der Wut überrollt. »Einen ehemaligen Ranger, der einen Rachefeldzug gegen Jill begonnen hat. Er ist ein gewalttätiger Rassist, und sie hat ihm aus triftigen Gründen gekündigt und anschließend striktes Hausverbot erteilt. Aber gestern ist er illegal auf unser Gelände eingedrungen. Als ich mit Nina auf dem Weg zu dir zum Gate war, ist er uns entgegengekommen. Wahrscheinlich war das auch der Kerl, der dich niedergeschlagen hat. Alle suchen ihn fieberhaft, aber er kennt jeden Winkel von Inqaba ...« Mit einer hilflosen Handbewegung brach er ab.

»Aha«, murmelte Konrad und sah offensichtlich interessiert den Sandkörnern zu, die durch seine Finger rieselten. Sein Ton war leise und ruhig, aber seine Körpersprache war eindeutig. Mit seinen blauen Augen funkelte er Nils unter gesenkten Brauen an. »Aber jetzt hat der auch mich am Hals«, sagte er mit einem bösen Lächeln. »Den kriegen wir. Das verspreche ich.«

Nils musterte ihn erstaunt. Konrad erschien ihm plötzlich noch größer und muskulöser, sprühend vor explosiver Energie wie eine Dschungelkatze auf der Pirsch, und auf eigenartige Weise fühlte er sich getröstet. Außerdem glaubte er diesem friesischen Sizilianer, der ihm immer sympathischer wurde, aufs Wort. Zusammen würden sie Willem van Niekerk finden.

Konrad stand auf. »Lass keine destruktiven Gedanken zu«, sagte er und wischte seine sandigen Hände ab. »Es ändert nichts, sondern macht dich nur fertig.«

Nils biss sich auf die Lippen. »Recht hast du«, murmelte er und schaltete das Funkgerät ein. »Nils an alle! Jill ist wahrscheinlich entführt worden ...« Er musste sich unterbrechen, weil auf einmal alle durcheinanderredeten.

»Thulani, haltet alle den Mund!«, setzte sich schließlich Philanis sonore Stimme durch. »Von wem, Boss?«

»Vermutlich Willem van Niekerk. Er scheint offenbar auf Rache aus zu sein ...«

Jonas, der immer alle Frequenzen in seinem Büro eingeschaltet hatte, mischte sich ein. »War er es auch, der Ninas Freund angegriffen hat?«

»Vermutlich ja«, sagte Nils. »Und wahrscheinlich ist er auch für das Verschwinden von Blessing verantwortlich. Sie hat den Haupteingang gestern vor Torschluss unerlaubt verlassen und ist heute nicht zum Dienst erschienen. Oder hat einer von euch sie gesehen oder etwas von ihr gehört?«

»Yebo, ich, Boss, Jabulani. Ich hab sie heute früh an der Bushaltestelle auf der Straße von Hlabisa gesehen ...«

»Ist dir etwas Ungewöhnliches an ihr aufgefallen?«, unterbrach ihn Nils auf Zulu. Jabulani liebte es, sich reden zu hören, und war er erst mal in Fahrt, war sein Redefluss kaum zu bremsen.

Der Ranger antwortete nicht gleich. »Yebo«, sagte er dann zögernd. »Ich denke, ihr Mann hat sie verprügelt, denn ihr Auge sieht aus wie eine dicke Pflaume, und am Kopf trug sie einen Verband, aber er schlägt sie öfter, immer wenn er getrunken hat ...« Er unterbrach sich. »Aber sie hatte viel eingekauft«, setzte er seine Ausführungen fort. »Auch Fleisch und Milch, viel mehr als an anderen Tagen. Ihr ältester Sohn war dabei und hat ihr die vollen Taschen hinterhergetragen und ...«

»Ngiyabonga«, schnitt ihm Nils das Wort ab. »Dann brauchen wir uns keine Sorgen mehr zu machen. Sie wird sicher morgen wieder zur Arbeit erscheinen.«

Er verabschiedete sich und schaltete das Funkgerät wieder auf Jills Frequenz. Noch hatte er nicht vor, den anderen Rangern mitzuteilen, was er hinter Blessings Verletzung und ihrem offensichtlichen Geldsegen vermutete. Nicht, bevor er das nicht hieb- und stichfest beweisen konnte. Auch im digitalen Nirgendwo mitten in den Hügeln Zululands funktionierte die verbale Buschtrommel bestens. Klatsch, wahr oder nur ein Gerücht, verbreitete sich schneller als übler Gestank. Sollte er Blessing unrecht tun, hätte das schlimme Folgen für sie. Allein der Verdacht, plötzlich zu Geld gekommen zu sein, würde ausreichen, sie in Gefahr zu bringen. Menschen wurden in dieser bettelarmen Gegend für ein paar Rand ermordet.

Konrad rann der Schweiß aus den Haaren, und er trocknete sich die Stirn mit einem Zipfel seines T-Shirts. »Ist Blessing gefunden worden?«

»Wie man's nimmt«, sagte Nils. »Sie ist von Jabulani, einem unserer Ranger, gesehen worden. Angeblich hat sie ein blaues Auge, aber plötzlich Geld genug, dass sie Taschen voller Lebensmittel einkaufen kann. Der ehemalige Ranger, der dich wahrscheinlich überfallen hat – ein Mistkerl namens Willem –, hat Blessing vermutlich geschlagen und anschließend bestochen.«

Er öffnete die Wagentür, nahm zwei Handtücher von der Hinterbank, breitete eines auf seinem Sitz aus und reichte das andere Konrad. »Hier, sonst ziehst du Blasen am Hintern.«

»Danke, das wäre allerdings unschön«, erwiderte Konrad, legte das Handtuch auf das glühend heiße Kunststoffleder und schwang sich neben Nils. »Wenigstens hat er die Frau offenbar nicht umgebracht.«

»Hoffen wir es«, murmelte Nils und bog in den Seitenweg ein.

22

Nina sah auf die Uhr. Schon halb eins. Die Sonne stand im Zenit, die Klimaanlage röchelte asthmatisch, und auch im Inneren der Klinik war es unangenehm warm. Sie starrte auf die verschlossene Tür zum OP-Bereich. Fynn war nach eingehenden Untersuchungen vor mehr als zwei Stunden in den Operationssaal geschoben worden. Seitdem saß Annika neben ihr und malträtierte schluchzend ihr Taschentuch.

»Es ist nicht deine Schuld«, flüsterte Nina ihrer Freundin zu. »Höchstens die von Fynns Mutter, die ihn so verzogen hat. Jill hat ihn wirklich eindringlich gewarnt.«

»Trotzdem«, weinte Annika.

Nina legte ihr wortlos den Arm um die Schultern. »Die Wunden sind nicht lebensgefährlich, hat der Arzt gesagt, und dass Fynn wieder ganz gesund wird.« Sie lächelte aufmunternd. »Denk doch nur einmal daran, wie er mit den Narben angeben wird! Wie er den Vorfall ausschmücken wird. Der Leopard wird im Lauf der Zeit ins Monströse wachsen. Er wird behaupten, dass er das Biest selbst verjagt hat, und zum Helden mutieren …«

Annika zog die Nase hoch und kicherte unter Tränen. »O ja, das kann ich mir vorstellen. Ich gönne es ihm, er hat nämlich ein ziemlich wackeliges Ego. Eigentlich ist er noch ein kleiner Junge, weißt du. York hat selten Zeit für ihn, und seiner Mutter ist er bei ihren neuen Liebschaften meist im Weg.«

»Armer kleiner Kerl«, sagte Nina, war sich aber nicht sicher, ob das Fynn wahrheitsgetreu beschrieb. Sie stand auf und zog ihr Handy hervor. »Entschuldige mich, ich will Konrad anrufen.«

Am Ende des langen Flurs öffnete sich mit einem Schmatzen die automatische Tür zum OP-Bereich. Ein Arzt im hellgrünen Kittel kam heraus und strebte mit energiegeladenen Schritten auf eine Tür mit der Aufschrift *Arztzimmer* zu.

Nina erkannte ihn sofort. »Mangaliso!«, rief sie erfreut und steckte ihr Telefon wieder ein.

Der junge Mann blieb stehen und nahm den Mundschutz ab. »Nina!«, sagte er erstaunt. »Was machst du denn hier? Willst du nach unserem Patienten sehen? Das ist wirklich sehr nett von dir.« Lächelnd kam er näher. »Ihm geht es viel besser. Seine Mutter kommt ihn oft besuchen. In ein paar Tagen darf er wieder nach Hause.«

»Nein, das heißt, natürlich will ich ihn gern sehen, aber jetzt sind meine Freundin Annika und ich hier, weil es auf Inqaba einen Unfall gegeben hat ...«

»Unfall?«, fiel ihr Annika ins Wort. »Mein Sohn ist von einem Leoparden angefallen und zerfleischt worden, und kein Mensch sagt mir, wie es um ihn steht.« Wieder schüttelte ein Heulkrampf sie.

Mangaliso sah auf sie hinab. »Einen Moment, ich bin gleich wieder da.«

Er joggte den Gang hinunter in den OP-Bereich. Wenige Minuten später kam er zurück. Mit einem Lächeln auf dem Gesicht.

»Die Operation ist prima verlaufen, und Ihrem Sohn geht es den Umständen entsprechend gut. In Kürze wird er in den Aufwachraum gebracht, und dann können Sie zu ihm. Meine Mutter, die ihn operiert hat, wird später zu Ihnen kommen. Im Augenblick ist sie nicht im Haus.«

»Danke«, stammelte Annika unter Tränen. »Gott sei Dank!«

Nina lächelte ihn an. »Das war sehr nett von dir.«

Mangaliso setzte sich neben sie. »Du schuldest mir noch eine Tasse Kaffee in Saint Lucia«, sagte er auf Zulu.

»Konrad, mein Verlobter, ist gestern aus Indien gekommen«, antwortete sie in derselben Sprache. »Wir haben uns lange nicht gesehen, und er ist ein bisschen eifersüchtig ...«

»Dann werde ich vier Kaffee bestellen.« Mangaliso lächelte fröhlich. »Für dich, deinen Verlobten, meine Verlobte und mich.«

Nina wechselte wieder ins Englische. »Das klingt perfekt! Wie heißt deine Freundin?«

Mangaliso gluckste vergnügt. »Sie wird Crazy genannt, und ehrlich gesagt ist sie das auch ...«

Nina prustete los. »Crazy? Ich glaube, die kenne ich. Groß, kurvige Figur, geflochtener Haarturm, zentimeterlange Glitzerohrringe, goldenes T-Shirt, sehr enger Rock – Leopardenprint –, knallrote Lippen, waffenpflichtige High Heels? Keine normale Frau – eher ein Naturereignis!«

Mangaliso klatschte zustimmend in die Hände. »Ein Naturereignis«, wiederholte er. »Das ist meine Crazy. Es gibt nur eine ihrer Art. Zwei solche Frauen haben auf dieser Welt keinen Platz.« Er musterte sie neugierig. »Woher kennst du sie?«

»Auf der Straße nach Inqaba hatte ich einen ... Unfall.« Dass es tatsächlich kein Unfall gewesen war, wollte sie nicht erzählen. »Plötzlich bremst ein Auto neben mir, diese unglaubliche Frau steigt aus, fragt, was los ist, und erklärt dann kategorisch, dass sie mich abschleppen will. Ich hatte keine Chance, ihr zu widersprechen.« Sie lächelte. »Mein Wagen war noch einigermaßen fahrtüchtig, aber sie hat trotzdem darauf bestanden, mich bis zum Eingang zur Lodge von Inqaba zu begleiten, obwohl sie einen Termin beim König hatte.«

»Typisch Crazy«, sagte Mangaliso mit offensichtlichem Stolz und stand auf. »Ich brauche jetzt eine Koffeininfusion. Willst du auch einen Kaffee, Nina? Und Sie auch, Annika? Wir haben eine Kaffeemaschine im Ärztezimmer ...«

Das diskrete Klingeln seines Telefons unterbrach ihn. Er zog es aus der Brusttasche und nahm ab.

»Was gibt's?«, fragte er knapp. »Okay, ich bringe die Mutter gleich selbst hin.« Er lächelte Annika an. »Ihr Sohn ist eben in den Aufwachraum gebracht worden. Ich werde Sie hineinbegleiten. Darf Nina mitkommen?«

»Natürlich!« Annika sprang wie elektrisiert auf. »Ohne Nina hätte ich keinen Sohn mehr. Ich verdanke ihr sein Leben!«

Auf seltsame Weise fühlte sich Nina beschämt. »Ich hab doch nur um Hilfe geschrien«, sagte sie verlegen.

»Glauben Sie ihr kein Wort, Doktor«, sagte Annika. »Sie hat den Leoparden angeschrien! Du blödes Vieh, lass ihn los, hat sie gebrüllt, und dann hat sie ihm einen Stein an den Kopf geworfen!«

»Das war sehr tapfer von dir.« Mangaliso blickte beeindruckt drein.

»Ach du grüne Neune«, sagte Nina und wusste gar nicht, wie sie mit dem Lob umgehen sollte. »Was hätte ich sonst tun sollen? Fynn dem Leoparden überlassen?«

»Gott sei Dank, dass es dich gibt«, sagte Annika und streichelte ihren Arm. »Ich hab York vorhin am Telefon den ganzen Vorfall haarklein beschrieben. Es hat übrigens ordentlich Trara zwischen uns gegeben. Er hat mich angepfiffen, dass ich besser hätte aufpassen sollen, aber nachdem ich ihm klargemacht habe, zu welcher Uhrzeit sich sein Sprössling rausgeschlichen hat und dass Jill ihn ausdrücklich gewarnt hat, hat er sich wieder beruhigt. Er war ungeheuer beeindruckt und hat anschließend das Hamburger Abendblatt angerufen. Morgen wird dein Konterfei auf der Titelseite prangen.« Sie grinste. »Und auf der von der Bildzeitung auch. Ich habe ihm ein wirklich schönes Foto von dir geschickt ...«

»Hoffentlich sieht mein Vater das nicht. Er würde sich fürchterlich aufregen.« Warum hatte Annika sie nicht vorher gefragt! »Ich werde seinen Arzt anrufen, damit er aufpasst, dass Viktor die Zeitungen nicht in die Hand bekommt ...«

»Deswegen ist York gerade auf dem Weg zu ihm«, sagte Annika, und der leise Triumph in ihrer Stimme war nicht zu überhören. »Damit Viktor das nicht von anderen erfährt und weiß, dass es dir gut geht. Was sagst du nun?«

Nina drückte Annika fest an sich. »Danke«, flüsterte sie. »Ihm geht es sehr schlecht, und jede weitere Belastung wäre zu viel für ihn.«

Mangalisos Telefon zirpte. »Entschuldigung«, murmelte er, ging ein paar Schritte seitwärts und hob es ans Ohr. »Ich komme!«, sagte er knapp und drehte sich zu den beiden Frauen um. »Tut mir leid, ich habe es sehr eilig, wir haben einen Notfall. Gehen Sie schon mal allein zu Fynn hinein. Ich werde später ausführlicher mit Ihnen reden. Nina, ich rufe dich an ...« Winkend verschwand er mit wehendem Kittel im OP-Bereich.

Nina winkte ihm nach. »Geh du erst mal allein zu Fynn hinein«, sagte sie zu Annika. »Er wird noch gar nicht richtig wach sein. Du kannst mich ja rufen. Ich hole uns Kaffee und warte hier draußen auf dich.«

Annika tupfte sich mit einem Taschentuch die Spuren ihrer Tränen vom Gesicht und ordnete ihr Haar. »In Ordnung«, sagte sie, betrat leise das Aufwachzimmer und schloss die Tür hinter sich.

Nina füllte am Automaten zwei Pappbecher mit brühheißem Kaffee und goss Sahne dazu. Sie setzte sich im Gang auf einen der unbequemen Holzstühle und richtete sich auf eine längere Wartezeit ein. Nachdem sie alle Broschüren, die auf einem Ständer ausgebreitet waren, durchgeblättert hatte, wanderte sie mit ihrem Becher in der Hand gelangweilt den Klinikflur hinauf und hinunter.

Auf die fröhliche Kinderstimme hinter ihr achtete sie dabei im ersten Augenblick nicht, bis plötzlich Ntombi mit wehenden Zöpfchen vor ihr auf und ab tanzte. Eine große weiße Schleife wippte in ihrem Kraushaar.

»Nina, ich bin hier!«, rief die Kleine und schlang ihre Ärmchen um Ninas Hüften.

»Sweetheart! Wie hübsch du bist. Wo ist deine Mama?«

»Ich bin hier, Ma'am!«

Nina drehte sich um. Zandile stand in einem bunten Kleid mit kurzen Ärmeln hinter ihr.

»Sakubona, kunjani, Zandile«, grüßte Nina und erwartete eine unhöflich abweisende Reaktion.

Zu ihrer Verwunderung senkte Ntombis Mutter den Kopf und

scharrte verlegen mit den Füßen. Dann streifte sie Nina mit einem schnellen Blick. »Yebo, mir geht es auch gut«, antwortete die Zulu mit dem traditionellen Gruß.

»Bist du hier, um deinen Sohn zu besuchen?«

Dieses Mal erntete sie sogar ein Lächeln. »Yebo, Ma'am, ngiyabonga, Ma'am. Meinen Sohn Mandla.« Wieder scharrte sie mit den Füßen. »Und ich danke dir, dass du die Sanitäter gerufen hast«, fuhr sie leise fort.

Nina lächelte. »Bitte nenne mich Nina, Zandile«, sagte sie. »Wie geht es deinem Sohn? War sein Bein gebrochen?«

Zandile nickte. »Es ist gebrochen, aber es wird wieder zusammenwachsen. Er bekommt Krücken.« Die Zulu richtete sich stolz auf. »Richtige Krücken.«

Ntombi, immer noch an Nina geschmiegt, sah hoch zu ihr. »Es geht ihm schon viel besser. Er hat einen großen Wickel um seinen Kopf. Der sieht aus wie ein Hut.« Sie kicherte.

»Hat er eine Kopfverletzung?«, erkundigte Nina sich besorgt bei Zandile. Er war schließlich bewusstlos gewesen, das könnte eine Gehirnerschütterung oder eine noch ernsthaftere Schädelverletzung bedeuten. »Ist er wach und kann reden?«

Jetzt lachte Zandile. »Yebo, Nina. Er schnattert wie ein Äffchen – schnatter, schnatter, schnatter!«

»Schnatter, schnatter, schnatter«, quietschte Ntombi begeistert.

»Dann wird er schnell wieder gesund«, sagte Nina erleichtert. »Und hat dein Inyanga ihm helfen können?«

»Yebo.« Wieder strahlte Zandile. »Das hat er. Mandla darf bald nach Hause.«

»Das macht mich sehr glücklich«, erwiderte Nina mit einem Lächeln. »Ich habe am Tag danach versucht, dich anzurufen, aber du hast nicht geantwortet.«

Zandile zog ein betrübtes Gesicht. »Sorry, Ma'am ...«

»Sie heißt Nina«, piepste Ntombi dazwischen.

Zandile tätschelte ihrer Tochter den Kopf. »Sorry, Nina«, korrigierte sie sich. »Es gab einen großen Sturm, es hat viel geregnet, und wir hatten kein Telefon und keinen Strom.«

»Die große Schlange ist vom Himmel gekommen«, quiekte Ntombi aufgeregt. »Und hat das Haus von Sabisi gefressen. Sie ist meine Freundin, und ihr Haus ist ...« Sie machte eine entsprechende Handbewegung. »Ganz weg. Die Schlange war hungrig und hat nichts übrig gelassen!«

Nina zog die Brauen zusammen. »Eine große Schlange? Was meinst du damit?«

»Einen Tornado«, sagte Mangaliso, der mit seinem Mundschutz in der Hand eben durch die Schwingtür zum OP-Bereich kam. »Es hat ein schlimmes Unwetter in Zululand gegeben. Zwei Menschen wurden vom Blitz erschlagen und einige Häuser zerstört. Nur Inqaba und Umfolozi sind verschont geblieben. Bis jetzt. Aber das Gewitter wird auch hier herüberziehen. So, jetzt muss ich aber weiter.« Er verschwand im Arztzimmer.

»Ist dein Haus heil geblieben?«, erkundigte sich Nina bei Zandile.

»Yebo!« Wieder ein strahlendes Lächeln. »Unsere Sangoma hat mir ein starkes Muthi gegeben, das ich an meinem Haus aufgehängt habe. Kein Blitz kann es treffen. Kein Feuer wird es zerstören.«

Nun, wir haben dafür eine Feuerversicherung, schmunzelte Nina innerlich, fand aber nichts, was sie darauf antworten konnte. Der Glaube an die Kraft der Sangomas war tief in der afrikanischen Kultur verwurzelt. Überall auf dem Kontinent. Sangomas verkauften Wilderern Muthis, die sie auf ihren Raubzügen vor Kugeln schützen sollten, lasen die Zukunft aus Knöchelchen oder belegten den bösen Nachbarn mit einem Fluch. Und der Fluch eines Sangomas konnte tödlich sein, ohne dass von Wissenschaftlern eine überzeugende Erklärung dafür gefunden werden konnte. Die Verfluchten ergaben sich oft kampflos in ihr Schicksal, siechten dahin und starben oft. Verwandte, Freunde und Nachbarn wandten sich von ihnen ab und vertrieben sie gewaltsam von Haus und Hof. Nur wenige der Verfluchten hatten genügend Geld, dass sie einen wirksamen Gegenfluch bewirken konnten.

Das hatte sie als Kind erlebt, als die Mutter von Zenziles Freundin mit einem Fluch belegt worden war. Eine geifernde, brüllende Menschenmenge – Zenzile, ihr Kindermädchen, mittendrin – war auf die verschreckte Frau losgegangen, die schreiend floh. Sie wurde nie wieder gesehen.

»Hast du mit dem Inyanga gesprochen?«, erkundigte sie sich. »Werde ich ihn aufsuchen dürfen?«

»Ja, das habe ich«, war die überraschende Antwort. »Du sollst ihn anrufen. Er wird dich empfangen.« Sie drückte Nina eine offensichtlich schon viel benutzte Plastiktüte in die Hand. »Und das habe ich für dich ausgesucht und wollte es heute nach Inqaba bringen. Weil du Mandla gerettet hast.« Sie zeigte auf den gelben Zettel, der auf der Tüte klebte. »Das ist die Nummer von meinem Inyanga, der ein sehr weiser Mann ist. Ich habe ihm gesagt, er soll dir genau aufschreiben, für welche Leiden er die Kräuter benutzt.«

Ntombi tanzte aufgeregt um sie herum. »Sieh nach, sieh nach, Nina, es sind Traumkräuter ...«

Traumkräuter! Nicht nur für Klarträume und Visionen setzten Sangomas diese Pflanzen ein, sondern auch um ihren Patienten zu ermöglichen, mit ihren Vorfahren in Verbindung zu treten. Viele Politiker in diesem Land konsultierten regelmäßig ihre Geisterheiler, baten ihre Ahnen um Schutz und Erleuchtung und ließen sich die Zukunft voraussagen. Die Vorstellung, dass die Kanzlerin oder einer der anderen Politgrößen davon Gebrauch machen könnte und was die Auswirkungen auf die internationalen Beziehungen wären, entlockte ihr ein Lächeln.

Neugierig öffnete sie die Tüte, die mehrere in Folie eingewickelte Päckchen verschiedener Pflanzen enthielt. Sie schnupperte. Ein Duftgemisch stieg ihr in die Nase, würzig, unterliegend auch scharf, ein wenig rauchig. Interessant!

Lächelnd wandte sie sich an Zandile. »Welch ein Schatz das

ist!«, rief sie aus und hielt die Tüte hoch. »Das ist eine große Ehre für mich. Ich danke dir so sehr ...«

Ihr fehlten tatsächlich die Worte, und so zog sie Zandile kurzerhand an sich. Die Zulu sträubte sich nicht, sondern erwiderte ihre Umarmung mit leichtem Druck.

»Ein Schatz«, sang Ntombi und sprang mit funkelnden Augen um sie herum. »Ein Schatz für Nina ...«

Zandile strich ihrer Tochter zärtlich über den Kopf. »Ich muss jetzt gehen, sonst verlässt mich der Bus«, teilte sie Nina in altmodisch gefärbtem Zulu mit.

»Hambani kahle«, wünschte Nina und drückte die Kleine noch einmal an sich. »Wir sehen uns!«

Als Mutter und Tochter gegangen waren, warf sie einen Blick auf ihre Uhr. Sie wollte langsam zurück zur Lodge. Zu Konrad. Seufzend nahm sie ihre Wanderung auf dem Korridor wieder auf.

Annikas Kaffee war kalt, ehe sie wieder herauskam. Ihr liefen die Tränen übers Gesicht, und Nina sprang erschrocken auf.

»Geht es ihm schlecht? Gab es Komplikationen?«

»Nein«, schluchzte Annika lachend. »Es geht ihm gut. Er ist müde, das ist ja normal, aber sonst ist alles okay. Und du hast recht gehabt, der Leopard ist schon ziemlich gewachsen, und seine Fangzähne waren mindestens zwanzig Zentimeter lang! Und gebrüllt hat er, dass man es im ganzen Land gehört hat.« Sie putzte sich die Nase und kippte anschließend den kalten Kaffee hinunter. »Aber du bist und bleibst seine Heldin! Er schläft jetzt, aber du kannst natürlich zu ihm ...«

Nina schüttelte den Kopf. »Das hat Zeit. Er braucht seinen Schlaf und sollte nicht gestört werden. Gib ihm einen Kuss von mir.«

»Wenn er wieder aufwacht. Ich bleibe bei ihm. Wenigstens heute Nacht. Und mir ist zugesagt worden, dass man mir ein Bett neben seins stellt. Eine Zahnbürste kann ich in dem kleinen Laden kaufen, den ich im Eingang gesehen habe. Etwas zu essen bekomme ich dort wohl auch. Kannst du allein nach Inqaba zurückfahren?«

»Natürlich«, antwortete Nina und gab sich Mühe, nicht zu erleichtert dreinzuschauen. »Kein Problem.«

»Wunderbar! Ich werde mit Jill arrangieren, dass ich morgen hier abgeholt werde, dann brauchst du Konrad nicht noch einmal allein lassen.« Sie grinste spitzbübisch. »So, und nun muss ich York noch einmal anrufen. Hoffentlich hat er mit seiner Ex geredet, ich tu das nicht. Die Frau ist einfach zu ätzend.« Sie verdrehte als Untermalung die Augen, warf Nina ein Luftküsschen zu und schloss die Tür zum Aufwachzimmer hinter sich.

Nina überlegte, ob sie sich von Mangaliso verabschieden sollte, entschied sich aber dagegen. Sie würde ihn in den nächsten Tagen anrufen. Ihre Sandalen klapperten über die Fliesen, als sie eilig den Korridor zum Ausgang entlanglief.

Die Tür der Klinik stand weit offen. Die Klimaanlage des Hauses ratterte angestrengt gegen den glühenden Hauch an, der von außen ins Innere des Gebäudes drang. Eine schwefelgelbe Dunstglocke hielt die Hitze gefangen, und als sie den Schlüssel ins Türschloss ihres Wagens steckte, bekam sie eine gewischt, und die feinen Härchen auf ihrem nackten Arm stellten sich auf. Ein sicheres Zeichen, dass die Luft statisch aufgeladen war und einer der gefürchteten Gewitterstürme Zululands im Anmarsch war. So einer, der über Zandiles Haus getobt hatte. Über die fernen Hügel schoben sich die ersten Regenwolken und flossen wie Wasser an den Hängen herab.

Hastig stieg sie ins Auto und startete den Motor. Mit etwas Glück würde sie die Lodge erreichen, ehe das Unwetter losbrach. Nicht von ungefähr wurden diese Stürme elektrische Stürme genannt.

Aber sie schaffte es nicht. Kaum hatte sie den Nebeneingang von Inqaba passiert, erwischte sie es. Donner ließ die Erde erzittern, Blitze zischten über den schwarzen Himmel, Zululands Hügellandschaft wurde in unzählige grelle Einzelbilder zerhackt, ein Wasserfall rauschte auf sie herab und nahm ihr jegliche Sicht, und mitten am Tag senkte sich undurchsichtige Nacht übers Land. An eine Weiterfahrt war nicht zu denken. Sie lenkte ihr Auto an die linke Böschung, schaltete den Motor aus und wartete.

Nils und Konrad befanden sich nur wenige Kilometer entfernt, als der Sturm mit apokalyptischer Macht über sie hereinbrach.

»Hölle und Verdammnis!«, brüllte Nils und prügelte auf das Lenkrad ein. Verzweifelt starrte er hinaus in das tosende Inferno. »Wir haben keinen Meter Sicht, wie sollen wir sie da finden? In diesen Regenfluten kann sie obendrein binnen Minuten ertrinken.«

Das Funkgerät knisterte und knackte, ganz entfernt war Stimmengewirr zu hören. Konrad nahm es.

»Da will wer was von dir«, schrie er gegen den krachenden Donner an und reichte seinem Freund das Gerät.

Nils griff danach wie ein Ertrinkender nach einem Rettungsring.

»Jill?«, rief er, aber es antworteten mehrere Ranger gleichzeitig. »Nils hier«, rief er enttäuscht auf Zulu. »Thulani wena! Nur einer redet! Was gibt es?«

»Boss, Philani hier. Paulina hat Hundegebell gehört ...«

»Wo?«, rief Nils und stieß triumphierend eine Faust hoch.

Philanis Antwort wurde durch ohrenbetäubende Donnerschläge zerhackt. »... zwischen dem Crocodile-Pool und dem Rastplatz ... Elefanten ... Treffpunkt ...« Das war alles, was Nils mitbekam, aber es genügte.

»Ich weiß, wo das ist!«, rief Nils. »Wir kommen. Alle sollen die übrige Suche abbrechen und dorthin fahren. Achtet auf den Geländewagen mit dem Eshowe-Kennzeichen, und haltet den Funkkontakt ständig aufrecht.« Er wandte sich an Konrad. »Ein paar Kilometer entfernt hat eine Rangerin Hundegebell gehört. Die Dobermänner kriegen jeder ein Kilo Steak von mir, wenn wir Jill finden, das schwöre ich ...« Er hämmerte wieder auf das Lenkrad. »Ich seh nichts«, knurrte er, ließ sein Seitenfenster herunter und streckte den Kopf in den niederprasselnden Regen.

»Ich helfe dir«, sagte Konrad und ließ sein Fenster ebenfalls herunter. Ein Regensturm fegte ins Wageninnere. »Bah, jetzt bin ich klatschnass. Achtung, auf meiner Seite ist ein Teil der Böschung abgerutscht und blockiert fast die Hälfte des Wegs. Du musst ganz rechts ranfahren.«

Nils steuerte so hart an den rechten Rand, dass er ins Gebüsch geriet und die dornenbewehrten Äste quietschend an der Tür entlangschrappten, was sonst jedem seiner Ranger einen Anpfiff eingetragen hätte. Jetzt registrierte er das nicht. Er hatte genug damit zu tun, den schweren Geländewagen unter Kontrolle zu halten, der wie ein Schiff durch die strudelnden Wasserfluten pflügte, wobei die gelbe Brühe jedes Mal über die Kühlerhaube schwappte, wenn die Vorderräder in ein mit Schlammwasser gefülltes Schlagloch gerieten.

»Unfassbares Wetter«, murmelte er.

So tastete er sich Meter für Meter vorwärts. Tiere waren glücklicherweise keine unterwegs. Nur ab und zu entdeckten sie unter den tropfenden Zweigen der Schirmakazien geisterhaft amorphe, graue Körper – Elefanten, Büffel, Antilopen, die sich eng aneinanderdrängten, einmal sogar zwei Giraffen, die mit dem Kopf aus der Baumkrone ragten.

Keiner der beiden Männer beachtete die Tiere, beide starrten angespannt schweigend in den dunkelgrauen Wassernebel.

Nach einer gefühlten Ewigkeit zog Konrad den Kopf abrupt zurück. Er hob einen Finger.

»Hunde«, sagte er nur. »Nicht sehr weit weg. Auf elf Uhr.« Er zeigte nach links vorn.

»Halleluja«, flüsterte Nils rau und hieb wieder auf das Lenkrad ein. »Da! Jetzt habe ich es auch gehört. Klingt wie Roly. Der hat eine tiefere Stimme. Er scheint ganz in der Nähe zu sein!« Vorsichtig umfuhr er eine Schlammpfütze von Badewannengröße. »Man weiß nie, wie tief die sind«, murmelte er.

Als er allerdings um die nächste Kurve bog, versperrte ihnen ein

Baum, der quer über die schmale Straße gefallen war, den Weg. Die freigespülten Wurzeln ragten wie eine Skulptur ins Nebelgrau, und Geröll und Zweige türmten sich davor zu einer halbmeterhohen Barriere auf.

Konrad lehnte sich weit aus dem Fenster. »Mist! Wir müssen zu Fuß weiter. Den Baum kriegen wir so schnell nicht beiseitegeräumt.«

Nils sprang in den Schlamm, watete zum Baum und rüttelte an dem Stamm. »Du hast recht. Aber vielleicht sind ein paar von unseren Leuten in der Nähe.«

Er lehnte sich über den Fahrersitz ins Auto und hakte das Funkgerät aus.

»Nils hier. Bitte kommen! Wir sitzen fest und brauchen Hilfe!« Er wartete, bis sich ein Ranger meldete. »Wir stecken im Seitenpfad fest, der von dem Weg am Dornenbusch, in dem sich Isilo versteckt hatte, in Richtung Crocodile-Pool führt. Zwei oder drei Kilometer von der Abbiegung.«

»Ich komme, Boss«, hörte er Zikos Stimme.

Mark meldete sich ebenfalls. »In fünf Minuten sind wir da, und ich habe eine Säge an Bord.«

Erleichtert hängte Nils das Funkgerät an seinen Gürtel.

Mark hatte untertrieben. Es dauerte weniger als drei Minuten, bis sein Wagen um die Biegung schwamm. Ziko und er machten sich sofort daran, den Baumstamm in drei Teile zu zersägen, während Nils und Konrad Geröll und Äste wegräumten. Gemeinsam hievten sie die Überreste des Baumstamms so weit beiseite, dass Nils den Geländewagen vorbeisteuern konnte.

»Mark, Ziko, ihr macht den Weg vollkommen frei. Es ist der kürzeste Weg zur Lodge. Wenn …« Er schluckte. »Sobald wir Jill gefunden haben, muss ich sie so schnell wie möglich nach Hause bringen.«

Mark hob bestätigend die Hand, und er und Ziko machten sich sofort an die Arbeit.

Nils versuchte vergeblich, den Matsch auf Armen und Beinen abzustreifen. »Ich seh aus wie ein Schlammwurm«, murmelte er und wischte sich die Nässe aus den Augen. »Hoffentlich gehen die Hunde nicht auf mich los, weil sie mich nicht erkennen! Wenn die zubeißen, tut's weh!«

Schlingernd raste er in halsbrecherischer Geschwindigkeit den von knietief mit Schlamm gefüllten Furchen durchzogenen Pfad hinunter. Der Regensturm war stärker geworden und fegte inzwischen waagerecht über das Land. Die Scheibenwischer schafften es kaum, die Wassermassen von einer Seite zur anderen zu schaufeln.

»Blindflug«, bemerkte Nils trocken und hängte den Kopf hinaus.

Der Donner rollte unablässig, Blitze zischten über den lilaschwarzen Himmel, Regen rauschte als Sturzbach vom Himmel. Nils orientierte sich hoch konzentriert am rechten Wegrand und umfuhr immer wieder kleine Geröllawinen, während Konrad sich aus dem linken Fenster lehnte und ihn seinerseits mit knappen Anweisungen um Hindernisse herum dirigierte.

»Du musst brüllen«, rief Nils ihm zu. »Der Krach draußen ist so höllisch, dass …« Er stockte. »Da rührt sich was im Funkgerät, aber ich versteh nur die Hälfte. Vermutlich ist der Empfang durch das Gewitter gestört.« Mit zwei Fingern zog er sein Handy aus der Hemdtasche und reichte es seinem Beifahrer. »Die erste Kurzwahl ist die von Jill. Bete, dass wir sie erreichen.«

Konrad nahm das Handy, wählte aber nicht, sondern lauschte angespannt. Er streckte Nils das Telefon hin. »Da ist schon jemand dran. Das heißt, ich kann was hören, aber nur ungenau.«

»Ich brauch beide Hände am Steuer. Stell es auf volle Lautstärke!«

Angespannt erwartete Nils das, was aus dem Lautsprecher dringen würde.

23

Nur ein paar Hundert Meter entfernt hing Jill hilflos wie eine Puppe im eisernen Klammergriff ihres Angreifers. Mit beiden Händen umschloss er ihren Hals, seine Daumen lagen auf ihrer Halsschlagader. Als sie nach ihm trat und sich wie eine Schlange wand, drückte er kräftiger zu.

Sterne explodierten vor ihren Augen, ihr Kopf schien zu platzen, und die Welt entfernte sich. Aber gerade als sie ihren Halt verlor, lockerte er seinen Griff, und sie tauchte wieder auf.

Der Mann lachte nur vergnügt und presste seine feuchten Lippen an ihr Ohr. »Hör auf zu zappeln, du Schlampe, das hilft dir nichts«, zischelte er. »Hab Geduld! Mit dir beschäftige ich mich auch bald. Heute muss ich aber dafür sorgen, dass du deinen entzückenden Mund hältst, meine kleine Plaudertasche ...«

Jill starrte wie hypnotisiert auf die gespitzten Lippen, die sich ihr näherten, und für grässliche Sekunden hatte es für sie den Anschein, dass er sie küssen wollte. Sie röchelte.

Wieder lachte der Kerl. Ein eigentümlich hohes Lachen für einen Mann. Eine Art heiseres Kichern. Irgendwoher kannte sie es. Sie war sich sicher, dass sie es erst kürzlich gehört hatte, aber im Augenblick wollte es ihr einfach nicht einfallen. Sein Safarihemd war schweißnass und hing offen über seinem nackten Bauch. Er roch nach Bier, Schweiß und Tabak. Der Geruch erinnerte sie an jemanden, aber sie konnte ihn ebenso wenig identifizieren wie die Stimme, sosehr sie sich auch anstrengte. Ihr rann es eiskalt über den Rücken. Wie konnte eine menschliche Stimme so seidig und gleichzeitig so bedrohlich wirken?

Mit verzweifelter Kraft trat sie um sich, allerdings ohne ihn zu treffen. Der Druck auf ihrer Schlagader wurde stärker. Nach Luft ringend, hakte sie ihre Daumen unter seine Hände, die ihren Hals wie ein Schraubstock umklammerten, und versuchte mit einem kräftigen Ruck seine Finger aufzubiegen.

»Klappt nicht, dein Trick, Gnädigste«, kicherte der Mann.

Das Wort traf sie wie ein Hammerschlag, und jetzt wusste sie, wer er war und was er meinte. Eine turmhohe Angstwelle überschwemmte sie. Wieder lachte er und drückte ihr dabei die Halsschlagader ab, bis schwarze Flecken in ihr Gesichtsfeld schwammen. Sie schrie in Todesangst nach Nils, aber kein Ton drang aus ihrer Kehle.

Nur der Anblick ihrer Familie, der sich als Film in einer Endlosschleife hinter ihrer Stirn drehte – von ihrem Abendspaziergang neulich am breiten Strand von Swodwana Bay am Indischen Ozean, Lucas leuchtende Augen und das entzückte Lachen Kiras, die mit Roly und Poly am Rand der Wellen tobten, und Nils, der den Arm fest um ihre Schultern gelegt hatte –, ließ ihren Überlebenswillen wieder aufflackern und dem Tod weitere Minuten abtrotzen.

Ohne dass sie es wissen konnte, würden das die kostbarsten, alles entscheidenden Minuten ihres Lebens sein, denn von diesem Augenblick an war sie nicht mehr allein. Nils hörte mit, was sich in ihrem Wagen abspielte.

Ein Mann lachte.

Nils zuckte zusammen und neigte den Kopf, um besser hören zu können. Ein unangenehm hohes Lachen. Ein Poltern war zu hören, und wieder sagte der Mann etwas und kicherte.

Frustriert schüttelte Nils den Kopf. »Irgendwo hab ich dieses Gekicher schon gehört«, murmelte er. »Aber wo? Außerdem versteh ich nur Bruchteile …«

Konrad hielt ihm das Mobiltelefon dicht ans Ohr.

»Du hast Glück«, wiederholte Nils leise die Worte des Unbekannten. »... für dich hab ich keine Zeit ... heute jage ich anderes Wild ... aber keine Angst, du läufst mir nicht weg ...!«

Er umklammerte das Lenkrad, bis seine Knöchel weiß hervorstanden. Konrad lauschte mit geschlossenen Augen. Seine freie Hand öffnete und schloss sich, als würde er jemanden erdrosseln.

»Willem!«, gellte Jills Schrei urplötzlich aus dem Mikrofon, sodass beide Männer hochschreckten. »Wage ja nicht, meine Kinder anzurühren!« Ihr Aufschrei wurde zu einem erstickten Gurgeln. »Das würdest du nicht überleben ...«

»Jill!«, flüsterte Nils und begann zu zittern. »Das Schwein hat Jill und ist hinter den Kindern her!«

Ihm versagte die Stimme. Nichts Vergleichbares war ihm in seinem bisherigen Leben passiert. Oft genug hatte er sich als Kriegsreporter in Lebensgefahr befunden, hatte sich durch Kugelhagel und Bombenexplosionen gekämpft, aber immer hatte es nur ihn betroffen. Jetzt wurde seine Frau von einem Psychopathen bedroht, und er konnte ihr nicht beistehen.

Er holte tief Luft und wartete ein paar Sekunden, bis die Angstwelle sich in eiskalte, fokussierte Entschlossenheit verwandelte. Dann schaltete er das Funkgerät auf die Frequenz der Ranger.

»Nils hier!«, sagte er leise ins Mikrofon, um Willem nicht zu alarmieren. »Hört alle zu! Ich habe passiven Telefonkontakt zu Jill, das heißt, ich kann mithören, was bei ihr passiert, aber sie antwortet nicht. Offenbar hat Willem van Niekerk sie als Geisel genommen und ist hinter Kira und Luca her. Jonas, finde die Kinder. Sofort! Und bring sie in Sicherheit. Bestätigen bitte!«

Jonas antwortete prompt. »Patrick hat Würstchen gebracht, und Kira wird nicht von seiner Seite weichen. Luca hat wie immer Hunger und lungert in der Küche herum. Ich kümmere mich um sie. Mach dir keine Sorgen.«

Aus dem Telefon in Konrads Hand schallte ohrenbetäubendes Jaulen und ein Rumpeln, als würden Kartoffelsäcke herumgeworfen. Er sah hinüber zu Nils. »Was ist da los?«

»Die Dobermänner drehen durch«, flüsterte der. »Sie sind noch hinten im Wagen eingeschlossen und werfen sich immer wieder gegen das leider sehr solide Gitter. Einmal habe ich allerdings erlebt, dass sie ausgebrochen sind ... vielleicht ...« Seine Worte klangen wie ein Bittgebet.

Ein wütender Schmerzensschrei Willems unterbrach ihn. Gleich darauf kam ein kurzer Laut, als würde jemand mit einem Stein auf eine Kokosnuss schlagen, wieder ein Schrei, dieses Mal von Jill.

Dann Stille.

Schreckliche leere, schwarze Stille.

Nils' Hände verkrampften sich am Lenkrad, der Wagen geriet ins Schlingern, und er musste heftig gegensteuern, um zu verhindern, dass sich der schwere Safariwagen in den Schlammfluten festfraß.

»Ich bring ihn um«, presste er zwischen zusammengebissenen Zähnen hervor. »Ich krieg das Schwein, egal wo er sich versteckt!«

Unvermittelt drang lautes Knurren aus dem Mikrofon, aggressives Gebell zerriss die Stille und unmittelbar darauf Willems wütendes Gebrüll. Dann peitschte ein Schuss. Und noch einer. Einer der Dobermänner heulte schrill auf.

Nils schnappte nach Luft. »Er schießt auf die Hunde, und einen hat er erwischt! Verflucht!«

Jill war diesem Wahnsinnigen wehrlos ausgeliefert. Roly und Poly waren ihr einziger Schutz. Und jetzt war dieser Mann drauf und dran, die Hunde abzuknallen. Willem war ein hervorragender Schütze. Der Bure war auf der Farm seiner Großeltern im Freestate aufgewachsen, da war es normal, dass Kinder schon schießen lernten, sobald sie eine Waffe halten konnten.

Aus dem Telefon drang ein Durcheinander von Jaulen und hechelndem Gebell, die Hunde tobten, und Willem lachte laut.

»Ich kann beide hören«, sagte Konrad leise. »Offensichtlich hat er nicht richtig getroffen ...«

Ein metallisches Ratschen, kurz und hart. Und bedrohlich.

»Er lädt nach«, kommentierte Konrad und warf Nils einen stirnrunzelnden Blick zu. »Pistole, kein Gewehr. Kann er gut schießen?«

»Zu gut!« Nils raste mit lebensgefährlicher Geschwindigkeit über den unübersichtlichen Weg.

»Blöde Drecksköter!«, grölte Willem höhnisch im Telefon. »Jetzt ist endgültig Schluss!« Wieder das metallische Ratschen und das grässliche, nervenzerfetzende Kichern dieses rothaarigen Monsters.

Eine Mischung aus Knurren, keuchendem Bellen und immer wieder dumpfen Aufprallgeräuschen drang aus dem Lautsprecher.

Und dann überraschend lautes Splittern von Holz.

»Voetsak!«, schrie Willem plötzlich. »Aus, lasst los, ihr Bestien! Voetsak!« Seine Stimme steigerte sich zu einem schrillen Kreischen. »Aaah!«

Die Hunde antworteten mit einem atemlosen Kläffen, das abrupt in ein hohes, hechelndes Jagdgeläut umschlug und immer lauter wurde.

»Hörst du das?«, flüsterte Nils. »Die Hunde sind aus dem Wagen ausgebrochen und greifen Willem an. Halleluja! Jetzt geht's ihm an die Gurgel.« Jagdfieber glühte in seinen Augen. »Fass!«, keuchte er. »Fasst ihn!«

»Es hört sich aber so an, wie wenn er noch im Wageninneren ist«, sagte Konrad. »Wenn die Hunde ihn da angreifen, kann das für Jill gefährlich werden ...«

»Die würden sie mit ihrem Leben verteidigen«, flüsterte Nils.

»Aber gegen Schusswaffen haben sie kaum eine Chance«, erwiderte Konrad.

Durch das Rauschen des Regens hörte man schweres Atmen, einen gebrüllten Fluch, einen dumpfen Schlag, als würde jemand mit dem Fuß eine Autotür auftreten, dazwischen ein Durcheinander von Hundegebell und aggressivem Knurren, und urplötzlich stieß Willem einen panischen Schrei aus.

»Jetzt nicht mehr«, bemerkte Nils mit grimmiger Zufriedenheit.

»Ich hoffe, die Hunde haben ihn erwischt und zerreißen ihn in der Luft!«

»In mundgerechte Happen hoffentlich«, knurrte Konrad.

Plötzlich schnitt ein lang gezogener Schrei durch den Tumult, ganz offensichtlich von Willem. Man hörte jemanden rennen, die atemlosen Schreie entfernten sich, eine Autotür wurde krachend zugeschlagen, ein Motor startete, und Reifen drehten durch. Sekunden später wurde das Motorengeräusch vom Unwetter verschluckt. Die Hunde bellten noch ein paarmal unschlüssig, Donner krachte, eine Windbö klatschte einen Regenschwall gegen die Frontscheibe. Dann herrschte Ruhe.

»Er ist weg!«, sagte Konrad. »Wir sollten die Polizei rufen.«

»Das hat keinen Sinn!«, brüllte Nils und gab Gas. »Der Kerl kennt hier jeden Quadratmeter. Auf Inqaba finden die den nie.«

»Boss!«, kam plötzlich die hektische Stimme von Paulina aus dem Funkgerät. »Die Hunde sind frei, und Roly attackiert uns«, kreischte sie. »Können wir schießen?«

»Nein!«, röhrte Nils. »Seid ihr wahnsinnig? Wo die Hunde sind, ist auch Jill! Könnt ihr sie sehen? Oder Poly sehen?«

»Nein«, sagte Paulina kleinlaut.

»Wo seid ihr genau?«

»Kurz hinter der Abbiegung zum Crocodile-Pool. Jemand hat die Schranke durchbrochen ...«

»Nils, Philani hier«, mischte sich der Chefranger ein. »Ich sehe hier die Reifenabdrücke von zwei Geländewagen ... Einer ist der von Jill. Er scheint von dem anderen verfolgt worden zu sein, aber nur einer ist wieder zurückgekommen, und es ist nicht der von Jill. Vor uns steht einer der Dobermänner Wache und lässt uns nicht vorbei.«

»Okay, bleibt zurück«, befahl Nils. »Lasst keinen rein oder raus, und das meine ich wortwörtlich. Ich bin praktisch schon da.«

Die Tachonadel kletterte auf halsbrecherische sechzig Stundenkilometer.

Ohne Rücksicht auf Hindernisse – lebende oder andere – jagte Nils seinen Geländewagen über die zerklüftete Piste.

Konrad wurde herumgeschleudert wie ein Mehlsack. »Das ist aufregender als ein Ritt auf 'nem bockigen Esel«, keuchte er.

Das Klingeln eines Mobiltelefons unterbrach ihn, und beide Männer griffen automatisch in ihre Hemdtaschen.

»Das war meins«, sagte Konrad und sah auf das Display. »Es ist Nina.« Er wandte sich halb ab. »Cara«, flüsterte er. »Wo bist du? Ich vermisse dich.«

Nach einem kurzen, intim klingenden Gespräch steckte er das Telefon wieder weg. Ein Lächeln erhellte seine Züge.

»Die Verbindung war grottenschlecht, und ich hab nur die Hälfte mitbekommen«, sagte er. »Annika ist offenbar bei Fynn in der Klinik geblieben, und Nina ist allein auf dem Weg zurück. Sie hat schon den Nebeneingang von Inqaba passiert, kommt in dem Unwetter aber nur langsam voran. Eine Stunde wird's wohl noch dauern, wenn ich es richtig verstanden habe ... Achtung, da ist etwas!« Er deutete mit dem Kinn nach draußen. »Irgendein Tier. Da vorn mitten auf dem Weg. Was ist das? Eine Antilope? Oder ein kleiner Löwe?«

Nils fixierte kurz die im Regennebel nur schemenhaft auszumachende Erscheinung. Dann ballte er eine Faust.

»Das ist weder eine Antilope noch ein Löwe«, stieß er hervor. »Das ist entweder Roly oder Poly!« Er fuhr langsamer, ließ sein Fenster hinunter und stieß einen gellenden Pfiff aus.

Das Tier reagierte sofort. Sein Körper spannte sich, es stellte die Ohren auf und tänzelte einmal unschlüssig, aber als Nils abermals pfiff, setzte sich der Dobermann in Bewegung und rannte mit langen Sätzen auf den Geländewagen zu.

»Es ist Roly!« Nils sprang aus dem Wagen. Er streichelte und kraulte den Hund und redete leise auf ihn ein. »Wo ist sie? Zeig mir, wo Jill ist. Komm!« Er machte ein paar Schritte in Richtung der Abbiegung zum Crocodile-Pool.

»Bist du dir sicher, dass Roly weiß, was du von ihm willst?«, rief Konrad.

»Ja«, rief Nils zurück.

»Okay, ich bring den Wagen nach.« Konrad stieg kopfschüttelnd hinüber auf den Fahrersitz.

Nils hob bestätigend eine Hand und folgte dem Dobermann, der sich immer wieder zu ihm umdrehte und wartete, bis er ihn eingeholt hatte. Erst dann setzte sich der Hund wieder in Bewegung.

Vor dem fast zugewachsenen Tunnelzugang, der zum Wendehammer führte, stand regungslos wie eine Statue Poly und hielt Wache. Nils hörte das Knurren, das tief aus der breiten Brust des Hundes drang, und schnalzte leise. Poly hob witternd den Kopf und sprang dann lautlos auf ihn zu. Er beschnupperte Nils' klatschnasse Jeans, warf sich herum und verschwand unter den vom prasselnden Regen heruntergedrückten Zweigen. Roly folgte ihm.

Nils blieb stehen und wartete, bis Konrad neben ihm hielt. Er zeigte auf das überhängende Gebüsch. »Dort ist die einzige Möglichkeit zu wenden. Und es ist die einzige Möglichkeit, wo Jill sein könnte ...« Seine Stimme brach.

»Sie wird dort sein«, versicherte ihm Konrad im Brustton der Überzeugung und stieg aus. Den Motor und die Scheibenwischer ließ er an. »Wohin führt der Weg?«

»Zum Crocodile-Pool.«

»Crocodile-Pool«, wiederholte Konrad. »Ist das nur ein Name oder eine Beschreibung?«

Nils vergrub seine Hände in den Hosentaschen. »Das Letztere. Der Pool wird normalerweise vom Crocodile-Fluss gespeist, der aber jetzt während der fürchterlichen Trockenheit restlos verschlammt ist. Nur hier finden die Kroks noch freies Wasser, und deswegen haben sie sich alle dort versammelt.« Er öffnete die Fahrertür und stieg ein. »Wir fahren. Zu Fuß wäre es zu gefährlich, besonders bei diesem Wetter. Da drehen diese Monster durch.«

Als sie den Wendehammer erreichten, bot sich ihnen ein bizarres Bild. Konrad schnappte deutlich hörbar nach Luft. Überall lagen die Panzerechsen herum, in allen Größen, und die größten hatten wahrlich furchterregende Ausmaße. Einige hatten das zähnestarrende Maul weit aufgesperrt, andere schienen zu schlafen. Und es stank.

»Pennen die?«, wollte Konrad wissen.

Nils schnaubte. »Verlass dich nicht drauf, die dösen nur. Außerdem sind sie neugierig. Und lass dich bloß nicht auf einen Wettlauf ein. Auch an Land sind die erschreckend schnell. Da erwischen sie dich locker.«

»Oh, was für ein Albtraum …«, sagte Konrad.

Nils hörte ihm nicht zu. »Da ist Jills Wagen«, flüsterte er und deutete auf den Geländewagen, der im Dickicht feststeckte. Einer der Dobermänner stand in der halb offenen Fahrertür. Von Jill war nichts zu sehen.

»Und da ist Roly, er hält Wache … Poly ist offensichtlich bei ihr … Sie lebt, sonst würden die Hunde aufgeregt sein und jaulen …« Er stolperte über die Worte und packte Konrad fest am Oberarm. »Ich geh allein zu ihr. Die Hunde würden dich vielleicht nicht heranlassen, selbst wenn ich dabei bin.«

Das entsprach nicht ganz der Wahrheit. Die Dobermänner gehorchten ihm fast so gut, wie sie Jill gehorchten, und würden in seiner Gegenwart auch Konrad tolerieren. Aber in diesen ersten Sekunden wollte er Jill kein fremdes Gesicht zumuten.

»Klar, kein Problem«, sagte Konrad. »Ich wende und parke inzwischen den Wagen so, dass wir Jill auf den Rücksitz hinüberheben können.«

»Danke.« Nils gab Konrads Arm frei und sprang aus dem Wagen.

Mit einem schnellen Blick versicherte er sich, dass keine Panzerechse in der Nähe lauerte, und war dann mit wenigen Sätzen bei Jills Wagen. Er kratzte sich schnell mit den Händen den hochgespritzten Schlamm von seinen Jeans und kraulte Roly kurz unter dem Kinn, dann zog er mit einem Anflug von Beklemmung, in welchem Zustand er Jill vorfinden würde, die Fahrertür vollends auf.

Poly saß auf der Rückbank. Den Kopf hatte er über die vordere Lehne gehängt. Er sah nur kurz hoch und gab einen fiependen Ton von sich, dann starrte er wieder unverwandt auf den Vordersitz. Nils' Puls hämmerte. Er stieg aufs Trittbrett und holte tief Luft.

Jill lag bäuchlings im Fußraum, mit dem Oberkörper auf den Pedalen, ihr Gesicht, das von ihrem glänzend schwarzen Haar verdeckt wurde, hatte sie in ihre rechte Armbeuge gebettet, der linke Arm mit dem Druckverband war verdreht auf dem Polster des Beifahrersitzes gelandet. Der Rand der Binde glänzte rot. Bis auf einige blutverschmierte Dornenkratzer an den Beinen war es der einzig sichtbare Hinweis auf eine Verletzung.

Nils kniete auf dem Fahrersitz und starrte gebannt auf diesen roten Rand, und als langsam ein Tropfen Blut hervorquoll, tat sein Herz einen Sprung. Ihm wurde schwindelig vor Erleichterung. Solange das Blut noch lief, pumpte ihr Herz, und sie war am Leben. Aber sie gab kein Zeichen von sich, dass sie bei Bewusstsein war. Um sie nicht zu erschrecken, berührte er sie nur mit den Fingerspitzen an der Schulter.

»Honey«, flüsterte er. »Ich bin's …«

Jill stöhnte leise, rührte sich aber immer noch nicht. Mit einer zarten Geste strich er ihr das Haar von der linken Gesichtshälfte.

Und dann sah er es. Eine blau unterlaufene Schwellung an ihrer Schläfe. Der Kerl hatte sie offenbar mit einem Handkantenschlag außer Gefecht gesetzt. Seine mörderische Wut auf Willem bekam eine neue Dimension.

Aber das musste warten, jetzt war Eile geboten. Jill musste so schnell wie möglich in ärztliche Behandlung. Er richtete sich auf, um zu sehen, wo Konrad war, und stutzte. Durch das Donnergrollen drangen merkwürdige Laute an sein Ohr. Kurzes Grunzen, ein nasses Klatschen und dann schnell hintereinander deutliche Geräusche von schweren Körpern, die im Wasser aufschlugen. Gleichzeitig sah er, wie Konrad den Safariwagen in einem Winkel dicht neben Jills Auto setzte, sodass sie vor Angriffen der Krokodile weitgehend geschützt waren.

Konrad stieß die Tür auf und lehnte sich heraus. »Was ist? Wie geht's ihr?«

»Sie lebt, ist aber bewusstlos«, sagte Nils. »Handkantenschlag gegen die Schläfe, aber außer der Wunde, die ihr der Leopard beigebracht hat, und ein paar Dornenkratzern kann ich sonst keine Verletzungen entdecken, jedenfalls keine offenen ...«

»Okay, ein weiterer Posten auf dem Konto von diesem Kerl«, murmelte Konrad, dem die Erleichterung ins Gesicht geschrieben stand. »Übrigens hab ich die Kroks ein bisschen mit dem Auto gescheucht und dazu animiert, vorübergehend in den Teich zu springen.« Er zog die Decken und Kissen, mit denen Jonas die mittlere Sitzbank gepolstert hatte, zurecht. »Wir haben mehr oder weniger freie Bahn. Aber wir sollten uns beeilen. Die Viecher blicken drein wie Kinder, denen man den Lolli geklaut hat.«

»Das war ein hervorragender Einfall«, sagte Nils. Er beugte sich vor, hob behutsam Jills verletzten Arm an, legte ihn neben ihren Kopf und drehte sie unendlich vorsichtig auf den Rücken. »Ich hebe sie rüber ins Auto und hol dann die Hunde nach.«

Jill stöhnte wieder, und zu seiner immensen Erleichterung bemerkte er, dass ihre Lider flatterten. Er schob seine Arme unter ihren Körper und richtete sie in Sitzposition auf. Poly jaulte auf. Roly sprang neben ihn auf die Rückbank und starrte auf Jills reglose Gestalt.

»Ruhig, ganz ruhig, Jungs«, murmelte Nils. »Wir bringen sie jetzt nach Hause.«

Konrad stellte den Motor ab. »Warte, ich komme rüber und helfe dir. Zu zweit geht das besser ...«

Mit diesen Worten sprang er mit einem Satz hinüber aufs Trittbrett von Jills Auto, wo er prompt abrutschte, sodass er wie ein hilfloser Käfer auf dem Rücken im Schlamm landete. Er brüllte vor Wut, und einige der Panzerechsen öffneten prompt ihre Augen und wendeten ihm neugierig den Kopf zu.

»Mist, verdammter«, knurrte er und zog sich am Trittbrett hoch. »Ich stinke doch eh schon wie ein Schwein, jetzt wird's bestialisch.«

Wenige Minuten später lag Jill auf der ausgepolsterten Rückbank des Safariwagens. Nils holte ihr Gewehr und das Funkgerät aus ihrem Wagen und ließ Roly und Poly auf die hinterste Bank springen, wo sie sofort den Kopf über die Vorderlehne hängten, um ihre Herrin nicht aus den Augen zu lassen.

Konrad mühte sich ab, sich von der Schlammschicht auf seiner Kleidung zu befreien, was ihm aber nur unzureichend gelang.

»Die Sitze sind abwaschbar«, sagte Nils. Er bettete Jills Kopf auf seinen Schoß und hielt ihre gesunde Hand. Er wurde damit belohnt, dass sie sich mit einem kleinen Seufzer entspannte, spürte aber gleichzeitig, dass sie zitterte, obwohl es immer noch drückend heiß war. Er schob es auf den Blutverlust und einen Schock. Er bückte sich, zog zwei zusammengefaltete Regencapes unter dem Sitz hervor und breitete sie über Jill aus.

Er berührte Konrad an der Schulter. »Danke«, sagte er leise. »Und auf geht's! Wir fahren den Weg, den wir ursprünglich gekommen sind – am Dornenbusch vorbei über die Servicestraße zur Lodge. Da riskieren wir nicht, dass Jill zu sehr durchgeschüttelt wird. Ich dirigiere dich. Und bitte fahr langsam.«

»Wird gemacht«, antwortete Konrad zackig und trat aufs Gas.

Nils schaltete sein Funkgerät ein. »Jonas, wir haben Jill und kommen jetzt. Wir brauchen dich und Jabulani mit der Trage auf dem Parkplatz. Bringt große Regenschirme mit.« Er legte das Funkgerät neben sich.

Konrad drehte sich im Fahrersitz um. »Sollten wir nicht den Notarzt rufen? Den Hubschrauber?«

Nils schüttelte entschieden den Kopf. »Die starten bei diesem

Wetter erst gar nicht, und in dem Gestrüpp könnte sowieso keiner landen. Dr. Johannsen steht in der Lodge schon bereit. Der wird darüber entscheiden, ob wir sie mit dem Wagen in die Klinik bringen können.«

Rund eine halbe Stunde später erreichten sie in strömendem Regen den Parkplatz der Lodge. Jonas und Jabulani standen wie angewiesen mit der Trage, die aus zwei langen Holzstäben und einer festen Zeltplane bestand, und zwei großen Golfregenschirmen bereit.

Nils stieg aus, zog die Regencapes von Jill herunter und warf sie Jonas zu.

Behutsam schob er seine Arme unter ihren Oberkörper. »Nimm du die Beine«, bat er Konrad. »Wir sollten sie möglichst wenig bewegen, falls sie innere Verletzungen hat.«

Vorsichtig hoben sie Jill aus dem Wagen hinüber auf die am Boden liegende Trage, und Jonas breitete sofort die Regencapes über sie aus.

»Ihr haltet die Schirme über sie, Konrad packt am Kopf an und ich das Fußende, damit ich sie im Blick hab«, sagte Nils. »Wir gehen nicht durch den Blättertunnel, sondern hintenherum über den Hof.«

»Yebo, Boss!«, sagte Jonas zackig. Er funkelte Jabulani an. »Du musst auf der anderen Seite gehen, sonst wird Jill nass. Und halt den Schirm ruhig.«

Langsam bewegte sich die Prozession im Gleichschritt über den weiten Platz. Roly und Poly, die alles genau beobachtet hatten, folgten lautlos. Eine Sturmbö klappte Jonas' Schirm nach oben, und er konnte ihn nur mit beiden Händen bändigen. Er ächzte und kräuselte immer wieder die Nase, weil ihm die Brille ständig herunterrutschte.

»Dieser Regen«, grummelte er. »Ich kann nicht schwimmen ...«

Thabili wartete am Haus mit Prisca, die nervös am Gürtel ihres Kittels zwirbelte. Als die Männer mit der Trage um die Hausecke bogen, lief sie ihnen entgegen und beugte sich mit besorgter Miene über ihre Chefin.

»Wie geht es Jill? Ist sie schlimm verletzt?«

»Ich hoffe nicht«, sagte Nils. »Ist der Doktor schon da?«

»Wir sollen ihn sofort holen, sobald Jill angekommen ist.«

»Konrad, Achtung, wir gehen dort entlang.« Nils wies mit dem Kinn am Haus vorbei. »Das Schlafzimmer geht nach vorn hinaus. Der Überhang vom Reetdach sorgt wenigstens einigermaßen für Schutz vor dieser Sintflut. Jonas, Jabulani, geht vor, aber seid vorsichtig, die Holzbohlen sind bestimmt glitschig geworden.«

Jabulani testete die leicht schmierig glänzenden Bohlen, rutschte prompt aus und fiel auf sein Hinterteil, was die Dobermänner dazu veranlasste, drohend zu knurren. Der Zulu blieb vor Schreck erstarrt auf dem Boden sitzen und rührte sich nicht.

»Steh auf, und mach kein Theater«, knurrte Nils. »Die tun dir nichts.«

»Boss!«, jaulte der Ranger und zeigte das Weiße seiner Augen wie ein verschrecktes Pferd. »Ich hab Angst!«

Nils pfiff durch die Zähne. Die Hunde tänzelten unschlüssig, entspannten sich dann aber und ließen zu, dass Jabulani aufstand. Der Zulu presste sich an die Hauswand und vermied mit ängstlicher Miene jede provozierende Bewegung.

Thabili war vorausgegangen und öffnete nun die gläserne Schiebetür, die in das Elternschlafzimmer führte. Sie trat beiseite.

Wenig später lag Jill in ihrem Bett. Roly und Poly ließen sich davor nieder, legten den Kopf auf die Matratze neben Jills Gesicht und schnauften leise.

Konrad richtete sich erstaunt auf. »Was machen die Hunde da?«

Nils, der Jill das Kopfkissen zurechtzog, sah hoch. Ein Hauch von einem Lächeln erhellte sein angespanntes Gesicht. »Sie passen auf sie auf. Und es wird immer nur einer von beiden ihre Seite verlassen, der andere rührt sich nicht vom Fleck. Glaub mir, wenn etwas nicht in Ordnung ist, suchen die mich. Und finden mich.«

Sein Lächeln wurde breiter. »Ich muss ihnen das versprochene Kilo Steak servieren lassen.«

Konrad klappte die Trage zusammen und reichte sie dem auf der Terrasse wartenden Jonas. Der gab sie mit gebieterischer Geste weiter an Jabulani. »Schaff das Ding zurück in das Zimmer von Schwester Emmi«, wies er ihn knapp an. »Ich hole den Doktor.«

»Bring alles mit, was du an Verbandszeug und so weiter in Schwester Emmis Zimmer findest«, rief ihm Nils nach. »Und nimm den Schirm für den Arzt mit. Danach musst du Sandsäcke auslegen, damit die Lodge nicht absäuft.«

»Sandsäcke?« Jonas zog ein Gesicht und fluchte unterdrückt, aber für Nils deutlich hörbar auf Zulu. Sehr ausdrucksvolle Flüche, farbig, aber langatmig. Darauf wechselte der Zulu ins Englische und ließ eine geflüsterte Schimpfkanonade los, die den Wortschatz eines jeden Gangsters in den Schatten gestellt hätte.

Konrad hörte mit offensichtlichem Erstaunen zu.

»Wie du unschwer hören kannst, ist Sandsäcke auslegen nicht seine Lieblingsbeschäftigung«, sagte Nils, während er sein Mobiltelefon hervorholte. »Ich muss dringend die Klinikärztin anrufen. Hoffentlich ist in dem Sturm nicht jede Verbindung abgerissen.«

Mit dem Handy am Ohr wanderte er nervös im Schlafzimmer herum.

»Nichts!«, knurrte er und trat hinaus auf die nasse Terrasse, wo endlich ein Verbindungsbalken auf dem Display erschien.

Regenböen prasselten ihm ins Gesicht. Der Donner krachte unablässig, erschütterte die Erde und das Haus. Nachdem das Gewitter zwischenzeitlich etwas abgeschwächt hatte, nahm es jetzt offenbar wieder Fahrt auf. Die Wucht der elektrischen Entladungen war gigantisch. Nils' Nackenhaare stellten sich auf.

Bei solchen gewaltigen Gewitterstürmen gerieten besonders die grasgedeckten Hütten der Landbevölkerung in Brand. Die Bungalows von Inqaba hatten Blitzableiter, die allerdings immer wieder von Metalldieben gestohlen wurden, besonders die, die Jill auf den Hütten der Farmarbeiter installieren ließ. Der Verdacht lag nahe, dass es die Bewohner selbst waren, die den Draht weiterverkauften.

Zu seiner Erleichterung hörte er jetzt die Stimme der Ärztin, verrauscht und oft unterbrochen, aber gerade noch verständlich.

»Hi, Thandi. Nils hier. Wir haben ein böses Problem. Ich mach's kurz, der Empfang hier ist schlechter als lausig.« Er berichtete ihr von dem Vorfall mit Isilo. »Und zu allem Überfluss ist sie überfallen und mit einem Schlag gegen die Schläfe bewusstlos geschlagen worden. Wir wissen, wer es war, aber das ist jetzt zweitrangig. Wir haben einen Doktor unter den Gästen, der sie gleich untersuchen wird, ob sie innere Verletzungen hat und wie schwerwiegend alles ist. Allerdings wäre es besser, wenn du herkommen könntest ...«

»Ich habe noch eine OP vor mir«, sagte Thandi Kunene. »Nur eine kleine, aber ich kann sie nicht abgeben. In etwa eineinhalb Stunden habe ich sowieso Dienstschluss und fahre dann je nach Wetterlage hier los. Ich melde mich vorher. Mangaliso ist mit unserem Klinikwagen unterwegs. Wenn Jill in die Klinik muss, wäre der am besten für ihren Transport ausgerüstet. Und natürlich hat Mangaliso auch immer seine Ausrüstung dabei. Ich sag ihm Bescheid, dass er auch ...« Damit riss die Verbindung endgültig ab.

Aber Nils hatte das Wesentliche gehört. Er steckte das Telefon wieder ein und ging zurück ins Schlafzimmer. Konrad stand mit steinernem Gesichtsausdruck vor der Fensterfront.

»Nina ist da draußen allein«, sagte er, ohne Nils anzusehen. »Und ich hab noch nichts von ihr gehört.«

Nils streckte ihm sein Handy hin. »Vor dem Haus hab ich einigermaßen Empfang gehabt.«

Konrad nahm das Telefon. Er drehte sich um, trat hinaus in den Sturm und hielt das Gesicht für ein paar Sekunden in den strömenden Regen. Offenbar in der Hoffnung, dass der Wolkenbruch ihm den Schlamm von der Kleidung spülen würde, nahm Nils an und schloss die Tür. Kurz darauf schob Konrad die Tür wieder auf.

»Ich habe keine Verbindung bekommen«, sagte er mit versteinerter Miene.

»Kein Wunder bei dem Gewitter«, sagte Nils. »Inqaba hat zwar seit Jahren ein paar leistungsstarke Generatoren, aber wenn das Internet beziehungsweise die Server ausfallen, sind wir von der Außenwelt abgeschnitten.«

Die Regentropfen prasselten wie Kieselsteine gegen das Glas. Ein Blitz nach dem anderen zischte vielfach verästelt über den kohleschwarzen Himmel, zerhackte das Innere des Zimmers in Stroboskopbilder und legte bläuliche Leichenblässe über Jills Gesicht.

Die Hunde fiepten leise.

Nils war mit wenigen Schritten bei Jill und hob ihre Hand. In diesem Augenblick flatterten ihre Lider, und sie öffnete die Augen. Mit leerem Blick sah sie ihn an.

»Hi, Honey«, flüsterte er. »Willkommen zurück.« Vorsichtig setzte er sich auf die Bettkante. Er streichelte sie und redete mit ihr, bis ihr verständnislos herumwandernder Blick sich auf ihn konzentrierte.

»Hi«, krächzte sie und verzog den Mund zu einem blassen Lächeln. »Wo bin ich?«

»Zu Hause in deinem Bett«, sagte Nils mit einem Kloß im Hals. »Dr. Johannsen kommt gleich, wenn er nicht unterwegs ertrinkt. Und Thandi wird in etwa zwei Stunden hier sein. Alles wird gut, mein Herz.«

Roly und Poly sprangen auf und tänzelten aufgeregt vor dem Bett herum.

»Hallo, Jungs«, flüsterte sie rau und streckte den Dobermännern zitternd ihre Hand hin. Die Hunde bohrten ihre Nase schnaufend in ihre Handfläche.

Nils kraulte ihnen die Ohren. »Ihr Gebell hat uns zu dir geleitet.«

»Ihr müsst ja unmittelbar in der Nähe gewesen sein, dass ihr Roly und Poly bellen ...«

Sie brach ab und versuchte sich mit allen Anzeichen von Panik hochzustemmen, sank aber mit einem Schmerzenslaut zurück in die Kissen.

»Was ist eigentlich passiert?« Sie betastete den blutverschmierten Druckverband. »Das war Isilo, daran kann ich mich erinnern ... Und jemand hat mich verfolgt und versucht, mein Auto zu rammen ... hat es gerammt ...«

»Willem hat dich überfallen. Du hattest mich offenbar gerade angerufen, da hatten wir praktisch eine offene Standleitung. Ich und Konrad konnten vieles mithören. Die Hunde haben laut gebellt, und deswegen haben wir dich ziemlich schnell gefunden. Am Crocodile-Pool übrigens.«

Jills Blick glitt ab. Sie runzelte die Stirn. »Die Kinder«, wisperte sie, und ihre Augen flackerten. »Er hat gesagt ... heute jagt er anderes Wild ...«

»Die Kinder sind in Sicherheit«, unterbrach Nils sie schnell. »Jonas hat sie unter ständiger Bewachung. Kira ist bei Würstchen und stopft ihn mit Äpfeln voll, Luca bei Nomusa und stopft sich mit ihrem Pudding voll. Und Nelly ist auf dem Weg zu ihnen.«

Jill liefen die Tränen über die Wangen. »Gott sei Dank«, hauchte sie.

Schwere Schritte dröhnten über die hölzerne Terrasse, und Sekunden später stand Dr. Johannsen vor der Tür, seine roten Chinos bis zum Gesäß dunkel vor Nässe. Jonas öffnete die Tür, ließ den Doktor ins Schlafzimmer treten und reichte Nils das Verbandsmaterial aus dem Zimmer der Krankenschwester.

Die Dobermänner fuhren herum und knurrten den Arzt warnend an. Der blieb stocksteif stehen.

»Meinen die das ernst?«, fragte er mit blassen Lippen.

»Solange ich dabei bin, besteht keine Gefahr«, beruhigte Nils ihn. »Aber sie würden Sie an Jill nicht heranlassen.«

Er packte die Hunde am Halsband und sperrte sie vorsorglich in die Küche, die am Ende des Gangs lag.

Konrad folgte ihm. »Wo kann ich warten, bis der Doktor fertig ist?«

»In meinem Büro«, sagte Nils. »Zweite Tür von links. Kaffeemaschine ist betriebsbereit, und ein Telefon liegt auch da, falls du es noch mal versuchen willst.« Er streichelte die Hunde kurz und schloss die Küchentür hinter sich.

Jonas, der auf der Terrasse geblieben war, schüttelte den Schirm aus, krempelte seine tropfnassen Hosen hoch und lehnte sich mit verschränkten Armen ergeben wartend an die Hauswand.

Nils öffnete die Tür einen Spalt. »Geh ins Büro, Jonas. Falls ich den Doktor nicht selbst zurückbegleite, sag ich Bescheid. Es kann übrigens sein, dass wir Jill im Auto in Thandis Klinik bringen müssen ...«

»Okay«, sagte der Zulu und stieß sich von der Wand ab.

Nils beobachtete besorgt die ernste Miene, mit der sich der sonst so fröhliche Doktor über Jill beugte.

»Das sieht nicht gut aus«, sagte der Arzt.

Er lockerte behutsam den Knebel am blutverschmierten Druckverband. Als er das Ausmaß der Verletzung sah, pfiff er leise durch die Zähne.

»Ich brauche ein Handtuch als Unterlage«, wandte er sich an Nils und untersuchte stumm den blutenden Riss. »Ich werde die Wunde desinfizieren, sterile Wundkompressen habe ich auch dabei ...« Vorsichtig drückte er die Ränder der Wunde zusammen. »Du musst so schnell wie möglich starke Antibiotika bekommen, Jill. Euer Arzt wird wissen, welche.«

»Das ist schon organisiert«, warf Nils ein und berichtete dem Doktor von Thandi Kunene.

Johannsen hob Jills Arm und begutachtete noch einmal die Wunde. »Ich sollte den Riss natürlich gleich nähen, mal sehen.« Er betastete die Schwellung an Jills Schläfe. »Sieht nach Handkantenschlag aus«, murmelte er. »Jedenfalls hat er keinen harten Gegenstand benutzt, was ein Glück ist. Das hätte übel ausgehen können.«

Eine raue Stimme drängte sich in Nils' Gedanken. *Du hast Glück, für dich hab ich keine Zeit, heute jage ich anderes Wild.* Er schreckte auf.

Willem! Heute, hatte der Kerl gesagt. Und Nils hatte angenommen, dass er es auf die Kinder abgesehen hatte. Auch jetzt trieb ihm die Vorstellung noch den Schweiß auf die Stirn.

Doch dann hatte Willem noch einen Satz gesagt, das fiel ihm jetzt ein. Er presste die Lider zusammen und lauschte angespannt dem schwachen Nachhall der Worte, die in seinem Kopf umherwirbelten, so schwer einzufangen wie aufgescheuchte Wespen.

Keine Angst, du läufst mir nicht weg!

Nils öffnete die Augen. Das war's. Willem hatte Jill immer noch im Visier. Er sah zu ihr hinüber. Das Kostbarste, was er in seinem Leben besaß. Sie und die Kinder.

Johannsen leuchtete ihr gerade mit einer Taschenlampe in die Augen. »Sieh mal nach links.« Er bewegte einen Finger vor ihren Augen. »Und nun nach rechts.«

Jill tat wortlos, was er verlangte.

»Du kennst ja die Fragen«, sagte der Arzt, während er mit den Fingerspitzen ihren Schädel betastete. »Ist dir übel, hast du starke Kopfschmerzen, siehst du doppelt? Hast du Gedächtnislücken?«

»Nein«, sagte sie leise. »Und ich kann mich inzwischen auch an alles erinnern.«

Der weißhaarige Arzt lächelte erfreut. »Das ist wirklich gut. Trotzdem musst du dich ein paar Tage ruhig halten.« Er sah dabei Nils an.

»Worauf Sie sich verlassen können«, murmelte Nils mit einem Seitenblick auf Jill.

»Sag, wenn du sonst noch irgendwo Schmerzen hast«, sagte Johannsen, während er Jills Bauch, Brustkorb und die Wirbelsäule abklopfte. Anschließend hörte er sie mit dem Stethoskop ab. »Soweit ich das hören kann, hast du keine weiteren Verletzungen davongetragen. Eine Röntgenkontrolle oder ein MRT würden natürlich endgültige Klarheit bringen.« Sein Ton machte den Satz zur Frage.

Jill zuckte mit den Schultern. »Wir werden Dr. Kunene fragen.«

»Wie ist es? Soll ich den Riss jetzt nähen, oder willst du auf die Ärztin warten?«

Nach einem schnellen Blickwechsel mit Nils nickte Jill. »Danke, ich wäre dir dankbar, wenn du das erledigen könntest.«

Nach etwas über einer halben Stunde war es vorbei. Der Riss war genäht, der Arm frisch verbunden. Jill war während der Prozedur blass geworden und lehnte erschöpft in ihren Kissen.

Nils lächelte und strich ihr über die Wange. »Ich hol dir einen starken Kaffee. Du siehst aus, als könntest du das gebrauchen.«

Ihre Miene hellte sich auf. »Mit einem großen Stück Kuchen mit viel Sahne, oder auch zwei.«

»Wird gemacht.« Er spähte nach draußen. »Das Gewitter verzieht sich, es regnet kaum noch. Ich bringe Sie hinüber zur Lodge, Doktor, dann schaffen Sie es noch, an der Abendsafari teilzunehmen.«

Er trat auf den Flur.

»Konrad!«, rief er. »Ich bringe den Doktor zur Lodge. Kannst du Jill einen Augenblick Gesellschaft leisten, bis ich wieder da bin?«

»Klar, mit Vergnügen«, war Konrads Stimme zu hören. Mit einer Kaffeetasse in der Hand kam er aus Nils' Büro.

Der Schlamm vom Crocodile-Pool auf seinem T-Shirt und den Jeans war mittlerweile zu einer steifen Kruste angetrocknet und verlieh ihm ein roboterhaftes Aussehen. Auch sein Haar war verschmiert und stand wie Igelstacheln vom Kopf ab.

Nils hielt ihn an der Tür kurz zurück. »Erinnerst du dich noch, was dieses Monster gesagt hat?«, flüsterte er.

Konrad runzelte die Brauen, dann nickte er langsam. »Du hast Glück, für dich hab ich keine Zeit, heute jage ich anderes Wild.«

»Genau. Aber er hat noch was gesagt.«

»Stimmt«, sagte Konrad. »Keine Angst, du läufst mir nicht weg, waren seine Worte.«

»Ja. Und deswegen werde ich jetzt Bodyguards für Jill und die Kinder organisieren. Wir hatten schon einmal so eine Situation, und die beiden Männer waren ausgezeichnet. Ich rufe sie gleich an, sobald ich den Doktor abgeliefert habe. Aber bitte sag Jill noch nichts davon.«

Er ließ Konrad eintreten und winkte Dr. Johannsen. »Wir gehen über unsere Terrasse. Das ist der kürzeste Weg zur Lodge.«

»Wo sind Roly und Poly?« Jill klang müde.

»In der Küche.«

»Ach je, bring sie bloß zu mir herein, sonst regen sie sich auf.«

Nils kam ihrer Bitte nach, und nach einem misstrauischen Blick auf Konrad und den Doktor nahmen die Hunde ihren angestammten Platz ein und ließen sich von Jill hingebungsvoll hinter den Ohren kraulen.

Nils sandte ihr ein Luftküsschen. »Bis gleich«, sagte er.

Konrad blieb in gehörigem Abstand vom Bett stehen. »Hi, Jill«, grüßte er. »Ich werde dir nicht zu nahe kommen. Das hält deine Nase nicht aus.«

»Hallo, Konrad.« Jill lächelte, schloss die Augen und war sofort eingeschlafen.

Nils kehrte innerhalb einer halben Stunde mit einem reich beladenen Tablett zurück. Das Bild, das sich ihm bot, entlockte ihm ein Lächeln. Jill lag auf der Seite und schlief fest. Roly und Poly hatten den Kopf nur wenige Zentimeter entfernt von ihrem auf die Matratze gelegt und schnauften ihr ab und zu zufrieden ins Gesicht.

Konrad stand auf. »Ich beginne, meine Ansicht über Hunde zu ändern«, flüsterte er. »Die beiden sind wirklich etwas ganz Besonderes.«

»Das Besondere ist, dass sich auch alle ihre Vorgänger, die wir über die Jahre hatten, so verhalten haben. Ich denke, es ist Jill, die diese Reaktion hervorruft.«

»Das glaube ich gern«, sagte Konrad und zog sein T-Shirt über den Kopf. »Bah, der Krokodilschlamm stinkt wirklich erbärmlich. Ich gehe jetzt zum Bungalow und dusche erst mal gründlich.«

Nils hielt ihm das Tablett hin. »Hier, nimm dir Wegzehrung mit.«

»Danke, das rettet mich.« Konrad griff zu. »Regnet es noch stark?« Er biss in die obstbelegte Biskuitschnitte.

»Nee«, sagte Nils. »Es tröpfelt noch etwas, aber das ist nur Feuchtigkeitsnebel. Wie in einem Dampfbad. Man hat das Gefühl, man atmet Wasser.«

»Das habe ich gerade in Pune erlebt«, bemerkte Konrad zwischen zwei Bissen. »Hat mir gereicht. Wann serviert ihr heute Dinner?«

»Halb sieben, wie immer. Thabili wird euch einen besonders schönen Tisch eindecken, dafür werde ich sorgen. Wir sind praktisch ausgebucht.«

Konrad sah auf die Uhr. »So spät schon? Das hab ich gar nicht registriert.« Er zog die Augenbrauen zusammen. »Langsam könnte Nina sich melden. Wenn ich sie nicht in den nächsten Minuten ans Telefon bekomme, mache ich mich auf die Suche nach ihr. Hoffentlich hat sie keine Panne.«

Das hoffte Nils auch, kommentierte es aber nicht. »Wenn du sie suchen willst, wirst du einen Wagen und jemanden brauchen, der sich auf Inqaba auskennt. Ich organisiere alles.«

»Ich rufe sie sofort an und melde mich dann«, sagte Konrad und tippte dankend zwei Finger an die Stirn. »Bis dann.«

Damit verschwand er im Laufschritt in den dichten Waschküchendunst.

24

Nina hatte keine Panne. Mit Schwung fuhr sie um die Kurve der Servicestraße, kurz bevor die zu den Bungalows abbog. Sie wollte eben wieder Gas geben, da bemerkte sie mitten auf dem Weg vor sich einen heftig zappelnden Körper. Sie trat fest auf die Bremse und kam auf dem regendurchtränkten Erdreich nur wenige Meter vor dem Hindernis rutschend zum Stehen und ließ ihr Fenster herunter. Ein Schwall feuchtwarmer Luft schlug ihr entgegen. Sie lehnte sich hinaus.

Es war eine kleine, goldbraune Antilope, ein Duiker, soweit sie das erkennen konnte, die wild strampelnd in einer Pfütze auf der Seite lag und sich vergebens bemühte, auf die Beine zu kommen. Immer wieder versuchte das Tier, sich auf seine zierlichen Läufe hochzudrücken, immer wieder brach es zusammen. Offenbar war es ernsthaft verletzt. Ohne weiter darüber nachzudenken, stieß Nina die Tür auf, nahm ihr Handy, das auf der Mittelkonsole lag, und stieg aus. Den Motor ließ sie laufen. Mit wenigen Schritten erreichte sie das jämmerlich blökende Geschöpf und ging in einigem Abstand davor in die Hocke.

Es war tatsächlich ein kleiner Duiker, kleiner als Dikkie, noch ein Lamm, und sein linker Vorderlauf war genau unterhalb des Kniegelenks gebrochen und baumelte nur noch an Haut und Sehnen. Erschrocken beugte sie sich vor. Die winzige Antilope geriet darauf in Panik, strampelte immer verzweifelter, und ihre Hilfeschreie wurden immer herzzerreißender.

Unschlüssig, was sie unternehmen sollte, stand Nina auf und zog sich ein paar Schritte zurück. Das Tier war in einem Zustand, dass es jederzeit einem Herzschlag erliegen konnte. Das hatte sie früher schon erlebt. Angesichts der Schwere der Verletzung war sie sich klar darüber, dass es besser für den kleinen Duiker wäre, ihn von seiner Qual zu erlösen. Aber selbst wenn sie eine Waffe gehabt hätte, um das kurz und schmerzlos zu erledigen, hätte sie es nicht gekonnt. Sollte sie einfach umdrehen und einen anderen Weg suchen? Verunsichert sah sie sich um. So gut kannte sie sich in diesem Teil von Inqaba nicht aus. Mit einem kurzen Blick schätzte sie ab, ob sie mit ihrem Wagen rechts oder links an dem Tier vorbeifahren könnte, stellte aber schnell fest, dass der Platz nicht reichte. Außerdem würde sie es wohl nicht fertigbringen, das verletzte Duikerlamm einfach hier liegen zu lassen. Es würde leichte Beute für Raubtiere werden.

Sie betrachtete das gebrochene Bein genauer. Vielleicht könnte sie versuchen, es zu schienen? Patrick Farrington würde ihr sicherlich dabei helfen. Mit einem Anflug von schlechtem Gewissen erinnerte sie sich daran, dass sie Jill versprochen hatte, einen Bogen um hilfsbedürftige Tiere zu machen.

Nun, die winzige Antilope war ja schließlich etwas anderes als Brutus. Und sie würde das Lamm in Patricks Obhut lassen, beruhigte sie ihr Gewissen.

Sie lief zurück zu ihrem Wagen, öffnete den Erste-Hilfe-Kasten, entnahm ihm das Dreieckstuch, entfaltete es und hielt es hoch. Das würde reichen, um den winzigen Duiker darin zu transportieren, entschied sie und nahm noch die Wasserflasche vom Beifahrersitz. Das kleine Tier wirkte zunehmend apathischer, und sie befürchtete, dass es nicht mehr lange durchhalten würde. Vielleicht würde ihr es gelingen, ihm ein paar Tropfen Wasser einzuflößen. Flasche und Tuch unter den Arm geklemmt, eilte sie zurück.

Die Erde dampfte, Feuchtigkeit schimmerte zwischen den Zweigen, hier und da platschte noch ein Tropfen von den Blättern, über allem schwirrte das hohe Sirren der Zikaden. Buschgeräusche.

Plötzlich blieb sie irritiert stehen. Und lauschte.

Da war noch etwas, eine andere Melodie, so ätherisch, so weit entfernt, dass sie schon glaubte, sie bilde sich das nur ein. Sie presste die Lider zusammen und versuchte, die flüchtigen Klänge einzufangen.

Und dann erkannte sie, was sie da hörte. Flötentöne. Hohe, jauchzende Flötentöne von überschäumender Lebensfreude.

Penny Pipers.

Ihr Kopf ruckte hoch.

Er stand vor ihr mitten im Weg, ein breites Grinsen im Gesicht, und zermalmte der winzigen Antilope mit ein paar kräftigen Tritten die Kehle. Der Duiker stieß einen röchelnden Schrei aus, zuckte noch zweimal und lag dann still da.

»Das war doch ein guter Trick, dich zum Aussteigen zu bringen, oder?«, rief er grinsend. »Du hast schon früher immer flügellahme Tiere aufgepäppelt. Das habe ich nicht vergessen.« Fröhlich wippte er auf den Zehenspitzen.

Unfähig, auch nur einen Muskel zu rühren, unfähig zu atmen, starrte Nina verständnislos auf die blutige Szene.

Das Sirren der Zikaden brach abrupt ab, und die Flötentöne der Penny Pipers blieben die einzigen Laute, die sie vernahm. Sie versuchte die Augen zu heben, um zu sehen, woher die Töne kamen, aber ein Tonnengewicht lastete auf ihren Lidern. Als es ihr schließlich doch gelang, sah sie ein Stück entfernt seinen Geländewagen am Rand des Buschs. Die Fahrertür des Wagens stand offen, und die Melodie schien von dort zu kommen.

Ihr Blick wanderte zu dem Mann. Kahl rasiert, groß, dünn, knochig, aber offenbar sehr kräftig. Kohlschwarze Augen. Undurchsichtig, als bestünden sie nur aus der Pupille. Und soweit sie sich erinnern konnte, hatte sie ihn noch nie gesehen. Aber die Augen hatte sie schon einmal gesehen, da war sie sich sicher. Vor sehr kurzer Zeit.

Mit gesenktem Kopf und geballten Fäusten konzentrierte sie sich und stellte sich die Augen in einem anderen Gesicht vor. Plötzlich sah Nina sie in einem Kranz von rotgoldenen Locken, und nun wusste sie, wer der Vater von Rikkis Tochter Emma war. Rikki, die vor Angst gezittert hatte, als sie sich nach dem Vater ihres Kindes erkundigt hatte.

Der Kerl kickte jetzt das blutige Bündel mit ein paar gezielten Fußtritten aus dem Weg und kam mit langen Schritten auf sie zu. Dabei gab er den Blick auf das Heck des verschmutzten Geländewagens frei. Als sie erkannte, was sie da sah, durchfuhr sie ein Stich.

Es war der Aufkleber, den sie auf dem Wagen desjenigen gesehen hatte, der Ntombi und ihren Bruder umgefahren hatte. Und einfach Fahrerflucht begangen hatte. Derselbe Mann, den Hellfire und Wiseman überfallen wollten.

iBhunu, der Bure.

Sie wirbelte auf den Fersen herum und hetzte zurück zu ihrem Auto. Ihre Handflächen waren auf einmal schweißnass, und das Telefon fiel auf die Erde. Sie bückte sich, um es aufzuheben, aber die kurze Verzögerung genügte. iBhunu erreichte sie, packte sie von hinten und riss sie herum. Und zum ersten Mal sah sie ihm direkt ins Gesicht.

Kantig, die Nase kräftig, der Mund schmal, die Haut von der Sonne rot gefleckt. Es war ihr völlig unbekannt.

»Es war dumm zurückzukehren«, murmelte er mit seltsam monotoner Stimme. »Sehr dumm, meine geliebte Nina. Oder hast du dich endlich für mich entschieden?« Er musterte sie eindringlich. »Nein, ich kann es dir von den Augen ablesen. Schade, ich hatte es so sehr gehofft.«

Geliebte Nina? Wer war der Kerl, woher kannte dieser iBhunu ihren Namen? Aber plötzlich roch sie ihn wieder, diesen widerlichen Geruch, dumpf, gleichzeitig scharf, und Erinnerungsfetzen wirbelten in rasendem Wechsel vor ihrem geistigen Auge, doch dieses Mal setzten sie sich zu einem grausamen Mosaik zusammen.

Ein Name. Nico. Nico dal Bianco. Ein junger Mann, dichtes, rötlich braunes Haar, olivgrüne Augen. Ein angenehmes Lächeln in einem goldbraunen Gesicht. Italiener?

Nein, dachte sie, der Farbton stimmte nicht. Als Südafrikanerin konnte sie das unterscheiden. Er musste ein Farbiger gewesen sein, wie man hier so sagte, ein echter Abkömmling der Regenbogennation. Woher kannte sie ihn? Wie standen sie zueinander? Ein warmes Gefühl stieg in ihr auf. Wer immer dieser Nico war, sie mochte ihn. Oder hatte ihn gemocht. Sehr.

Übergangslos schob sich der eisblaue Blick eines Huskys vor das angenehme Lächeln und löschte es aus. Sie versteifte sich.

iBhunu packte sie an den Schultern und schob sein Gesicht dicht vor ihres. »Ich merke, deine Erinnerung kehrt zurück«, kicherte er. »Das wird spannend! Weißt du noch, wie man diese Tageszeit hier nennt?« Mit erwartungsvollem Grinsen starrte er sie an.

Nina hatte keine Ahnung, wovon der Kerl redete. Sie wollte ihm eine scharfe Antwort geben, bekam aber nur ein Röcheln heraus.

»Ich will dir auf die Sprünge helfen«, raunte er direkt in ihr Ohr, sodass sie seinen feuchten Atem spürte. »Es ist die Zeit, wenn die sinkende Sonne Schatten auf die Hänge der Hügel wirft, die Zeit, wenn die Hyänen auf Jagd gehen. Hyänenzeit. Und dieses Mal, meine Süße, wird mir Wolf nicht in die Quere kommen, dieses Mal gehörst du mir allein.« Er kicherte wieder und presste sie eng an sich.

Huskyaugen! Wolf hatte diese eisblauen Huskyaugen. Wolf? Ihr Cousin? Wolf, der, wie seine Schwester sagt, querschnittgelähmt in einem Behindertenheim lebt? Der Wolf? Sie musste sich den Hals verrenken, um dem Kerl ins Gesicht zu sehen.

Glitzernde, schwarze Augen bohrten sich in ihre. Unbarmherzig wie Schlangenaugen. Ihre Gedanken rasten im Kreis. Was hatte Wolf mit diesem Monster zu tun?

Mit einem zähnebleckenden Lächeln strich er ihr über die Wange. »Na, was sagst du? Freut es dich, dass du jetzt nur mir gehörst?« Als sie nicht antwortete, runzelte er die Brauen, und bevor sie sich wehren konnte, schlossen sich die Hände iBhunus um ihren Hals. »Du sollst dich freuen, verdammt!«, fauchte er.

»Wolf van Breda?« Das war alles, was sie hervorwürgen konnte, mehr Atem ließ ihr sein Klammergriff nicht.

Er grinste selbstgefällig. »Ebendieser Wolf. Mit dem Messer – zack, in seine fette Wampe, und dann – rums – in die Wirbelsäule. Und dann ist er zusammengeklappt wie eine Marionette, der man den Faden durchgeschnitten hat!« Er warf den Kopf zurück und lachte.

Nina japste vor Entsetzen auf. »Aber er könnte Sie identifizieren«, flüsterte sie mühsam.

iBhunu lachte sichtlich erfreut mit sich selbst, drückte noch fester zu und zog sie dabei dicht an sein Gesicht heran. »Ach der, der hat dabei praktischerweise einen Schlaganfall gehabt, und nun ist er ziemlich gaga. Der sagt nichts mehr. Und bevor du dumme Fragen stellst – bei Rikki habe ich dafür gesorgt, dass sie ihr loses Plappermaul hält.«

Nina wurde übel, als ihr durch den Kopf schoss, womit dieses Ungeheuer Rikki so eingeschüchtert haben könnte, dass sie seinen Namen nicht preisgeben würde. Ob ihre Cousine überhaupt noch lebte?

»Na, ist dir endlich eingefallen, wer ich bin?«, raunte er. »Ehrlich gesagt, bin ich etwas beleidigt, dass du mich offenbar vergessen hast … Dann werde ich dich jetzt mal nachhaltig daran erinnern!«

Mit erschreckender Kraft zerrte er sie zum Geländewagen. Er riss die Hecktür auf und warf sie hinein. Die rückwärtigen Sitze waren hochgeklappt. Nina fiel der Länge nach auf den harten Boden und knallte dabei mit dem Hinterkopf auf. Seine Hände rutschten kurz von ihr ab, aber von dem Aufprall war sie zu benommen, als dass sie einen Fluchtversuch unternehmen konnte.

iBhunu warf sich mit seinem ganzen Gewicht auf sie, dass ihr auch die letzte Luft aus der Lunge getrieben wurde.

»Ich habe dich geliebt, weißt du«, zischelte er. »Das kannst du doch nicht vergessen haben. Ich habe von unseren Kindern geträumt. Reinrassige Burenkinder … deine und meine … der Erhalt der Herrenrasse …«

Nina vergaß zu atmen. Endlich begriff sie, wen sie vor sich hatte.

Eine grausige Kaskade von Bildern und Gefühlen überschwemmte sie. Der beste Freund ihres Cousins Wolf. Der Vater von Emma, der Mann, der ihrer toughen Cousine Todesangst einjagte.

War er der Mann, der vor vierzehn Jahren ihr Leben zerstört hatte?

»Willem«, wisperte sie tonlos. »Willem van Niekerk.«

»Na siehst du, das freut mich jetzt aber.« Er wollte ihr einen Kuss auf den Mund drücken, aber sie schaffte es, ihr Gesicht wegzudrehen, sodass seine feuchten Lippen auf ihrem Hals landeten. Und er biss zu. Ziemlich fest. Sie zwang sich, den Schmerz, ohne zurückzuzucken, zu ertragen.

»Die Polizei hat nie herausgefunden, wer mich damals ... überfallen hat ...« Sie musste husten.

»Na ja, ein bisschen Geld glättet alle Wogen«, kicherte Willem fröhlich. »Und bevor ich es vergesse: Wie letztes Mal habe ich dir auch heute wieder einen kleinen Freund mitgebracht.« Er drehte Nina so in seinen Armen, dass sie sehen konnte, wen er meinte.

Sie stand halb aufgerichtet in einem durchsichtigen Transporteimer aus Plastik. Ihr Rücken ein stumpfes Olivgrau, der Bauch hell, ihr weit geöffneter Rachen violettschwarz. Das Entsetzen rann wie flüssiges Eis durch ihre Adern.

Eine Schwarze Mamba.

Die gefährlichste Schlange Afrikas.

»Ich liebe Schlangen«, raunte Willem in ihr Ohr. »Ich habe seit Neuestem eine Schlangenzucht auf meinem Grundstück ...« Er streichelte mit einer Fingerkuppe über die Bissstelle an ihrem Hals und hielt sie Nina anschließend vor Vergnügen glucksend vor die Augen. Sie war blutverschmiert.

»Mama Mamba hat Eier gelegt, und es sind ein paar prächtige Exemplare ausgeschlüpft«, schnurrte er. »Ich hoffe, du erkennst an, dass ich dir das schönste und kräftigste ausgesucht habe.«

Nina brach der kalte Schweiß aus. Sie strampelte und kickte, um sich aus Willems Klammergriff zu befreien, aber vergeblich. Wie eine würgende Python spannte er mit jeder ihrer Bewegungen die Muskeln seiner Oberarme unerbittlich an und zog sie noch fester um ihren Brustkorb. Nur in winzigen Schlucken gelang es ihr, Luft einzusaugen.

»Ich habe keine Angst vor Schlangen, nie gehabt«, presste sie heiser hervor.

»Unsinn, Liebste, ich kann deine Angst riechen.« Er streichelte ihr langsam über die Wange. »Du machst dir doch gleich in die Hosen! Und das wäre ein schöner Schweinkram.« Er lachte. »Sieh mal, was ich in meiner Brusttasche habe. Weißt du, was das ist?«

Es schien eine Medikamentenpackung zu sein. Welche, konnte sie nicht erkennen. Sie war zu sehr damit beschäftigt, etwas Sauerstoff zum Überleben zu bekommen.

»Nein? Ich sag's dir. Das ist so ein Zeug, das Veterinäre bei der Narkose für größere Tiere benutzen. Das Zeug haut so einen Löwen sofort um, und der Trick ist, dass der dann vollständig gelähmt ist und keinen Muskel mehr rühren kann. Der Löwe bekommt danach noch eine normale Narkose, damit er nicht spürt, dass man ihn operiert. Bekäme er keine, würde er alles sehen, hören, fühlen. Das Vieh wäre nur gelähmt, aber hellwach, verstehst du?« Seine Augen glitzerten vor Aufregung. »Irgendwann wacht der Löwe auf und ist so gut wie neu. Das Narkosezeugs habe ich aber nicht ...«

Er ließ den Satz in der Luft hängen und beobachtete sie lauernd.

Ninas Gedanken liefen Amok. Was meinte er? Schwarze Flecken trübten ihre Sicht, und sie konzentrierte sich aufs Atmen, konzentrierte sich mit aller Kraft darauf, diesem grauenvollen Flüstern zu entgehen. Aber es gab kein Entkommen. Die Stimme durchdrang unerbittlich ihren Kopf, kratzte wie mit Nägeln ihre Nerven entlang.

»Dir kann ich also keine Narkose verabreichen«, raunte er ihr ins Ohr. »Will ich auch nicht. Du sollst ja fühlen, was ich mit dir anstelle. Du sollst anerkennen, was für ein Künstler ich sein kann ...«

Künstler? Was wollte ihr dieser Teufel damit sagen? Sie bäumte sich auf. Die Mamba wandte den Kopf und fixierte sie mit ihren gnadenlosen Augen, und da verstand sie, was er vorhatte.

Das Mittel würde dafür sorgen, dass sie der Mamba nicht entgehen und die Wirkung des Bisses bei vollem Bewusstsein erleben würde.

Panisch keilte sie mit den Beinen aus, so fest sie konnte. Egal wohin. Ihr rechter Fuß landete zwischen seinen Beinen. Er drehte sich zur Seite, griff sich in den Schritt und brüllte wie ein verwundeter Stier.

»Du Miststück, du verdammtes! Dir werd ich's zeigen!«

Seine Hände verrutschten kurz, und es gelang ihr, etwas Luft zu holen. Sie schrie. Schrie, so laut sie konnte. Schrie um ihr Leben.

Aber dann war er schon wieder über ihr. Er stieß ihr sein knochiges Knie in den Bauch, und ihr Schrei wurde abrupt abgeschnitten. Als er seine Faust hob, sah sie schockiert, dass er ein Messer in der Hand hielt. Sie wand sich verzweifelt hin und her, wollte sich zur Seite rollen, aber sie konnte ihn nicht abschütteln. Wie ein nasser Sandsack lag er auf ihr.

Er lachte, fletschte die Zähne und holte mit der Messerhand aus. Sie spürte einen harten Schlag im Oberschenkel unterhalb der Leiste, der in einen brennend heißen Schmerz überging, als Willem das Messer wieder herauszog. Es gab ein grässliches, schmatzendes Geräusch, und sie hätte sich übergeben, wenn sie die Kraft dazu gehabt hätte.

Ruckartig krümmte sie sich zusammen und öffnete den Mund, um wieder zu schreien, aber Willem setzte sich mit seinem vollen Gewicht auf ihren Bauch. Er wippte ein paarmal auf und ab und grub dabei seine Daumen in ihre Halsschlagader, um ihr unerbittlich die Kehle zuzudrücken.

Sie kickte mit den Beinen, aber ihre Bewegungen wurden schnell langsamer, schwerfälliger, der dunkle Sternennebel vor ihren Augen dichter, bis er verblasste. Seine verzerrte Fratze, die stechend schwarzen Schlangenaugen, waren das Letzte, was sie sah, dann fiel der Vorhang, und ihre Welt wurde dunkel.

Aber ihr Schrei war gehört worden. Mangaliso war zu einer Patientin in Inqabas Farmarbeiterdorf unterwegs, und er vernahm den Schrei, tat ihn aber als den eines kleinen Tieres ab. Eines jungen Affen vielleicht. Er fuhr weiter. Im Wildreservat war der Schrei eines Tieres etwas Normales, und nach dem Gewittersturm hatte er genug damit zu tun, nicht in einem der schlammigen Schlaglöcher zu landen, die die Servicestraße durchzogen.

Rutschend bog er um die nächste Kurve. Den Geländewagen bemerkte er erst in letzter Sekunde, und er musste so stark bremsen, dass er um ein Haar mit dem Wagen kollidiert wäre. Er riss das Steuer nach links und kam schließlich mit einem Vorderrad auf der durchweichten Böschung zum Stehen. Stirnrunzelnd schaute er hinüber zu dem verschmutzten Wagen. Es schien einer der Safariwagen zu sein, die zu Dutzenden in den Wildreservaten Touristen herumkutschierten. Die Hecktür stand zwar offen, aber er konnte nicht erkennen, ob sich jemand an Bord befand. Allerdings schwankte das Auto leicht. Seufzend stieg er aus, um sich zu vergewissern, dass es keinen Unfall gegeben hatte und seine Hilfe nicht gebraucht wurde. Als Arzt hatte er da eine Verpflichtung.

Er näherte sich dem Auto und blieb dann wie angewurzelt stehen. Ein Mann saß rittlings auf einer Frau, von der er nur die zuckenden Beine sehen konnte, und drückte ihr mit beiden Händen die Kehle zu. Nur verzögert begriff er, dass der Kerl dabei war, die Frau umzubringen.

»He!«, rief er. »Sind Sie verrückt geworden? Lassen Sie die Frau los!«

»Das wird ihr aber gar nicht gefallen!«, spottete der Mann und richtete sich auf. »Kannst du nicht sehen, dass wir Spaß haben, meine Süße und ich? Oder willst du mitmachen?« Er sah über die Schulter und grinste anzüglich.

Als er Mangalisos ansichtig wurde, stutzte er, und das Grinsen fiel ihm aus dem Gesicht. Hochrot vor Wut, fuhr er herum und starrte ihn an.

»Na, so was, ein schwarzer Affe!«, brüllte er. »Verpiss dich, Kaffirboy! Oder ich zieh dir eins mit dem Sambok über!« Er spuckte ihm vor die Füße.

»Lass sie los, du Schwein«, brüllte Mangaliso zurück. »Sonst hole ich meinen Sangoma. Der verarbeitet dich zu Muthi und frisst dich stückchenweise!«

Das Gebrüll erreichte Nina in den schwarzen Tiefen ihrer Ohnmacht, und sie kam mit einem leisen Ächzen wieder zu sich. *Kaffirboy,* hallte es in ihr nach. Wer hatte das gesagt? Was ging hier vor? Instinktiv rührte sie sich nicht, um nicht zu zeigen, dass sie wieder wach war. Mit geschlossenen Augen machte sie eine Bestandsaufnahme ihres Zustandes. Konnte sie sich bewegen? War sie verletzt? Sie wackelte mit einem Finger. Alles in Ordnung. Ihr Kopf schmerzte, aber nicht unerträglich. Sehr gut. Immer noch darauf bedacht, sich nicht zu verraten, öffnete sie die Augen zu schmalen Schlitzen. Sie schaute nach rechts.

Geradewegs in die ausdruckslosen Augen der Schwarzen Mamba.

Ihr wurde kalt. Inzwischen hatte die Schlange es irgendwie geschafft, einen Spalt im Deckel ihres Plastikgefängnisses zu finden, und bohrte jetzt den Kopf hindurch. Es würde nicht lange dauern, und sie würde frei sein. Keinen Meter von ihr entfernt. Eine lächerliche Entfernung. Mit einer Art schrecklicher Faszination beobachtete sie, wie der Schlangenkopf sich durch die Lücke schob, und kurz darauf kam die Mamba mit wenigen kräftigen Bewegungen ihres sehnigen Körpers frei. Sie landete auf dem Boden, richtete sich sofort auf und fixierte sie.

Ein Angstschauer schüttelte Nina am gesamten Leib.

Die Mamba reagierte sofort. Sie streckte den Kopf vor, stellte ihre Haube auf, die der einer Kobra ähnelte, auch wenn sie deutlich schmaler war, und zeigte fauchend ihren schwarzen Rachen.

Wieder zuckte Nina, erstarrte aber sofort in Bewegungslosigkeit, weil sie hoffte, dass das Reptil sie dann nicht erkannte. Der Leiter des Durbaner Schlangenparks hatte einmal erwähnt, dass das bei einigen Schlangen der Fall war. Nur konnte sie sich partout nicht daran erinnern, ob die Mamba dazugehörte. Ihr Schädel pochte, und sie griff sich unbedacht an die brennende Stelle hinter dem Ohr, wo sie unter ihrer Fingerkuppe eine deutliche Schwellung fühlte.

Die Mamba hatte die Bewegung offenbar wahrgenommen und glitt jetzt mit einer flüssigen, eleganten Bewegung näher. Noch näher.

Nina zog die Hand nicht zurück, um nicht eine noch bedrohlichere Reaktion der Schlange zu provozieren. Der Größe der Beule nach hatte sie sich ordentlich gestoßen. Vielleicht beschlich sie auch deshalb jetzt das Gefühl, dass sie etwas übersehen hatte? Was ging hier eigentlich vor? Vorsichtig öffnete sie die Augen weiter und blickte nach links.

Und da kauerte er. Lauernder Blick mit diesem bösartigen Grinsen um den Mund, das sie an das Zähneblecken einer Hyäne erinnerte.

»Na, da bist du ja wieder bei mir«, sagte er. »Sieh mal, was ich hier für dich habe!« Er packte ihr Gesicht grob mit einer Hand.

Nina presste die Lider zusammen.

»Mach die Augen auf, sonst tut's gleich weh«, drohte er. »Und zwar richtig!«

Ihr blieb nichts anderes übrig. Sie öffnete die Lider einen Spalt und blinzelte durch die Wimpern an dem Gegenstand in seiner Faust vorbei.

»Du weißt ja, was das ist, nicht wahr? Nicht wahr? Sag es.«

»Mhm«, brachte sie hervor.

»Du wirst sehen, jetzt wird's lustig!« Er hob die Spritze.

Nina schrie los. Ein einziger lang gezogener, unartikulierter Schrei einer Kreatur in Todesangst. Und dann geschah es.

Urplötzlich packte jemand von hinten Willems Faust mit der Spritze, und ein Gesicht tauchte über ihr auf, dunkel, so verzerrt vor Anstrengung, den schweren Buren von ihr herunterzureißen, dass sie ihn anfänglich nicht erkannte.

»Lass sie los, du perverses Sexmonster!«, schrie der Fremde auf englisch.

»Mangaliso«, krächzte sie, und es klang wie ein Stoßgebet.

»Tritt ihm in die Eier, Nina, so fest du kannst. Ich halte ihn fest. Versuch dich zur Seite zu wälzen ...«

Der Kopf der Mamba schob sich in ihr Blickfeld. Die Schlange war hochnervös. Sie schwang sich von Willem zu Mangaliso, blies die Haube auf, wich kurz zurück und führte dann einen Scheinangriff auf Mangaliso aus.

»Die Mamba«, wimmerte Nina. »Rechts neben mir. Pass auf!«

Für den Bruchteil einer Sekunde streifte Mangalisos Blick die Schlange.

»Okay«, keuchte er mit gebleckten Zähnen, während er den Arm mit der Spritze immer noch krampfhaft umklammert hielt. Grunzend vor Anstrengung, drückte er iBhunus Arm hoch.

Aber Willem war stärker als der junge Arzt. Mangalisos Kraft ließ nach, und die Nadel näherte sich der großen Schlagader in ihrem Hals.

Wie hypnotisiert starrte sie auf den Tropfen, der aus der Kanüle hervorquoll. Für einen winzigen Moment hing er zitternd dort, ehe er sich zeitlupengleich löste und fiel. Er traf Nina am Kinn, gerade unterhalb ihrer Lippe, und fast hätte sie ihn automatisch abgeleckt.

Sie hechelte in Panik, als die Mamba jetzt wieder in ihrem Blickfeld erschien, offensichtlich von dem silbernen Blitzen der Spritze angezogen.

Aber der Blick der Schlange löste sich von Nina. Das Reptil schwenkte den schmalen Kopf zur Seite, glitt näher an Willem heran und richtete die ausdruckslosen Augen jetzt unverwandt auf ihn.

Sollte sie jetzt zustoßen, fuhr es Nina durch den Kopf, würde sie vermutlich seinen Oberarm treffen. Ein glühender Adrenalinstoß jagte ihre Adern entlang. Mangaliso schien die Situation ebenfalls erkannt zu haben, und mit angehaltenem Atem beobachtete sie, wie er mit Daumen und Zeigefinger auf die Nervenpunkte am Handgelenk des Buren drückte, dicht oberhalb der Armknochen, um ihn zu zwingen, die Spritze fallen zu lassen.

Aber iBhunu hielt das mit einem aufreizenden Lächeln aus, und die Spitze der Spritze senkte sich mit schrecklicher Präzision. In Willems Augen glitzerte es manisch, die Mamba zischte.

Ihr Herz flatterte. Spritze oder Mamba. Oder beides. Nina schloss die Augen. Sie wollte nichts mehr hören und nichts mehr fühlen.

Auf einmal fiel ein Schatten auf ihre Lider, und urplötzlich wurde Mangaliso mit großer Wucht, begleitet von einem aggressiven Knurren, das nicht mehr menschlich zu nennen war, von Willem heruntergezerrt. Sie riss die Augen auf. Durch den Ruck rutschte Willem die Spritze aus der Hand. Er griff zu, konnte sie aber nicht mehr fangen. Sie fiel auf den Boden, zerbrach, und der Inhalt leckte harmlos über den Metallboden. Ninas Mund wurde trocken vor Aufregung. Eine Gefahr gebannt, aber die andere schlängelte sich jetzt gereizt näher.

Ihr Blick flog hoch.

Über ihr schwebte eine Faust, eine braun gebrannte männliche Faust, aus der eine Messerklinge ragte. Das Messer war eine Art Stiletto mit ziseliertem Griff. Irgendwo hatte sie es schon einmal gesehen.

Der Angreifer, von dem sie nur den Schattenriss vor dem dunstigen Himmel erkennen konnte, war groß, muskulös, die Schultern breit, sein Haar ein dichter, schwarzer Pelz. Er holte kraftvoll aus, um die Klinge in Mangalisos Rücken zu rammen.

Später glaubte sie an einen Fingerzeig Gottes, an die Gnade des Schicksals, irgendetwas, was erklären konnte, was jetzt geschah.

Denn durch den milchigen Dunst brach ein einziger gleißender Sonnenstrahl und ließ für eine entscheidende Sekunde die Augen des Mannes aufleuchten. Tiefblau, vor Wut sprühend.

»Konrad, nicht!«, brach es aus ihr heraus. »Der andere!«

Die Faust mit dem Messer blieb in der Luft hängen, und Konrad Friedemann reagierte blitzschnell. Er schleuderte Mangaliso aus dem Wagen in den Matsch, riss Nina in seine Arme und brachte sie beide aus der Gefahrenzone.

Willem wälzte sich brüllend zur Seite, bereit, sich dem neuen Angreifer zu stellen, übersah dabei jedoch die Mamba und klemmte mit seinem Gewicht ihren Schwanz ein. Die Schlange konnte weder vor noch zurück und explodierte in Aggression. Den sehnigen Körper halb aufgerichtet, das schwarze Maul weit geöffnet, schlug sie fauchend zu und versenkte ihre furchterregenden Fänge in Willems Oberkörper.

iBhunu kreischte wie ein abgestochenes Schwein und versuchte hektisch, das Reptil wegzureißen, aber die Mamba schlug wieder zu. Und noch einmal.

Willems Schreie zerrissen die Luft, und jedes weitere Geräusch verstummte, als wüsste die Tierwelt, was da geschah. Mangaliso beobachtete ohne sichtbare Gemütsregung aus sicherer Entfernung den Todeskampf des um sich schlagenden Buren und machte keinerlei Anstalten, ihm zu helfen.

Schließlich erwischte die Mamba Willem am Hals. Er bäumte sich atemlos kreischend auf und verlagerte dabei sein Gewicht. Die Schlange kam frei. Sofort ließ sie von dem Buren ab und glitt lautlos von der Ladefläche.

Nina starrte mit verschwommenem Blick auf die Stelle, wo die Mamba im Busch verschwunden war.

Es war vorbei.

Die drei Wörter hallten in ihr nach, aber sie begriff für lange, schwarze Sekunden nicht, was das hieß, und umklammerte krampfartig Konrads Arm. Aber nach und nach klärte sich ihr Blick, und endlich begriff sie, was sich vor ihren Augen abgespielt hatte. Ganz schwach vor Erleichterung, vergrub sie ihr Gesicht an Konrads Brust und schluchzte, dass es ihren ganzen Körper schüttelte.

»Keine Angst, ich bin bei dir«, murmelte Konrad und drückte sie mit beiden Armen an sich. »Ich bringe dich jetzt zur Lodge ...«

»Es ist ... ich bin ...«, weinte Nina und lachte zugleich. »Es ist vorbei ...«

Er strich ihr das Haar aus dem Gesicht und stutzte. »Du blutest!«, stieß er hervor. Er setzte sie behutsam ab, doch Nina knickten die Knie ein, und er konnte sie gerade noch auffangen. »Philani!«, schrie er nach hinten. »Ruf die Rettung, wir brauchen einen Arzt!«

Nina lächelte schwach und lehnte sich an Konrad. »Mangaliso ist Arzt«, flüsterte sie.

Mangaliso, der iBhunu immer noch beim Sterben zugesehen hatte, wirbelte herum. »Leg sie in deinem Wagen auf die Rückbank. Ich hole meine Tasche!«

Mit langen Sätzen rannte er zu seinem Auto und kehrte im Nu zurück. Er nahm eine Schere aus seiner Tasche, schnitt ihre blutdurchtränkten Jeans auf und untersuchte die Stelle, wo iBhunus Messer in ihren Oberschenkel eingedrungen war.

Nina sog die Luft pfeifend durch die Zähne. »Tut verdammt weh«, murmelte sie.

»Der Stich ist nicht sehr tief, aber wer weiß, was der Mistkerl damit vorher geschnitten hat«, sagte Mangaliso und desinfizierte die Wunde sehr gründlich und legte anschließend einen festen Druckverband an. Der Blutstrom versiegte.

»Ich rufe jetzt meine Mutter an«, sagte er leise zu Konrad. »Ihr gehört eine Klinik in der Nähe.«

Nina umklammerte Konrads Hand. »Ich will in mein Bett«, flüsterte sie. »Bitte. Nicht ins Krankenhaus.«

»Okay, mach dir keine Sorgen, Carissima«, beruhigte er sie. »Ich bringe dich in dein Bett.«

Nina sank mit einem zufriedenen Seufzer zurück.

»Okay«, stimmte Mangaliso zu. »Es wäre ohnehin eine unnötige Anstrengung für Nina, bis zur Klinik zu fahren. Meine Mutter hat sowieso vor, zur Lodge zu kommen. Dann kann sie Nina dort untersuchen.«

Konrad packte ihn am Arm und drückte ihn fest. »Danke«, sagte er leise. »Ohne dich hätte sie die ganze Sache nicht überlebt. Ich werde dir das nie vergessen.«

Mangaliso schaute etwas verlegen drein. »Hätte doch jeder gemacht«, murmelte er.

»Nein, nicht jeder, nur ein sehr mutiger Mann«, erwiderte Konrad. »Wir sehen uns am Bungalow.«

Er stieg auf die Rückbank, befestigte die Sitzgurte und bettete ihren Kopf auf seinen Schoß. »Ist es so bequem?«, erkundigte er sich leise.

»Mhm«, murmelte sie schläfrig.

»Let's go!«, sagte Konrad zu Philani. »Und sag bitte Jonas Bescheid, dass er die Trage zu Ninas Bungalow bringt.«

Philani hakte das Funkgerät aus und gab ein paar Anweisungen in Zulu. Dann startete er den Motor, und der Wagen setzte sich in Bewegung, gefolgt von Mangaliso in seinem Gefährt.

Philani lenkte den Wagen oberhalb des Parkplatzes über den schmalen Pfad, der direkt zu den Gästehäusern führte. Er fuhr sehr vorsichtig, weil eine dünne Schicht Schlamm den Pfad glitschig gemacht hatte. Immer wieder rutschten die Hinterräder weg. Bald konnten sie das Reetdach durch die Bäume schimmern sehen. Vor dem Bungalow hatte sich eine riesige Pfütze gebildet, in der zwei Gänse paddelten. Jonas wartete mit stoischem Gesichtsausdruck, bis zu den Knöcheln im Schlammwasser stehend, an der Treppe.

»Wo soll ich die Trage hinlegen?«, fragte er.

Konrad stieß die Wagentür auf und stieg aus. »Ich glaube, wir brauchen sie doch nicht«, sagte er.

Mangaliso sprang aus seinem Auto. »Warte, ich helfe dir, sie herauszuheben.«

»Ich mach das schon«, wehrte Konrad ab, hob Nina von der Rückbank und trug sie die Stufen hinauf.

Jonas fummelte den Generalschlüssel aus seiner Tasche und schloss auf. Kühle, trockene Luft strömte ihnen entgegen. Die Klimaanlage summte leise. Jonas blickte Konrad fragend an.

»Gleich hier in das erste Schlafzimmer.«

Jonas öffnete die Tür, und Konrad legte Nina aufs Bett.

»Konrad?« Mangaliso stand mit seiner Arzttasche in der Hand unschlüssig in der Tür. »Brauchst du mich noch?«

Konrad richtete sich auf. »Nein, ich komme sehr gut allein zurecht, und Schwester Emmi ist ja auch noch da.«

»Okay«, sagte Mangaliso und schloss die Schlafzimmertür leise.

Konrad beugte sich über Nina. »He, Cara, wie fühlst du dich?«

»Blendend«, sagte sie und grinste.

Behutsam zog er ihr die blutbesudelten Jeans aus. Auch ihr Khakihemd zeigte ausgedehnte Blutflecken, und es war seinem Gesicht anzusehen, dass er darunter weitere Verletzungen befürchtete. Er setzte sie vorsichtig auf und streifte es ihr von den Schultern. Ihr Oberkörper war mit dunkelroten Blutergüssen übersät.

»Oberflächlich gesehen, scheinen es nur Prellungen zu sein«, sagte er. »Aber ich muss sie erst etwas säubern.«

Er verschwand im Badezimmer und kehrte mit einem in heißem Wasser ausgewrungenen Handtuch zurück. Vorsichtig wischte er die unverletzte Haut auf ihrem Rücken und Brustkorb ab. Anschließend tupfte er sie mit einem zweiten Handtuch trocken und half ihr in ein sauberes T-Shirt.

Nina lächelte mit geschlossenen Augen. »Das tut gut«, flüsterte sie und kuschelte sich in die Kissen.

Motorengeräusch näherte sich dem Haus, und kurz darauf klopfte jemand. »Ich bin's, Jill, kann ich reinkommen?«, vernahmen sie die Stimme ihrer Freundin.

Konrad schaute aus dem Fenster. »Jill hat die Hunde dabei. Dürfen die auch mit reinkommen?«

»Ja klar«, krächzte Nina und berührte die Würgemale am Hals. »Das sind keine normalen Hunde, die sind etwas ganz Besonderes.« Sie stopfte sich ihr Kopfkissen in den Rücken und setzte sich stöhnend auf.

Konrad zog ihre Bettdecke glatt. »Das sind sie wirklich«, sagte er. »Dieser Willem hat auch Jill überfallen. Er hat sie bewusstlos geschlagen, aber die Hunde haben ihn schließlich vertrieben. Seitdem sitzen sie an ihrem Bett, lassen sie nicht aus den Augen, und geht einer hinaus, bleibt der andere bei Jill. Eigentlich sollte sie noch Bettruhe halten.«

Nina kicherte heiser. »Auf Inqaba ist eigentlich nichts normal. Wenn ich an Würstchen, Brutus und Pittipatta denke ...«

»Komm rein, Jill!«, rief Konrad statt ihrer. »Die Hunde sind auch willkommen.«

Jill erschien in der Tür, und hinter ihr tauchten Roly und Poly auf, denen sie mit einer Handbewegung und einem kurzen Schnalzer befahl, sich hinzulegen. Die Dobermänner gehorchten sofort, beobachteten aber jede Bewegung ihrer Herrin. Ihr linker Arm war vom Handgelenk bis weit oberhalb des Ellbogens bandagiert und hing in einer Schlinge. Der Bluterguss an ihrer Schläfe schimmerte in zornigem Lilarot.

»Nina, was machst du nur für Sachen«, sagte sie und zog einen Stuhl heran.

»Ich kann dir doch nicht das Rampenlicht überlassen ...« Nina lächelte schief, musste dann husten und griff sich an die Kehle. »Die Daumenabdrücke, die auf deinem Hals prangen, stammen doch auch von diesem Schweinehund ...«

Wieder wurde sie von einer Hustensalve geschüttelt.

Jill rieb sich die Kehle. »Das tun sie. Aber was ist nur passiert? Hat er dich auch gerammt wie mich?«

Nina zuckte mit den Schultern. »Viel subtiler. Er hat einem Duiker-Lamm den Lauf gebrochen und es mitten auf den Weg gelegt.«

»Perfides Schwein«, knirschte Jill. »Ich hoffe, er schmort in der Hölle! Mangaliso hat mir schon kurz davon erzählt.«

Gänsehaut prickelte Nina über den Rücken. Der irre Schrei des Buren, als die Schlange zuschlug, ging ihr jetzt noch durch und durch.

»Er ist einen grausamen Tod gestorben ...«, flüsterte sie.

»Nina!« Jill nahm ihre Hand. »Du brauchst mit dem Kerl kein Mitleid zu haben. Er wird nicht umsonst der Teufel genannt!« Ein energisches Klopfen an der Tür unterbrach sie. »Das wird Thandi, unsere Ärztin, sein. – Es ist offen, komm rein!«

Leichte Schritte näherten sich, und Nina sah hoch. Im Türrahmen stand eine Frau mit einer Arzttasche in der Hand. Ihre Haut war dunkel – nicht schwarz, sondern ein wunderschönes, tiefes Goldbraun. Sie trug Jeans, eine weiße Bluse, die Ärmel über den Ellenbogen hochgeschoben, und bequeme Sneaker.

»Hallo«, sagte sie mit rauchiger Stimme und trat an Ninas Bett. »Ich bin Dr. Kunene. Ich werde mir Ihr Bein jetzt einmal genau ansehen. Mein Sohn hat mir schon davon berichtet.« Sie beugte sich hinunter und strich Nina sanft über die malträtierte Kehle. »Das schmerzt noch einen Tag oder zwei und wird dann bald verblassen.«

Nina konnte nicht anders, als sie fasziniert anzustarren. Dr. Kunenes Gang war eine einzige flüssige Bewegung – wie die einer eleganten Katze –, ihr graziöser Hals trug ein ebenmäßig schönes Gesicht mit hohen Wangenknochen, ähnlich wie ein Stängel eine kostbare Blume. Das Besondere aber war die Farbe ihrer Augen. Mal Grau, mal Grün, wie das Meer vor einem Sturm.

»Welch eine bildschöne Frau«, raunte sie Jill zu.

Jill schaute zu der Ärztin hinüber. »Das ist sie. In ihrem früheren Leben ...«

Ein weiteres Auto fuhr vor. Konrad sah wieder hinaus. »Ach, da kommt ja auch wieder unser frischgebackener Doktor.« Er ging zur Eingangstür.

»Du wolltest etwas über das frühere Leben von Dr. Kunene erzählen«, sagte Nina leise zu Jill.

»Richtig.« Jill beugte sich zu ihr hinunter. »In ihrem früheren Leben war Thandi ein weltberühmtes Model. Erschien auf dem Cover jeder Modezeitschrift und lief auf den Laufstegen aller großen Designer, aber heutzutage mag sie darüber nicht mehr reden.«

Dr. Kunene schüttelte lächelnd den Kopf. »Ich bin Ärztin, und alles andere ist unwichtig«, sagte sie.

Nina erfasste erst gar nicht, was sie da gehört hatte, aber dann tat ihr Herz einen Sprung.

Sie holte tief Luft, bevor sie es wagte, jene Frage zu stellen, die über das Schicksal ihres Vaters entscheiden könnte. »Nannte sie sich damals Yasmin?«

Jill sah sie erstaunt an. »Ja, das stimmt tatsächlich. Yasmin Kun. Aber jetzt ist sie wieder Thandile Kunene, meine beste Kindheitsfreundin, geboren und aufgewachsen in Zululand ...«

»Hi, Nina.« Mangaliso war eingetreten und lächelte ihr zu.

Jill sah hoch. »Und hier hätten wir Thandis Sohn Mangaliso ...«

Nina sackte der Unterkiefer herunter. Sie sah von Mangaliso zu Thandile Kunene und starrte anschließend mit fassungslosem Gesichtsausdruck ins Leere, bevor sie die Hände vors Gesicht schlug und in Tränen ausbrach.

Konrad war mit wenigen Schritten bei ihr und nahm sie in die Arme. »Was ist, Cara, tut dir etwas weh?«

»Nein«, schluchzte sie. »Nein, mir tut nichts weh ... Es ist nur ...« Ihr Blick flog hinüber zu Mangaliso. Ihre Lippen waren auf einmal papiertrocken, und sie musste sie erst befeuchten, ehe sie weitersprechen konnte. »Es ist nur so, dass Mangaliso wahrscheinlich der Sohn von meinem Vater ist ...«

Ihre Worte sorgten schlagartig für Stille im Raum.

»Dein Vater ... mein Vater?«, stotterte der junge Arzt schließlich verwirrt.

Nina konnte nur nicken.

»Wie das?« Verständnislos schüttelte er den Kopf. »Ich versteh nicht ganz, was du meinst.«

Nina blickte auf ihre Hände, während sie nach den richtigen Worten suchte. Der Unfall ihres Vaters, die Geschichte seiner Affäre mit dem weltberühmten Model, die Gerüchte um ihr plötzliches Verschwinden. Und dass es für ihn lebenswichtig war, das Kind zu finden, von dem er nicht einmal sicher wusste, ob es tatsächlich existierte.

»Viktor, mein ... unser Vater, braucht dringend eine Spenderniere, und meine sind nicht kompatibel ... Er liegt in Hamburg im Krankenhaus und wird nur von Geräten am Leben gehalten.«

Sie sah Mangaliso dabei nicht an. Ihr war völlig bewusst, in welche Situation sie ihren neuen Freund – ihren Stiefbruder – brachte, und hielt den Atem an.

»Mein Vater ... dein Vater ... eine Niere?«, flüsterte er.

Wieder brachte Nina kein Wort heraus und konnte nur nicken. Aller Augen waren auf sie gerichtet.

»Natürlich«, sagte Mangaliso und wischte die Tränen weg, die ihm übers Gesicht liefen. »Ja, natürlich, ich bin kerngesund und habe schließlich zwei ... Ich kann es nicht glauben! Mein Vater!«

Ninas Blick streifte Thandi Kunene. Ihr schönes Gesicht war eine ausdruckslose Maske, während sie ihren Sohn musterte, und Nina war überzeugt davon, dass die Ärztin ihr Veto einlegen würde, um ihren Sohn von der Organspende abzuhalten.

Aber sie wurde überrascht.

Ein unglaublich liebevolles Lächeln huschte über Thandile

Kunenes Miene. »Ich werde dir später alles erklären«, sagte sie leise zu ihrem Sohn. »Und du tust das Richtige. Wir schicken noch heute per Kurier Blutproben von dir nach Hamburg. Dann kann Viktors Arzt einen Crossmatch durchführen.«

Geschüttelt von überschießenden Emotionen, schlug Nina die Hände vors Gesicht und fiel in die Kissen zurück. Konrad hielt sie in den Armen und wischte ihr immer wieder die Tränen ab, während Jill auf der Bettkante saß und ihr unablässig die Hand streichelte.

Es wurde spät an diesem Abend. Niemand wollte an einem solch magischen Tag allein sein. Selbst Kira und Luca durften aufbleiben, und mit leuchtenden Augen lauschten sie der Geschichte von dem berühmten Model Yasmin und dem Ingenieur Viktor aus Deutschland und ihrem Sohn Mangaliso.

Willem van Niekerk war sich bewusst, dass der Tod auf in wartete. Der Tod in Gestalt von einem Rudel von Hyänen, die sich manisch kichernd in einem immer enger werdenden Kreis um ihn zusammenrotteten.

Anfänglich war es ihm gelungen, die hässlichen Untiere auf Abstand zu halten, aber nun war er zu schwach, spürte die Brustschmerzen, die das nächste Stadium der Giftwirkung ankündigten.

Bald aber war er zu müde, sich zu wehren. Gegen das Gift und gegen diese geifernden Monster. Er gab auf und ließ geschehen, was geschah. Von jetzt ab würde ein Wettrennen zwischen der Gier der Bestien und der Wirkung des Mambagifts stattfinden.

Willem van Niekerk starb einen einsamen, grausamen Tod. Es dauerte noch eine Weile, bis es zu Ende war, aber in dieser Zeitspanne büßte er für alles, was er in seinem Leben verbrochen hatte.

25

Fünf Tage später betrat Dr. Kroetz das Krankenzimmer von Viktor. Die Hände auf dem Rücken verschränkt, blieb er neben dem Bett stehen und sah auf ihn hinunter.

Fast zehntausend Kilometer weiter südlich saß Nina, ihren verletzten Oberschenkel auf ein Sofakissen gebettet, zusammen mit Konrad, Crazy und Mangaliso im Wohnzimmer ihres Bungalows im Busch von Inqaba und beobachtete die Szene auf ihrem Laptop mit steigender Spannung.

»Schaut euch den Gesichtsausdruck von dem Doktor an!«, flüsterte Nina heiser. »Er sieht aus, als hätte er im Lotto gewonnen ...« Sie griff nach Mangalisos Hand und drückte sie fast blutleer. »Lieber Gott, lass die beiden kompatibel sein ...«, betete sie inbrünstig.

Jetzt legte der Arzt seine Hand auf Viktors Schulter, und die vier auf Inqaba hielten die Luft an.

»Die Kreuzprobe fiel negativ aus«, verkündete er. »Wir können die nächsten Schritte einleiten.«

Nina fiel Konrad mit einem Jubelschrei in die Arme, und Mangaliso ballte grinsend die Faust.

Viktor jedoch wirkte wie jemand, der gerade einen üblen Schock erlitten hatte. Seine Hände flatterten über die Bettdecke, seine Unterlippe zitterte, und eine Träne löste sich von seinen Wimpern und rollte ihm über die Wange. Er wirkte so deprimiert, dass es Nina tief ins Herz traf. Schließlich hob er den Blick und sah ihr in die Augen.

»Prinzessin«, flüsterte er, stockte plötzlich und starrte mit offenem Mund auf den Bildschirm, als hätte er einen Geist vor sich.

Unbemerkt war Thandi neben Nina getreten. Sie stand da, den Kragen ihrer Hemdbluse leicht hochgeschlagen, und strich sich mit einer unnachahmlich anmutigen Geste ihr dunkles Haar hinter die Ohren.

»Hallo, Viktor«, sagte sie leise mit dieser sensationellen Stimme, die Nina wie ein warmes Katzenfell über die Haut streichelte.

»Kitten …«, flüsterte Viktor rau. »Kitten …« Seine Stimme brach.

Aller Augen waren auf Thandi gerichtet, niemand sprach, keiner im Raum bewegte sich. Es war, als wäre die Zeit angehalten worden.

Und dann grinste Dr. Thandi Kunene, vormals Yasmin Kun. Mit zurückgelegtem Kopf grinste sie frech, aufreizend und ganz und gar bezaubernd, und Nina verstand, warum ihr Vater sie nie vergessen hatte.

»Viktor«, sagte Thandi mit einem kehligen Lachen. »Viktor, ich möchte dir deinen Sohn vorstellen.« Sie zog Mangaliso am Arm zu sich heran, der es widerstandslos geschehen ließ. »Ich habe ihn Mangaliso genannt. Weißt du, was das heißt? Verstehst du inzwischen genügend Zulu? Oder reicht es immer noch nur für nein und ja und hau ab?«

Viktor Rodenbeck setzte sich auf. Seine gesamte Körperhaltung veränderte sich und ließ ahnen, welch eine Kämpfernatur doch in ihm steckte. Er straffte die Schultern und ballte die rechte Hand, aus der zwei Schläuche ragten. »Mangaliso, das Wunder!« Ein Lächeln huschte über sein Gesicht. »Na, was sagst du nun, Kitten?«

»Yebo!« Thandi schnalzte mit den Fingern und drehte eine Pirouette.

»Das hast du gut gemacht, Prinzessin«, sagte er leise. »Oh, das hast du sehr gut gemacht … Und wer ist das mit den roten Glitzersteinen an den Ohren? Der Paradiesvogel neben …« Er zögerte, aber nur für den Bruchteil einer Sekunde. »Neben meinem Sohn?«

»Das ist Crazy«, sagte Nina mit schwankender Stimme. »Eine ganz wunderbare Frau … und deine zukünftige Schwiegertochter.«

»Hi, Schwiegerpapa!«, gurrte Crazy und zwirbelte die rote Hibiskusblüte, die in ihrem geflochtenen Haarturm steckte.

»Crazy?«, wiederholte Viktor. »Sie heißt wirklich Crazy?« Er blickte erst verdutzt drein, dann warf er den Kopf zurück und lachte. Laut und mit blitzenden Augen.

In diesem Augenblick wusste Nina, dass er überleben würde. Sie würde ihren Vater nicht verlieren.

»Daddy«, schluchzte sie lachend, und ihre Tränen schwemmten alle Angst und jeden Schrecken der vergangenen Tage von ihrer Seele.

Dr. Kroetz in Hamburg schnappte sich Schwester Katrin und steppte mit ihr durchs Krankenzimmer.

Viktor lächelte selig.

Jedes Jahr kamen alle Beteiligten zusammen und erzählten die Geschichte, Kinder wurden geboren, die Regenbogenfamilie wuchs, die Geschichte wurde immer mehr ausgeschmückt, wurde zur Legende, die jeder sein ganzes Leben im Herzen mit sich trug.

Stefanie Gercke

Große Afrika-Romane von Stefanie Gercke

»Nehmen Sie die Emotionen von *Vom Winde verweht* und die Landschaftsbilder von *Jenseits von Afrika*, und Sie bekommen eine Vorstellung von Gerckes Roman: richtig schönes Breitbandkino im Buchformat.« *Brigitte*

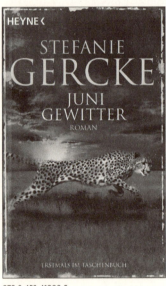

978-3-453-41999-5

Ich kehre zurück nach Afrika
978-3-453-41764-9

Feuerwind
978-3-453-40500-4

Über den Fluss nach Afrika
978-3-453-40609-4

Schwarzes Herz
978-3-453-40636-0

Jenseits von Timbuktu
978-3-453-40947-7

Nachtsafari
978-3-453-40948-4

Junigewitter
978-3-453-41999-5

Leseproben unter **www.heyne.de**

HEYNE ‹